DINAS BOG

Herbjørg Wassmo

DINAS BOG

På dansk ved
Annelise Ebbe

Lindhardt og Ringhof

DINAS BOG
udsendes efter overenskomst
med Forlaget Modtryk
Oversat fra norsk efter
„Dinas bok"
© 1989 Gyldendal Norsk Forlag A/S
Omslag: Kjeld Brandt
Bogen er sat med Palatino
og trykt hos Nørhaven A/S, Viborg
3. udgave, 5. oplag
Printed in Denmark 1992
ISBN 87-595-0159-6

Oversættelserne af citaterne fra Det gamle Te-
stamente er taget fra Den reviderede Over-
sættelse fra 1871. Der er dog af oversætteren
foretaget visse ortografiske korrektioner i for-
hold til denne udgave.

Til Bjørn

PROLOG

MANGE MENNESKER UDRÅBE HVER SIN KJÆRLIGHED;
MEN HVO FINDER EN TROFAST MAND?
DEN, SOM VANDRER FREM I SIN OPRIGTIGHED, ER RET-
FÆRDIG; LYKSALIGE ERE HANS BØRN EFTER HAM.
HVO KAN SIGE: JEG HAR RENSET MIT HJERTE; JEG ER
REN FOR MIN SYND?
(Salomo' Ordsprog, kap. 20, v. 6, 7 og 9)

*Jeg er Dina, som ser slæden med mennesket rulle voldsomt ned over
den stejle skrænt.*

*Først tror jeg, at det er mig, der ligger spændt fast. Fordi jeg føler
en smerte hinsides alt, hvad jeg hidtil har oplevet.*

*Igennem en glasklar virkelighed, men uden for tid og sted har jeg
kontakt med ansigtet på slæden. Få øjeblikke efter bliver det knust
mod en islagt sten.*

*Det lykkedes virkelig for dyret at komme fri af vognstængerne, så
det undgik at blive trukket med ned! Tænk at det gik så let!*

Det må være sent på efteråret. Sent i forhold til hvad?

Jeg mangler en hest.

En kvinde befandt sig oppe på en skrænt i det kolde morgen-
lys. Der var ingen sol. Fjeldene stod mørke og på vagt om-
kring hende. Skrænten var så stejl, at landskabet nedenunder
var skjult for hendes blik.

På den anden side af et bredt sund stod en række fjelde, der
var endnu mere stejle, som stumme vidner.

Hun fulgte hver en bevægelse, slæden gjorde. Helt til den
blev liggende yderst ude på kanten ved en stor birkestamme.

Den vippede svagt foran det bratte fald. Nedenunder den
var en endnu stejlere fjeldvæg. Dybt nede under den dundre-
de en fos.

Kvinden så ned over den raserede fjeldside, som slæden
var gledet nedad. Småsten, snedriver, lyngtuer, små, knække-
de træer. Som om en kæmpehøvl var gledet henover det og
havde taget alt det, der stak op, med sig.

Hun var klædt i læderbukser og en lang, tætsiddende jak-

9

ke. Hvis det ikke havde været for håret, kunne man på afstand godt have taget hende for en mand. Hun var meget høj af en kvinde at være.

Højre jakkeærme var revet i stykker. Der var blod i trævlerne. Fra et sår.

I venstre hånd holdt hun stadigvæk en kortbladet kniv af den type, som lappekvinderne bar i bæltet.

Kvinden vendte ansigtet efter lyden. Hestevrinsken. Det så ud, som om hun vågnede af det. Gemte kniven i jakkelommen.

Efter en kort tøven bevægede hun sig målbevidst over den gråstensbelagte vej. Mod slæden. Den vippede ikke så voldsomt nu. Som om den havde bestemt sig for at skåne mennesket med det sønderslåede ansigt.

Hurtigt klatrede hun nedad skrænten. I farten rev hun de løse sten med sig. De lavede et helt lille skred og for forbi slæden ud over skrænten. Hun stirrede ud i luften. Som om hun havde kontakt med dem og fulgte dem, selv efter at billedet var forsvundet. Som om hun kunne se dem, lige indtil de ramte vandet under den dundrende fos.

Et øjeblik standsede hun op, mens nye sten passerede slæden med den livløse krop. Men kun et øjeblik. Så klatrede hun videre, til hun kunne lægge hånden på fåreskindstæppet, som manden var hyllet ind i, og slå det til side.

Noget, som må have været et smukt mandsansigt, kom til syne. Det ene øje var blevet trykket ind. Frisk blod flød tykt og jævnt fra sår over hele hovedet. I løbet af de få sekunder, hun stod der, blev mandshovedet rødt. Det hvide fåreskindstæppe sugede det til sig.

Hun løftede en smal, lang hånd med fint formede rosa negle. Løftede mandens øjenlåg. Det ene efter det andet. Stak hånden ind på brystet af ham. Slog mandshjertet stadig? Fumlede rundt, men kunne ikke finde ud af det.

Kvindens ansigt var som et landskab. Ingen bevægelse. Kun øjnene bevægede sig i sæt under de halvt sænkede øjenlåg. Hun havde fået blod på hænderne, som hun tørrede af på mandens brystkasse. Dækkede så hans ansigt med et hjørne af fåreskindstæppet.

Hun krøb om på den anden side af slæden, til hun kom til det sted, hvor vognstængerne var hæftet fast. Der tog hun hurtigt resterne af tovværk ud af hullerne. Tovenderne samlede hun omhyggeligt sammen og stak dem i jakkelommen sammen med kniven. Fandt to slidte lædderremme og lirkede dem på plads der, hvor tovenderne havde siddet.

En gang rettede hun sig op. Lyttede. Hesten vrinskede oppe på vejen. Hun tøvede, som om hun overvejede, om arbejdet var gjort færdigt. Så krøb hun samme vej tilbage langs slæden. Stadig med det sønderslåede menneske imellem sig selv og afgrunden.

Det solide birketræ knagede på grund af frosten og belastningen, da vægten af hendes krop kom til. Hun fandt fodfæste mellem de islagte sten, og lagde tyngden af sin krop mod slæden. Beregnede trykket, som om hun havde gjort den samme bevægelse mange gange før.

Idet slæden slap taget i grunden, gled tæppet væk fra mandens ansigt. Da åbnede han det øje, der ikke var trykket ind og så direkte på kvinden. Stumt. Et hjælpeløst, vantro blik.

Hun for sammen ved det. Og en slags kejtet ømhed gled over hendes ansigt.

Så var alt bevægelse og luft. Det gik hurtigt. Lydene fortsatte i fjeldene længe efter, at det hele var overstået.

Kvindens ansigt var tomt. Landskabet var igen sig selv. Alt var såre godt.

Jeg er Dina, som føler suget, da manden når de sydende vandmasser. Så forsvinder han over grænsen. Jeg får ikke det sidste øjeblik med, det der kunne have vist mig en flig af det, alle frygter. Det hvor tiden ikke eksisterer.

Hvem er jeg? Hvor er tid, sted og rum? Er jeg dømt til dette for evigt?

Hun rettede ryggen og klatrede målbevidst op ad skråningen. Det var sværere at komme op end ned, så det ud til. To hundrede meter islagt terræn.

På det sted, hvor hun kunne se ud over den stride efterårselv, vendte hun sig om og stirrede. Den svingede en gang, inden den dundrede videre. Frådende vandmasser. Intet andet.

Hun klatrede videre. Hurtigt. Hun trak vejret hivende. Det var tydeligt, at hun følte smerte i den sårede arm. Et par gange var hun ved at få overbalance og falde samme vej som slæden.

Næverne greb ud efter lyng, grene, sten. Var omhyggelig med altid at have et fast greb med den ene hånd, før hun flyttede den anden opad. Stærke, hastige bevægelser.

Hun så op, mens hun klamrede sig til stenene, der stod ved vejkanten. Mødte hestens store, blanke blik. Den vrinskede ikke mere. Stod bare og så på hende.

De blev stående over for hinanden og trak vejret dybt. Hesten blottede pludseligt tænderne og bed irriteret i nogle græstuer ved vejkanten. Hun skar en grimasse, da hun måtte bruge begge arme for at komme det sidste stykke op til vejen.

Dyret bøjede sit vældige hoved over hende. Vognstængerne strittede ud til siderne. Et tomt ornament.

Hun greb til sidst fast i hestens man. Hårdt, næsten brutalt hejste hun sig op til det strittende hestehoved.

Denne kvinde var atten år. Med øjne så gamle som sten.

En lyd af vognstænger, der skrabede mod jorden, var uden for billedet.

Hesten trampede frosne strå til jord igen.

Hun tog jakken af og smøgede ærmerne på sin strikkede jakke og på sin bluse op. Såret så ud til at være et knivstik. Havde hun fået det i kamp med manden på slæden?

Så bøjede hun sig hastigt ned og gravede med de bare hænder i den frosne grusvej. Fik sand og is, strå og skidt med op. Gned det hele ind i knivsåret med en vældig kraft. Ansigtet stivnede i smerte. Munden åbnede sig, og der kom mørke strubelyde fra den.

Hun gentog bevægelserne. Gentog strubelydene med jævne mellemrum. Som et ritual. Hånden gravede. Fandt grus og sand. Samlede det op. Gned det ind i såret. Gang på gang. Så sled hun den uldne jakke og blusen af, og gned dem mod vejen. Rev og sled i ærmerne. Gned og gned.

12

Hænderne var blevet blodige. Hun tørrede det ikke væk. Stod i det tynde blondeliv mod efterårshimmelen. Men det så ikke ud, som om hun mærkede frosten. Roligt klædte hun sig på. Inspicerede såret igennem hullerne i tøjet. Spredte trevlerne på ærmet ud. Skar en grimasse af smerte, da hun rettede på armen og prøvede, om hun kunne bruge den.

Hendes hat lå bagved hende i grøften. Brun, med smal skygge. Hun kastede et hurtigt blik på den, før hun gik nordpå ad den dårlige slædevej. I et lavt, sølvagtigt lys.

Hesten luntede bagefter med vognstængerne på slæb. Indhentede hende hurtigt. Bøjede mulen ind over skulderen på hende og nappede hende i håret.

Da standsede hun op og trykkede sig ind til den. Tvang den, med et greb med hånden, ned på knæ med forbenene, som om den var en kamel. Og satte sig overskrævs på den brede, sorte ryg.

Lyd af hestehove. Vognstængernes gråd mod gruset. Hestens trygge åndedræt. Vind. Som ikke vidste noget. Ikke så.

Det var midt på dagen. Hesten og kvinden var gået ned ad den stejle vej fra fjeldet, og var kommet til en stor gård med en bred allé af store vajende rønnebærtræer fra den hvidmalede hovedbygning og ned til de røde pakhuse. To på hver side ned til en stenet strand.

Træerne var helt nøgne med blodrøde bær. Markerne gule, med et islæt af is og snedriver. Himmelen revnede pludselig. Men der var stadig ingen sol.

Han, der hed Tomas, kom ud fra stalden, da hesten og kvinden kom ind på gårdspladsen. Blev stående som en støtte, da han fik øje på de to tomme vognstænger og kvinden med det tjavsede hår og det blodige tøj.

Langsomt lod hun sig glide ned af hesten uden at se på ham. Så sled hun sig skridt for skridt op ad den brede trappe til hovedbygningen. Åbnede den ene af to døre i den dobbelte hoveddør. Blev stående med ryggen til, mens lyset bredte sig omkring hende. Så vendte hun sig hastigt om. Som om hun var blevet bange for sin egen skygge.

Tomas løb efter hende. Hun stod i lys, fra huset, varmt gult. Udenfor koldt, med blålige skygger fra fjeldet.

Hun havde ikke længere noget ansigt.

Der blev stor opstandelse. Kvinder og mænd kom løbende. Tjenestefolk.

Mor Karen kom hinkende med stok ud fra en af stuerne. Monoklen svingede i et broderet bånd, hun havde om halsen. Et lynende brilleglas, som fortvivlet prøvede at live alting op. Den gamle knirkede møjsommeligt rundt i den herskabelige gang. Med et mildt, alvidende blik. Vidste hun noget?

Alle flokkedes om kvinden i hoveddøren. En tjenestepige rørte ved den skadede arm, og ville hjælpe med den iturevne jakke. Men hun blev skubbet til side.

Så brød lydene løs. Alle talte i munden på hinanden. Spørgsmålene haglede imod kvinden uden ansigt.

Men hun svarede ikke. Så ikke nogen. Havde ingen øjne. Tog bare stalddrengen Tomas så hårdt i armen, at han ømmede sig. Så ravede hun hen til ham, der hed Anders. En lys mand med en stærk hage. En af fostersønnerne på gården. Hun greb også ham i armen og fik de to til at følge med. Uden at hun havde sagt et ord.

De to heste, som stod i stalden, blev gjort klar. Den tredje havde ingen saddel. Var svedig og udkørt efter turen ned ad fjeldet. Den blev befriet for vognstængerne, blev tørret og fik vand.

Det store hestehoved tog sig tid nede i vandtruget. Menneskene måtte vente. Den drak i store slurke. Ind imellem kastede den manen op i luften og lod øjnene glide fra det ene ansigt til det andet.

Kvinden ville ikke skifte tøj eller lade såret forbinde. Svingede sig bare op på hesten. Tomas rakte hende en vadmelsfrakke. Hun trak den på. Endnu havde hun ikke sagt et ord.

Hun førte dem hen til det sted, hvor slæden var skredet ned. Sporene var ikke til at tage fejl af. Den raserede skrænt, de sønderrevne småbirke, de opkørte lyngtuer. De vidste alle sammen, hvad der var neden for skrænten. Fjeldvæggen. Fossen. Kløften. Vandmasserne. Slæden.

De hentede flere folk og søgte i de frådende vandmasser. Men fandt ikke noget, ikke andet end rester af en sønderslået slæde med overslidte bånd fra vognstængerne.

Kvinden var stum.

HERRENS ØJNE VÅGE OVER KUNDSKAB, OG HAN KULD-
KASTER DEN TROLØSES ORD.
(Salomo' Ordsprog, kap. 22, v. 12)

Dina skulle køre sin mand, Jacob, som havde fået koldbrand i
en fod, over fjeldet til doktoren. November. Hun var den
eneste, der kunne magte den vilde, unge hest, der var den
hurtigste. Og der skulle køres hurtigt. På en islagt, miserabel
vej.

Jacobs fod stank allerede. Lugten havde længe ligget i hu-
set. Kokkepigen kunne oven i købet mærke den i spisekam-
meret. Uhyggen hang mellem alle væggene. Angsten.

Ingen på Reinsnæs sagde noget om lugten fra Jacobs fod,
før Jacob forsvandt. Og de nævnte det heller ikke, efter at
Sorte kom til gården med tomme vognstænger.

Men ellers snakkede folk. Med vantro og forfærdelse.
Rundt omkring på gårdene. I stuerne på Strandstedet og
langs Sundet. Hos præsten. Lavt og fortroligt.

Om Dina, den unge frue på Reinsnæs, lensmand Holms
eneste datter. Hun var som en hestegal dreng. Selv efter at
hun var blevet gift. Nu havde hun fået sådan en trist skæbne.

De fortalte det om og om igen. Hun havde kørt, så det slog
gnister og spruttede under mederne. Som en heks. Alligevel
var Jacob Grønelv ikke kommet til doktoren. Nu var han ikke
mere. Den vennesæle, rundhåndede Jacob, som aldrig sagde
nej, når nogen bad ham om en tjeneste. Mor Karens søn, som
kom til Reinsnæs som ganske ung.

Død! Ingen kunne fatte, at noget så grusomt kunne ske. At
folk kuldsejlede eller forsvandt på havet, var der ikke noget at
gøre ved. Men dette her var djævelens værk. Først at få kold-
brand i et benbrud. Så at omkomme på en slæde, som var
kørt i fossen!

Dina havde mistet talens brug, og Mor Karen græd. Jacobs
søn fra første ægteskab vandrede faderløs rundt i København,
og Sorte kunne ikke tåle at se slæder.

16

Øvrigheden kom til gården for at forhøre sig om, hvordan alt indtil døden var gået for sig. Alt skulle nævnes ved navn, og intet skulle være skjult, hed det.

Dinas far, lensmanden, havde to vidner og en protokol med sig. Han gav udtrykkeligt besked på, at han var der som øvrighed, ikke som far.

Mor Karen havde svært ved at se, at det gjorde nogen forskel. Men det sagde hun ikke.

Ingen kunne få Dina ned fra loftet. Eftersom hun var så tilpas stor og kraftig, turde de ikke løbe den risiko, at hun ville sætte sig til modværge og lave et pinligt optrin. Så de forsøgte ikke at tvinge hende ned ad trappen. Det blev bestemt, at øvrigheden skulle gå op i soveværelset i stedet for.

Ekstra stole blev sat derop. Og forhænget på himmelsengen blev grundigt støvet af. Gyldent, tungt stof med frodige, røde blomster i ranker. Købt i Hamburg. Syet til Dinas og Jacobs bryllup.

Oline og Mor Karen havde forsøgt at få sat skik på den unge husfrue, så hun ikke skulle se helt uplejet ud. Oline med sin urtete med tyk fløde og meget sukker. Hendes råd mod alt, fra skørbug til barnløshed. Mor Karen bistod med gode ord, hårbørstning og forsigtig omsorg.

Tjenestepigerne gjorde det, de var blevet bedt om, med forskræmte øjne i alle retninger.

Ordene sad fast. Dina åbnede munden og formede dem. Men lyden var i en anden virkelighed. Øvrigheden prøvede med allehånde forskellige metoder.

Lensmanden startede med en dyb, neutral stemme, mens han så Dina ind i de lyseblå øjne. Han kunne lige så godt have set igennem et glas vand.

Vidnerne forsøgte sig også. Siddende og stående. Med medlidende og med myndige stemmer.

Til sidst lagde Dina hovedet med det sorte, genstridige hår ned på armene. Der kom lyde som fra en halvkvalt hund.

Øvrigheden skammede sig og trak sig ned til stuerne. For at forhandle og blive enige. Hvordan der havde set ud på åstedet. Hvordan den unge kvinde opførte sig.

De kom til det resultat, at det hele var en tragedie for bygden og for hele sognet. At Dina Grønelv var ude af sig selv af sorg. At hun ikke var tilregnelig og havde mistet talens brug på grund af chokket.

De bestemte sig for, at hun havde kørt alt, hvad remmer og tøj kunne holde for at bringe sin mand til doktoren. At hun havde for stor fart på i svinget ved broen, eller at den vilde hest var løbet løbsk ud for skrænten, og at vognstangstovene var gået. Begge to.

Dette blev sirligt ført til protokols.

Liget kunne de først ikke finde. Folk talte om, at det var drevet til havs. Men begreb det ikke. For der var næsten en mil i uvejsomt og grundt elvvand. Hvor alle sten kunne standse en død krop, som ikke selv gjorde noget for at komme til havs.

Til Mor Karens fortvivlelse opgav de efterhånden eftersøgningen.

Efter en måned kom der en fattig gårdskarl til gården og hævdede, at liget lå i Vesledybet. Et sted, hvor strømmen gik i stå et stykke neden for fossen. Rundt om en sten lå Jacob. Stiv som en stav. Oppustet og frygtelig at se på, sagde han.

Det viste sig, at karlen havde ret.

Vandstanden var vel faldet, da efterårsregnen standsede. Og en klar dag i begyndelsen af december dukkede Jacob Grønelvs ulykkelig krop op. Lige for næsen af den gamle gårdskarl, som var på vej over fjeldet for at skifte plads.

Siden hed det i folkemunde, at karlen var synsk. Ja, at han altid havde været det. Det gjorde, at han fik en mild alderdom. For ingen ville bide skeer med en synsk mand. Om han så var nok så meget gårdskarl.

Dina sad i soveværelset, det største værelse på første sal. Med

gardinerne trukket for. Til at begynde med gik hun ikke en-
gang ned i stalden til sin hest.

De lod hende være i fred.

Mor Karen holdt op med at græde, simpelthen fordi hun
ikke længere havde tid. Hun måtte gå i lag med alle de plig-
ter, som gårdejerparret forsømte. Begge døde, hver på sin må-
de.

Dina sad ved nøddetræsbordet og stirrede. Ingen vidste,
hvad hun ellers foretog sig. For hun havde ingen fortrolige.

Noderne, som hun før havde i stabler rundt om sengen,
havde hun nu flyttet ind i klædeskabet. De lange kjoler strøg
hen over dem i trækken, når hun åbnede døren.

Skyggerne var dybe i soveværelset. Henne i krogen stod
der en cello og samlede støv. Ingen havde haft fat i den
siden den dag, hvor Jacob blev båret ud af huset og lagt på
slæden.

En solid himmelseng med et overdådigt sengeforhæng op-
tog en stor del af værelset. Den var så høj, at man kunne ligge
tilbagelænet i puderne og se ud over Sundet gennem vinduer-
ne. Eller man kunne se på sig selv i det store spejl med den
sortlakerede ramme, som kunne vippes til den ønskede vin-
kel.

Den store runde kakkelovn durede døgnet rundt. Bag et
tredelt broderet skærmbræt med et motiv med den skønne
Leda og svanen, i erotisk omfavnelse. Vinger og arme. Og
Ledas lange, lyse hår dydigt spredt ud over hendes skød.

Pigen, Tea, bar brænde op fire gange dagligt. Alligevel var
det kun knapt nok, at det kunne holde natten over.

Ingen vidste, hvornår Dina sov, eller om hun sov. Hun gik i
rejsesko med jernbeslåede hæle dag og nat. Fra den ene væg
til den anden. Og holdt hele huset vågent.

Tea kunne fortælle, at den store, sorte slægtsbibel, som Dina
havde efter sin mor, altid lå slået op.

Nu og da lo den unge frue lavt. Det lød ikke smukt. Tea
vidste ikke bestemt, om hun lo ad den hellige tekst, eller om
det var noget andet, hun tænkte på...

Af og til klaskede hun de silketynde blade sammen i stor

vrede og kastede bogen fra sig, som om den var et stykke slagteaffald.

Jacob kom ikke i jorden før syv dage, efter at han var fundet. Midt i december. Der var så meget, der skulle ordnes. Så mange, der skulle sendes bud til. Slægt, venner og prominente personer skulle inviteres til begravelsen. Desuden holdt kulden sig nogenlunde, så det ilde tilredte og opsvulmede lig stod godt i laden så længe. Graven måtte de derimod bruge både forhammer og hakke for at lave.

Månen sendte signaler ind gennem de små vinduer og iagttog Jacobs skæbne med sit golde øje. Gjorde ikke forskel på levende og død. Pyntede op med hvidt og sølv på gulvet i laden. Og under, på begge sider af bukkene, lå høet og var varme og mad, duftende af sommer og herlighed.

En meget tidlig morgen klædte de sig på til ligfærd. Bådene var udrustede og klargjorte. Stilheden lå over huset som en fremmed fromhed. Ingen ventede på dagslys på den tid af året. Men månen stod bi.

Dina lænede sig mod vindueskarmen, som om hun stålsatte sig, da de kom ind og ville hjælpe hende det sorte tøj på, der var syet til begravelsen. Hun havde nægtet at prøve det.

Det så ud, som om hun stod og følte efter, hvor hun havde hver eneste muskel, hver eneste tanke. Hun viste de alvorlige, grå og grimede kvinder en ubevægelig krop.

Alligevel gav de sig ikke i første omgang. Hun skulle klædes om. Hun skulle være med i begravelsesfølget. Alt andet var utænkeligt. Men de måtte nøjes med tanken. For med sin dyriske, hæse strubelyd fik hun dem alle sammen til at forstå, at hun ikke var i stand til at være enke ved ligfærden. I hvert fald ikke den dag.

Forfærdede gik kvinderne ud af værelset. Den ene efter den anden. Den gamle sidst. Hun undskyldte og glattede ud. Over for tanterne, hustruerne, fruerne, og – ikke mindst – Dinas far, lensmanden.

Han var den sværeste at overbevise. Buldrende brasede han ind i soveværelset til Dina uden at banke på. Rystede hende og befalede hende, klaskede hende med faderlig bestemthed på kinderne med flad hånd og lod ordene summe om hende som arrige bier.

Den gamle måtte lægge sig imellem. Og de få, der stod rundt omkring, havde slået øjnene ned.

Da udstødte Dina igen de dyriske lyde. Mens hun viftede med armene og rev sig i håret. Værelset var ladet med noget, som de ikke forstod. En aura af galskab og kraft stod om den unge, halvt afklædte kvinde med håret i tjavser og vilde øjne.

Hendes skrig mindede lensmanden om en tildragelse, han altid bar på. Som fulgte ham nat og dag. Gennem drømmene og ind i de daglige gøremål. En tildragelse, som stadigvæk efter 13 år kunne få ham til at gå rastløst rundt på gården. På eftersøgning efter nogen eller noget, han kunne lade alle sine tanker eller følelser gå ud over.

Folk, som var til stede, mente, at Dina Grønelv havde en hård far. Men på den anden side var det usømmeligt, at en så ung kvinde ikke bøjede sig for det, der blev ventet af hende.

Hun vandt striden. Det blev bestemt, at hun var for syg til at være med til sin egen mands begravelse. Mor Karen forklarede det, højt og tydeligt til alle, hun mødte. »Dina Grønelv er så syg og nedbøjet, at hun ikke kan stå på sine ben. Hun græder bare. Og der er sket det frygtelige, at hun har mistet talens brug.«

Først kom de dæmpede råb fra folk, som skulle i bådene. Så kom en lyd af træ mod jern, da kisten skulle skubbes op i den store båd mellem enebærkviste og grædende, sortklædte kvinder. Så stivnede lydene og stemmerne over vandet som grødis mod stranden. Og forsvandt mellem hav og fjeld. Bagefter krøb stilheden ind over gården, som om den var det virkelige begravelsesfølge. Huset holdt vejret. Lod kun et lille

21

suk slippe ud mellem bjælkerne nu og da. En ynkelig, sørgmodig knurren for at vise Jacob den sidste ære.

De rosa nelliker af voksbehandlet papir rystede og dirrede mellem gran- og enebærkvistene over Sundet i den milde brise. Man kunne ikke sejle hurtigt med sådan en last. Døden og dens livsfjerne staffage måtte have sin tid. Det var ikke Sorte, der trak i dag. Og det var ikke Dina, der stod for færden. Kisten var tung. De havde følt tyngden, de der bar. Dette her var den eneste vej til kirken med sådan en last.

Nu knirkede seks par årer i toldene. Sejlet blafrede dvask om masten, og ville ikke folde sig ud. Solen var fraværende. Over himmelen drev gråhvide skyer. Den rå luft stod efterhånden stille.

Bådene fulgte efter hinanden. Et triumftog for Jacob Grønelv. Master og årer pegede mod himmelen og mod havet. Båndene på kransene blafrede uroligt. De havde ikke lang tid at vise sig frem i.

Mor Karen var som et gulnet lagen at se på. Ganske vist kantet med kniplinger.

Tjenestepigerne lignede våde uldtotter i blæsten.

Karlene roede og blev så varme, så de kogte bag ved skægget. Holdt takten og roede.

På Reinsnæs var alt gjort klar. Smørrebrødet stod færdigsmurt på store fade. Kagerne stod i tejner på kældergulvet og på hylder i det store spisekammer med klæde over.

Glas og kopper stod sirligt under hvide linnedshåndklæder med Ingeborg Grønelvs og Dina Grønelvs monogrammer på. På bordene og i anretterværelset. Det havde været nødvendigt at tage begge Jacobs hustruers udstyr i brug denne dag. Glassene var gnedet skinnende blanke under Olines myndige opsyn.

Man ventede mange mennesker efter jordfæstelsen.

Dina fyrede som en gal til trods for, at der ikke engang var isblomster på vinduerne. Ansigtet, som havde været gråt om morgenen, begyndte langsomt at få farve igen.

Hun gik rastløst frem og tilbage på gulvet med et lille smil om munden. Da uret faldt i slag, løftede hun hovedet som et dyr, der lytter efter fjender.

Tomas lod brændet falde ned i smedejernskurven med så lille en lyd, han kunne. Så tog han huen af og knugede den forvirret mellem sine kraftige næver. Genert ud over enhver grænse, fordi han var i soveværelset, værelset med himmelsengen og celloen, hvor Dina sov.

– Mor Karen har sendt mig herop, fordi jeg skal være på gården, når tjenestefolkene og alle de andre er taget afsted for at følge Jacob det sidste stykke, fik han fremstammet. – Jeg skulle gå Dina til hånde. Hvis hun har brug for det? tilføjede han.

At lensmanden og Mor Karen var blevet enige, og havde fundet det bedst, at Dina havde et håndfast menneske på gården, der kunne forhindre hende i det, hvis hun ville gøre skade på sig selv, når de alle var taget afsted, det sagde han ikke, hvis han ellers havde hørt det.

Hun vendte sig ikke engang om, som hun stod ved vinduet med ryggen til.

Månen var som et blegt spøgelse. Et misfoster af en dag prøvede forgæves at bryde igennem mod nord og mod vest. Men vinduerne var stadig mørke.

Knægten tog sin hue og gik. Opfattede, at han ikke var ønsket.

Men da følget var langt ude på Sundet, kom Tomas op i soveværelset igen. Med en karaffel frisk vand. Hvis hun havde lyst til det? Da hun ikke takkede, eller gjorde så meget som en eneste bevægelse for at vise ham, at hun lagde mærke til ham, satte han karaflen på bordet ved døren og vendte sig imod hende.

– Hun vil ikke have mig til at hjælpe hende på begravelsesdagen? sagde han lavt.

Da var det, som om hun vågnede. Hurtigt kom hun hen imod ham. Blev stående tæt ved. Et halvt hoved højere.

Så løftede hun hånden og lod sine lange fingre glide over

hans ansigt. Som en blind, der prøver at se med fingrene.

Han følte det, som om han var ved at blive kvalt. Fordi han glemte at trække vejret. Så tæt på! Han fattede først ikke, hvad hun ville. Hun stod så tæt på ham og sendte sine dufte ud over ham. Mens hun fulgte linjerne i hans ansigt med pegefingeren.

Langsomt blev han rød. Og det blev umuligt at se på hende. Han vidste, at hendes blik ventede. Hurtigt tog han mod til sig og så hende ind i øjnene.

Hun nikkede og så spørgende på ham.

Han nikkede tilbage. Bare for at have gjort det. Og ville ud af døren.

Så smilede hun og rykkede endnu tættere på ham. Brugte venstre hånds pege- og langfinger til at lirke hans slidte vest op.

Han rykkede to skridt baglæns hen imod ovnen. Og vidste ikke, hvordan han skulle komme igennem den, før han blev kvalt eller brændt eller forsvandt fra jordens overflade.

Hun stod et øjeblik og indsnusede hans staldlugt. Hendes næsebor var alle vegne. De vibrerede!

Så nikkede han endnu engang. I dyb fortvivlelse.

Det blev uudholdeligt. Tiden stod stille! Pludselig måtte han bøje sig ned, åbne ovndøren og kaste en knude ind i flammerne. Så fyrede han godt efter med tre knitrende, halv-våde stykker birkebrænde. At rette sig op igen og møde hendes blik var en manddomsprøve.

Pludselig havde han hendes mund over sig. Hendes arme var som seje vidjegrene fulde af forårssaft. Det duftede så stærkt, at han måtte lukke øjnene.

Han havde ikke kunnet forestille sig det. Ikke i sine vildeste fantasier under det slidte vattæppe i karlekammeret. Og så stod han der og kunne ikke andet end at lade det ske!

Farverne i broderiet på hendes morgenkåbe, de gyldne vægge med et mønster af ranker, loftet med de brede bjælker, de blodfarvede gardiner, alt flimrede imellem hinanden. Stof mødtes med stof. Lemmer med lemmer. Bevægelser, møbler, luft, hud.

Han stod uden for sig selv. Og var alligevel i det. Lugten og

24

lyden af kroppe, der bevægede sig tungt. Og et tostemmigt, voldsomt åndedræt.

Hun havde lagt hænderne på hans bryst og havde knappet knapper op. Så tog hun hans tøj af. Stykke for stykke. Som om hun havde gjort det tusind gange før.

Han bøjede ryggen, og hans arme hang uvirksomt ned. Som om han skammede sig over, at hans undertøj ikke var helt rent, og at skjorten manglede tre knapper. I virkeligheden vidste han ikke, hvor han var, hvor han stod, eller hvordan han opførte sig.

Hun kyssede den nøgne knægt, slog morgenkåben til side og lukkede ham ind til sin store, faste krop.

Han blev varm og modig af det. Følte gnisterne fra hendes hud som en fysisk smerte. Hans hud gned hårdt mod hendes, lagrede billedet af hende. Stod med lukkede øjne og så hver en kurve, hver en pore på hendes hvide krop, indtil han mistede enhver kontakt med sin fornuft.

Da de begge var nøgne og sad på fåreskindstæppet foran den runde, sorte ovn, troede han, at hun ville begynde at tale. Han var svimmel af generthed og lyst. De syv tændte lys i stagerne på bordet ved spejlet var som et varsel fra helvede. Blafrede mod spejlfladen, afslørede alt.

Hun begyndte at udforske hans krop. Først helt varsomt. Så vildere og vildere. Som om en stor sult drev hende.

Først var han kun skræmt. Han havde aldrig før set så stor en sult. Til sidst klynkede han og lagde sig ned på tæppet. Lod hende gyde olie på en brand, der var større, end han nogensinde havde drømt om.

I korte øjeblikke genfandt han sig selv, og følte til sin forfærdelse, at han knugede hende ind til sig, og foretog sig ting, som ingen havde lært ham.

Luften var tyk af kvindekrop.

Hans rædsel var stor som et hav. Men lysten vældig som himmelen.

På kirkegården blev kisten med voksblomsterne firet ned i graven. Med gæstgiver og jægteejer Jacob Grønelvs jordiske rester.

Provsten forsøgte at belægge sine ord sådan, at manden kunne slippe lettere ind i paradiset og ikke havnede i helvedes ild. Det til trods for, at selvom Jacob havde været en brav mand, så havde han langt fra levet som en voksblomst. Om hans endeligt så var nok så bedrøveligt.

Nogle i følget stod med grå, hængende kæber. I ægte sorg. Andre tænkte på, hvilket rejsevejr de fik hjemad. Atter andre stod der bare. Tog halvhjertet imod. De fleste kunne mærke, at de frøs forfærdeligt.

Provsten gennemførte sit ritual og kastede sine nærige, små spadestik i Guds navn. Så var det slut.

Mændene tænkte på punchen bag de furede, alvorlige ansigter. Kvinderne med de tårefyldte blikke på smørrebrødet. Tjenestepigerne græd åbenlyst. For manden i kisten havde været dem alle en kærlig husbond.

Den gamle kvinde var endnu mere bleg og gennemsigtig, end hun var i båden. Med tørre øjne bag sit sorte sjal med frynser blev hun støttet af Anders og lensmanden. Begge med hatten under armen.

Salmesangen var som en uendelig opremsning af vers og var langt fra smuk. Den bar kun lige hen til klokkeren, som stemte i med sin uskolede bas. Han havde trang til at redde enhver situation, klokkeren.

I soveværelset, bag gardiner, der var trukket for, brændte og glødede karlen Tomas. I paradiset og i himmelen. Men stadig i levende live.

Em fra mennesker lagde sig på vinduerne og spejlet. Lugten satte sig i tæppet på gulvet, i stolesæderne og i gardinerne.

Værelset tog imod stalddrengen Tomas. Ligesom det havde taget imod Jacob Grønelv, da han første gang blev modtaget gæstfrit af enken på Reinsnæs.

Enken hed Ingeborg. Og døde en dag, hvor hun bøjede sig ned for at klappe sin kat. Nu fik hun selskab der, hvor hun var.

I soveværelset var der en blanding af hivende åndedræt, hud og varme. Blod, der dundrede i årerne. Dunkede mod tindingerne. Kroppe, der var som heste på vide sletter. De red og red. Kvinden var allerede en rutineret rytter. Men han sprængte efter hende. Det sang i gulvbrædderne, græd i bjælkerne.

Familieportrætterne og skilderierne duvede svagt i deres sorte, ovale rammer. Sengetøjet følte sig helt tørt og forladt. Ovnen holdt op med at dure. Stod bare i sin krog og lyttede åbenlyst og uden blusel.

Nedenunder stod smørrebrød og glas i endeløs venten. På hvad? På at Dina, fruen på Reinsnæs, skulle komme glidende ned ad trappegelænderet. Nøgen med sort hår som en halvt, opslået paraply over sin store, duftende krop? Ja!

Og efter hende, halvt skrækslagen, halvt i drømme, men med en vældig kraft, en ung knægt i et lagen med franske kniplinger? Ja!

Han sprang ned ad trappen med behårede, nøgne ben og kraftige tæer med tydeligt sorte negle. Han lugtede som en nypløjet forårsmark, så den dydige luft indendøre måtte vige.

De bar vin og brød op. Et stort glas og en stor karaffel. Et stykke smørrebrød stjålet hist og her fra fadene, så det ikke kunne ses. De legede, at de ikke havde lov til at spise.

Dina ordnede med nænsom hånd alle hullerne efter de stykker, de tog. Med lange, rappe fingre, der lugtede af salt jord og nyrenset fisk. Til sidst bredte hun klæderne med monogram over.

De listede sig som tyve op i soveværelset igen. Slog sig ned på skindet foran ovnen. Tomas lod de dobbelte ovndøre stå på klem.

Leda og svanen på skærmbrættet var en bleg kopi ved siden af de to. Vinen perlede.

Dina spiste grådigt af den røgede laks og det saltede kød. Brødet smuldrede ud over hendes ferme bryster og ned på hendes runde mave.

27

Tomas kom i tanke om, at han var i sin herskerindes værelse. Han spiste godt af maden. Men inddrak Dinas krop med øjnene og med dybe sukke og meget vand i munden.

Deres øjne skinnede over det samme glas. Det havde en høj, grøn stilk og var i sin tid bryllupsgave til Ingeborg og hendes første mand. Det var ikke af den allerbedste slags. Skaffet til gården, før rigdommen kom til huse med de store jægter, tørfisken og de mægtige forbindelser til Trondhjem og Bergen.

I god tid før begravelsesfølget ventedes hjem, satte de glas og vinrester inderst ind i klædeskabet.

To børn, et ængsteligt og et vidtløftigt, havde narret de voksne. Jacobs kinesiske terningspil blev lagt tilbage i den silkebeklædte æske. Alle spor blev fjernet.

Til sidst stod Tomas ved døren, påklædt og med huen i hånden. Hun rablede nogle ord ned på den sorte tavle, hun altid havde ved hånden, og lod ham læse det, før hun omhyggeligt viskede det ud med fast hånd.

Han nikkede og så nervøst hen mod vinduet. Lyttede efter åreslag. Troede, han hørte noget. Pludselig forstod han, hvad han havde gjort. Tog al skylden på sig. Følte allerede Vor Herres svøbe over skuldrene. Flere dybe slag. Det dirrede ved Tomas' mundvige. Men han kunne ikke angre.

Da han stod ude i den mørke gang, vidste han, at han ikke længere var under nogens beskyttelse. Som en gladiator, der med glæde gik en stor overmagt imøde. For en eneste oplevelse! For stor til at have et navn.

Han var dømt til at ligge på halmmadrassen hver nat i månedsvis og føle en kvindes åndedræt mod sit ansigt. Ligge med åbne øjne og genoplive det. Soveværelset. Lugtene.

Og det tynde vattæppe ville rejse sig i ungdommelig, drømmeagtig iver.

Han var også dømt til billedet af Jacobs ligkiste. Den skulle gynge med. Og den store bølge inde i ham ville smelte alle indtrykkene og sende ham direkte ud i nordlyset. Bølgen ville tømme sig ud i hans fattige seng, uden at han kunne gøre noget ved det.

Dina var bleg, pudret og rolig, da bådene gled ind over stranden. Hun lå i sengen og slap for flere forsøg på at få hende til at vise sig nede hos begravelsesgæsterne.

Mor Karen informerede indgående om Dinas tilstand, da hun kom ned fra soveværelset. Hendes stemme var som honning på lensmandens stemning. Den flød så mildt og let sammen med den varme punch.

Alvoren og sorgen var blevet lettere at bære nu, hvor Jacob var kommet dertil, hvor det var deres pligt at bringe ham. Roen og tanken på det timelige og den arme dag i morgen sneg sig umærkeligt ind over den lavmælte samtale ud på aftenen.

Alle gik tidligt til ro, som det passede sig sådan en dag. Dina stod op og lagde kabale ved nøddetræsbordet. Efter tredje forsøg gik den op. Da sukkede hun og trak vejret dybt.

FØRSTE BOG

1. kapitel

*Jeg er Dina. Som vågner ved skrigene. De sidder fast i mit hoved. Af
og til æder de af min krop.*

Hjertruds billede er sprængt. Som en opsprættet fåremave. Hendes ansigt er skrigene, der hele tiden kommer ud.

Det begyndte med, at lensmanden havde ham med sig, da
han kom fra tinget i efteråret. Et fund af en smed! Fra Trondhjem. En troldmand til sit fag.

Bendik kunne smede de underligste ting. Ting, der kunne
bruges til mange slags arbejde.

Han smedede en indretning over slibestenen, som kunne
hælde syv spiseskefulde vand ud over stenen for hver tiende
omdrejning med håndsvinget. Smedede låse, som gik i baglås,
hvis nogen, der ikke kendte mekanismen, prøvede at åbne
udefra. Foruden at han lavede de smukkeste plove og beslag.

Denne smed hed Langkæbe i folkemunde.

Straks han kom til lensmandens gård, forstod alle hvorfor.
Han var lang og smal i ansigtet med to umådeligt mørke øjne.

Dina var lige blevet fem år, og løftede sit lysegrå blik, når
han kom ind i værelset, som om hun ville komme ham i forkøbet. Hun viste sig ikke just bange. Det var bare ikke nødvendigt, at de lærte hinanden at kende.

Den mørkøjede mand, som de sagde var tater, så på lensmandsfruen med et blik, som var hun en kostelig ting, han
havde købt. Og hun havde vist ikke noget imod det.

Lensmanden forsøgte efter kort tid at gøre smeden arbejdsløs, for han syntes, at tingene trak lidt ud.

Men Bendik blev under Hjertruds milde smil.

Han smedede sindrige låse til yderdøre og skabe, og van-

33

dingssystemer til slibestenen. Til sidst smedede han nye ører til det store kar, som kvinderne kogte lud og tøj i.

På ørerne hæftede han et system, der gjorde det muligt at tippe det store kar trinvis, så luden langsomt kunne løbe ud. Det hele kunne gøres nænsomt og enkelt ved hjælp af et håndtag i ophænget.

Det var slut med at stå som på nåle for at håndtere den sorte, skrækindjagende gryde. Den lod sig sænke, dreje og vippe så let som ingenting, takket være smedens enestående kløgt.

Man kunne stå på gulvet og dirigere det hele uden at være bange for at komme i nærheden af dampen eller det kogende indhold.

Dina fulgte med sin mor til vaskehuset en dag lige før jul. Det var storvaskedag. Fire kvinder i arbejde og en dreng til at bære vand.

Spandene kom ind med grødis og isklumper i. Blev hældt ud i de store tønder ved døren med muntre plask. Bagefter smeltede det hele i gryden og dampen lå som nattetåge over hele rummet.

Kvinderne var klædt i de bare særke med opknappede livstykker. Bare fødder i træskoene og opsmøgede ærmer. Hænderne var røde som nyskoldede pattegrise. De viftede med armene, klaskede og gestikulerede.

Ansigterne gik i opløsning under de stramme hovedtørklæder. Sveden løb i floder ned over kinder og hals. Den samlede sig i et større flodleje mellem brysterne og forsvandt i det fugtige tøj ned i det underjordiske.

Det var, da Hjertrud stod og gav ordrer til den ene af pigerne, at Dina fik lyst til at se nærmere på den mekanisme, som de alle sammen pralede af.

Det boblede allerede i gryden. Lugten af lud var bedøvende og tryg, som lugten af toiletspandene på loftsgangen på varme sommermorgener.

Dina klemte med sine små hænder omkring løftestangen. Bare for at vide, hvordan den var at holde i hånden.

34

I et glimt så Hjertrud faren og kom ilende til.

Dina havde ikke været klog nok til at sno tøj om hånden, sådan som pigerne gjorde. Hun brændte sig kraftigt og hev lynhurtigt hånden til sig.

Men løftestangen havde allerede flyttet sig. To hak ned.

Vinkelen og retningen fra det laveste punkt i karret blev Hjertruds skæbne.

Gryden tømte så meget ud, som den var indstillet til. Hverken mere eller mindre. Så holdt den op. Og boblede videre i sit stativ.

Strålen ramte først, med målrettet præcision, ansigt og bryst. Men dannede hurtigt skoldhede floder ned over resten af den stakkels krop.

De kom farende til fra alle sider. Tog tøjet af Hjertrud.

Dina var midt i et flimrende, dampende billede. Som fortalte, at hud og en del skoldet kød fulgte med det ludfyldte tøj.

Men det halve af ansigtet var ikke ramt. Som om det var vigtigt, at hun kom til Gud Fader med så meget ansigt, at han kunne genkende hende.

Dina råbte mor. Men ingen svarede.

Hjertrud havde nok i sine egne skrig.

Det rosa hul udvidede sig og dækkede hende næsten helt. Hun var gloende rød. Mere og mere efterhånden som de trak tøjet af hende, og huden fulgte med.

En eller anden tømte den ene spand iskoldt vand efter den anden ud over hende.

Til sidst sank hun sammen på det grove plankegulv, uden at nogen turde hjælpe hende op. Man kunne ikke længere gribe fat i hende. Ingen kunne nå hende. For hun havde ikke nogen overflade.

Hjertruds hoved revnede mere og mere. Skriget var som nyslebne knive. Som ramte alle.

En eller anden trak Dina med sig ud på gårdspladsen. Men skrigene hang også i murene derude. Klirrede i alle vinduerne. Sprængte iskrystallerne ude over sneen. Steg op fra den fede røg igennem skorstenene. Hele fjorden stod og lyttede.

Der var en svag, rosa stribe på himmelen mod øst. Vinterhimmelen havde også fået lud ud over sig.

Dina blev jaget af gårde til nabogården, hvor folkene gloede på hende. Forskende. Som om der i hende var en sprække, som man kunne åbne og finde noget i.

En af tjenestepigerne talte småbørnssprog til hende og gav hende honning direkte fra krukken. Hun spiste så meget, at hun brækkede sig på køkkengulvet. Og tjenestepigen tørrede op efter hende med afsky malet i ansigtet. Hun skændte som en angst skadeunge, der skræppede under tagmønningen.

I tre dage var lensmandens datter sammen med mennesker, hun aldrig før havde set. Som hele tiden gloede på hende, som om hun var en skabning fra en anden planet.

Nu og da lagde hun sig til at sove, fordi hun ikke kunne holde alle blikkene ud.

Endelig kom lensmandens dreng og hentede hende i en slæde. Pakkede hende godt ind i fåreskindet og fragtede hende hjem.

På lensmandens gård var der helt stille.

Senere engang, hvor hun sad i skjul under bordet i folkestuen, hørte hun, at Hjertrud skreg et helt døgn, før hun mistede bevidstheden og døde. Huden manglede i det halve af ansigtet. Højre arm, hals og mave.

Dina vidste ikke helt, hvad det betød at gå fra forstanden. Men hun vidste, hvad forstand var.

Og at Hjertrud havde stået for forstanden før, det vidste hun også. Særligt når faderen råbte op.

»Man får sin klogskab fra Gud.« »Man får alle sine gaver fra Gud.« »Den hellige bog er Guds ord.« »Bibelen er Guds nådegave.« Sådan noget sagde Hjertrud hver dag.

At hun døde, var ikke så slemt. Skriget, og det, at hun ikke havde noget hud, var værre.

For dyrene døde også. På lensmandens gård fik de hele tiden nye dyr. Som lignede hinanden til forveksling, og som på en måde var de samme år efter år.

36

Men Hjertrud kom ikke igen.

Dina bar på billedet af Hjertrud som en opsprættet fåremave. Længe.

Dina var meget lang af sin alder. Og stærk. Stærk nok til at udløse sin mors død. Men måske ikke stærk nok til at være til stede.

De andre beherskede ordene. Let. Som olie på vand. Virkeligheden var i ordene. Ordene eksisterede ikke for Dina. Hun var ikke nogen.

Det blev forbudt at føre samtaler om »det grusomme«. Alligevel blev det gjort. Det hørte til alle tjenestefolks rettigheder at tale lavt om det forbudte. Tilpas lavt. Når børnene alligevel skulle være som sovende engle, og man ikke havde ansvar for dem.

Det blev sagt, at Langkæbe aldrig mere smedede sindrige mekanismer til bryggerskar. Han tog den første båd sydpå til Trondhjem. Med alt sit ulykkelige værktøj i en kiste. Rygtet løb foran ham. Om smeden, som smedede genstande, der skoldede folk til døde. De sagde, at han blev sær af det. Ja, ligefrem farlig.

Lensmanden lod smedje og vaskehuset med skorsten og ovn jævne med jorden.

Fire mand med store forhamre måtte der til. Yderligere fire mand trillede det ud til den gamle stenmole som værn for landingspladsen. Den blev flere alen længere.

Så snart frosten gik af jorden, lod han grunden så til igen. Siden voksede der hindbærkrat vildt og uhæmmet.

Om sommeren rejste han med Jacob Grønelvs jægt til Bergen, og blev væk, helt til han skulle på tinget om efteråret.

Det faldt sig sådan, at Dina ikke fik vekslet et ord med sin far fra den dag, hun skoldede sin mor til døde, og til han kom fra tinget over ni måneder senere.

Da fortalte tjenestepigen, at Dina var holdt op med at tale.

Da lensmanden kom fra tinget, fandt han en vild fugl. Med øjne som ingen kunne fange, hår som aldrig blev flettet, og barbenet, selvom nattefrosten for længst var kommet.

Hun tog selv mad, når det faldt sig og sad aldrig til bords. Hun fik vist dagene til at gå med at kaste sten på folk, der kom til gården.

Det førte naturligt nok til mange lussinger.

Men på sin vis beherskede hun folkene. Hun kunne bare kaste en sten. Så kom de løbende.

Dina sov flere timer midt på dagen. I krybben i stalden. Hestene, som var vant til hende, spiste varsomt rundt om den sovende krop. Eller strejfede hende et øjeblik med de store muler for at trække høet frem under hende.

Hun fortrak ikke en mine, da lensmanden kom i land. Sad bare på en sten og dinglede med sine lange, tynde ben.

Tåneglene var utroligt lange og havde dybe rande af skidt.

Tjenestepigerne kunne ikke klare hende, hed det sig. Ungen ville absolut ikke i vand. Hun skreg og fløj ud af døren, selvom de var to til at holde hende. Hun gik ikke ind i køkkenet, hvis der blev kogt noget som helst på det store, sorte komfur.

De undskyldte hinanden, begge de faste tjenestepiger. De havde for meget arbejde. Det var svært at få arbejdskraft. Det var svært at klare et så vildt og moderløst barn.

Hun var så snavset, at lensmanden ikke vidste, hvad han skulle gøre. Han overvandt sin modvilje efter nogle dage. Og prøvede at tage om den stinkende, hvæsende krop for om muligt at få kontakt med hende og gøre hende til et kristent menneske igen. Men han måtte give op.

Desuden så han sin ulykkelige Hjertrud for sig. Så hendes stakkels forbrændte legeme. Hørte hendes vanvittige skrig.

Den fine, tyske dukke med porcelænshovedet blev liggende der, hvor den var blevet pakket ud. Midt på spisebordet. Helt til tjenestepigen skulle dække middagsbord og spurgte, hvad hun skulle gøre med dukken.

– Gud ved! sagde den anden, som skulle være den overordnede. – Læg den op på Dinas kammer!

Længe efter fandt staldkarlen den i kælderen med gødning. Miserabel indtil det uigenkendelige. Men det var en lettelse at finde den. Der havde været flere ugers uro omkring dukken. Lensmanden havde spurgt Dina efter den. Eftersom hun ikke gjorde mine til at hente den, blev den betragtet som mistet. Enhver kunne blive mistænkt.

Da den var fundet, tog lensmanden Dina foran sig. Spurgte strengt, hvordan det kunne være, at dukken var havnet i gødningskælderen.

Dina trak på skulderen og ville ud af stuen.

Da fik hun bank. For første gang fik hun at mærke, hvordan det var. Han lagde hende over knæet og gav hende i den bare ende. Det forhærdede, fordømte barn bed ham i hånden som en hund!

Men noget godt kom der da ud af det. Efter den episode så hun altid folk direkte i øjnene. Som om hun straks ville finde ud af, om de slog.

Der gik lang tid, inden Dina næste gang fik gaver af lensmanden. For at være helt nøjagtig var celloen, efter herr Lorchs forbøn, den næste.

Men Dina ejede en lille perlemorsskinnende muslingeskal på størrelse med sin lillefingernegl. Hun havde den i en tobaksdåse i et gammelt barberskrin.

Hver aften tog hun den frem og viste den til Hjertrud. Som sad med ansigtet vendt væk for at skjule, at hun var så ødelagt.

Muslingeskallen havde pludselig skinnet hende i møde en dag, hvor hun gik på stranden.

Den havde små bitte, rosa, skinnende riller, der endte i en spids og var svagt spraglede nederst. Og skiftede farve efter årstiden.

I lampelys skinnede den mat, blinkende. Men i dagslys, ved vinduet, lå den i hånden på hende som en lille stjerne. Gennemskinnelig, hvid.

Det var knappen til Hjertruds kjortel i himmelen! Som hun havde kastet ned til hende!

Hun kunne ikke savne Hjertrud. Man kunne ikke savne en, man selv havde sendt i døden.

Der var ingen, der sagde noget om, at det var hende, der havde udløst vippesystemet på karret. Men alle vidste det. Også faderen. Han sad i rygeværelset. Var som mændene på de gamle billeder i stuerne. Stor, bred, alvorlig. Helt flad i ansigtet. Han talte ikke til hende. Så hende ikke.

Dina blev flyttet fra hjemmet til et af husmandsstederne, som hed Helle. Der var der mange børn og lidt af alt andet. Så det var godt, at de fik et barn i huset, som kastede noget af sig.

Lensmanden betalte godt. Både i penge, mel og med fritagelse for pligtarbejdet.

Det hed sig, at pigen skulle lære at tale igen. At hun havde godt af at være sammen med andre børn. Og lensmanden slap for at blive mindet om stakkels Hjertruds endeligt hver eneste dag.

På Helle forsøgte de alle sammen efter tur at nærme sig pigebarnet. Men hendes verden var ikke deres.

Det så ud, som om hun havde samme forhold til dem, som hun havde til birketræerne uden for husene, eller til fårene, som gik og græssede om efteråret. De var en del af det solide landskab, hun bevægede sig i. Ikke mere end det.

Til sidst gav de vel op, og passede deres eget. Hun blev en del af deres hverdag, præcis som dyrene, der havde brug for et minimum af røgt, men i øvrigt passede sig selv.

Hun købte ikke nogen af deres tilnærmelser, og afviste ethvert tilløb til kontakt. Og hun svarede ikke med ord, når de talte til hende.

Det år, hun blev ti år, udbad præsten sig en samtale med lensmanden. Formanede ham om at hente sin datter hjem og give hende kår, der svarede til hendes stand. Hun trængte både til at blive opdraget og til lærdom, mente præsten.

Lensmanden bøjede hovedet og mumlede noget om, at han også havde tænkt i de baner.

Dina blev atter hentet hjem i en slæde. Lige så stum, som da hun rejste, men med adskilligt mere kød på kroppen. Vasket og gjort i stand.

Dina fik en huslærer, som bar det fornemme navn herr Lorch, og som ikke kendte Hjertruds historie.

Han havde afbrudt sine musikstudier i Christiania for at besøge sin døende far. Men da faderen døde, var der ikke penge at rejse tilbage for.

Lorch lærte Dina bogstaverne og tallene.

Hjertruds bibel med millioner af snirklede tegn blev flittigt brugt. Og Dinas pegefinger fulgte linjerne som en rottefænger, der trak de små bogstaver krybende efter sig.

Lorch havde en gammel cello med sig. Pakket ind i et filttæppe. Bragt i land som et stort spædbarn i trygge arme.

Noget af det første, han gjorde, var at stemme instrumentet og spille en enkel salme uden node.

Der var kun tjenestefolk i huset. Men de fortalte siden alle detaljer til alle, der ville høre det.

Da Lorch begyndte at spille, rullede Dinas lysegrå øjne rundt i hovedet på hende, som om hun var ved at besvime. Tårerne løb i stride strømme ned over kinderne, og hun trak sig selv i fingrene, så leddene knagede i takt med tonerne fra celloen.

Da herr Lorch så, hvordan musikken virkede på pigen, standsede han forskrækket.

Da skete det. Underet!

– Mere! – Spil mere! Spil mere! Hun råbte det. Ordene var virkelighed. Hun kunne udtale dem. De eksisterede for hende. Hun var.

Han lærte hende grebene. Fingrene var først håbløst for små. Men hun voksede hurtigt. Efter kort tid kunne hun magte celloen så godt, at Lorch dristede sig til at sige til lensmanden, at Dina burde have en cello.

– Og hvad skulle pigebarnet med en cello? Det ville være bedre at lære hende at brodere!

Huslæreren, der af ydre var spinkel og ængstelig, men af

41

indre var lige så urokkelig som en uåbnet nød, antydede beskedent, at han ikke kunne lære hende at brodere. Men derimod at spille cello.

Sådan fik hun en cello til adskillige daler i huset.

Lensmanden ville helst have, at den skulle stå i stadsstuen, sådan at alle, der kom på besøg, kunne slå hænderne sammen og beundre instrumentet.

Men Dina var af en anden mening. Den skulle stå på hendes kammer på første sal. De første dage bar hun den op, hver gang faderen havde givet ordre til, at den skulle flyttes ned i stuen.

Men efter nogle dage blev lensmanden træt. Der blev indgået en slags stumt kompromis mellem far og datter. Hver gang der kom højerestående eller på anden måde betydningsfulde gæster, blev celloen hentet ned i stuen. Dina blev kaldt ind fra stalden, vasket ren, klædt i skørt og kjoleliv og måtte spille salmer.

Herr Lorch sad som på nåle og snoede sit skæg. Det faldt ham ikke ind, at han sandsynligvis var den eneste i stuen, uanset hvor mange der var til stede, der var i stand til at høre Dinas små uregelmæssigheder.

Dina forstod tidligt, at herr Lorch og hun havde en ting til fælles. Nemlig at være ansvarlig for hinandens utilstrækkelighed. Efterhånden var der en slags trøst ved det.

Når lensmanden tordnede ned over Lorchs hoved, fordi Dina efter tre års utrættelig undervisning endnu ikke kunne læse ordentligt bortset fra Hjertruds bibel, så lukkede hun døren til sit kammer op, satte celloen mellem lårene og lod faderens yndlingssalmer strømme ned i kontoret. Det gjorde sin virkning.

At hun lærte tal så hurtigt, at hun gjorde lærlingen i kramboden forlegen, når hun regnede tal med flere cifre ud i hovedet hurtigere, end han kunne notere dem ned, det var der ingen, der talte om. Undtagen herr Lorch.

Hver gang Dina havde læst højt af katekismen for lensmanden, forsvarede han sig tilsyneladende ydmygt over for beskyldningerne om, at han var uduelig i tjenesten.

For Dina digtede, når der var ord, hun ikke kunne læse, sådan at teksten ofte blev uigenkendelig, men betydeligt mere farverig end den oprindelige.

Tjenestefolkene stod med sammenpressede læber uden at turde se på hinanden af skræk for at briste i hæmningsløs latter.

Nej, tal! Det var naturstridigt for en pige! Hendes yngre bror skulle have lært tal, mumlede lensmanden med sprukken stemme. Så tumlede han ud af værelset. Alle vidste, at lensmandsfruen var flere måneder henne, da hun blev skoldet ihjel.

Men det var, når sandt skal siges, den eneste og kun en indirekte bebrejdelse, Dina fik fra lensmanden.

Der var et gammelt stueorgel på Fagernæsset. Inderst inde i stadsstuen. Dækket til og majet ud med vaser og krukker.

Men det stod så ilde til med det, at herr Lorch nægtede at lære Dina at spille på det. Han antydede forsigtigt over for lensmanden, at det kunne være godt for et hus med så mange prominente gæster fra ind- og udland at have et ordentligt taffelklaver. Som desuden var et smukt møbel!

Desuden blev et klaver jo nødt til at stå i stuen. På den måde kunne lensmanden give Dina svar på tiltale i forhold til hendes obsternasighed med hensyn til, hvor celloen skulle stå.

Et sort, engelsk pianoforte kom i huset. Det var højtideligt, og der blev svedt meget, før det endelig kunne befries fra træuld og klude og komme ud af den solide kasse.

Herr Lorch stemte det, trak op i buksebenene, der var blankslidte på knæene, og satte sig forsigtigt ned på den solide, drejelige klavertaburet.

Der var noget, herr Lorch kunne bedre end noget andet. Det var at spille klaver!

Med øjne som befriede duer begyndte han at spille Beethoven. Sonata appasionata.

Dina sad med ryggen presset ind mod fløjlsryggen på chaiselonguen. Fødderne dinglede i luften. Munden åbnedes med et dybt suk, da de første toner fyldte rummet.

43

Dinas ansigt var som en strøm af floder. Der kom voldsom lyd ud og slog hende omkuld.

Lensmanden gav ordre til, at det skulle standses. Pigebarnet blev sendt op på sit kammer. Hun var 12 år og burde vide, at alt skulle gå sømmeligt til.

Først turde herr Lorch ikke at nærme sig klaveret, uanset hvor meget Dina tiggede, skældte og lokkede.

Men engang rejste lensmanden til tinget og skulle være væk en uge. Da lukkede herr Lorch alle døre og vinduer i stuen, selvom majsolen bagte.

Så løftede han igen op i sine slidte bukseknæ og satte sig forsigtigt til instrumentet.

Han lod hænderne hvile lidt over tangenterne, før han satte fingrene på dem med alt, hvad han havde af kærlighed.

Han håbede til det sidste, at Dinas reaktion på Sonata appassionata var overstået. I dag valgte han Chopins Tarantelle og Valse.

Men han kunne lige så godt køre hele repertoiret igennem, for Dina græd og hylede.

Hele ugen blev de ved. Ungen var så rødøjet, da man ventede lensmanden, at de ikke turde vise hende frem. Hun sagde, at hun var dårlig og gik i seng. Vidste, at hendes far ikke kom ind på hendes kammer. Han var sygeligt bange for smitte. Det havde han efter sin salige mor, sagde han. Han gjorde ikke nogen hemmelighed ud af det.

Men herr Lorch lagde en plan. Og en eftermiddag tog han det op med lensmanden, mens de to mænd sad i stuen, og lensmanden fortalte løst og fast fra tinget.

Det var for galt med det dyre instrument. At det ikke blev brugt. Om ikke lensmanden troede, at Dinas gråd ville tage af, hvis hun bare fik lidt træning i at lytte til musik. Ja, han kendte en, der havde en hund, der også langsomt, men sikkert måtte vænnes til musik. I de første måneder hylede den bare. Alt var skrækkeligt. Men efterhånden vænnede den sig til det. Til sidst lagde den sig roligt til at sove. Ja, der var ganske vist blevet spillet på violin. Men alligevel...

Lensmanden betroede endelig Lorch, at han ikke kunne ud-holde gråd. Der var blevet grædt nok, da hans hustru på så tragisk en måde gik bort. Hun havde skreget i et helt døgn, før hun slap. Siden havde den slags lyde været en belastning for ham.

Og omsider hørte herr Lorch Hjertruds historie. Om Dina, som havde udløst den situation, hvor det glohede kogekar fyldt med lud blev vippet ud over hendes stakkels mor.

Herr Lorch, der ikke var vant til at tage imod betroelser, havde ikke noget at sige som trøst. Han havde været tre år i huset uden at vide, hvorfor han underviste en ulveunge.

Langsomt blev han syg af lensmandens detaljer. Men han lyttede med en musikers benhårde træning i at skille kunst fra føleri.

Og der skete et og andet i Lorchs følsomme hoved. Noget af det gik ud på, at lensmanden på sin vis nok var kommet over tragedien. Til trods for den ydre sorg.

Herr Lorch dristede sig til i milde vendinger at sige, at det alligevel ville være synd, hvis der ikke var nogen, der spillede på det dyre instrument. Han kunne undervise Dina, når lens-manden ikke var til stede.

Så da lensmanden havde fået fortalt historien, havde renset stemmen og røget en pibe tobak, blev det en aftale.

Bagefter gik herr Lorch en lang tur. Langs forårsblege strande. Tørre strå stak op igennem sneen, og havfugle drev hjemløst rundt.

Hele tiden så han Dinas forhærdede ansigt for sig. Hørte hendes trodsige, rapkæftede hovedregning og hendes sanse-løse gråd, når han spillede klaver.

Han havde egentlig tænkt sig at rejse til København den sommer for at studere musik igen. Han havde fået sparet rige-lige midler op i lensmandsgården. Men han blev. En indtørret ung mand. Allerede med tyndt hår og et slidt ansigt, selvom han ikke var 30.

Han havde på en måde fået et kald.

Dina fortsatte med at tale. Først kun til Lorch. Men efterhånden også til andre, der kom på hendes vej.

Hun lærte at spille klaver. Efter Lorchs noder. Først små viser og fingerøvelser. Så salmer og lette klassiske stykker.

Lorch var omhyggelig med noderne. Han skrev til Trondhjem, Christiania og København efter noder, som kunne passe til nybegyndere. På den måde fik han også kontakt med sine gamle musikvenner.

Dina lærte både at spille og lytte uden at hyle som en ulv. Og lensmandsgården fik det ry, at det var et musikalsk hjem. Tilrejsende sad i stuen og lyttede til cello- og klaverspil. Og drak punch. Det var sømmeligt og meget begavet. Lensmanden var såre tilfreds.

Herr Lorch med sit slidte og utiltalende ydre, sin knappe og kejtede stil, sit indelukkede og kedelige væsen fik status som kunstner.

Lorch fortalte Dina mange underlige ting fra den store verden. Men også små historier om magi og musik.

En dag, hvor de roede rundt på det blikstille hav for morskabs skyld, fortalte han hende om havtrolden, der skulle lære violinspilleren at spille. Det skulle lyde så smukt, at prinsessen græd og ville gifte sig med ham!

Ja, det skulle havtrolden nok lære ham! Som betaling ville han have godt, frisk kød.

Og havtrolden gjorde sit. Violinspilleren lærte kunsten så godt, at han kunne spille med vanter på. Så kom han i tanke om, at han ikke havde noget kød. I sin nød kastede han et afgnavet kødben i havet.

– Hvordan gik det så? spurgte Dina spændt.

– Han skulle aldrig have prøvet på at narre havtrolden. Havtrolden sang for ham dag og nat:

>»Du gav mig et kødben uden mad
>du kan lære at spille, kan ej gøre glad!«

– Hvad betyder det?

– Han blev meget dygtig til at spille, men prinsessen blev ikke rørt, så han fik hende ikke.

– Hvorfor ikke det? Når han var så dygtig?

– Det at være dygtig til at spille efter noder, er ikke det

46

samme som at kunne den kunst at røre folk. Musik har sjæl, helt ligesom mennesker. Den skal også kunne høres...

– Du kan kunsten, sagde Dina fast.

– Tak! sagde manden og bukkede for hende. Som om han sad i en koncertsal med en prinsesse på første række.

For Dina var Lorch et menneske, man kunne holde sig til. Han var den, hun tyede til, når der var noget galt. Ingen turde latterliggøre ham, når hun var til stede.

Han lærte at håndtere hendes voldsomme kærtegn og om- favnelser. Simpelthen ved at stå ret op og ned og lade armene hænge ned. Hans øjne var som et spindelvæv i et krat – med en regndråbe i.

Det var nok for hende.

Herr Lorch tog Dina med til Hjertruds grav. Der var så smuk- ke blomster der. Et bed, der var kantet med runde, mosbe- klædte sten.

Lorch talte lavt til Dina og forklarede hende ting, som hun ikke havde spurgt om.

At Hjertrud ikke bar nag. At hun sad i sin himmel og var glad, fordi hun var sluppet ud af denne verdens evindelige plager og sorg.

At alt på sin vis var forudbestemt. At mennesker er redska- ber i hinandens liv. At nogle gjorde noget, som var frygteligt i deres egne og andres øjne, men at det kunne blive til velsig- nelse.

Dina rettede to glasagtige øjne mod ham, som om hun pludselig troede, at hun havde ophøjet Hjertrud. Ja, havde befriet hende! At hun egentlig havde gjort det, ingen andre turde eller ville. Havde sendt Hjertrud direkte til Gud Fader i Himmelen. Der hvor man ikke havde sorg, tjenestefolk og børn. Og Hjertrud sendte vellugt af hybenroser og forglem- migej – i taknemmelighed.

Dinas udtryk fik Lorch til at skifte samtaleemne. Han fortal- te lidt hæsblæsende om blomsternes forskellige bestanddele.

Den sommer, Dina blev tretten år, kom lensmanden hjem fra Bergen med usædvanligt velplejet skæg og en ny hustru.

Han viste hende frem med en stolthed, som havde han selv smedet hende.

»Denne nye« flyttede ind på Hjertruds værelse efter en uge. Alle på gården og naboerne med syntes, at det kom noget pludseligt.

To piger blev sat til at flytte alle salig Hjertruds ting ud og gøre rent i kvistværelset. Det havde stået aflåst i alle disse år. Som en kiste ingen havde nøgle til, og som man derfor måtte glemme.

Stakkels Hjertrud havde jo ikke brug for værelset mere, så egentlig var der ikke sket nogen skade. Det forstod de alle sammen. Men alligevel. Det var noget med måden.

Rundt omkring blev der talt lavmælt. Om at lensmanden efterhånden havde været så meget i bekneb for fruentimmere, at tjenestepigerne ikke blev længe på lensmandsgården. Hvis de ville hytte deres skind. Sådan var der jo ikke noget, der var så galt, at det ikke var godt for noget, at denne Dagny kom i huset.

Hun var en ægte bergensdame. Som en strikkepind om livet, med kunstfærdigt opsat hår og tre underskørter på en gang. Hun skulle vel egentlig have været til velsignelse for dem alle, men så let gik det ikke.

Et af de første ansigter, den nye lensmandsfrue så, var en hjemmelavet maske af gips.

Dina havde gjort sig umage. Havde klædt sig ud med gipsansigtet og hvide gevandter for at overraske faderen.

Ansigtet var selvgjort. Efter herr Lorchs instruktion. En ikke helt vellykket afstøbning af Lorchs ansigt. Det lignere mere en dødning end noget andet, fru Dagny tidligere havde set. Mere grotesk end morsomt.

Lensmanden skoggerlo, da skikkelsen dukkede op i døren til stuen, mens Dagny tog sig til hovedet.

Fra den første dag lå Dina og Dagny i kold, uforsonlig krig. I den krig måtte lensmanden finde sig i at være kvindfolkenes

48

mellemmand, hvis der overhovedet skulle være kontakt mellem dem.

Jeg er Dina. Hjertrud har kastet en lille knap fra sin kåbe ned til mig. Før kunne hun ikke lide, at jeg havde sorte rande under neglene. Nu siger hun aldrig noget om det.

Lorch siger, at det er en gave, at jeg kan regne så hurtigt i hovedet. Han dikterer, og jeg tæller sammen. Nogle gange trækker jeg også flere cifre fra. Eller dividerer. Herr Lorch regner det ud på papir. Så sutter han sine tænder af og siger: »Prima! Prima!« Så spiller vi sammen. Og læser ikke mere fra huspostillen eller katekismen.

Hjertruds skrig sprænger vinternætterne i små bitte stykker, som flagrer forbi mit vindue. Særligt lige før jul. Ellers går hun med filttøfler på, så jeg ikke ved, hvor hun er. Hun er smidt ud fra sit værelse.

Alle billederne er stuvet af vejen. Kommoden er tømt. Bøgerne er sat ind til mig. De går ind og ud fra hylderne ved måneskin. Hjertruds sorte bog har bløde kanter. Og mange eventyr. Jeg låner hendes forstørrelsesglas og trækker ordene op til mig. De løber gennem mit hoved som vand. Jeg bliver tørstig. Men ved ikke, hvad de vil mig.

Hjertrud er flyttet helt ud. Vi har en ørn, som kredser over os her. De er bange for den. Men det er bare Hjertrud. De forstår det ikke.

2. kapitel

HAN SKAL FRI ENDOGSÅ DEN, DER IKKE ER USKYLDIG;
(Jobs Bog, kap. 22, v. 30)

– Tomas! Ved du, hvorfor hestene står op og sover? spurgte
Dina en dag.

Hun betragtede den tætte, lavstammede knægt fra siden.
De var alene i stalden.

Han var kommet fra det husmandssted, hvor Dina var ble-
vet opfostret i nogle år. Efterhånden var han blevet så stor, at
han kunne tjene nogle ekstra penge på lensmandsgården ved
siden af det pålagte pligtarbejde.

Nu kastede han foderet op i krybben og lod armene synke
ned. – Heste står altid op, når de sover, fastslog han.

– Ja, men de står også op, når de er vågne? mente Dina med
sin mærkelige logik og sprang op i den varme hestepære i
spilderenden, så den blev presset op mellem tæerne på hende
og kom ud som fede larver.

– Ja, ja.

Tomas gav sig.

– Ved du ikke noget? spurgte Dina.

– Hårh!

Han spyttede og rynkede panden.

– Ved du, at jeg har brændt min mor op, så hun døde? spurgte
hun tilsyneladende henkastet og rettede øjnene mod ham.

Tomas blev stående. Han kunne ikke engang finde ud af at
stoppe hænderne i lommerne. Endelig nikkede han. Som i
andagt.

– Nu skal du også stå op og sove! fastslog hun med sit
underlige smil, der ikke lignede noget andet.

– Hvorfor det? spurgte han forfjamsket.

– Jeg har fortalt det til hestene. De står op og sover! Nu ved
du det også. Så nu skal du også stå op og sove! I er de eneste,
jeg har sagt det til.

50

Hun vendte rundt på en snavset hæl og sprang ud af stalden.
Det var sommer.

Samme nat vågnede Tomas ved, at der var nogen ved døren til kammeret. Han troede, det var stalddrengen, der havde ombestemt sig og alligevel ikke var taget på sejfiskeri.

Da stod hun pludselig over ham og trak vejret tungt. Han så lige ind i to vidtåbne, anklagende øjne. Grå som poleret bly i nattelyset. Dybt inde i hovedet på hende. Truede med at falde ned i sengen.

– Din snyder! hvæsede Dina og trak tæppet af ham. – Du skulle stå op og sove!

Så fik hun øje på den nøgne drengekrop, som han instinktivt prøvede at dække med hænderne.

– Du er underlig at se på! fastslog hun. Trak tæppet helt af ham og begyndte at undersøge indersiden af hans lår.

Han værgede for sig med et genert grynt og rakte en lang arm ud efter bukserne, som hang på sengekanten. Før han vidste af det, var han ude midt på gulvet. Da var hun væk. Var det hele bare noget, der var i hans hoved? Nej. Lugten af hende var der. Som våde lam.

Han glemte ikke hændelsen. Af og til vågnede han midt om natten og troede, at Dina var i værelset. Men han fik aldrig noget bevis for det.

Han kunne have skudt slåen for indersiden af døren, men undskyldte sig med, at de andre karle ville kunne synes, at det var underligt. Tro, at han lukkede nogen ude.

Han greb sig i at tro, at hestene så underligt på ham, når han fodrede dem. Nogle gange, når han gav dem en brødskorpe, og de åbnede de store gab og viste den gule tandrække, troede han, at de lo ad ham.

Hun var den første, der havde set på ham. På den måde. Siden var det, som om alt var forstyrret.

Han begyndte at gå til søen bag ved lunden. Der gættede han på, at hun badede. Fordi han pludselig kom i tanke om, at han havde set hende med dryppende vådt hår på varme eftermiddage.

Han syntes, han hørte det pusle i høet på de lyse sommeraftener, når han havde ærinde i stalden.

Han ville bande på, at der var noget, der bevægede sig i buskene, når han selv badede i søen efter aftenrøgten.

En aften gjorde han det! Gik dirrende af spænding og kulde op af det kolde vand op til stenen, hvor han havde sit tøj. Roligt, ikke i løb, med hænderne foran sig, sådan som han plejede. Og han havde lagt tøjet på en sten meget længere oppe. Som om han ville have, at nogen skulle se ham.

Denne vilje eksploderede i ham, da han kunne mærke, at der virkelig var en deroppe mellem buskene. Der kom et glimt. En skygge! Lyst stof? Et øjeblik turde han knapt nok se sig omkring. Så begyndte han skælvende at klæde sig på.

Hele sommeren havde han hende i blodet. Hun strømmede gennem alt, hvad han tænkte på. Som en kraftig strøm.

Jeg er Dina. Jeg kan ikke lide hindbær. De bliver plukket i buskadset bag ved fadeburet, hvor bryggerset var. Sådan noget krat gør mere ondt end brændenælder.

Hjertrud står midt ude i søen, hvor der flyder vandliljer. Jeg går ud til hende. Så forsvinder hun. Først sluger jeg en masse vand, så kan jeg mærke, at hun holder mig, så jeg flyder. Nu kan jeg bare gå ud i vand og hav og flyde, fordi hun holder mig. Tomas kan det ikke. Der er ingen, der holder ham.

Dagny var svulmet op om livet, førend hun havde været lensmandsfrue i en måned.

Kokkepigen mente, at lensmanden nok ikke havde sparet på krudtet, da han fyrede. Til fortrolige udtrykte hun et håb om, at han havde fyret så grundigt, at tjenestepigerne herefter kunne gå i fred. Så slap hun for at skaffe nye i tide og utide.

Lensmanden var blevet direkte munter. Han gik små ture i skoven bag ved gården og holdt Dagnys parasol højt over hovedet på hende. Så højt, at hun klagede over, at solen trængte ind, og at de stride birkegrene lavede huller i silken.

Dina lagde fælder. Efter alvorlig tankevirksomhed.

Det var sådan noget, som at døren til Dagnys værelse var låst, og nøglen helt og aldeles væk. For derefter at blive fundet inde i værelset!

Hun kunne uset liste sig ind på værelset, når Dagny var nedenunder, låse døren, lade nøglen sidde i låsen på indersiden. Og så klatre ud gennem det åbne vindue.

Hun lavede kroppen til et pendul. Som i det ældgamle stueur. Og efter seks, syv kraftige svingninger fik hun fodfæste i den store hængebirk udenfor.

Det var altid Tomas, der måtte hente en stige og klatre ind mellem de lyse gardiner med kappe for at få døren op.

Mistanken hvilede på Dina.

Dagnys lyse, fornærmede stemme for som den kolde vintervind over hele gården.

Men Dina benægtede. Hun så direkte ind i faderens rasende øjne og benægtede.

Han rev hende i håret og slog hende på skuldrene.

Hun nægtede, så fråden stod om munden på hende. Og lensmanden gav op. Indtil næste gang.

Det skete, at Dagnys bog eller sytøj forsvandt fuldstændigt. Og hele huset måtte i gang med at lede. Uden resultat.

Men efter en dag eller to lå bogen eller sytøjet præcis, hvor det skulle være.

Hvis Dina havde sagt, at hun var sammen med Tomas eller den unge kokkepige, så var det sådan. De løj af årsager, de knapt selv kendte. Drengen, fordi Dina engang havde revet tæppet af ham og set ham nøgen. Og fordi der siden da var en brand i ham, som han ikke kunne slukke. Muligheden for at slukke denne brand skønnede han intuitivt, han forspildte, hvis han nægtede, at han havde set hende i stalden, lige da tingene blev væk.

Den langbenede, store Dina havde gode næver og en voldsom vrede. Hun havde aldrig brugt sine redskaber på kokkepigen. Alligevel var hun bange.

53

Dagny fødte en søn. Og hvis brylluppet blev holdt i Bergen i stilhed, så blev barnedåben en kongelig begivenhed.

Sølvkrusene, sølvstagerne, de hæklede bordtæpper og alt det andet tingeltangel fyldte både skænken og anretterbordet i dagevis.

Tjenestepigerne spekulerede på, om det var meningen, at man skulle stable maden og kogekarrene op på gulvet.

Barnet, som kom til at hedde Oscar, med c, skreg meget. Og det var en af de ting, lensmanden ikke havde forudset. Han havde så sarte nerver, når det gjaldt gråd.

Men Dagny havde lagt sig klædeligt ud, var storbarmet og blid, så snart hun havde fået en barneplejerske i huset. Hun bestilte kreationer og børnetøj fra Trondhjem og Bergen.

Lensmanden ville først ikke være så smålig, at han nægtede hende noget. Men eftersom pakkerne og forsendelserne ikke fik ende, blev han utålmodig. Mindede hende om, at finanserne ikke stod så godt for tiden. Endnu havde han ikke fået alle opgørelserne over de fisk, han havde sendt til Bergen.

Dagny begyndte at græde. Oscar græd også. Og da næste forsendelse kom fra Trondhjem, sukkede lensmanden og holdt sig for sig selv et par timer.

Men om aftenen kom han forklaret ud fra kontoret og var god igen. Det kunne alle, som boede i hovedbygningen, bevidne. For det knirkede taktfast i trægulvet mellem salig fru Hjertruds kvistværelse og stueetagen.

– De kunne have ventet, til vi var gået til ro, skældte den ældste tjenestepige foragteligt.

Men lensmanden holdt sig til den ene. Alle andre skørter kunne gå i fred for ham. Så de fandt sig i det. Nogle syntes tilmed, det var en fornøjelse at lytte til de tydelige lyde deroppefra.

De havde aldrig hørt den slags lyde i salig Hjertruds tid. Hun havde været en engel. En helgen. Ingen kunne tro, at hun nogensinde havde gjort det med den liderlige lensmand. Men de havde jo avlet dette pigebarn... Denne ulyksalige Dina, på hvem der hvilede så tung en synd. Hvor var hun dog en vanskæbne, den stakkel!

54

Kvindfolkene holdt sig ikke for gode til at tale om salig Hjertrud. Hviskende. Men højt nok til, at det kom Dagny for øre. Men ikke lensmanden.

Og de blev ved at tale om hende. Hendes stolte, høje skikkelse. Hendes lyse smil og vidunderlige, smalle midje. Hendes kloge ord blev citeret.

Når Dagny viste sig i døren, blev der stille. Som om nogen havde blæst lyset ud. Men da var det meste sagt og hørt.

Dagny fandt sig i portrætterne af salig Hjertrud. I flere måneder. Et af dem så let smilende på hende fra fløjlstapetet over de høje paneler i stadsstuen. Et så alvorligt på hende fra trappeopgangen. Og et stod på lensmandens skrivebord.

Men en dag havde hun fået nok. Hun tog dem ned fra væggen, pakkede dem ind i et gammelt pudebetræk og lagde dem i en kiste, som indeholdt en del af de ting, der havde været på Hjertruds værelse.

Dina kom, mens hun tog det sidste billede ned fra væggen. Øjeblikket var som en sydende strøm.

Pigen fulgte efter hende, skridt for skridt. Til udstyrsskabet oppe på loftsgangen efter pudevåret. Ind i den mørke krog, hvor Hjertruds kiste stod. Dagny lod, som om pigen var luft.

Der blev intet sagt.

En god middag var sat til livs.

Lensmanden sad tilbagelænet i øreklapstolen, der var betrukket med grønt plys, uden at han havde lagt mærke til, at portrætterne var væk.

Da slog Dina til.

Hun var som en hærfører, der fejede over slagmarken. Den fane, hun holdt foran sig, var det gamle pudevår med det klirrende indhold.

– Ja, hvad er der? spurgte lensmanden med slet skjult irritation.

– Jeg skal bare hænge billederne op, svarede Dina højt og så meget sigende på Dagny.

Så stillede hun sig foran lensmanden og trak det ene billede efter det andet op fra gemmestedet.

– Men hvorfor har du taget dem ned? spurgte lensmanden brysk.

– Jeg har ikke taget dem ned. Jeg vil hænge dem op!

Der blev så stille, så stille. Alt, hvad der var af fodtrin rundt om i huset, kom til at lyde som skraben af mus i spisekammeret.

Til sidst tog Dagny ordet. Fordi lensmanden havde opdaget, at Dinas øjne hang ved hende som gløder.

– Jeg tog dem ned, sagde hun frejdigt.

– Og hvorfor det?

Det var ikke hans mening at være så brysk. Men der var noget ved kvinders væsen, der irriterede ham helt ind til marven.

Lensmanden troede på en uskreven regel. Den gik ud på, at man skulle tale til tjenestefolk og kvinder, som om de var kloge hunde. Men hvis det ikke hjalp, så skulle man sørge for at få hunden »bundet«. Så skulle man »tale« til væsenet som til en klog hest. Det betød, at man ikke skulle hæve stemmen, men lægge den en oktav ned. Så den sang fra brystkassen og lagde sig ud over hele rummet.

Men han magtede sjældent at leve op til sin egen regel. Han magtede det ikke denne gang heller.

– Jeg vil ikke forklare mig, hvad det angår! kom det med en smælden fra Dagny.

Lensmanden kunne godt kende en tirret hunds bjæffen og befalede, at Dina skulle ud af stuen.

Hun tog sig god tid, ordnede de fire portrætter rundt om faderens fødder, tog pudevåret med sig og smuttede ud.

Næste morgen var billederne på plads.

Dagny var sengeliggende med hovedpine, så den lille Oscar måtte være nede hele dagen.

Lensmanden blev træt af striden mellem datteren og hustruen. Han greb sig i at længes væk. Mod ensomme ture langs kysten med husbåden, et par stykker som mandskab, piben og drammen. Han greb sig i at ønske pigebarnet langt væk. Gift. Men hun var jo kun godt og vel femten år.

Han så heller ikke just lyst på fremtiden. Ikke fordi Dina

var grim. For det var hun ikke. Hun var stor og solid af sin alder. I udvikling.

Men hun havde en vildskab i sig, som ikke netop tiltrak mænd, der var på jagt efter en kone.

Alligevel gav han ikke op. Det blev en mission for ham. Hvor han end traf mænd af ordentlig familie, tænkte han straks: Kan det være noget for Dina.

Dagny fik efterhånden nok af at være lensmandsfrue, mor og stedmor. Hun ville til Bergen for at besøge »sine egne«, som hun sagde. Da forstod lensmanden, at noget måtte gøres, og det hurtigt.

Han ville sende Dina til Tromsø for at gå i skole. Men han kunne ikke få nogen, der kendte familien, til at tage hende i huset. Der blev fremskaffet en hel hærskare af gode und-skyldninger. Alt fra tæring til udvandring. Og hun var for ung til at blive placeret i et logi alene.

Rasende tænkte han på alle dem, han havde gjort en tjenes-te både med det ene og det andet. Men de havde tilsyneladen-de glemt det. Han brummede om det til alle, der brød sig om at høre det.

Dagny svarede irriteret, at ingen kunne have »hende der« i huset.

Nå, så lensmandens datter var »hende der«?! Han skumme-de af raseri og krænket stolthed. Var hun ikke det eneste fru-entimmer, der kunne spille cello. Gik hun ikke i sko? Red hun ikke bedre end nogen anden i sognet? Regnede hun ikke bed-re end den bedste krambodssvend? Var der noget i vejen?

Nej, der var ikke andet i vejen end, at Dina var helt igen-nem vild, ondskabsfuld og intrikat!

Dagny smældede dommen ud mellem øjnene på lensman-den, mens hun holdt godt fast på den lille søn, der klynkede ængsteligt over alt postyret.

– Og hvem er det så, der skulle have været hende i mors sted? spurgte lensmanden. Han var gloende rød i kammen nu.

– I hvert fald ikke jeg, svarede Dagny fast og anbragte bar-net nede på gulvet foran fødderne på ham og satte hænderne i siden.

Så gik lensmanden. Ud af stuen, ned ad den brede, herskabelige trappe, over gården og ned til sine elskede pakhuse.

Han længtes efter Hjertruds milde væsen og hendes svale hånd på panden. Hendes kølige, engleagtige ro var om muligt blevet endnu større i de år, hun havde været død.

Lensmanden stod i aftendæmringen og bad salig Hjertrud tage sit barn til sig, for det blev for vanskeligt for ham. Hun kunne vel godt se det. Han undskyldte sig lynhurtigt med, at han ikke ønskede pigen død, bare lidt opdragelse.

– Tal til hende! bad han indtrængende.

Han pudsede næsen i et lommetørklæde med monogram, tændte en pibe og satte sig tungt ned på en tønde.

Da madklokken lød, kunne han mærke, at han var sulten. Alligevel ventede han så lang tid som muligt.

Ingen kunne begynde på måltidet, før lensmanden sad for bordenden... Det var lov, når han var hjemme.

Dina kom overhovedet ikke til bords. Hun sad i den gamle birk bag fadeburet. Her havde hun en udsigt som en falk. Og lydene fra gården kom lige ind i ørene på hende.

Selv kunne hun sidde skjult.

I toppen af træet hang Dagnys lyseblå strikketøj. Krænget ud i alle retninger med det ene hul efter det andet der, hvor maskerne var løbet.

Strikkepindene stod i skadereden oppe under fadebursmønningen. De blinkede og lynede, når solen faldt i dem.

3. kapitel

OG HUN SAGDE: JEG VIL VISSELIGEN GÅ MED DIG;
MEN DU VIL DOG IKKE FÅ ÆREN PÅ DEN VEJ, SOM DU
GÅR PÅ, THI HERREN SKAL SÆLGE SISERA I EN KVIN-
DES HÅND;
(Dommernes Bog, kap. 4, v. 9)

Jacob Grønelv fra Reinsnæs var lensmandens nære ven. De gik på jagt om vinteren og rejste til Bergen om sommeren.

For snart tyve år siden var Jacob kommet fra Trondhjem for at hjælpe Ingeborg, enken på Reinsnæs med fragtvirksomhed.

Reinsnæs var allerede dengang et af de bedste handelsste- der i amtet, og de havde to herlige jægter.

Der gik ikke lang tid, før Jacob flyttede ind i soveværelset på første sal. Ingeborg kunne lige så godt gifte sig med sin unge styrmand.

Det viste sig at være et godt valg. Jacob Grønelv var en dygtig ung mand. Ikke lang tid efter søgte han gæstgiverbe- villing. Den fik han til misundelse for mange.

Der gik gode historier om Ingeborg Grønelv. Og om Jacobs mor, Karen. Kvinderne på Reinsnæs havde altid været af en særlig støbning. Selvom mange slægter efterhånden havde af- løst hinanden, så var det fælles for kvinderne, at det var dem, man huskede bedst.

Det blev sagt, at folk aldrig kunne komme inden for døren uden at blive trakteret, og det gjaldt både høj og lav. Hvis man skulle have noget at udsætte på kvinderne på Reinsnæs, så var det, at de ikke blev med barn hvert år. Til gengæld holdt de sig unge og skære i huden.

Det var, som om sydvestenvinden og det store hav mod vest vaskede rynkerne og alderdommen af dem. Det måtte være noget ved stedet selv. For det gik ikke i arv. Slægterne afløste til stadighed hinanden på Reinsnæs.

Jacob Grønelv var slider og levemand. Han var kommet med havluft i håret fra den store verden. Giftede sig med den 15 år ældre Ingeborg og med alt hendes. Men han ødslede ikke noget væk.

Eftersom Ingeborg var 40 år, da Jacob kom i huset, var der ingen, der troede, at der ville komme arvinger.

Men de forregnede sig voldsomt.

Ingeborg, som havde været ufrugtbar i sit tidligere ægteskab, gav sig til at blomstre.

Akkurat som Sara i Det gamle Testamente gav hun sig til at blive frugtsommelig i en moden alder. 43 år gammel fødte Ingeborg på Reinsnæs en søn! Han fik navnet Johan efter Jacobs far.

Jacobs mor, Karen, kom fra Trondhjem for at se sit barnebarn. Men det varede ikke længe, før hun sendte bud efter bogskabene og gyngestolen og blev der.

Hun var den sødeste svigermor, man kunne forestille sig i huset. På den måde gik kvindevældet på Reinsnæs ind i en ny og god fase. Et mildt, altopslugende vælde. Det omfattede hele husordenen med fordragelighed og gode arbejdsvaner. At være underkastet hustugten på Reinsnæs var en gave.

At Ingeborg havde to fostersønner fra før, hun giftede sig med Jacob, kunne være blevet et problem. Men de voksede til og skikkede sig vel. Niels var mørk og ældst og bestyrede kramboden. Anders var den rastløse, lyse. Sejlede på den ene af jægterne.

Ingeborg mæglede og stod for arbejdsdelingen i al gemytlighed.

Jacob havde enhver juridisk ret som husbond og hersker, men i virkeligheden var det Ingeborg, der styrede og bestemte. Hun spurgte Jacob til råds. Og det skete, at hun rettede sig efter dem.

At Jacob egentlig var en fremmed, var der ingen, der bekymrede sig om. At han helst ville rejse til Bergen med jægten hvert år, og i øvrigt kunne lide at være på farten tidligt og silde, var som det skulle være.

Ingen hørte nogensinde ukvemsord falde mellem Jacob og Ingeborg. De havde hver sit.

Jacobs liv var jægterne. Anders blev hans læredreng i et og alt.

På den måde havde Jacob og Ingeborg hver sin fostersøn. Opgaver og ansvar var uskrevne love. Nøje tilrettelagt efter, hvad der var bedst for den store gård. Alt andet var utænkeligt.

Hvad der var af tingeltangel i prismelysekronerne kunne hænge i fred for larm og spektakel i det hus. Stemmerne var lave og kultiverede.

Det smittede fra Ingeborg, helt ud til stalden og pakhuset. Eder var ikke til at opdrive.

Jacob gjorde sig færdig med den slags, når han var til havs. Når han følte den faste Reinsnæsgrund under fødderne, var det som blæst væk.

Han gjorde sig altid i stand, før han gik i Ingeborgs seng. Både indvendigt og udvendigt. Og han blev aldrig afvist.

Hvis det skete, at han havde stillet sin sult i andre gæstgiverier på ruten, så søgte han alligevel den modne kvinde. Var altid glad for at være hjemme i den høje seng med gardinerne og den hvide himmel.

Folk kunne tydeligt se, at der bredte sig en lille rødme på Ingeborgs fregnede kinder, når jægten gled ind i Sundet. Den rødme kunne holde sig i ugevis. Til Jacob tog afsted igen.

Det blev tidlige aftener og sene morgener. Men den nye rytme generede ikke nogen. Der kom længere nætter ud af det for både den ene og den anden.

Denne Jacob Grønelv spyttede ikke i glasset. Og det gjorde lensmanden heller ikke.

Da lensmanden blev enkemand, var det Jacob, der trøstede. Som tog ham med til det fine selskab i Trondhjem og Bergen. Og som fik et møde med Dagny i stand.

De sagde gensidigt god for hinanden. I forretninger og over for kvinder. En kort periode gæstede de begge to efter tur det samme soveværelse på Helgeland, uden at de på nogen måde blev uenige af den grund.

Så døde Ingeborg, en dag hun stod bøjet under lærketræet i haven og strøg sin sorte kat. Faldt til jorden som et æble. Og var ikke mere.

Ingen havde nogensinde tænkt på, at Ingeborg skulle gå bort til trods for, at døden jævnligt gæstede alle familier. I hvert fald havde ingen tænkt på, at Vor Herre kunne nægte hende at se sønnen blive præsteviet! Hun der altid forsvarede en hvilken som helst lille bitte tanke om Gud langs hele kysten, og som altid var klar til at være værge for andre.

Fra Ingeborgs dødsdag blev lærketræet og den sorte kat regnet som relikvier.

Jacob var utrøstelig. Han havde det som så mange andre, efter at døden uventet har taget noget fra dem. Indså, at kærligheden ikke kunne gøres op, hverken med vægt eller med bismer. Den kom, når man mindst ventede det.

For Jacob kom bevidstheden om den ikke, før han vågede over liget. Han havde troet, at det var et forretningsanliggende og et sengeanliggende. Og så var det så ubegribeligt meget mere.

I et års tid plagede han sig selv, blev søvnløs og mager, fordi han aldrig havde fået vist Ingeborg sin sande kærlighed.

Han vanrøgtede gæstgiverbevillingen og drak mere sprit, end han solgte. Noget, som ikke blot gav dårlig fortjeneste, men som også gjorde ham ligegyldig og sløv.

De kløgtige fostersønner fik ikke bare meget at lave, de fik også al magten og æren.

Hvis Jacob ikke havde været så smuk, ville han nok have vakt afsky både hjemme og blandt fremmede.

Han havde en ring af sanselighed omkring sig. Den påvirkede alt levende, ligesom den havde påvirket fru Ingeborg.

Men Jacob var vagabond og sømand. Og Ingeborgs kløgt som forretningskvinde kom hurtigt for en dag nu, hvor hun ikke var mere.

Fostersønnerne trådte vande, så de flød. Men indså hurtigt, at enten måtte de tage styringen helt, eller også måtte Jacob sendes til søs for at gøre forretninger, hvor han kendte reglerne. Ellers ville de gå fallit.

Jacob blev tålt og tilgivet. Og beskyttet. Selv da han en nat bar himmelsengen ud i haven.

Han havde tømt adskillige glas og savnede Ingeborg på enhver måde, og på alle stadier. Troede vist, at han kom hende nærmere på den måde. I hvert fald kunne han se hendes himmel.

Men himmelen ænsede vist ikke ham. Regnen kom som kanonkugler. Og lyn og torden straffede den arme mand i himmelsengen.

Det havde kostet ham meget arbejde at skille sengen ad, slæbe den ud og så sætte den ordentligt sammen igen.

Han havde ikke hængt silkehimmelen op. Godt var det. Regnen var slem nok for træværket. For silken ville den have været en katastrofe.

Men Jacob blev ædru. Som ved et mirakel.

4. kapitel

OG DE TO ENGLE KOM TIL SODOMA OM AFTENEN;
MEN LOT SAD I SODOMA' PORT...
OG HAN SAGDE: SE NU, MINE HERRER, KOMMER DOG
IND I EDERS TJENERS HUS, OG BLIVER HER I NAT...
MEN FØREND DE LAGDE SIG, DA OMRINGEDE MÆNDE-
NE AF STADEN, MÆNDENE AF SODOMA, HUSET, BÅDE
UNG OG GAMMEL, DET GANSKE FOLK ALLESTEDS FRA.
OG DE KALDTE AD LOT OG SAGDE TIL HAM: HVOR
ERE DE MÆND, SOM KOM TIL DIG I NAT? FØR DEM UD
TIL OS, AT VI MÅ KJENDE DEM.
DA GIK LOT UD TIL DEM UDENFOR DØREN, OG LUKKE-
DE DØREN EFTER SIG.
OG HAN SAGDE: MINE BRØDRE, KJÆRE, GJØRER DEM
INTET ONDT.
SE, KJÆRE, JEG HAR TO DØTRE, SOM IKKE HAVE
KJENDT MAND, KJÆRE, JEG VIL LEDE DEM UD TIL EDER,
GJØRER SÅ MED DEM, HVAD EDER GODT SYNES; KUN
DISSE MÆND MÅ I IKKE GJØRE NOGET, THI DERFOR ERE
DE KOMNE UNDER MIT TAGS SKYGGE.
(Den første Mose Bog, kap. 19, v. 1, 2 og 4-9)

Da lensmanden hørte om tildragelsen med himmelsengen,
besluttede han sig for at invitere sin ven på jagt, kortspil og
punch på Fagernæsset.

Enkemanden kom til gården i en hvidmalet husbåd med
blå rælinger.

Der var skarp efterårsluft på vej, men det var fint og varmt
midt på dagen. Ryperne var set. Spraglede som man kunne
vente det så tidligt på efteråret. Og eftersom der ikke var sne,
belavede herrerne sig på en dårlig jagt.

Men det havde ingen nød... som man sagde.

Mødet var brummende hjerteligt.

Jacob roste Dagnys kjole, hår, figur, broderi. Han roste maden, likøren, varmen fra ovnen og gæstfriheden. Han røg cigarer og generede ikke nogen med snak om sig selv og sin bedrøvelige tilstand.

Dagny blandede sig med herrerne efter måltidet og fortalte livligt om en svensker, som havde haft logi hos dem i en uges tid. Han for rundt og studerede fugle, hvad det så end skulle gøre godt for.

– Havde I ikke en vild fugl i huset i fjor? spurgte Jacob skødesløst lystigt.

Værtsfolkene blev urolige.

– Hun er nok i stalden, svarede lensmanden endelig.

– Ja, der var hun også forrige gang, gnæggede Jacob.

– Det er et problem at have hende til at vokse op, sagde Dagny.

– Hun var da temmelig langbenet, sidst jeg så hende, mente Jacob.

– Åh, ja, det er jo ikke det, sukkede lensmanden. – Men det er det, at hun er mere vild og uregerlig end nogensinde. Hun er 15 år og skulle have gået i skole eller have været opfostret i et godt hjem. Men det giver problemer...

Jacob skulle til at sige, at det ikke var så rart at være moderløs, men tog sig i det. Det ville ikke være passende, det var han klar over.

– Men spiser hun ikke? spurgte han forundret og skottede ud til spisestuen, hvor pigerne tog ud af bordet.

– Hun spiser i køkkenet, sagde lensmanden forlegent.

– I køkkenet!

– Hun laver altid så megen ufred, mente Dagny og hostede.

– Ja, det er også kun i køkkenet, hun trives, sagde lensmanden hurtigt.

Jacob skottede fra den ene til den anden. Lensmanden kunne ikke lide det. De gled videre til noget andet i deres samtale. Men stemningen var ikke den samme.

Herr Lorch sagde ikke noget. Havde en evne til at være usynlig og ikke til stede. På den måde vakte han både irritation og behag.

Netop den aften fik det lensmanden til at svede koldsved.

Jacob og lensmanden tog på jagt i det tidlige daggry.

Dagny truede Dina på livet til at tage noget ordentligt tøj på og spille cello efter middagen. Af en eller anden grund, som kun kunne skyldes Lorchs mesterstrategi, gik hun med til det. Til trods for at det var Dagny, der befalede det.

Dina fandt sig også i at sidde til bords med de voksne.

Mændene var i godt humør og tog for sig af fårestegen. Der blev skænket vin. Der blev leet og konverseret.

Herr Lorch blandede sig ikke i det maskuline samtaleemne. Jagt var ikke hans stærke side. Han var en dannet mand og en god lytter.

Herrerne fortsatte længe med at tale om jagtens ulidelige spænding.

Så talte de om, at de dårlige tider måske havde sluppet grebet her mod nord. At klipfisken var kommet op i pris. Ja, at prisen på råfisk var kommet op i to speciedaler pr. 120 stykker.

Klipfisketilvirkningen var i blomstring, mente lensmanden. Han havde planer om at rense klipperne helt ind til skoven. Lynglaget var så tyndt, at han kunne hyre børn til at fjerne det, hvis det skulle være.

Jacob havde ikke forstand på klipfisk.

– Men klipperne på Reinsnæs er jo ypperlige! Du har dem jo liggende rundt om dig.

– Det kan godt være, men jeg må jo have folk til det, sagde Jacob let.

Det var tydeligt, at han ikke havde til hensigt at drive den slags virksomhed.

– Det er bedre med skibshandel og skibsfragt, fastslog han.

– Men det giver mere udbytte, hvis du forarbejder varerne selv, i stedet for at være opkøber.

Dina fulgte samtalen på den måde, at hun så på ansigtstrækkene og hæftede sig ved stemmerne. Hvad de sagde, var ikke altid så vigtigt.

Hun sad lige over for Jacob og gloede åbenlyst på den »gamle enkemand«. I øvrigt spiste hun underligt lydløst og pænt af hende at være.

Den ferme unge krop var pænt pakket ind i livstykke og langt skørt.

– Du er blevet grå i håret, herr Grønelv, sagde hun pludselig med høj stemme.

Jacob blev tydeligt forlegen, men han lo.

– Dina! sagde Dagny lavt, men strengt.

– Er der noget galt i at være grå i håret? spurgte Dina trodsigt.

Lensmanden, som vidste, at det kunne blive stikordet til et slagsmål, sagde hurtigt og brysk, selvom de ikke havde fået desserten:

– Gå ud efter celloen!

Helt uventet lystrede Dina uden at protestere.

Herr Lorch sprang op og satte sig til klaveret. Han holdt hænderne og kroppen bøjet over tangenterne i de minutter, det tog for Dina at finde den rigtige stilling.

Det grønne fløjlsskørt med border forneden delte sig, idet hun anbragte celloen mellem knæene. Det var ikke nogen kvindelig bevægelse. Hverken net eller elegant. En tung kropslighed fyldte stuen.

Den gjorde Jacob sløret i blikket.

To struttende, unge bryster blev lagt i hans blik, da hun bøjede sig over instrumentet og lagde buen på.

Hendes ansigt faldt til ro under den sorte, stride hårmanke. Til anledningen nogenlunde børstet og fri for støv fra høet.

Den store, lidt grådige pigemund stod halvt åben. Øjnene så forbi alt. Tungt.

Jacob havde fået et hårdt stød i underlivet, da hun bøjede sig frem og tog de første greb. Han vidste, hvad det var. Havde vel følt det før. Men dette var voldsommere end noget andet, han kunne huske. Måske fordi det kom så uventet?

Jacobs hoved blev som en svalerede, hvor musikken slog alle æggene i stykker. Blomme og hvide løb ned over hans kinder og hals. Han bøjede sig intuitivt frem og lod cigaren gå ud.

Dinas tøj var pludselig tæt løv over en ung kvindekrop. At den samme kvinde havde visse problemer med at tolke Schubert til herr Lorchs tilfredshed, lå langt uden for hans virkelighed.

Han så stoffet i hendes skørt dirre hen over hendes lår, når tonen dirrede.

Jacob var strengene under hendes fingre. Buen i den bløde, stærke hånd. Han var hendes åndedræt under kjolelivet. Han steg og sank med hende.

Om natten kunne Jacob Grønelv overhovedet ikke sove. Det var kun lige, han undlod at løbe nøgen ud i de første frostnætter for at slukke branden.

En dør væk lå Dina. Han klædte hende af med alt, hvad han havde af attrå. Var ved at sprænges ved billedet af de store, unge bryster. Over at hendes knæ gæstfrit havde været spredt mod syd og nord med det blankpolerede instrument imellem.

Jacob Grønelv vidste ikke, hvad i alverden han skulle gøre med sig selv hele natten igennem.

Næste morgen skulle han rejse.

Husbåden var klar til afgang, da han trak lensmanden til side og sagde med et stift blik:

– Jeg må have hende! Jeg – jeg må have Dina – til kone!

Det sidste kom, som om han lige i samme øjeblik opdagede, at det var den eneste løsning.

Han var så meget ude af sig selv over, hvordan han skulle få fremført sit ærinde, så han glemte at tale ordentligt. Ordene snublede ud af munden på ham, som om han ikke havde hørt dem før. Alt, hvad han havde bestemt sig for at sige, forsvandt.

Men lensmanden forstod det.

Da Jacob lagde fra land, begyndte det at sne. Først ganske let. Så tæt.

Allerede dagen efter blev Dina hentet ind på kontoret og gjort bekendt med, at Jacob Grønelv ville ægte hende, så snart hun var fyldt 16 år.

Dina stod med skrævende ben midt på gulvet i kontoret i sine gamle vadmelsbukser. Hun havde allerede lavet en sø af smeltet sne blandet med møg og høstrøelse.

Da hun blev beordret ind på kontoret, troede hun, at det var det sidste puds, hun havde spillet Dagny, eller det faktum, at hun havde sluppet lillebroderen ind i grisestien tidligere på dagen, der skulle gøres regnskab for.

Hun behøvede ikke længere at se op på sin far, når hun talte med ham. Hun var lige så høj.

Hun så på ham, som om hun spekulerede på, at han var temmelig tyndhåret, eller burde have sig en ny vest. Lensmandens livvidde var blevet svær inden for det sidste år. Han havde det godt.

– Du har taget på! Du er blevet tyk, far! sagde hun bare og ville gå.

– Hører du ikke, hvad jeg siger?

– Nej!

– Jacob ejer det bedste handelssted her omkring, han har to jægter!

– Han kan tørre sig både for og bag med sine jægter!

– Dina!

Lensmanden brølede. Det udløste et stort ekko, som sang fra bjælke til bjælke, fra værelse til værelse igennem hele huset.

Først prøvede lensmanden med milde ord, en slags mægling. Men Dinas folkestuesnak blev så lysende klar, at han ikke ville finde sig i det.

Lussingerne var højlydte.

Men det, ingen så, var, at lussingerne kom fra begge sider. Dina sprang på sin far allerede efter første slag. Med et raseri som hos et menneske, der ikke har noget at tabe. Som ikke bekymrer sig om grænser. Hverken når det gælder rædsel eller respekt.

Lensmanden kom ud af kontoret med iturevet vest og en flænge på kinden. Han dinglede ud på det lille hus med hjerte på døren og troede, at han ville ende sine dage med et sprængt hjerte.

Åndedrættet kom hivende og stødende.

En høj hestevrinsken og hove, der tordnede mod jorden gjorde det ikke bedre.

Det var tungt at være far til en satan.

Han indrømmede det aldrig over for nogen levende sjæl. Men han havde fået godt med bank af sin store datter.

De var nogenlunde jævnbyrdige, viste det sig. Det, Dina manglede i råstyrke, havde hun i infam hurtighed og spændstighed, negle og tænder.

Lensmanden kunne ikke forstå, hvad han havde gjort galt, at han kunne fortjene sådan en skæbne. Som om det ikke allerede var slemt nok. Et barn, der tugtede sin far! Gud, åh Gud!

Det var sandt at sige første gang, nogen havde lagt hånd på lensmanden. Han havde haft en myndig, men kærlig og fraværende far og havde været sin mors eneste søn.

Han var ikke en hård mand. Nu sad han ude på det lille hus og græd.

Imens sprængte Dina langs fjeldet, over flade skovstrækninger og over fjeldet.

Hun havde retningen nogenlunde i hovedet ved hjælp af en stedsans, som hun ikke selv forstod.

Ud på eftermiddagen red hun ned ad den bratte fjeldside til Reinsnæs.

Vejen gik i siksak mellem store klippestykker, krat og enebærbuske. En bro gik over den stride efterårselv. Her og der var vejen muret op for at holde faconen, når smeltevandet strømmede ned om foråret.

Det var tydeligt, at man helst skulle komme til Reinsnæs i båd. Fra toppen af skrænten så det ud, som om der ikke var andet end hav nede i dybet. Så stejlt var der.

På den anden side af det brede Sund rejste en grå fjeldrække sig mod himmelen.

Men mod vest gav havet og himmelen al den frihed, et øje kunne have brug for.

Da hun kom længere ned, bredte markerne sig ud, både til højre og venstre. Mellem frodig birkeskov og gråt, dundrende hav.

Helt derude gik himmel og hav i et på en måde, hun aldrig før havde set.

70

Hun holdt hesten an, da hun var kommet ud af den sidste kløft.

De hvide huse. Der måtte være mindst 15! To pakhuse og to bådehuse. Denne gård var meget større end lensmandsgården!

Dina bandt hesten ved det hvide havegærde og blev stående og betragtede et lille hus med otte hjørner og kulørte glasruder. Vildvin dannede portal over indgangsdøren, og der var fornemme udskæringer på alle hjørnerne.

Indgangen til hovedbygningen havde solide portaler og udskæringer med snirklede blade henover. En bred skiffertrappe med støbejernsgelænder og en bænk på hver side af døren tog imod hende.

Det virkede så tilpas overdådigt, at Dina valgte køkkendøren.

Hun spurgte en undseelig og forfjamsket tjenestepige, om herr Jacob var hjemme.

Jacob Grønelv sad og blundede i den store rokokostol ved kakkelovnen i rygeværelset. Vesten stod åben og skjortebrystet manglede. Det gråsprængte, krøllede hår var uplejet og lå halvvejs ned over ansigtet. Og skægget hang.

Men han tænkte ikke på det i det øjeblik, han så, at Dina stod i døren.

Hun kom lige ud af hans forvildede drømme. Ganske vist uden cello og kjoleliv. Hun flimrede allerede rundt i hans blodårer. Så det varede et øjeblik, før han forstod, at hun var virkelig, som hun stod der.

Jacob Grønelvs hals og ører blev langsomt røde. Presset ved at se hende blev for stort.

Hans første instinkt, før han endnu var helt ude af søvnen, var at lægge hende ned på gulvet. Lige på stedet.

Men Jacob havde sans for former, hvad ham selv angik. Desuden kunne Mor Karen komme ind i værelset når som helst.

– Far siger, at vi skal giftes! udslyngede hun uden at hilse. Så strøg hun en grålig fåreskindshue af sig med en bevægelse, som var hun en dreng.

– Det bliver der ikke noget af! tilføjede hun.

– Vil du ikke sætte dig ned et øjeblik? sagde han og rejste sig.

Han forbandede lensmandens facon. Han havde vel skræmt livet af pigen med befalinger og hårde ord.

Jacob bebrejdede sig selv det. Han skulle have sagt, at han selv ville spørge hende først.

Men det var kommet så pludseligt. Og siden havde han ikke tænkt på andet.

– Din far siger vel ikke, at vi skal giftes, han siger vel, at jeg gerne ville have dig til kone?

En pludselig usikkerhed gik hen over hendes ansigt. En slags gammelmodig nysgerrighed.

Jacob havde aldrig set noget lignende før. Det gjorde ham kejtet og ung. Han gjorde en ny bevægelse mod den stol, han lige havde siddet i. Hjalp hende jakken af. Hun lugtede af frisk sved og lyng. Havde små bitte dråber i håret og på overlæben.

Jacob kvalte et suk.

Så gav han besked om, at der skulle serveres kaffe og kager, og at de i øvrigt ikke måtte forstyrres.

Med en sammenbidt ro, som om det drejede sig om en handelspartner, tog han en stol og satte sig lige over for hende. Afventende. Hele tiden var han omhyggelig med at se hende i øjnene.

Jacob havde gjort sådan noget før. Men der havde ikke stået så meget på spil, siden han friede til Ingeborg.

Mens de drak kaffen, som Dina slubrede op af underkoppen, havde hun stadigvæk vrede rynker mellem brynene.

Hun havde åbnet sin strikkede trøje i halsen, og bryststykket på blusen, som hun var vokset fra, kunne ikke holde hverken brysterne eller hans blik på plads.

Jacob sendte pligtskyldigst bud efter fru Karen og præsenterede Dina. Lensmandens datter. Som uræd havde redet over fjeldet med en besked fra sin far.

Mor Karen så på Dina gennem sin monokel og et slør af velvilje. Hun slog hænderne sammen og gav besked om, at der skulle gøres i stand i det sydvendte kvistværelse. Varmt vand og rene lagner.

72

Jacob ville endelig vise hende hele gården! Måtte have hende for sig selv!

Han så hende. Talte lavt og indtrængende. Om alt, hvad han ville give hende.

– En sort hest?

– Ja, en sort hest!

Jacob viste hende stalden. Pakhusene. Kramboden. Dina talte træerne i alleen.

Pludselig lo hun.

Tidligt næste morgen blev en dreng sendt over fjeldet med hesten.

Før Jacob kastede los for at bringe hende hjem i husbåden, var de enige. De skulle giftes.

På lensmandsgården havde alt stået på gloende pæle. Ingen havde nogen anelse om, hvor Dina var taget hen.

De red og gik rundt for at indkredse hende. Da drengen kom fra Reinsnæs med bud og hest, skummede lensmanden af lettelse og raseri.

Men da Jacob Grønelvs husbåd lagde til, og Dina ved højvande sprang i land med trossen, beherskede han sig.

Jeg er Dina. Reinsnæs er et sted, hvor himmel og hav går i et. Der er tolv store rønnebærtræer i række fra kramboden og op til gården. I haven er der en stor hæg, som jeg kan klatre i. Der er en sort kat. Og fire heste. Hjertrud er på Reinsnæs. Under det evigt høje tag på pakhuset.

Vind. Der blæser vist altid en vind.

Brylluppet skulle stå i maj, før jægterne stævnede sydpå.

På lensmandsgården blev der lagt udstyr i kufferter og kister.

Dagny for omkring med hektiske røde roser på kinderne.

Pakkede og dirigerede. Der blev syet og strikket og kniplet.

Dina holdt sig for det meste i stalden og i laden, som om det hele ikke angik hende.

Hendes hår trak den tunge lugt af dyr til sig. Man kunne lugte hende på lang afstand. Hun bar staldlugten som et skjold.

Dagnys formaninger om, at hun ikke kunne gå rundt og lugte, hun der skulle være gæstgiverfrue på Reinsnæs, fordampede som regn på solvarme sten.

Dagny trak hende moderligt til side for at indvi hende i, hvordan livet ville arte sig for en gift kvinde. Begyndte forsigtigt med det, at hun blødte hver måned. At det var en pligt og en glæde at være hustru og blive mor.

Men Dina var meget lidt nysgerrig, nærmest overbærende. Dagny havde en ubehagelig fornemmelse af, at pigen stod og iagttog hende i smug, mens hun talte, og at hun vidste mere om livets genvordigheder end Dagny.

Hver gang hun havde set Dina hægte skørterne af og klatre op i det store birketræ ved fadeburet, kunne hun ikke forstå, at en pige på 15 år kunne være så ubegribeligt barnagtig og alligevel have så giftig en forstand.

Denne pige var blottet for koketteri, for viden om, hvordan hun virkede på folk. Hun førte stadigvæk sin krop, som om hun var seks. Hun havde ingen blufærdighed hverken i forhold til påklædning eller samtale.

Og så meget forstod Dagny, at dette at gifte sådan et væsen bort ikke var helt, som det skulle være. Men sandt at sige vidste hun ikke, hvem det ville blive værst for: Pigen eller Jacob.

Hun følte en slags skadefryd ved det hele. Og hun så frem til, at gården endelig skulle blive hendes. Uden al den ufred og det pres, det gav altid at have denne gale pige i huset.

Men lettelsen over snart at slippe af med Dina skjulte hun bag en facade af hektisk omtanke og travlhed. Den kostede hende, på kvindevis, en selvmedlidende samvittighed.

Lensmanden havde været i strålende humør siden den dag,

74

Jacob kom med Dina i sin husbåd. Alt havde vendt sig til velsignelse, som han sagde.

Igen og igen nævnte lensmanden dette med velsignelsen. At hans egne interesser kunne være større end omtanken for hans eneste datter, faldt ham ikke ind. Hendes giftermål var i de bedste hænder.

At han måske gjorde sin ven en bjørnetjeneste ved at give ham Dina, plagede ham alligevel af og til. Det var underligt. Jacob var på sin vis god på bunden... Men når han selv ville dette her, så måtte han vel også kunne klare det.

Lensmanden var uden selv at vide det glad for, at der var mange fjelde, megen luft og mange strande mellem Reinsnæs og Fagernæsset.

Herr Lorch blev sendt sydpå. Til København. På lensmandens regning. Han havde fået klare signaler fra lensmanden om, at der ikke var brug for ham mere. Signaler som var lige så gode som et afskedsbrev.

At Dina fik et raserianfald og skar med en kniv i faderens fornemme Louis-Seize-spillebord, hjalp ikke. Lensmanden skældte voldsomt ud. Men han slog ikke.

I de år, hvor Lorch havde stået for Dinas opdragelse, havde hun fået grundigt kendskab til musik, klaver- og cellospil. »Hendes klaverspil lader endnu noget tilbage at ønske, hendes evner taget i betragtning. Men hendes udførelse på cello er meget tilfredsstillende for en amatør.« stod der i den afsluttende rapport, han skrev til lensmanden.

Den kunne bruges som attest, hvis det blev nødvendigt. Desuden havde hun fået god undervisning i historie, både den nye og den gamle tid. Hun havde i nogen grad lært tysk, engelsk og latin. Men havde ikke helt fattet interesse for disse discipliner. Derimod havde hun imponerende anlæg for tal. Hun kunne uden vanskeligheder fortløbende lægge sammen og trække fra med fem-seks tal, gange og dividere flercifrede tal. Om Dinas læsefærdighed stod der ikke så meget. Blot det, at hun ikke var så flittig med den type tidsfordriv. I det hele taget kunne hun bedst lide det, der kunne gøres direkte fra hovedet.

– Hun kan næsten Det gamle Testamente udenad, tilføjede Lorch som en formildende omstændighed.

Han nævnte flere gange for lensmanden, at Dina måske havde brug for briller. Det var ikke naturligt, at hun kneb øjnene så meget sammen, hver gang hun åbnede en bog eller skulle se noget tæt på.

Men af en eller anden grund glemte lensmanden det fuldstændig. En ung pige med monokel var for upassende.

Da herr Lorch var draget af med celloen godt indpakket i vattæpper og sine beskedne ejendele i en papkuffert, var det, som om der forsvandt et krydderi fra lensmandsgården.

Hos denne tørre, stille mand var der en mængde små detaljer, som man ikke lagde mærke til, mens han var der. Men så snart, han forsvandt, blev de synlige.

Dina var ikke inde i huset i tre dage. Hun sov og levede i stalden i lang tid. Hun voksede stadig i længden. Og i løbet af en måned blev hun tynd og skarp i ansigtet. Som om Lorch var det sidste menneske, der blev taget fra hende.

Hun ville ikke engang tale med Tomas. Betragtede ham som skidt eller som luft i et gammelt skindtæppe.

Men eftersom det var mere fredeligt for Dagny, når hun ikke var i huset, var der ikke nogen, der bebrejdede hende det.

Kokkepigen stod af og til i døren til bislaget og lokkede for Dina. Som om hun lokkede for en løs hund. Blot sådan, at denne her ikke så let lod sig lokke.

Hun strejfede rundt som en ulv. For at mane Lorch frem. Han var der. I den luft, hun indåndede. I de skrøbelige toner. Over alt.

Jeg er Dina. Når jeg spiller cello, sidder Lorch i København og hører det. Han har to ører, som kan høre al musik. Han kender alle musiktegn i hele verden. Bedre end Gud. Lorchs tommelfinger er helt flad og krum af at gribe om strengene. Hans musik sidder i væggen. Man skal bare slippe den løs.

76

– Hvad skal man stille op med et menneske, der ikke frygter straf? havde lensmanden spurgt den provst, som konfirmerede Dina.

– Herren har sine metoder, sagde provsten meget sigende. – Men disse metoder ligger nok uden for en jordisk fars rækkevidde.

– Men provsten forstår godt, at det er vanskeligt?

– Dina er et stridbart barn og et stridbart ungt menneske. Hun kan få brug for at bøje nakken dybt til sidst.

– Men hun er ikke ond? sagde lensmanden tryglende.

– Det er det kun Vor Herre, der dømmer om, svarede præsten kort. Han havde haft hende til konfirmationsforberedelse og ville helst ikke uddybe sagen.

I året 1841 blev hun konfirmeret til trods for, at hun ikke blev eksamineret i matematiske formler eller blev bedt om at opsummere lensmandens handelsoverskud.

Og det gik vel. For foråret efter stod hun brud.

5. kapitel

Dina og Jacobs bryllup stod i slutningen af maj det år, hun
fyldte 16 i juli.

Hun blev i en løvpyntet båd med kahyt ført fra Fagernæs-
set til kirken. I solskin hen over det rolige hav.

Alligevel sad hun på et ulveskind, som lensmanden havde
tiltusket sig i en handel med russerne, og frøs.

I et hus ved siden af kirken blev hun iklædt Hjertruds bru-
dekjole af hvidt musselin, kantet med smalle kniplinger. Skør-
tet havde draperinger og indsyede snore. Det dannede fire
brede border nederst. Bryststykket havde draperinger og
kniplinger, der var formet som et hjerte over brysterne. De
tynde pufærmer var gennemsigtige som spindelvæv.

Kjolen lugtede af mølkugler og indelukket kiste, selvom
den var vasket og luftet med den største omtanke. Men den
passede hende.

Til trods for, at de havde pyntet hende, og pakket og sendt
alle hendes ting i kister og kufferter til Reinsnæs, opførte hun
sig, som om hun opfattede det hele som en leg.

Hun rystede sig og strakte sig, hun lo ad dem, når de pyn-
tede hende. Helt som de gange hun og Lorch havde leget
rollelege med gipsmasker og færdiglavede replikker.

Hendes krop var som et veludviklet dyrs. Men dagen før
brylluppet klatrede hun op i det store birketræ og sad der
længe. Og hun havde hudafskrabninger på begge knæ, fordi
hun var faldet en dag, hvor hun hoppede rundt mellem stene-
ne på stranden for at lede efter mågeæg.

Brudgommen kom i en fembøring, roet af 6 par stærke næver, med stort følge og megen ståhej.

Med sine 48 år og sit grånende skæg så han yngre ud end Dinas far til trods for, at han var ældre. Lensmanden var tidligt blevet svær – af vellevned og punch, mens Jacob havde en slank krop.

Det var bestemt, at brylluppet skulle stå på Reinsnæs. På grund af at der var kortere at rejse fra kirken og mere plads til gæster. Desuden havde de sognets bedste kokkepige. Oline.

Det blev et livligt bryllup.

Efter middagen ville brudgommen vise bruden rundt. Ovenpå. Vise hende soveværelset med den herlige himmelseng. Han havde ladet et nyt sengeforhæng og en ny himmel sy. Der var sat nyt fløjlstapet op med en bort af ranker over de høje paneler. Hun skulle endelig se kamrene og bogskabene med glas for dørene. Med en nøgle til at dreje rundt og gemme i en kinesisk krukke på chatollet. Linnedskabet på den store mørke loftsgang. Den udstoppede hanrype. Skudt af Jacob selv. Præpareret i København og fragtet dertil i en hatteæske af Mor Karen. Men først og sidst: Soveværelset og himmelsengen. Han drejede nøglen rundt med skælvende hænder. Så gik han smilende hen mod hende og pressede hende op mod sengen.

Det havde længe været som en besættelse. At finde hendes åbning. Trænge ind i hende.

Han sled i hægterne i brudekjolen.

Med hivende åndedræt, læspende og usammenhængende, fortalte han hende, at hun var den dejligste skabning, Jacob Grønelv havde truffet på sin vej.

Først så det ud, som om hun blev slået af en slags nysgerrighed. Eller at hun ville beskytte Hjertruds kjole mod mandens grådige hænder. I hvert fald fik hun kjolen af.

Men pludselig var det, som om bruden ikke kunne få Jacobs ord og handling til at harmonere.

Hun satte negle og klør i ham. Og hun havde messingsnuder på sine silkesko. Det var et under, at hun ikke fik sparket ham til krøbling for resten af livet.

– Du er værre end en hingst, hvæsede hun. Mens snot og tårer flød.

Det var tydeligt, at hun ikke var uvidende om, hvad en hingst kunne bedrive.

Hun var allerede på vild flugt mod døren, da det gik op for Jacob, hvad hun havde i sinde. Brunsten var som blæst væk, da han forstod, hvordan dette tegnede til at udvikle sig.

Et stykke tid stod de stønnende og målte hinandens styrke.

Hun nægtede at tage det tøj på, som Jacob havde revet af hende.

Han måtte tvinge mamelukkerne på hende med samme kraft, som han havde prøvet at tage dem af. Og båndene blev revet over ved den ene knap. Han masede voldsomt.

Alligevel måtte han stå det forfærdelige igennem. At hun til sidst rev sig løs og flygtede ned i stuerne. Til lensmanden og alle gæsterne. Uden andet end undertøj, silkesko og ditto strømper.

Det var første gang, han fik at mærke, at Dina ikke havde nogen grænser. At hun ikke frygtede menneskers dom. At hun lynhurtigt gjorde status – og handlede! At hun havde en medfødt sans for at lade alt det, der ramte hende, ramme andre også.

Denne første gang blev han ædru med det samme. Hun gjorde ham på sin vis til forbryder på hans egen bryllupsdag.

Dina kom farende ned ad trappen under stort rabalder. I de bare mamelukker sprang hun gennem stuerne foran 30 par forfærdede øjne.

Hun skubbede punchglasset ud af hånden på lensmanden, så indholdet satte sine tydelige spor på omgivelserne. Så kravlede hun op på skødet af ham og erklærede højt og tydeligt, så alle kunne høre det:

– Nu tager vi hjem til Fagernæsset!

Lensmanden hjerte sprang flere slag over. Han bad stuepigen sørge for, at bruden blev bragt i en »sømmelig stand« igen.

Han var rasende, fordi han forstod, at Jacob ikke havde vist mådehold og havde ventet med bryllupsnatten, til folk var kommet til ro i al anstændighed. Han var rasende på Dagny, som ikke havde fortalt pigen om, hvad der ventede hende. Det havde hun lovet. Han var rasende på sig selv, fordi han ikke havde forudset, at Dina ville handle præcis, som hun gjorde. Nu var det for sent.

Lensmanden skubbede brysk Dina ned fra sit skød og rettede på sit skjortebryst og sin sløjfe. Alt var blevet beklageligt ujævnt prikket af punchen.

Dina stod som et fanget dyr med vilde øjne. Så sprang hun ud i haven. Hurtig som en los klatrede hun op i den store hæg ved lysthuset.

Og der blev hun siddende.

Dagny græd åbenlyst på dette tidspunkt. Gæsterne sad og stod, som frosset fast i samme stilling, som da Dina kom farende ind i stuen. Og det faldt dem ikke ind, at de havde lært at tale. Heldigvis var provsten allerede ude på Sundet og kunne ikke hverken se eller høre noget.

Lensmanden var den eneste, der udviste praktisk sans. Han gik ud og brølede nogle skældsord op mod træet, hvor den hvide, letpåklædte skikkelse sad.

Det, der skulle have været en højtidsstund og en triumf, at lensmanden gav sin datter til sin bedste ven, var blevet et mareridt.

Da det hele havde varet et stykke tid, og tjenestefolk og gæster havde samlet sig i haven under hæggen, kom brudgommen og herren til Reinsnæs ned fra loftet.

Han havde givet sig god tid til at bringe sit tøj, skæg og hår i orden. Frygtede det værste. Fra den vrede faders raseri til de prominente gæsters iskolde overbærenhed.

Han havde iagttaget dele af det truende sceneri fra vinduerne i soveværelset. Bag gardinerne.

Det var ikke frit for, at skamrødmen bredte sig. Lemmet hang kejtet inde i bukserne, da han mødte fru Karens bekymrede blik ude på trappen.

Hun holdt sig på værdig afstand af cirkusset rundt om træet, og var på vej op efter sin søn.

Jacob fik øje på forsamlingen rundt om hæggen. Dina var en stor, hvid fugl med sorte, hængende fjer på hovedet.

Han stod på den brede trappe med smedejernsgelænderet og så et billede, som ikke lignede noget, han tidligere havde set. Det var så utroligt! Den summende klynge af mennesker rundt om træet. Lensmandens råb og gebærder. Aftensolen gennem det tætte løvhang. Præstekraverne i hjertebedet. Pigen i træet. Som om hun havde siddet der i tusinde år og stadig agtede at blive siddende nogle år. Hun så ned på menneskevrimlen, som om hun betragtede en besværlig karavane af myrer, der kravlede rundt. Jacob gav sig til at le.

Han lo stadig, da han hentede en stige ved staldmuren og beordrede alle inden døre, så han kunne arbejde i fred. Havde glemt, at han skulle skamme sig, mens han klukkede og ventede, til de sidste var forsvundet ind gennem dørene.

Så rejste han stigen op ad træet og klatrede op.

– Dina, kaldte han. Sagte og boblende fuld af latter. – Kan du ikke komme ned til denne frygtelige buk af en mand? Jeg skal nok bære dig ind i huset så forsigtigt, som var du Bibelen.

– Din møghund, hvæsede bruden deroppe fra.

– Ja, ja!

– Hvorfor er du som en hingst?

– Jeg kunne ikke gøre for det... Men det skal nok blive bedre...

– Hvordan kan jeg vide det?

– Jeg sværger!

– På hvad?

– På at jeg aldrig vil tvinge mig ind på dig som en hingst. Hun snøftede. Der blev stille et øjeblik.

– Har du vidner på det?

– Ja, Gud i himmelen! sagde han hurtigt, dødsens angst for, at lensmandens datter skulle kræve håndfaste vidner.

– Sværger du?

– Ja! Og holder jeg det ikke, skal jeg dø!

– Det er bare noget, du siger, for at jeg skal komme ned.

– Ja! Men det er rigtigt...

Hun bøjede sig frem, så begge bryster var ved at vælte ud over livet på særken. Hendes sorte hår var som en tangskov, der med sin skønhed formørkede himmelen over ham.

Det faldt Jacob ind, at han vist var for gammel til denne brud, der flygtede op i træer. Det kunne kræve mere fysik, end han havde. Men han orkede ikke at spekulere på det. Ikke nu.

– Flyt dig, så jeg kan komme ned, befalede hun.

Han klatrede ned på jorden og holdt stigen for hende. Lukkede øjnene og indsnusede hende, idet hun strøg forbi ham. Tæt, tæt.

Jacob var en glad klovn. For Gud og bryllupsgæsterne. Han lod sig nøje med lugten af Dina resten af aftenen. Alligevel følte han sig som en af Herrens sidste udvalgte. Han skulle nok komme nærmere, uden at hun flygtede op i et træ!

Lensmanden forstod ikke så meget af det hele. Han var forbavset over, at vennen var mere uforstandig, når det gjaldt kvinder, end når det gjaldt forretninger. Han opfattede episoden som en pinlig og personlig fornærmelse mod lensmanden på Fagernæsset.

Enkefru Karen Grønelv var derimod meget betænkelig. Og så med ængstelse frem til, at denne pige skulle have nøglerne til Reinsnæs og forvalte Jacobs bo.

Samtidig var der noget, der bevægede hende. Denne Dina, som hun uafladeligt havde hørt så mange underlige historier om, interesserede hende. Det var ikke rigtigt, at en ung pige af god familie var helt uden hæmninger. Og ikke mindst, at hun havde så lidt begreb om, hvad der passede sig!

Mor Karen mente, at Jacob havde vovet sig for langt ud med dette uovervejede giftermål. Men hun sagde ikke noget om det.

Johan Grønelv var 20 år. Lige kommet hjem fra skole for at fejre sin fars bryllup. Han sad i en krog i timevis og stirrede på en revne i gulvet.

Jacob holdt ord. Men han nærmede sig med stor forsigtighed. De skulle sove i den store himmelseng i soveværelset. Alt var gjort klar. Redt op og pyntet. Mellemværk og lagner var bleget i sneen i april. Var blevet kogt i lud, skyllet og hængt på snoren i maj. Rullet og lagt i sirlige folder, sammen med poser med rosenblade, og lagt i det store linnedskab på gangen på loftet for at vente på bruden.

Nattesol og lette blondegardiner. Langstilkede, grønt skinnende glas. Krystalkarafler med vin og vand.

Blomster i vaser og potter. Nyplukkede fra engene og haven. Duft af nyudsprunget løv gennem vinduet. En fjern lyd af strømmende vand og sus fra fjeldene.

Jacob brugte al sin kløgt. Han tog på hende med fløjlshandsker, da han nærmede sig. Det første, han gjorde, var at tage de sko af hende, som han så smerteligt havde fået at føle tidligere på aftenen.

Han var stadig øm i unævnelige legemsdele. Han følte stadig den kvalmende svimmelhed, da Dinas sko ramte sit mål.

Hun sad på den høje, brede seng og så på ham. Støttede på armene bag sig. Betragtede ham så længe, at han kunne mærke, han blev genert. Kunne ikke huske, hvornår en kvinde sidst havde gjort ham forlegen.

Som han sad der på knæ under hende og trak hendes sko af, var han igen en klovn og en tjener. Ydmygt følte han, at hjertet sprang flere slag over, da hun rettede vristen ud, for at han bedre kunne få skoen af hende.

Værre var det, at han måtte have hende op at stå for at tage tøjet af hende.

Rullegardinet var ikke trukket helt ned. Der var alt for lyst.

Og han så på hendes lyse, betragtende øjne! Let på skrå. Vidt åbne, afventende. Så alt for opmærksomme på hans næste træk.

Han hostede. Fordi han troede, at hun ventede, han ville tale. Han havde ikke for vane at tale med kvinder i den slags situationer.

Havde det så endda bare været vintermørkt i alle kroge og ikke dette forbandede lys! Han følte sig afklædt og udstillet under hendes krystalklare blik.

Med sin 48 år gamle krop, den uanseelige, men alligevel meget synlige mave var han genert som en 16-årig.

De dybe rynker. De sidste år som enkemand med bekymringer og svir. Det grå hår. Det gav ham ingen erfaring til den slags øjeblikke.

Pludselig kunne han huske, at hun havde bemærket det. Den gang på lensmandsgården, hvor han første gang havde set hende med celloen mellem lårene.

Jacob gik i opløsning. Han gemte hovedet i Dinas skød. I kådhed og i en slags skam.

– Hvorfor gør du det? spurgte hun og vred sig.

Jacob lå helt stille.

– Fordi jeg ikke ved, hvad jeg skal gøre, svarede han endelig.

– Du var ved at klæde mig af. Du er færdig med skoene...

Hun gabte og lagde hele kroppen tungt hen over sengen. Han blev liggende som en glemt hund.

– Ja, sagde han bare og dukkede frem fra hendes skød. Først med det ene øje, så med hele sit grå, uglede hoved.

Han så ud over alle herlighederne. Bakketoppene. Sådan som hun lå, sank skørtet ned i kløfterne. Det gjorde ham vild. Men han holdt sig i skindet.

– Du er langsom, sagde hun tørt og begyndte at knappe knapper op.

Han famlede hen over hende, som om han havde feber. Hjalp hende det ene stykke tøj af efter det andet.

Jo tættere han kom på hende, jo mere duftede der af stald, hø og krydderier.

Han gled op til hende og fyldte varsomt sine hænder med hendes bryster. Nød den virkning, stof og varm hud havde på ham. Et åndeløst øjeblik. Før han tog kjolen af hende, underskørterne, snørelivet og mamelukkerne.

Hendes øjne fulgte nysgerrigt alle hans bevægelser. Et par gange lukkede hun dem med et suk. Det var, når han fandt al den blidhed, han havde i sig og strøg hende varsomt over skuldre og hofter.

Helt nøgen gjorde hun sig fri og gik hen til vinduet. Stod der. Som om hun var af en anden verden.

Han havde ikke troet, at det ville lykkes. En kvinde, en jomfru! Som rejste sig nøgen fra sengen i den lyse sommernat. Og spadserede roligt over gulvet og hen til vinduet!

Der blev hun stående med guld ud over skuldrene og om

hofterne. Heks og engel. Ingen havde ejet hende! Hun var kun hans! Spankulerede rundt i hans værelse, i hans hus.

Nattesolen badede det halve af hendes krop i honning, idet hun vendte sig imod ham.

– Skal du ikke også klæde dig af? sagde hun.

– Jo, kom det hæst.

Og klædningsstykke efter klædningsstykke faldt i rasende fart. Som om han var bange for, at der skulle ske noget, før han kom i mål.

Sandt at sige tog det tid, før han kom i mål. Han havde ikke tænkt sig, at det skulle foregå på den måde.

Så snart de var kommet i seng, og han ville lægge det hvide lagen over dem begge to og kramme hende ind til sig, satte hun sig op og rev lagenet af ham.

Så begyndte hun på en form for undersøgelse. Grådigt og med en mine, som om hun havde fundet et dyr, som hun ikke helt vidste hvad var.

Han blev så genert over det, at han gemte sig med hænderne. – Den er anderledes end på oksen og hesten, sagde hun interesseret og så ham ind i øjnene. – Men oksens er også helt forskellig fra hestens. Den er lang og tynd og lyserød. Hestens er en ordentlig karl! tilføjede hun med sagkundskab.

Han følte, hvordan lysten slap taget, og manddommen faldt.

Aldrig havde han mødt nogen, der var så fuldstændigt blottet for blufærdighed. Han så nogle billeder for sig. De få gange, hvor han var gået til nogle, som tog sig betalt. Men deres leg var tillært og tidsbestemt. Målt i betaling. Han huskede, hvor trist han havde været over at gennemskue den tillærte liderlighed og de tomme, mekaniske bevægelser.

Værst havde det været med deres øjne...

Pludselig så han, at Dina – fruen på Reinsnæs – var et barn. Det rørte ham og gjorde ham skamfuld. Og det pirrede ham over enhver måde!

Det blev en lang, lang leg. Hvor hun skulle have sit. Skulle spille alle roller. Blev rasende og straffede ham ved at vende sig væk, hvis han ikke føjede hende i alle hendes påfund.

Nogle gange for det gennem hovedet på ham, at dette her var dyrisk og unaturligt. Han trøstede sig stakåndet med, at ingen så dem.

Og når hun viste sin nydelse, tog han sig endnu mere tid. Legede med på hendes lege. Følte det, som om de var det første par på jorden. At alt blev rigtigt.

Den grånende mand kæmpede et par gange med tårerne. Det blev for stort for Jacob. At være et barn, som elskede mellem træerne.

Da han kom så langt, at han skulle trænge ind i hende, holdt han vejret. Brunsten var pludselig en sort kat, der sov i skyggen.

Midt inde i en blodrød tåge vidste han det: At hun var i stand til at ødelægge ham fuldstændigt, hvis hun kom til at hade hans måde at gøre det på. Det hjalp ham igennem.

Hun ømmede sig knapt nok, selvom lagenet var mere end ødelagt.

Alle de rå historier, han havde hørt om bryllupsnætter og grædende brude, faldt sammen.

Alt, hvad Jacob Grønelv havde erfaret og lært, måtte læres om igen. Ikke noget af det, han havde hørt og set, passede.

Hans brud var en ung hoppe. På en irgrøn sommermark. Hun pressede ham ind mod gærdet. Standsede pludselig al leg og drak af søen, når hun blev meget tørstig. Bed ham i flankerne, når han klodset prøvede at springe. Helt til hun uventet lod sig fange. Og med den samme tunge ro som en hoppe, der underkaster sig, blev hun stående på knæene og armene. Hendes sitrende unge krop lod sig åbne og tog imod hans varsomme stød.

Jacob blev grebet af en slags religiøsitet, han ikke selv forstod. Udløsningen satte sig fast. Den var ikke hans.

Det blev umuligt for Jacob at skjule sig. Han græd.

De kom ikke ned før ud på eftermiddagen næste dag. Bryllupsgæsterne var rejst. Også lensmandens. Fru Karen havde

87

selv sat en bakke med mad inden for døren til soveværelset. Og ønsket goddag. Med et mildt ansigt og nedslået blik.

Tjenestefolkene smilede så småt. De havde aldrig hørt om bryllupsnætter, der varede fra klokken to på brullypsnatten til klokken fem om aftenen næste dag.

Rensdyrstegen var blevet ødelagt og tør, og kartoflerne kogt i stykker, før de nygifte endelig viste sig.

Dina ulasteligt klædt i en kjole fra udstyrskisten. Men med udslået hår som sædvanligt. En smilende, nybarberet Jacob havde tydeligvis vanskeligheder med gangen og med ryggen.

Ved middagen overså de Mor Karen, Anders, Niels og Johan fuldstændigt.

Eros lå over hele stuen. Tung og mæt krøb den op ad tapetet, legede langs panelerne og gjorde sølvtøjet mat.

Brudeparret var synligt berusede, begge to, allerede ved hovedretten.

Dina havde smagt portvin for første gang, før de gik ned fra soveværelset. Det var en ny leg. Som smagte sødt på tungen.

Fru Karens blik var flakkende, og Johans øjne var fulde af afsky.

Niels skulede nysgerrigt mod Dina og spiste godt.

Anders så ud, som om han ufrivilligt var kommet ind i en stue, hvor han var nødt til at sidde til bords med fremmede. Han var den, der klarede situationen bedst.

Dina havde lært en ny leg. Hun kendte den fra hestehaven. Fra hønsehuset og fra mågernes parring om foråret. Jacob var hendes legetøj. Hun iagttog ham med øjne som slebet glas.

6. kapitel

DU SKAL FYLDES AF BERUSELSE OG BEDRØVELSE; FOR-
SKRÆKKELSES OG ØDELÆGGELSES BÆGER ER DIN SØS-
TERS, SAMARIAS, BÆGER.
(Profeten Ezechiel, kap. 23, v. 33)

Allerede den 5. marts 1838 var hjuldamperen »Prinds Gu-
stav« rejst fra Trondhjem på sin første tur nordpå. Dengang
var der mange, der bedømte den slags sejlads som galmands-
værk. Men det var på mirakuløs vis blevet en fast rute.

Vor Herre havde en finger med i spillet, hvad overfladen
angik. Men der var også skær på havet. Allehånde ubehageli-
ge fjorde, hvirvler og strømme. Der blæste vinde i alle retnin-
ger, og passagererne mødte ikke ombord til den fastsatte tid.
At Foldhavet og Vestfjorden var af en sådan beskaffenhed, at
intet foruden jordens rotation og centrifugalkraften virkede
efter forventningerne var også sørgelige omstændigheder.

Selv nu flere år efter var det ikke alle langs ruten, der var
lige overbeviste om, at den ild- og røgspyende »Prinds Gu-
stav« var til nogen velsignelse.

Det kunne ikke være meningen, at en båd skulle kunne gå
direkte mod vinden og strømmen. Dampskibet skræmte des-
uden fiskene i fjordene væk, mente de, der havde sat sig ind i
det. En sag, der viste sig at være vanskelig at modbevise.

Men folk kom da frem. De, der rejste meget, velsignede
damperen. Det rene paradis sammenlignet med en åben nord-
landsbåd eller en trang jægtekahyt.

De velstillede rejste på første klasse i herrekahytten med ti
køjer eller i damekahytten med fem køjer. På anden klasse var
der fælles kahyt med tolv køjer. På tredje klasse var der et
åbent fordæk, og passagererne der måtte klare sig så godt, de
kunne, mellem kasser, tønder og andet gods.

Men i godt vejr rejste almuen på tredje klasse også som
grever og baroner. Billetprisen var ret høj: 20, 10 og 5 skilling

89

pr. mil. Men så rejste de også fra Trondhjem til Tromsø på en uge, om sommeren.

De handelssteder, der var så heldige, at dampskibet kunne løbe an hos dem, var blomstret op i de sidste år. Og det til trods for, at der efter nordnorsk skik og gæstfrihed ikke skulle tages penge for overnatning eller mad, når de velstillede gik i land.

Man kunne undre sig over, hvordan det kunne lade sig gøre, at et sådant gæstgiveri kunne høste så stort overskud. Men at drive forretning i Nordland var som at spille skak.

Man havde brikkerne stillet åbent op altid. Og man fik fred og ro til at tænke, mens man spiste og drak. Men man fandt efterhånden ud af, at modparten også havde brikker. Som kunne slå ens egne. Den nordnorske gæstfrihed kunne sætte en skakmat, hvis man ikke passede på.

Noget af det første, Jacob havde lært, da han kom til Reinsnæs, var handel på lang sigt. Når »Prinds Gustav« kom med forretningsforbindelser, havde Jacob tålmodighed som en engel og fåresteg, der var rosa ved benet. Dybe vinglas og god pibetobak. Og rigeligt med multebær, der kom op af kælderen og blev serveret i krystalskåle på fod.

Jacob vidste, hvad han havde at takke dampskibet for.

Dina havde aldrig set sådan en båd, før hun havde været en uge på Reinsnæs.

Hun sprang ud af sengen, da hun hørte skibsfløjten første gang. Majsolen fløed ind i værelset på trods af rullegardinerne.

Den underlige, hæse lyd kom fra havet og fjeldet samtidig.

Hun stormede hen til vinduet.

Den sorte fremtoning gled ind i Sundet. Det brusede og drønede fra det røde hjul. Båden så ud som et vanvittigt, stort komfur. Hvor nikkel, messing, kakkelovnsrør og kogekar var blæst vældigt op og sad på rad og række ude på fjorden.

Det så ud, som om der blev fyret for livet i den flydende, sorte ovn. Det kogte og sydede i den, og den kunne vist eksplodere, når som helst.

Hun åbnede vinduet på vid gab uden at sætte haspen på. Hang ud af vinduet med hele sin halvnøgne overkrop. Som om hun var helt alene i verden.

Det var ikke frit for, at en og anden fik øje på den let på-
klædte, unge frue oppe i vinduet. På dem havde nøgen hud
en forbløffende effekt, selvom de havde synet på mange me-
ters afstand.

Fantasien virkede som et forstørrelsesglas. Den udvidede
hver eneste pore og hver eneste nuance på den fjerne skikkel-
se. Hun kom nærmere og nærmere. Til sidst ramlede hun lige
ind i hjertet på den, der så på hende. De havde ikke længere
interesse i damperen.

Jacob stod i haven. Han så hende også. Følte lugten af hen-
de. Gennem solen og vinden og den sagte raslen af det friske
løv. En tirrende kriblen parret med en hjælpeløs forundring
tog pludselig vejret fra manden.

Niels og krambodsdrengen var roet ud for at ekspedere dam-
peren. Niels havde nedlagt forbud over for bådene fra gårde-
ne mod at »forstyrre sejlrenden«, som han kaldte det. Han
ville ikke have anden ståhej, end den han selv forårsagede.

Der var derfor mindre spektakel og festivitas, når dampe-
ren fløjtede ved Reinsnæs, end der var andre steder.

Jacob blandede sig ikke i Niels' justits over de unge rundt
om på gårdene og pladserne. For han vidste, at netop det, at
Niels ikke ville have folk i både ude på Sundet, gjorde, at de
trak ind til kajerne og kramboden ved Reinsnæs for at se og
høre, hvem der kom, og hvad der blev lastet. Og på den måde
kunne man skaffe sig både hjælp til arbejdet og overskud.

I dag var der kun lidt at losse. Kun nogle sække med suk-
ker til kramboden og et par bogkasser til Mor Karen. Til sidst
kom en forfjamsket mandsperson ned ad trappen og gav sig
til at stå op i båden, som om han stod på et stuegulv. I et
stykke tid vippede fartøjet faretruende.

Så var det tydeligt, at Niels fik manden til at forstå, at han
skulle sætte sig ned, så de kunne få sukkeret bjerget i land.

Manden viste sig at være en fuglekender fra London, som
var blevet anbefalet at tage ind på Reinsnæs.

– Det var, som om damperen spyttede folk i land på Reins-
næs? spurgte Dina forundret.

Mor Karen var kommet ind i soveværelset for at få gang i påklædningen, så hun kunne komme ned og hilse på gæsten.

– Det her er en gæstgivergård, det har Jacob vel fortalt? svarede Mor Karen tålmodigt.

– Jacob og jeg taler ikke om den slags.

Mor Karen sukkede og forstod, at der var meget, der ikke var gjort.

– Du kan musicere for den engelske fugleprofessor efter middagen, sagde hun.

– Hvis det falder sig sådan, sagde Dina let og tøvede med at knappe kjolelivet.

Mor Karen kom hen for at hjælpe. Men Dina trak sig væk, som om nogen havde kastet et stykke brændende tømmer efter hende.

– Vi må tale om at dele pligterne i huset, sagde Mor Karen uden at lade sig mærke med afvisningen.

– Hvilke nogle pligter?

– Ja, det kommer an på, hvad du er vant til hjemmefra?

– Jeg var i stalden sammen med Tomas.

– Men indendøre?

– Der er Dagny.

Der var en lille pause.

– Vil det sige, at hun ikke har lært at føre hus? spurgte Mor Karen og prøvede at skjule sin forfærdelse.

– Nej, der var så mange.

Mor Karen trak sig hen mod døren, mens hun hurtigt strøg sig over panden.

– Så må vi begynde i det små, kære Dina, sagde hun venligt.

– Med hvad?

– Med at musicere for gæsterne. Det er en stor gave at kunne spille et instrument...

Dina gik hurtigt hen til vinduet igen.

– Kommer damperen ofte? spurgte hun og så efter den fjerne, sorte røg.

– Nej, hver tredje uge, eller sådan noget. Den kommer med jævne mellemrum i sommerhalvåret.

– Jeg vil rejse! sagde Dina.

– Du bliver vel nødt til at lære lidt om husholdning og pligter, før du begynder at rejse! sagde Mor Karen med en stemme, der ikke var helt så mild.

– Det gør jeg, som jeg vil! sagde Dina og lukkede vinduet.

Mor Karen stod i døråbningen.

Hendes pupiller blev små som lus i flammer.

Ingen talte sådan til Mor Karen. Men hun havde finfølelse. Så hun tav.

Og som et kompromis mellem den gamle og den unge spillede Dina cello for gæsterne og husets beboere efter middagen.

Mor Karen erklærede, at der skulle indkøbes et engelsk taffelpiano. Dina skulle kunne udvikle sine talenter lige så godt på Reinsnæs som på lensmandsgården.

Niels løftede hovedet og mente, at sådanne instrumenter kostede en formue.

– Det gør jægter og andre både også, sagde hun roligt, og vendte sig om for at oversætte den sidste replik til englænderen.

Det var tydeligt, at manden gladeligt ville lade sig imponere både over priserne på jægter og over musiceren.

Johan listede rundt i haven med sine bøger i en rem, eller også sad han på de varme dage i lysthuset og læste og drømte. Han skyede Dina som pesten.

Han havde arvet Ingeborgs smalle ansigt. Den firkantede hage og øjenfarven, der skiftede med himmelen og havet, havde han også fået. Det glatte, mørke hår havde Jacobs farve og Ingeborgs form. Han var ranglet og tynd, men udviklede sig.

Hovedet var det vigtigste på ham, plejede Jacob at sige med slet skjult stolthed.

Ud over det at blive præst havde den unge mand ikke nogle synlige ambitioner. Han delte ikke faderens interesse for kvinder og både. Og kunne ikke fordrage, at huset til stadighed var fyldt med rejsende, som kom og gik uden at gøre anden nytte end at spise, ryge og drikke.

De havde ikke stort mere dannelse, end at de kunne få plads til den i en lille kuffert eller lædertaske. Hans foragt for mennesker, for den måde de opførte sig på, klædte sig på, bevægede sig på var nådesløs og uden kompromis.

For ham blev Dina et symbol på en skøge. Han havde læst en del om dem, men aldrig haft nogen omgang med dem. Dina var et skamløst kvindeligt væsen, der latterliggjorde faderens renommé og hånede moderens minde.

Han så hende første gang til det skandaløse bryllup. Og han kunne ikke møde nogens blik, uden at han tænkte på, om de vidste noget eller huskede noget...

At han havde så klare forestillinger om, hvilken slags person faderens kone var, forhindrede ikke, at han af og til vågnede om natten i en underlig tung rus. Og lidt efter lidt kunne han rekonstruere drømmene. Om at han var ude at ride på en mørk hest. Drømmene kunne variere lidt, men de endte altid med, at hesten kastede sit store hoved bagover og blev forvandlet til Dinas mørke, trodsige ansigt. Manen flød ud over det og var hendes sorte hår.

Han skammede sig altid og blev lysvågen. Stod op og vaskede sig i koldt vand, som han langsomt hældte fra porcelænskrukken op i et kysk, hvidt fad med blå kanter.

Bagefter tørrede han sig omhyggeligt med det glatrullede, kølige linnedhåndklæde og var frelst. Indtil næste gang drømmen vækkede ham.

Det var arbejde for en voksen mand at være nygift med Dina. Jacob viste sig ikke, hverken på kajerne, i kramboden eller i skænkestuen. Han drak vin med sin hustru, spillede domino og skak!

Først gik alle og smilede. Hilste og nikkede. Så begyndte en vis uro og forlegenhed at brede sig over hele området og på gården.

Det startede hos Mor Karen og spredte sig som en steppebrand.

Om manden var forhekset? Om han ikke skulle have fingrene i ærligt arbejde længere? Om han ville forspilde al sin energi og tid på ægteskabelige pligter i himmelsengen.

94

Fru Karen formanede Jacob. Med nedslåede blikke, men med en stemme, der var så meget mere bestemt. – Det kunne vel ikke være meningen, at hele bruget skulle forfalde? Det her var jo værre, end den opførsel, han havde udvist ved salig Ingeborgs pludselige bortgang. Dengang sad han rigtignok mest i skænkestuen eller strejfede rundt på fjorden. Men det her var alligevel værre, Det var at gøre sig selv til grin for hele sognet. De lo ad ham!

– Det gør de ret i, parerede Jacob, og lo også.

Men Karen lo ikke. Hun blev stram i ansigtet.

– Du er 48 år, formanede hun.

– Gud er flere tusind år, og han lever stadig! gnæggede Jacob og begav sig fløjtende op på loftet.

– Jeg er i så enestående godt humør for tiden, kære mor! kom det henkastet, da han gik op ad trappen.

Lidt efter lidt kunne de høre cellospil deroppefra. Men hvad de ikke kunne se, var, at Dina sad i det bare snøreliv med nøgen underkrop og celloen mellem de spændte, kraftige lår. Hun spillede med en alvor, som spillede hun for provsten.

Jacob sad ved vinduet med foldede hænder og så på hende. Han så et helgenbillede.

Solen, den allestedsnærværende, havde planlagt at splintre luften mellem dem allerede for flere lysår siden. Støvkornene stod som en slumrende mur midt i lyskeglen. Uden at turde lægge sig til ro.

Jacob forkyndte, at han ville have Dina med sig til Bergen den samme sommer. Den første jægt var allerede taget afsted. Men Jacobs stolthed, den nyeste jægt, der var opkaldt efter Mor Karen, skulle afsted i slutningen af juni. Udrustningen havde stået på siden brylluppet.

Mor Karen tog igen Jacob foran sig under fire øjne og forklarede, at det ikke var en tur for en ung kvinde. Desuden måtte Dina lære det mest nødvendige om husholdning og opførsel. Det var ikke nok for fruen på Reinsnæs at kunne musicere på cello!

Jacob mente, at det kunne vente, men Mor Karen gav sig ikke.

Jacob bragte Dina det triste budskab, og slog ud med hånden. Som om det, Mor Karen sagde, var lov.

– Så vil jeg hellere tage tilbage til Fagernæsset igen! forkyndte Dina.

I løbet af meget kort tid havde Jacob lært, at Dina altid holdt ord.

Han gik endnu engang til Mor Karen. Han forklarede og bad. Indtil hun gav sig.

Og det blev snart klart for både Jacob, Mor Karen og alle, der var på gården, at Dina ikke havde til hensigt at lære at føre stort hus. Hun red, spillede cello, spiste og sov. Nu og da kom hun med småsej på en birkegren, uden at nogen havde set, at hun var roet ud.

Mor Karen sukkede. Den eneste pligt, som Dina gjorde med glæde, var at hejse flaget, når der nærmede sig både.

Man måtte vist slå sig til ro med, at så længe Mor Karen var ved godt helbred, så blev alting som før.

Det rygtedes hurtigt, at den unge kone på Reinsnæs klatrede øverst op i det højeste træ i haven for bedre at kunne se damperen eller for at udforske fjeldene med kikkert. Ingen havde nogensinde hørt om sådan noget før.

Man begyndte at spekulere på, hvilken familie hun havde. Moderen var blevet en helgen allerede den dag, hun opgav smerten og sin skoldede overkrop og døde. Så de udelukkede uheldig arv fra hende.

Men lensmandens familie måtte stå for en større efterforskning og undersøgelse, som bragte de mest vilde historier frem for dagens lys. Det fortaltes, at der skulle være både lappe- og sigøjnerblod i lensmandens familie. Og at der tilmed var nogle skibbrudne italienere, som havde ligget i med en af hans formødre for evigheder siden. Enhver kunne forestille sig, hvad den slags betød for afkommet! Ja, det straffede sig nu, flere slægtsled efter.

Ingen kunne nøjagtigt navngive eller stedfæste personer, der skulle have haft en så skæbnesvanger indvirkning på lensmandens datter. Men det var heller ikke nødvendigt.

96

Et fruentimmer, som klatrede i træer, efter at hun var blevet gift, som gik rundt i de bare underbukser til sit eget bryllup, som ikke havde lært at læse andet end bibeltekster, før hun var 12 år, som red overskrævs og uden saddel, måtte være et udslag af tidligere slægters misgerninger.

At hun næsten aldrig vekslede et ord med nogen, og altid var, hvor man mindst ventede hende, gjorde, at man ikke havde brug for bevis på, at *tater* var hun i hvert fald!

Johan hørte alle disse historier. Han græmmede sig og så frem til at kunne slippe væk og påbegynde studierne.

Mor Karen hjalp ham med udstyret. Det var ikke småting, der skulle til. Hun pakkede selv og gav ordrer i alle retninger.

I to måneder udstyrede hun drengen med stort og småt. Til sidst stod der tre store kister på kajen og ventede på at blive firet ned fra bådehuset og ombord i det skib, som skulle føre ham ud til damperen.

En sen aften, hvor Johan sad i lysthuset, kom en skikkelse gående mellem træerne i haven. Han følte koldsveden bryde frem over hele kroppen.

Først troede han, at han havde halvsovet, men så gik det op for ham, at hun var virkelig nok.

Det havde lige regnet. Det dryppede fra grenene. Hendes særk var tung af væde nederst og sad stramt om hofterne.

Han var spærret inde! Uden mulighed for flugt. Og hun kom direkte mod lysthuset... Som om hun vidste, at han var der. Skjult af humleranker og syrener.

Hun satte sig på bænken ved siden af ham uden et ord.

Lugten af hende voldtog hans hjerne. Samtidig skælvede han af afsky.

Hun smed sine nøgne ben op på havebordet og fløjtede en melodi, han ikke kendte. Hele tiden så hun alvorligt og granskende på ham. Junilyset var dunkelt i lysthuset. Alligevel følte han, at han ikke kunne skjule sig.

Han rejste sig for at gå. Men hun spærrede ham inde med sine lange ben på bordet. Han trak vejret dybt.

– Godnat, fik han endelig fremstammet i håb om, at hun ville trække fødderne til sig.

– Jeg er lige kommet, sagde hun hånligt. Og gjorde ikke mine til at slippe ham forbi.

Han var som en pakke, en havde glemt.

Pludselig rakte hun hånden ud og strøg ham over håndleddet.

– Skriv, når du rejser sydpå! Fortæl om alt, hvad du ser!

Han nikkede mat og gled ned på bænken ved siden af hende igen. Som om hun havde skubbet til ham.

– Hvorfor vil du være præst? spurgte hun.

– Mor ville have det.

– Men hun er jo død.

– Det er jo derfor...

– Vil du gerne selv?

– Ja.

Hun sukkede tungt og lænede sig ind mod ham, så han kunne mærke hendes bryster igennem det fugtige, tynde linned. Han fik gåsehud over hele kroppen. Han kunne ikke røre sig.

– Der er ingen, der siger, at jeg skal være præst, sagde hun tilfreds.

Han hostede og tog sig voldsomt sammen.

– Kvindfolk kan ikke blive præster.

– Nej, heldigvis.

Det begyndte at regne igen. Forsigtige små dråber, som faldt i florlette strømme mod det irgrønne græs. Jord og væde satte sig tungt i næseborene. Lugten af Dina blandede sig med det. Aflejrede sig, for altid. Der, hvor der var lugt af kvinde.

– Du kan ikke lide mig, fastslog hun pludseligt.

– Det har jeg aldrig sagt!

– Nej. Men sådan er det.

– Det er ikke det...

– Hvad?

– Du er ikke... Jeg mener... far skulle ikke have sådan en ung kone.

Da lo hun kurrende, som om hun kom i tanke om noget, hun ikke ville fortælle.

– Hyssh, sagde han, – du vækker folk.

– Skal vi bade i bugten? hviskede hun og rystede hans arm.

– Bade! Nej! Det er jo nat!

– Gør det noget? Det er lummert.

– Det regner jo?

– Og hvad så? Jeg er allerede våd.

– De kan vågne... og...

– Er der nogen, der savner dig? hviskede hun.

Hendes hvisken var som et kvælertag. Det bøjede ham ned til jorden. Sendte ham op i luften. Mellem fjeldene. Kastede ham ned på bænken igen med et knytnæveslag.

Siden kunne han aldrig adskille det, der skete, fra drømmen om hestehovedet.

– Men far...

– Jacob sover!

– Men det er lyst...

– Kommer du, eller er du en hare?

Hun rejste sig og bøjede sig ind over ham, idet hun gik forbi ham. Vendte sig en gang og blev stående et sekund eller to.

Der lå en slags sorg over hendes ansigt, som ikke passede med stemmen eller bevægelserne. Hun gik ind i en mur af væde, som sugede hendes krop til sig, og gjorde hende usynlig. Men retningen var ikke til at tage fejl af.

Da han kom ned til bugten bag flaghøjen, var han gennemblødt. Hun stod nøgen mellem stenene. Vadede et par skridt. Bøjede sig ned og tog noget op fra bunden. Undersøgte det nøje.

Så! Som om hun kunne mærke hans blik om sine hofter, vendte hun sig og rettede sig helt op. Hun havde det samme udtryk som i lysthuset lige før.

Han ville gerne tro, at det var derfor, han føjede hende. Tog bukserne og skjorten af. Genert og opstemt på samme tid. Og vadede ud til hende. Vandet var koldt. Men han mærkede det ikke.

– Kan du svømme?

– Nej, hvordan det? sagde han, og kunne selv høre, hvor dumt det lød.

Hun kom nærmere. Et dundrende pres mod hans tinding truede med at drukne ham, selvom han kun stod i vand til knæene.

Pludselig forstod han, hvor idiotisk han tog sig ud i de hvide underbukser. Skælvende.

Hun kom helt hen til ham og tog ham om livet og ville have ham under. Han lod sig trække med. Lod sig føre så langt ud, at de flød af sig selv. Lod sig trække med ud i havstokken.

Hun bevægede sig for dem begge to. Roligt, rytmisk med underkroppen og benene. Kraftesløst lod han hende holde sig flydende. Holde dem begge to flydende.

Det iskolde vand, den milde støvregn, hendes hænder, der ændrede deres greb og tog ham snart her, snart der.

Hesten fra hans drøm! Dina, som faderen havde giftet sig med. Hun sov i soveværelset i faderens seng. Og midt i det hele var hun en anden.

Han fik sådan en lyst til at fortælle hende om det sorte hul på kirkegården. Som slugte Ingeborg. Fortælle om faderen, som ravede halvfuld rundt efter begravelsen.

Men han havde ikke lært de ord, der skulle til. De var så lumre. Som denne nat.

Han kunne have fortalt hende om alt det, der skulle have været sagt til Ingeborg, før hun døde. Fortalt om julen på Reinsnæs. Når moderen gik til og fra. Travl med hektiske røde roser på kinderne. Om alle de nåle, der stak i ham, når moderens blik forlod ham, fordi faderen kom ind i værelset.

Kunne have forklaret hende om den sorg, der altid overmandede ham, når han rejste hjemmefra. Til trods for at det var det, han ønskede. At komme hjemmefra.

Dina blev en valkyrie fra Mor Karens mytologibog. Et væsen, der holdt ham flydende. Som i al hemmelighed forstod alt det, han ikke kunne sige.

Johan var ude på det dybe vand. Afskyen for Dina druknede. Hendes nøgenhed lagde sig som en hinde om ham.

Jeg er Dina, som holder en blank fisk. Min første fisk. Må selv tage den af krogen. Krogen bliver bøjet. Den er ikke så slemt skadet. Jeg kaster den ud igen. Så må den klare sig selv. Det er en blå dag.

De havde ikke noget at tørre sig med. Han forsøgte sig i en usikker rolle, at være herre. Og ville have, at hun skulle låne hans skjorte til at tørre sig i.

Hun afslog.

Alvorlige og rystende klædte de sig på i regnen.

Pludselig sagde hun, som om de allerede stod på stranden, og han skulle rejse:

– Skriv til mig!

– Ja, sagde han og kastede ængstelige blikke op mod stien til huset.

– Jeg har aldrig badet med nogen før.

Det var det sidste, hun sagde, før hun løb op af stien til gården.

Han ville råbe efter hende. Men han turde ikke. Hun var allerede forsvundet mellem træerne.

Det dryppede fra alle grenene. Han hængte sin fortvivlelse på grenene. Som med det samme faldt til jorden med våde dryp.

– Hvordan kan du svømme, når du ikke har badet med nogen? lød det med dryppene. Igen og igen.

For han turde ikke råbe det efter hende. Nogen kunne høre...

Han gemte sig i det. Gemte lysten, som stadig lå og fløed på stranden i tangen. I spørgsmålet: – Hvordan kan du så svømme?

Men til sidst kunne han ikke klare det længere. Han krøb ind under en stor sten, som han havde haft som gemmested hele sin barndom. Der tog han sit stenhårde lem i hånden og lod stå til. Uden at tænke på Gud.

Fra den dag kom Johan til at hade sin far. Dybt og inderligt. Stadig uden at rådføre sig med sin Gud.

Jacob vågnede, da Dina kom ind i soveværelset.

– Hvor har du været? I himmelens navn! udbrød han, da han så hendes våde skikkelse.

101

– Ude at bade.

– Om natten! udbrød han vantro.

– Der er ikke så mange mennesker, der strejfer rundt om natten, sagde hun. Hun krængede alt sit tøj af i en bunke på gulvet og kom op i sengen til ham.

Han var varm nok for to.

– Så du havtrolden, din heks? spøgte han i halvsøvne.

– Nej, men jeg så havtroldens søn!

Han lo lavt og jamrede sig over, at hun var så kold. Jacob så ingen sorg. Han vidste ikke, at hun kunne svømme.

7. kapitel

MON NOGEN KAN TAGE ILD I SIN BARM, UDEN AT
HANS KLÆDER BRÆNDES OP?
ELLER MON NOGEN KAN GÅ PÅ GLØDER, UDEN AT
HANS FØDDER BRÆNDES?
(Salomo' Ordsprog, kap. 6, v. 27 og 28)

Dina tog med til Bergen den sommer.

Mor Karen havde forstået, at opdragelsen af Dina alligevel
ikke kunne foregå i en håndevending. Og da jægten var godt
af gårde, måtte hun indrømme, at fred og ro var noget, hun
havde længtes efter. At Johan rejste lige efter, var værre for
den gamle.

Dina var et tøjlesløst barn, som man måtte holde opsyn med.

Mere end en gang var mandskabet forlegne og handlings-
lammede på grund af hendes påfund.

Anders tog det med den største sindsro og humør.

Det første, Dina gjorde, var at flytte det tæppe, hun skulle
sove på, fra kahytten og ud på dækket. Der gav hun sig så i
lag med kortspil og verdslige viser sammen med en fremmed
karl, som havde ladet sig hyre i sidste øjeblik – og som spille-
de på en forkrøblet fremtoning af et strengeinstrument. Af
den type, som de russiske sømænd spillede på.

Denne mørklødede karl talte en slags gebrokkent svensk,
og påstod, at han havde vandret rundt fra land til land i flere
år.

Han var kommet med en russerbåd nordfra og gik en dag i
land på Reinsnæs. Der havde han slået sig ned, mens han
ventede på, at jægten skulle på sin tur sydpå.

Jacob råbte op et par gange og bad rorgængeren give ordre
til, at der blev fred derude. Men det hjalp ikke. Han følte sig
som en gnaven, gammel rad. Og det var en rolle, han ikke
kunne bære.

103

Til sidst kom han krybende ud og deltog i balladen.

Næste dag sørgede han for at lande på Grøtø ud på aftenen. Der blev de godt modtaget og fik god forplejning.

Grøtø var lige blevet anløbssted for »Prinds Gustav«, og værten havde store planer for nyt byggeri, nye huse, krambod og postindleveringssted.

Der var lige kommet en kunstmaler i huset, der skulle portrættere folkene på gården. Og Dina var snart koncentreret om staffeliet. Hun for rundt som et dyr og lugtede til oliemaling og terpentin. Hun hang ved malerens bevægelser og krøb næsten op på skødet af ham.

Folk blev generte over al hendes naturlighed. Tjenestefolkene hviskede om den unge frue på Reinsnæs. Og de rystede på hovedet af Jacob Grønelv. Han havde sit at se til...

Dinas fortrolighed med maleren fik Jacob til at se ud som en skulende lænkehund. Og han skammede sig over hende, når hun gjorde ting, der ikke sømmede sig.

Alt det prøvede han at få igen i sengen. Han kastede sig over hende med en såret og jaloux ægtemands ret og styrke.

Men der blev hostet så meget på den anden side af den tynde væg, at han måtte opgive det.

Dina lagde hånden over hans læber, formede et hys. Så trak hun op i natkjolen og satte sig overskrævs på den vantro Jacob. Så førte hun dem nogenlunde lydløst over i de saliges rækker.

Da de satte til havs igen, slog hun sig til ro i kahytten. Og verden kom til at se bedre ud for Jacob.

På den måde stævnede de mod Bergen uden flere skærmydsler for hans vedkommende.

Vågen myldrede af liv! Fæstningen, husene og kirken. Karriolen. Med elegante damer og herrer under parasoller.

Dinas hoved virkede, som om det var monteret oven på et hjulnav. Hun gik med smældende skridt i de nye rejsesko på brolægningen. Og stirrede indgående på hver enkelt kusk, der sad knejsende med pisken hvilende på knæet.

Vognene så ofte ud som pyntede flødeskumskager, bugnende af lyse sommerkjoler med kapper og flæser. Og blondeparasoller. Som fik ejerinderne til at sidde helt uden hoved eller ansigt.

Der var også kavalerer. Enten elegant klædt på i mørkt tøj og høj hat, eller ungt og dristigt med lyst tøj og en stråhat ned i panden.

Et sted stod der en gammel officer i en blå frakke med røde opslag og lænede sig op ad en vandpost. Han havde snoet skægget så hårdt med voks, at det så ud, som om det var tegnet på. Dina gik direkte hen til ham og rørte ved ham. Jacob trak hende i armen, og hostede beskæmmet.

Et sted lokkede et skilt med udsøgt madeira og havannacigarer oven i handelen! Røde plyssofaer og lampeskærme med duske prangede inden for cafégardinerne.

Dina ville derind og ryge cigarer! Jacob fulgte efter. Som en bekymret far fik han hende til at forstå, at hun ikke kunne ryge cigarer offentligt!

– En gang vil jeg i hvert fald til Bergen og ryge cigarer! sagde hun fornærmet og drak grådigt af madeiraen.

Jacob havde købt et elegant sæt tøj med en blå dobbeltradet jakke af alpakka, med fløjlsslag og ternede bukser. Han bar hat, som om han aldrig havde gjort andet.

Han tog sig tid hos barberen og frisøren. Og kom til deres logi med glatbarberede kinder. Han havde et par gode grunde til det.

Den ene var, at hotelværten spurgte, om de skulle have to enkeltværelser. Et til herr Grønelv og et til hans datter. Den anden var, at han var kommet i tanke om, at Dina for næsten et år siden havde bemærket, at han var blevet gråhåret. Der var ingen grund til at lade det være mere gråt end højst nødvendigt.

Dina prøvede hatte og kjoler med samme alvor, som da hun prøvede Hjertruds kjoler i smug, før hun flyttede hjemmefra.

De bergensiske kreationer gjorde underværker. Dina blev ældre, og Jacob blev yngre.

De var som to forfængelige siskener, der spejlede sig i butiksvinduerne og vandpytterne, som tilfældigvis faldt på deres vej.

Anders smilede godmodigt over alle disse ryggesløse klæder.

Dina takserede og talte, regnede sammen og dividerede. Fungerede som en slags levende regnemaskine for Jacob og Anders, når køb og salg skulle afgøres. Hun vakte opmærksomhed.

En aften var Jacob drukken og jaloux. Hun havde talt med en kultiveret herre, der behandlede hende med respekt, fordi hun spillede Beethoven på værtshusets pianoforte.

Da Jacob og hun blev alene, foreholdt han hende vredt, at hun altid ville se ud som en skøge, hvis hun blev ved med at have håret slået ud.

Først svarede hun ikke. Men han gav sig ikke. Så sparkede hun ham over skinnebenet, så han ømmede sig, og sagde:

– Det er Jacob Grønelvs gerrighed, det drejer sig om. Han kan ikke tåle, at nogen ser mit hår. Vor Herre er ikke så gerrig som Jacob. Så ville han have standset min hårvækst!

– Du udstiller dig! sagde han og gned sig på benet.

– Hvis jeg nu havde været en hest? Eller en jægt? Så ville jeg alligevel skulle vises frem. Skal Dina være usynlig som en genganger?

Jacob gav sig.

Den sidste dag i Bergen kom de forbi et plankeværk, hvor der hang plakater af enhver art.

Dina var som en flue, der havde fået færten af en sukkerskål.

Efterlysning af en lommetyv. Manden kunne være farlig, stod der. Små, hjemmelavede plakater forkyndte, at der skulle være et religiøst, opbyggende møde, eller at man syede for folk.

En ældre, velstillet mand ønskede en husholderske.

Midt i det hele sad der en stor, sort og hvid plakat, der forkyndte, at en mand skulle hænges for drab på sin kæreste.

Billedet af manden var blevet sprøjtet sådan til, at det ikke længere var synligt.

– Heldigt for familien, kommenterede Jacob dystert.

– Der kan vi køre hen! sagde Dina.

– Til retterstedet? spurgte Jacob forfærdet.

– Ja!

– Men Dina! De skal hænge en mand!

– Ja, det er jo det, der står på plakaten.

Jacob stirrede på hende.

– Det er frygteligt at se på sådan noget!

– Der er ikke noget blod.

– Men han skal dø.

– Det skal alle.

– Dina, jeg tror ikke rigtigt, du forstår...

– Slagtning er meget værre!

– Med slagtning er det dyr.

– Jeg vil i hvert fald derhen!

– Det er ikke noget for damer. Desuden er det farligt...

– Hvorfor det?

– Hoben kan finde på at lynche velstillede damer, som kun kommer af nysgerrighed. Det er sandt, tilføjede han.

– Vi lejer en vogn. Så kan vi hurtigt komme væk.

– Vi kan ikke få nogen kusk til at køre os derhen, fordi vi vil underholdes.

– Vi skal ikke underholdes, sagde Dina vredt. – Vi skal se, hvordan det går til.

– Du forfærder mig, Dina! Hvad er det, du vil se i sådan et sceneri?

– Øjnene! Hans øjne... Når de lægger rebet om halsen på ham...

– Kære, kære Dina, det mener du ikke.

Dinas blik fløj forbi ham, som om han ikke var der. Han tog hende i armen og ville gå videre.

– Hvordan han tager det, det vil jeg se! sagde hun fast.

– Er det noget at se på, at en stakkel i al sin elendighed...

– Det er ikke nogen elendighed! afbrød hun irriteret. – Det er det vigtigste øjeblik!

Hun gav sig ikke. Jacob var klar over, at hun ville tage alene afsted, hvis han ikke føjede hende.

De hyrede en vogn og tog ud til retterstedet ved morgengry næste morgen. Kusken var slet ikke uvillig, sådan som Jacob først havde troet. Men han tog sig godt betalt for at blive der, mens henrettelsen stod på, sådan at de kunne køre på det mindste vink fra Jacob.

En jævn tilstrømning af mennesker samlede sig rundt om galgen. Kroppe pressede sig mod hinanden. Tæt. Forventningen lå som en kvalmende em af tran i luften.

Jacob gøs og skottede hen til Dina.

Hun havde sine lysende øjne rettet mod den dinglende galge. Hun trak i sine fingre, så leddene knagede. Munden stod åben. Hun trak vejret som en hvislen mellem tænderne.

– Hold op med det der, sagde Jacob og lagde hånden over hendes fingre.

Hun svarede ikke, men lagde hænderne til ro i skødet. Sveden piblede langsomt frem på hendes pande og løb ned langs kløften ved næsefløjene. To kraftige floder.

Der blev ikke ført almindelige samtaler. En jævn mumlen lå i luften. En forventning, som Jacob betakkede sig for.

Han holdt godt fast i Dina, da manden blev kørt frem på en vogn under galgen.

Manden havde ikke noget over hovedet. Var uredt, snavset og ubarberet. Hans hænder krammedes og åbnedes inde i håndjernene.

Jacob kunne ikke huske, at han nogensinde havde set et så forkomment menneske.

Hans øjne stirrede vildt på folkemassen. En præst var kommet til og sagde noget til stakkelen. En og anden spyttede hen mod vognen og råbte truende skældsord. »Morder!« var et af dem.

Manden trak sig først væk fra spytklatterne. Så var det, som om han allerede døde. Han lod sig løse fra hånd- og fodjernene, og løkken blev lagt om halsen på ham.

En del mennesker stod trængt sammen mellem den vogn, Dina og Jacob sad i, og afspærringen foran galgen.

Dina rejste sig op i karriolen. Holdt fast i kalechen og lænede sig frem, så hun kunne se over hovedet på dem, der stod nedenunder.

Jacob kunne ikke se hendes øjne. Havde ikke længere kontakt med hende. Han rejste sig for at gribe hende, hvis hun faldt.

Men Dina faldt ikke.

Hesten foran rettervognen fik et rap over flankerne. Manden hang i luften. Jacob greb fat om Dina. Morderens trækninger forplantede sig tungt til hendes krop.

Så var det ovre.

Hun sagde ikke noget, da de kørte ned til havnen. Sad bare roligt. Ret i ryggen som en general.

Jacobs halstørklæde var vådt af sved. Han trykkede de hjemløse hænder på plads i skødet og vidste ikke, hvad der var værst. Henrettelsen? Eller Dinas vilje til at se på den?

– Han skældte ikke så meget ud, denne her, kommenterede kusken.

– Nej, sagde Jacob mat.

Dina stirrede lige ud i luften, som om hun holdt vejret. Så sukkede hun dybt og højt. Som om hun havde gjort et stykke arbejde, som hun havde haft liggende længe.

Jacob følte sig dårlig. Han havde øjnene rettet mod Dina resten af dagen. Han prøvede at tale til hende. Men hun smilede bare, mærkeligt venligt, og vendte sig væk.

Den anden morgen til havs vækkede Dina Jacob og sagde:

– Han havde grønne øjne, der så på mig!

Da knugede han hende ind til sig. Vuggede hende, som om hun var en pige, som ingen havde lært at græde.

På vej nordpå tog de ind til Jacobs venner på det gamle Tjøtta gods. Det var som at komme til en kongsgård. Sådan var stilen og modtagelsen.

Jacob var nervøs for Dinas mange påfund. Samtidig var han en mand, der viste sin sjældne jagtfalk frem. Så måtte man hellere finde sig i, at hun bed fra sig, hvis man ikke tog

109

blidt på hende. Dina var ikke særligt imponeret over, at de gæstede en gård, der havde huset både sorenskriver og justitsråd, og som i sine velmagtsdage svarede til 2-3 embedsdistrikter for en præst. Hun kom ikke med høflige udbrud om de statelige stuer. Bemærkede ikke hovedbygningen i to etager og 34 alen lang.

Men hun blev stående, hver gang de skulle passere de mærkelige bautasten ved indkørslen til hovedbygningen. Hun viste næsten ærefrygt for de gamle sten og ville høre historien om dem. Hun sprang ud uden sko for at vogte på lyset, som faldt så underligt på dem om aftenen.

Første aften gik snakken livligt rundt om punschebordet. Stuen var helt overbefolket af unge og gamle. Historierne gik som stafetter hen over bordet.

Værten fortalte, hvordan det var gået til, at hele Nordland var kommet i hænderne på storbonden og danskeren Jochum Jürgens, eller Irgens, som han også blev kaldt.

Denne krongodsforvalter i Jylland blev kammerherre hos Christian IV. Han var en lumsk krabat i et og alt. Det viste sig, at han havde solgt så meget rhinskvin og perler til kongehuset, at der ikke var nogen ende på det. Og da det hele skulle betales, havde staten ikke midlerne. I stedet for gav de ham uden videre – ved et skøde af 12. januar 1666 – alt krongodset i Helgeland, Salten, Lofoten, Vesterålen, Andenes, Senja og Troms! Til en sum af 1440 våg.

Det var godt og vel halvdelen af al jord i Nordland. Plus lensherreresidensen Bodøgård, lagmandsgården i Steigen og kongens del af tiende for hele landsdelen.

Denne historie rystede Dina så meget, at hun med det samme ville have Jacob til at udruste husbåden og fragte hende rundt i hele det distrikt, som rhinskvinen og perlerne var blevet betalt med.

Og hun satte alvorlige regnestykker op for de unge piger på gården. Hvor mange flasker eller kvarttønder der havde været tale om. Eller hvor mange stortønder.

Men eftersom ingen kunne give hende en nøjagtig pris hverken på perler eller rhinskvin i 1600-tallet, så fik hun ikke noget facit på sit regnestykke.

Jacob ville helst rejse hjem på andendagen.

Værtsfolkene nødede og overtalte ham til at blive i to nætter til, sådan som det var skik.

Dina og Anders var allierede, så han gav sig. Selvom han havde skipperen, Anton, på sin side.

Jacob havde under hele turen vogtet på Dinas udsagn og bevægelser, når de var sammen med andre. Det begyndte at blive belastende. Den natlige eksercits var også krævende.

Det var kærkomment, da Dina og de unge døtre på Tjøtta blev siddende oppe i to nætter for at vogte på et genfærd.

Det plejede at gå gennem stuerne ved nattetide. Dina hørte om forvarslerne. Der var flere på gården, der havde set det. De talte om det, som om det var et almindeligt besøg af en nabo.

Men Dinas øjne blev slørede, og hun rynkede panden, som om hun havde fået en vanskelig node, hun skulle spille igennem.

Den anden nat kom der en lille barneskikkelse gennem stadsstuen og forsvandt bag et gammelt ur. Pigerne på gården var enige. De havde alle sammen set hende. Endnu engang.

Dina var helt tavs. Så tavs, at det grænsede til det uhøflige.

Jacob var glad for, at visitten kunne afsluttes, uden at det virkede uhøfligt. De havde sovet tre nætter på Tjøtta.

På hjemturen bemærkede Jacob, at det var mærkeligt med Tjøttaboernes tillid til spøgelser.

Dina vendte sig væk, så ud over havet og svarede ikke.

– Hvordan teede det sig? spurgte han.

– Det teede sig som bortkomne børn gør flest.

– Og hvordan teer de sig? spurgte han en smule irriteret.

– Det burde du vide.

– Hvorfor skulle jeg det?

– Du har haft flere i huset!

Hun var som en kat, der hvæsende gik til angreb. Han blev så forskrækket over den vending, sagen havde taget, at han gav op.

111

Jacob fortalte Mor Karen om Dinas reaktion på det påståede spøgelse på Tjøtta. Men han fortalte ikke, at han havde haft hende med til afstrafning ved hængning i Bergen.

Mor Karen tænkte sit uden at forklare sig. Det forekom hende, at pigen var klogere, end hun lod.

»Du har haft flere i huset« var en bemærkning, som Jacob skulle tage alvorligt, uden at nogen behøvede at minde ham om det.

Over for Mor Karen indrømmede Jacob, at han var mere træt efter denne tur, end han sædvanligvis plejede at være.

Hun sagde ikke, at det var Dinas følgeskab, der gjorde det. Kom i det hele taget ikke med bagkloge bemærkninger.

Desuden var Mor Karen kommet til det resultat, at det havde været fornuftigt at sende Dina med til Bergen den sommer.

Den opløbne pige havde fået en anden holdning. Det var, som om hun først nu havde opdaget, at verden var større, end det, som øjet kunne se fra lensmandsgården eller fra Reinsnæs.

Ansigtet havde også forandret sig. Mor Karen kunne ikke sige helt nøjagtigt, hvad det var. Noget med øjnene, vist...

Mor Karen forstod ellers mere, end hun gav udtryk for. Og hun undlod at gentage for sin søn, hvad hun havde bemærket, dengang han oprømt havde fortalt, at den 15 år gamle Dina Holm skulle være frue på Reinsnæs.

Hun lagde bare hånden let på skulderen af sønnen og sukkede forstående. Og hun kunne se, at nyt tøj og en fin klipning ikke kunne skjule, at Jacobs hår var grånet betragteligt, og at den begyndende mave var skrumpet ind.

Vesten sad, som om den var til låns. Han havde dybe rynker i panden og blålige rande om øjnene. Alligevel var han utroligt smuk.

Det var, som om den resignerende træthed klædte ham bedre end det overmod, der havde været kendetegnende for ham, da Dina kom i huset.

Rolige, tunge bevægelser. Den måde, han rettede sig op på.

112

Den seje, lange skikkelse, så helt uden den pondus, som velhavende mænd på hans alder skulle have.

Mor Karen så det hele. På sin måde.

Oline gik til og fra i køkkenet. Hun så det også. Var ikke sikker på, at hun kunne lide den nye Jacob, som bar præg af, at han havde så tungt et ansvar. Hun var heller ikke så glad for Dina. Oline ville helst have, at alt skulle være som før. Særligt Jacob.

Dina ville rundt i Nordland med husbåden for at se alt det, Christian IV betalte for nogle usle perler og nogle kvarte tønder rhinskvin.

Hun kunne ikke begribe, at det ikke kunne lade sig gøre på denne tid af året.

Jacob sagde mildt, men bestemt: Nej!

Han tog imod hendes raseri som en sindig far. Og fandt sig i hendes afstraffelse. Den gik ud på, at han skulle sove i det lille rum ved siden af soveværelset alene.

Sandt at sige var han så udmattet efter rejsen, hvor han til stadighed skulle passe på både på den ene og den anden måde, at han sov som en sten på den ubekvemme chaiselongue, der stod derinde. I sikker forvisning om, at stormen ville lægge sig, og at alt ville vende sig til det bedste. Bare han genvandt sin førlighed og sit helbred.

8. kapitel

THI SKJØGEN ER EN DYB GRAV, OG DEN FREMMEDE
KVINDE EN SNÆVER BRØND.
HUN LIGGER PÅ LUR SOM EFTER ROV, OG FORMERER
TALLET PÅ DE TROLØSE IBLANDT MENNESKENE.
(Salomo' Ordsprog, kap. 23, v. 27 og 28)

Det nye ægteskab, der begyndte med synet af to spændstige lår, der omfavnede en cellokrop, og som fortsatte med, at bruden dramatisk blev hentet ned fra et træ, fladede ud med en rejse til Bergen.

Jacob var plaget af konstant træthed. Det var, som om han hele tiden skulle være opmærksom på at være inde i Dinas verden. Aldrig tabe hende af syne eller lade hende give for meget til andre mennesker undervejs.

Han var ikke bevidst nok til at kalde det jalousi. Vidste blot, at tragedien lurede lige om hjørnet, hvis han lod Dina ude af syne for længe ad gangen.

Der var altid nogle, der stjal hende fra ham! Spøgelser på Tjøtta. Malere eller musikanter. Ja, en fra mandskabet på båden, som de hyrede på hjemturen af ren nåde, fordi han ikke havde penge til damperen og på den måde skulle klare sig, blev en håbløs og nedværdigende trussel.

Dina havde spillet kort! Oven i købet røget pibe med denne ubarberede og uredte knægt.

Jacob forstod så småt, at hans sidste kærlighed ville komme til at koste ham mere, end han først havde regnet med. Ikke mindst hans nattero.

Han kunne ikke engang tage sine ture langs kysten for at svire med sine blodsbrødre fra ungdommen. Han kunne ikke forlade Dina, og han kunne ikke tage hende med. Hun forstyrrede freden, alene ved at vise sig, hvor mænd var til stede.

Hun kunne være lige så grov, som det værste udskud på

folkestueloftet omkring Skt. Hans, og lige så intrikat som en dommer.

Hendes kvindelighed ikke at forglemme, for den havde ikke noget med almindelig folkeskik at gøre. Hun bevægede sin store, ferme krop som en ung general. Hvad enten hun red eller sad.

At hun udsendte dufte, der var en blanding af stald og rosenvand, og at hun udstrålede en uinteresseret kulde, fik mænd til at svirre om hende som fluer.

Jacob havde fået nok af det på turen til Bergen. Han fik svedeture og infam hovedpine af det.

Og så var der musikken...

For Jacob var Dinas cellospil en erotisk ophidselse, og han blev rasende jaloux ved tanken om, at nogen anden skulle se hende med celloen mellem lårene.

Han gik så langt som til at opfordre hende til at holde begge ben på samme side af celloen! Det ville virke mindre stødende for dem, der så på.

Dinas latter var en sjældenhed, for ikke at sige en total mangel. Men den rungede ud over hele huset, da Jacob rød i kammen som en sibirisk valmue i august demonstrerede, hvordan hun skulle sidde. De kunne høre hende helt ned til kramboden og kajerne.

Bagefter forførte hun ham midt på den lyse dag for ulåst dør. Det skete, at Jacob plagede sig selv med at tro, at hun ikke havde været så uskyldig første gang. At hendes totale mangel på blufærdighed, hendes sitrende hengivelse og systematiske undersøgelse af hans behårede krop mere lignede det, han havde oplevet der, hvor han havde måttet betale, end det lignede en sekstenårigs måde at gøre det på.

Det plagede ham oven i købet i drømme. Han prøvede at fritte hende ud, ved at lade nogle bemærkninger falde tilfældigt...

Men hun svarede ham med et blik som skarpe glasstykker.

Mor Karen og fostersønnerne lod Jacob være nygift, indtil han

115

kom fra høstmarkedet. Men så gav de både med ord og gestus besked om, at gården havde brug for ham.

Først ænsede han det knapt nok.

Mor Karen kaldte ham ind på sit kammer, og sagde lige ud til ham, at man ikke vidste, om man skulle le eller græde over det liv, som han, en voksen mand, levede.

Slemt havde det været, da han gik i sorg over Ingeborg, men så galt som det her havde det aldrig været. Han måtte se at komme ud af sengen til morgenmaden, og i øvrigt gå i seng til kristelig tid om aftenen. Ellers ville hun rejse. For alt var kommet i uorden, efter at denne Dina var kommet til gården.

Jacob tog det som en søn. Med skyldbetynget, bøjet hovede.

Han havde forsømt både det, der angik gården og det, der angik forretningerne. Dina krævede ham fuldt og helt. Dagene gik på en underlig måde i et, hvor Dinas nykker, Dinas påfund og Dinas behov smeltede sammen med hans.

Blot med den forskel, at hun var et barn, som ingen lagde mere ansvar på end det, der kunne kræves af Jacobs barnebrud.

Jacob havde længe følt sig unyttig og træt. Dinas påfund var blevet en belastning. Hendes dyriske leg i himmelsengen, og hvor det ellers var, tog den nattesøvn, som han så hårdt trængte til.

Samme aften, som Mor Karen havde talt med ham, nægtede han den sædvanlige tur med vinen og brætspillet i halvnøgen tilstand foran kakkelovnen.

Dina trak på skulderen og fyldte to vinglas, klædte sig af, så hun sad i den bare særk og sætte sig til brætspillet.

Hun spillede med sig selv og drak af to glas. Hun skramlede med ovndørene og nynnede halvhøjt til langt ud på natten.

Jacob fik ikke lukket et øje. Med jævne mellemrum kaldte han sagte på hende for at få hende i seng.

Men hun snerpede munden sammen og ville ikke engang svare.

Lige før dagslyset kom, stod han op. Strakte sin stive krop og gik hen til hende.

Med en engels tålmodighed og en slanges beregning. Han brugte lang tid til at blødgøre hende. Tre omgange med brætspillet for at være helt nøjagtig. Vinen havde hun for længst tømt. Han hentede lidt af det lunkne vand fra krystalkaraflen på natbordet og skænkede det i det tomme glas, der skulle have været til ham. Så så han spørgende på hende.

Hun nikkede. Han hældte vand op til hende også. De klinkede og drak af det lunkne vand. Egentlig vidste han, at hun ikke talte eller ville besvare spørgsmål, når hendes øjne var tunge af vin, men han gjorde alligevel et forsøg.

– Dina, det her går ikke. Jeg må have nattero. Der er meget, som en mand som jeg skal gøre. Om dagen mener jeg. Du må kunne forstå det, min kære...

Hun sad med sit lille smil. Men hun så ikke på ham. Han flyttede sig nærmere. Lagde armene om hende og strøg hende over håret og ryggen. Varsomt. Han var så træt, at han ikke havde mod til at gå i gang med noget, der kunne udløse skænderi eller uvenskab. Desuden var Jacob ikke en ufredens mand.

– Festen er slut, Dina. Du må forstå, at vi gårdmænd må i gang med arbejdet. Og så har vi brug for at sove om natten ligesom andre mennesker.

Hun svarede ikke. Lænede sig bare tungt ind til ham og lå stille, mens han strøg hen over hende.

På den måde sad han og drak lunkent vand og strøg hen over hende, indtil hun endelig faldt i søvn.

I starten havde hun været som en spændt fjeder imod ham, men efterhånden blev hun blødgjort og gav sig som et barn, der havde grædt sig i søvn.

Han fik båret hende i seng. Stor og tung. Selv for en mand som Jacob. Det var, som om jorden greb ud efter hende og ville tvinge dem begge i knæ foran himmelsengen.

Hun klynkede, da han gjorde sig fri og lagde dynen over hende.

Det var på tide at stå op. Han følte sig stiv og gammel og ikke så lidt ensom, da han luskede ned til alle de gøremål, som han havde forsømt.

Jacob lod det lille aflukke af et kammer ved siden af soveværelset sætte i stand. Det var blevet brugt som påklædningsrum. Der stod en cognacfarvet chaiselongue med iturevne frynser og dårligt betræk. Han fik en ekstra natpotte derop og sengetøj. Her trak han sig ind for at sove. Begrundede det med, at han snorkede, så Dina ikke kunne sove.

Oline så forundret på Jacob, da replikken faldt. Men hun sagde ikke noget, kneb bare munden sammen til en smal streg, som sendte meget sigende rynker ud i stråleformationer rundt om hendes stærke mundparti. Så vidt var det altså kommet på Reinsnæs, at herren måtte ligge på en ubekvem chaiselongue, mens et pigebarn lå i himmelsengen! Oline fnøs og sendte pigen op med lagen, dyne og dunpuder.

Den nat, hvor Jacob tog det skridt at flytte sig ind i påklædningsværelset, begyndte Dina at spille cello ved midnatstid, hvor alle lå i deres dybeste søvn.

Jacob vågnede brat op og følte et voldsomt raseri, endnu før han var helt vågen. Han gik ud i soveværelset, og hans øjne brændte mod hende, mens han hvæsede:

– Så er det nok! Du vækker hele huset!

Hun svarede ikke, spillede bare videre. Da ravede han hen over gulvet og tog hende i armen for at få hende til at holde op.

Hun rev armen til sig og rejste sig, så hun blev lige så høj som han. Satte forsigtigt celloen mod stolesædet og lagde buen fra sig. Så satte hun hænderne i siden og så ham ind i øjnene, mens hun smilede.

Det gjorde ham rasende.

– Hvad er det, du vil, Dina?

– Spille cello, sagde hun koldt.

– Om natten?

– Musik lever bedst, når alt andet er dødt.

Jacob forstod, at dette ikke førte nogen vegne. Intuitivt gjorde han det samme, som han havde gjort i morgengryet dagen før. Han holdt om hende. Strøg hen over hende. Følte, at hun blev tung i armene på ham. Så tung, at han kunne få hende i seng. Han lagde sig ind til hende og strøg uafbrudt hen over hende, indtil hun faldt i søvn.

Det forundrede ham, hvor let det havde været, men det faldt ham ind, at det kunne være slidsomt i længden at have et så stort barn i huset.

Lysten! Den, der havde brændt og svedet i ham dag og nat, før de rejste til Bergen, var væk. Det var blevet så anderledes og mere kompliceret, end han først havde troet. Han følte sig udslidt, bare han tænkte på det.

Men han gik ikke ind i påklædningsværelset.

Resten af natten lå han dødtræt og forvirret med Dinas hoved på armen. Stirrede op i loftet og mindedes Ingeborgs milde væsen.

De havde levet i fred og fordragelighed og havde haft stor glæde af hinanden. Men de havde haft hver sit værelse. Han tænkte på, om han ikke skulle tage sit gamle værelse i brug, men slog det hen.

Dina ville tage en frygtelig hævn. Han begyndte at kende hende nu. Det var hendes væsen at ville eje uden selv at blive ejet.

Han kunne ikke se andet end konturerne af hende i mørket. Men duftene og den nøgne hud var tilgængelige.

Jacob sukkede tungt.

Så skete der noget.

Det startede med, at Mor Karen fik sit forårsanfald, som alle kaldte det. Men det var i oktober!

Anfaldet gik ud på, at hun ikke kunne sove. Hun plejede at få det, når foråret maste sig ind ad de to høje vinduer i hendes værelse. Lyset var forfærdeligt i marts, mente hun og jamrede sig.

Oline sagde ikke noget. Men hun trak mundvigene nedad i en spottende grimasse og vendte sig om. Sådan var det! De mennesker, der kom sydfra. Om de så kun kom fra Trondhjem, så jamrede de sig. Over mørket om efteråret og vinteren. Og når Vor Herre vendte rundt på det, så var det også galt! Oline havde været i Trondhjem i sin ungdom, og der var der da også dagslys om foråret.

Men noget skulle der altid klages over. Damer fra Trondhjem, der teede sig, som om de kom fra Italien!

Mor Karens forårsanfald, som alle i huset tog som et lige så sikkert tegn som strandskaden, var altså kommet i utide. Det kom i oktober i år.

Så begyndte loftstrappen at knirke om natten. Og på køkkenbordet stod der en kaserolle med mælk med skind på til køkkenpigen om morgenen.

For Mor Karen varmede mælk med honning. Og hun sad ved bordet i det tomme køkken og så på, at lyset klatrede op på kobberkedlerne på væggen og smøg sig langs med det blåmalede panel og afslørede, at kludetæpperne skulle vaskes.

Mor Karen vågnede lige efter midnat. Hun trissede ned i køkkenet og arrangerede sig med mælken og stilheden i det store, sovende hus.

Men denne gang var det på en forkert årstid, så hun måtte selv have lys med.

Idet hun gik forbi vinduet på gangen, opdagede hun, at der var en tændt lygte ude i lysthuset! Først troede hun, at det var månen, der spillede hende et puds ved at lade sine stråler ramme de kulørte glasruder. Men så så hun det tydeligt.

Hendes første tanke var at vække Jacob. Men så tog hun sig sammen. Tog sin kørepels over morgenkåben for at undersøge sagen.

Hun kom ikke længere end til trappen, før døren til lysthuset blev åbnet og en høj skikkelse i fåreskindspels kom ud. Det var Dina!

Mor Karen skyndte sig ind i gangen og smuttede op på loftet igen, så hurtigt hendes gamle ben kunne bære hende.

Det gik ikke at tage imod Dinas højrøstede forklaringer på denne tid af døgnet. Men hun lovede sig selv at tale med Dina dagen efter.

Af en eller anden grund blev det udsat.

Mor Karen lå mere vågen end nogensinde. Fordi hun også skulle passe på Dina. Det var ikke på sin plads, at en ung kvinde satte sig ud i lysthuset midt om natten i frostvejr, selvom hun var pelsklædt.

Af en eller anden grund kunne hun ikke få sig selv til at tale med Jacob om det.

Hun fandt ud af, at der var et mønster i Dinas vandringer. Det var i klare, kolde nætter med stjerner og nordlys, at Dina sad i lysthuset.

Endelig en dag, da de to var alene i stuen, sagde hun ligesom tilfældigt, mens hun vagtsomt betragtede Dina:

– Hun kan heller ikke sove, for tiden?

Dina så hurtigt på hende.

– Jeg sover som en sten!

– Jeg syntes, jeg hørte... natten til i fredags, at du var oppe og gik rundt?

– Åh! Det kan jeg ikke huske, sagde Dina.

Dermed var det ovre. Mor Karen kom ikke længere. Det var ikke hendes stil at argumentere og lave en stor sag ud af, at folk ikke kunne sove. Men hun syntes, det var underligt, at Dina ville holde det hemmeligt.

– Du er jo vant til mørketiden.

– Ja, sagde Dina og gav sig til at fløjte.

Noget som førte til, at Mor Karen forlod værelset. Hun opfattede det som en provokation af den groveste slags. Kvinder af god familie fløjtede ikke.

Men fornærmelsen varede ikke længe. Efter et øjeblik kom hun ind i stuen igen. Kiggede Dina over skulderen, mens hun sad og bladede i nogle noder og sagde:

– Ja, spil hellere for mig. Du ved, at jeg ikke kan udstå, at du fløjter. Det er en kedelig uvane, som ikke sømmer sig...

Stemmen var mild, men meningen var ikke til at tage fejl af.

Dina trak på skulderen og forlod værelset. Langsomt gik hun op i soveværelset og satte sig til at spille salmer for åbne døre.

Mor Karen plejede at tage sine runder for at kontrollere indkøb til husholdningen og udstyret.

Det var kun med stor anstrengelse, at hun gik ned i den fugtige kælder. Men det skulle gøres. Hun inspicerede hylderne med konserves og tønderne med saltmad. Hun beordrede rengøring og udskiftning af fordærvet eller for gammel mad.

Holdt sin milde, stærke hånd over det hele. Vidste altid, hvor meget ribs eller hindbær der blev til overs hvert år. Noterede og beregnede, hvor meget der skulle bruges næste år.

Vinlageret blev fyldt op fire gange om året. Det plejede at kunne holde med det forbrug, der havde været på gården indtil nu. Når hun så bort fra Jacobs sørgeperiode et par år tilbage, var kvoten blevet holdt på et rimeligt forbrug.

En tirsdag formiddag lige før jul gik hun ned i kælderen for at tælle op. Og fandt ud af, at der ikke var en eneste af de dyrebare »Dry Madeira« til 78 skilling flasken! Og kun et par flasker af Rhinskvinen, Hochheimer, til 66 skilling flasken! Af de røde vine til mad, var der kun et yderst sparsomt parti af den udsøgte St. Julien til 44 skilling. To flasker!

Mor Karen gik resolut op fra kælderen. Knyttede sjalet flere gange om sig og gik i egen person ned på krambodskontoret for at få Jacob i tale.

Det var kun ham, der havde nøglen til tremmedøren foran flaskereolerne. Hun havde selv måttet bede om den om morgenen!

Mor Karen var mere end bestyrtet. Jacob havde ikke vist tegn på dårlig samvittighed, da han hørte, at hun skulle ned for at tælle op.

Oline havde strenge ordrer til at sætte en streg i husholdningsprotokollen for hver eneste lille flaske, der blev taget op. Og det regnestykke skulle altså gå op i den sidste ende.

Jacob sad med dagens gode pibe, da hun kom. Han var rødmosset og uden flip, sådan som han plejede, når han sad over protokollerne sammen med Niels. Det var et arbejde, han ikke syntes særligt godt om.

I samme øjeblik Mor Karen viste sig i døren, vidste han, at der var noget galt. Den lille, vævre skikkelse var i oprør under sjalet med frynserne.

– Jeg må tale med dig Jacob! Alene!

Niels gik lydigt ud og lukkede døren efter sig.

Mor Karen ventede et lille øjeblik, så åbnede hun den hurtigt for at kontrollere, om han var gået gennem lageret og ud i kramboden.

– Er du begyndt med dine grimme vaner? spurgte hun lige ud.

– Kære mor, hvad er det, du sigter til?

Han lagde protokollen væk og slukkede piben, for at hun ikke skulle blive endnu mere ude af sig selv.

– Jeg har været i kælderen! Der er ingen Dry Madeira og næsten ingen St. Julien!

Jacob studsede og trak sig i skægget. Noget af den gamle, dårlige samvittighed kom over ham, så han var lige ved at tro, at det virkelig var ham, der havde drukket al vinen.

– Kære mor, det kan simpelthen ikke være muligt!

– Nå, så det kan det ikke!

Det var ikke helt frit for, at Mor Karens stemme skælvede.

– Men jeg har ikke haft nogle ekspeditoner derned uden Olines vidende i lang tid. Det må være før jeg var på turen sydpå...

Han var en ulykkelig, lille dreng, der uretfærdigt blev beskyldt for skarnsstreger, han ikke havde begået.

– I hvert fald er flaskerne væk! fastslog hun og sank ned på besøgsstolen foran det store skrivebord. Hun trak vejret dybt og så forskende på ham. Jacob bedyrede sin uskyld. De diskuterede de mulige forklaringer. Men ingen var gode nok.

Da Dina kom fra sin ridetur, var der opstandelse i køkkenet. Der blev foretaget strenge undersøgelser.

Oline græd. Og alle var under mistanke.

Dina gik efter lyden af de ophidsede stemmer, og blev stående inden for døren til anretterværelset, uden at nogen lagde mærke til hende. I de gamle læderbukser hun altid red i og det løsthængende hår filtret. Ansigtet var rødt efter turen i skarp modvind og bidende blæst.

Et lille øjeblik så hun fra den ene til den anden. Så sagde hun roligt:

– Det er mig, der har taget flaskerne. Der var nu ellers ikke så mange, som Mor Karen vil have det til.

Der blev frygteligt stille i anretterværelset.

Jacobs skæg vibrerede, sådan som det gjorde, når han ikke vidste, hvad han skulle gøre for at klare situationen.

Mor Karen blev endnu mere bleg.

Oline holdt op med at græde ved resolut at skubbe den tunge underkæbe på plads, så tænderne klaskede mod hinanden.

– Har du? begyndte Mor Karen forbløffet. – I hvilken anledning?

– Forskellige anledninger, som jeg ikke rigtigt kan huske. Den sidste var her i nat, hvor det var fuldmåne og nordlys, og alt var så tosset, så jeg måtte have lidt at sove på.

– Men nøglen? Jacob samlede sig sammen og tog et par skridt frem mod Dina.

– Nøglen ligger jo altid ved siden af barberskrinet, det ved alle jo. Ellers havde tjenestepigen jo ikke nogensinde kunnet hente vin. Skal jeg forhøres her i anretterværleset? Skal vi måske hente lensmanden?

Hun vendte sig om på hælen og for ud af værelset. Men de øjne, hun sendte Jacob, var langt fra rare.

– Du gode Gud! sukkede Oline.

– Himmelen bevare os! istemte køkkenpigen.

Men det tog ikke Mor Karen mere end et øjeblik at fatte situationen og redde husets ære.

– Det er jo en anden sag, sagde hun roligt. – Jeg beder om undskyldning! Oline! Alle I andre! Jeg er en gammel, mistænksom dame. Jeg tænkte ikke på, at fru Dina kunne have været i sin gode ret til at gå derned i sin omsorg for gæsterne og husets vel.

Hun rettede sig op, lagde armene over kors over brystet, som om hun beskyttede sig, så gik hun efter Dina med værdige skridt.

Jacob stod med munden halvt åben. Oline så ud, som om hun var faldet ned fra månen. Pigerne havde øjnene på stilke.

Hvad der blev sagt mellem Dina og fru Karen Grønelv, var der ingen, der vidste.

Men da de bestilte den næste vin- og brændevinsforsendelse, var der en speciel kvote til den unge frue. Som hun selv rådede over på enhver måde.

Den gamle holdt alligevel til stadighed opsyn med, hvor

124

ofte der skulle bestilles nye forsendelser, og hvor mange flasker af hver slags der blev bestilt.

Hver gang der havde været fuldmåne, eller hvad der i øvrigt var, kom Dina ikke ned fra soveværelset før op ad dagen.

Mor Karen holdt sin bekymring for sig selv.

Eftersom det kun var Dina, der brugte lysthuset om vinteren, så var det kun Mor Karen, der så de halvfulde, bundfrosne vinflasker uden prop, der stod opmarcheret under bænken.

Men de gange, hvor Dina også sang salmer, så det kunne høres både i hovedbygningen og i folkestuen, var det svært at holde på værdigheden og lade som ingenting dagen efter.

Hun førte også lange samtaler med sig selv, hvor hun både stillede spørgsmål og svarede.

Ret skulle være ret, det var ikke ofte, det skete.

Det havde helt oplagt noget med månens gang over himmelen at gøre.

Men Jacob og Mor Karen så med bekymring på udviklingen. Specielt fordi det viste sig, at hun ikke lod sig tale til rette eller overtale til at gå i seng, når hun først var i det humør.

Hun kunne udvikle et forrygende raseri, hvis nogen forsøgte at nærme sig.

Mor Karen havde ymtet noget om, at hun kunne blive syg af at sidde ude i kulden midt om natten.

Men Dina lo uden en lyd, så alle hendes hvide tænder lyste ud i ansigtet på den gamle.

Dina var aldrig syg. Hun havde ikke fejlet det mindste i de måneder, hun havde været på Reinsnæs.

Til sidst blev vinudflugterne til lysthuset en art godt bevaret familiehemmelighed. Og eftersom enhver familie har sine særheder, så godtog alle, at det var familien Grønelvs.

9. kapitel

HESTEN BEREDES TIL KRIGENS DAG, MEN FRELSEN HØ-
RER HERREN TIL.
(Salomo' Ordsprog, kap. 21, v. 31)

Dina begyndte at gå ud og ind af de store pakhuse, som om
hun ledte efter noget. Ustandseligt hentede hun de store jern-
nøgler.

Folk kunne høre, at hun gik frem og tilbage. Snart nede.
Snart oppe. Nogle gange kunne de se hende ved åbningen til
losning under halvtaget ved hejseværket. Tilsyneladende ube-
vægelig, med blikket rettet mod det sted, hvor himmel og hav
gik i et.

Jeg er Dina. Reinsnæs æder mennesker. Mennesker er som træer. Jeg
tæller dem. Jo flere desto bedre. På afstand. Ikke lige ved vinduerne.
Så bliver alt mørkt.

Jeg går på Reinsnæs og tæller? Fjeldet på den anden side af Sun-
det har syv toppe. Af træer langs alleen er der tolv på hver side!

Hjertrud var med mig i Trøtta. Hun var den lille pige, der gemte
sig bag ved uret. Fordi jeg ikke var alene, gjorde hun sig så lille.
Hun har brug for et sted at være. Det er så koldt vinteren igennem
at gå på stranden ved Fagernæs.

Den, du er, vil du bestandigt være. Uanset hvordan du går gen-
nem et værelse.

Hjertruds åndedræt er under gulvplankerne i pakhusene. Hun
fløjter mellem bjælkerne, når jeg åbner dørene ved losningspladsen.
Hjertrud kommer altid tilbage. Jeg har den perlemorsskinnende
muslingeskal.

Dina vandrede rundt i de store, højloftede bygninger på kajen
på alle tider af døgnet. Nogle gange var det mørkt, så hun
måtte have lygte med. Folkene vænnede sig til hendes ritua-
ler.

– Det er bare den unge frue, der går rundt..., sagde de, når de hørte lyde fra pakhuset eller så lysglimt gennem vinduerne.

Ekkoet ændrede sig efter, hvor hun gik. Alt efter hvad der var på lageret, hvilken etage hun gik på, eller hvilken vindretning det var. Det hele blandede sig med den evindelige, men alligevel omskiftelige susen. Vind, flod og ebbe.

I det største pakhus var en del af huset af tømmer. Som en art forstærkning af det åbne stillads, der dannede en ramme omkring det hele. I den tømmerbeklædte del af bygningen opbevarede man alt det, der ikke tålte så megen frost, fugt eller varme. Ellers havde hvert aflukke sit indhold. Tønder med saltede sild, oplagring af klipfisk, salt, tjære.

I de tømmerbeklædte afdelinger opbevaredes melet og lidt umalet korn. Skindvarer, kister af mange slags til udstyr og rejser. På det første og det andet loft var tjærelugten ikke så voldsom.

Sejl og master lå hen over bjælkerne i nederste etage. Alle med forskellig farve efter, hvor gamle de var, eller hvilken forfatning de var i.

Sejlene lå som gråhvide ligklæder luftigt rullet sammen højt oppe under taget på rammer af tørre stave. Eller hang til tørre over de tykke bjælker i midten, hvor de sendte taktfaste og magiske dryp ned på det arrede gulv. Det var plettet i et mangfoldigt mønster. Af tjære, tran og blod.

I det største pakhus, som de kaldte Andreashuset efter en fjern ejer, som engang havde hængt sig der, hang der et utal af fiskenet og redskaber til at tvinde fiskesnører med rundt omkring på væggene. Her var også gårdens stolthed. Et nyt, mørkebrunt sildegarn. Luftigt og højt hang det lige inden for de kraftige dobbelte døre ud til vandsiden.

Lugtene var levende og stramme, men gennemgik til stadighed renselsesprocesser på grund af havet og den salte blæst. Hvilede i næseborene som en velsignelse.

Lyset trængte ind gennem tremmevæggene, og strålerne gik på kryds og tværs. Snart her, snart der.

127

Her kom Hjertrud til Dina. Sent på efteråret. Det første år på Reinsnæs.

Hun stod pludselig i skæringspunktet mellem tre solstråler. De kom fra sprækkerne i tre vægge.

Hun var uskoldet og hel. Øjnene var vågne og venlige. I hænderne holdt hun en usynlig genstand.

Dina begyndte at tale med høj barnestemme:

– Det er lang tid siden, at far rev vaskehuset ned. Vaskehuset her på Reinsnæs er ikke farligt...

Da gled Hjertrud væk mellem sildegarnets folder, som om hun ikke kunne holde den slags samtaleemner ud.

Men hun kom igen. Andreashuset blev mødestedet. Det var mest udsat for alle slags vind og vejr.

Dina talte med Hjertrud om den lille pige bag ved uret på Tjøtta og om sit nye tidsfordriv med at sidde i lysthuset.

Men hun plagede ikke Hjertrud med trivielle ting, som hun måtte klare på egen hånd.

Som at Jacob og Mor Karen var misfornøjede med hendes indsats i huset, og at de ville have, hun skulle sætte håret op og lave madplan sammen med Oline.

Hun talte med Hjertrud om alle de utrolige ting, der fandtes i Bergen. Men ikke om manden i galgen.

En sjælden gang smilede Hjertrud med åben mund, så man kunne se hendes tænder.

– De går i noget underligt tøj og taler lige ud i luften, og ingen hører på, hvad andre siger, bare de får solgt deres ting hurtigt og til en god pris. Og damerne kan ikke lægge de simpleste tal sammen! De ved ikke, hvor uendeligt langt der er her op til os. Og de kan ikke se noget rundt omkring sig, fordi de har så store hatte og parasoller. De er bange for solen!

Hjertrud svarede hende først med enstavelsesord. Men lidt efter lidt kom det for en dag, at hun havde sine problemer. Med tid og rum. At hun ikke kunne lide, at hun var blevet fordrevet fra kammeret på lensmandens gård.

Oftest talte hun om alle de strålende farver, der var i regnbuen, og som man kun kunne se en bleg afskygning af hernede. Og alle stjernehimlene, der stod som en spiral i alle retnin-

128

ger rundt om den lille jord. Det var så enormt, at tanken ikke kunne slå til.

Dina lyttede til den lave stemme, som hun kendte så godt. Stod med halvt lukkede øjne og armene hængende ned.

Hjertruds lugtevand gik lige igennem lugtene fra pakhuset og den stride lugt af salt og tjære. Lige før den blev så intens, at den var ved at slå luften i stykker, forsvandt Hjertrud ind i folderne i fiskegarnet.

Jeg er Dina. Når Hjertrud går, bliver jeg først et blad, der driver afsted i bækken. Så står min krop alene og fryser. Men det er kun et lille øjeblik. Så tæller jeg bjælkerne og sprækkerne mellem plankerne i gulvet. Og blodet løber ud i alle mine årer, en efter en. Jeg bliver varm.

Hjertrud er til!

Jacob var bange for, at Dina vantrivedes. En gang kom han for at hente hende i pakhuset.

Da løftede hun hånden til munden og sagde: »Hysch!!«, som om han forstyrrede hende i en vigtig tanke. Hun virkede irriteret over, at han kom, og slet ikke glad, som han troede.

Siden opgav han at følge hendes veje. Ventede bare. Efterhånden holdt han op med at registrere dem.

Det første år med Dina var Jacob stadigvæk herre og mester i himmelsengen, selvom situationerne fra tid til anden voksede ham over hovedet og gjorde ham både genert og forskrækket.

Men efterhånden gik det med sorg op for ham, at det ægteskabelige samliv, som han havde forsøgt at starte med vold og på grådig enkemandsmanér, lidt efter lidt var blevet et ridt, han ikke magtede så ofte, som han gerne ville.

Sådan gik det til, at Jacob, som hele sit voksne liv havde haft stor glæde ved sengen, måtte indrømme over for sig selv, at han ikke slog til.

Og hos Dina fandt han ingen nåde. Hun skånede ham ikke. Det skete, at han følte sig som en avlshingst, hvor ejeren og den påsatte hoppe var en og den samme.

Han kastede sig ud over afgrunden så ofte, som han magtede det. Men hun var umættelig og umulig at standse. Nægtede ikke sig selv de mest vanvittige stillinger og bevægelser.

Jacob kunne ikke vænne sig til det. Blev gammel og træt og mistede sit stolte jagtinstinkt.

Han greb sig i at ønske rolige dage med en ansvarsfuld og værdig hustru. Han tænkte oftere og oftere på salig Ingeborg. Det skete, at han græd, når han stod ved roret, og der alligevel var så tilpas meget skumsprøjt, så der ikke var nogen, der kunne se, at det mest var tårer, der fløj over bord med vinden.

Både Mor Karen og han troede i lang tid, at alt ville blive rettet op, hvis bare Dina blev med barn.

Men det skete ikke.

Jacob skaffede en sort, ung hingst til gården. Den var vild og ikke afrettet. Eftersom den til stadighed var genstand for eder og forbandelser i stalden kom den til at hedde Sorte.

Dina sendte bud til lensmanden efter jul uden at spørge Jacob til råds. Hun ville have Tomas til at hjælpe sig med at træne den nye hest.

Jacob blev vred og ville sende den unge knægt hjem.

Dina påstod, at et ord var et ord. Man kunne ikke hyre en stalddreng den ene dag og sende ham hjem den næste. Ville han have, at de skulle vanære sig selv på den måde? Havde han måske ikke råd til at holde både stalddreng og karl? Var han mindre bemidlet, end han havde sagt til hendes far, da han friede?

Nej, vist...

Og Tomas blev. Han sov på loftet over folkestuen hos karlene. Men han blev overset eller drillet. Og ikke så lidt misundt. For han var Dinas legetøj. Red med hende i fjeldet. Var altid lige bag efter hende, når hun bevægede sig udendørs. Hang

130

ved hende med blikket slået ned, når hun gik i kahytsbåden og var klædt i et stramt kjoleliv og en cape med frynser.

Dina på Reinsnæs holdt ikke hund. Havde ingen fortrolige. Hun ejede en sort hest – og en rødhåret stalddreng.

10. kapitel

ER ET MENNESKE IKKE I STRID PÅ JORDEN, OG HANS
DAGE SOM EN DAGLØNNERS DAGE!
SOM EN ARBEJDER, DER HIGER EFTER SKYGGEN, OG
SOM EN DAGLØNNER, DER VENTER PÅ SIN LØN.
(Jobs Bog, kap. 7, v. 1 og 2)

– Det er med ægteskabet som med syltede agurker, der er lagt
i en for sød lage! Man skal have et godt krydret stykke kød
under for at stå det igennem!

Oline var sikker i sin sag. Hun havde aldrig været gift. Men
hun havde set det hele på nært hold. Mente, at hun kendte
ægteskaberne ud og ind. Kendte dem fra de første forlovelses-
selskaber. Udstyrskister og medgift. Utidige og venlige lyde i
huset, knirken af senge og natpotter.

Det startede med hendes egne forældre, som hun aldrig
talte om. Moderen, en bondedatter fra Dønna, som giftede sig
under sin stand, blev forstødt fra sin mægtige slægt. Og sad i
årevis på et husmandssted med utallige børn og en lille båd til
at hente mad.

Manden forsvandt på havet. Og det var det. Ganske vist
drev båden i land efter ham og kunne repareres. Men hvad
skulle familien med en båd, når de ikke havde en mand til at
ro?

Moderen lagde sig tidligt til at dø, og søskendeflokken blev
spredt for alle vinde. Oline var yngst. Og hvad der var af
småting efter forældrene var forlængst væk, da det blev hen-
des tur til at arve.

– Med et godt helbred og gode tænder kan du tygge hvad
som helst! var hendes omkvæd. Det forhindrede hende ikke i
at fremtrylle de møreste fjeldryper i vildtsauce. Knuste ene-
bær, rønnebærgelé og rigeligt med snaps var åbenlyse lækker-
biskener.

Men der var mere mellem Oline og hendes gryder.

Kogekunsten havde hun lært »ved et under« som ung kokkepige i Trondhjem. Hvordan hun kom dertil, var ikke mindre underligt.

Men Oline talte ikke om sig selv. Derfor vidste hun alt om de andre.

En skønne dag havde hjemveen grebet hende så voldsomt dernede sydpå i Trondhjem, at hun måtte gøre noget ved det. Det havde vist været noget med en mand, som alligevel ikke var en herre...

Hun fandt sig en jægt, der skulle nordpå. Og tiggede sig til en hjemrejse, kvindemenneske som hun var. Havde en stor madkurv med sig ombord. Den gav muligvis udslaget med hensyn til billetten.

Det var en Reinsnæsjægt og en skæbne.

Oline blev i det blåmalede køkken. I alle slags vejr under alle forhold.

Ingeborg havde sat pris på hendes kogekunst og faste hånd.

Men da Mor Karen kom, fik hun virkelig en kender i huset.

Hun havde været til »taffel« både i Hamburg og Paris! Og var indforstået med, at mad skulle laves med kærlighed og rund hånd.

Mor Karen og Oline diskuterede »Menu« med lige så stor alvor, som de bad fadervor.

Den gamle havde kogebøger med opskrifter på fransk i sine bogskabe. Som hun oversatte med stor nøjagtighed til Olines sprog, mål og vægt. Og når ingredienserne ikke lod sig skaffe, hverken fra Bergen eller Trondhjem, fandt de i fællesskab frem til gode erstatninger.

Mor Karen brugte tid og omtanke på at anlægge en lille urtehave. Og Jacob havde de underligste frøsorter med fra sine rejser.

Oline bragte det færdige resultat til sådanne højder, at folk gerne sørgede for at ligge stille på Reinsnæs både i blæst og stille vejr.

Olines loyalitet over for gårdens folk var til at tage og føle på. Gud nåde dem, der prøvede at kaste skam over Reinsnæsfamilien ude i sognet! De havde fået kærligheden at føle de, der havde forsøgt sig. Oline havde forbindelser. Hun hørte det, der var værd at høre.

Tjenestefolkene på Reinsnæs fik ikke nogle advarsler. De fik bare besked på at pakke deres ting og rejse. Det kunne lige så vel ske i slagtetiden, eller når man var ved at forberede sig til en Bergenstur.

Det hed sig, at der røg en dreng og en pige, da Jacob i sin sorg flyttede himmelsengen ud i haven for at være den døde Ingeborg nær. Fordi historien kom tilbage til Oline.

– Med min og Vor Herres hjælp har folk den plads, som de har gaver til at have! Man skal ikke gå med hovedet under armen og med sladder, hvis man skal være på Reinsnæs! var den besked, de fik med på vejen.

Hun havde set salig Ingeborgs første ægteskab. Barnløst, trygt og gråt. Som en evindelig efterårsdag uden løv, uden sne, uden grøde. Hun sørgede blot, som det sømmede sig, da husbonden forsvandt på havet.

Men hun hægede om enken som et smykke. Passede hende i de søvnløse nætter med solbærtoddy med hel kanel. Lagde uopfordret glohede sten rullet ind i uldne tøjstykker i himmelsengen i soveværelset.

Olines skepsis, da den femten år yngre Jacob kom i huset, stod malet i ansigtet på hende i det øjeblik, hun fik beskeden.

Første gang, hun hørte om denne mand, var da Ingeborg kom hjem fra tinget og fortalte, at hun havde mødt et egnet styrmandsemne fra Trondhjem. Hun havde været der for at følge en tvist om nogle rugepladser, hvortil skødet var blevet væk, og som en af gårdmændene i nærheden havde gjort krav på.

Hun vandt sagen. Og manden kom til gården! I hjemmelavede søstøvler og gedeskindsbukser fra en svirebror på Møra. Skindhatten med den gråplettede tophue indenunder bar han som en død krage under armen.

En styrmand, der gik klædt som sit mandskab og ikke bekymrede sig om at pynte sig.

De første nætter sov han i gæsteværelset. Men det brune,

134

lokkede hår og de mørke øjne slog gnister omkring ham og tiltrak alles opmærksomhed. Det var længe siden, Reinsnæs havde huset en rigtigt smuk mand.

Smukt bygget og spændstig i kroppen kom han til sin ret, da han havde fået skindtøjet af. De grove lærredsbukser med de vide bukseben og det fremmedartede snit kom til syne. Det samme gjorde den korte, rosa brokadevest og den hvide skjorte af det bedste linned. Den var uden flip og åben i halsen, som om det var midt på den varme sommer.

Jacob indtog mange vigtige skanser. Noget af det første, han gjorde, var at gå ud til Oline i det store køkken med to harer, der var perfekt mørnede. Som han selv flåede.

Han bragte desuden andre gaver ud på køkkenbordet. Direkte fra den store verden. Små lærreds- og sækkelærredsposer med kaffe, te, svesker, rosiner, nødder og citronsyre. Det sidste var til punchen og buddingerne.

Med en slentrende selvfølgelighed, som om han hele tiden vidste, hvem der havde kommandoen på Reinsnæs, lagde han herlighederne på Olines hvidskurede bord.

Og mens han stod og flåede harerne, kom det for, at Oline gav ham sin uforbeholdne kærlighed. Og i alle årene efter holdt hun den varm og levende som rypeunger sent i juni. Hendes kærlighed var af den art, der omtales i bibelen: Den tålte alt. Absolut alt!

Fru Ingeborg havde også været forelsket. Det var oven i købet noget, provsten kunne se. Han talte om kærlighed både i bryllupstalen og i talen ved bordet til bryllupsmiddagen.

Ingeborg tålte oven i købet, at Jacob flyttede sin mor med til Reinsnæs. Til trods for, at hun ikke vidste mere om sin svigermor, end at hun ikke kunne komme til bryllup med tre ugers varsel. Hun var udenlands og havde flere bogskabe med slebne glasdøre! Dem skulle hun have med sig, når hun flyttede til Nordland, som hun udtrykte det i det første brev.

Karen Grønelv blev et begreb, længe før hun kom til Reinsnæs. At hun var skipper- og købmandsenke fra Trondhjem by med bogskabe stod der værdighed og respekt om. Men at hun opholdt sig i udlandet i årevis uden at have så meget som en mand ved sin side til at passe på, det viste folk, at hun ikke var en hvilken som helst Trondhjemsfrue.

Ingeborg blev mor knapt syv måneder efter brylluppet. Og for at komme præsten i forkøbet, da hun skulle indskrive sin søn til dåben så tæt på vielsen, lod hun et ord falde om, at hun ikke havde haft så meget som en uge at spilde. Hun havde været barnløs, siden hun giftede sig første gang atten år gammel og indtil nu, hvor hun var over fyrre. Gud måtte forstå hendes iver og nød.

Provsten nikkede. Han sagde ikke noget om, at det kunne se ud for Gud, som om hastværket havde mere med den unge brudgom at gøre end med iveren efter at blive mor. Det passede sig ikke med den slags ord.

Man sagde ikke hvad som helst til Ingeborg fra Reinsnæs. Hun gav rigelige gaver til fattigkassen. Og to stolte sølvlysestager stod i kirkens kor og var kommet fra Reinsnæsfamilien.

I stedet for velsignede han hendes glæde og bad hende gå i Guds fred og lære sin søn alt det, som Han havde befalet.

Og det blev bestemt, at han skulle være den første præst i slægten.

Niels havde været 14 og Anders 12 år, da de blev forældreløse efter et forlis. Eftersom de var fjerne slægtninge af Ingeborg kunne de være hos hende af »carité«.

Efterhånden var det, som om de altid havde hørt til. De nød godt af, at der manglede rigtige arvinger til Reinsnæs.

Da det viste sig, at denne Jacob gjorde Ingeborg frugtsommelig og velsignede gården med en arving, oplevede Niels og Anders, at alle deres ungdomsdrømme om at arve Reinsnæs med alle herlighederne gik til bunds som en kæntret båd.

Oline vågede over dem alle allerede på Ingeborgs tid. Med

sine tørre, hengivne øjekast og sin utrættelige ordenssans.

For hende betød det ikke så meget, at hun havde to fruer, så længe de holdt fred og ikke gik i vejen for hende.

Jacob blev efterhånden den vigtigste for hende. Hvis nogen havde antydet det mindste om den sag, så var de blevet smidt på porten.

Med sin stolthed og sin standsbevidsthed, som var lige så stærk som hendes tro på et liv hinsides, sørgede hun oprigtigt og med rødrandede øjne, da Ingeborg døde.

Men en smukkere død kunne ingen ønske sig. Alle tegn var gode. Syrenerne gik i blomst på hendes begravelsesdag. Og det blev en rig multebærhøst.

Ægteskabet med Dina blev et ondt varsel for Oline. Og det var ikke bare, fordi Dina aldrig viste sig i køkkenet eller flåede harer.

At hendes manerer ved bordet var som en drengs, at hun klatrede i træer og drak vin i lysthuset om natten var ikke det værste.

At hun overhovedet ikke »så« Oline var utilgiveligt.

Oline forstod ikke, hvad denne gøgeunge, om hun var aldrig så meget lensmand Holms datter, havde at gøre på Reinsnæs.

At Jacob giftede sig så helt hen i vejret, var en katastrofe for Oline.

Men hun tav med det som med så meget andet. Og eftersom hun sov i sit kammer bag ved køkkenet, lige under himmelsengen i soveværelset, så havde hun fuld kontrol over lydene og vibrationerne deroppe fra.

Så stor og så skamløs aktivitet var hende en gåde. Det sårede hende mere end Ingeborgs død.

Midt i uviljen var der et anstrøg af nysgerrighed. Efter at afsløre, hvad der drev mennesker til den slags galmandsværk, som Jacob havde kastet sig ud i. Efter at afsløre, hvordan et pigebarn kunne have kontrol over en hel gård. Når hun tilsyneladende ikke løftede en finger.

11. kapitel

DRIK VAND AF DIN EGEN BRØND, OG FRISK VAND AF
DIN EGEN KILDE.
SKULLE VEL DINE KILDER FLYDE UDENFOR, DINE
VANDBÆKKE UD PÅ GADERNE?
LAD DEM HØRE DIG TIL, DIG ALENE, OG IKKE DE
FREMMEDE TILLIGE MED DIG.
DIN KILDE VÆRE VELSIGNET, OG GLÆD DIG VED DIN
UNGDOMS HUSTRU.
(Salomo' Ordsprog, kap. 5, v. 15-18)

Jacob startede på »nødvendige« ture med kahytsbåden.
Han opsøgte gamle venner. Gjorde sig ærinder til Strand-
stedet.

I starten ville Dina endelig med. Men han afviste hende
med, at det ville blive for kedeligt for hende. Det ville blive
koldt. Han ville komme hurtigt hjem...

Han øvede sig i det, han skulle sige. Hun blev mærkeligt
nok ikke rasende. Trak sig bare væk.

Han kunne se den store ulveskindspels ligge på trappeaf-
satsen om morgenen. Som hammen efter et forhekset dyr, der
igen var blevet menneske.

Hun spurgte ham aldrig, hvor han havde været. Selv ikke
de gange han havde været væk om natten. Tog aldrig imod
ham i døren.

Hun sad ofte i lysthuset om natten. Men hun spillede i
hvert fald ikke cello.

En sen aften, hvor Jacob kom fra Strandstedet, så han, at der
var lys i vinduet i kontoret.

Dina sad og bladede i regnskabsbøgerne. Hun havde hevet
alle protokollerne ned fra hylderne og spredt dem ud over
bordet og gulvet.

– Hvad er det, du laver!? udbrød han.

– Jeg prøver at finde ud af det her, svarede hun uden at se på ham.

– Det der forstår du dig ikke på. Vi må rydde op her, ellers bliver Niels vred, kan du tro.

– Jeg tror ikke, at Niels altid er i stand til at regne rigtigt, mumlede hun og bed sig i pegefingeren.

– Hvordan det? Han har ikke bestilt andet i årevis.

– Hans tal forsvinder. Lorch ville have sagt, at regnestykket var galt.

– Dina, vær nu ikke dum. Kom så går vi op på gården. Det er sent. Jeg har kringle med til dig.

– Jeg vil regne det her igennem. Du, jeg vil begynde fast her på kontoret!

Hendes øjne lyste, og hun trak vejret lydeligt gennem næsen. Sådan som hun gjorde, når hun en sjælden gang gav udtryk for, at hun havde det godt.

Men Niels gav klar besked. Enten skulle det være ham eller Dina. Jacob forsøgte at mægle. Mente nok, at Dina kunne være til hjælp med regnskabet. Ja, hun var jo ligefrem genial til regning og beregning og den slags.

Men Niels, som ellers ikke åbnede munden i utide, sagde nej!

Dina trådte helt tæt ind til ham og smilede ham lige op i ansigtet. Hun var et halvt hoved højere og svang ordene mod ham, som om de var blankslebne våben.

– Nej, du vil ikke have, at der er nogen, der skal se, at du ikke kan tælle ordentligt! Tallene forsvinder i dine bøger – som dug på græs! Hvad? Men tal forsvinder aldrig for evigt. Det ser bare sådan ud for den, der ikke forstår det...

Der blev stille på kontoret.

Så vendte Niels rundt på hælen og marcherede ud, mens han råbte over skulderen.

– Dette kunne aldrig være sket i salig Ingeborgs tid! På kontoret må det være mig eller »hende der«!

Dina fik ikke lov at have sin gang på kontoret. Derimod sendte hun Niels blikke under måltiderne.

Han begyndte at spise i køkkenet.

139

Jacob prøvede at gøre det godt igen, at han havde holdt med Niels. Han havde små gaver med til Dina, når han kom hjem fra rejse. Sæbestykker eller en broche.

Han prøvede at få hende med i fællesskabet og i samtalerne.

En aften, hvor de alle sad i stuen efter middagen, henvendte han sig direkte til Dina og spurgte, hvad hun mente om den nye kong Oscar den Første.

– Måske kan jeg ansøge den nye konge om at få nogen til at se på krambodskontoret på Reinsnæs for at finde ud af, hvor tallene er blevet af! svarede hun med et grin.

Niels rejste sig og gik ud. Mor Karen sukkede. Jacob tændte sin pibe med raske bevægelser.

Jacob kendte en enke på Strandstedet. Hun havde tunge, men ikke uskønne træk og en grånende, værdig knold i nakken. Hun havde en pæn krop under det stramme kjoleliv. Og sad alene i et lille hus, hvor hun i ærbarhed havde logerende og syede for folk.

Hos hende fandt Jacob en slags trøst. Til hende kunne han komme og lette sit hjerte og konversere.

Mens han i Ingeborgs tid tog kahytsbåden for at opsøge selskabelighed, dans og morskab, og af og til en favn eller to, så søgte han for tiden væk fra Reinsnæs for at finde fred og harmoni.

En mands behov! Uransagelige og umulige at spå om.

Sommeren 1844 kom. Den var fuld af myrer og lys og havde ingen mening.

Mor Karen skaffede Dina en samling folkeviser af en, der hed Jørgen Moe, og en bog fuld af hedenske eventyr af Asbjørnsen og Moe. Men den fik lov at ligge.

Hjertruds bog havde en bedre handling. Og man kunne ikke gætte slutningen, sådan som man altid kunne det i eventyrene.

– Eventyrene har en anden moral, min kære Dina, sagde Mor Karen.

– Hvordan det?

– Det er ikke Guds egne ord. De er bygget på folkelighed og folkemoral.

– Hvad er forskellen? spurgte Dina.

– Guds ord er hellige. Handler om synden og frelsens nødvendighed. Det andet er bare eventyr, fortalt af mennesker. Hvor de onde bliver straffet, og de gode vinder.

– Men Hjertruds bog er også skrevet af mennesker, sagde Dina.

– Gud har sine sendebude. Sine profeter, som formidler hans ord, forklarede Mor Karen.

– Ja, ja. Så fortæller Han i hvert fald bedre historier end Asbjørnsen og Moe! fastslog Dina.

Mor Karen smilede.

– Det er godt, kære Dina! Men du skal sige Bibelen og ikke Hjertruds bog! Og du må ikke sammenligne Guds ord med hedenske eventyr! sagde hun forsonende.

– Hjertruds bog, Bibelen, vinder meget ved den sammenligning, sagde hun tørt.

Mor Karen forstod, at Dina næppe kunne trænes til filosofiske diskussioner eller teologiske emner. Det fik være.

Dina spillede cello og red med Tomas. I Andreashuset mødte hun Hjertrud.

Røde rande efter glas aftegnede sig hver morgen på bordet i lysthuset.

Fra hæggen vogtede hun over kajen. Damperen bragte kun få rejsende. Og de, der kom i land, var fra andre kloder.

Dina drog sine slutninger på grund af alle de ærinder, Jacob havde til Strandstedet. Rygterne nåede hende gennem folkestuevægge og med tilfældige vindpust. Hun fik en strofe nu og en strofe da. Af og til forstummede hviskeriet, når hun kom ind i værelset eller nærmede sig. Selv ved kirken.

Og hun satte stykkerne sammen.

Det blev efterår.

141

Havet var mørkt med hvide skumtoppe, og den skarpe blæst sendte nåle af is fra Blåfjeldet. Månen var hvid og fuld, og nordlyset jagede onde magter hen over den stjernebestrøede himmel.

Det havde skiftet mellem sne og regn, så vejene over fjeldene ikke var farbare, hverken for mennesker eller heste. Den, der havde en båd, priste sig lykkelig. Selvom havet blev pisket op af underlige vinde, der ikke var lette at forstå.

Snart kom de ind i sundet nordfra. Snart trak de store bølger og hjemløse skarve med blåsort fjerderham med sig vestfra.

Dina vågede hele natten. Men hun gjorde ikke, som hun plejede. Stod ikke op og satte sig i ulveskindspelsen i lysthuset.

Natten var svanger med uvejr. Den klare himmel og nordlyset stod hos, i protest mod stormen, der fejede ind over landskabet.

Hun lå i himmelsengen med forhænget trukket fra og stirrede ud gennem de høje vinduer, indtil det sparsomme dagslys gjorde himmelen bleg og fik den til at forsvinde i det uendelige.

Jacob kom pludselig ind ad den lukkede dør. Lige ud af fyldingen i døren og hen til sengen. Haltende.

Ansigtet var hærget og medtaget, og han holdt hænderne frem for sig, som om han bad for sig.

Han havde kun taget den ene støvle af og havde lavet så megen støj, at det kunne vække hele huset.

Svig stod skarpt tegnet på et blegt ansigt.

Hun havde kaldt på ham. Men han hørte det ikke. Så blev det for sent. Hans ynkelige skytsånd kom. Hun stirrede ud mod Sundet efter morgenen og bud fra Strandstedet.

Jeg er Dina. Jacob siger en ting og gør noget andet. Han er som en hest, der ikke vil rides. Han ved, at han er min. Men han er bange for, at jeg skal se, at han helst vil slippe. Syv gange har han sagt løgne for at slippe.

Det er sent. Folk er som årstider. Jacob er snart vinter nu. Først kan jeg mærke hugget. Jeg tror, det gør ondt. Men det forsvinder i det store, som jeg altid har med mig.

Jeg svæver fra værelse til værelse, mellem møblerne og menneske-
ne. Der kan jeg få folk til at vælte rundt mellem hinanden. De er så
dårlige til at spille. Ved ikke, hvem de er. Ved et enkelt ord kan jeg få
deres øjne til at flakke. Menneskene er ikke. Jeg vil ikke længere tælle
dem.

En spidsstævnet færing, der var sejlet for hårdt, med en for-
frossen og våd ung mand kom til gården. Jacob var skadet og
måtte hentes hos enken på Larsnæsset.

Der var ikke noget hos Dina, der røbede overraskelse. Hun
begyndte bare at tage sit overtøj på og gav ordre til, at slæden
skulle spændes efter Sorte.

Anders ville endelig have, at de skulle tage en båd. Der var
ingen mening i, at et kvindfolk skulle fare over fjeldet.

Dina var som en hvæsende los og allerede på vej.

Anders trak på skulderen. Så meget strøm, som der var i
Sundet, var det vel heller ikke nogen dårlig løsning.

Det så ud, som om hun havde klædt sig på om morgenen,
sådan at hun bare kunne vikle sig ind i et sjal og pelsen og
sætte sig på slæden for at hente Jacob.

Mor Karen og Oline jamrede sig mere over Jacob end over
Dinas hasarderede optræden.

Sådan gik det til, at Dina selv hentede Jacob på enkens kammer.

Han havde været i godt selskab og ville afslutte det med
fred og sødme der, hvor han plejede.

Uheldigvis faldt han væmmeligt på den spejlglatte trappe.
Benet brækkede som en tør gren ved det første vindstød.
Bruddet var så slemt, at benstumperne stak ud.

Ved et held i uheldet var doktoren tilfældigvis på Strandste-
det. Der var gået en flaske rom til at tage det værste, da han
rensede det og satte det sammen.

Dina havde som sædvanligt læderbukser og overtræksstøvler
som en mand. Hun fyldte godt i det lille hus. Mellem brynene
havde hun en hel bjergkløft. Ordene var frosset fast.

143

Enken behandlede hun som en tjenestepige. Og gode råd om at lade Jacob vente, til de kunne rejse over fjorden, kommenterede hun ikke.

Hun beordrede hjælp til at få Jacob surret fast til slæden. Til sidst lå han som en solidt fastsurret fårerullepølse inde i tæpperne.

– Fruen skal have penge for udlæg til doktoren og for logi, sagde Jacob spagt og skar ansigt af smerte.

Men Dina sagde hverken tak eller farvel til Jacobs værtinde. Smældede bare med pisken efter hesten og kastede sig op bagpå.

Hesten var som en djævel. For afsted med gnistrende meder over fjeldet. Farten var som et sug.

Dina var som en falk over manden.

Han var dødsens bange, da de tog den mest stejle skråning i det isglatte føre.

Vejen var delvist ødelagt af efterårets vandmasser. Og det værkede i foden, når de måtte forcere de dybe, islagte furer.

Det var første gang, han oplevede at være fuldstændigt i Dinas magt.

Jacobs erfaring med heste og veje til kørsel med vogn var minimal. Han trivedes bedst til havs.

Han forsøgte at klage over, at hun ikke havde taget mandskab med, så hans båd kunne blive sejlet hjem. Men hun svarede ham end ikke med et blik.

Jacob havde ikke bare en alvorligt kvæstet fod, han var også faldet i unåde. Vidste, at han måtte lade tiden arbejde for sig med hensyn til begge dele. Men det skortede slemt på tålmodighed.

Bruddet var alvorligt, det var ikke sat godt nok sammen, og såret ville tilmed ikke hele.

Det var, som om alle onde magter havde taget bopæl i det uskyldige ben. Han måtte blive i sengen. Skreg og råbte, hviskede og påkaldte sig medlidenhed.

Han blev flyttet ned i dagligstuen med seng og det hele for at have en slags fornemmelse af endnu at tilhøre de levende.

Dinas kløft mellem brynene blev bare større. Og hendes sympati for den syge var godt skjult.

Da Jacob i al troskyldighed spurgte, om hun ville spille for ham i stedet for at drikke så meget vin, så rejste hun sig fra stolen. Så pludseligt, at glasset væltede ud over den blondekantede bordløber.

Vinen lavede en rød blomst, som bredte sig mere og mere. Foden faldt af glasset.

– Du kan bede enken på Larsnæsset om at spille skanken på plads under skroget på dig, hvæsede hun og for ud af døren.

Men Anders hentede båden hjem til Reinsnæs. Og Mor Karen og Oline var sygepassere og skånede ikke sig selv.

Efter Dinas udbrud forstod Jacob et og andet. Men han vidste ikke, at det var uopretteligt.

For ham var der ikke noget, der var uopretteligt, når det gjaldt kvinder. Selv ikke to år med Dina havde frataget ham den ukuelige optimisme.

Jacob fik det ikke bedre. Der gik koldbrand i bruddet. Farven røbede det hele. Stanken bredte sig som et ondt rygte. Et ubønhørligt varsel om dommedag. Lagde sig klamt over hvert sekund.

Timerne blev kostbare.

Mor Karen indså, at Jacob måtte under kyndig behandling. Hurtigt!

Dina var egentlig den eneste, der havde gjort sig nogle forestillinger om, hvad kyndig behandling ville sige.

Hun havde oplevet koldbrand før. En af lensmandens fiskere havde engang fået koldbrand i en fod på grund af frost. Han overlevede, men måtte sidde på nåde med stumpen strittende ud i luften. Efter et par år var han så indtørret af bitter-

145

hed og had mod alt og alle, så tjenestepigerne kviede sig ved at bringe mad til ham.

Dina var gået ind til ham uden at have ærinde.

Jacobs fod lugtede allerede på gangene. Mor Karen sad ved sengen. Oline blandede tårer i suppen.

Havet var fandens værk med bølger så store som huse.

Anders gav sig også denne gang, da Dina sagde, at hun og Tomas skulle køre Jacob over fjeldet til doktoren.

Hvis hun og den genstridige Sorte havde klaret det alene den ene vej, så kunne hun vel også klare det sammen med en staldknægt den anden.

Det var absolut det bedste. Sådan blev det.

Blot med den forskel, at Tomas aldrig kom med.

Han rettede et vantro blik mod hende, da hun trak sig op på slæden og ville køre alene.

Jacob nikkede blegt mod ham. Som om han bad en bøn.

Tomas gjorde sig klar til at sidde op.

– Nej! snærrede hun og slog ham over næverne med en tovende. Så hvæsede hun sit: Gå! til hesten og for afsted med gnistrende meder.

Tomas lå tilbage på alle fire på den islagte gårdsplads. Med en blodig stribe hen over højre hånd og hivende vejrtrækning.

Senere forsvarede han Dinas opførsel med, at det ville have været for meget med tre på slæden. Og at hun ikke havde nogen tid at miste, hvis hun skulle nå doktoren i tide.

Som det meste af det, Tomas sagde, var det sandt for den, der hørte det. Han havde set angsten i Jacobs øjne. Men det kostede så uendelig meget at huske det.

Tomas var som en tugtet hund. Han hylede ikke i tide.

Han druknede sine tanker i den vandtønde, der stod på gårdspladsen. Der skyllede han sine næver og sit hoved i det iskolde vand. Følte smerten fra piskesnerten gå direkte igennem armen og op i armhulen. Så tørrede han sig let over ansigtet med sin våde hånd og gik ind til Oline.

Med et ansigt, der blussede efter behandlingen med isvandet lod han et ord falde om, at Jacob vist var frygteligt dårlig.

Oline tørrede øjnene og snøftede umærkeligt ud i luften. Lugten efter Jacobs fod var det eneste, de havde nu.

Tre timer efter stod Tomas parat til at tage imod Dina og hesten med de tomme vognstænger.

ANDEN BOG

1. kapitel

Der blev ikke fejret jul på Reinsnæs det år, Jacob blev fulgt til graven.

Ingen følte sig fristede til at aflægge enkerne på Reinsnæs visit. Det isglatte føre kom som bestilt til den, der havde brug for en undskyldning for at holde sig væk.

Oline påstod, at der kom en klam jamren ud fra væggene, som satte sig i begge hendes hofter, og som ikke gav hende fred.

Det isglatte føre varede helt til midten af januar. Gården var ramt af ubehjælpsom uvirksomhed.

Tomas gjorde sig et ærinde forbi soveværelsesvinduerne. Vendte et blåt og et brunt øje derop. Og vidste ikke selv, at han bad.

Når han nu og da blev sendt op med brænde, så rystede han sådan på hænderne, at han tabte brændeknuderne på trappen.

Dina sad altid med ryggen til, når han lagde brændet ned i kurven bag ved skærmbrættet med Leda og svanen.

Han bad bønner til hendes ryg, sagde »Guds fred« og gik.

Ingen vidste, hvornår Dina sov. Dag og nat travede hun hen over gulvet i sine rejsesko med jernbeslag på hælene.

Hjertruds bibel havde tynde blade, der skælvede i trækken fra vinduerne.

Mor Karen var som en smuk, lille trækfugl, der af en eller anden grund havde overvintret.

Sorgen gjorde hende gennemsigtig og i slægt med skørt

151

glas. Mørketiden lagde sine skygger over hendes bløde træk.

Hun savnede Jacob. Hans krøllede hår og leende øjne. Savnede ham sådan som han var, før der blev vendt op og ned på alt på Reinsnæs.

Alderdommen gjorde det let for hende at overskride grænserne til de døde. Tjenestefolkene troede, hun var ved at blive tosset. Hun haltede rundt og talte med sig selv.

I virkeligheden var det et udslag af stor ensomhed. Og håbløs længsel. Efter det, som havde været.

Folk og dyr, stald, udhus og krambod var præget af denne ensomhed.

Hele gården holdt vejret og ventede på, at en eller anden skulle udfylde tomrummet efter Jacob.

Reinsnæs var blevet som en stor båd, der drev rundt uden at blive styret og uden mandskab.

At Dina ikke kom ned fra soveværelset og gik frem og tilbage i rejsesko om natten gjorde ikke sagen bedre.

At hun var holdt op med at tale, var uhyggeligt.

Anders brød ud af sorgens hus og rustede sig til at tage på fiskeri ved Lofoten.

Mor Karen skrev et brev til Johan, at han var faderløs, men ikke hjemløs. Hun brugte en uge på at finde frem til de rette ord. Og skånede ham for detaljerne.

Alt var blevet gjort for at redde hans far, skrev hun. Alligevel havde Gud taget ham til sig. Måske havde han i sin store nåde set, at det var blevet en for hård skæbne for Jacob at blive krøbling med en fod... Måske Gud i sin visdom forstod, at han ikke var egnet til sådan et liv.

Efter at brevet med sorgens budskab var sendt, gik den gamle med stort besvær op og bankede på hos Dina.

Hun stod midt på gulvet, da Mor Karen kom.

Lige da hun skulle til at tage et skridt hen til vinduet for at

152

stille sig med ryggen til, lød Mor Karens milde stemme ud i rummet.

– Du går og går her oppe i soveværelset! Men det kommer der ikke noget arbejde ud af.

Måske var det Mor Karens hvide, skælvende næsefløje. Eller hendes urolige hænder, der ustandseligt pillede ved en ny frynse på sjalet.

Dina kravlede ud af sin skal og røbede en overrasket interesse.

– Livet må gå videre, kære Dina. Du skulle komme ned nu og få sat skik på folkene. Og...

Dina slog ud med hånden og bød Mor Karen en plads ved det runde bord midt på gulvet. Dækket af et gyldent tæppe med frynser, der bevægede sig svagt i trækken fra den åbne dør.

Den gamle anbragte sin lille, spinkle krop tungt på stolen med det ovale ryglæn.

Bordet og fire stole var blevet fragtet fra Bergen, det første år hun boede på Reinsnæs. Hun havde selv sørget for, at de dyrebare møbler blev båret varsomt i land.

Og pludselig forglemte den gamle sig. Som om hun aldrig var kommet op i soveværelset, fordi ensomheden og bekymringen var blevet så stor, at hun ikke kunne leve alene med den.

Hun sad og stirrede ned på de buede bordben. Som om hun så noget usædvanligt. Så begyndte hun langsomt og uden indledning at fortælle historien om møblementet.

Dina gik hen over gulvet og lukkede døren til gangen. Så hentede hun en griffel og sin tavle og satte sig hos den gamle. Først med et smil som skjold. Så bare sig selv. Lyttende. Som om hun hele sit liv havde ventet på netop den historie.

Mor Karen fortalte om de lyse møbler med fornemt betræk på stolesæderne. Jacob havde syntes, at de lignede kvindekroppe, med udskårne livstykker og fine hoftepartier.

Hun lod fingrene glide hen over det lille hul i den øverste del af ryglænet. Det var nænsomt formet som et hjerte. Hun førte sin gamle gennemsigtige hånd hen over bordtæppet og dvælede sørgmodigt ved et mærke efter en brændende cigar.

– Det stammer fra Jacobs ulykkelige dage som enkemand, sagde hun med et suk.

Uden begyndelse eller slutning fortalte hun om sit eventyrlige liv med Jacobs far. Om årene i Paris og Bremen. Om utallige bådrejser med den elskede mand.

Indtil hun engang havde siddet i Trondhjem og ventet på, at han skulle komme hjem fra København. Forgæves.

De var forlist et forbandet sted ved sydvestlandet. Jacob var tolv år og faderløs. Og hævdede, at han ville sejle, så snart han blev gammel nok.

Men mest fortalte Mor Karen om blankpolerede borde i store festsale. Om rokokospejle og fantastiske bogskabe. Om kister med gemmer og hemmelige rum. Usammenhængende og monotont.

Igen og igen vendte hun tilbage til de møbler, hun havde fået til Reinsnæs.

Det ovale bord og stolene var blevet betrukket med ny plys til Dinas og Jacobs bryllup.

Jacob havde bestemt, at det skulle flyttes fra stadsstuen nedenunder og op i soveværelset. For Dina skulle kunne sidde midt på gulvet og se ud over hele Sundet i godt vejr. Hun skulle kunne kaste et blik ud over de herlige strande ved Reinsnæs, når som helst hun havde lyst!

Dina lyttede med udtryksløst ansigt. Uret nede i den store stue slog pludseligt tre slag. Det vækkede den gamle. Hun rettede et mildt blik mod Dina og havde tilsyneladende glemt, at hun fortalte historier. Brat var hun tilbage i ensomhed og hovedbrud for fremtiden.

– Du må gå i gang med at gøre noget nyttigt! Ikke bare gå her og sørge dag og nat. Hele gården er vanrøgtet. Folkene ved ikke, hvad de skal foretage sig. Dagene går.

Dina så op under bjælkerne. Det var, som om en eller anden havde malet et smil på hende, men var blevet træt midt i arbejdet, fordi det ikke lykkedes.

– Og det skal jeg tage mig af? skrev hun på den sorte tavle.

Mor Karen så rådvildt og fortvivlet op.

– Det er jo dit alt sammen!

– Hvor står det skrevet? skrev Dina.

Fingrene blev hvide rundt om griffelen.

154

En eftermiddag trak Dina ridebukser på. Så gled hun på pigemaner ned ad trappegelænderet. Hun slap uset ud i stalden.

Sorte stod med bøjet hoved og lyttede efter hendes skridt. Da hun kom ind i spiltovet, kastede den med manen, stampede med forbenene, nappede hende i skulderen og blottede godmodigt tænderne mod hende.

Hesten og kvinden. Snart var de en krop.

Ingen lagde mærke til dem, før de fløj ned ad vejen til stranden og forsvandt mellem pakhusene og bakkerne.

De folk, der så dem, slog hænderne sammen. Spurgte den, der var nærmest. Om de havde set det? At Dina var ude igen? At Dina red væk på Sorte.

Først var der håb i spørgsmålet. Så blev de urolige. Det var efterhånden blevet naturstridigt, at Dina var andre steder end på loftet.

Tomas blev sendt afsted for at holde øje med hende. Han sadlede en hest hurtigere, end han nogensinde før havde gjort. Hun valgte heldigvis ikke vejen over fjeldet. Strejfede blot langs de sorte strande. Han indhentede hende, men lod, som om han var usynlig. Gjorde ikke den fejl, at han råbte advarende, da hun satte hesten i galop. Holdt blot god afstand.

På den måde red de en slags skyggeridning et stykke tid.

Men pludselig havde hun fået nok. Skummet stod om hesten. Ved stalden standsede hun så brat, at isklumperne faldt fra hovene og ramte Tomas på benene, så han skreg.

Han satte begge hestene ind uden et ord. Tørrede og vandede dem og gav dem hø.

Dina blev stående et stykke tid og så på, at Tomas arbejdede. Det gjorde hans bevægelser kejtede og usikre.

Hendes øjne fulgte hans smalle hofter. De stærke næver. Det uklippede røde hår. Den store mund.

Så mødte hun hans blik. Et brunt og et blåt øje. Tilsyneladende skødesløst stillede hun sig foran ham. Samlede håret over hovedet med begge hænder. Gav slip på det, så det strømmede ned over skuldrene. Vendte sig om og gik hurtigt ud af stalden.

Gæstgiver og jægteejer Jacob Grønelv havde skrevet en slags testamente. Men han havde ikke regnet med, at der skulle blive brug for det så hurtigt, så det havde ingen gyldige stempler eller underskrifter af vidner. Og der var ikke nogen kopi hos øvrigheden.

Men han havde fortalt lensmanden om dokumentet. For Jacob havde ikke bare været hans svigersøn, han havde også været hans jagtkammerat og ven.

Tanken om, at der et sted var et testamente, hvor ugyldigt det end var, gjorde lensmanden urolig. Fordi Jacob havde en voksen søn og to fostersønner.

Selvom han var Dinas far, så var han også lensmand. Det var hans pligt at få alt til at se rigtigt ud.

Da uvejret lagde sig, gjorde lensmanden sig et ærinde til Reinsnæs. For at tale med Dina i enrum. Om Jacobs sidste vilje, som måtte være et sted. Sikkert i det store kontor i kramboden.

Dina lyttede med åbent ansigt, men vidste ikke noget om Jacobs sidste vilje, og havde ikke set noget papir. Jacob og hun havde ikke talt om den slags, skrev hun på den sorte tavle.

Lensmanden nikkede og mente, at det var rigtigt at handle hurtigt. Nå til enighed. Før noget andet blev bestemt. Ellers blev der bare ufred. Han havde set nok af den slags i sin tid.

Da lensmanden rejste, gik Dina ned på kontoret i kramboden.

Niels blev fuldstændig overrumplet over sådan et besøg. Han blev siddende bag ved det solide egetræsbord. Hans mundvige viste både forbavselse og uvilje. Ansigtet med de mørke skægstubbe og det stride overskæg var som en åben bog.

Dina blev stående et stykke tid foran bordet og så på ham. Da han ikke gjorde mine til at hjælpe hende til rette, skrev hun på sin sorte tavle. Bad om nøglen til det store jernskab.

Han rejste sig modvilligt og gik hen til nøgleskabet, der var placeret mellem de to vinduer.

156

Da han vendte sig om, så han, at hun havde taget plads i den gamle svingstol. Med et forstod han, at han var til overs.

Og da han stadigvæk stod og stirrede efter at have lagt nøglen på bordet, nikkede hun blidt hen mod døren.

Modvilligt gik han ud. Skred forbi alle skufferne ude i butikken og så lige igennem krambodssvenden i forbifarten. Som om han var luft.

Så gjorde han sig mangfoldige ærinder rundt omkring på gården. Var et uvejr og en plage. Lod falde en bemærkning om, at nu begyndte selv levende fruentimmere at gå igen! Og de troede, at de forstod sig på forretning og protokoller! Men hun kunne bare sidde der og gøre sig vigtig, madammen! Han skulle bestemt ikke forstyrre! Så måtte man se, hvad det blev til. Hun kunne have bedt ham om bøgerne, have varskoet ham på forhånd om, at hun ville se papirerne og forretningskontrakterne igennem. Så kunne han have fundet det hele og have lagt det sirligt foran hende. Bestemt!

Niels var lige så mørk og lukket, som broderen Anders var lys og åben. Hvis Anders ikke havde været i Lofoten, så havde han nok sagt et par ord og givet ham et godt råd. Men Anders gik så mange veje.

Dina ledte systematisk og sammenbidt. I det gamle bogholderskab, i jernskabet, i skuffer og på hylder. Time efter time.

Der blev efterhånden stille og tomt i kramboden. Krambodssvenden kom ind og spurgte, om han skulle slukke lampen i butikken. Dina nikkede uden at se på ham. Og fortsatte eftersøgningen mellem papirer og mapper. Ind imellem rettede hun sig op og tog sig til ryggen med knyttet hånd.

Lige før hun var ved at give op for aftenen, kom hun til at kaste et blik på en gammel pengekasse af lyslakeret birk, som stod på en af de overfyldte hylder. Halvt begravet mellem ordresedler og en stabel snus.

Hun rejste sig hurtigt, gik målbevidst over gulvet, som om Jacob var der og gav hende besked. Pengekassen var låst. Men ikke værre, end at hun dirkede den op med en papirkniv.

Øverst lå der tegninger af jægten »Mor Karen« og en bunke

157

gamle breve fra Johan. Da hun løftede brevbunken gled en gul konvolut ud og blev stædigt stående på den ene kant et øjeblik. Så lagde den sig pænt ned på bordet.

Hun havde aldrig set den før, men var alligevel sikker. Det var Jacobs sidste vilje!

Hun ryddede op efter sig. Smækkede pengekassen igen og anbragte den tilforladeligt der, hvor den havde stået. Så stak hun konvolutten ind under sjalet, slukkede lampen og famlede sig vej gennem den mørke krambod og ud.

Himmelen var erobret af månen og stjernene. Nordlyset blafrede og vinkede som et selvlysende lagen, som om det fejrede fundet sammen med hende.

Hun gik let hen over den islagte gårdsplads. Ind ad gangen og op i soveværelset. Hun mødte ikke nogen.

Men der var en syden og hvisken i huset. Dina var kommet ned fra loftet! Den unge frue havde været nede at inspicere kramboden! Niels mente, at hun inspicerede regnskaberne og det hele!

– Gud er god, sagde Mor Karen jublende til Oline. Og Oline nikkede, mens hun lyttede mod den dør, som Dina gik forbi.

Dina krøb op i den store himmelseng. Lod sengeforhænget falde ned til alle sider og bredte Jacobs sidste vilje ud mellem lårene med stive fingre.

Hans stemme kom sagte fra væggene og blandede sig med det andet. Hun havde glemt, at han havde en smuk stemme. En venlig tenor, der ikke kunne synge særligt rent.

Hun smilede, mens han læste for hende.

Ingen vitterlighedsunderskrift. Ikke noget segl. Kun en mands sidste vilje. Skrevet ned i ensomhed en sen aften. Som et indfald af klarsyn. 13. december 1842.

Alligevel var det svært at komme udenom, at de rette skulle se det. For Jacobs sidste vilje var blandt andet således:

Hustruen Dina skulle sammen med Johan, sønnen fra første ægteskab, bestyre arven, som loven sagde, så længe de sad i uskiftet bo.

Det var Jacob Grønelvs vilje, at hans hustru skulle bestyre

hele hans bo og hans forretning efter evne, til Johan var færdig med studierne, og hun skulle knytte de mænd, som hun behøvede for at opretholde status, til sig. Sønnen, Johan, skulle fortsætte sin teologiske uddannelse og nyde underhold i form af forskud på arv og i øvrigt have sit hjem på Reinsnæs, så længe han var ugift og selv ønskede det. Det skulle stå ham frit for at overtage gården som sin fædrenearv, hvis han måtte ønske det.

Hans hustru Dina skulle have ansvaret for de daglige, forefaldende sysler, hvad angik dyr og tjenestefolk sammen med Mor Karen Grønelv.

Mor Karen skulle ikke bare have gode vilkår, men alle rettigheder og bekvemmeligheder indtil sin død.

Fostersønnen Niels skulle bestyre kramboden og regnskabet lige så længe, det var formålstjenligt for Reinsnæs og Niels selv.

Fostersønnen Anders skulle føre tilsyn med bådene, og have ansvaret for udrustning og handel, hvad disse angik.

Begge fostersønnerne skulle have et tiende af det overskud, som de var med til at bringe til boet.

Ingen, der skyldte købmand Grønelv penge, skulle efter hans død være nødt til at gå på tvangsauktion for at betale det tilbage, som de skyldte. En stor, fast sum til de fattige manglede der heller ikke. Dina brugte resten af aftenen på at gøre Jacobs sidste vilje ære. Hun skrev et nyt »testamente«.

Men hun prøvede ikke at forfalske det ægte eller at give det ud for andet, end det hun »efter erindring« mente, at hendes »salige og kærlige mand« mundtligt havde ytret ønske om.

Til forveksling var det som Jacobs vilje, bortset fra nogle få punkter: Tiende til fostersønnerne nævnte hun ikke. Derimod at de skulle beholde deres stilling, så længe det var lønsomt for Reinsnæs, eller hustruen Dina fandt det formålstjenligt.

Hun skrev heller ikke noget om, at Johan skulle kunne overtage driften af gården, hvis han ønskede det.

Ellers skrev hun smukt og sirligt, punkt for punkt. Var omhyggelig med at få pengene til de fattige med.

Så fyrede hun godt op i kakkelovnen. Og tændte vokslysene i den syvarmede lysestage på bordet ved spejlet.

I al den tid, Jacobs sidste vilje brændte i den sorte jernmave, smilede hun.

Så lagde hun det ark, hun havde skrevet, ned på skrivepulten af lakeret nøddetræ. Frit fremme, så alle, der kom ind, kunne se det.

Hun gik hen til den store himmelseng og lagde sig på ryggen fuldt påklædt.

Pludselig følte hun vægten af Jacob over sig. Han trængte ind i hende. Hans åndedræt var fremmed. Hænderne hårde. Hun afviste ham vredt. Og Jacob samlede bukserne og silkevesten omkring sig og gik lige gennem væggen.

Jeg er Dina, der kan mærke en fiskehale slå under mine ribben. Den har spillet mig et puds. Endnu tilhører den havet og stjernerne. Den svømmer rundt herinde og ejer sig selv, mens den æder af mig. Jeg bærer den med mig, så længe jeg skal. Den er alligevel ikke så tung eller så let som Hjertrud.

Det kom ikke an på, hvordan det var gået til, men hvordan folk troede, at det var gået til.

Hun stod op og så ind i ovnen. Lagde mere brænde i. Stod og passede på, at ilden gjorde det af med resterne af Jacobs sidste vilje.

Den nat var der ingen, der hørte, at Dina gik over gulvet i rejseskoene med jernbeslag.

Lensmanden havde en skriver og to vidner med næste gang, han kom.

Den gamle og den unge enke bænkede sig rundt om det ovale bord i soveværelset sammen med mændene.

Dinas ark med erindring om Jacobs sidste vilje blev gjort bekendt for dem, det vedrørte, under vidners nærvær.

Johan var i København, men Mor Karen var hans værge.

Dina havde klædt sig sømmeligt på. I det sorte tøj, der blev syet til begravelsen. Der blev sendt bud efter alle i huset.

160

Til sidst stod de med bøjet hoved rundt om bordet og hørte Jacobs ord blive læst op med lensmandens buldrende bas. Det var værdigt nok. Højtideligt.

Ingen kom til at savne et testamente. Det var jo en ulykke. Og det skete så hurtigt. Gud velsigne husbonden! Velgøreren.

Alle fik en lille påskønnelse på en eller anden måde. Alle velsignede Jacobs sidste vilje til at huske dem alle.

Lensmanden mente ikke, at det var nødvendigt at nedskrive, at Johan skulle have en del af arven som underhold, mens han studerede, for det var alle forældres pligt at sørge for, at deres børn havde gode kår efter deres stand, uden at det blev kaldt forskud på arv.

Men Dina smilede og rystede på hovedet.

– Vi har ikke ret til at se bort fra, at hans far er død, skrev hun på tavlen.

Lensmanden så på sin datter med forvirret respekt. Så dikterede han Dinas ønsker til skriveren. Og Mor Karen nikkede. Der blev sat segl på.

Lensmanden holdt en tale for sin afdøde svigersøn og ven og for sin datter og formanede alle om at have den gode vilje. Boet trængte til en fast hånd.

Mor Karen sukkede lettet. Livet gik videre. Dina var kommet ned fra loftet.

Solen stod højere og højere på himmelen. Snart ville den farve den nordlige himmel ved midnat.

Havfuglene ville flyve hele døgnet, ryperne lægge æg og hæggen blomstre.

Mor Karen fik et brev fra Johan.

Han kondolerede og var høfligt sørgmodig. Han ville ikke tage turen hjem, før han havde fået en vigtig eksamen. Han ville jo alligevel komme for sent til faderens begravelse.

Mellem linjerne læste Mor Karen, hvad hun allerede vidste, at han ikke forstod sig på driften af gården eller forretningen. At han ikke ville gemmes væk i en krambod, og at han kun vidste lidt om bogholderi. Men han ville gerne underholdes med forskud på sin arv, mens han læste til præst.

Hvis han følte sorg, så viste han det i hvert fald ikke ved at ville tage faderens forretninger op.

Mor Karen læste brevet højt for Dina.

»Min dybeste deltagelse og hilsen til Dina i denne hårde tid!« var Johans slutord.

2. kapitel

SÅ OPREJSTE JAKOB ET MINDESMÆRKE PÅ DET STED, HVOR HAN TALEDE MED HAM, ET MINDESMÆRKE AF STEN, OG ØSTE DRIKOFFER DERPÅ OG OVERØSTE DET MED OLIE.

OG JAKOB KALDTE DET STEDS NAVN, HVOR GUD TALEDE MED HAM, BETHEL.

OG DE REJSTE FRA BETHEL, OG DER DE VARE ENDNU IKKUN ET STYKKE VEJ FRA EPHRATH, DA FØDTE RACHEL, OG HUN HAVDE EN HÅRD FØDSEL.

OG DET SKETE, DA HUN HAVDE EN HÅRD FØDSEL, AT JORDEMODEREN SAGDE TIL HENDE: FRYGT IKKE, THI OGSÅ HER HAR DU EN SØN.

OG DET SKETE, DER HENDES SJÆL FOER UD – THI HUN DØDE – DA KALDTE HUN HANS NAVN BENONI (SMERTES SØN); MEN HANS FADER KALDTE HAM BENJAMIN (HØJRE HÅNDS SØN).

(Første Mosebog, kap. 35, v. 14-19)

En dag kom Mor Karen overraskende nok ind i soveværelset uden at banke på. Dina stod midt i værelset og klædte sig på.

Det var tydeligt, at hun var gravid. Solen stod ind gennem de høje vinduer og røbede det hele for Mor Karens kloge øjne. Dina havde været enke i fem måneder.

Den ældre kvinde var lille og væver. Ved siden af den store Dina mindede hun mere om en porcelænsdukke, som havde stået i et glasskab al sin tid og aldrig havde fået støv i håret end om et rigtigt menneske af kød og blod.

Rynkerne i ansigtet var som et fint spindelvæv, der skælvede i solen, da hun gik hen til vinduet for at være tættere på Vor Herre med sine taksigelser.

Hun rakte begge sine hænder ud mod den anden, men Dinas blik var som to søjler af iskoldt smeltevand.

163

– Velsignet være du, Dina. Du er med barn! hviskede hun bevæget.

Dina tog hurtigt skørtet på og blev stående med blusen foran sig som et værn.

Da den gamle ikke gjorde mine til at gå, satte Dina truende den ene fod foran den anden. Med bestemte, små skridt.

Og før Mor Karen vidste af det, stod hun selv ude på den mørke gang foran den lukkede dør.

Dinas blik forfulgte den gamle. Ikke blot dagen igennem, men helt ind i søvnen og drømmene. Hun vidste ikke, hvordan hun skulle nærme sig denne tillukkede skabning.

På den tredje dag, hvor hun forgæves havde prøvet at få kontakt med Dina, gik hun ud i køkkenet til Oline. For at få trøst og råd.

Oline tog imod ved bordet. Med to forklæder. Det ene uden på det andet.

Den runde skikkelse med de ferme bryster havde aldrig ammet så meget som en kat. Alligevel talte Oline, som om hun var oprindelsens mor.

Hun vidste, uden at behøve at tænke tanken, at hun dirigerede det meste med sin blotte tilstedeværelse. Med sine nedadgående mundvige og rosa, rynkede pande, der var fuld af omtanke.

Oline mente, at den unge frue skulle have fred! God mad! Og varme, uldne hjemmesko i stedet for de frygtelige sko, hun gik i på de fodkolde gulve.

At hun var oprevet over at skulle have barn, når hun ikke havde nogen husbond ved sin side, syntes Oline var rimeligt.

– Fruentimmere bliver opbragte over mindre, sagde hun og vendte øjnene mod loftet. Som om hun kunne fortælle snesevis af historier om det samme.

Man kunne ikke vente, at en så ung frue skulle opfatte det som en velsignelse eller en storhed at føre slægten videre efter det, hun havde været igennem.

På den måde reducerede Oline det hele til et spørgsmål om tid og omsorg.

De, der troede, at Dina kom ned fra soveværelset for alvor den dag, hun inspicerede kontoret, tog fejl.

Hun gik i stalden. Og til Mor Karens fortvivlelse red hun. I den tilstand! Men ellers holdt hun sig i soveværelset. Dina spiste i soveværelset. Boede i soveværelset.

Hvis Mor Karen fra tid til anden forsøgte at få hende til at komme ned i spisestuen, særligt når de havde gæster, så smilede hun bare og rystede på hovedet. Eller hun lod, som om hun ikke hørte det.

Dina havde genoptaget sin barndoms skik. Dengang spiste hun også alene. Fordi faderen ikke kunne tåle at se hende. Og slet ikke mens han spiste.

Tomas prøvede at fange Dinas øjne, når hun hentede hesten for at ride. Han hjalp hende op på hesteryggen ved at folde hænderne, så hun kunne bruge dem som stigbøjle. Det var noget, han var begyndt på, da det rygtedes, at hun var med barn.

– Hun skulle bruge saddel, til det var overstået..., sagde han engang, og lod et sky blik glide hen over hendes mave.

Hun slap for at svare. Stum som hun var.

Folk talte åbent om, at fru Dina både var med barn, stum og menneskesky.

De syntes, at det var synd for den gamle Mor Karen, som prøvede at styre den store gård. Over halvfjerds år og dårlig til bens som hun var.

Folk fortalte, at da der blev sendt bud efter doktoren, havde Dina kastet en stol efter ham, fordi han uden videre var spadseret ind i soveværelset for at kurere hendes tungsind.

Det hed sig, at Dina blev truet med dårehuset, hvis hun ikke artede sig, uden at hun dog tog den ringeste notits af det. Hun havde set så arrigt på doktoren, at han mente, det var det sikreste at fortrække uden at kurere hende.

Den gamle havde budt doktoren på punch, middag med ryper, vin og cigarer for at bøde på den unge frues opførsel.

Dina rasede og slog med kommodeskufferne i ensomhed. Fordi hun ikke kunne få sit tøj på mere.

Maven og brysterne var vokset og havde givet den unge krop en dimension, som ville have vakt opsigt og skabt misundelse hos dem, der var velsignede i mindre målestok. Hvis hun havde vist sig frem.

Men hun gik op og ned ad gulvet i soveværelset og var ikke til sinds at være noget for nogen.

Til sidst kom Mor Karen alligevel ind til hende et lille stykke tid. Og der blev sendt bud til Strandstedet efter en sypige.

Dagene gik ud i et. Holdt sammen af mørke nætter. Tæt. Som sur røg fra et dårligt passet ildsted.

Jeg er Dina, som læser i Hjertruds bog. Gennem Hjertruds forstørrelsesglas. For Kristus er en ulykkelig skabning, som kræver, at jeg skal hjælpe ham. Han kan ikke frelse sig selv. Har tolv edsvorne mænd, der klodset prøver at hjælpe ham. Men det lykkes aldrig. Alle er feje, bange og rådvilde. Judas kan i hvert fald tælle... Og han tør være rigtigt ond. Men det er, som om han lader sig tvinge ind i en rolle. Som om han ikke har forstand nok til at sige, at han ikke kan holde ud at svigte, for at alle de andre kan gå fri...

At Dina ikke kunne tale, gjorde, at man forglemte sig og troede, at hun også var døv.

Der blev snakket på gangene bagom ryggen på hende. Og eftersom hun ikke viste, at hun hørte, hvad de sagde, så blev det en sædvane. På den måde vidste Dina altid, hvad der skete, og hvad folk syntes.

Hun skrev sine korte ønsker og ordrer ned. Med en griffel på den sorte tavle. Hun sendte bestillingslister til boghandelen i Tromsø.

Fik kasser med damperen. Åbnede dem selv med et koben, som hun havde liggende ved ovnen.

Pigen, der tog asken ud og bar brænde op, syntes, det var mere end uhyggeligt med sådan et redskab.

Men da det tunge, uhyggelige redskab en dag ikke lå der, hvor det plejede, så var det endnu mere uhyggeligt.

Bøgerne handlede om regnskab og landbrugsdrift. Læsningen gjorde af og til Dina så rasende, at Oline troede, at fruen knuste ovnen.

Der blev sendt bud efter en regnskabskyndig. Dina sad flere timer på kontoret i kramboden og fik hele bogholderiet grundigt forklaret.

Der opstod alvorlig misstemning mellem hende og Niels. Regnskabsmanden blev en måned. Gik ind og ud som en vagthund mellem stuerne og kontoret.

– Det næste bliver vel, at madammen lægger sig efter at indkøbe varer til kramboden, mumlede Niels og skulede efter regnskabsmand Petter Olesen, som aldeles ikke lod sig friste til at være med i sarkasmen.

Han havde aldrig haft det så godt som netop her på Reinsnæs. Egentlig ville han gerne have fortsat sin gerning i det uendelige.

Han sad i rygeværelset om aftenen og røg Jacobs bedste merskumspibe, som om han ejede den.

Men Dinas selskab måtte han være foruden. Undtagen når han lærte hende bogholderi. Hun holdt sig i soveværelset. Når hun ikke red eller skrev ordrer og spørgsmål. Som aldrig var til at misforstå.

Der var ikke nogle af folkene, der kunne kalde hende venlig. Eftersom hun ikke talte, sagde hun heller aldrig et ondt ord.

Mor Karen tindrede over, at Dina udviste sådan en energi. Men samtidig kom hun for skade at bebrejde hende, at hun ikke tog tilstrækkeligt hensyn til »sin tilstand«.

Det fremkaldte Dinas frygtelige strubelyde, så spejlet og vinduerne i soveværelset klirrede i det stille vejr.

Var der noget, der var frygtet af alle på Reinsnæs, så var det, at Dina stod bøjet ud over trappegelænderet og slap sine lyde ud, så det gik gennem marv og ben på alle, der var nødt til at høre på det.

Det var tydeligt, hvem Dina slægtede på, var Olines kommentar.

Men for det meste var der fred. Mor Karen slumrede ofte under sit ternede tæppe i dagligstuen. Hun læste Johans regelmæssige og tørre breve igen og igen. Nogle gange læste hun dem højt for Dina. Hun tillod sig en alderdom, fordi hun så, at det hele på sin vis gik.

Men gæsteværelserne blev stående tomme i flere måneder. Sorgen, stumheden og galskaben på Reinsnæs virkede ikke just tillokkende. Der hvilede en slags dvale over det store handels- og gæstgiversted.

Jægten »Mor Karen« var i hvert fald kommet hjem fra Lofoten med god fortjeneste. Takket være Anders. Det viste sig, at meget af det, som Jacob havde taget æren af, var Anders' gode rutiner.

Alle havde forventning til barnet, og det var samtaleemne for alle.

Selv kunne Dina naturligt nok ikke tale om det. Men hun skrev heller ikke på tavlen om det.

Tjenestepigerne, Tea og Annette, syede småt tøj i deres fristunder, og Oline ytrede bekymring over, at jordemoderen boede så langt væk.

En tordenvejrs dag skete det, som den gamle havde frygtet.

Dina blev kastet af hesteryggen.

Heldigvis så Tomas det hele fra marken. Han løb, så hans lunger værkede og smagte af bly. Fandt hende liggende mod en tue med tyttebærblomster i knop. Med arme og ben strakt ud. Korsfæstet til jorden. Ansigtet mod himmelen – og grænseløst åbne øjne.

Et snit i panden og en flænge i benet, hvor en tør fyrrekvist havde fundet det for godt at sætte sig fast, var de skader, Tomas fandt.

Han valgte sommerstalden, fordi den var nærmest. Og fordi Vor Herre i et anfald af ondskab sendte torden og et voldsomt regnskyl.

168

Sorte havde ladet sig skræmme fra vid og sans af de første tordenskrald, og havde kastet Dina af, da hun prøvede at tvinge den til at være rolig.

Tomas støttede og bar hende ind i den utætte stald. Hjalp hende ned på det åregamle hø. Midlertidigt. Men fødselen gik øjeblikkeligt i gang mellem hænderne på ham.

Men Tomas havde hjulpet sin mor på det afsidesliggende husmandssted, engang hun var i samme situation. Han vidste, hvad han havde at gøre.

Sorte kunne ikke rides. Så han løb op til gården efter hjælp.

Der kom der skub under vandkedler, brændestykker og lagner. Pigerne skrubbede hænderne og tog imod Olines rappe ordrer.

At flytte Dina var ikke tilrådeligt, mente Tomas med huen som et roterende hjul mellem hænderne.

Oline vraltede i utrolig fart op til sommerstalden. Tomas kom løbende fra den anden side med trillebøren fuld af det nødvendige udstyr.

Himmelen tømte sig over dem, og truede med at oversvømme det, der lå under oliedækkenet på trillebøren.

Oline råbte forpustet op i luften, at nu kunne det være nok! Det var vel ikke meningen, at de skulle have syndflod og barsel samtidig! Hun ville overbevise de himmelske magter om, at hun havde overtaget kommandoen.

Det hele var overstået i løbet af knap en time.

Dinas søn var et tæt, men lille drengebarn. Født i en sommerstald, mens himmelen tømte sig ud og gav næring til alt det, der skulle gro.

Sorte stod i døråbningen med sit store hoved og blottede sine tænder i ubehersket uro.

Hvis det ikke havde været, fordi det hele var et under, og fordi Jacob døde i november, ville Oline have sagt, at barnet var født for tidligt!

Men hun skød skylden på den unge mor, der opførte sig som et pigebarn, når hun gik rundt »i sådanne omstændigheder«.

169

Dina skreg ikke, mens det stod på. Lå bare med vidt åbne og stirrende øjne og stønnede.

Men da barnet var ude, og efterbyrden det eneste, de havde at vente på, kom det værste skrig, de havde hørt.

Dina fægtede i luften, åbnede munden og lod det komme.

Jeg er Dina, som hører et skrig bygge rede i mit hoved. Det tætner i ørerne. I bryggerset på Fagernæs bruser dampen ud af Hjertrud, mens hun tømmer sig selv ud over gulvet. Så falder hun sammen. Ansigtet revner. Igen og igen. Vi driver væk sammen. Langt væk...

Dina blev tung og stille mellem hænderne på dem.

Mor Karen, der var kommet til, klynkede fortvivlet.

Men Oline klaskede Dina så hårdt på kinderne, at mærkerne efter fingrene stod som ar bagefter.

Og skriget væltede ud af hende igen. Som om det havde siddet fast i tusind år. Det blandede sig med den spæde lyd af spædbarnegråd.

Han blev lagt til hendes bryst. Han hed Benjamin. Håret var sort. Øjnene gamle og mørke som kul inde i et bjerg.

Verden holdt vejret. Stilheden blev så pludselig. En befrielse.

Efter et lille stykke tid kom det uventet og myndigt fra de blodige lagner:

– Luk døren! Det er koldt!

Dina sagde ordene. Oline tørrede sig over panden. Mor Karen foldede hænderne. Regnen brød igennem tørvetaget. En varsom, våd gæst.

Nyheden nåede Tomas, mens han sad på en kasse under et træ. Våd til skindet uden at vide det. I ærbødig afstand af sommerstalden.

Et forundret smil bredte sig ud over ham. Nåede armene. De bredte sig ud, så regnen fyldte håndfladerne på et øjeblik.

– Hvad var det, du sagde? jamrede han ulykkeligt, da Oline kom med nyheden.

– Luk døren! Det er koldt! lo hun og slog med de rosa, nøgne arme.

Så rungede latteren imellem dem. Den gamle smilede udmattet.

– Luk døren! Det er koldt! mumlede hun og rystede på hovedet.

Dina blev fragtet i et solidt sejl. Mellem hænderne på Niels, røgteren, en tilfældig krambodskunde og Tomas. Anders var i Bergen.

Ned ad stien til gården, ind gennem fløjdørene, op ad trappen til himmelsengen i soveværelset.

Først da kom jordemoderen for at kontrollere, at alt var i orden. Hun var såre tilfreds, og jordemoderdrammen blev sat frem på en sølvbakke både i køkkenet og i soveværelset.

Dina drak grådigt, mens de andre nippede. Så bad hun en af pigerne om at hente sæberne i kommodeskuffen. Stemmen jamrede som ubrugte taljer.

Hun lagde sæberne i en cirkel omkring drengen ved brystet. Tretten lavendel- og violduftende stykker sæbe. En magisk cirkel af vellugt.

Snart sov de begge to.

Mælken ville ikke komme.

De fodrede først barnet med sukkervand. Men det duede ikke i længden.

Alle kvinderne fik sved på panden af det evige skrigeri. Efter fire døgn var det bare som en vedvarende hvæsen, afbrudt af små pauser, når barnet faldt i søvn af udmattelse.

Dina var bleg, men blandede sig ikke i kvindernes jamren.

Det var Tomas, som til sidst kom frem med, at han kendte en lappepige i den sydlige del af sognet, der lige havde fået et barn, der døde.

Hun hed Stine. Var mager, havde store øjne, en smuk, gylden hud og høje kindben.

Oline klagede åbenlyst over at få så mager en amme. At hun var lappisk fik være, som det være ville.

Men det viste sig snart, at hendes små bryster var som en kilde af livseliksir. Og hendes magre, senede krop ejede en ro, der var som skabt til at få et barn til at falde til ro.

Hun havde mistet et drengebarn for nogle dage siden. Men det sagde hun ikke et ord om. I begyndelsen var hun mistænksom, sprængfærdig af mælk og miserabel.

De vidste, at hun var ugift, men det var der ikke nogen, der plagede hende med.

I de tunge, duftende julinætter var det Stine, der sørgede for balance og ro. Alt faldt til ro.

En sødlig lugt af spædbarn og mælk sivede ud fra Stines kammer. Piblede ud gennem gangen og ind i de fjerneste kroge. Selv i folkestuen kunne man ane en duft af kvinde og barn, hvordan det så end gik til.

Dina var sengeliggende i syv dage. Så begyndte hun at gå. Geskæftigt som en ged op ad bakke.

– Hvis det ikke er barnet, så er det »hende selv«, sagde Oline.

Det var en hed sommer. I husene og på gårdspladsen. Folk på gården begyndte at tro, at alt kunne blive som før. Dengang salig herr Jacob levede og punchen blev budt rundt til slægt, venner og velstillede rejsende fra fjern og nær.

Stine ammede. Og sneg sig som en skygge til og fra. Lydløst, som om hun var i familie med sommervinden og grundvandet.

Oline havde sagt til folkene, at der ikke skulle tales om, at barnet var blevet født i sommerstalden.

Mor Karen mente, at Herren selv var blevet født i en stald, og at det kunne være et godt tegn.

Men Oline gav sig ikke. Der skulle ikke noget ud om den sag. Alligevel kom det ud. Dina på Reinsnæs havde gået mellem sine gæster i de bare mamelukker på sin bryllupsdag, og nu havde hun født i sommerstalden!

Dina begyndte at gå gennem stuerne denne sommer.

Engang, hvor hun var i køkkenet, bemærkede hun, at Oline havde skæl på skuldrene.

Oline blev dødeligt såret. Havde hun måske ikke forløst denne forvorpne dame i en stald. Hun skulede op i loftsbjælkerne, da Dina var gået, med et ansigt som var hun en bister hund, der var tøjret til en trappe.

Stine og Dina havde en slags tavs fortrolighed.

De stod sammen over vuggen af og til – uden at der blev sagt så meget. Hun var ikke just rapkæftet, denne Stine.

En dag spurgte Dina:

– Hvem var far til det barn, som du mistede?

– Han er ikke herfra, kom det.

– Er det sandt, at han både har kone og barn i forvejen?

– Hvem siger det?

– Mændene i kramboden.

– De lyver!

– Og hvorfor kan du så ikke sige, hvem han er?

– Der er ikke noget mere, barnet døde...

Denne hårde livsfilosofi så ud til at passe Dina godt. Hun så Stine ind i øjnene og sagde:

– Nej, du har ret, der er ikke noget mere! Det rager ikke nogen, hvem der er faderen.

Stine slugte en klump og mødte taknemmeligt den andens blik.

– Vores barn skal hedde Benjamin, og du skal bære ham over dåben! fortsatte Dina og greb den lille, nøgne barnefod, der sparkede i luften.

Svøbene var fjernet. Der var kvælende sommervarmt på loftet. Der lugtede af solsvedet hus hele døgnet.

– Går det an? spurgte Stine forfærdet.

– Det går an! Det var dig, der reddede kravlet.

– I kunne jo have givet ham blandet komælk...

– Sludder! Du må have et nyt skørt, ny særk og nyt kjoleliv. Og præsten skal med til barnedåben.

Lensmanden blev ude af sig selv af vrede, da det stod klart, at han ikke skulle bære sit førstefødte barnebarn over dåben, og at barnet ikke skulle kaldes op.

– Jacob! skulle han have heddet! tordnede han. Benjamin er bare et kryptisk bibelsk kvindfolkepåfund!

– Benjamin er søn af Jacob – i den selv samme bibel, sagde Dina stædigt.

– Men der er ingen i de to familier, der hedder Benjamin! råbte lensmanden.

– Det er der så fra næste søndag! – Vil du så forføje dig til rygeværelset, så vi kan få fred.

Lensmanden blev stående. Dybrød i ansigtet. Folkene i køkkenet og i stuerne blev vidner til optrinnet. Han var kommet til gården for at ordne det. Og dette var takken!

Han skulle stå på kirkegulvet side om side med denne Stine, et lappetyende, som havde født et uægte barn.

Lensmanden kunne blive så såret, at raseriet standsede på vej ud af kroppen. Når vreden endelig kom ud, var der ingen, der kunne tolke lydene.

Til sidst vendte han sig om, og bebudede, at han ville rejse hjem fra dette galehus. Og at Benjamin var lige så lidt et mandfolkenavn, som jomfru Maria var det.

– I Italien hedder mandfolk også Maria, bemærkede Dina tørt. – Rejs du hjem, men glem ikke din pibe, den ligger derinde. Og navnet er og bliver Benjamin!

På gangen på loftet stod Stine og græd lydløst i lang tid. Hun havde hørt hvert et ord.

Oline mumlede noget, ingen tog sig af. Høstarbejderne spiste deres aftensgrød i køkkenet, ilde berørte.

Men det varede ikke længere end ned til folkestuen, før latteren bredte sig. Hvor var hun dog stejl, den unge frue. De kunne ikke lade være med at synes om det. Der var ingen i sognet, der havde en frue, der ophøjede en tjenestepige til at bære sit barn frem for Gud Fader den almægtige, bare fordi hun havde ammet!

Lensmand Holm travede ned til båden med rasende, tunge skridt.

Men efterhånden som han lagde grusvejen bag sig, var det,

174

som om han sundede sig lidt. Skridtene blev langsommere, helt indtil han stoppede op ved bådehuset med et suk.

Så vendte han sig om på hælen for anden gang den dag og gik den samme vej tilbage. Skramlede unødigt på trappen og råbte ind gennem den åbne dør:

– Så lad ham leve i synden og hedde Benjamin! I Guds navn!

Men Dagny tog det tungt. Hun ville overhovedet ikke være på kirkegulvet. Denne oplagte, offentlige fornærmelse pinte hende dag og nat.

Og da de skulle afsted til kirken, var hun forkølet og dårlig, med hovedpine og røde øjne.

Drengene skulle heller ikke med uden hendes opsyn. Der var efterhånden blevet to.

Lensmanden følte sig et øjeblik skyldig, da han mærkede hendes anklagende øjne på sig. Men han mandede sig op, sukkede og erklærede, at det trods alt var hans første barnebarn. Han var forpligtet til at tage med i kirken!

Han rejste med dåbsgaven i lommen og følte sig som en stor mand. Usigeligt lettet over at slippe for Dagnys bebrejdelser og misbilligende øjekast, som hele tiden sagde:

– Se hvilken datter, du har, min gode Lars! Se hvilken skam.

Som om han ikke vidste det!

Den værste dom var Dagnys meget sigende øjne, og den lille tilføjelse, hun havde om sin egen fortræffelige opførsel i ungpigeårene »dernede sydpå«. Det fremkaldte sådan en vrede hos ham, at han flere gange havde måttet beherske sig for ikke at lægge sine store hænder om halsen på hende.

Men lensmanden hverken kvalte eller slog. Han rettede to mørkeblå øjne mod folk. Og var dybt fornærmet og ulykkelig, når der var noget galt.

Venligt og med stort rabalder fik han det alligevel altid sådan, som han ville, både på tinget og andre steder. I alt fald efter at Dina var godt anbragt på Reinsnæs.

Det skete mere end en gang, at han sendte taknemmelige tanker både til sin døde ven og Mor Karen. Men han turde aldrig tænke tanken om, hvordan det stod til på Reinsnæs, til ende.

Der var kun få, der turde fortælle rygter. Derfor var det kun, når Dagny af en eller anden grund ville straffe ham, at han hørte noget om, hvor slemt det kunne stå til på Reinsnæs. Med en frue, som ikke var i sine stuer, men kun red ude om natten. Som plejede omgang med gårdskarle og tjenestepiger.

Det skete, at han tænkte på Dinas opvækst. At hun blev holdt uden for, hvad der var skik og brug så længe. Lige indtil denne underlige Lorch kom. Han, der hverken var fugl eller fisk, som Dagny plejede at sige.

En form for ubevidst dårlig samvittighed for gennem lensmandens hjerne i korte glimt. Men han opfattede den som en fornærmelse, sendt udelukkende for at skade ham. Derfor syntes han, at han var i sin fulde ret til at afvise den.

3. kapitel

NÅR DET NU KOMMER, SOM DU HAR SAGT, HVAD
SKULLE VI IAGTTAGE MED DRENGEN, OG HVAD SKULLE
VI GJØRE VED HAM?
(Dommernes Bog, kap. 13, v. 12)

Den sursøde duft af spædbarn og brystmælk havde en forunderlig virkning på alle. Særligt fordi det vitterligt var 23 år siden sidst.

Det skete, at Oline kom med sammenligninger.

– Han ligner Johan! Eller: – Det er som at se Johan! – Han havde også det udtryk, når han trykkede!

Hun lagde stor entusiasme over slægtens fremgang for dagen. Og var meget optaget af, hvordan ørerne sad på den lille Benjamin. Hun havde bidt sig fast i, at de stod lidt ud. Og at det var et fremmed element i slægtens historie. Hun så på Dina, som altid havde ørerne skjult bag sit hår.

Hun måtte tage sig sammen for ikke at undersøge, om drengen havde de spidse satyrører efter sin mor.

Men eftersom man ikke uden videre kunne gå hen og tage på Dina, så nøjedes hun med at bemærke, at hun havde glemt at se efter, om lensmanden havde sådan nogle ører.

– Lensmanden fik ørerne skåret af, mens han var lille, fordi de var så grimme, bemærkede Dina respektløst.

Oline blev stødt. Men hun forstod hentydningen. Og undlod at nævne noget om drengens udseende, så længe Dina var til stede.

Men Stine hørte både det ene og det andet. Til at begynde med var det det, at drengen ikke havde så meget som et eneste hår på hovedet, der bekymrede hende mest. Og det, at han havde et stort modermærke på den venstre skulder.

Hun plagede Stine med, at det kunne være mælken, der havde så lidt kraft, at håret ikke kunne vokse.

Og det hjalp ikke stort, at både Mor Karen og Stine vidste

177

bedre besked. At både den ene og den anden af de børn, som de havde kendt, havde været helt skaldede, indtil de begyndte at stavre rundt. Og at det var sådan, naturen ofte teede sig med menneskebørn.

Benjamins første sommer var ulideligt varm.

Stines klude til brystet blev hurtigt sure, og der hang til stadighed et dusin til tørre på tøjsnoren bagved vaskehuset.

Syrenerne var blomstret så hurtigt af, at man kun lige havde nået at registrere lugten. Tørken blev et problem for afgrøderne. Heden gjorde folkene dorske og irritable.

I mellemtiden spiste, græd og sov den unge Benjamin som en hundehvalp af god race. Alt voksede, så man kunne se det, undtagen håret.

Han spiste nærmest sin lille, magre amme. Hun fik tandpine i kindtænderne. Og blev tyndere og tyndere til trods for, at Oline fodrede hende med fløde og smør, så mælken strømmede i rigelige mængder.

At Dina havde gennemtrumfet, at Stine skulle holde Benjamin over dåben, havde givet finnepigen en uskreven og ikke omtalt status langt uden for Reinsnæs.

Dina selv så ud til at have glemt det hele, så snart barnedåben var overstået.

Og Stine tog på sig at våge om natten, at amme, skifte og lægge ryg til alle de historier, der gik på egnen. Hun nød den anseelse, hun havde fået. Rankede sin magre ryg over for snakken mellem folkene og tog imod privilegier med morgenmad på sengen, syltede multebær og tyk fløde til hverdag. Samt nykærnet smør og mælk med honning for at styrke og skærpe appetitten.

Hvad der ville ske den dag, drengen skulle vænnes fra, skubbede hun frygtsomt fra sig. Der var flere måneder til, og ingen talte om det.

For hver gang Stine lagde barnet i Dinas arme, opstod en magisk cirkel. Til sidst blev det sådan, at Dina ikke tog barnet op, uden at Stine var der til at lægge det i armene på hende. Stine først og Stine sidst.

En dag, hvor både Mor Karen og Oline stod bøjet over

178

Stine, der ammede drengen, sagde Dina:

– Stine skal blive her på gården så længe, hun vil. Vi kan bruge hende til andet end amning!

Mor Karen kom hurtigt over, at hun var stødt over ikke at blive taget med på råd.

På den måde blev det bestemt, at Stine skulle sidde trygt på Reinsnæs, også med golde bryster.

Fra den dag begyndte hun at smile. Tandpinen gik over, efter at hun fik mod til at lade smeden tage sig af kindtanden.

Tomas gemte på mindet om Jacobs begravelsesdag. Som en vanvittig begivenhed.

Han så Dina glide ned ad trappegelænderet. Nøgen og stor med særken mellem sig selv og det lakerede træ, hun gled på.

Af og til troede han, at han havde drømt det. Andre gange var han ikke helt sikker.

Så slog det ned i ham som et lyn, at det var ham, Tomas, der havde ligget på fåreskindstæppet i soveværelset.

Han blev både hemmeligt adlet og fortabt ved tanken. Han tilhørte ikke længere sin egen stand. Det betød ikke noget, at det kun var ham, der vidste det.

Han blev rankere i ryggen og fik et indadvendt, hovmodigt blik, som ikke passede sig for en husmandsknægt og en stalddreng.

Mange kunne se det, men ingen vidste, hvordan det var opstået. Han var en fremmed på Reinsnæs. En som Dina havde flyttet med sig.

Men på marken var der ingen, der drev spot med Tomas. For det var ikke let at holde hans rytme på marken. At slå hø ved siden af ham, var noget, karlene undgik.

De bad ham om at tage det lidt roligt, men det var, som om han ikke hørte det. Han lagde altid flere meter mellem sig selv og sin makker.

Til sidst fandt de på metoder til at holde ham i skak. De lod ham stå hele dagen med høtyven og kaste hø op på vognen. Så lod de ham slå de sværeste stykker jord om aftenen, alene.

179

De lod ham løbe ærinder efter slibestenen og mælkespanden i pauserne.

Tomas protesterede aldrig. For han løb ind i billeder og oplevelser. Lugte. Mens han i timevis strakte sine arme op over hovedet med de tunge hølæs. Eller for afsted mellem gården og markerne. Fandt nye hvæssesten, trak slibestenen eller fik mælkespanden fyldt hos Oline.

Den sommer, Dina fødte, var hans krop olieagtig og mørk af sved og sol.

Hver eftermiddag stak han hovedet og overkroppen ned i vandingstruget i hestehaven og rystede sig sammen med hestene.

Alligevel var det, som om han brændte. Han kom aldrig tættere på at kunne slukke branden end en ridetur. Hun var aldrig tættere på, end at hans stigbøjle var imellem dem.

Tomas kunne have solgt sig selv til djævelen for at få fjernet jernet.

Dina lå ofte i den lille, meget dybe bugt bag ved flaghøjen. Godt skjult mellem fjeldtoppe og birkeskov. Og i god afstand af markerne og bådepladserne.

Hun lå med det kølige vand helt op til hagen, mens brysterne flød ovenpå, som om de var dyr, der prøvede at lære at svømme på egen hånd.

Det skete, at Hjertrud stod i skovbrynet og vinkede med armen halvt løftet, når hun gik i land.

Så standsede Dina med særken eller håndklædet halvt om sig. Blev stående. Indtil Hjertrud talte til hende eller forsvandt.

Efter at Dina var stået ud af barselssengen og var begyndt at gå omkring, brugte Tomas al sin kløgt på at finde ud af, hvornår hun badede. Det var på de underligste tider af døgnet.

Han havde sit eget varslingssystem. Og slap derhen, så sandt han var på gården.

Vågnede om natten og var parat. Havde en fornemmelse

for puslen i græsset forbi folkestuen og ned til vigen, så god at en ræv kunne misunde ham den.

En dag stod han pludselig foran Dina. Efter ærbart at have udspioneret hende, indtil hun havde klædt sig på og var på vej op ad stien.

En lille fugl flagrede i skyggen mellem træerne.

De kunne begge to høre madklokken fra en af gårdene på den anden side af Sundet.

Fjeldet havde lige klædt sig i mørkeblå aftenskygge, og det summede af insekter. Duft af lyng og solvarm tang blandede sig med alt det andet.

Dina standsede op og betragtede mennesket foran sig. Spørgende. Som om hun ville vide, hvem han var. Hun havde den dybe rynke mellem brynene. Det gjorde ham usikker. Alligevel måtte han vove det.

– Du sagde, at du ville sende bud til mig...

– Bud? Om hvad?

– Om at du ville se mig?

– Og hvorfor skulle jeg se dig?

Han kunne mærke, hvordan hendes stemme knuste hvert ben i kroppen på ham. Alligevel blev han stående.

– Fordi – den dag, Jacob... Den dag i soveværelset...

Han hviskede det. Jamrede det. Bar det frem for hende som et offerlam.

– Der har været andet at lave!

Hun fastslog det, som om hun satte et facit med to streger under i regnskaberne i kramboden. Så og så meget overskud. Så og så meget gæld at inddrive. Så og så meget tab på grund af dårligt fiskeri.

– Ja... men...

Hun brugte sit smil. Det som alle misforstod. Men ikke Tomas.

For han havde oplevet en anden Dina. I soveværelset. Siden havde han aldrig kunnet lide, at hun smilede.

– Der bliver vel andre tider. Folk gør det, de skal, sagde hun og så ham lige ind i øjnene.

Hendes pupiller blev større. Han lagde mærke til den rav-

181

gule plet på venstre iris. Oplevede kulden i de blygrå øjne som en fysisk smerte. Det lammede ham. Han blev stående. Selvom hun gav tydeligt tegn til at ville forbi. Han turde ikke at række ud efter hende, selvom hun var så tæt på, at det kun var huden og tøjet, der skilte dem.

Da var det, som om hun kom til at tænke på noget. Hun løftede hånden og lagde den på hans dunede kind. Den var klam af varme, anspændelse og skam.

– Det har været tid til at vente på godt vejr og ikke forhaste sig, sagde hun fraværende. – Men du kan jo stadigvæk ride.

Samme aften red de over Kløften, endnu før Dinas hår var ordentligt tørt.

Et par gange styrede hun Sorte med stramme tøjler så tæt på ham, at hendes støvler rev ham på benene.

Efteråret var begyndt at melde sig. Løvskoven gulnede, og på afstand stod aspen i brand.

Han turde ikke plage hende eller kræve noget. Han kunne ikke klare hendes afvisninger flere gange samme dag.

Men den fortærende ild i hans krop blev ikke slukket. Tomas sov uroligt med mange og forvirrede drømme, som ikke kunne fortælles i folkestuen.

Han kunne standse op midt i arbejdet og føle lugten af hende. Han kunne tro, at hun stod lige bagved ham og vendte sig om i vild fart. Men hun var der aldrig.

Imens bredte gederamsen sine rødviolette blomster ud over grøftekanterne og engene.

Fugleungerne havde forlængst lært at flyve. Mågerne og ternerne havde dæmpet deres råb ned til en sløv kurren, når en eller anden kom i land med småsej. Og brønden var ved at blive tom.

182

4. kapitel

OG HVO SOM STJÆLER ET MENNESKE OG SÆLGER DET,
ELLER DET BLIVER FUNDET I HANS VOLD, HAN SKAL
VISSELIGEN DØDES.
(Den anden Mose Bog, kap. 21, v. 16)

Fra at Dina havde holdt sig helt væk fra andre mennesker, så
Mor Karen med stigende uro på, at hun igen henfaldt til upas-
sende vaner og indfald.

Dina vakte opsigt, når hun var blandt fremmede. Hendes
holdning var næsten som hos en velhavende mand med stor
anseelse. Uden at fortrække en mine røg hun cigarer efter
middagen, hvis der var en anledning. Det var, som om hun
ville chokere og provokere.

Når herrerne trak sig tilbage til rygeværelset, fulgte Dina
efter med den største selvfølgelighed.

Hun lå med korslagte ben henad chaiselonguen. Hånden,
der holdt cigaren, lå dovent henslængt på plyssen.

Hun kunne oven i købet finde på at vippe skoene af.

Hun sagde ikke meget. Deltog sjældent i diskussionerne,
men kom med korte korrektioner, hvis hun syntes, noget ikke
var rigtigt.

Mændene følte sig overvågede og beklemte. Og tiden med
cigaren og punchen blev ikke rigtigt, hvad den havde været
tidligere.

Dinas tilstedeværelse og ansigtsudtryk gjorde sin virkning
på herrernes nerver. Eftersom hun var frue i huset, kunne
man ikke engang komme med høflige hentydninger om, at
hun var uønsket. Og hun lod sig ikke fryse ud.

Det var ligesom at have præsten der. Det var, som om man
ikke kunne rette ryggen eller tage sine rigtige historier frem.

For Dina sad der med sit smil og lyttede. Gav dem en be-
klemt fornemmelse af, at de dummede sig.

Det mest forsmædelige var de gange, hun afbrød samtalen

for at korrigere tal, årstal, hvad der kunne betale sig, eller hvad der havde stået i aviserne.

I begyndelsen troede de, at hun ville rejse sig og gå, hvis Benjamin gav lyd fra sig et eller andet sted i huset. Men hun hævede ikke engang øjenbrynene.

Det blev for meget for Niels i længden. Han flyttede punchetimen ned på kontoret. Installerede efterhånden en lille dagligstue i det ene hjørne.

Men Dina lod sig ikke fordrive. Hun fulgte regnskaberne med argusøjne. Og drak af kontorpunchen.

Da Benjamin var godt og vel et år, fandt Dina Stine opløst i gråd hen over drengens hoved.

Det dryppede og dryppede. Uden at der kom en lyd. Drengen stirrede på ammen, mens han suttede. Nu og da lukkede han det ene øje, fordi han pr. refleks havde lært, at en tåre kunne ramme ham midt i ansigtet.

Egentlig suttede han kun for hyggens og nærhedens skyld, for Stines bryster gav ikke så meget mere. Og det var på tide, mente Karen. Efter mange omsvøb fik Dina Stines historie.

Hun havde ladet sig lokke og tage. Troede ikke, hun kunne blive med barn, så længe hun ammede. Men den gamle regel gjaldt vist ikke for sådan nogle som hende.

Først ville hun ikke ud med, hvem faderen var. Men Dina gav sig ikke.

– Hvis du ikke fortæller mig, hvem der er faderen, så han kan give dig oprejsning, så vil jeg ikke have dig her.

– Men det kan ikke nytte noget, græd Stine.

– Hvorfor kan det ikke nytte noget?

– For han er en fin mand.

– Så er han ikke her på Reinsnæs?

Stine græd.

– Er han fra Strandstedet?

Stine pudsede næse og rystede på hovedet.

– Er han fra Sandtorv?

På den måde blev Dina ved, indtil hun fik det at vide, som

184

hun egentlig allerede vidste. At Niels var barnefaderen.

Niels brugte dagligstuen i den nattetomme krambod til andet end punch.

– Det er kommet mig for øre, at Niels skal være far!

Dina lukkede døren til kontoret bag sig og satte hænderne i siden. Niels sad bagved det store egetræsbord.

Han så op. Så døde hans blik. Først havde han svært ved at møde hendes øjne.

Så vendte han helt rundt og lod, som om det var første gang, han hørte historien.

Hæsblæsende undskyldninger kom strømmende, som når der gik hul på en sæk sukker.

– Den beskyldning er det rene sludder! fastslog han.

– Du er gammel nok til at vide, hvad du gør, så det behøver jeg ikke at fortælle dig. Men et barn bliver ikke plantet af Helligånden. Ikke på de her kanter! Det var i Jødeland. Og det var et særtilfælde! Så vidt jeg kan forstå, var det her, du lå med Stine. I det her værelse?

Niels argumenterede imod, før hun havde talt ud. De talte i munden på hinanden et øjeblik.

Da slog Dinas øjne gnister. Af raseri og foragt parret med en form for glæde.

Langsomt gik hun helt hen til skrivebordet, mens hun fastholdt hans blik. Så bøjede hun sig ned over ham og lagde armen let på skulderen af ham. Hendes stemme var som en kat, der slanger sig i solskin.

– Niels er voksen nok til at vælge. I dag kan han vælge mellem to ting: Han kan føre Stine til alteret meget snart, eller han kan rejse fra Reinsnæs for altid! Med et halvt års løn!

Niels var helt stivnet. Måske havde han fornemmet, at Dina blot ventede på en lejlighed til at slippe af med ham. Havde forstået det allerede første gang, hun rodede i protokollerne på kontoret.

– Hun vil fordrive mig fra Mor Ingeborgs gård! sagde han, og var så oprørt, at han talte uden dialekt.

– Det er længe siden, Ingeborg har ejet denne gård! fastslog Dina hånligt.

– Johan skal få det her at vide, allerede i dag!

– Glem ikke at fortælle, at du skal være far om et halvt år, og at du prøvede at lade Stine sidde tilbage med skammen! Det vil Johan, som er i præstelære, nok synes er en stor mand værdigt!

Hun vendte sig roligt om for at gå.

– Niels kan komme inden i aften og fortælle, hvad han har bestemt sig til, sagde hun med ryggen til. Lukkede varsomt døren efter sig og nikkede blidt til krambodspigen, der stod med store ører lidt for tæt på døren.

Han kom op i soveværelset til hende om aftenen, mens hun sad og spillede. De var godt forberedte. Begge to.

Han kunne ikke gifte sig med en finnepige! En som oven i købet havde fået et barn med en anden, selvom dette barn døde. Det måtte Dina kunne forstå.

Sandt at sige havde han andet i tankerne. Han havde udset sig en pige af god familie. Han nævnte hendes navn og det hele. Og smilede prøvende til Dina.

– Men han kunne godt lægge de fine fornemmelser og tanken om, at hun var finnetøs til side, da han voldtog hende på kontorgulvet!

– Hun var med på det!

– Ja, bestemt, og hun er stadig med på det. Det gror og blomstrer i maven på hende. Det er kun Niels, der ikke er med på det.

– Det er imod Jacobs vilje, hvis jeg skal rejse.

– Niels ved ikke noget om Jacobs vilje, men det ved jeg!

– Du truer mig ud af mit hjem!

Han gled ned på en stol.

Dina gik hen til ham og strøg ham over armen. Bøjede sin smidige skikkelse ned over ham.

– Vi skal bare bruge dig til brylluppet. Senere kan du rejse – eller blive, sagde hun lavt. – Hvis han bliver, så kan han regne med en fordobling af årslønnen på grund af Stine.

Niels nikkede og gned sig over ansigtet. Slaget var tabt.

En tragisk skikkelse vandrede rundt på grusvejene mellem husene den aften. Og han ville ikke have aftensmad. Men Niels havde lært, at man skulle sikre sig, så længe man ikke sad fast der, hvor man var. Forskellige herrer har forskellige love.

Dinas regler var anderledes end de flestes.

Niels havde brugt stor kløgt igennem flere år. Han havde et veludviklet handelstalent, når det gjaldt om at skaffe sig sit eget udkomme. Denne fortjeneste stod ikke at læse i noget regnskab.

Det skete, at der kom fiskere eller bønder til Mor Karen for at klage over Niels' hårde fremfærd, når de ikke kunne betale.

Sandt at sige var det også sket, at Mor Karen havde betalt for stakkelen i kramboden, så han fik fred for Niels.

Han hævdede, at det ikke måtte rygtes, at gæld kunne blive strøget, for så ville alle komme rendende og klage deres nød for at få gjort det samme.

Men Mor Karen betalte.

Dina blandede sig ikke i den slags, hvis gælden var skrevet ned.

Men det var sket, at Niels inddrev summer, der ikke stod i bøgerne. Som bare var mundtlige aftaler, som Niels kaldte det.

Disse aftaler var ikke blevet opdaget, hvis ikke folk havde klaget.

Dina kneb munden sammen og sagde:

– Et tal, der ikke står i regnskabsbogen, er ikke et tal! Det kan ikke inddrives!

Og Niels gav sig.

Han var bare omhyggelig med ikke at lade folk få noget at klage over næste gang.

Og opgørelserne var lige så godt gemt som skatte i himmelen.

Og selvom alle havde set, at Niels havde repareret et stykke af gulvet i kontoret, så glemte de det, så snart det var gjort. Gulvet var råddent. Under den tunge servante, som tronede med en tyk marmorplade i hjørnet bag døren.

Pigerne flyttede ikke på servanten. Den var så tung. De vaskede bare godt rundt omkring den. Lod gulvkluden slikke rundt om den blåmalede sokkel.

Med årene kom der en vasket, tryg stribe dertil, hvor vandet kom. Sedlerne lå trygt under det løse, nedfældede bræt. I en dåse af det bedste blik. Formuen voksede pænt.

Niels kendte ikke forskel på hverdag og fest, når det gjaldt om at sælge eller købe med fortjeneste.

Stine var væk, da Benjamin skulle i seng. Han havde leget med garnnøgler i flotte farver på loftet over folkestuen hele dagen, fordi pigerne var ved at tage væven ned.

Først blev de irriterede, da drengen begyndte at blive træt og urimelig og skulle have været hentet for længe siden.

Så sendte de bud til Oline. En eftersøgning blev sat i gang.

Dina løb selv rundt. Men til ingen nytte. Der var ikke skygge af Stine nogen steder.

På den tredje dag fandt Dina hende i den lille fiskerhytte, som hun kom fra.

Tomas og Dina kom i båd for at få hende hjem. Stine sad ved ovnen og rørte i grøden til aftensmaden, da hun kom. Ansigtet var grimet af sod og tårer.

Først ville hun ikke sige noget. Skævede bare sky til familien, som sad omkring hende. Der var kun et værelse i den lille hytte. Ikke noget sted, hvor man kunne tale under fire øjne.

Men da det gigtplagede knoglebundt af en far hostede og så mildt på hende, svarede hun alligevel.

– Jeg vil ikke giftes med Niels!

Hun ville hellere tage skammen og straffen på sig. Ville ikke plages hele livet med en, der var blevet tvunget til at gifte sig med hende for at blive på Reinsnæs.

– Han har været der, siden han blev forældreløs fjorten år gammel! tilføjede hun. Der lå en anklage i det.

Jeg er Dina. Jeg behøver ikke at græde, for alt skal være, som det er.

Stine græder. Jeg bærer hende med mig. Tung eller let. Som jeg bærer Hjertrud.

De, der var i værelset, hørte, at fru Dina fra Reinsnæs bad om undskyldning. Gang på gang.

Stines gamle far sad i en krog. Stines yngre søster overtog madlavningen. En halvvoksen dreng gik ud og ind efter brænde.

Ingen forsøgte at bryde ind. Til sidst blev der kaldt til bords. Til sildegryn og fladbrød. Bordet var groft. Hvidskuret som af-pillede hvalknogler. Følelserne lå tungt i dampen over bordet.

Nyheden spredte sig. Som gnister i et udtørret fyrretræ. Han kunne være glad, Niels, for at han ikke var nødt til at være i folkestuen. Der blev han ikke skånet.

Stine havde forsmået Niels! Det var en munter historie. Niels krøb rundt og forsøgte at opretholde respekten. Tjenestepigerne skyede ham. Karlene undgik ham. Han blev spedalsk. De undertryktes justits var ødelæggende.

Men Stine kom til gården. Hun lagde sig ud. Var rødkindet og frisk som en rose, efterhånden som den første morgenkvalme havde sluppet taget i hende.

Hun sang for Benjamin og spiste godt.

Mor Karen konverserede gæster fra fjern og nær og fortalte om sin tid på rejse rundt i Europa. At det var de samme historier, gjorde ikke noget.

For rigtigt fine gæster var de altid nye og blev hørt for første gang.

Og de gamle vænnede sig til de fornemme beretninger, som man vænner sig til årstiderne. Mor Karen havde historier, der passede til dannelsen og karakteren hos enhver gæst. Hun vidste altid, når det var nok.

Ofte trak hun sig tilbage med et nådigt suk, allerede ved punchetid og lod en bemærkning falde om, at hun ville ønske, hun var yngre og raskere.

Så overtog Dina selskabet med nådesløse fingre. Så kom musikken. En befrielse. Feber! Spredte sig ud over hele gården, over markerne. Langs strandene. Nåede ind til Tomas i den hårde køje i folkestuen. Skabte sorg og glæde. Alt efter hvor tonen ramte.

5. kapitel

THI VI DØ VISSELIGEN OG ERE SOM VANDET, DER
BORTFLYDER PÅ JORDEN, HVILKET IKKE SAMLES; MEN
GUD TAGER IKKE LIVET BORT, MEN TÆNKER OVER, AT
DEN UDSTØDTE IKKE ALTID SKAL VÆRE UDSTØDT FRA
HAM.
(Den anden Samuels Bog, kap. 14, v. 14)

En dag stod Stines bror i køkkenet på Reinsnæs. Klædt i det
lappiske havfolks enkle dragt af garvet renskind og med en
blå kalot med et bånd på. Skoene var sønderslidte og gen-
nemvåde.

De havde ikke mere mel derhjemme. Han var gået vild, da
han skulle over fjeldet for at bede om en almisse på Reinsnæs.
Og var blevet overrasket af en bjørn på Landtangen.

Han var blevet så skræmt, at den ene ski var gledet af hans
fod og var styrtet ned over fjeldet. Han havde måttet vade i
sne resten af vejen.

Drengen holdt hænderne foran sig, som om han ikke ville
kendes ved dem. Han var spinkel og lille som søsteren. Kon-
firmeret året før og havde endnu ikke fået skæg. Kun et dun
hist og her og et stort pandehår ned over et par skarpe øjne.

Oline opdagede hurtigt, at han havde fået frost i hænderne.
Stine gik tavst omkring og gjorde forberedelser til et eller an-
det. Uldne klude indsmurt i tran.

Stine var ved at vikle de stakkels fingre ind i forbindingen,
da Dina kom ud i køkkenet. Der stank af tranklude, sved og
vådt tøj. Drengen sad på en taburet midt på gulvet. Hjælpe-
løst lod han sig pusle om.

– Hvad foregår der? spurgte Dina. Mens de svarede hende,
kom Jacob ind fra bislaget med en stank af råddent kød. Det
lignede ikke nogen anden lugt.

Dina tog fat i dørkarmen og lænede sig tungt op ad den,
indtil hun var sikker på, at hun stod fast. Så gik hun hen til

drengen og tog hans stakkels næver i øjesyn. Da holdt Jacob op med at lugte.

Hun blev stående, mens Stine smurte og forbandt. Drengen græd lidt. Der var stille i det blåmalede køkken. Kun en knirken fra gulvbrædderne, når Stine bevægede sig omkring.

Drengen klarede sig godt, takket være Stines behandling. Han blev på gården, til han var helt frisk igen. Blev indlogeret på Tomas' kammer.

Han kunne jo ikke arbejde for føden, men han begyndte at tale efter et par dage.

Tomas tog imod dette uventede venskab med en vis reservation. Indtil han fandt ud af, at det ville bringe ham nærmere Dina, hvis han tog sig af drengen.

Dina spurgte Tomas, hvordan det gik med Stines bror. Hun overbragte hilsener om god bedring gennem ham.

Tomas havde lært Dina kunsten at skyde med finnebøsse allerede, før hun flyttede til Reinsnæs. Det var sket i al hemmelighed oppe på fjeldskråningen over Fagernæsset, når de samlede ryper fra fælderne. På gården troede de, at det var Tomas alene, der gik rundt og øvede sig på at skyde.

Lensmanden havde stor tillid til drengen og til, at han ikke sløsede med krudtet.

Senere fik Tomas en finnebøsse i foræring af lensmanden. Han havde gjort sit på en jagt, hvor der blev taget en bjørn. Den havde taget flere af lensmandens får.

Tomas opfattede gaven som en indvielse. Han skulle være bjørnejæger.

Bøssen var smedet i Salangen. Af en finne, som kunne sit fag. Den var det mest dyrebare, Tomas ejede.

Og hver gang, der var tale om bjørne, fik Tomas ordnet det sådan, at han kom med på jagt. Han havde endnu ikke taget en alene.

Dina var blevet indført i skydningens kunst, uden at hun havde øvet sig i at gå på jagt.

Lensmanden accepterede, at han havde en datter, der kun-

192

ne håndtere en finneriffel, når blot hun ikke talte så meget om det, når der var gæster.

Jacob derimod havde ment, at det ikke var noget for kvindfolk at skyde med krudt. Krudtet var dyrebart som guld!

Men ligesom han måtte finde sig i, at det var Dinas maner at ryge cigar, så måtte han se på, at hun øvede sig på at skyde med finnebøssen, efter at hun kom til Reinsnæs.

Bøssen var kort og fin i løbet. Låsen var enkel og ufuldkommen og krævede desto mere af skytten.

Våbenet var uden dæksel over fænghætten og var ødsel med krudtet, så det føg om ørerne på en.

Men Dina havde lært knebene. Håndelaget og blikket passede med våbenet. Det så ud, som om hun havde samme hurtighed og sikkerhed med krudt som med tal.

Stines brors bjørnehistorie måtte være sand. Flere havde set den. Og det tydede på, at den var på vej over fjeldet. I hvert fald havde den ikke tænkt sig at gå i hi foreløbig. En bjørn. Ikke så stor. Men hård nok i labben til at slå to får ihjel, som ikke var kommet ned fra fjeldet i efteråret.

En aften kom Dina over i folkestuen til Tomas. Hun passede ham op, da han var alene i kammeret.

– Vi tager på jagt i morgen, Tomas. Vi må tage den bjørn, der lunter rundt! havde hun sagt.

– Ja, jeg har tænkt på det. Men Dina! Du kan ikke tage med! sagde han. Jeg får karlen fra...

– Ti stille, afbrød hun. – Ingen ved, hvad vi skal. Kun at vi skal ud efter en bjørn! Hører du, Tomas? Vi siger, at vi skal sætte fælder op.

Der blev stille.

Så tog han beslutningen. Han nikkede. Han ville gerne tage en bjørn alene for at få hende for sig selv i timevis. Fra morgengry til det blev mørkt.

De arrangerede det med fælder. Tomas skjulte geværet i sin rygsæk.

De satte ikke fælderne så langt fra gården, for der var godt med ryper det år. De havde slået sig ned i skovbrynet og så

193

ikke ud, som om de havde nogen hast med at komme til fjelds.

Sneen var kommet tidligt og dækkede det hele godt. Men ikke nok til, at de kunne stå på ski. Terrænet var for ujævnt og for stenet. Det var tungt at gå i sneen i timevis. Men de talte ikke om det.

Ryperne havde endnu ikke skiftet fjerdragt, og var tydelige mod alt det hvide.

Så begav de sig på jagt efter bamsen.

Dina gik let foroverbøjet med blikket mellem træerne. Tomas gik foran med bøssen ladt.

Time efter time bevægede de sig i det område, hvor bjørnen sidst var set. Men de så ikke nogle spor. Hørte den ikke. Til sidst måtte de vende om, fordi det begyndte at skumre. De var trætte. Skuffelsen over, at de ikke havde set spor efter bamsen, sad fast i Tomas.

De gik tilbage til rypefælderne for i hvert fald at få den fangst med sig.

Tomas hægtede dem af og hængte dem i bæltet.

En rype havde halvvejs slidt sin vinge af, mens den havde kæmpet for at komme løs. Dybrøde dråber åd sig ned i den frosne sne. En var stadig levende, da Tomas tog den løs. To runde, glødende kulstykker blinkede et par gange imod dem, før Tomas vred det lille hoved rundt på halsen, og det hele var overstået. Rimfrosten dækkede mosearealerne. Der lå en anelse damp i luften, når de trak vejret over for hinanden.

De opgav ikke bjørnen, selvom de var kommet langt ned ad fjeldet. De gik på samme linje i terrænet. Med god afstand.

Da de kom til rævesaksen, sad der en hare i den. Den havde skadet sit bagben slemt. Alligevel hoppede den en gang, da Dina tog den ud af saksen. Den tumlede mellem birkestammerne og smuttede om bag nogle tuer. De løb efter den begge to. Dina fandt den.

Hun tog en stok og prøvede at ramme den i hovedet. Men hun ramte den et sted på bagkroppen.

Det trak i den, før den flygtede hen over sneen på tre ben. Men et øjeblik efter vendte den sig om mod hende. Med et klynk som et et år gammelt barn. Så krøb den lige hen mod hende på forbenene, mens den slæbte sin ødelagte bagkrop efter sig. Græd ud i den hvide luft, mens sneen rundt om den langsomt blev rød.

– Slå! sagde Tomas, da den blev liggende for fødderne af Dina.

Hun blev stående og pegede på den. Døden stod allerede malet i hareøjnene.

Jeg er Dina, der står i vaskehuset på Fagernæs, mens dampen ikke kan kvæle Hjertruds skrig. Det revner ud over det hele. Synger i vinduerne. Skælver i alle ansigterne. Klirrer i isstykkerne i vandtønden. Hele verden er rosa og hvid af skrig og damp. Hjertrud skrælles langsomt ud af sig selv. I bølger og med stor kraft.

– Slå! sagde Tomas igen.

Da vendte hun sig om og så på ham, som om han ikke hørte til. Tomas så forbavset på hende. Hans mund krøllede sig til et lille smil.

Endelig havde han overtaget. For første gang. Han lagde an og skød. Skuddet var så kraftigt, at det fik hele haren til at lette fra jorden. Hovedet og hele den lille krop vrængede sig ud i luften foran dem. En blød, dump bevægelse.

Så blev der stille. Og krudtrøgen lagde sig over dem. Dina vendte sig væk. Stykker af hvid pels lå mellem alt det røde, sønderskudte. Tomas hængte bøssen over skulderen. Lugten af blod var ram og ikke til at komme forbi.

Da hun vendte sig om, stod manden og iagttog hende. Med et indforstået smil.

Da blev hun en los, der sprang i struben på et stort bytte.

Det dundrede i isen, da den tætte mandskrop landede med den store kvinde over sig.

Mens de rullede rundt og rundt, rev hun i tøjet og bed ham i halsen. Først efter at have fået sundet sig, begyndte han at forsvare sig. De trak begge vejret tungt.

Til sidst lå han roligt under hende og lod hende bestemme. Hun blottede hans lem, og gned på det med sine kolde hænder, mens hun mumlede usammenhængende ord, som han ikke forstod. Først skar han en grimasse af smerte og krøb sammen. Så lukkede han øjnene og lod det ske.

Lemmet rejste sig efterhånden og kom hende i møde med et glødende, villigt hoved. Hun havde problemer med at finde frem til sig selv inde i alt tøjet. Til sidst brugte hun hans dolk til at sprætte tøjet op.

Det gav et sæt i Tomas, da det blinkede i bladet. Men hun satte sig bare tungt ned over ham og åbnede sig for hans spyd. Så red hun ham. Vildt.

Hun hev sig op på knæene og lod sig knurrende falde ned over ham med hele sin tyngde.

Han følte hendes varme skød favne hele ham. Nu og da kom der iskold luft ind, når hun hævede sig. Isnåle stak hul i ham.

Han havde grebet fast om hendes hofter med blodige hænder og holdt hende fast. Fast.

Håret lå hen over ansigtet som en mørk skov. Aftenhimmelen stak øjnene ud på ham den ene gang, han prøvede at se på hende. Den sprængte hare var vidne. Rød og hvid.

Da det hele var ovre, sank hun sammen – og blev liggende tungt hen over ham.

Ansigtet blev langsomt vådt. Det dryppede ned på hans hals. Han rørte sig ikke. Ikke før hun lod gråden få lyd. Da famlede han sig vej gennem hendes hår og fik kontakt med hendes ene øje. En åben våge.

Han rejste sig op på albuerne og ledte efter hendes pande med munden. Så brast det også for ham. Sneen var smeltet inde under ham og havde gjort ham våd, kulden slog pludselig ind over ham fra alle sider.

En skælven gennem ham forplantede sig til hendes krop, som lange, kolde gys. Solen havde forlængst styrtet sig ned mellem fjeldene. Isen var som iskolde nåle i håndfladerne.

De rejste sig og vandrede hånd i hånd hjemad, indtil de kom så tæt på husene, at de kunne blive overraskede af andre mennesker. Da skiltes deres hænder. Der var ikke blevet sagt noget.

Han bar ryperne. Hun bar finnebøssen. Løbet pegede roligt mod jorden og bevægede sig i takt med hendes skridt.

Da de kom ind på gården, rømmede Tomas sig og sagde, at

196

han helst havde set, at det havde været en korsræv. Han havde fanget en sortræv året før. Den havde han solgt til nogle russiske handelsmænd for en god pris. 10 speciedaler var en god ekstraindtjening.

Hun svarede ikke.

Månen var kommet frem. Det var sent.

Hjertrud var der ikke. Lod sig ikke mane frem fra krogene så meget som et lille øjeblik.

Men Jacob malede og masede som en kværn. Og ved femtiden om morgenen hentede hun haren, der hang under tagudhænget ved folkestuen, sleb en kniv og flåede det, der var tilbage af dyret. Der var ikke andet at gøre.

Hun trak til, så hinderne sprang og skindet gled af. Uvilligt, men alligevel... Den døde krop trak de blålige, flåede lemmer til sig, da hun slap. Som om den stadig ville beskytte sig mod det, der kom.

Hun skar lemmerne af og begyndte at partere den. Uvant som hun var med den slags arbejde, gik det ikke hurtigt. For hvert stykke, der blev skilt fra den oprindelige helhed og mere og mere lignede et almindeligt kødstykke fra et hvilket som helst dyr, stilnede de øredøvende skrig af.

Vinden hvinede rundt om hjørnerne. Kniven skrabede hen over brusk og ben. Skriget blev svagere og svagere. Lige indtil Hjertrud stod ved siden af hende, og hendes hoved var helt, og alt blev så velsignet stille.

Til sidst lagde hun haren i koldt vand. Den var omgivet af en blålig hinde, der sendte regnbuer ind i øjnene på hende. Tværs igennem vandet.

Hun satte karret med haren under et låg på bordet i bislaget. Gjorde rent på bordpladen. Dækkede blod og skind til, så ådselsædende dyr og fugle ikke skulle trække rundt med det.

Hendes hænder var gået i opløsning af arbejdet og det iskolde vand. Hun tørrede dem varme, og gik et stykke tid rundt i værelserne, indtil morgenen kom. Så klædte hun sig langsomt af og gik til ro, mens gården vågnede.

6. kapitel

DERFOR SKULLE I ELSKE DEN FREMMEDE; THI I HAVE
VÆRET FREMMEDE I ÆGYPTENS LAND.
(Den femte Mose Bog, kap. 10, v. 19)

Reinsnæs havde rejst sig efter dvalen. Man kunne ikke sætte
fingeren på noget bestemt. Men Mor Karen havde en forestil-
ling om, at det begyndte, da Dina endelig blev fanget ind i det
net, der hed ansvar. Og hun var omhyggelig med at rose hende.

– Du er en dygtig købmandsenke, kære Dina! kunne hun
sige. Uden at nævne noget om, at det også var nødvendigt at
have en frue i huset.

Mor Karen begyndte at blive gammel. Hun var flyttet ned til
kammeret bag ved den store stue. Kunne ikke klare trapperne
mere.

De hyrede en karl, der kunne snedkerere, og han slog en
væg ned mellem de to kamre. Mor Karen fik plads til både
sengen og bogskabet.

Det var nødvendigt for hende at have disse møbler plus en
gammel, højrygget barokstol.

Nøglen til bogskabet sad altid i, men der var ingen andre
end Mor Karen, der rørte låsen.

Der blev tapetseret og malet i lyse farver. I det stykke havde
Mor Karen en god hjælp i Dina. Ja, i et stykke tid havde de
ligefrem en slags kontakt.

Dinas praktiske væremåde og evne til at få gang i håndvær-
ket, frydede Mor Karen. Og hun tænkte som så mange gange
før:

– Havde Dina blot været lige så praktisk og stærk i alt,
hvad der havde med Reinsnæs at gøre!

Eller hun mumlede for sig selv:

– Hvis Dina bare havde giftet sig med en ordentlig mand!

198

Benjamin voksede til og begyndte at udforske Reinsnæs. Udvidede sit virkefelt til at række helt ned til pakhusene, kramboden og op ad fjeldet til sommerstalden. Sej som en vidjekvist traskede han afsted sammen med Stines Hanna. For at udforske verden uden for den hvide hovedbygning. Altid med en dyb kløft mellem øjenbrynene.

Han havde aldrig lært at sige mor. Og der var ingen, han kunne kalde far. Men han havde mange skød at klatre op på.

Enhver havde sit eget navn. Og sin egen lugt.

Han kunne sidde med lukkede øjne, og alligevel vide, hvem der havde den lugt, han indsnusede. Alle folkene var til for hans skyld. At de også havde andre gøremål ind imellem, bekymrede ham ikke. Der var altid en eller anden, når han trængte til det.

Stine var den bedste. Hun lugtede af tang, der havde ligget i havet og af solmodne blåbær. Duftede af tøj, der havde hængt ude om natten. Hænderne var som bløde, rolige dyr. Brune med kortklippede negle.

Det mørke, stride hår lå tæt ind til hovedet. Krusede ikke ved panden, når hun svedte, sådan som Dinas hår gjorde. Stines sved var bedst. Den var som åbne skuffer med krydderier. Bedre end jordbærrene bag ved haven ved havnen.

Mor Karen havde mange historier og rare øjne. Ordene kom ud af munden på hende som en god vind. Hun lignede sine blomster. De groede i potter i vindueskarmen og hang lidt, når det var vinter.

Dina var fjern som et uvejr langt ude på havet. Benjamin søgte ikke så tit til hende. Men hendes øjne fortalte ham, hvem han tilhørte.

Hun fortalte ikke historier. Men hun holdt ham af og til om nakken. Hårdt. Alligevel gjorde det godt.

Hun satte ham op på hesten, men kun hvis hun selv havde tid til at gå ved siden af og trække i bidslet. Hun talte roligt til Sorte, men det var Benjamin, hun så på.

De sagde, at Hanna var Stines barn, men egentlig var hun kun Benjamins. Hun havde butte fingre og øjne som smuttede mandler. Når hun blinkede skælvede det i de lange, lige øjenvipper ned over kinden.

Benjamin fik af og til ondt i brystet, når han så på Hanna. Det føltes, som om noget havde revet ham derinde. Han kunne ikke finde ud af, om det var godt eller skidt. Men det kunne mærkes.

En dag steg en kunstmaler i land med staffeli, kurvekuffert og en lærredstaske fuld af tuber og pensler.

Han ville blot hilse på fruen på Reinsnæs, som han havde truffet på Helgeland for nogle år siden. Bad kaptajnen om at vente, mens han blev roet frem og tilbage. Et øjeblik...

Kaptajnen sendte bud til land, da der var ved at være gået en time over afgangstiden, og alle var i utålmodig opbrudsstemning.

Men kaptajnen måtte sætte mandens ejendele i land. »Prinds Oscar« rejste nordpå uden denne passager. For han sad fast i rygeværelset og lyttede til Dinas cello.

I det sidste år havde Dina flere gange hentet celloen ned, når der kom gæster.

Den isfarvede sommeraften fik øerne i Sundet til at svæve på himmelen.

Kunstmaleren kaldte det et flimrende under! Et synsbedrag! Han måtte blive til den næste damper, for lyset var som silke og alabast på Reinsnæs!

Men der skulle gå mange dampere, inden han fik sat det sidste penselstrøg.

Denne mærkelige mand blev den nye Lorch. Til trods for, at han var Lorchs modsætning i et og alt.

Han kom som en buldrende vulkan en dag i juni. Talte en slags svensk med fremmed accent, og havde sin egen rom med i et lerkar med en hane på.

Hår og skæg var kridhvidt og omkransede et brunt, barket ansigt med utallige rynker. Næsen stod ud i luften som en imponerende fjeldryg.

Øjnene var tætsiddende, mørke og lå langt inde i hovedet. Det var, som om han trak dem tilbage fra denne klodes dumhed og ondskab for at gemme dem til en bedre tilværelse.

Munden var rosenrød som på en ung pige og havde store sensuelle læber. Mundvigene gled ustandseligt opad.

Hænderne så ud, som om de var gnedet i tjære. Mørkebrune. Stærke og følsomme på en gang.

Denne mand gik rundt med en begsort filthat og skindvest i solskinnet. Vesten havde et dybt snit i højre forstykke i mangel af lomme. Det var til at sætte pensler og piber i alt efter behov.

Pedro lo, så det gjaldede i huse og udhuse. Og han talte seks sprog. Det sagde han i hvert fald selv.

Mor Karen gennemskuede, at færdighederne ikke var så overvældende på tysk og fransk. Men hun afslørede ham ikke.

Pedro Pagelli havde han præsenteret sig som. Ingen fæstede nogen som helst lid til det, han fortalte om sit ophav. For hans historier og familietragedier skiftede karakter og indhold, alt efter som månen vandrede hen over himmelen, eller menneskene omkring bordet skiftede. Men fortælle kunne han!

Snart var han af taterfamilie fra Rumænien, snart af adelig, italiensk herkomst. Snart var han serber med en familie, der var splittet af krig og svig.

Dina prøvede at drikke ham fuld for at få sandheden. Men det var, som om manden havde lært disse utrolige historier så grundigt, at han selv troede på dem.

Der gik adskillige flasker vin både i lysthuset om natten og i rygeværelset. Men den rigtige historie var der ingen, der fik.

Derimod fik de billeder. Pedro malede dem alle sammen. Og han malede Jacob efter et andet billede, så levende, at Mor Karen slog hænderne sammen og bød på en god madeira.

En dag hvor Dina og han var i Andreashuset for at hente noget lærred, som han havde fået sendt med damperen, faldt han i staver over den lyskegle, der vældede ind gennem de åbne døre på det øverste loft.

– Hjertrud kommer ind der, sagde Dina pludseligt.

– Hvem er Hjertrud?

– Min mor!

– Død? spurgte han.

Dina så overrasket på ham. Så lyste hun op. Trak vejret dybt og fortsatte:

– Hun gik længe langs strandene. Men nu er hun her! Hun kommer ind gennem døren ved tagudhænget og går ud gennem sildegarnene, der hænger på nederste etage. Vi går sammen på alle trapperne, før hun forsvinder...

Pedro nikkede ivrigt. Ville høre mere.

– Hvordan så hun ud? Var hun høj? Lige så høj som du? Hvilke farver havde hun?

Dina viste et maleri af Hjertrud samme aften. Hun fortalte om folderne i skørtet. Om håret, som havde en hvirvel i højre side...

Han blev så betaget af Hjertrud, at han flyttede ned i pakhuset og malede hende lyslevende mellem fiskegarnene.

Han talte med hende, mens han malede hende frem.

Den dag, Pedro var ved at afslutte billedet af Hjertrud, kom Dina uventet over ham.

– Du har øjne som et menneske, der passer på sin sjæl, mumlede han fornøjet til billedet.

Dina var først som en støtte bag ved ham. Han kunne ikke høre, at hun trak vejret og tog det som et godt tegn.

Da lyden bag ham blev som en torden og gulvbrædderne gyngede, vendte han sig forskrækket om.

Dina sad på det plettede gulv og hylede.

En forladt og rasende ulv. Uden hæmninger eller tilbageholdenhed. Ulven sad på sin bag i det klare solskin og græd sin skræmmende sang.

Til sidst var det, som om hun forstod, at hun var helt uden for enhver skik og brug. Hun tørrede sine tårer og lo.

Pedro vidste det, som enhver klovn ved, at humoren er tragediens mest trofaste følgesvend. Så han lod hende blive færdig med begge faser. Kastede bare en malerplettet klud hen til hende, så hun kunne tørre det værste af ansigtet.

Han malede trøstigt videre, til det sidste penselstrøg var sat. Da var den blå time blevet diset hvid, og lydene på gården var som en svag summen. Skyggerne fik krogene til at ligne streger på gammel pergament. Lugtene var i dem.

Hjertruds lugtevand smøg sig omkring dem. Hun havde fået et helt ansigt igen.

Hjertrud blev hængt op på væggen i den store stue. Alle, der kom til gården, bemærkede det. Selv Dagny.

– Et brillant stykke kunst! sagde hun nådigt og bestilte Pedro til at male lensmandens familie.

Pedro bukkede og takkede. Han skulle med glæde male lensmandsfruen. Så snart han fik tid...

Han malede Dina med celloen. Hun havde en grønlig krop og var uden tøj. Celloen var hvid...

– Det er lyset, forklarede Pedro.

Dina så forundret på billedet. Så nikkede hun.

– Engang vil jeg udstille det i de store gallerier i Paris, sagde han drømmende. – Det hedder: Barnet, som dæmper sin sorg, tilføjede han.

– Hvad er sorg? spurgte hun.

Manden så hurtigt på hende, så sagde han:

– For mig er det alle de billeder, jeg ikke kan se tydeligt... Men som jeg alligevel bærer i mig.

– Ja, nikkede hun. – Det er de billeder, man bærer i sig.

Jeg er Dina. Jacob går altid ved siden af mig. Han er stor og stille og slæber den fod, de ikke fik taget fra ham. Lugten er væk. Jacob forsvinder ikke, sådan som Hjertrud gør af og til. Han er som en damper uden damp. Driver roligt afsted hos mig. Tungt.

Hjertrud er som et månesegl. Snart i ny, snart i næ. Hun flyder uden for mig.

Pedro og Dina holdt »Barnet, som dæmper sin sorg« for sig selv. De havde en fornemmelse af, at det ikke ville være passende i godtfolks øjne.

Billedet blev pakket ind i gamle lagner og sat ind i det lille rum, hvor Jacob plejede at ligge. Bag den gamle chaiselongue...

Pedro kunne ikke tåle vinter med sne og kulde. Han skrumpede ind. Blev gammel og sløj som en syg hest.

Da foråret kom, troede de, at han ville dø af hoste, snue og feber. Stine og Oline tvangsfodrede ham nærmest med styrkende mad.

Til at begynde med var manden ved at omkomme bare på grund af maden. Så kvikkede han langsomt op og blev siddende op i sengen og malede. Da vidste de, at han var ovre det værste.

Mor Karen læste højt for ham fra aviserne, brevene fra Johan og alt, hvad hun faldt over.

Men bibelen ville han ikke høre noget fra.

– Bibelen er hellig, brummede han dystert. – Den skal være i fred, når der er hedninger til stede!

Hvem der var hedningen var ikke godt at vide. Mor Karen valgte at undlade at tage det personligt.

Benjamin stod ofte i døren til gæsteværelset og gloede på den gamle mand, der havde alle farverne foran sig på et bræt. Fulgte henført piberøgen med øjnene. Den stod som dampskyer op til bjælkerne i loftet mellem mandens hosteanfald.

Drengen gloede, helt indtil han blev vinket hen til sengen, og en tung hånd lagde sig på hans hoved.

To lystige øjne mødte hans. Da smilede Benjamin. Og så forventningsfuldt op.

Og manden hostede, suttede på piben, satte et par penselstrøg og gav sig til at fortælle.

Benjamin kunne bedst lide, at Pedro lå i sengen. Så vidste han, hvor han havde ham.

Så kunne Dina ikke stjæle ham. For Dina skyede sygeværelser.

Pedro blev september ud det andet år. Så førte dampskibet ham væk.

Med en eneste fløjtetone var han væk. Med skindhatten og vesten, med farverne og kurvekufferten. Og romfadet med hane. Som var blevet fyldt til randen i kælderen på Reinsnæs. Den madpakke kunne de godt unde ham.

Jeg er Dina. Alle forsvinder. »Barnet, der dæmper sin sorg« er væk. Jeg har taget Hjertrud ned fra væggen. Hendes øjne er rejst. Jeg kan ikke se på et billede uden øjne. Sorg er de billeder, man ikke kan se, men som man bærer i sig alligevel.

7. kapitel

KAN ET SIV OPVOXE UDEN AF SUMP? KAN ENGGRÆS
GRO OP UDEN VAND?
ENDNU STÅR DET I SIN GRØDE, DET RYKKES IKKE OP;
MEN FØR ALT ANDET GRÆS BORTTØRRES DET.
(Jobs Bog, kap. 8, v. 11 og 12)

En barnlig hemmelighed over at sidde i en hølade som to
bortløbne børn.

Tomas samlede krummerne, og der var ikke noget, der blev
forkastet. Levede sit ensomme liv i folkestuen sammen med
karle, som han ikke havde noget til fælles med.

Han fik sin løn og arbejdede for to i marken. Som om han
ville vise hende, at han var en mand. Blev aldrig færdig med
at vise hende det. Det ene forår efter det andet. Den ene ride-
tur efter den anden. Høst efter høst.

Og efterhånden var det Tomas, der fik ansvaret for det mes-
te af det, der havde med markarbejde, dyr og stald at gøre.
Han gjorde den gamle røgter overflødig. Ansvaret blev for-
rykket med Dinas velsignelse.

Og Tomas drømte. Om Dina og hesten med hængende
vognstænger uden slæde og husbond. Drømte om sin egen
dårlige samvittighed.

Bagefter havde Sorte Jacobs øjne i dagevis. Øjnene spurgte
efter Benjamin. Det føltes, som om det var Tomas, der skulle
bære det hele.

Når Dina i lange tider ad gangen ikke så til hans side, så
syntes han, at han kunne mærke en snert af heks, når hun
strøg forbi. Han sammenlignede hende med mere smække
piger, han havde set. Piger med smalle håndled og bly øjne.

Men drømmene kom glidende og ødelagde hele hans for-
svar. Lagde hendes store, dygtige krop ind til hans. Sådan at
han kunne gemme ansigtet mellem hendes bryster.

Hver gang han hørte hende gå frem og tilbage i pakhuset i timevis, følte han noget, der lignede ømhed.

Engang listede han sig ind og kaldte på hende. Men hun afviste ham rasende. Som man afviser en nærgående stalddreng.

Tomas kunne ikke se Benjamin, uden at han studerede drengens træk nøje. Farverne. Bevægelserne. Var det Jacobs søn?

Det blev som en besættelse. En tanke, som altid var oven over alle andre tanker. Han så drengens lyse øjne og sorte hår. Dinas træk. Men hvad var de blandet med?

En ting var sikkert: denne dreng ville aldrig blive så stor som Jacob eller Dina.

Men det var Johan heller ikke. Og Johan var Jacobs søn...

Tomas lokkede drengen til sig. Vandt hans tillid. Fortalte ham, at han ikke skulle være bange for Sorte, for den hest stod vagt, da han blev født.

Benjamin kom ofte for at se på hestene. Fordi Tomas var i stalden.

Dina arbejdede systematisk på at få alle de forsvundne tal frem for en dag. Tal forsvandt ikke af sig selv, sådan som ord gjorde. De var altid et sted, selvom ingen tilsyneladende opdagede dem.

Tal kunne være som bortkomne lam på fjeldet. Men de var der altid. I en eller anden form. Og det skulle Niels indrømme! Før eller senere. Han havde facit, hvad de hjemløse tal angik.

Men hun holdt op med at bekymre sig om det. Ledte bare med et falkeblik. I gamle protokoller og papirer.

Hun vogtede på alle Niels' pengetransaktioner. Både dem, han betalte for og dem, der tilsyneladende var gratis.

Hidtil havde hun ikke fundet en eneste manglende postering. Niels havde et latterligt beskedent forbrug til tøj. Levede spartansk som en munk. Han havde en snusdåse af sølv og en

spadserestok med ditto håndtag. Begge dele var gaver fra In-
geborg længe før Dinas tid.

Alligevel gav Dina ikke op.

Som om jagten på tallene havde værdi i sig selv. Ikke pen-
gene.

Den regnskabslærer, som Dina fik fra Tromsø, da Jacob døde,
havde sat hende ind i det mest nødvendige med hensyn til
simpel regnskabsføring.

Resten kom efterhånden som hun vænnede sig til det. Det
endte med, at Niels tog det daglige, og hun kontrollerede.

Det gik på den måde, indtil hun begyndte at interessere sig
for lageret. Ikke bare udrustningen til jægterne og Bergenstu-
ren, men også til den daglige handel i kramboden.

Det endte med, at det var Dinas sirlige tal, der stod i de
forskellige protokoller. Hendes tegn var store og stejle med
enkle krøller og gesvejsninger. De lod sig ikke efterligne.

Kvantum af salt og mel, sirup og brændevin skulle der ta-
ges beslutning om. Småting til huset. Store portioner af tov-
værk og fiskegarn skulle beregnes både til eget forbrug og til
bønderne.

Det endte med, at Anders kom til Dina med sine tal vedrø-
rende bådene og fiskebruget. Og netop det blev en værkende
byld mellem brødrene.

Niels var omhyggelig med ikke at være til stede de dage, hvor
Dina skulle være på kontoret.

En dag, hvor han kom ind og troede, han var alene, sad
hun uventet bag skrivebordet.

– Dina kan lige så godt overtage hele regnskabet, sagde han
mørkt.

– Og hvad skulle den gode Niels så bestille? sagde hun.

– Have opsyn med bestillingerne i kramboden og gå sven-
den i kramboden til hånde, svarede han hurtigt. Som om han
havde øvet sig et stykke tid.

– Niels kan ikke gå nogen til hånde, fastslog hun og lukke-
de protokollen med et smæld. Ombestemte sig og slog den op
igen med et suk.

– Niels er fornærmet. Han har længe været fornærmet. Jeg tror, der er noget, der mangler...

– Og hvad skulle det være?

– Den nye køkkenpige har ymtet noget om, at du går og kniber hende – og forstyrrer hende – når hun reder senge og den slags på kamrene...

Niels så til siden. Rasende.

– Niels skulle tage at gifte sig, sagde hun langsomt.

En djævel slog ned i ham ved de ord. Hans ansigt blev mørkt. Han fandt et mod, som han sjældent viste.

– Sidder Dina der og frier?

Det lykkedes ham tilmed at se hende spottende ind i øjnene.

Et øjeblik stirrede hun forbløffet på ham. Så krusede hun munden i en slags smil.

– Den dag, Dina frier, behøver den, det gælder, ikke at spørge om noget som helst! Han skal svare!

Dina signerede noget med tungespidsen i højre mundvig. Så greb hun sølvknoppen på den tunge trækpapirrulle, der altid var ved hånden. Rullede den hen over »Dina Grønelv«.

Hendes navnetræk blev suget op. Spejlvendt, men tydeligt nok.

Jeg er Dina. Det er Niels og mig, der tæller alt på Reinsnæs. Jeg ejer tallene, hvor de end er. Niels er dømt til dem. »Slaven tæller. Herren ser.« Niels giver ikke noget. Heller ikke sig selv. Han ligner Judas Iskariot. Dømt til at være den, han er. Judas gik ud og hængte sig.

Niels holdt fingrene fra tjenestepigerne. Levede sin ensomme tilværelse, tæt på dem alle.

Nogle gange så han på den lille Hanna, der stavrede forbi. Han rørte hende ikke, kaldte ikke på hende. Men han gav hende kandis fra skuffen. Hastigt. Som om han var bange for, at der var nogen, der skulle se det.

Eller han mumlede en hurtig ordre til krambodssvend, der klippede et stort stykke sukker af og lagde det i d, næve.

Hanna havde Stines gyldne hud og mørke øjne. Men hvis hun blev såret, kunne den, der vidste besked, se, at hun trak sig væk med samme bevægelser som Niels. Som en ulveunge, der bliver skræmt i sin egen flok.

Lensmanden hørte historier om Dina.

Som oftest var det gamle nyheder, som han tog roligt. Men en dag hviskede nogen ham i øret, at kvindfolkene på Reinsnæs, Stine og Dina, levede som ægtefolk.

Det gjorde lensmanden så forbitret, at han tog en tur til Reinsnæs.

Dina hørte på hans buldren, som en voldsom kuling fra nordvest i Blåfjeldet ved vintertide.

Da han kom ind i stuen og forlangte at tale med hende i enrum, blev han mere spag. Ordene forsvandt for ham.

Emnet var yderst delikat. Han anede ikke sine levende råd.

Til sidst spyttede han ud med det i et ubehøvlet folkestuesprog, og hamrede næven i bordet.

Dinas øjne ramte lensmanden som to blanke stik. Han kendte dem godt. Og veg.

Han kunne se, at hendes tanker arbejdede, allerede før han var færdig.

Hun kommenterede ikke noget af det, lensmanden sagde. Lukkede bare døren til anretterværelset op og bad pigen om at sende bud efter Niels. Og hun sendte bud efter Stine, Oline, Mor Karen og Anders.

Niels indfandt sig af respekt for lensmanden.

Kom roligt indenfor og lagde velopdragent hænderne på ryggen efter at have strakt hånden frem til hilsen.

Ærmebeskytterne gled i det samme ned over håndleddene, og han rødmede af usikkerhed.

Dina så næsten ømt på ham, mens hun sagde: – Jeg hører, at Niels har god forstand på, hvilken slags liv Stine og jeg lever. At vi lever som ægtefolk!

Niels hev efter vejret. Men stod underligt stift. Den snævre

210

flip generede ham alligevel så tilpas meget, at han sank en klump. Bare for at have gjort det.

Lensmanden var mere end flov. Menneskene i værelset havde ikke øjne, og dørene stod åbne helt ud til køkkenet. Samtalen blev temmelig kort. Niels nægtede. Dina var sikker i sin sag. Alligevel hørte hun roligt på ham, da han kaldte det hele for ondsindet snak, der skulle så splid mellem Dina og ham.

Pludselig bøjede Dina sig over ham med glasagtige øjne. Og spyttede på hans skosnuder.

– Det er vel der, ondskaben er, vil jeg tro! Velbekomme!

Manden var bleg. Trak sig baglæns. Ville sige noget. Men ombestemte sig. Hele tiden så han hjælpeløst fra Dina til lensmanden.

Niels havde siddet på udskænkningssteder både her og der og ladet et par ord falde. Og folk havde tolket dem, som om de ikke var til at tage fejl af.

Lensmanden satte hele sit mægtige apparat i gang mod Niels. Sørgede for, at mandens synderegister kom for en dag. Hans uduelighed som krambodsbestyrer og hans fejhed, hvad angik faderskabssager. Hans griskhed. Hans drøm om at overtage alle Reinsnæs herligheder ved at ægte Dina. Og at han var blevet sørgeligt afvist.

Da alt det var sagt, var Niels en knust mand. At han blev på Reinsnæs var der ingen, der forstod.

Men der blev fred mellem Dina og ham. Han var ikke længere en værdig modstander.

Dina bad Oline om at lave lammesteg. Rosa indvendig og hård og sprød udvendig. Lod hente god vin fra kælderen og indbød til forsoningsmiddag for hele huset og familien på lensmandsgården.

Niels afslog uden et ord. Han udeblev bare.

Med den tomme plads, hvor der var dækket til ham, fik Dina vist alle, at hun ikke bar nag.

Niels sad på kontoret med sin pibe og ville ikke hentes ind til herlighederne.

I al hemmelighed gik Stine ned til ham med en kurv af det bedste, huset formåede. Hun kom ikke ind, men satte det hele uden for døren.

Da hun hentede kurven, før hun gik i seng, var alt det spiselige og drikkelige væk. Der var kun lidt sovs og rester af stivnet garniture. Og bundfaldet i en flaske. Hun bar i hemmelighed resterne op i køkkenet. Oline spurgte ikke om noget, kiggede bare skråt på hende og sukkede, mens hun fortsatte med sit.

Fra stuen hørtes der klaverspil. Tonerne fløed sejrssikkert ud til dem.

En dag sad Dina og Benjamin og hjalp Mor Karen med at rede et garnnøgle ud, som Hanna havde filtret sammen. De var på Mor Karens kammer.

Benjamin pegede på malerierne på væggene og spurgte efter den mand, der engang havde været der, og som malede billeder af folk.

– Han har sendt to breve, svarede Dina. – Han udstiller billeder og har det godt.

– Hvor er han nu?

– I Paris.

– Hvad laver han der?

– Han prøver at blive berømt, fortalte Dina.

Mor Karen tog billedet af Jacob ned fra væggen og lod Benjamin holde det.

– Det er Jacob, sagde hun højtideligt.

– Ham, der døde, før jeg blev født?

– Ham, der er din far, hviskede Mor Karen bevæget. – Jeg har vist dig det før...

– Hvordan var han, Dina? spurgte Benjamin. Mor Karen blev for truende, når hun blev rørt, så var det bedst at holde sig til Dina.

– Han var den smukkeste mand her på egnen. Han var Mor Karens søn, selvom han var stor og voksen. Vi var gift. Han faldt ud over fjeldet, før du blev født.

Benjamin havde hørt de samme ord før. Han havde set nogle af faderens veste og skjorter. De lugtede af tobak og hav. Omtrent som Anders.

– Han var en ulykkelig mand, at han skulle dø så tidligt, sagde Mor Karen og pudsede sin næse i et lille bitte lommetørklæde med blondekant.

Benjamin fulgte hende med øjnene. Når hun var sådan, som en lille fugl, så fik han også lyst til at græde.

– Der er ingen, der er ulykkelige, fordi de skal dø. Det er de levende, der er ulykkelige, sagde Dina.

Mor Karen sagde ikke mere om de dødes ulykke.

Men Benjamin forstod, at der var mere at sige, og krøb op på hendes skød. For at trøste.

Han følte, at Dina var som mørket på et stort loft og holdt sig væk fra hende resten af dagen.

Dina talte aldrig til ham, mens han legede med sine ting på gulvet, eller hentede ham, når han var i haven. Hun råbte ikke og gjorde ikke vrøvl, hvis han var på stranden uden at have fået lov.

En sommernat lige efter, at Mor Karen havde talt om Jacobs ulykke, så Benjamin Dina sidde i det store rønnebærtræ i haven.

Han var vågnet af sig selv og ville ud at se, om hønsene havde lagt æg, fordi han troede, det var morgen.

Hun sad helt stille og så ham ikke.

Han glemte æggene og blev stående ved stakittet og stirrede på hende.

Da vinkede hun. Men han kunne se, at hun ikke var helt sig selv.

– Hvorfor klatrer Dina i træer? spurgte han, da hun kom ned.

– Dina har altid klatret i træer.

– Hvorfor det?

– Det er godt – at komme lidt op – mod himmelen.

Benjamin kunne høre, at Dinas stemme var anderledes. En nattestemme.

213

– Er det sandt, hvad Mor Karen siger, at Jacob bor i himmelen?

Dina så endelig lige på ham. Og han forstod, at det var det, han havde længtes efter.

Hun tog ham ved hånden og førte ham med sig op til huset. Duggen lagde sig tungt i kanten af hendes skørt. Trak hende ned mod jorden.

– Jacob er her. Overalt. Han har brug for os.

– Hvorfor ser vi ham så ikke?

– Hvis du sætter dig på trappen, ja lige der! Så kan du mærke ham en lille smule rundt om dig. Ikke også?

Benjamin satte sig ned med sine små brune næver på knæene og følte efter. Så nikkede han energisk.

Dina stod et øjeblik i stor alvor ved siden af ham.

En stille vind smøg sig ind mellem dem. Som et åndedræt.

– Er det kun her på trappen, Dina? Er det kun her, han er?

– Nej! Overalt. Han har brug for dig, Benjamin, sagde hun. Som om hun var forbavset ved tanken.

Så slap hun hans hånd og gik langsomt ind i huset. Uden at sige, at han skulle gå med hende eller gå i seng.

Benjamin følte et stort, trygt savn efter hende.

Så gik han på bare fødder over gården og ind i hønsehuset. Der lugtede af hø og hønselort. Han opdagede, at hønsene sad på deres pinde og forstod, at det stadig var nat.

Da han om eftermiddagen stod ved køkkenvinduet og så ud over markerne, sagde han pludselig til Oline med høj, stolt stemme:

– Der rider Dina! For pokker! Hende Dina rider hurtigt!

– Drenge siger ikke »for pokker« på Reinsnæs, sagde Oline.

– Sagde Jacob heller ikke for pokker?

– Jacob var en mand?

– Havde han altid været en mand?

– Nej.

– Sagde han for pokker, da han ikke var en mand?

– Puh, sagde Oline rådvildt og strøg skiftevis sine kødfulde håndrygge ned over forklædet. – Der er for mange til at opdrage dig. Du er og bliver en hedning!

214

– Hvad er en hedning?

– En, der siger for pokker!

Benjamin gled ned ad taburetten og trissede roligt hen over gulvet. Så gik han gennem huset, indtil han fandt Mor Karen. Der offentliggjorde han højtideligt, at han var hedning.

Der blev ikke så lidt postyr af den sag.

Oline holdt imidlertid på sit. Drengen fik for lidt opdragelse. Han ville blive vild! Lige som sin mor.

Hun så vurderende på ham. Det forvandlede hele hendes ansigt til en indtørret kartoffel med gamle, hvide spirer hængende ned på begge sider. Hårtotterne stak altid frem under tørklædet.

De nætter, hvor månen var fuld, og søvnen ikke kom, sad Dina i lysthuset, til alt faldt til ro, og verden forsvandt i striben mellem himmel og hav.

Sad og strøg gennem Jacobs filtrede hår. Som om der aldrig var kommet noget imellem dem. Hun talte med ham om at rejse ud. Over havet. Der var et raseri et sted i hendes krop. Som han forstod.

8. kapitel

SE, GUD ER STOR, OG VI KUNNE IKKE KJENDE HAM,
OG MAN KAN IKKE UDGRUNDE TALLET PÅ HANS ÅR.
THI HAN DRAGER VANDETS DRÅBER TIL SIG; GENNEM
HANS DUNSTKREDS BEREDES DE TIL REGN,
HVILKEN SKYERNE LADE NEDFLYDE, LADE NEDDRYPPE
OVER MANGE MENNESKER.
SE, HAN UDBREDER SIT LYS OM SIG, OG SKJULER HA-
VETS RØDDER.
(Jobs Bog, kap. 36, v. 26-29 og 30)

Mor Karen daterede et brev med 1853. Nu og da kom verden
lidt tættere på. De dage, hvor avisen kom med damperen.
Ludvig Napoleon Bonaparte var blevet kejser i Frankrig. Der
stod, at monarkisterne, de liberale og de konservative bona-
partister havde slået sig sammen om en stærk leder for at
bekæmpe »det røde spøgelse«. Revolutionsbølgen bredte sig
fra land til land.

Mor Karen var bange for, at verden skulle begynde at bræn-
de, før Johan kom hjem. Hun havde været meget bekymret
for Johan i de sidste år. Han var blevet så evindeligt længe
væk. Hun vidste ikke, hvad han lavede. Om han tog sine
eksaminer. Om han nogensinde kom tilbage.

Hans breve gav hende ikke noget af det, hun længtes efter.
Hun læste dem højt for Dina for at få hendes trøst og kom-
mentarer.

Men Dina lagde ikke skjul på, hvad hun mente.

– Han skriver, når han er i pengetrang! Han bruger dobbelt
så meget, som han har fået i arv. Mor Karen er for flink til at
sende ham af sine egne penge.

At Johan engang havde lovet at skrive til hende fra Køben-
havn, nævnede hun ikke. Det var snart ni år siden. Johan var
ikke længere en, hun regnede med. Ud over på tabskontoen.

Efter at vinteren havde sluppet taget, og sneen begyndte at smelte i april, blev de overfaldet af en meter sne på få dage og en vindstyrke, der sendte alt, der ikke stod fast, til havs.

Mange enker sad tilbage på bopladserne langs sejlruten. Eftersom frosten satte i efter uvejret og snedriverne lå som en mur mellem alle gårdene, så kom ligene ikke i jorden før langt ind i juni.

Frosten blev i jorden. Regnen ville ikke komme og gøre det af med den længste vinter i mands minde.

Hjertrud viste sig ikke hele det forår. Dina gik frem og tilbage i pakhusene. I timevis. Indtil frosten krøb ind under ulveskinds- pelsen og lagde sig om hendes fødder som et iskoldt greb, så de blev følelsesløse og ville gå deres egne veje ind i varmen.

Foråret var hårdere for folk og dyr, end vinteren havde været. Det gik så vidt, at der blev bedt om mildt vejr fra prædikesto- len, og der blev jamret over regn og snesmeltning over hus- postillerne.

Sjældent havde bønnerne været så inderlige og velformule- rede og med så lille brod mod naboen.

Sommeren kom midt i juni. Med en varme, der ramte alt levende som et chok. Birken stod med sine ranke hvide bark- ben gemt halvt i sne. Med udsprunget løv som et uanstændigt slør ud over de smækre grene.

Først duvede de let, den nat, sydvestenvinden kom. Så gav de sig hen. Den ene efter den anden op ad fjeldsiden. Duvede med og var en del af det store, brusende liv. Hvor alt skete så hurtigt, så hurtigt.

Så smeltede sneen, og vandet strømmede afsted. Det stod over markerne, brusede gennem kløfterne. Rev vejen med sig oppe i fjeldet og drønede samme vej, som Jacob engang hav- de gjort med slæden.

Så faldt det hele til ro. Lidt efter lidt. Et sent forår brød ængsteligt frem.

Folk og dyr kom ud af deres huse. Trygge sommerlyde dristede sig til at tage over. Til sidst var dagene mætte af sol, tjære og syrenduft. Sent, men så ualmindeligt dejligt.

Jeg er Dina. Lydene trænger ind til mig som fjerne råb eller plagsom hvisken. Eller dundrende støj, som æder trommehinderne.

Jeg står ved vinduet i spisestuen og ser Benjamin lege med en bold i haven. Jeg suges ind i Hjertruds tragt. Hvirvlende hurtigt. Kan ikke stritte imod.

Der er Lorchs ansigt! Så stort, at det fylder hele vinduet så langt fjorden rækker, og endnu længere. Benjamin er en lille skygge i Lorchs pupil, hvor han svirrer rundt med stor fart.

Lorch er bange! Jeg lader ham komme ind til mig. Det er den 7. juli.

Det var netop under den sene syrenblomstring, at der kom brev fra København. Adresseret til lensmanden i Dinas navn. Påskriften var skrå og sirlig.

Lensmanden sendte en af sine drenge med det. Det var kort. Som om hver eneste sætning med stort besvær var mejslet ind i et bjerg:

Min kæreste Dina!

Jeg ligger i kongens by. Skal endelig dø. Lungerne er tæret væk. Jeg har ikke efterladt mig noget. Men har gode ønsker for dig. Hver dag angrer jeg, at jeg rejste.

Har hverken helbred eller udkomme til at rejse tilbage. Men celloen lever. Dina! Hvis du selv vil få fragtet den hjem? Gør det nænsomt! Den er af et ædelt mærke.

Din Lorch.

Dina gik rundt i pakhusene. Alle tre efter tur. På alle gulve.

Hun ænsede ikke Hjertrud hele dagen. Jacob var kun støv, der hvirvledes op.

218

Hun hylede sagte for sig selv. Skoene hakkede timerne i stykker. Dagslyset var håbløst evigt. Kastede sig igennem de små tremmevinduer og ind over gulvet.

Hun gik i dødsriget. Ind og ud af lyskeglerne. Det var et mareridt og en smuk drøm.

Så lænede Lorch sig endelig mod hendes tindinger.

Siden mødte hun altid Lorch, når hun havde brug for det for at få ro.

Han var i døden som i livet, genert og kejtet.

Hvert år, når syrenerne blomstrede, vandrede han hen over havegangene med det nystrøede strandsand. Mellem bedene, der var kantede med lige store rullesten. Havet havde malet og formet dem, slikket dem og lagt dem fra sig.

Der var Lorch. Hun havde fået dem alle sammen til Reinsnæs. Også Lorch. Han var hendes. At opdage det, var som en buldrende tone fra det store hav. En melankolsk cellotone. Bastoner fra bjerge og fjelde. En hæmningsløs oplevelse af lyst og nødvendighed.

9. kapitel

Det stod at læse i »Tromsø Stiftstidende«s passagerliste, at
»Prinds Gustav« bragte cand. theol. Johan Grønelv med sig
fra Trondhjem på første klasse.

Mor Karen var ude af sig selv af glæde og tørrede øjnene.
Det havde været sparsomt med brevene på det sidste. Men de
vidste, at han endelig havde taget sin afsluttende eksamen.

Han havde ikke været hjemme i alle disse år. Men i brevet
til Mor Karen havde han sagt, at han skulle hjem for at tænke
fornuftige, enkle tanker og hvile ud efter disse år med næsen i
bøgerne.

Hvis Dina gik rundt med en uro på grund af den hjem-
vendte Johan, så skjulte hun det godt.

Teologen nævnte blot lige i sit sidste brev, at han med al
mulig tvivl og med vished for, at han var ubeskeden, havde
søgt et kald på Helgeland. Men han nævnte ikke hvor.

Dina mente, at han skulle have søgt et kald sydpå. De var
federe, tilføjede hun og så Mor Karen ind i øjnene.

Men Mor Karen kerede sig ikke om fede kald. Hun prøvede
at huske, hvordan han så ud, hvordan han havde opført sig,
sidst hun så ham. Men tanken blev lammet. Jacobs død blev
så meget større. Hun sukkede og bladede i hans breve. Forbe-
redte sig grundigt på at tage imod ham, som det han var:
Mand og teolog.

*Jeg er Dina, der kender en dreng med bange øjne. Han har PLIGT
skrevet hen over panden. Han ligner ikke Jacob. Han har stridt, lyst*

220

hår med saltvand i, og slanke håndled. Jeg kan godt lide hans hage.
Der er en kløft i den, og den ved ikke noget om pligten i panden. Når
han kommer, har han iklædt sig et fremmed ansigt for at skjule sig
for mig.

Mor Karen og Oline planlagde en herskabelig hjemkomst. Provstens skulle inviteres! Lensmandens. Alle dem, der betød noget!

Der skulle slagtes kalv og tages god madeira frem. Sølvtøjet blev gået efter. Det samme gjorde duge og stentøj.

Oline planlagde med myndig glæde. Jacobs søn skulle fejres!

Hun tog Benjamin i skole og lærte ham at bukke for sin ældre bror.

– Sådan! formanede hun og slog hælene sammen som en general.

Og Benjamin gjorde hende kunsten efter med stor alvor og præcision.

Mor Karen havde overopsynet med, at kvistværelset mod syd, som hun selv var flyttet fra, blev sat i stand. Der var kun kort tid til den fornyelse, hun kunne tænke sig.

Men hun insisterede på trods af Dinas rynkede bryn på, at de to gyldne læderstole skulle flyttes fra soveværelset ind på Johans kammer. Og bogskabet i mahogni med en elfenbensroset ved håndtaget på døren skulle flyttes fra hendes kammer og op til den unge teolog.

Karlene med Tomas i spidsen hev og sled, mens Mor Karen sad på en stol på gangen og kommanderede med lys stemme.

Det virkede som en mild piskesnert i nakken på karlene, mens de asede og masede.

– Forsigtigt nu, kære Tomas! Nej, nej, pas nu på de høje paneler! Vend forsigtigt der, ja! Pas nu på, at glasdørene ikke går op!

Men til sidst fik hun det hele, som hun ville, og Dina støttede hende op ad trappen, så hun kunne inspicere.

Enten havde alderen spillet hende et puds, eller også var

værelset blevet mindre både i længden og i bredden, mente hun.

Dina sagde lige ud, at så herskabelige møbler, som Mor Karen mente passede for en præst, ikke kunne være i det sydvendte kvistværelse på Reinsnæs! Så de måtte nok bygge til huset.

Mor Karen bed ordene i sig og satte sig ned på stolen ved døren. Så kom det lavt:

– Han skulle nok have boet i soveværelset...

Dina svarede ikke. Hun satte begge hænderne i siden, tænkte sig om, mens hun så sig omkring.

– Han får skrivebordet, der står i soveværelset, og stolen, der hører til. De passer godt til bogskabet. Vi flytter de to stole tilbage, hvor de kom fra...

Mor Karen lod blikket glide fortabt fra væg til væg.

– Værelset er vist for lille...

– Han skal vel ikke være her på kvistværelset hele tiden. Han skal vel bo i hele huset, Mor Karen? Han har brug for et bogskab, en stol, et bord og en seng. Når han skal være alene, mener jeg.

Og sådan blev det. Men Mor Karen havde gerne set, at en teolog kunne have boet i soveværelset, når han kom hjem.

Der stod regn ind fra sydvest.

De fire plantede lærketræer med det gamle dueslag i midten stod med de bløde nålekviste vandret ud for vinden.

Ingeborgs rosenbuske led alverdens kvaler ved murene og rundt om lysthuset. Og Mor Karens stolthed, liljebedet, så ud, som om nogle i timevis havde vasket det i lud.

Bageovnen havde slået ind tre gange. Oline var som dommedag af svovlen og besværgelser, gråd og jammer.

Pigerne trak sig ind til væggen og kunne ikke huske, hvad de skulle gøre fra det ene øjeblik til det andet. For når Oline et par gange om året mistede besindelsen, så var det altid værre end sidste gang.

Anders var inde om køkkenet et øjeblik for at få sig lidt

222

kaffe, efter at han havde dirigeret bjergningen af en båd.

Da han så, hvordan det var fat, bemærkede han godmodigt:
– Oline revner nok engang af vrede. Men det gør ikke noget, for der er alligevel nok af hende på begge sider!

– Ja, men kun med *en* fod og *en* hånd på hver side til at betjene dig! Flyt dig, din flødedreng! svarede hun rapt og sparkede ud efter ham med træskoen.

Men kaffe fik han. Det skulle han have. To trillebører med birkeris var betalingen.

Karlene havde bjerget bådene og var i færd med at surre alt det løse, der var på kajerne, fast.

På flaghøjen hang der en miserabel rest af flaget tilbage, størstedelen af det blå var væk. Det så ud, som om en eller anden som hån havde hejst et sørøverflag.

Værst var det med regnen. Den var så voldsom og lavede sådan et spektakel på taget og i tagrenderne, at det tærede på Mor Karens nerver.

I folkestuen blev der opdaget en lækage. Piger og karle sprang til med baljer og spande for at redde sengetøj og kister.

Tomas lå på maven på taget. Prøvede at hæfte ny skiffer over elendigheden, men måtte hurtigt opgive det.

I Sundet havde »Prinds Gustav« bakset rundt i timevis uden at komme ret meget nærmere.

Folk stirrede derud mellem alle gøremålene. Var den ikke kommet længere ind nu? Jo, så sandelig, det så ud til at hjælpe lidt.

Det var blevet diskuteret, om de skulle hejse det miserable flag ned. Men det var det eneste, de havde. Mor Karen sagde absolut nej. At halvdelen af flaget var blæst væk, kunne ingen gøre for, men en nøgen flagstang var en fornærmelse.

Niels ville sende Tomas ind til bonden længere inde i landet for at låne et flag.

Men Dina afværgede det. Før Tomas ville være tilbage, var Johan i hus, og ingen ville have brug for et flag.

Benjamin havde allerede været ude uden overtøj to gange for

at se efter damperen, og måtte skifte fra yderst til inderst.

Den anden gang råbte Oline gennem huset, at den dreng var en vild krabat, og at Stine skulle passe bedre på.

Men Benjamin råbte tilbage. Med høj, lys stemme: – Nej, Oline, Benjamin er hedning!

Den lille Hanna nikkede alvorligt, og hjalp ham med de mangfoldige knapper både her og der. Deres kærlighed og sammenhold var uangribeligt. Hanna trissede efter ham, hvor han end gik. Hvis han faldt i bækken, så faldt Hanna i bækken. Hvis han slog hul på knæet, så var det hende, der græd. Hvis Oline mente, at Benjamin var hedning, så græd hun rasende og højt, indtil Oline måtte medgive hende, at hun også var hedning.

Cellotoner fløed ud gennem døre, vinduer og sprækker. Blandedes med lyden fra kastevinde, der kom og gik.

Regnen var som en vandharpe, der spillede sin egen melodi.

Dina sad midt i det hele, mens huset stod på den anden ende og hele gården tumlede rundt som fløde i kærnen. Hun blandede sig ikke i ståhejen. Det så ikke ud, som om det kaos, der var omkring hende, generede hende.

Det var, som om det var nødvendigt med de store følelser af og til. Når damperen var lige ved at nå land, ville de råbe op til hende. Trampe på trapperne, knase i fortøjningerne, skramle i køkkenet og anretterværelset og slå med dørene.

Så ville alt blive stille i huset, mens de tog imod Jacobs søn ved havet. Selvom hurraråbene og skibsfløjten bare ville være fjerne lyde, der red på uvejret, så ville alt være tydeligt nok.

Det så ud, som om hun ville vente indtil da. Og så komme ned ad alleen og vinke velkommen. På afstand af folkene. Måske ville hun møde ham alene for at se, hvem han var.

Men intet blev sådan, som de havde troet, til trods for, at de havde affundet sig med både uvejr og forsinkelser.

»Prinds Gustav« havde udstødt det kendte fløjtesignal for

at sejle videre. Anders og Niels havde selv hentet den hjemvendte søn. Og en af drengene tog imod boven af den lille båd og bugserede den ind mellem stenene.

Regnen havde løjet af, og Dina stod på sin plads i hoveddøren og stirrede ned ad alleen.

Johan stod bag sine kister og løftede smilende på hatten til de mennesker, der klamrede sig fast mellem stenene og pakhusene. Sammen med ham stod der en mørk, høj mand i skindtøj.

På stranden stod tørklæder, sjaler og skørter modigt ud mod nordøst. Oppe på den rasende himmel fløj skyerne forbi i svimlende fart.

Da slog lynet ned. Flammer. Røde, fede og ondskabsfulde.

– Det brænder i staldtaget! skreg drengen.

I det kaos, der opstod, var der ingen, der vidste, hvad der burde gøres.

Men teolog eller ikke teolog! »Prinds Gustav«, eller ikke »Prinds Gustav«, det fik være, som det være ville!

Folkene sprang til laden så hurtigt, de kunne. Med arme og ben i ubeslutsom forvirring.

Tomas var pludselig oppe på tagmønningen med løftet økse. Sortsodet med rasende bevægelser huggede han de antændte tagbrædder løs. Og smed dem ned på jorden, så gnisterne føg. Ingen vidste, hvor han fik snarrådigheden og kræfterne fra. Ingen havde givet ham besked om det.

Dina stod pludselig midt i flokken og gav korte ordrer.

– Anders: Dyrene! Hestene først! Niels: Våde sejl over aflukkerne med hø! Evert: Find flere økser! Gudmund: Luk indhegningen op! Piger: Find hver en spand!

Ordene smældede mod vinden og den knitren, der kom fra bålet oppe på taget. Hun stod med skrævende ben med det sorte hår filtret sammen.

Det blå musselinsskørt med en vidde på seks bredder stod som et sejl og pressede hendes krop mod vinden.

Hendes øjne var kolde og koncentrerede. Hun holdt blikket fast rettet mod Tomas, som om hun kunne holde ham oppe bare ved at se på ham.

Hendes stemme lød som en ravns. Mørk og aggressiv.

Efterhånden klatrede flere op på den stige, som Tomas havde stillet op på rampen ved laden og kom ham til hjælp.

Regnen, som havde raset som en farsot over hav og land i de sidste døgn, var nu fuldstændig væk. Vinden var fuld af lumsk ondskab.

De måtte hele tiden løbe med våde sejl og sække for at slukke der, hvor gnisterne fandt noget tørt at æde sig ind på.

Flere gange ramlede antændte planker og bjælker ned i det knastørre hø og truede med at antænde hele afgrøden.

– Anders! Hold vagt inde i laden. Hav våde sejl parat! skreg Dina.

Folkene grupperede sig i rasende fart der, hvor de kunne gøre mest nytte. De spande, der stod i folkestuen for at opsamle vandet fra lækagen i taget tidligere på dagen, blev hentet. Nye kom til fra køkken og kælder.

Et held var det, at alt var så vådt ude. Græs og ydermure. Alt var gennemvådt. Afviste gnisterne, så det hvæsede og sydede.

– Det ser ud, som om Vor Herre har et dårligt øje til tage i dag, mumlede Anders, idet han styrtede forbi Dina med et vådt sejl i en rulle over skulderen. Men hun ænsede ham ikke.

»Prinds Gustav« blev i al hast lagt for anker og småbåde blev sat i havet. Ikke længe efter strømmede mandskab og mandlige passagerer op ad alleen for at være med til slukningen.

Stalden var længst væk fra stranden. Uden for selve gården. Det var en lang vej, når man skulle hente havvand til at slukke en brand.

Nogle løb til brønden, som lå mellem stalden og den husklynge, der udgjorde selve hovedgården. Men det gik langsomt, med blot en spand ad gangen, og det hjalp kun lidt.

De dannede kæde, både mænd og kvinder. Fra stranden og hele vejen op. De var ikke nok til en tæt række, så de måtte løbe flere meter til næste led.

Men snart fløj spandene fra hånd til hånd op over markerne til stalden.

226

Sømændene var til god hjælp. Der lød grove råb. Eder og bravoråb imellem hinanden.

Både styrmand og kaptajn var med til slukningen. De havde krænget pjækkerterne af sig og kastet huen, og var gået ind i den bølgende masse sammen med de andre.

Maskinisten var engelsk og talte sit kaudervælsk med buldrende stemme, som ingen forstod ret meget af. Men han havde skuldre og nakke som en hvalros og var vant til at hænge i.

Tre karle var efterhånden deroppe sammen med Tomas. De havde tove rundt om livet og gik i en mærkelig bølgegang ud på taget, prisgivet kastevinde og egen styrke til at holde sig på benene. To med økser og to til at sørge for vandspandene.

Det viste sig, at det var økserne, der gjorde bedst nytte. Snart var en fjerdedel af taget mod øst revet af og lå og ulmede på jorden.

Vinden fik efterhånden tag i det hø, der lå under den del af taget, der ikke var antændt, og som derfor ikke var dækket over med våde sejl.

Høet begyndte at bevæge sig som ved et trylleslag. I tragtformation. En lovmæssig bevægelse, hvor det så ud, som om hvert eneste høstrå havde fået besked samtidig. Op af den tagløse lade og direkte op i vejret. Tog et lille vend ind over folkene på gårdspladsen og fortsatte stødvis sydpå over markerne mod havet.

– Niels! Høet! Flere sejl!

Dinas ordrer bar så godt mod vinden, at kaptajnen løftede hovedet et øjeblik i forundring.

Niels var i gang med noget andet og hørte ikke ordren. Men andre hørte den. Sejlene kom, og høet blev tvunget i ro.

Timerne gik, uden at nogen mærkede det. »Prinds Gustav« lå ensom og forladt derude.

Hanna og Benjamin løb omkring og sugede alt, hvad der foregik, til sig med åbent sind og vidtåbne øjne. Snavs og skidt havde allerede lagt sig i kager langt op ad benene og mærket stadstøjet katastrofalt. Men det var der ingen, der tog sig af.

Da alt så ud til at være under kontrol, og kun en enkelt beskeden røgsøjle, der steg op fra tagplankerne på jorden, mindede om, at det kunne have blevet en storbrand, slap Dina staldtaget med øjnene. Så vendte hun sin mørbankede, stive krop og satte spanden fra sig.

Hendes skuldre faldt ned, som om nogle slog luften ud af hende. Ryggen krummedes.

Hun kastede håret væk fra ansigtet med samme bevægelse, som en hest, der gerne vil se solen. Der var en bred bræmme af blå himmel deroppe.

Da mødte hun et fremmed blik.

Jeg er Dina. Mine fødder er stolper i jorden. Mit hoved er vægtløst og tager imod alt: Lydene, lugtene, farverne.

Billederne rundt om mig bevæger sig. Menneskene. Vinden. En stikkende lugt af brændt træ og sod. Først er der kun øjne, uden hoved eller krop. Som en del af min træthed. Noget at hvile sig i.

Jeg har aldrig set sådan et menneske. En sørøver? Nej! Han kommer fra Hjertruds bog! Han er Barabbas!

Hvor har jeg været så længe?

10. kapitel

Gid du var mig som en broder, som den, der dig-
de min moders bryst! Jeg skulle finde dig på ga-
den, jeg skulle kysse dig; og de skulle ikke for-
agte mig.
Jeg ville lede dig, jeg ville føre dig til min mo-
ders hus, du skulle lære mig; jeg skulle give dig
af krydret vin at drikke, af mit granattræes
most.
(Salomo' Højsang, kap. 8, v. 1 og 2)

Øjnene var meget grønne. I et ansigt med store træk og dag-gammelt skæg. Næsen strakte sig selvsikkert ud i verden og havde brede næsefløje som plov.

Hun behøvede ikke at bøje hovedet for at møde hans blik. Ansigtet var brunt og barket og havde et stort, hvidt ar over venstre kind. Man kunne godt sige, at det virkede både skræmmende og uskønt.

Munden var stor og alvorlig. Amorbuen var smukt formet. Som om skaberen havde villet lave et blødt træk midt i det hele.

Det brune, halvlange hår var svedigt og fedtet. Skjortebrys-tet havde nok engang været hvidt, men var gennemvådt og sodplettet. Det ene ærme var gået op i syningen og sad rundt om armen, som om det sad på en tigger.

Rundt om livet havde han et bredt læderbælte, som holdt de vide skindbukser oppe. Manden var mager og knoglet som en straffefange. I venstre hånd holdt han en økse.

Dette var Barabbas, der var blevet sat fri. Nu så han på hende. Som om han skulle til at hugge...

Tomas og den fremmede havde brugt økserne sammen. Den første, fordi han vidste, at der stod noget på spil. For Reins-næs. For Dina.

229

Den anden, fordi han tilfældigvis var strandet på dette næs og var blevet blandet ind i en brand, som han havde fornøjelse af at slukke.

– Det gik! sagde han bare. Han var stadigvæk forpustet efter dysten. Hans store bryst gik som en blæsebælg.

Dina stirrede på ham.

– Er du Barabbas? spurgte hun alvorligt.

– Hvordan det? sagde han lige så alvorligt. Hun kunne høre på dialekten, at han ikke var norsk.

– Jeg kan se, at du er sluppet fri.

– Så er jeg vel Barabbas, sagde han og rakte hende hånden.

Hun tog den ikke, i første omgang. Han blev stående.

– Jeg er Dina Grønelv, sagde hun og greb endelig hans hånd. Den var svedig og snavset efter arbejdet. Store håndflader med lange fingre. Men indvendig var den lige så blød som hendes.

Han nikkede, som om han allerede vidste, hvem hun var.

– Du er ikke just smed, sagde hun og nikkede i retning af hans hånd.

– Nej, Barabbas er ikke smed.

Den mumlen og snak, der var omkring dem, var lettet, og drejede sig kun om en ting. Branden!

Dina rev sig løs fra hans blik og vendte sig langsomt om mod folkene. De var vel tredive i alt. Så råbte hun ud over dem med en stemme, der var fuld af undren over et eller andet:

– Tak! Tak alle sammen! Nu fortjener vi mad og drikke! Der skal dækkes op i folkestuen og i stadsstuen. Alle skal føle sig hjemme, og alle er velkomne som gæster!

På dette tidspunkt kom Johan hen til Dina og rakte hende hånden. Han smilede stort.

– Det her var lidt af en hjemkomst! sagde han og trykkede hende ind til sig et øjeblik.

– Det må man vel sige! Velkommen Johan! Du kan se, at det går godt.

– Det her er herr Zjukovskij. Vi lærte hinanden at kende på båden, tilføjede han og gjorde en bevægelse mod manden.

Den fremmede rakte hende hånden igen, som om han havde glemt, at han allerede havde gjort det. Denne gang smilede han.

Nej, Barabbas var ikke smed.

Ud på aftenen løjede vinden af. Folk kom indendøre. Men »Prinds Gustav« lå stadig for anker. Allerede flere timer forsinket.

Der blev organiseret brandvagt. For en sikkerheds skyld. De håbede, at regnen var ovre for høets skyld.

Anders og Tomas ville til Strandstedet for at vælge materialer ud og hyre arbejdere til næste dag. Taget skulle nok komme på igen.

Lensmanden og Dagny kom først efter, at slukningen var overstået. Han skændte godmodigt, fordi der ikke var købt forsikring for gården og bruget. Dina svarede roligt, at hun ville tænke på det for fremtiden. Der kom ikke noget skænderi ud af det, for provsten og teologen kom til.

Mor Karen trippede rundt som en rype. Hofter og ben var på forunderlig vis blevet meget bedre, end de havde været længe.

Oline var pludselig blevet alene med det hele, fordi pigerne slæbte spande derude. Til gengæld fik hun flere timer at arbejde i.

Og Oline var vant til at klare sig selv.

Den helstegte kalv var blevet perfekt, til trods for at hun i lang tid løb i panik mellem køkkenet og den store, gamle bageovn i bryggerset. Det var egentlig en gruekedel med moderne jerndøre til at sætte for. Der havde hun stegt spædekalven.

Den var blevet båret ind fra bryggerset i en tønde i det værste regnvejr, lige før »Prinds Gustav« fløjtede.

Og midt i elendigheden var den haltende Mor Karen den

eneste, der havde tid til at hjælpe hende med at få den tilbage igen.

De havde begge to forstået, at der ikke ville blive tale om et festmåltid i et stykke tid.

Oline havde været over kalven med stegesky og fedt hele tiden, for at den ikke skulle blive tør. Hun fyrede varsomt og med den største kærlighed.

Saucen kunne hun alligevel ikke lave før i sidste sekund. Og først måtte hun falde til ro. Man kunne ikke lave sauce uden klumper med galopperende hjerte.

Hun havde brækket ribbene og snurret slaget godt op om nyren før stegningen. Nyren var hendes stolthed. Den skulle med. Skulle skæres med en lynende skarp kniv og serveres som det bedste.

Enebærrene lå knuste på skærebrættet og sendte duft ud i rummet. Egentlig skulle der bruges enebær til vildt. Men Olines kalvesteg var andet og mere end kød fra en kalv. Der hørte enebær og en mirakuløs krydring til.

Ribsgeleen og multebærrene stod i spisekammeret i krystalskåle på fod med klæde over. Sveskerne lå i vandet på den bagerste del af komfuret. Havde trukket tilpas længe, var bløde. Hun havde stukket hver eneste sten ud med skælvende hænder, mens hun løb mellem vinduet og køkkenbordet.

De nye kartofler var små endnu, de var skrubbede og gjort i stand af en af pigerne allerede aftenen før. Havde stået i kælderen i frisk vand natten over. De skulle koges i fire store kasseroller i sidste øjeblik.

Spandene, som kartoflerne havde stået i, var for længst hentet af pigerne til slukningsarbejdet. Kartoflerne havde de i farten hældt over i et dejtrug.

Nu, hvor faren var drevet over, jamrede Oline over dejtruget. Det var helligt. Det skulle ikke bruges til andet end dej. Der kunne komme trolddom, vild gæring eller det, der var værre, hvis man ikke var forsigtig med, hvad man brugte et dejtrug til.

– Men, Herregud, der har jo været brand! sukkede hun udmattet og lod de nye kartofler dumpe ned i de kasseroller, som de retteligt skulle være i.

Da branden endelig var overstået, velkomsten med Johan af-viklet, gik folk hver til sit for at pynte sig til fest en gang til den dag..

Der var nok en og anden af karlene, der kun havde en eneste skjorte. Og den var de måske for sent kommet i tanke om at tage af under redningsarbejdet. Men man gned det værste af og lod det være godt. Hvis blot sod og skidt var vasket af kroppen, så måtte plettet tøj være som et hæders-mærke.

Oline lagde sidste hånd på værket, samtidig med at hun gav ordre til at dække til den del af bådsmandskabet og passage-rerne, der havde været med til brandslukningen.

Mor Karen besluttede, at kaptajnen, styrmanden, maskinis-ten og Johans ven fra rejsen skulle spise med i stadsstuen. Resten fordelte hun uden rangsanseelse i folkestuen. Der blev sat flere bordplader ind på bukke og dækket med snehvide lagner og markblomster.

Oline var drivvåd af sved og i det bedste humør. Hendes næver for over arbejdet i et værdigt tempo og med stor præci-sion.

Stemningen var allerede høj i folkestuen, da maden kom. For der var stillet rom på bordet. Mandskabet havde taget spenderbukserne på og havde roet både fragt, som man nævnte ved navn og det, som man fortærede i stilhed, i land.

Ingen talte om, at damperen på et tidspunkt skulle videre nordpå.

Karlene hjalp til med serveringen, som om de aldrig havde bestilt andet.

Mor Karen havde ikke givet ordre til at servere vin eller andre stærke sager i folkestuen. Men rommen var drøj, så det ud til. Den var som krukken hos enken i Sarepta, gæstfri og ikke til at tømme.

Men der gik mange ærinder ud til den velsignede damper. Og de, der gik ærinder, kom alle sammen op over markerne med kul på busseronnen eller jakkebrystet.

Stemningen var efterhånden mere end høj. Historier fløj

hen over bordet som stafetter. Afsluttet med lattersalver og grynt.

Provsten, som beklagede, at hans hustru ikke var rask nok til at komme med, havde sin plads for bordenden.

Dagny havde den sidste mode i fløjlsdragt i sommervarmen med svunget liv og høj blondekrave. Lige kommet fra Bergen.

Dina så flere gange på brochen i kraven. Den havde været Hjertruds.

Mor Karen sad for den anden bordende med Johan mellem sig og Dina.

Et adeligt svensk par var på lystrejse i Nordland. De måtte hentes ind fra båden og trakteres, selvom de ikke havde været med til slukningen. Adelsmanden blev placeret ved siden af Mor Karen. Ved den rokering, der skete, da officererne og folkene fra skibet kom til, kom den fremmede, Zjukovskij, til at sidde lige over for Dina.

Sølv og krystal blinkede under den store lampe.

Det var skumring i august. Præstekraver, blåklokker og blade fra efeu og røn lå ud over den hvide dug. Høje glas tronede med ædelt indhold. Duftene og maden gjorde menneskene venlige, næsten indbydende over for hinanden. Ikke alle kendte hinanden, men de havde to ting til fælles. Maden og branden!

Mor Karen lagde ansigtet i venlige folder. Smilede og konverserede. Dette var Reinsnæs, sådan som det plejede at være i gamle dage! Dengang var der selskaber! Dengang var der festmiddage og duft af spædekalv eller vildt. Mor Karen sad og følte, hvor tilfreds hun var med, at det var sådan igen. Hun var tilfreds med, at hun havde oplært Stine til at være værtinde på Reinsnæs. Dina var ikke sådan, at hun tog imod lærdom om huslige gøremål. Og Reinsnæs havde brug for en værtinde, der kunne mere end at musicere og ryge cigar. I aften indså hun, at Stine kom godt fra den opgave.

Det var ikke til at komme udenom, at den finnepige var dygtig og lærenem. Hun havde et vindende væsen, mens Dina stødte folk fra sig.

Dina så på Barabbas. Han havde taget en ren skjorte på. Hans hår var stadig fugtigt. Øjnene mere grønne i lampelys.

Dina havde tilbudt Zjukovskij at gøre sig i stand i et af gæsteværelserne. Han havde taget imod med et buk.

Da hun hørte, at han gik ned sammen med Johan, havde hun listet sig ind på det værelse, hvor han havde været. Der lugtede af barbersæbe og læder.

Han havde ladet en rummelig rejsetaske af oksehud stå åben. Først havde hun kun lige kigget ned i den. Så begyndte hun at løfte tøjstykker og småting op. Hendes hånd fandt pludselig en bog. Med solid, men slidt skindryg. Hun åbnede den. Den var formodentlig russisk. På titelbladet stod der en skrå, kantet signatur:

Лев Жуковский

АЛЕКСАНДР ПУШКИН stod der trykt med store snirklede typer. Det var vel ham, der havde skrevet bogen. Titlen på bogen var heller ikke til at tyde.

Det var de samme bagvendte og uforståelige skrifttegn som på kasser og æsker med russiske varer.

– Ubegribeligt... mumlede hun højt for sig selv. Som om hun blev vred, fordi hun ikke forstod, hvad det var for en bog.

Hun holdt bogen op under næsen og snusede til den. Lugt af fugtigt papir, som havde været lang tid på rejse. Den underlige lugt af mand. Sødligt, men ramt på samme tid. Tobak, støv. Hav!

Jacob kom ud af væggen. Han havde brug for hende i aften. Hun mumlede nogle eder for at slippe. Men han gav sig ikke. Strøg rundt om hende. Bad for sig. Han fyldte hele værelset med sine lugte. Hun holdt hånden op foran sig og ville have ham væk.

Så lagde hun bogen præcis, hvor hun havde fundet den. Rettede sig op. Trak vejret dybt. Som om hun var i færd med noget tungt arbejde.

Lyttede efter skridt på trappen. Havde et alibi, hvis han skulle komme tilbage. Hun ville sætte nye lys i stagerne til aftenen. At det sædvanligvis ikke var hendes arbejde, vidste han ikke noget om. Kurven med lys havde hun sat fra sig på gulvet.

Jacob holdt sig ind til hende, da hun løftede kurven og gik ud. I lyskeglen fra lampen på gangen slap han taget i hendes nøgne arm. Han slæbte sin ødelagte fod efter sig. Og trak sig hen til den mørke krog, hvor linnedskabene stod.

– Vi reddede taget på stalden! Uden din hjælp! hvæsede hun indædt og gik ned i spisestuen.

Jeg er Dina, som flyder. Hovedet bevæger sig alene ud i værelset. Vægge og loft åbner sig. Himmelen er et vældigt, mørkt billede af fløjl og knust glas. Som jeg flyder i. Jeg vil! Og jeg vil ikke!

Under forretten bemærkede adelsfruen, at det var underligt at se så vakker trädgård så langt mod nord. Og de smukke gange mellem bedene, strøet med strandsand! Dem havde hun også lagt mærke til, før de gik til bords. Det måtte være tidskrævende og arbejdsomt at få noget til at gro på så karrigt et sted.

Mor Karen blev stram rundt om munden, men svarede høfligt, at det gav vanskeligheder, og det skete, at rosenbuskene frøs væk i de hårde vintre. Hun ville gerne vise hende urtehaven næste dag. Det var Reinsnæs' specialitet.

Så blev der skålet for den unge teolog. For stalden og for høet. Som man ved Guds nåde havde reddet fra flammerne.

– Og dyrene! Gud velsigne dyrene! tilføjede Mor Karen.

Og så skålede de for afgrøden og dyrene. Og endnu var de kun ved forretten.

Adelsmanden havde allerede lovprist Olines fiskesuppe. Havde insisteret på, at Oline skulle komme ind i spisestuen og tage imod hans hyldest for maden. Fiskesuppen var den bedste, han nogensinde havde smagt. Og han havde smagt fiskesuppe overalt på kloden, hvor han havde rejst.

Fransk fiskesuppe! Var der nogen, der havde spist fransk fiskesuppe?

Mor Karen havde spist fransk fiskesuppe. Og dermed fik hun fortalt om sit ophold på tre år i Paris. Hun ringlede med

236

sine filigranarmbånd og gestikulerede mildt med begge hænder.

Pludselig citerede hun poesi på fransk, mens hun fik ungdommelige roser på kinderne.

Det hvide, velsiddende hår, skyllet i enebærafkog og fikset op med et krøllejern til anledningen, kunne konkurrere med sølvbestikket og kandelabrene.

Da Oline endelig kom ind, hun måtte jo nette sig lidt og tage det yderste forklæde af, var alle kommet sørgeligt langt væk fra fiskesuppen.

Adelsmanden gentog ganske vist talen for suppen, noget uinspireret. Eftersom han havde ordet, holdt han også en tale for hovedretten. Efterhånden fløde ordene sådan, at Oline nejede og erklærede, at hun måtte gå.

Efter det blev der en lidt pinlig pause.

Zjukovskij løsnede sin sløjfe i halsen lidt. Det var varmt i stuen til trods for, at vinduerne til haven stod åbne.

Natsværmere forvildede sig ind bag de tynde blondegardiner. Fanget af lyset. En fløj direkte ind i flammen foran Dina. Et lille glimt. Så var det overstået. En forkullet rest – som støv på dugen.

Hun løftede sit glas. Stemmerne rundt om dem forsvandt. Han hævede også sit glas og bukkede. Der blev ikke sagt noget. Så løftede de bestikket samtidig og begyndte at spise.

Kalvestegen var rosa og saftig. Flødesaucen var som fløjl mod det hvide porcelæn. Ribsgeleen lå og skælvede på kanten.

Dina placerede den beslutsomt på kødet. De nye kartofler var skuret så godt, at der ikke var skræl på. Kun det melagtige, bløde, runde. Hun satte sølvgaffelen i en, og skar en bid. Lod den langsomt glide gennem saucen. Tog en bid gelé med og løftede det op til munden. Hun mødte hans øjne, idet han gjorde det samme.

Et øjeblik havde han et stykke rosa kød mellem læberne. Det glimtede i hans tænder. Så lukkede han munden og begyndte at tygge. Hans øjne var som havblik hen over bordet.

Hun samlede begge hans iriser op på gaffelen og puttede dem i munden. Lod tungen glide over dem. Varsomt. Øjeæblerne smagte salt. De var ikke til at sluge eller tygge. Hun lod dem bare roligt rulle op mod ganen og strøg med tungespidsen hen over dem. Så samlede hun dem længst ude i munden, skilte læberne og lod dem glide tilbage.

Han tyggede roligt og nydende, mens øjnene lagde sig på plads igen. Hans ansigt havde en intens glans. Som om begges nydelse slog ud i hans hud. Øjnene vuggede sig på plads, hvor de hørte hjemme. Og blinkede til hende!

Hun blinkede tilbage. Alvorligt. Så spiste de videre. Smagte på hinanden. Tyggede. Ikke for grådigt. Den, der ikke kunne styre sig, havde tabt.

Et suk undslap hende. Et øjeblik glemte hun at tygge. Så smilede hun uden at vide det. Det var ikke det sædvanlige smil. Det måtte være et, som havde overlevet i årevis. Fra dengang hun sad på Hjertruds skød og blev strøget over håret.

Han var smuk på den ene side, grim på den anden. Arret delte ham i to. Lavede et sving, der delte kinden med en voldsom fordybning.

Dina viftede med næseborene, som om hun blev kildet med et strå. Hun lagde kniv og gaffel fra sig. Tog hånden op til ansigtet og lod en finger stryge hen over overlæben.

Lensmandens stemme brød ind. Han spurgte Johan, om han havde søgt et kald.

Johan så beskæmmet ned i tallerkenen og mente, at det næppe havde nogen interesse for de rejsende at høre om hans liv. Men lensmanden var absolut ikke enig.

Heldigvis kom desserten. Hen over multebærrene var der flødeskum, der var sprøjtet i facon. Det var årets guld. Tomas havde hentet dem hjem fra mosen i nærheden til anledningen.

Selskabet kroede sig af nydelse. Styrmanden fortalte, at han engang ufrivilligt havde været i Bardu til et bryllup. Der havde man ikke fået så meget som en bid kød. Og slet ikke dessert. De havde fået surmælksgrød og mælkemad til alle måltider. Og tørret fårekød. Så salt, at kun værten måtte skære det.

238

De var bange for, at andre skulle ødelægge kniven!

Mor Karen blev stram i ansigtet og mente, at det ikke var almindeligt for folk i Bardu at være så gerrige med maden.

Men det hjalp ikke noget. Selv provsten lo.

Tomas havde ikke taget for sig af sømændenes drikkevarer.

Han var en af de få, der ikke havde haft tid til at skifte tøj, før han gik til bords. Måtte holde opsyn med de dyr, der skulle på plads, organisere brandvagt og sørge for, at de holdt sig nogenlunde ædru.

Anders og Niels forsvandt ind i hovedbygningen. Og siden havde han ikke set dem. Det betød, at hele ansvaret lå på ham.

Da han kom ind i folkestuen, var måltidet ryddet væk, og folkene sad i godt selskab med piber, kaffe og rom.

Pludselig blev det for meget for ham. Han følte sig udslidt og udnyttet.

Dina kom hen til ham efter slukningen. Et øjeblik. Havde slået ham venskabeligt i ryggen, som hun plejede. – Tomas! havde hun sagt. Det var det hele.

I det øjeblik havde det været nok for ham. Men efterhånden som hun ikke viste sig mere, ikke talte til ham, ikke takkede ham, mens flere hørte det, så blev det indviklet for ham. Det hele.

Han vidste, at han havde været den mest betydningsfulde i redningsarbejdet. Den første på tagmønningen med øksen. Det kunne være gået værre, hvis han ikke havde været der.

Pludselig følte han en slags had mod hende. Det gjaldt også den store, fremmede, der havde hjulpet ham med at hugge det antændte tag ned.

Tomas spurgte karlene fra båden, hvem han var. Men ingen vidste andet, end at han talte gebrokkent og var opført i passagerlisten med et ukristeligt navn. Som om han var kineser! Han kom helt fra Trondhjem. Sad altid og læste og røg eller talte med Johan Grønelv. Han skulle helt nordøstpå. Måske var han finne, eller endnu længere østfra? Men han talte godt norsk.

Tomas havde set, at manden stillede sig op bagved Dina, da han kom ned fra taget. Det pinte ham, at hun gav ham hånd to gange. Det pinte ham endnu mere, da det viste sig, at den fremmede skulle spise på gården sammen med familien. Han var jo klædt som en sømand.

Tomas udførte sin pligt med sammenbidte tænder. Så gjorde han sig et ærinde ind til Oline og spurgte, om der var noget, hun havde brug for. Bar ekstra brænde og vand ind til hende og blev.

Han satte sig tilforladeligt for bordenden og lod sig varte op. Gav som undskyldning, at han var for træt til at være i folkestuen.

Han spiste langsomt og grundigt. Som om han med tanken skulle styre hver mundfuld rundt i mundhulen og videre ned i maven.

– Der er ikke mere suppe tilbage, jamrede Oline. – Den svenske adelsmand har spist en kvart tønde!

Hun havde aldrig hørt om fine folk, der havde så dårlige manerer, at de bad om at få mere af forretten. Det kunne ikke være noget særligt, det gods, den karl bestyrede.

Tomas nikkede sløvt. Sad og ludede ind over bordet.

Oline så på ham fra siden, mens hun sprøjtede flødeskumstoppe på multebærrene. Da den sidste top var sat, tørrede hun sig omhyggeligt med et håndklæde. Hver finger for sig. Som om flødeskummet var farligt.

Så gik hun en hurtig runde ud i anretterværelset og kom tilbage med et glas af den bedste rødvin.

– Så!! sagde hun kort, satte glasset brysk foran Tomas og gik i gang med sit eget igen.

Tomas smagte på vinen. Og for at skjule, at han blev rørt over hendes omtanke, udbrød han:

– For pokker!!

Oline mumlede brøsigt, at hun nok længe havde vidst, hvor Benjamin havde lært de ugudelige udtryk.

Tomas grinede mat til hende.

240

Der var trygt og varmt i køkkenet. Dampen, madlugten og lyden af stemmer fra stuerne gjorde ham døsig.

Men et sted inde i hovedet på ham var der et årvågent punkt.

Dina viste sig ikke i køkkenet...

Stine trak sig tilbage med børnene. Påståelige drengestemmer blandede sig med Hannas hidsige lyde et stykke tid. Men efterhånden blev der stille på loftet.

Dagny, Fru Karen og grevinden fik kaffen serveret i stuen.

Dina indtog chaiselonguen i rygeværelset, røg cigar og fyldte selv sit vinglas op. Greven så først forbavset på hende, så fortsatte han sin samtale med herrerne.

Efter et stykke tid så provsten mildt på Dina og sagde:

– Fru Dina må komme og hjælpe os med at få stemt husorgelet!

Han havde en stor evne til at overse det, der ikke helt sømmede sig, når det gjaldt Dina. Som om han vidste, at hun havde vigtigere egenskaber.

Han plejede at sige, at man måtte tage folk fra Nordland, som man tog årstiderne. Hvis man ikke kunne tåle dem, så måtte man holde sig inde et stykke tid og samle sig sammen.

Provstefruen levede efter den regel. Derfor havde hun ikke kræfter til at komme til Reinsnæs til Johans hjemkomstselskab.

– Provsten ved godt, at jeg ikke er helt fortrolig med orgelet, men jeg skal prøve, sagde Dina.

– Det gik godt sidst, sagde provsten.

– Det kommer nu an på ens ører, sagde Dina tørt.

– Det gør det. Dina er mere musikalsk end de fleste! Hun har meget at takke – hvad var det, han hed? Denne lærer, der fik hende til at blive glad for musik?

– Lorch, sagde Dina.

– Ja, netop! Hvor er han nu?

– På vej til Reinsnæs. Med sin cello..., sagde hun. Næppe hørligt.

– Det var interessant! Meget glædeligt! sagde provsten.

– Hvornår venter I ham?

Dina fik ikke svaret, for greven lagde beslag på provsten.

Johan blev siddende i en gruppe af de ældre som et naturligt midtpunkt. Men han gjorde ikke selv noget for, at det blev sådan. Hans lave stemme var interesseret og til stede. Han lod ustandseligt højre hånd fare hen over det lyse, stride hår uden at vide det. I næste øjeblik var det nede i panden igen.

Han havde forandret sig på disse år. Ikke kun i det ydre. Hans ord var fremmede. Han var begyndt at fordanske, når han talte. Og han bevægede sig rundt, som om han var gæst i et hvilket som helst handelshus. Så ikke på noget med genkendelse. Strøg ikke over noget med hånden. Løb ikke fra værelse til værelse for at se, hvordan det hele stod til. Foruden at være med til brandslukningen havde han endnu ikke været andre steder end i hovedbygningen.

Anders spurgte Johan, hvordan det stod til i Danmark. Om han havde været knyttet til de politiske og nationalistiske studentermøder, der havde været i København.

Johan så ud, som om han skammede sig over at sige nej.

– Danskerne har vel jublet lige siden slaget ved Isted? Det gjorde godt at slå tyskerne, sagde Zjukovskij.

– Ja, sagde Johan. – Men det er ikke naturligt at indlemme Slesvig i Danmark. Både sproget og kulturen er forskellig.

– Det var vel kong Frederiks drøm? sagde russeren.

– Ja, og nationalisternes, svarede Johan.

– Jeg har hørt, at det var zar Nikolai, der fik afgjort krigen, sagde Dina.

– Ja, han truede vel preusserne med krig, hvis de ikke rømmede Jylland, sagde Zjukovskij. – Men den nye værnepligt i Danmark gjorde nok sit.

De fortsatte med at tale om Danmarks nye politiske opblomstring.

– Han er godt inde i politik, sagde lensmanden til Zjukovskij.

– Man hører lidt her og der, smilede manden.

– De fleste mennesker i Danmark er ikke så orienterede, sagde Johan anerkendende.

– Tak.

Dina havde siddet og betragtet mændene, mens de talte.

– Mor Karen var bange for, at Johan skulle blive dræbt i krig eller demonstration, før han nåede at komme hjem.

242

– Jeg er nok for lidt interesseret i den slags, sagde Johan let.

– Ingen lader sig provokere af en teolog.

– Sig ikke det, sagde provsten. – Men nu er du her jo, tilføjede han.

– Der er nu forskel på teologer, sagde Johan beskæmmet. – Jeg kan nok næppe regnes for en politisk magt. Men med provsten er det naturligvis noget andet.

– Så, så, sagde provsten godmodigt. – Jeg vil heller ikke stå til ansvar for nogen verdslig magt.

– Men provsten gør det nu alligevel. Hvis jeg må have lov? sagde Dina.

– På hvilken måde? spurgte provsten.

– Når øvrigheden gør noget, som du synes er uretfærdigt, så siger du fra, selvom det ikke er din sag.

– Ja, det sker vel...

– Og provsten får det ofte, som han vil, fortsatte Dina blidt.

– Det sker vel også, smilede provsten fornøjet.

Samtalen blev igen ufarlig. Og lensmanden fortalte om sager og stridsmål på det sidste ting.

Anders var den, der undrede sig mest over Johan. Han kunne ikke genfinde noget af den dreng, som han havde set vokse op. Undskyldte ham med, at han var så ung, da han rejste. Og at der var så mange mennesker til stede.

Ved bordet havde Anders tydeligt mærket, at det ikke var let for Mor Karen at få sin præstesøn hjem igen. Hun havde problemer med at finde på noget at tale med ham om.

Johan var høflig og venlig nok, men han var blevet en fremmed.

Efter at provsten havde røget en kort pibe, var han med mange undskyldninger og velsignelser taget hjem. Musiceringen måtte han have til gode til en anden gang, sagde han.

Dina fulgte provsten ud. Da hun kom tilbage gennem stadsstuen, slog hun nogle akkorder an på klaveret. Prøvende.

Den fremmede var der straks. Lænede sig op ad instrumentet og lyttede.

Dina standsede op og så spørgende på ham.

243

Og pludselig var det hele i gang. Han stemte i med en klagende, melankolsk vise på russisk.

Dina fik hurtigt fat i melodien og spillede efter gehør. Når hun spillede forkert, rettede han hende ved at tage tonerne for hende.

Sangen var fremmedartet. Fuld af sorg. Den store mand begyndte pludselig at danse. Sådan som russiske sømænd ofte gjorde det, når de var lidt berusede. Med armene oppe og ud til siderne. Løse hofter og bøjede knæ.

Rytmen blev vildere og gladere. Manden dansede så langt nede ved gulvet, at han egentlig ikke skulle kunne holde sig på benene. Strakte de lange ben ud til siden og bøjede dem under sig igen. Hurtigere og hurtigere.

En vældig kraft slog ud fra ham. Han var alvorlig og koncentreret. Men det var tydeligt, at han legede.

En voksen mand, der legede! Arret lyste ekstra hvidt i det blussende ansigt. Han var Janus med de to ansigter. Hvirvlede rundt og fremviste en skadet og en uskadet kind.

Dina vogtede på mandens bevægelser, mens fingrene dansede. Hårdt og let.

Mor Karen, Dagny og grevinden afbrød deres dannede samtale. Mændene i rygeværelset rejste sig en efter en for at se og høre. Stine stod i gangen med fire unger bag sig.

Benjamin havde vidt åbne øjne og mund. Kom helt ind i stuen, selvom det ikke var tilladt.

Hanna og lensmandens drenge stod beskedent i døråbningen.

Til sidst var værelset fyldt med et stort smil. Det hoppede som et lille, loddent dyr fra menneske til menneske. Glæden var et under i stuerne på Reinsnæs. Der havde været så længe mellem hver gang i de sidste år.

Sangen og musikken blev båret ud i køkkenet.

En dyb mandsstemme med en underlig glidende melodi og ord, som de ikke forstod, fyldte hele huset.

Tomas flyttede uroligt på sig. Oline lyttede med halvåben mund. Pigen, som gik til hånde i stuerne, kom ud i køkkenet. Fnisende og varm.

– Vi skal have punch! Den fremmede synger russiske sange

og spjætter op og ned med bøjede knæ som en galning! Han jodler og slår sig på hælene! Jeg har aldrig set sådan noget før! Og han skal sove på det sydvendte gæsteværelse. Dina gav selv besked om det! Der skal fyldes vand i servántekanden og karaflen. Og der skulle lægges rene håndklæder frem!

Tomas følte en knytnæve slå luften ud af ham med et eneste slag.

Zjukovskij sluttede dansen lige så hurtigt, som han var begyndt. Bukkede galant, da alle klappede, tog en dyb indåndning og gik ind i rygeværelset til den slukkede cigar.

Svedperlerne sad tæt på panden af ham. Men han tørrede dem ikke væk. Rynkede bare brynene let og åbnede halslinningen lidt.

Jacob strøg sig mod Dinas arm. Han var ikke i godt lune.

Dina skubbede ham væk. Men han holdt stadig fast, da hun gik hen til Zjukovskij. Han havde sat sig på den ledige stol ved chaiselonguen.

Hun rakte ham hånden og takkede for hans optræden. Luften var som morild mellem dem. Det gjorde Jacob gal.

Senere, da alt var blevet normalt igen, og de rejsende talte om det velsignede lys i Nordland, bøjede Zjukovskij sig dristigt frem og lagde hånden let på Dinas.

– Dina Grønelv spiller godt, sagde han helt enkelt.

Jacobs uvilje over for manden ramte Dina mellem øjnene. Hun trak hånden til sig.

– Tak! sagde hun.

– Desuden er hun dygtig til at organisere brandslukning... Og hun har sådan et smukt hår!

Han talte meget lavt. Men i et tonefald, som om han deltog i de andres samtale om vejret i Nordland.

– Man er utilfreds med, at jeg ikke sætter det op, svarede hun.

– Ja, det vil jeg tro, svarede han bare.

Børnene og Stine var gået op på loftet igen.

Det begyndte at blive sent. Men nattelyset brød ind mellem blondegardiner og potteplanter.

– Du har fortalt, at din stedmor var musikalsk, og nu har vi hørt det. Men du nævnte, at hun spillede cello, sagde Zjukovskij til Johan.

Det var første gang, nogen havde kaldt Dina stedmor. Hun åbnede munden, som om hun ville sige noget. Men lukkede den igen.

– Ja, sagde Johan ivrigt. Spil cello for os, Dina!

– Nej, ikke nu.

Hun tændte en ny cigar.

Jacob var såre tilfreds med hende.

– Hvornår har du fortalt, at jeg spiller? spurgte hun.

– På båden. Det var det, jeg huskede at fortælle om Dina, svarede Johan.

– Ja, du husker vel ikke så meget..., mumlede hun.

Leo Zjukovskij så fra den ene til den anden. Niels løftede hovedet. Der var næsten ikke kommet en lyd fra den kant hele aftenen. Men han var i hvert fald til stede.

– Hvordan det? spurgte Johan usikkert.

– Nej, ikke noget, bare at du har været længe væk..., svarede hun.

Hun rettede ryggen og spurgte, om der var nogle, der ville ud at spadsere før sengetid, nu hvor uvejret havde lagt sig.

De så forvirret på hende. Leo Zjukovskij var den eneste, der rejste sig. Johan så på dem. Som om der var en detalje, der interesserede ham. Så rakte han hånden ud efter cigarkassen, som Anders åbnede og bød rundt.

Det var hans første cigar den aften.

Tomas tog flere brandvagter end dem, han var sat på.

En gang, hvor han gik fra folkestuen til stalden, så han Dina og den fremmede spadsere på det hvide strandsand ved lysthuset.

Den fremmede gik ganske vist med begge tommelfingre i ærmegabene på vesten og i god afstand. Men de forsvandt ind i lysthuset.

Tomas tænkte alvorligt på at gå i havet. Men der var så mange men'er. Først og fremmest det med, at brandvagten var hans ansvar. Så var der de gamle forældre. Og de små søstre.

Til sidst blev han siddende i laden med knæene oppe under sig og høstrå stikkende ud mellem tøjet. Han havde taget en beslutning. Han ville tale med hende. Tvinge hende til at se ham. Han kunne drille hende til at tage med på jagt!

Provstens båd var kommet så langt ud på Sundet, at dansen på kajen var begyndt.

Tomas gik ned til Andreashuset for at sende den næste mand på vagt.

Så gik han ind i køkkenet til Oline igen. Hjalp hende med at bære den mad, der var blevet til overs, ned i kælderen. Hentede mere vin. Bar mere vand og brænde ind.

Et par gange vendte Oline sig fra arbejdet og så på ham.

– Tea og Annette er nede at danse..., sagde hun prøvende.

Han svarede ikke.

– Du danser ikke meget, Tomas?

– Nej.

– Er der noget, der plager dig, knægt?

– Åh, man bliver jo træt, sagde han let.

– Og du er ikke i humør til at snakke nu, hvor vi er færdige for dagen?

– Jo, sagde han forlegent.

Så hostede han hele vejen ud til bislaget med en tom spand. Han havde fyldt vandtønden derude op til kanten, og beholderen på den bagerste del af ovnen. Brændet lå sirligt i sin krog. Kvaset til at tænde op med i sin kasse.

– Kom så ind og sæt dig hos mig, sagde Oline.

– Skal du ikke i seng?

– Det haster ikke i aften.

– Nej, nej.

– Hvordan er det, vil du have en kaffepunch?

– En kaffepunch er god.

De blev siddende i deres egne tanker ved det store bord.

Det havde klaret op. Vinden var kun en påmindelse og en svag susen. Augustnatten var fuld af krydrede dufte og blåt lys. Det sivede ind gennem det åbne vindue.

Tomas rørte omstændeligt sukkeret ud i kaffen.

247

11. kapitel

SÆT MIG SOM ET SEGL PÅ DIT HJERTE, SOM ET SEGL
PÅ DIN ARM; THI KJÆRLIGHED ER STÆRK SOM DØDEN,
NIDKJÆRHED ER HÅRD SOM DØDSRIGET...
(Salomo' Højsang, kap. 8, v. 6)

Han så bedre ud i nattelys end under lamperne. Dina gran-
skede ham uden blusel. De gik på det knasende strandsand.
Han i bar skjorte og vest. Hun med et rødt sjal af silke over
skuldrene.
– Han er ikke født her i landet?
– Nej.
Pause.
– Taler han nødigt om sit fædreland?
– Ikke på den måde. Men det er en lang historie. Jeg har to
fædrelande og to sprog. Russisk og norsk.
Han virkede forlegen.
– Mor var norsk, sagde han kort. Næsten uforskammet.
– Hvad laver han, når han ikke er på rejse?
– Da synger og danser jeg.
– Kan man leve af det?
– Et stykke tid.
– Hvor kommer han fra?
– Fra St. Petersborg.
– Det er vist en umådelig stor by?
– En umådelig stor og smuk by, sagde han og begyndte at
tale om kirkerne og torvene i St. Petersborg.
– Hvorfor rejser han så meget? spurgte hun efter et lille
stykke tid.
– Ja, hvorfor? Jeg kan vel lide det. Desuden leder jeg.
– Efter hvad?
– Det samme, som alle andre leder efter.
– Hvad er det?
– Sandheden.

248

– Om hvad?

Han så overrasket, næsten lidt hånligt hen på hende.

– Leder Dina aldrig efter sandheden?

– Nej, sagde hun kort.

– Hvordan kan hun leve uden?

Hun trak sig lidt væk. Jacob var imellem dem. Han var tilfreds.

– Der vil nok komme en tid for den slags, sagde han lavt. Så tog han et fast tag i hendes albue og pressede Jacob uden for tid og rum. De gik forbi den brandskadede stald. Køerne brølede meget derinde. Men ellers var alt stille. Kun en lugt af afsvedet hø og træværk kom dem i møde.

De gik ind ad den hvide låge og ind i haven. Hun ville vise ham lysthuset. Det lå som et kniplingsmønster mellem alt det grønne. Hvidt med snirklede blå udskæringer. Et ottekantet hus med et dragespir på hvert hjørne. Godt holdt. Men vinteren havde taget et par af de kulørte glasruder.

Han måtte bøje hovedet, da han skulle ind ad døren. Hun lo. For det måtte hun også.

Der var halvmørkt derinde. De satte sig ved siden af hinanden på bænken. Han spurgte hende ud om Reinsnæs. Hun svarede. Deres kroppe var så tæt på hinanden. Hans hænder lå på knæene. Roligt. Som sovende dyr.

Han opførte sig meget høvisk i betragtning af, at han sad så tæt på. Jacob vogtede på hver en bevægelse. Som om han vidste det, sagde han – at det begyndte at blive sent.

– Det har været en lang dag, sagde Dina.

– Det har været en fantastisk dag, sagde han.

Han rejste sig, greb hendes hånd og kyssede den. Hans læber var varme og våde.

Næste morgen stod de på gangen på loftet. Lige ved trappen.

Det var halvmørkt, og der lugtede stadig af søvn, toiletspande og sæbe.

Han var den sidste af de rejsende, der forlod huset. De andre var allerede på vej til bådene.

– Jeg kommer sydpå før vinteren..., sagde han og så spørgende på hende.

– Han skal være velkommen! svarede hun, som om han var hvem som helst.

– Må jeg så høre dig spille cello?

– Sandsynligvis. Jeg spiller næsten hver dag, svarede hun og gav ham hånden.

– Men ikke i går?

– Nej, ikke i går.

– Hun var måske ikke så oplagt? Der havde været brand...

– Der havde været brand.

– Og nu skal hun have opsyn med, at det nye tag kommer ordentligt på?

– Det skal hun.

– Hun har meget ansvar? Mange mennesker i sit brød?

– Hvorfor spørger han mig om sådan noget... nu?

Hans ar blev trukket skævt. Smilet var en åbenbaring.

– Jeg trækker tiden ud. Det er ikke så let. Jeg gør kur til Dem, Dina Grønelv.

– Situationen er fremmed for Barabbas?

– Ikke helt... Jeg *er* altså Barabbas?

De lo til hinanden med blottede tænder og struber. To hunde, der legede og prøvede kræfter i skyggen.

– Du er Barabbas!

– Han var røver, hviskede han og kom nærmere.

– Han blev sat fri! hikstede hun.

– Men Kristus måtte dø i stedet for.

– Kristus må altid dø...

– Vink til mig, hviskede han og blev stående lidt rådvild.

Hun svarede ikke. Greb hans hånd lynhurtigt mellem begge sine og bed ham kraftigt i langfingeren. Han udstødte en overrasket lyd af smerte.

Alt var ude af kontrol. Nok til, at han hev hende ind til sig og gemte hovedet mod hendes bryst. Og trak vejret dybt.

Et øjeblik blev de stående på den måde. Uden at røre sig. Så rettede han sig op, kyssede hende på hånden og tog hatten på.

– Jeg kommer sydpå, før det bliver vinter, sagde han med ru stemme.

250

Det ene trappetrin efter det andet kom imellem dem. Et par gange vendte han sig helt om og så op på hende. Hoveddøren blev lukket.

Han var væk.

Damperen var blevet et døgn forsinket.

Leo Zjukovskij stod på broen med hånden løftet til farvel. Det var varmt. Han stod i skjorteærmer. Det fik alle de tilknappede, fint påklædte til at se idiotiske ud.

Hun overvågede det hele fra vinduet i soveværelset. Han vidste, at hun stod der.

Jeg er Dina. Vi flyder over strandene. Tæt. Arret er en fakkel mellem tangplanterne. Hans øjne er det grønne hav. Lyset over sandbunden. Som vil vise mig noget. Og skjule noget andet. Han flyder bort fra mig. Bag odderne. Fjeldene. For han kender endnu ikke Hjertrud.

Johan stod på en sten ude på stranden og råbte noget ud til damperen. Leo Zjukovskij nikkede og hilste med hatten.

Så lød fløjten. Skovlene kom i gang. Stemmerne druknede. De grønne øjne hængte hun rundt om halsen.

Lensmandsfamilien var rejst meget tidligt. Anders og Niels befordrede dem i båd. De skulle alligevel til Strandstedet efter det, som de skulle bruge til at reparere staldtaget. Det kunne ikke nytte at overveje at tage træet fra deres egen skov. Der skulle ordentlige mængder og tørre materialer til.

Det endte med, at de tog jægten for at kunne få det hele med. Drengen fra Fagernæsset måtte alene få hestene op over fjeldet i den bagende sol.

Mor Karen forsøgte at føre en fortrolig samtale med Johan om livets egentlige mening. Om døden. Om Johans fremtid. Hans kald.

Dina red alene. Og kom ikke hjem før ud på dagen.

Tomas tog det som et dårligt tegn. Han fandt ud af, at han ville vente med at tale med hende til en anden dag.

251

Midt i det kaos, der opstod ved branden og Johans hjem-komst, var der ingen, der havde fortalt Dina, at de havde roet en lang, stor kasse i land fra damperen.

Da drengen fra kramboden kom med besked, gik hun ned til Andreashuset. Hendes skridt var lange og lette.

Hun havde pakket den ud der, hvor den stod. Den havde stået på kajen et helt døgn!

Lorch følte sig svigtet. Men han bebrejdede hende ikke no-get. Lugten af ham blev mere og mere tydelig, jo nærmere hun kom celloen. Den var godt pakket ind.

Hun tog den varsomt op af kassen. Og prøvede at stemme den her og nu.

Strengene græd til hende. De ville ikke lade sig stemme. Hun talte til Lorch om det. Blev ophidset og ivrig. Skruede og prøvede igen. Men det hele var ikke andet end fortvivlet gråd.

Småbølger slog mod stenene under hende. Gled irriterende sorgløst. Glimtede mellem sprækkerne i gulvet.

Hun hylede, af raseri og skuffelse over, at hun ikke kunne stemme celloen.

Hun ville bære den op i soveværelset. Den skulle nok være helt hjemme, før den ville lade sig stemme.

Men da hun kom ud i solskinnet, så hun det. Den havde opgivet på turen. Celloen. Den var død. Det var sket med den. Den var revnet!

Mor Karen prøvede at trøste hende. Mente, at det var tem-peraturen, og forskel i luftfugtighed langs med den lange kyst.

Dina satte den i soveværelset. I krogen. Ved siden af sin egen. Den døde og den levende. Sammen.

12. kapitel

SÅ GIK DET MIG: OM DAGEN FORTÆREDE HEDEN MIG, OG KULDEN OM NATTEN, OG DER KOM IKKE SØVN I MINE ØJNE.
(Den første Mose Bog, kap. 31, v. 40)

Der var et pusterum mellem høhøsten og kartoffeloptagningen. Så det gjaldt om at blive færdig med at reparere taget, før folkene skulle i gang med andet arbejde.

Hjemmefiskeriet begyndte også så småt at give klipfisk. Den skulle sorteres grundigt, presses sammen i fiskepresseren i portioner på 40 kilo på loftet af pakhuset, for at den kunne lagres til Bergensturene og til eksport.

Den lever, der blev leveret samtidig med fisken, blev brændt til tran senere på efteråret. Da lugtede alle og enhver af tran. Lugten lå som en plage ud over hele gården. Satte sig i håret og det nyvaskede tøj. Satte sig som en ond ånd i de stakler, der var med til tranbrændingen.

Alt tog sin tid. Og krævede folk. Men det gav penge og trygge dage for alle.

Der var problemer med den nye, unge malkepige. Hun var nærmest bange for førerkoen.

Efter branden var det, som om førerkoen og malkepigen gik hinanden på nerverne. Omtrent dagligt lå mælken i båsen, og malkepigen kom grædende ind i køkkenet til Oline.

Dina hørte spektakelet en aften.

Hun gik ud i køkkenet og fik den bedrøvelige historie om mælken, som endnu engang lå på staldgulvet.

– Har du lært at malke ordentligt? spurgte Dina.

– Ja, snøftede pigen.

– Jeg mener, har du lært at malke levende køer?

– Ja, sagde pigen og nejede.

– Og hvordan gør du det så?

253

– Sætter mig ned på malkestolen og tager spanden mellem knæene – og...

– Og koen, hvad gør du ved koen?

– Jeg... tørrer yveret af... ved hun ikke...

– Men ellers?

– Ellers?

– Ja. Tror du, det er en malkestol, du malker?

– Nej...

– En ko er en ko, og skal behandles som en levende ko. Kan du forstå det?

Malkepigen vred sig ængsteligt.

– Hun er så bidsk.

– Hun bliver bidsk, når du kommer for at malke hende.

– Hun var ikke sådan til at begynde med.

– Først efter branden?

– Men hvad er der så i vejen?

– Det er, fordi du er for hurtig, fordi du skal over i folkestuen og se, hvad der foregår der. Du er ligesom en brand – for koen.

– Men...

– Det er det, der er i vejen! Kom! Nu går vi over i stalden!

Dina gik ud i bislaget ved folkestuen og fandt staldtøj frem. Så gik de sammen ud til den brølende ko.

Dina satte spanden og malkestolen fra sig et stykke fra båsen. Så gik hun helt hen til den og lagde hånden på halsen af koen. Tungt og roligt.

– Du må give dig nu! sagde hun lavt og strøg hen over det prustende dyr.

– Pas på, hun er bidsk, advarede malkepigen hende ængsteligt.

– Det er jeg også, svarede Dina og strøg hen over koen.

Malkepigen stod med store øjne.

Dina gik helt ind i båsen og vinkede også malkepigen derind. Tøvende satte hun den ene fod foran den anden.

– Så. Vær nu god ved koen, befalede Dina.

Og malkepigen klappede koen. Først nervøst. Så mere roligt.

– Se hende ind i øjnene, befalede Dina.

Og malkepigen gjorde det så godt, hun kunne. Koen faldt efterhånden til ro og tog et par mundfulde af høballen i krybben.

– Tal til hende som til et menneske! befalede Dina. – Tal om vejret og om, hvordan sommeren har været.

Og pigen startede en slags samtale med koen. Først lidt uroligt og klagende. Så mere roligt, til sidst næsten inderligt.

– Lad hende se spanden og kluden og tal hele tiden, sagde Dina og vogtede over dem, mens hun trak sig ud af båsen.

Det endte med, at koen vendte sit store hoved om og så på malkepigen med omtanke og forståelse, mens hun malkede.

Pigen strålede. Mælken spruttede i hårde, hvide stråler ned i spanden og skummede ud over kanten.

Dina stod der, til hun var færdig.

Mens de gik op til gården med mælkespandene, sagde Dina alvorligt:

– Fortæl koen om dine sorger, min pige! Om din kæreste! Køer kan godt lide historier!

Malkepigen skulle lige til at takke for hjælpen, men blev forskrækket stående.

– Jamen, hvad hvis der var nogen, der hørte det? spurgte hun beskæmmet.

– Så vil de blive ramt af lynet og ulykken! sagde Dina alvorligt.

– Men hvis de nu sladrede om mig i hele bygden, før lynet slog ned?

– Det sker ikke, sagde Dina trygt.

– Hvor har du lært alt det? spurgte malkepigen.

– Lært? Jeg er vokset op i lensmandens stald, sagde hun kort. – Men det skal du ikke snakke om, for lensmanden er mere bidsk end nogen ko.

– Lærte du at malke der?

– Nej, det lærte jeg i et husmandssted. De havde kun en ko.

Pigen så underligt på hende og slugte sit næste spørgsmål.

Den unge malkepige kunne ikke glemme, hvilken madmor hun havde. Fortalte det til alle, der ville høre det. Om fruen, der var så god mod dyr. Så venlig og hjælpsom.

Hun broderede på historien, så den gik fra gård til gård. Til triumf for både Dina, malkepigen og koen.

Og det blev klart, at Dina på Reinsnæs kunne mere end sit fadervor. Og at hun stod på småfolks side. Folk blev mindet om historien med stalddrengen Tomas. Som hun var vokset op sammen med. Han nød respekt og havde ansvar på Reinsnæs.

Så var der lappepigen Stine. Med et dødt og et levende uægte barn! Indlemmet i familien. Og hun havde båret drengen Benjamin over dåben!

Der blev digtet små detaljer, der gjorde historierne gode at fortælle, og som uddybede Dinas interesse for småkårsfolk. Hendes retfærdighedssans. Hendes store, gavmilde hjerte.

Det endte med, at de mindre flatterende historier om Dina mistede deres magt. De var nærmest en særhed, der adskilte hende fra andre husfruer og madammer. Og som gjorde hende endnu mere speciel og stærk.

Hedelyngen farvede vejen rødviolet. Store dråber faldt ned over dem som regn, når de red ind under træerne. Solen var kun et øje, uden kraft eller varme. Og bregnerne daskede dorsk mod hestenes fødder.

Da begyndte Tomas at tale til Dina. Fordi han længe havde følt, at hun stirrede direkte igennem ham, som var han luft.

– Dina ser måske helst, at jeg finder mig en plads et andet sted?

Dina holdt hesten an og svingede sig over mod ham. Hendes øjne røbede, at hun var overrasket.

– Og hvad får dig til at sige det?

– Jeg ved det ikke, men...

– Hvad er det, du prøver at sige, Tomas?

Hendes stemme var lav, slet ikke afvisende, som han havde frygtet.

– Jeg tænker... jeg tænker så ofte på den dag. Bjørnejagten... Tomas gik i stå.

– Fortryder du noget?

– Nej! Nej, det må du aldrig tro!

– Du ville gerne gå mere på bjørnejagt?

– Ja...

– I soveværelset?

– Ja! sagde han fast.

– Og tror du, at du kunne blive gammel på Reinsnæs, hvis folk begyndte at snuble over dig på gangen på loftet?

– Det ved jeg ikke? hans stemme var tyk. – Men ville du, kunne du...

Han greb efter hendes tøjler og så hende fortvivlet ind i øjnene.

Tomas. En hest, der var angst for de store forhindringer. Alligevel sprang han.

– Kunne du? gentog han.

– Nej, sagde hun brutalt. – Jeg er Reinsnæs. Kender min plads. Du er modig, Tomas! Men du kender også din plads.

– Men hvis det ikke havde været for det, Dina? Kunne du så...?

– Nej, sagde hun og kastede håret væk fra ansigtet. – Så ville jeg rejse til København.

– Hvad skulle du der?

– Se hustagene. Og tårnene! Studere. Finde ud af alt om tallene. Hvor de gemmer sig, når de ikke er synlige. Ved du, Tomas, at tallene er bestandige. Sådan er det ikke med ord. Ordene lyver hele tiden. Både når folk siger dem, og når de tier stille... Men tallene! De er faste!

Hendes stemme. Ordene. Var som snerten af en pisk. Som ramte ham. Der blev ikke vist ham nåde.

Og alligevel! Hun talte til ham! Om noget, som hun spekulerede på. Hvis han ikke kunne komme op i soveværelset, så ville han i hvert fald gøre sig umage for at få noget at vide om, hvad hun tænkte.

– Ham Benjamin, Dina?

– Benjamin?

– Ja, er han min? hviskede han.

– Nej! sagde hun hårdt og gav Sorte et skub med skosnuden og red fra ham.

257

Jeg er Dina. De levende har også brug for nogen. Ligesom dyr. Har
brug for, at nogen stryger dem over flankerne og taler til dem.
Tomas er sådan et dyr.

Jeg er Dina. Hvem stryger mig over flankerne?

Flaghøjen var et godt sted. Det blæste næsten altid deroppe.
Intet var bestandigt, alt var flygtigt og i evig bevægelse. Strå
og blomster, fugle og insekter. Snefnug og driver. Vindene
boede på den høj.

Men selve højen stod fast. Den græsbeklædte, knudrede,
forblæste høj, hvor ejeren af Reinsnæs for mange år siden
havde ladet en flagstang mure ned. Den stod stoltere end de
fleste flagstænger ved kysten. På trods af at beliggenheden
var i vejen for enhver vind og alle slags uvejr.

For det meste lod det sig gøre at bøde på flaget. Men ikke
sjældent måtte der bestilles et nyt. Den udgift var der ikke
grund til at klage over. For flaget på Reinsnæs kunne ses på
lang afstand i Sundet, både når man kom syd- og nordfra.

Dina havde altid kunnet lide den forblæste knold. Dette
efterår så det ud, som om hun havde taget bopæl deroppe.
Eller hun greb celloen. Strengene hvinede. Folkene holdt sig
for ørerne, og Mor Karen selv kom hinkende ud på gangen og
kaldte hende ned.

Eller hun klatrede op i rønnebærtræet. For at mane Jacob
frem, så hun kunne have en at hævne sig på.

Men de døde skyede hende, når hun var sådan. Det var,
som om de forstod, at de ikke var i hendes verden. At denne
Barabbas var den eneste.

»Jeg kommer sydpå før vinteren«. Men Dina kunne ikke ven-
te på vinter. Hun var ikke indrettet sådan, at hun kunne ven-
te. Hun greb efter Sortes mule oftere end før. Satte en gynge
op i træerne til Hanna og Benjamin. Men først og fremmest
gik hun op på flaghøjen, så snart hun så et sejl på havet.

Og hun stod der, når der var besked om, at damperen gik
sydpå.

258

Hun pressede Johan for at få at vide, hvor denne Leo skulle hen.

Han rystede på hovedet, men så underligt på hende. Hun havde lagt sig blot. Han gik hen til hende og lagde hånden på hendes skulder. – Denne Leo skal du ikke vente på. Han er som vinden. Han kommer aldrig tilbage, sagde han overlegent.

Hun rejste sig brat op i hele sin længde. Før nogen af dem vidste, hvad der skete, havde hun slået ham i gulvet med et eneste slag.

Hun blev stående og så på ham et øjeblik. Så gled hun ned på gulvet og tog hans hoved i sit skød. Klynkende som en pisket hund. – Du, som er præst og det hele, du skal ikke forsværge noget. Kan du ikke forstå det? Forstår du ingenting? Ingenting...

Hun tørrede det blod, der løb fra hans næse og fik ham tilbage til virkeligheden igen. En lykke var det, at der ikke kom nogen.

Ingen af dem indviede andre i episoden. Men Johan fik en refleksbevægelse, som nogle gange virkede underlig på folk, der så den. Hvis Dina gjorde en uventet og pludselig bevægelse, dukkede han sig lynhurtigt. Så fik han et skamfuldt og plaget udtryk.

Det trak i langdrag med Johans kald. Han havde sagt, at han var interesseret i noget både i Nordland og sydpå. Men det var, som om de havde glemt hans eksistens.

Dina lod Mor Karen og Johan fortsætte med deres. Jacob var fraværende og slap. Hjertrud smuttede ud mellem sprækkerne i taget uden et ord. Det skete gang på gang.

Benjamin lod sig løfte op på skødet med et forbavset udtryk i de lyse øjne. Men blev hurtigt træt af den hårdhændede, krævende facon, gled ned fra hendes skød og løb ud ad døren.

Hun var som en søvngænger. Som læste i Hjertruds sorte bog. Om retfærdige og uretfærdige.

Som slog hårdt. Kærtegnede hårdt og svor hævn.

De første frostnætter kom. Og satte is på vandpytter og glemte ribs. En aften kom sneen som et lille lån, men med et stort truende vindstød efter sig. Det var ikke længere »før vinteren«.

Dina forhalede Olines sædvane med at hente sengetøj og tæpper fra pakhusloftet i rette tid.

– Det er for tidligt til vintertøj! sagde hun stædigt.

Med det blandede hun sig utilgiveligt i den andens domæne. Oline tabte ansigt over for folkene. Dina og Oline var som to isbræer. Med en dyb fjord imellem.

En nat jog kulden tværs igennem vattæpper og lagner og helt ind i sjælen.

Næste dag gik Dina ud i stalden til Tomas. Bøjede sig over den hesteryg, han stod og striglede, puffede til ham, sådan som hun plejede.

Deres øjne mødtes med forskellige budskaber. Hans: Overrasket, spændt, lyttende. Hendes: Rasende, befalende, hårdt. En snerrende besked om, at han skulle rydde op på pakhusloftet og bære vintertøjet ind. Som om han var i unåde.

Da han spurgte, hvem der skulle hjælpe ham, gjorde hun det klart, at han skulle gøre det alene.

– Men Dina! Det vil tage hele dagen og aftenen med!

– Gør som jeg har sagt!

Han bed svaret i sig.

Vinteren havde vist tænder.

Tomas havde en lygte med. Han kom mod hende med bøjet hoved uden at vide, at hun var der. Så sig for for hvert skridt. Der kunne ligge noget, som en eller anden havde glemt på gulvet, og det kunne få en stakkel til at lægge sig med næsen i støvet.

Hun trådte pludselig frem fra krogen.

Tæpperne hang på stokke lige ned som store, bløde vægge. Opslugte lydene. Begravede dem for altid.

Ude var der hårdfrossen jord og fuldmåne bag de drivende skyer. Ikke noget at komme efter for folk, der ville tyde spor. Hendes raseri sad godt og dybt.

»Jeg kommer sydpå før vinteren«, drillede månen tværs gennem skyerne og det gamle pakhustag.

Hun bed sig fast i Tomas som en udsultet hund. Gav sig knapt nok til kende, før de var væltet omkuld i tæpperne.

Det varede et stykke tid, før han fattede, hvad der foregik. Det første gisp af smerte og skræk pressede sig ud, idet han mærkede hendes tænder i halsen og hendes arme rundt om sig. Så lod han sig trække overende mellem to sommerluftede tæpper af skumfarvet uld. Det var kun lige, han reddede lygten. Den stod blufærdigt og så på.

Dina var smerte eller nydelse. Om han var i soveværelset foran den sorte etageovn eller på pakhusloftet, var ligegyldigt for ham. Selvom himmelen kastede sig over ham som en sort høg, så var den alligevel en – himmel.

Hun rev sjalet af og knappede sit kjoleliv op. Trak skørterne op over midjen. Så spændte hun sin stærke, store krop mod ham uden indledning.

Han stod på knæ på tæppet og stirrede på hende i det gule lygteskær. Så løsnede han det mest nødvendige. Så hurtigt, at det hele blev filtret sammen, og hun måtte hjælpe.

Flere gange ville han sige noget. For han følte trang til at velsigne hende. Han skulle så nødvendigvis have fremsagt fadervor.

Men hun rystede på hovedet og voksede ind i mørket med ham. Hendes krop var som et glat fjeld i måneskin. Lugtene fyldte hjernen og lukkede alt andet ude. Fik det til at trække og eksplodere i alle muskler. En lyst så stor, at den kunne fylde en kirke! Sætte et stenskred i gang, en stormflod. Frådende, mægtig og våd.

Han blev ført væk med den. Lod sig drive ud på dybet. Bølgerne slog op over hovedet på ham.

Nu og da kom han op og prøvede, om han kunne tugte hende.

Hun lod det ske. Så trak hun ham ned igen. Ned til tangskoven. Salt tang og kåde havstrømme. Hun trak ham hen over stranden, hvor vandet havde trukket sig tilbage, og blæretangen sendte æggende dufte lige ind i hans næsebor. Hun red ham ud på grundt vand, hvor fiskestimerne stod side om side. Bug mod bug. Han kunne mærke lugten af dem. Følte, at de slog halerne hen over hans hofter. Sådan!

Så var de ude på det dybe. Og han sansede ikke mere. Luft og væske blev presset ud af ham med en vældig kraft, idet hun red ham i land på stranden. Han havde store fiskekroge og fiskeknive i lysken og i brystet. Mellemgulvet var et sprukkent skyllekar. Han kunne lige så godt dø. Han var nået frem til det sted, hvor han skulle være.

Men han døde ikke. Hun lod ham varsomt blive liggende. I vandkanten. Han var en ung birkegren. Knækket af stammen i et voldsomt uvejr. Stadig med løvet og farven i behold. Ellers intet. Bortset fra dette ene: At have givet – og taget imod.

Ikke et ord var der blevet sagt derinde. Udenfor var det blåviolet dag. Måger kradsede på taget. Raseriet var levet ud. Ikke smukt, men stærkt som havtroldens.

Hjertrud kom uventet frem fra krogen og prøvede at slukke lygten. Det var, mens de lå udstrakte og begyndte at trække vejret roligt.

Hun bøjede sig ned for at blæse flammen ud. Tæt, tæt ved Dinas arm. Hendes skørtekant slog hen over armen.

– Nej! udbrød Dina. Strakte sig lynhurtigt og trak lygten til sig.

Hjertrud veg og forsvandt.

Dina sad tilbage med brændte fingre.

Tomas havde rejst sig op for at se på dem. Holdt om hende. Og fandt på trøstende ord, mens han pustede på hendes hånd. Som om hun var Benjamin...

Hun ville trække hånden til sig. Han havde ikke set Hjertrud! Havde ikke forstået, at hun ville gøre verden mørk for dem.

Dina klædte sig langsomt og grundigt på. Uden at se på ham. Da han tog om hende, før de gik, lagde hun sin pande mod hans et øjeblik.

262

– Tomas! Tomas! sagde hun kun.

Tæpper og udstyr kom også i hus det år.

Tomas bar bylter så høje som hølæs. Han brugte alt, hvad han havde af jern i kroppen. Uden at kny. Før aftensmaden var det gjort. Da slog han hul på isen i vandtønden på gårds-pladsen og dukkede hele hovedet og overkroppen ned. Flere gange. Så tog han en ren skjorte på og gik ind til Oline og aftensgrøden.

Det var begyndt at sne. Varsomme, hvide totter. Vor Herre var god og diskret. Synden er ofte ikke så stor, som synderen tror. Tomas var den lykkeligste synder i Nordland.

Hans krop var mørbanket af uvante bevægelser. Mellem tæpper og ved fragten af skindtæpper. Hver eneste muskel var som et sår. Han nød det med stor fryd og udmattelse.

13. kapitel

INDTIL DAGENS LUFTNING KOMMER, OG SKYGGERNE
FLY, VEND OM, BLIV LIG, MIN ELSKEDE! MED EN RÅ EL-
LER EN UNG HJORT PÅ ADSKILLELSENS BJERGE!
(Salomo' Højsang, kap. 2, v. 17)

Stine lærte Hanna og Benjamin at styre deres forventninger
ved at give dem opgaver, de kunne magte.

Nogle gange blev de trætte af den mødrende hånd, og kom
tumlende ind ad døren til soveværelset.

Dina smed dem sjældent ud, men det skete, at hun krævede
ro eller ikke ville tale med dem. Eller at hun satte dem i gang
med at tælle alle de ting, der var i værelset.

Benjamin hadede denne leg. Han føjede Dina i håb om, at
hun skulle se ham, når han havde talt et stykke tid. Men han
snød med tallene og huskede resultaterne fra sidste gang. Bil-
leder, stole og bordben.

Den lille Hanna var ikke helt fortrolig med talsystemet og
kom sørgeligt til kort.

Eftersom Johan endnu ikke havde fået et kald, blev det be-
stemt, at han skulle blive på Reinsnæs vinteren over som læ-
rer for Benjamin.

Det var Hanna, der mest trofast gik i hælene på ham. Benja-
min var ikke helt fortrolig med denne voksne bror, som skulle
lære ham i det uendelige.

Det var 14 dage før jul. Den travleste tid på året. Oline gav
sine ordrer. Anders, Mor Karen og Johan var på indkøb for at
ordne nogle ærinder før højtiden, da Benjamin og Hanna kom
ind i soveværelset til Dina. De klagede over, at Johan havde
sagt, at Benjamin skulle læse, når det for mange dage siden

var blevet bestemt, at de skulle støbe helligtrekongerslys på denne dag.

– Dagen er lang. Benjamin kan både læse og støbe lys! sagde Dina.

Hanna for uroligt rundt i værelset. Hun var som en hvalp, der stødte ind i alt det, der var i vejen. I farten kom Hanna til at rive tæppet af Lorchs cello.

Dina stirrede på instrumentet. Revnen var der ikke! Den var hel!

Hanna gav sig til at græde, fordi hun troede, hun havde gjort noget meget forkert, da tæppet faldt ned, og Dina kom med et højt udbrud.

Stine hørte gråden og kom løbende.

– Lorchs cello er hel igen! råbte Dina.

– Det kan ikke passe?!

– Den er i hvert fald hel!

Dina bar celloen hen til den nærmeste stol. Sagte, uden at ænse de andre, begyndte hun at stemme instrumentet.

Da de rene toner strømmede ud i huset, løftede alle hovedet, og Hanna holdt op med at græde.

Det var første gang de hørte Lorchs cello på Reinsnæs. Den havde et mørkere budskab end Dinas cello. Havde en vildere tone og mere kraft.

I timevis var der ikke andre lyde, der var værd at lytte til. Ikke engang, at damperen kom sydpå.

Kun Niels var på sin plads som sædvanligt. Det sneede tæt. Båden var flere timer forsinket.

Der var ikke mange rejsende så sent på året. Kun en høj, mørk skikkelse med en oksehuds rejsetaske i hånden og en køjesæk over skulderen. Han havde en stor ulveskindshue på hovedet og ulveskindsfrakke og var ikke let genkendelig i adventsmørket.

Men Tomas stod i stalddøren, da manden kom op fra stranden sammen med Niels. De gik over gården hen til trappen ved hovedbygningen.

Tomas hilste stift på den fremmede, da han fik øje på det ar, manden havde på venstre kind. Så gik han ind i stalden igen.

Leo Zjukovskij bad høfligt om husrum i nogle dage. Han var træt efter flere dage i stormvejr i Finmarken. Han ville ikke forstyrre. Kunne høre, at fruen musicerede...

Hele tiden spillede Lorchs cello deroppe. Dybt og klangfuldt, som om der ikke nogensinde havde været en revne.

Leo Zjukovskij blev trakteret meget enkelt i køkkenet hos Oline efter eget ønske.

Han hørte om celloen. Som havde været revnet i flere måneder, og som ved et under var blevet hel. Og om Dinas glæde over det gamle instrument, som hun havde arvet fra den stakkels kandidat Lorch.

Niels holdt ham med selskab et stykke tid. Men da Stine kom ind sammen med børnene, undskyldte han sig med, at han havde arbejde, der skulle gøres og gik.

Stine ville fortælle Dina, at der var kommet gæster. Leo Zjukovskij ville absolut ikke have det. Men hvis de kunne åbne dørene til gangen, så han bedre kunne høre musikken...

Manden spiste grød med Olines hindbærsaft til. Han satte stor pris på at få lov til at sidde i hendes køkken, sagde han og takkede for maden ved at bøje sig let og kysse hende på hånden.

Oline havde ikke været genstand for kurtoisi, siden Jacob døde. Hun blev hektisk. Talte ivrigt om huset og folkene og landbruget. Der gik en time. Oline passede nødtørftigt sine gøremål, gik til og fra.

Leo lyttede. Hvert øjeblik så han hen mod døren. Det vibrerede svagt i hans næsebor. Men hans tanker var gemt inde under den alvorlige, høflige pandebrask.

Oline var himmelfalden over, at han ikke var for fin på den til uopfordret at putte brænde i ovnen. Uden nogen som helst dikkedarer. Hun nikkede beundrende til manden.

Lorchs cello græd. Tomas gik ikke ind til aftensmad. Russeren sad i køkkenet!

Dina var nede for at hente vin for at fejre Lorchs cello. Hun kendte ikke den ulveskindspels, der lå over stolen ved trappen.

266

Men oksehudstasken genkendte hun. Både synet og lugten af den ramte hende med sådan en kraft, at hun måtte holde sig fast.

Hendes store krop lagde sig ud over gelænderet. Sammenkrøbet, som om en stor smerte ramte hende. Grebet rundt om det glatte, runde træværk blev vådt af sved på et øjeblik. Hun satte sig ned på trappen og hvæsede, da Jacob gav sig til kende.

Men han var ikke noget værd. Lige så overrumplet som hun selv.

Sagte trak hun op i skørterne, satte et knæ ud til hver side for at få placeret fødderne på trinnet under sig. Fast. Hendes hoved hang mellem hendes hænder, som om det var blevet hugget af og lagt i hendes varetægt.

Hun sad, indtil hun blev fortrolig med mørket i gangen, hvor der kun var det sparsomme lys ved spejlet. Så rejste hun sig uendeligt langsomt og gik ned ad trappen. Greb grådigt rejsetasken. Som for at kontrollere, at den virkelig var til. Så åbnede hun den og greb fat i det, der lå i den. Fandt en bog. Også denne gang. Sukkede og stak den inden for sit sjal. Så lukkede hun tasken.

Lyset blafrede, da hun rejste sig op. Hun havde taget et pant.

Hun gik op ad trappen igen. Stille. Fyrede ikke mere i ovnen. Ingen skulle høre ovndøren blive lukket.

Og hun lagde sig fuldt påklædt med blikket rettet mod dørklinken. Nu og da bevægede hun læberne. Men der kom ikke en lyd. Intet skete. Og Jacob sad på sengekanten og så på hende.

Stine viste gæsten op på kvistværelset. Han havde ikke villet have, at de skulle fyre for hans skyld. Han var i udmærket stand og gloende varm, sagde han.

Stine listede sig ind efter håndklæder og satte varmt og koldt vand i kander derop.

Han bukkede og takkede, mens han så sig om i værelset. Som om han ventede, at noget skulle komme ud af væggene.

En af pigerne, Tea, var sendt op efter noget. Hun stod og tøvede ved linnedskabet og sendte øjekast ind i værelset. Ville også have sin del af den fremmede.

Noget ved manden gjorde Stine forlegen. Hun skyndte sig, og trak sig baglæns ud ad den åbne dør, mens hun hviskede godnat.

– Dina Grønelv er gået til ro for natten? spurgte han, idet hun skulle til at forsvinde.

Stine blev forvirret.

– Hun spillede for et lille stykke tid siden... Skal jeg se efter?

Leo rystede på hovedet. Han tog de få skridt over gulvet til hende og blev stående i døråbningen.

– Hun sover der? hviskede han og nikkede ind i mørket i retning af soveværelset.

Stine blev ikke engang stødt over et så uhøvisk spørgsmål, så forbløffet blev hun. Nikkede bare og trak sig ind i mørket mod det kammer, hvor hun og børnene sov.

Der blev stille i det store hus. Natten var ikke så kold. Men sort med en tung himmel. Indenfor var der en mørk gang med to lukkede døre.

Lysene i soveværelset blev holdt under opsyn fra loftet over folkestuen. For Tomas var natten et helvede. Sad i kroppen som en umættelig igle, da dagen brød frem.

Tea startede med at sige, at russeren med arret var kommet med damperen om aftenen. Hun var kommet op i soveværelset for at fyre om morgenen.

– Ham, som var her i efteråret, da staldtaget brændte! tilføjede hun.

– Jaså, sagde Dina nede fra puderne.

– Han havde en køjesæk og en rejsetaske med. Han ville ikke have, at vi skulle forstyrre fruen. Bad os om at lukke døren til gangen op, så han kunne høre celloen... sad i timevis i køkkenet. Oline var segnefærdig af træthed, varmen i ovnen gik ud og alt muligt!

– Var Niels der ikke?

– Jo, et stykke tid, de tog en pibe eller to. Men ikke punch...

– I køkkenet?

– Ja.

– Sagde han, hvad han skulle?

– Nej, han bad bare om mad og logi, der havde vist været voldsomt uvejr nordpå. Han sagde ikke så meget, spurgte kun. Om alt muligt. Men Oline snakker i et væk om alt muligt!

– Ti stille om hende Oline! Skal han vente på den næste damper?

– Var Stine der ikke?

– Jo, det var hende, der fulgte ham op på værelset med vandet og sådan noget... Jeg hørte, han spurgte, om fruen sov herinde, og...

– Schyh! Lad være med at skramle så meget med ovndøren!

– Det var ikke meningen...

– Nej.

– Jeg mente bare, at han... han havde vel lyst til at snakke...

– Du mener det, du mener, men hold op med at slå med ovndøren.

– Javel.

Tea gjorde sig færdig. Næsten lydløst.

Varmen begyndte at fordele sig i værelset. Det rungede og kværnede i den store, sorte mave.

Dina blev liggende, stadig fuldt påklædt, indtil Tea var forsvundet, og hun hørte, at hun bankede på døren ind til gæsteværelset.

Da stod hun op og vrængede den underlige nat af sig og lagde den på en stol. Stykke for stykke. Lod lunkent vand risle ned over sin nøgne hud og tvang Jacob på afstand.

Hun brugte lang tid på at børste hår og klæde sig på. Valgte et sort klædesskørt med rustrødt liv. Ikke nogen broche eller noget pynt. Bandt et mosgrønt strikket sjal rundt om skuldrene og taljen som en tjenestepige. Så tog hun en dyb indånding og gik langsomt ned til morgenmaden.

Mor Karen var lige kommet fra Strandstedet og beklagede sig over, at hun ikke havde været hjemme aftenen før, når der var kommet en gæst.

Oline var stødt over et eller andet, hvad det så end var, og snerpede munden faretruende sammen.

Dina mente med en gaben, at det vel ikke kunne være så farligt, han var jo hverken embedsmand eller profet. Det kunne vel gøres godt igen med en middag midt i advent.

Mor Karen begyndte med at befale, at der blev lavet stort morgenbord med alt godt.

Oline sendte hendes ryg et rasende blik og tænkte på alt det, hun skulle nå den formiddag. Bagekonen skulle komme dagen efter. Alt var så forsinket. Der havde været så meget med mæslinger og anden sygdom rundt omkring i bygderne, som fik folk til at ligge i sengen i dagevis. Al hjælp, der var bestilt udefra, var forsinket. Og den nye hjælp i stalden var endnu så uøvet, selvom hun var tjenstvillig. Stine havde vist nok at se til med børnene, og Dina var ikke til nogen hjælp med det huslige.

Hvad skulle en anden stakkel så gøre? Stor morgenmad! Puha!

– Nå, Leo Zjukovskij gæster os, før det bliver sommer? Dinas stemme var iskold.

Hun hørte ham komme ned ad trappen og gjorde sig et ærinde ud på gangen.

Det smil, han havde sendt hende, stivnede.

– Måske tager man ikke imod så tæt på jul på Reinsnæs? spurgte han, mens han kom hen til hende med fremstrakte hænder.

– På Reinsnæs tager vi altid imod, både dem, der har lovet at komme og de andre...

– Så kommer jeg ikke ubelejligt?

Hun blev stående og så på ham uden at svare.

– Hvor kommer han fra? spurgte hun og gav ham hånden.

– Nordfra.

– Nordfra er både vidt og bredt.

– Ja.

– Bliver han længe i vores hus?

Han holdt hendes hånd mellem begge sine, som om han ville varme den.

270

– Indtil næste damper, hvis det går an? Jeg vil ikke være til besvær.

– Har han de samme gode cigarer med som sidst?

– Ja.

– Så tager vi en på fastende hjerte før morgenmaden! Der kom forresten en bog med uforståelige tegn på russisk ind til mig i soveværelset. I nat.

Smilet sad i begge hans øjne. Men han var alvorlig.

– Den kan du beholde så længe... Bøger bliver så fugtige, indbindingen går op under de evige sørejser. Men jeg vil gerne oversætte digtene. De er som smykker. I en gal verden. Jeg kan skrive en oversættelse, som hun kan lægge ved. Kender hun Pusjkin?

– Nej.

– Jeg vil gerne fortælle om ham, hvis det har nogen interesse.

Hun nikkede. Hendes øjne afspejlede stadig det blinde raseri.

– Dina..., sagde han blødt.

Frosten havde lavet isblomster på alle vinduerne. En svag duft af røgelse sivede ud fra stuen.

– Barabbas er ikke smed, hviskede hun og gned hans håndled med sin pegefinger.

271

14. kapitel

HAN OPLOD EN KLIPPE, OG DER FLØD VAND, DET LØB
IGJENNEM DE TØRRE STEDER, SOM EN FLOD.
(Salmernes Bog, salme 105, v. 41)

Niels bevægede sig i skyggen af Leo, som om han søgte russerens beskyttelse. Han kom oven i købet i hovedbygningen til måltiderne og sad i rygeværelset om aftenen. De to førte lange, lavmælte samtaler.

Anders var travlt optaget af at forberede fiskeriet på Lofoten efter julehøjtiden. For til og fra. Han havde gjort det godt med en af fembøringerne ved sejfiskeriet ud for Andenæs. I det sidste år havde han heddet »Sejkongen« langt uden for sognet. Nye garn var blevet købt, både bundgarn og landdragningsvod.

En dag, hvor lensmandens var på besøg, kom Anders med nogle tegninger, da de skulle gå til bords. Stolt som en pave bredte han dem ud på en ledig plads.

Det saltede kød stod og dampede og ventede, mens alle så på herlighederne.

Anders ville bygge et hus på den ene båd og sætte en ovn ind, så de slap for at gå i land for at lave mad. Så kunne de sejle både nat og dag og sove under tag på skift.

Lensmanden nikkede og trak sig i skægget. Det så lidt klodset ud, mente han, med det kunne nok godt gå an. Havde han rådført sig med Dina om sådan en ombygning?

– Nej, sagde han bare og skulede hen til Dina.

Niels mente, det var galimatias at tænke på den slags. Og hvor ville båden blive grim! Høj og uregerlig og ikke til at bugsere.

Leo mente, at det var en god idé. De primitive russiske lodjer var også klodsede, men de var gode på havet til deres brug alligevel. Han så på de tegninger, som Anders viste frem, og nikkede anerkendende.

Mor Karen slog hænderne sammen og roste ideen, men formanede dem alle om at gå til bords, så maden ikke blev kold.

Dina skubbede til Anders' skulder og sagde blidt:

– Anders er en flink mand! Der skal nok komme hus på båden.

Et øjeblik så de på hinanden. Så foldede Anders tegningerne sammen og satte sig. Han havde fået det, som han ville.

Jeg er Dina. Eva og Adam havde to sønner. Kain og Abel. Den ene slog den anden i hjel. Af misundelse.

Anders slår ikke nogen i hjel. Men det er ham, jeg vil beholde.

Niels' tilstedeværelse ved bordet og hans bestandige henvendelser til Leo lagde sig som insekter i Dinas mad. Hun vogtede først på ham med sit lille smil, så krævede hun Anders' og Leos opmærksomhed.

Stine sad også på vagt, så længe Niels var til stede. Hun brugte sin lave, indtrængende stemme til børnene af og til, når der var noget i vejen. Myndigt og blidt behandlede hun dem. Stik mod almindelig husorden sad de til bords med de voksne. Når de var færdige, måtte de gå. Det var vanskeligt at få børnene i seng. Men der blev ikke brugt ris på Reinsnæs. Dina havde bestemt den ting. Hvis man kunne ride en vild hest uden at gøre andet end at vise den pisken, så kunne man klare to små børn uden anden tugt end at se på dem.

Stine var ikke altid enig, men det holdt hun for sig selv. De gange, hvor hun så sig nødsaget til at trække Benjamin i håret, blev det mellem dem.

Benjamin godtog Stines afstraffelser, fordi de altid var retfærdige. Desuden kom der en speciel lugt fra Stine, når hun anstrengte sig. Den lugt havde velsignet Benjamin, lige fra han var spæd.

Han accepterede hendes hånd, når den revsede i affekt eller ro, som man accepterer skiftende vejr og årstider. Han bar ikke nag og græd straks ud.

Hanna var anderledes. Hende skulle man ikke tugte, uden at hun vidste hvorfor. Det kunne i så fald udløse et helt skred

273

af lyde, angst og hævn. Hvor ingen andre end Benjamin kunne trøste.

Præcis den dag, hvor lensmanden var på visit før jul med sine drenge, passede det Benjamin at være særligt urolig ved bordet.

Lensmanden mumlede irriteret, at det var for galt, at der var to børn, der voksede op på Reinsnæs uden en fars tugt.

Stine bøjede hovedet i blodrød skam. Niels så ind i væggen, som om han havde fået øje på et sjældent insekt midt om vinteren.

Men Dina lo og sendte både Benjamin og Hanna fra bordet med besked om at spise færdigt hos Oline.

– Jeg kan ikke se, at far var en betingelse for, at jeg kunne vokse op. Og det ved da alle.

Det virkede, som om der var en, der havde sendt en spytklat lige i hovedet på lensmanden.

Mor Karen så fortvivlet fra den ene til den anden. Men hun kunne ikke finde på noget at sige. Stemningen blev som harsk fedt i stuen, da Dina tilføjede:

– Barnet Dina så kun lidt til sin fars hånd, mens hun blev opfostret hos husmandsfamilien på Helle. Og nu sidder hun på Reinsnæs.

Lensmanden skulle lige til at fare op i vrede. Men Dagny tog ham fast i armen. Hun havde udtrykkeligt givet ham besked. Hvis han ikke kunne holde husfred med Dina, mens de var på besøg på Reinsnæs, så ville hun aldrig sætte sine ben der mere.

For Dinas hævn og ondskabsfulde svar, når lensmanden irettesatte hende, gik også ud over Dagny. Ja, egentlig var det kun hende, der blev ydmyget. For lensmanden var lige så tykhudet over for skrammer og slagsmål som en hvalros i parringstiden.

Han tog sig kraftigt sammen, og lo dæmpet ad det hele, som om det var en spøg. Så begyndte han at tale ivrigt med Anders om huset på båden.

Under resten af måltidet var Leos øjne to falke over de mennesker, der sad ved bordet.

274

Det så ud, som om alle var lammede af alt det, Dina ikke sagde, da hun udslyngede sit uforskammede svar.

Stine løftede ikke blikket, før hun var vel ude af stuen en halv time senere.

Aftenen blev kort. Folk gik tidligt til ro, og lensmandens tog hjem næste morgen.

Mor Karen prøvede at bøde på skaden. Sendte rigeligt med gaver med og talte blidt til Dagny før afskeden.

Det behagede Dina at sove over sig, så hun måtte råbe farvel fra soveværelsesvinduet, da de traskede ned til stranden.

– Hav en velsignet julehøjtid, råbte hun smørblidt og vinkede.

Lige fra kulsort morgen til eftermiddagens mørke drømmesyner over de frosne spor i sneen forandrede disse dage før jul sig. Hektisk travlhed gik langsomt over i aften og tung ro. Selv dyrene blev smittede af denne rytme, selvom de næsten ikke så dagslys.

Lorchs cello hørtes fra soveværelset i de sene aftner, og der var tændt lys i alle vinduer. Der blev ikke talt så meget om at spare på lyset. Ellers var der til hverdag en kvote på seks lys i stuen ved vintertide. To lys samtidig. Plus de fire store lamper.

Der lugtede af grøn sæbe og bagværk, birkeved og røgelse. Oline havde haft bagekone, noget, der gav en salig duft i køkkenet og anretterværelset. Men noget arbejde betroede hun ikke andre end sig selv. Butterdejen for eksempel. Den blev til mellem hendes melede hænder på det store bord i bislaget. Med åben dør lige ud til den iskolde decemberaften.

Hun tronede som et stort, geskæftigt dyr, iført kørepels og med bagetørklædet over håret. Ansigtet blev hvidt, og der kom efterhånden røde roser af kulde på kinderne.

Det flade, bløde brød lå i madtejner på pakhusloftet. Kagerne i det store spisekammer. Kødrullerne lå i pres under skrue-

275

fjæle i kælderen. En hel dag hørte man hakkekniven fra bryg-
gerset, før Oline havde fået taget vare på de hakkede pølser.
Den rødbrune osteret var sat i krukker for at trække med
kanel og med et linnedklæde over. Brødene var lagt i kasser
og kister og skulle også slå til til Lofotturen.

Vel var der mange kamre og værelser på Reinsnæs. Så Dina
kunne nok godt have fået Leo Zjukovskij for sig selv, hvis hun
havde anstrengt sig. Men der var mange døre. Og alle blev
åbnet og lukket, uden at der blev banket på. Derfor blev Leo
alles gæst.

Man ventede ikke damperen før engang mellem jul og nyt-
år. Måske ikke før efter nytår!

Leo Zjukovskij førte samtaler om politik og religion med
Johan. Og med Fru Karen talte han om litteratur og mytologi.
Han bladede i hendes bøger. Men indrømmede, at han læste
russisk og tysk bedre end norsk.

Leo Zjukovskij blev til herr Leo på alles læber. Han stak
mønter til Tea, som fyrede i ovnen for ham om morgenen.
Men der var ingen, der vidste, hvor han kom fra, eller hvor
han skulle hen. Når nogen spurgte, svarede han overbevisen-
de, men kort, som oftest uden stednavne eller datoer.

På Reinsnæs var folk vant til at omgås fremmede, så de tog
det med høflig ro. Man ville hellere lære sig at tyde alle russe-
rens tegn efter evne og interesse.

Dina kunne forstå, at han måtte have været i Rusland siden
sidst, for han havde russiske bøger, der lå fremme, med. Et
par gange havde hun gjort sig et ærinde og var listet ind på
hans kammer, når hun vidste, at han var i kramboden. Ind-
snusede lugten af ham. Af tobakken, lædertøjet, rejsetasken.

Hun bladede i bøgerne. Der var streget under, men ikke gjort
notater, sådan som Johan plejede. Kun svage blyantsstreger.

En af de første dage, Leo var der, spurgte Anders, hvornår
han sidst havde været i Bergen.

Leo svarede bare:

– Jeg var der i sommer.

Så gav han sig til at lovprise jægten »Mor Karen«, som lå på land og ventede på at sejle til Lofoten.

– Bådene i Nordland er virkelige både! sagde han.

Og Anders fik skinnende øjne, som om han selv havde købt og betalt jægten.

Leo smed jakke og vest og dansede og sang om aftenen. Den store, mørke stemme fyldte hele huset. Folkene kom ud fra køkkenet og udhuset for at høre og se. Dørene blev slået op, og missende mørketids øjne begyndte at gløde mod varmen og sangen.

Dina lærte sig melodierne og spillede pianoforte efter gehør.

Lorchs cello kom aldrig ned fra soveværelset. Hun påstod, at den ikke kunne tåle at blive flyttet.

Juleaften var himmelen mælkehvid af sne. Vejret var slået om, det var uventet blevet tøvejr. Det lovede ikke godt for selskaberne i julen. Slædeføret kunne blive ødelagt på mindre end et døgn, og havet var allerede uroligt. I Sundet lå der en kuling med sne, som ikke rigtigt ville give sig til kende. Man kunne ikke vide, hvilken styrke den ville få.

Dina red langs stranden, fordi den porøse sne med de skarpe iskanter under var en pest for de hestefødder, der trådte igennem dem.

Hun lod Sorte gå i luntetrav med slappe tøjler, mens hun stirrede ud i den grumsede horisont.

Hun ville have inviteret Leo med sig ud på en ridetur, men han var allerede gået ned i kramboden. Ville have ham til at give sig til kende. Men han havde ikke gentaget noget af det, han havde sagt på gangen på loftet dagen efter branden.

Hendes pande var rynket, og øjnene missede et øjeblik mod gården.

Husene lå i klynger og spredte kegler af gult lys ud fra mangfoldige rækker af vinduer. De frosne rønnebærtræer og kornnegene blev hjemsøgt af himmelens små lasaroner på rappe vinger. Spor af dyr og mennesker, møg og affald lå i grå og brune felter rundt om husene i alt det hvide. Skygger fra dryppende istapper lavede et takket mønster af grådige tænder i snedriverne.

Dina så ikke glad ud.

Men da hun en times tid efter red op foran stalden, smilede hun.

Det gjorde Tomas urolig. Han tog imod tømmerne og holdt Sorte, mens hun svingede sig ned og gav hesten et rap over flankerne.

– Giv ham lidt mere..., mumlede hun.

– End de andre heste?

Hun så forvirret op.

– Gør som du vil.

– Kan jeg få fri et par dage mellem jul og nytår? spurgte han. Stod og sparkede til en isklump med hestemøg.

– Sørg bare for, at der er nogen i stalden, sagde hun ligegyldigt og ville gå.

– Skal han være her længe, herr Leo?

Spørgsmålet røbede ham. At han krævede hende til regnskab... Tog sig ret til at blive forundret.

Dina så ud, som om hun skulle til at give ham et knusende svar. Men holdt pludselig inde.

– Nej, hvorfor finder man sig til rette på Reinsnæs, Tomas? Hun lænede sig ind mod ham.

Han tænkte på det første strå af syregræs mellem tænderne i forsommeren. Rå sommer...

– Folk kommer og går..., tilføjede hun.

Han blev hende svar skyldig. Klappede hesten fraværende.

– Hun må have en glædelig jul!

Øjnene strejfede hendes mund. Håret.

– Du skal vel spise julemad, før du går hjem, sagde hun let.

– Jeg vil hellere tage noget ekstra med hjem, hvis det går an.

– Du kan gøre både og.

– Tak.

Pludselig blev hun vred.

– Du skal ikke stå der og være så uglad, Tomas!

– Uglad?

– Du er som en stor bedrøvelse! smældede hun. – Uanset hvad der vederfares dig, så er du som en begravelse at se på.

Der blev mere end stille. Så tog manden en dyb indånding. Meget dyb. Som om han havde tænkt sig at blæse alle talglysene ud på en gang.

– En begravelse, Dina? sagde han omsider med tryk på hvert enkelt ord.

Han så direkte på hende. Spottende?

Så var det overstået. De tætte skuldre sank sammen. Han førte hesten ind og gav den havre, som hun havde befalet.

Leo kom ud fra sit værelse lige, da hun kom op ad trappen.

– Kom!

Hun sagde det som en ordre uden indledning. Han så forundret på hende, men fulgte hende. Hun slog døren til soveværelset op og bød ham indenfor.

Det var første gang, hun var alene med ham, efter at han var kommet. Hun pegede på den ene af stolene ved bordet.

Han satte sig ned og slog ud med hånden, for at hun skulle sætte sig på den, der stod tættest ved ham. Men der sad Jacob allerede.

Hun gik i gang med at krænge sin ridejakke af. Han rejste sig og hjalp hende. Lagde varsomt jakken fra sig på den voldsomme seng.

Hun overså Jacob og satte sig foran bordet. De var som figurer i et tableau. Jacob sad og så på.

Der var ikke blevet sagt noget.

– Dina er alvorlig, sagde Leo indledningsvis. Og lagde det ene ben over det andet, mens han betragtede de to celloer. Lod blikket glide hen over vinduet, spejlet, sengen. Og til sidst tilbage til Dinas ansigt.

– Jeg vil vide, hvem du er!

– I dag nødvendigvis? På selve juleaften?

– Ja.

– Jeg prøver hele tiden at finde ud af, hvem jeg er. Og om jeg hører til i Rusland eller her i Norge.

– Og hvad lever du af, mens du finder ud af det?

Et sekund blinkede det i de grønne øjne.

– Det samme som fru Dina, mine forfædres gods og guld.

Han rejste sig og bukkede og satte sig igen.

– Vil hun behage at tage imod opgørelsen for logiet med det samme?

– Kun hvis han skal rejse i morgen.

– Jeg kommer til at skylde mere, eftersom dagene og nætterne går. Hun vil måske have sikkerhed?

– Det har jeg allerede. Pusjkins poesi! Desuden er det ikke skik hos os, at man tager sig betalt af gæster. Det er vel derfor vi er så strenge med, hvem der kommer i huset.

Det arbejdede i hovedet på ham. To knuder bevægede sig. En på hver side af kæben.

– Hun virker uvenlig og ked af det, sagde han lige ud.

– Det var ikke meningen. Men du går og gemmer dig for mig.

– Dina er ikke netop ligetil at komme på talefod med... undtagen når hun spiller. Og da taler man ikke til hende.

Hun overhørte ironien.

– Du sagde... før du rejste... at du gjorde kur til mig. Var det bare sludder?

– Nej.

– Hvad mente du?

– Det kan være vanskeligt at forklare, under den slags eksamination. Hun er vant til at få de svar, hun vil af folk, ikke sandt? Konkrete svar på konkrete spørgsmål? Men at gøre kur til en kvinde, man træffer, er ikke konkret. Det er en følelsesmæssig udfordring. Som kræver takt og tid.

– Er det takt og tid, du bruger, når du sidder og sladrer sammen med Niels på kontoret?

Leo lo. Blottede hele tandrækken.

– Det var bare det, jeg ville, hvæsede hun og rejste sig.

– Du kan godt gå! tilføjede hun.

Han bøjede hovedet, som om han ville skjule sit ansigt. Så så han pludselig op, og sagde bedende:

– Vær ikke så vred. Spil for mig i stedet for, Dina!

Hun rystede på hovedet, men rejste sig alligevel og gik hen

280

til instrumenterne. Lod hånden glide hen over Lorchs cello, mens hun hele tiden så på manden.

– Hvad taler du med Niels om? spurgte hun pludselig.

– Hun vil vide alt om alle? Have den fulde kontrol?

Hun svarede ikke. Lod bare hånden glide hen over instrumentet i store langsomme cirkler. Fulgte linjerne i instrumentets krop. Det lavede en svag lyd ud i værelset. En hvisken fra det hinsidige.

– Vi taler om Reinsnæs. Om butikken. Om regnskab. Niels er en beskeden mand. Meget ensom... Men det ved hun vel? Han fortæller, at fru Dina er egenrådig og gennemgår alt.

Pause. Dina tav.

– I morges talte vi om, at det måske kunne være en idé at bygge til butikken, sådan at lokalerne blev mere tidssvarende. Lysere. Plads til flere varer. At det måtte være muligt at få forbindelser til Rusland for at skaffe en del varer, som ikke er så lette at få fat i her i landet.

– Du diskuterer Reinsnæs med en af folkene, men ikke med mig?

– Jeg troede, hun var et fruentimmer med andre interesser.

– Hvilken slags interesser?

– Børn. Husholdning.

– Så ved han ikke meget om, hvilke pligter en gæstgiverenke skal kunne klare! Jeg foretrækker, du diskuterer Reinsnæs med mig, ikke med mine folk! Hvilken interesse har du forresten i Reinsnæs?

– Sådanne samfund interesserer mig. Er en hel verden på godt og ondt.

– Har du ikke set den slags samfund der, hvor du kommer fra?

– Nej, ikke helt det samme. Folk er mere ufri, når de ikke ejer jord. Småfolk har ikke nogen grund til at være så loyale som her hos jer. Det er vanskelige tider i Rusland.

– Er det derfor, han er kommet hertil?

– Blandt andet. Men jeg var engang med til at slukke en brand på Reinsnæs...

Han kom nærmere. Det sparsomme dagslys lavede furer i det tunge ansigt.

De blev stående med celloen mellem sig. Han lagde også den ene hånd på instrumentet. Tungt som en solvarmet sten.

– Hvorfor varede det så længe, før du kom?

– Synes du, at det varede længe?

– Det er ikke bare noget, jeg synes. Du ville komme før vinteren, sagde du.

Han så ud, som om han morede sig.

– Husker du så nøjagtigt, hvad jeg sagde?

– Ja, snerrede hun.

– Så kan du vel være god, når jeg er kommet, hviskede han. Lige ved hendes ansigt.

De blev stående og så hinanden ind i øjnene. Længe. Prøvede kræfter. Forskede i stor alvor.

– Hvor god skal man være mod en Barabbas? spurgte hun.

– Der skal ikke så meget til...

– Hvad?

– Lidt venlighed.

Han tog celloen fra hende og stillede den op mod væggen. Varsomt. Så greb han begge hendes håndled.

Et sted i huset var der en, der knuste et eller andet. Benjamins gråd fulgte umiddelbart efter.

Et øjeblik så han, at der var noget i hendes blik, der blev påvirket af det. Så gled de sammen ind mod væggen. Han ville aldrig have troet, at hun var så stærk. Munden, de åbne øjne, åndedrættet, hendes store, flotte forside. Hun mindede ham om kvinderne derhjemme. Men hun var hårdere. Mere målbevidst. Utålmodig.

De var som en knude mod mørket ved væggen. En sej, bevægelig knude i Jacobs tableau.

Leo holdt hende lidt ud fra sig og hviskede:

– Spil, Dina! Så du kan redde os.

En lav dyrelyd kom ud af hende. Et øjeblik gravede hun sig ind til ham. Så greb hun ud efter instrumentet og løftede det hen til stolen og spredte lårene for at tage imod. Buen rejste sig mod det grå dagslys.

Tonerne kom. Først tumlende og uden nogen særlig skønhed. Så blev armen sikker og myg. Hun var midt i det. Og Jacob veg.

Leo stod med armene hængende ned og så på hendes bryster ind mod instrumentet. De lange fingre, som af og til skælvede for at give tonen fylde. Håndleddet. Læderbukserne som afslørede de runde, faste lår. Kinden. Så faldt hendes hår frem og skjulte ansigtet.

Han gik hen over gulvet og ud ad døren. Men han lukkede den ikke efter sig. Og heller ikke sin egen. En usynlig linje var trukket hen over de brede gulvplanker. Mellem gæstekammeret og soveværelset.

15. kapitel

JEG HAR UDBREDT MINE HÆNDER TIL DIG, LIG ET UD-
TØRRET LAND LÆNGES MIN SJÆL EFTER DIG. SELA.
(Salmernes Bog, salme 143, v. 6)

Fru Karen havde pakket alle kasserne og kurvene, som skulle
bringes ud til de tre husmandssteder eller til trængende, som
hun kendte til.

Hun havde sendt dem med, når der alligevel var befor-
dring eller havde sendt bud, når folkene kom til kramboden
for at få det mest nødtørftige til at fejre højtiden.

Oline trakterede i køkkenet. Der var lunt og godt og orden
til mindste detalje.

Skindsokker, overtræksstøvler og frakker blev der taget va-
re på ved det store, sortmavede jernkomfur. De skulle tøes op,
tørres og varmes til hjemturen. Der var altid varmt vand i
beholderen bagerst på ovnen. Nypudset og glødende kastede
den sit lys ud over gryder og kar, når ringene blev taget af for
at give plads til kaffekedlen.

Hele ugen var folk kommet og gået. Havde spist og druk-
ket. Var gået i kramboden, havde siddet på taburetter, tønder
og kasser og ventet på befordring.

Der var ikke noget, der hed lukketider nu. Butikken var
åben, når der var folk der. Sådan var det. Niels og svenden
sprang til og fra.

Ustandseligt måtte de tage ringene af den nederste del af
etageovnen. Og kaffekedlen kom på. Vandet stod der og små-
kogte, indtil det skvulpede ud af tuden.

Det dampede og larmede, så en eller anden måtte tage sig
tid til at tage kedlen af og hælde kaffe på.

På gulvet ved ovnen var der en flad sten til at sætte den på.
Den tragtede sig selv og sendte duften lige ud i næsen på
dem, der kom ind fra mørket, kulden og skumsprøjtet.

De blåblomstrede kopper med guldkant, seks i alt, blev

284

skyllet let efter forrige kunde, og der blev hældt op til nye. Nu og da lagde en dårligt malet kaffebønne sig som en brunbarket båd i kanten af koppen. Vippede med, når en forfrossen stakkel greb koppen for at varme sig og for at hæve den beske nektar til munden. Der vankede brunt sukker og småkager til.

Nogle fik en dram bag den lukkede dør. Men købesnapsen sad ikke så løst på Reinsnæs. Det var godt nok, mente Niels.

I det blåmalede køkken var der ikke andre end Oline selv, der blev trakteret med brændevin. Hun undte sig af og til en god kaffepunch til at fortynde blodet.

Kun yderst få kom ind i stuerne til Mor Karens sherry.

Dina fik sjældent selv gæster. Når der kom besøg til gården lod hun folk traktere i stuerne i husets navn.

Niels kunne godt lide tiden før jul. Der var maksimal omsætning af prima varer i assorteret udvalg. Han havde en vane med at rynke panden dybere, jo bedre det gik med handelen.

Og denne juleaften var rynkerne ekstra dybe, mens han så sig om på de halvtomme hylder og inspicerede de tomme lagerrum i kramboden og i pakhusene. Han begyndte at se ud som en ruineret mand.

Da Anders kom fløjtende ind, i ren skjorte til højtiden, bemærkede Niels med grædefærdig stemme, at der var så lidt mel tilbage, at han frygtede for udrustningen til Lofotenturen.

Men Anders lo. Han så på broderens påtagede bekymring for de tomme kasser og hylder med godt humør. Men det skete, at han var forundret over, at overskuddet ved handelen ikke var større, end det var. For kunderne var talrige og solide. Og dem, der fik udrustning til fiskeri, var næsten uden undtagelse ordentlige folk, som leverede fisk eller penge, efter at fiskeriet var overstået.

Da alt var lukket og slukket efter den sidste kunde, gik Niels ind til en ensom messe. På krambodskontoret bag låst dør og nedrullede gardiner.

Sirligt pakkede han sine offergaver i to tykke konvolutter, som han lagde på bordet. Derefter skruede han vægen på

285

olielampen ned og bevægede sig mod alteret med den ene af konvolutterne.

Servanten var et solidt møbel af eg med tyk marmorplade, et emaljefad og en ditto sæbekop.

Højtideligt lagde han hele sin kropsvægt imod og skubbede servanten til side. Det løse gulvbræt lå trofast og så på ham med sine mange knaster og hak.

Lidt efter blev blikdåsen løftet op i den dunkle belysning, åbnet og madet med det sidste offer.

Så blev det hele bugseret på plads igen.

Derefter låste han de bogførte sedler ind i jernskabet i hjørnet.

Til sidst stod Niels midt i værelset med en tændt pibe og så sig om. Alt var såre godt. Det var højtid.

Det eneste, der bekymrede ham, var, at han havde skaffet sig et kort over Amerika, som var blevet væk. Han havde det liggende på bordet. Og så var det der ikke!

Han havde ledt og ledt. Og spurgte svenden, Peter. Som påstod, at han intet havde set eller hørt.

Niels vidste, at han aldrig kunne komme til Reinsnæs med en kone, så længe Stine og barnet var der. Denne begrædelige indsigt havde fået ham til at tage en alvorlig afgørelse. At anskaffe sig et kort over Amerika. Og nu var det altså væk.

Der kom altid mølje på bordet klokken fem juleaften. Fladbrød blødt op i suppe med sirup på. Akvavit og øl. Alle prøvede at blive færdige med deres gøremål inden da.

Niels tog også til takke i år. Takket være denne russer kunne han finde behag i at spise sammen med de andre.

Så var der det med Amerikakortet. Det kunne måske være muligt at se på folk, hvem der havde taget det.

Der var dækket til alle inde i spisestuen. Ingen spiste i køkkenet juleaften. En skik, som Mor Karen havde indført, da hun kom til gården.

Men det var ikke alle, der følte sig lige godt tilpas i spisestuen. De turde knapt tale til hinanden af skræk for ikke at virke høviske eller sige de forkerte ting.

Leo og Anders blødte det hele op med deres gøglerier med børnene. Så fik man noget at le ad. Noget fælles.

Fade blev båret ind og ud. Dampen fra den varme mad lagde sig på huden og blandede sig med de safter, der kom indefra.

Mor Karen sad foran det tændte juletræ. Der duftede af højtid i hele huset. I de flettede kurve var der rosiner, pebernødder og kandis. Det måtte ikke røres, før Mor Karen sagde til.

Hun havde siddet i armstolen for bordenden og læst juleevangeliet efter måltidet. Først på norsk. Så på tysk, for at glæde herr Leo, som hun sagde.

Men Benjamin og Hanna var bristefærdige af længsel efter pakkerne og godterne. For dem blev juleevangeliet ikke bare dobbelt så langt, det blev Vor Herres utidige straf.

Senere fik de et mundheld de to imellem, som var sådan her:

»Nu skal hun nok også læse på tysk!«

Dina var som en bred, glidende elv gennem stuen. I sin kongeblå fløjlskjole med damask bryststykke. Hun så direkte på folk og så næsten venlig ud. Hun spillede julesalmer, som om hun kærtegnede tangenterne.

Leo var forsanger i hvid linnedskjorte med vide ærmer og kniplingsmanchetter. Han havde en sølvbroche i halslinningen og sort vest.

De to trearmede helligtrekongerslysestager, der altid plejede at stå på klaveret juleaften, var tændt. Det blinkede i sølvfadet under lysestagerne. De var der for at opsamle den løbende stearin. Ud på aftenen blev det helt sølet til af smeltet stearin, som lavede et helt lille landskab under lysene.

Helligtrekongerslysene var Stines værk. Et for Hanna og et for Benjamin. Selvom Mor Karen udtrykkeligt sagde, at de var til ære for Kristus.

Eftersom de havde haft skomager på gården før jul, var det ikke vanskeligt for folkene at vide, hvad der lå i pakken fra familien på gården. Snart sad alle tjenestefolkene og prøvede sko.

Leo rejste sig og sang en remse på russisk om alverdens travle sko.

287

Benjamin og Hanna sang med. Et kaudervælsk af russisk. Hjerteskærende falsk og med stor alvor.

Mor Karen var efterhånden blevet ret træt, i sin nystivede kniplingskrave og med det sirligt friserede hår. Hjertrud gik pludselig gennem stuen og strøg Mor Karen over den hvide, rynkede kind. Og Mor Karen lukkede øjnene halvt og blundede lidt.

Oline lod sig opvarte i aften. Hun havde et åbent sår på den ene ankel. Det var blevet værre nu i juletravlheden.

Stine havde kogt salve af honning og urter og lagt på. Men det gjorde det ikke bedre.

Leo mente, hun burde sidde på sin hale og lade sig varte op, indtil hun var i orden igen. Siden havde Olines blik fulgt Leo. På samme måde som det i sin tid havde velsignet Jacob.

Stine var fuld af tung uro. Nu og da så hun på Niels, som om hun så på et nyskuret gulv. Eftertænksomt og med stor tilfredsstillelse. Hendes øjne var mørkere og hendes ansigt mere gyldent end sædvanligt. Håret var flettet stramt og tvundet til et tykt tov bagtil. Men det magtede ikke at skjule, at Stine havde en usædvanligt smuk nakke.

Johan havde alle sine juleminder fra Reinsnæs bortset fra de år, hvor han læste til præst. Han var fordybet i minderne. Ingeborg, der tændte lysene og Mor Karen, der læste højt fra bibelen. Jacob, der altid fik et blussende ansigt af at drikke med folkene før højtiden.

I aften havde han følt sig barnligt svigtet, når Mor Karen tog Benjamin og Hanna op på skødet. Han skammede sig og gjorde afbigt ved at være ekstra venlig over for alle, især over for de to børn.

Ellers kunne han se, at Dinas ånd var kommet til Reinsnæs for at blive, mens han havde været borte. Hun påvirkede Anders og Niels. De blev som marionetter under hendes blik. Den gamle var den eneste, han havde tilbage.

Anders var en smilende bror denne aften. Han sad det meste af tiden og lyttede til Mor Karen, Johan og Leo. Nu og da strejfede han Dina med øjnene. En gang nikkede han til hende, som om de havde en hemmelighed sammen. Det var tydeligt, at denne mand ikke blev plaget af dårlig samvittighed over noget.

Niels gjorde korte ophold i stuen. Men ind imellem havde han andre gøremål, som ingen spurgte ham ud om. Nu og da bød han cigarer rundt eller fyldte glas op. Men ordene var låst fast og forsvundet. Hans øjne var som fredløse skygger over de mennesker, der var i stuen.

Jeg er Dina. Hjertrud står i stuen i lensmandsgården og græder i aften. Hun har hængt engle og guirlander op og har læst i den sorte bog. Alligevel hjælper det ikke. Der er nogle, der bliver onde af at fejre højtiden. Derfor græder Hjertrud og skjuler sit ødelagte ansigt. Jeg holder rundt om hende og tæller sko.

Nu og da vekslede Dina og Leo øjekast. Det hårde var væk. Som om hun havde glemt, at han kom for sent. Glemt den uforløste samtale i soveværelset tidligere på dagen.

Mor Karen gik til ro. Børnene sov. Uroligt, med svedigt pandehår efter alle godterne og kagerne – og den skrækblandede fryd, det var, at være otte og seks år og fejre juleaften på Reinsnæs. Alle nissehistorierne, alle hænderne og skødene. Stemmerne, musikken, gaverne.

Folkene havde gjort det sidste arbejde for aftenen og var gået til ro. Pigerne på loftet over køkkenet og karlene i folkestuen. Oline bevogtede køkkenindgangen for friere. Hun sov med åben dør ud til køkkenet.

Olines sovelyde var som et natligt instrument. Den dag, de forstummede, ville det vigtigste ur på gården være væk.

Niels havde forladt huset. Om han var i aftægtshuset, hvor han havde sine to værelser, eller om han var på kontoret, var der ingen, der tænkte på.

Ingen undtagen Stine. Men hun gav sig ikke til kende. Bar sine tanker under det mørke, glatte hår uden at besvære nogen. Hun klædte sig langsomt af foran spejlet og granskede sin krop i det sparsomme skær fra stearinlyset.

Efter først at have trukket forhænget for den solide slagbænk, hvor børnene sov.

Aftenen havde ikke bragt noget nyt ind i hendes liv. Undta-

289

gen en ting: Hun var begyndt at kræve arven tilbage for sit barn. Roligt men sikkert. Derfor havde hun et kort over Amerika i forvaring i den nederste kommodeskuffe.

Hun havde lært både det ene og det andet ved at iagttage Dina: Det man gjorde, det gjorde man. Og spurgte ikke nogen til råds, hvis man kunne klare sig uden.

Anders, Johan, Leo og Dina sad tilbage i rygeværelset.

Dina sad tilbagelænet og legede med en af de tunge silkekvaster, der sad på ryglænet. Hun røg en mild havannacigar. Og blæste ukvindelige, men ganske kunstfærdige røgringe over hovederne på dem.

Anders fortalte om udrustningen til fiskeriet ved Lofoten. Han havde tænkt sig at sende en jægt først og så se det an. Hvis fiskeriet var godt, havde han udrustning nok til den anden. Han troede godt nok, han kunne få folk nok. Hvis spådommen slog til, så blev det et eventyrfiskeri. Ville Leo med?

Leo så ud, som om han tænkte sig om, så sagde han langsomt, at han ikke troede, at han duede til den slags. Desuden havde han ærinde sydpå til Trondhjem.

Dina målte ham med øjnene. – Om det var tilladt at spørge ham om ærindet?

– Jeg skal hente en fange, som jeg skal følge nordpå til Vardøhus fæstning.

– Mener du, at du rejser med folk, der skal straffes? spurgte Dina.

– Ja, sagde han enkelt, tog en let slurk af punchen og så drillende på den ene efter den anden.

– Er det et arbejde at have? spurgte Anders vantro.

– Det kan være lige så godt som alt muligt andet.

– Men de stakkels mennesker?

Dina gøs og satte sig op.

– Vi har alle vore tugthuse, sagde Leo.

– Der er nu forskel på det, mente Anders.

Han prøvede at skjule, at han var rystet over, hvad denne russer lavede.

– Rejser du ofte med straffefanger? spurgte Dina.

– Nej, sagde han kort.

– Hvordan fandt du på at tage sådan noget arbejde? spurgte Johan.

Han havde siddet tavs og ikke så lidt chokeret uden at sige noget.

– Eventyrlyst og dovenskab! lo Leo.

– Men tænk, at du da ikke hellere vil slå dig på rigtig handel... end handel med tugthusfanger, sagde Anders.

– Det her er ikke handel. Handel interesserer mig ikke. Dette her er omgang med mennesker under vanskelige forhold. Mennesker interesserer mig. De lærer mig et og andet om mig selv.

– Det begriber jeg ikke, sagde Anders forlegent.

– Og hvad lærer tugthusfangerne dig? indskød Dina.

– At det, du gør, ikke altid viser, hvem du er!

– Det står i bibelen, at det er vores gerninger, der afgør, hvem vi er. Ikke sandt Johan? sagde Dina.

Hun var meget rank i ryggen nu.

– Jo, det er rigtigt, kremtede Johan, – men der kan selvsagt være meget, vi ikke ved om folks ulykkelige skæbne.

– Niels, for eksempel han gør noget, som han egentlig ikke vil, fordi han er en fremmed her på gården. Hvis han havde følt sig hjemme her, så ville han have gjort tingene helt anderledes, sagde Leo.

Anders så på ham med åben mund.

Dina bøjede sig frem.

– Niels er vel ikke mere fremmed, end jeg er? sagde Anders og kastede et hurtigt blik på Dina.

Dina lænede sig tilbage i chaiselonguen og sagde:

– Fortæl os noget om det, Leo Zjukovskij!

– Jeg har hørt, hvordan Niels og Anders kom i huset. Hørt deres historier. Som er parallelle. Alligevel er der noget ved dette hus, der udelukker Niels og favner Anders.

– Og hvad er det? spurgte hun blidt.

– Jeg tror, det er Dinas facon, som alle andre også må rette sig efter.

Man kunne høre, at sneen hvislede ved vinduerne. En sagte, advarende raslen.

– Og hvorfor skulle jeg udelukke Niels?

– Det ved jeg ikke.

– Du kunne måske spørge ham, eller hvem som helst?

– Jeg har allerede spurgt Niels.

– Og hvad siger han?

– At han ikke har mærket noget til det.

– Og det fortæller dig måske, at der ligger noget og spøger i Niels' samvittighed? Som utøj i en ellers ren seng.

– Det kan godt være, sagde Leo.

Anders blev urolig. Samtalen blev uværdig for ham.

– Han gjorde Stine med barn og nægtede faderskabet! udslyngede Dina med stor foragt.

– Den slags skændsler laver mænd nu om stunder. Det er ikke længere så ofte, folk kommer i tugthuset for den slags.

– Nej, men man skulle måske i tugthus for at narre folk til at tro, at man vil gifte sig med dem, sagde Dina.

– Muligvis. Men så ville tugthusene blive fulde. Hvor skulle man så gøre af morderne?

– Morderne?

– Ja. Dem, der bliver betragtet som farlige. Dem, som alle vil udelukke uanset hvad.

Et eller andet sted i kroppen stak hun en famlende hånd frem. Hjertrud var der ikke! Lorch! Han stod i bælgmørke.

– Det er blevet sent, sagde hun let og rejste sig op.

Johan sad og trak i sin jakke. Han syntes ikke, at samtalen havde meget med jul at gøre.

– Jeg kan ikke forstå, at der en nogen her på Reinsnæs, der har opført sig upassende over for Niels. Han har vores tillid, arbejde, hus og mad. At han er lidt sær, kan ikke nægtes. Men det kan Dina ikke klandres for, sagde Johan som en afslutning.

Han hostede flere gange.

– Jeg tror, han føler sig så meget udenfor, at han tænker på at rejse til Amerika, sagde Leo ud i luften. Som om han ikke havde hørt, hvad Johan sagde.

– Amerika? sagde Anders vantro.

Dinas ansigt var som en maske.

– Han sad med et kort over Amerika en dag her før jul. Jeg

292

så det og spurgte ham, om han havde tænkt på at rejse. Ordene faldt sådan, at jeg tror, det var hans tanke, sagde Leo.

– Men det har han aldrig nævnt med et ord! Og som det koster! mumlede Anders.

– Han kan vel have sparet op, sagde Leo.

I dette øjeblik blev Dinas øjne spillevende. Hun satte sig igen. Og den ene sko, som hun havde taget halvvejs af, havnede halvt nede under fodsålen.

Tallene? Tallene rejste sig i kolonner op over de høje paneler i værelset. Og krøb frem i skyggerne langs med silketapetet. De blev så tydelige!

Dina så og lyttede med åbent ansigt.

– Sparet sammen? Hvad skulle han have sparet sammen? spurgte Anders. – Jeg tjener mere, nu hvor jeg får procenter af handelen fra jægterne, og jeg har ikke noget at spare op af! Niels får jo kun løn...

Han så undskyldende på Dina og Johan i tilfælde af, at de skulle synes, han talte for rent ud.

– Han har ikke så mange udgifter til daglig som du Anders. Han kan have sparet sammen i årevis! sagde Dina hårdt.

Så tog hun sine sko på, snørede dem rigtigt, så hun ikke skulle brække benene. Samlede skørterne om sig og rejste sig igen.

Hun var ikke tættere på Leo, end hun var på Karlsvognen.

– Det er blevet sent, gentog hun og gik hen over gulvet til døren. – Det er nu min holdning, at hvis I har brug for Niels i kramboden, så må I indlemme ham i fællesskabet, sagde Leo langsomt og tydeligt mod Dinas ryg.

– Det kan der være noget om, mumlede Johan. – Jeg har godt mærket, at der var noget. Han skrev sådan nogle underlige breve... Mens jeg læste til præst...

Dina vendte sig så pludselig om, at skørterne stod lige ud i luften.

– Den, der ikke kan opføre sig ordentligt og påtage sig et ansvar, vil ikke få fred, uanset hvor han er henne, sagde hun. Pludselig forpustet.

– Men det er ikke menneskenes sag at dømme, mente Johan.

– Der er ingen, der har dømt! fastslog hun.

– Det er nu ikke helt rigtigt, mumlede Anders. – Niels ved ikke, hvordan han skal gøre det godt igen. Det er blevet umuligt. Og han kunne ikke gifte sig med Stine – bare på grund af barnet.

– Hvorfor ikke det? snerrede hun.

– Nej. Herregud..., Anders trak på det.

– Det er klart, han har gjort hende uret, men det gør vi alle før eller senere, sagde Johan stille. – Og Stine har det jo godt nu, tilføjede han.

– Stine har det ikke godt! Hun rådner op her. Mens han planlægger at rejse til Amerika! Men jeg vil sige: Det er godt nok! For alle parter. Så kan luften blive renset. Og vi kan trække vejret.

– Men kramboden?

Johan vidste ikke, hvad han havde at indvende. Følte bare, at han måtte sige noget.

– Der er nok folk, skal du se, sagde Dina trygt. – Men han er endnu ikke rejst!

– Jeg hørte nogle nede i kramboden mumle om, at Niels helst ville have fru Dina, sagde Leo.

Han gav sig ikke, så det ud til. Dina skulle have været ude af døren. Nu var det for sent. Hun måtte blive stående.

– Jaså! Og så vil Leo Zjukovskij have, at jeg skal gifte mig med ham, for at han ikke skal føle sig tilsidesat?

Det lille smil var som et stakit rundt om hende.

– Tilgiv mig! det var en upassende bemærkning af mig! sagde Leo og rejste sig med et buk. Så ilede han hen og holdt døren for hende. Han sagde godnat og lukkede den bag dem.

Lyset på gangen var brændt helt ned i messingstagen. Det var mørkt. Månen lyste med søjler ind gennem det høje vindue og fik sprosserne i ruderne til at ligne et gitter over dem.

Han havde et gitter over ansigtet og skuldrene. De bevægede sig ind i det samme gitter.

Han tog om hende, mens de gik op ad trappen. Den knirkede svagt, sådan som den altid gjorde. Hans hofter berørte hendes. De ord, han havde sagt lige før, og alt det, der kom i kølvandet på dem, forsvandt. Eksisterede simpelthen ikke mere.

Han var som en tyngde. Langt, langt inde i skødet på hende.

– Benåd Niels, hviskede han, da de nåede loftet.

– Det er ikke min sag, svarede hun, vred over, at han tog emnet op.

– Hun vil få fred ved det.

– Jeg har ikke brug for fred!

– Hvad har hun så brug for?

Da greb hun ham om hofterne og tvang ham ind mod sig. Så åbnede hun hans skjorte og lagde begge sine hænder ind på hans bryst.

Den broche, han havde haft i halslinningen, knugede hun i hånden, så den stak det ene hul efter det andet i hende.

Så smøg hun sig fri og smuttede ind i soveværelset. Det skete så hurtigt. Var så mørkt. Kunne være noget, de havde drømt. Hver for sig.

16. kapitel

AL VERDEN RÅBE MED GLÆDE FOR HERREN!
TJENER HERREN MED GLÆDE, KOMMER FOR HANS ANSIGT MED FRYDESKRIG!
KJENDER, AT HERREN ER GUD; HAN HAR SKABT OS, OG IKKE VI SELV...
(Salmernes Bog, salme 100, v. 1, 2 og 3)

De tog i kirke første juledag. I den store båd. Johan skulle prædike med kort varsel, for provsten var syg.

Det var en stor begivenhed, og Mor Karen blev pakket ind efter alle kunstens regler, og fragtet ombord som en anden pakke.

Hun smilede og nikkede flere gange til alle, og var revnefærdig af stolthed over Johan.

Provsten var sengeliggende, men hans frue var der.

Mor Karen blev installeret på første bænkerække sammen med hende. Dina og alle de andre fra Reinsnæs sad på anden række.

Leo sad bag i kirken efter eget ønske.

De vældige stenmure. Skyggerne, der levede i krogene, hvor hverken dagslys eller stearinlys kunne få overtaget. Salmesangen. Menneskene blev små inde under Guds vældige tag. De klemte sig sammen på træbænkene og varmede sig mod hinanden.

Johannes' evangelium: »Og lyset skinnede i mørket, og mørket begreb det ikke.« »Han kom til sit eget, og hans egne annammede ham ikke.«

Johan havde forberedt sig godt de sidste dage før jul. Havde øvet sig på prædikenen for Mor Karen. Hans ansigt var meget blegt, og hans øjne bad for sig. Men stemmen var som malm.

Han talte om nåden i Jesus Kristus. Om at være i stand til at tage imod åbenbaringen og frelsen. Om syndens afmagt, når mennesket lod lyset slippe ind til sig. Menneskets største under var Kristus og Nåden.

Mor Karen nikkede og smilede. Hun kunne hvert ord udenad. Så gammel hun end var, så virkede hendes hoved stadig som en kommode. Hvis hun først havde lagt noget derind, så var det der, når hun havde brug for det.

Folk kunne lide prædikenen og flokkedes om Johan uden for kirken efter gudstjenesten.

– Den kunne man virkelig få fred af, sagde provstinden og trykkede Johan i hånden.

Der stod damp ud af munden på dem alle sammen. Den samledes i en sky over hovederne på dem. Langsomt bevægede følget sig til præstegården og kirkekaffen.

Dina gav sig god tid. Gik først på det lille hus. Alene.

Omsider blev der stille foran kirken. Hun gik ned ad den smalle, trampede sti rundt om kirken, indtil hun kom om til havsiden. Så klatrede hun op ad snedriven til brystværnet. Dette var en kirke, som man kunne forsvare sig i. Fri udsigt over havet og tykke mure.

Mens Dina så ud over rækken af fjelde på den anden side af fjorden, kastede Hjertrud millioner af perlemorsskaller nedover dem. Det ringlede så højt, at lydene fra præstegården forsvandt. Bådene på stranden var som bjergtagne havtrolde, der lå og ventede.

Hun stod uset. Med hele den store stenkirke mellem sig selv og de andre.

Da brød hans skridt ind i Hjertruds lys.

De gik ind i den tomme kirke, gennem sakristiet. Døren kunne ikke ses fra gården. Der var helt mørkt derinde nu, hvor lysene var slukket.

Deres skridt gav ekko fra stenmurene. De gik gennem hele kirken fra koret og ned til døren. Side om side uden at veksle et ord. Op ad trappen til orgelet. Der var endnu mørkere end nede. Orgelet lænede sig tavst og tungt ud over dem.

– Jeg tror, vi har brug for velsignelse, sagde han.

– Ja, men lyset må vi selv sørge for, svarede hun med munden ind mod hans hals.

Der skulle have været silkelagner og tændte vokslys i koret. Det skulle have været sommer med birkeløv i krukker langs med hele midtergangen. Der skulle i hvert fald have været fejet på det hårde trægulv. Men der var ikke tid til forberedelser.

Det var ikke så meget, de så af hinanden. Men blodet pumpede hårdt ud i alle de små vener og kar. Tiden var nøje afmålt. Men den slog til til en hel indvielse.

Hans ar var hendes kendemærke, da det stormede værst. Der var ingen vej tilbage.

Leo havde set, før han dukkede op ved muren, at kirketjeneren virkelig havde forladt grunden. Vidner måtte de vente med til en anden gang. Stedet var ikke planlagt. Men når det skulle være, så fandtes der ikke bedre katedral noget sted i Nordland.

I præstegården var kirkekaffen ved at blive serveret.

Lensmanden og Johan sad på hver sin side af en købmand fra Bergen, som havde slået sig ned i sognet og fået en gæstgiverbevilling. Til manges irritation, fordi han truede handelen på Købsstedet.

Samtalen drejede sig om isbræer. Bergensborgeren undrede sig over, at der ikke var flere isbræer her mod nord, for der var jo så høje fjelde. Og så stor fordampning fra havet på alle årstider! I Vestlandet og særligt i Sogn var klimaet mildere, alligevel var der store isbræer.

Lensmanden udtalte sig sagkyndigt. Havet her var ikke så koldt, som folk ville gøre det til. Og der var varme strømme.

Johan var på lensmandens side. Han tilføjede for egen regning, at mens man skulle langt over nåletræsgrænsen for at finde dværgbirk og multebær længere sydpå i landet, så voksede der tætgrenede og tykbladede dværgbirke helt ned til havet her nordpå. Og multebærrene blev modne helt ude på øerne og i strandkanten!

Men en rigtig forklaring på et så indviklet botanisk og naturmæssigt spørgsmål var der ingen, der havde.

Mor Karen mente, at Gud gjorde forskel på folk efter egen visdom. Og at Han godt kunne se, at det var nødvendigt at lade multebær og birkekrat gro helt ned til havet nordpå. Og at Han ville skåne nordlændingene for de fæle isbræer, fordi de havde nok at strides med. Alle disse kolde årstider. Alle efterårsstormene og de dårlige år! Og fiskenes uransalige vandring i havet. Alt taget i betragtning, Gud var vis!

Dette nikkede provstinden venligt ad. Mindre oplyste folk fra gårdene rundt omkring nikkede, efter at provstinden havde udtrykt sin enighed. Sådan måtte det være.

Men Johan ville ikke ind på Mor Karens teologiske fortolkning af isbræernes beskaffenhed og udbredelse. Han så bare kærligt på hende og tav.

Købmanden overhørte uærbødigt den gamle dame. Han mente, at det var mere end underligt, at det ikke altid var de højeste fjelde, der havde isbræer. Det var ofte planløst og uden nogen lovmæssighed.

Dina kom stille ind i værelset og fik serveret kaffe og brød af en pige med et hvidt, florlet forklæde. Hun satte sig i en højrygget stol ved døren, selvom der blev gjort plads til hende ved bordet.

Lensmanden mente, at teorien om den fugtige havluft var forkastelig. For så vidt han vidste, lå Jostedalsbræen i et af de mest tørre distrikter i Sogn, mens Romsdalsfjeldene og Nordlandsfjeldene, som lå helt ud til havet, var næsten fri for bræer!

Omtrent her skete der noget. En unison uro. Som ikke havde noget med de norske bræer at gøre. Det var ikke til at sige, hvor det begyndte. Men efter et lille stykke tid bredte der sig en svag em i værelset. I starten kun forsigtigt. En særegen jordbunden damp. Det gjorde almuen urolig.

Leo kom nogle minutter efter og priste den pragtfulde kirke. Det gjorde ikke den særegne duft af salte havvinde og jord mindre. Men da havde kirkegængerne allerede fornemmet den et stykke tid.

Man blev mindet om noget, man havde sanset engang. I en

fjern fortid? I den tidlige ungdom? Noget som for længst havde lagt sig som uopdyrkede marker i sjælen?

Alligevel vibrerede det i nogle næsebor, når den store russer kom for tæt på. Eller når Dinas hår eller hænder strejfede dem. Det var, som om herrerne ikke længere kunne følge samtalen op. De dukkede sig over kaffekopperne.

Lensmanden spurgte distræt, hvordan provsten havde det. Den stakkel, der lå på loftet med sin hoste. Provstinden nikkede forvirret. Lensmanden havde spurgt en gang før, og fået det svar, at han stadigvæk lå på loftet med hoste og feber. Og at det ikke kunne anbefales at gå op til ham. Men at hun skulle hilse.

Denne gang sagde hun kort: »Tak, meget godt!« og børstede et meget lille støvfnug af sit kjoleærme.

Kagefadene blev budt rundt, igen og igen. Kaffen blev skænket op. En søvnig tilfredshed lagde sig over almuen. Og deres næsebor vibrerede ud i værelset mellem mundfuldene.

Hvis folks fantasi havde været god nok til at afsløre dunsten, så var den ikke djærv nok til at forfølge, hvor den kom fra. Simpelthen fordi den ikke *kunne* eksistere i godtfolks tanker.

Men den var til stede. Gjorde sit i forhold til appetitten. Brød overraskende ind i samtalerne, sådan at ordene standsede et øjeblik, og blikkene blev saligt fraværende. Lagde sig som en pirrende balsam over menigheden og opløste sig svagt ved slutningen af kirkekaffen. For så at dukke op igen i en og andens erindring længe efter. Sammen med en undren over, hvad der havde skabt den velsignet gode stemning i præstegården første juledag.

Provstinden annammede også noget. Hun snusede let i luften, efter at sognebørnene var vel afsted.

Det havde været en velsignet kirkekaffe!

Hun gik op til sin syge mand og var til stor sjælefred og trøst for ham.

Dina sad i båden og lod vinden blæse sig fri.

Leo! Hans hud brændte sig fast i hende tværs igennem

300

frakke og tøj. Hendes krop var som en ønskekvist, der stod spændt som en bue over en skjult kilde med vand i bjerget.

Hun samlede tæppet godt om sig og talte til Johan og Mor Karen. Johan takkede hun for prædikenen. Mor Karen roste hun, fordi hun var taget i kirke, selvom hun ikke havde følt sig så rask i den sidste tid.

Hendes blygrå øjne var som to blanke fordybninger i luften. Leo mødte hendes blik. Det var som at stirre ud i det fjerne i det uendelige.

Dina sad mellem Johans opmærksomhed og Leo, der passede på, at der ikke kom bølgeskvulp op på hendes ryg.

17. kapitel

HAN FØRER MIG TIL VINHUSET, OG KJÆRLIGHED ER
HANS BANNER OVER MIG.
(Salomo' Højsang, kap. 2, v. 4)

Det kunne ikke skjules, at der foregik noget. Lige så lidt, som
man kan skjule årstidernes gang for folk, der færdes ude.

Den første, der opfattede Leos og Dinas blikke, var Johan.
Han huskede Dinas nysgerrighed over for Leos færden, sidst
han rejste fra Reinsnæs.

Mens han var student, havde mindet om faderens hustru
rumsteret i hans tanker. Som et uartigt billede hen over et
blad i bibelen. Hun blev som Olines kagedåser i hans barn-
dom. Højt oppe på en hylde og forbudte. En rede for syndige
tanker.

Han drømte om hende, i vågen tilstand, og når han sov.
Nøgen og hvidt skinnende med måneskin og kolde vanddrå-
ber glidende ned over kroppen. Stående i vand til hofterne
med nopret hud og strittende brystvorter. Sådan havde han
set hende den nat, de havde badet sammen, før han rejste.

Da han kom hjem, var han ni år ældre. Og troede, at han
var godt forberedt. Alligevel var der noget, der pinte ham og
ophidsede ham, hver gang han så hende. Men Dina var fader-
ens ejendom for Gud og mennesker. Om Jacob så var aldrig så
meget død og borte. Hun havde født hans halvbror og besty-
rede deres fælles bo som en slags mor.

Mor Karen blev lidt bekymret, da hun så Leos og Dinas øje-
kast. Men det bevægede hende. Og hun tog et rask opgør
med mindet om sin søn. Og vænnede sig til, at hun kunne
unde Dina en levende mand.

Hun tvivlede ganske vist på, at denne russer havde nogen
formue. Hun troede heller ikke, at han kunne drive handel og
gæstgiveri.

Men når hun tænkte efter, så havde Jacob været sømand, da han kom til Reinsnæs... Ja, hun begyndte at glæde sig over, at der skulle komme et menneske i huset, som hun kunne diskutere kunst og litteratur med. En der beherskede tysk og fransk, og som havde rejst helt ned til Middelhavet – vist nok.

Niels blev overrumplet og forbløffet, da han så denne åbenbare tiltrækning. Af en eller anden grund, som han ikke gav sig til at analysere, blev han urolig over den. Som om kærlighedens væsen var en personlig trussel for ham.

Anders så til med forbavselse. Men han havde vanskeligt ved at tro, at der ville komme noget ud af det.

Stine forholdt sig roligt og afventende og røbede ikke med et udtryk, hvad hun vidste eller troede. For hende var Dinas gode humør og glitrende rastløshed ikke noget at blive urolig over.

Oline derimod begyndte at tale højt om salig Jacobs fortræffeligheder en dag, Leo kom ud i køkkenet. Han lyttede interesseret og høfligt. Nikkede og spurgte i detaljer, når det drejede sig om denne helt, der havde været herre på Reinsnæs.

Oline startede med Jacobs dyder. Hans smukke ansigt, hans udholdenhed til at danse hele natten, hans omtanke over for tjenestefolk og fattigfolk. Og ikke mindst hans lokkede hår og hans ungdommelige sind.

Uden at vide det lod Oline sig overliste af Leos evne til at lytte. Endelig fik hun talt ud om 30 års kærlighed. Det endte med, at hun græd ud af sorg og savn ved Leos bryst og gjorde dem uadskillelige.

Tomas kom tilbage fjerde juledag og fandt Leo i køkkenet i fuld sving med at synge triste, russiske viser for at opmuntre en opløst Oline. Det gjorde ham hjemløs.

Han begyndte øjeblikkeligt at plage sig selv ved at spionere. Lytte efter Dinas kurrende latter om aftenen, når døren blev åbnet mellem køkkenet og stuerne. Og han kiggede efter spor i sneen uden for lysthuset, når de ventede fuldmånenat. Han fik hjerteskærende vished. To store smeltede pletter i frosten på bænken i lysthuset. Så tæt på hinanden, at de gik ud i hinanden som et eneste stort mærke. To pelsklædte kroppe på bænken... Pelse med åbningen foran.

Så havde hun taget denne russer med derud! Der hvor hun ofrede i månelyset!

Han sneg sig også om foran gården i god afstand for at se, hvor mange skygger der var mod gardinerne i soveværelset. Men de tunge, mørke fløjlsgardiner holdt på enhver hemmelighed. Da han ikke kunne få styr på skyggerne, besværede han sig over, at der var så lidt lys.

Han så for sig Dinas hvide krop i den andens favn foran kakkelovnen, i skæret fra kandelabrene på bordet ved spejlet. Og synet af himmelsengen plagede ham dag og nat, så han knapt rørte den overdådige og veltillavede julemad.

Tomas begyndte at sky køkkenet undtagen til måltiderne, hvor han var sikker på, at russeren sad i stuen.

Det skete virkelig, at der var to skygger i soveværelset. Hun hentede ham sjette juledags nat. Med fare for at røbe alt for hele huset. For Johan. For Mor Karen! Brunsten var som en førerulv. Den var måske grå og usynlig for andre, men for hende var den en rød kæft med skarpe, spidse tænder og skarp lugt. Ind i døden, sulten og rasende.

Derfor stod hun op og tog alt sit tøj på igen. Friserede håret og listede sig ud på den mørke gang, som ikke havde noget vindue. Hun kneblede Jacob bag skabet med linned og pejlede sig ind på den rigtige dør. Trykkede den knirkende messingklinke forsigtigt ned og smuttede ind.

Han ventede hende som en trofast livvagt. Ganske vist uden støvler og uden skjorte i de bare bukser. Som om han havde siddet og læst med et halvt øre på vagt over for ethvert signal.

Gæsteværelset var ikke til to. De tynde vægge ville røbe dem over for Anders og Johan. Soveværelset derimod havde to værelser på begge sider. Hun slukkede lyset med to fingre. Lynhurtigt og uden at slikke på fingrene først.

– Kom! hviskede hun.

Som om det hele var planlagt, gik manden med.

Godt inde i soveværelset vred hun nøglen om med et suk og bugserede den store mand hen til sengen. Han ville sige noget, men hun formede et lydløst hys lige op imod hans mund.

Det blinkede af latter i hans grønne øjne. Alvorligt smilende som en Buddha i bøn.

Han lukkede øjnene et par gange og blottede struben. Hun kom så tæt, så tæt. Men han rakte ikke ud efter hende først.

Det viste sig, at Jacobs gamle himmelseng ikke var egnet til opgaven, så de måtte ned på gulvet. Men de havde dyner af edderdun og med det fineste damaskes dynebetræk og lagner.

Han forsynede sig kælent, men grådigt. Lo sig ind i hende. Lydløst og lystent. Som et gammelt bjerg, der kvæler sit ekko for ikke at skræmme solen. Eller som svævende skyer, der ikke vil skræmme nattens dråber i tyttebærlyngen og ørneungerne i sprækkerne i bjerget.

Hun var en flod, der førte en båd med et kraftigt, pløjende skrog. Bov til at forcere strøm og sten. Hendes bredder var altædende og grådige og rev ham op langs siderne.

Lige før det sidste fald, hvor strømmen ville tage ham, revnede banken og gik til bunds med ham.

Sandbankerne var kun en hvisken. Men vandet drønede og susede afsted, og hendes bredder var stadig lige sultne. Da sled han møjsommeligt båden op igen. Med kølen i vejret og uden årer, men med vilje og kraft. Et stort dyr kom hoppende fra bredden og bed, dybt og dødeligt.

Så var han i strømmen.

Himmelsengen stod midt på gulvet, som om den havde indset sin alderdom og svækkelse.

Den havde ikke set noget lignende. Det virkede, som om den gav al sin tyngde til øjeblikket. De fire hjørnestolper og det solide hovedgærde prøvede i al stilhed og med uvant omtanke at dæmpe alt det, der sang i værelset.

Men det, som himmelsengen ikke gjorde, var at holde Jacob på en arms længdes afstand. Han kom ind imellem dem som et ensomt barn. Det kunne ikke nytte at jage ham væk.

Og Jacob holdt sig tæt på, indtil dyrene begyndte at kræve

305

deres ret i stalden, og morgenen stod som en vintervæg bag Blåfjeldet.

Det blev kolde dage og nætter. Himmelen vrængede sine tarme ud. Skærende grønt nordlys med røde og blå tarmtotter i kanterne. Alt var i en bølgende bevægelse mod den sorte stjernehimmel.

»Prinds Gustav« var som en uønsket havøgle, da den kom. Dina begyndte at gå på loftet igen.

TREDJE BOG

1. kapitel

Den unge sypige, de havde hyret før jul, var blevet. Det viste
sig, at hun ikke havde noget sted at tage hen, da hun var
færdig med arbejdet.

Efter at hun havde ryddet alle fnuggene og trådrullerne
væk og havde fejet efter sig i folkestuen, fandt Stine hende
grædende med et reb om papkassen og overtøjet på. Der var
gjort op, og hun skulle rejse.

Hvori den bedrøvelige historie egentlig bestod, var der in-
gen, der fik ud af Stine. Men hun kunne ikke jages fra gården
en lillejuleaften, så meget var sikkert. Det ville i så fald kom-
me ud over hele sognet og ikke bringe Reinsnæs ære.

Pigen blev sat til at gøre rent efter handelen og den renden
frem og tilbage, der havde været i kramboden og kontoret. De
snavsede gulve var hårde og besværlige. Men hun klagede ikke.

En dag gik Dina forbi anretterværelset og hørte sypigen
snakke med Annette. Niels' navn blev nævnt.

– Han dukker op, når jeg gør rent på kontoret, sagde pigen.

– Du skal ikke være bange for ham, skæld bare ud. Han er
ikke nogen fin herre, sagde Annette.

Dina blev stående bag den åbne dør.

– Nej, bange bliver jeg vel heller ikke. Men det er væmme-
ligt. Ja, han har vist heller ikke helt rent mel i posen, sagde
hun alvorligt. – En gang flyttede han rundt med den tunge
servante som en gal.

– Servanten!

– Ja, den på kontoret. Juleaften var det, da Oline bad mig
om at gå ned og se til ovnen, hvis der ikke var nogen, der

309

havde tænkt på, at der kunne blive brand når som helst på en gård, hvor lynet slog ned i taget på stalden... Ja, da så jeg ham! Han havde trukket for vinduerne, men jeg så, at han gik hen til den. Han skubbede med servanten! Sad forover-bøjet og så på noget i hjørnet et stykke tid. Og så skubbede han den med meget spektakel på plads igen og begyndte at ryge. Der er da ikke nogen almindelige mennesker, der gør sådan noget?

Det var blevet blåskinnende februardage.

Hun kom ind til Niels på kontoret uden at banke på. Han så kun lige op fra sine papirer og hilste. Det var varmt i værel-set. Ovnen udstødte hvæsende suk og stod og glødede henne i krogen.

– Niels arbejder på helligdagen som ellers? sagde hun som indledning.

– Ja, jeg tænkte, at jeg ville have ført alt det her ind, før Anders kom hjem fra fiskeriet. Der er meget at lave...

– Det er der vel.

Hun gik hen til det store, solide bord og blev stående med armene over kors over brystet. Han begyndte at svede. En ubehagelig klamhed lammede hans ord og tanke.

– Hvad var det, jeg ville sige...? Ja, det er sandt – jeg har hørt, at du tænker på at rejse til Amerika.

Han dukkede sig umærkeligt. Det let grånende hår i tindin-gerne strittede lidt. Han sad i skjorte med åbentstående vest. Hans hals var senet og mager, det samme var hænderne.

Han var ikke en grim mand. Overkroppen var spændstig og kraftig, når man tænkte på hans arbejde som bestyrer af kramboden. Næsen var lige, ansigtstrækkene var som hos en adelsmand.

– Hvem siger det? spurgte han og fugtede læberne.

– Det er uvæsentligt. Men jeg vil gerne vide, om det forhol-der sig sådan.

– Er det Dina, der har taget kortet over Amerika fra bordet her?

Han havde mandet sig op til en slags angreb. Og var tilfreds med det et øjeblik.

– Nej, har du anskaffet et kort? Er det kommet så langt? Hvor har du så tænkt dig at rejse hen?

Han så mistænksomt på hende. De stod på hver sin side af bordet nu. Han støttede sig til bordkanten med håndfladerne og vendte ansigtet op mod hende.

Han rettede sig op så pludseligt, at han næsten væltede blækhuset.

– Kortet er forsvundet! Sporløst! Det var her så sent som lillejuleaften.

Han gjorde en pause.

Dina betragtede ham uden at sige noget.

– Nej, det er kun noget, jeg har tænkt på..., svarede han endelig.

– Det bliver en dyr rejse, sagde hun lavt.

– Det var nu kun en idé...

– Han har vel taget et lån i banken? Han har måske brug for en kautionist?

– Det har jeg ikke tænkt på...

Niels skiftede farve og tog sig et par gange over håret.

– Du har måske pengene selv?

– Nej, ikke sådan at forstå...

Niels forbandede, at han ikke havde forberedt sig på den situation. Havde lært svarene udenad.

Sådan var det altid med Dina. Hun kom som en slange og huggede, når man mindst ventede det.

– Der er en ting, jeg har ventet for længe med at tale med dig om, Niels, sagde hun indbydende og lod, som om hun skiftede samtaleemne.

– Ja? sagde han lettet.

– Det er tallene... Dem, der er der, men som ikke er til at finde... Dem, der er tilovers. Dem, der kun kommer frem, når jeg tæller tønder og lodsning og lastning og taler med folk om, hvad de skylder, og hvad de har til gode. Jeg har gjort en del optegnelser. Det er ikke noget for lensmanden og dommeren, men jeg har fundet ud af, hvor tallene er, Niels.

311

Han trak vejret dybt. Så mobiliserede han sin vrede og så hende op i ansigtet.

– Du har før beskyldt mig for at fuske med bøgerne? hvæsede han. Præcis tre sekunder for hurtigt.

– Ja! nærmest hviskede hun og tog ham fast i armen. – Men denne gang er jeg sikker!

– Hvilket bevis har du for det?! hvæsede han. Anede kun svagt, at det var alvor.

– Det tror jeg, at jeg vil holde for mig selv foreløbig, Niels!

– For hun har ikke noget. Det er den rene ondskab. Ondskab og løgn det hele! Lige siden det der med Stines barn...

– Nielses barn, rettede hun ham.

– Kald det, hvad du vil! Men lige siden dengang har jeg ikke haft et hjem på Reinsnæs. Og nu vil hun anklage mig for alverden! Hvor er beviserne! skreg han.

Hans ansigt var blegt i lyset fra lampen, og hagen skælvede.

– Du må vel kunne forstå, at jeg ikke vil miste mine beviser ved at lade dem komme dig for øre. Før jeg ved, om du vil gøre, hvad der er ret og rimeligt.

– Hvad mener du?

– Vis Dina, hvor tallene er, i rigtige penge! Så kan vi komme overens om resten og om en kaution til din Amerikarejse.

– Jeg har ikke nogle penge!

– Det har du! Du har oven i købet snydt din egen bror for de ti procent, som han skulle have haft ved opgørelsen efter turen til Bergen. Du har kalkuleret med tal, der ikke på nogen måde stemte med det, som Anders fik med sig sydpå. Der gjorde du den største fejl. Du lod det gå ud over din egen bror. Så det i værste fald kunne se ud, som om den kæltringestreg var hans. Men du glemmer, at jeg kender jer begge to!

Han knyttede næverne mod hende, og ville rundt om skrivebordet i vildt raseri.

– Sæt dig ned, mand! sagde hun. – Ville det have været bedre, hvis jeg havde hentet lensmanden og betjenten og havde lagt alle kortene på bordet? Svar!

– Nej, sagde han. Næppe hørligt. – Men det passer ikke...

– Du skal få tallene frem i lyset, helst i kontanter, og det lidt hurtigt! Har du brugt dem eller gravet dem ned? Ja, for de står jo ikke i banken.

– Hvordan kan du sige det, spurgte han.

Hun smilede. En uhyggelig gestus. Som gav ham gåsehud over hele kroppen. Han lukkede alle porer, som om han var bange for, at hun skulle krybe ind gennem dem og ødelægge ham indefra.

Niels gled ned bag bordet. Hans blik flakkede ufrivilligt hen mod servanten. Hans øjne så ud, som var han en lille dreng, der røbede, hvor han havde gemt den træhest, han havde lånt fra en kammerat.

– Har du gravet dem ned? Eller har du dem under madrassen?

– Jeg har ikke nogen!

Da rettede hun øjnene mod ham. De for frem som plovjern.

– Jaså. Du får frist til i aften. Så sender jeg bud efter lensmanden! sagde hun hårdt. Og vendte sig om for at gå.

Som ved en pludselig indskydelse vendte hun sig lynhurtigt mod ham igen.

Hans blik var rettet mod servanten!

Så blev han klar over, at han blev iagttaget.

– Jeg kom forresten for at se på bøgerne. Så du kan godt gå, sagde hun langsomt. En kat. Som pludselig endnu engang viste kløer.

Han rejste sig og var omhyggelig med, at hans ryg var rank, da han gik.

Hun låste døren efter ham uden at bekymre sig om, at han hørte det. Så smøgede hun ærmerne op og gik grundigt til værks.

Den store servante med den tunge marmorplade ville knapt rokke sig. Eg og marmor. Solid nok.

Hun stemte kroppen imod.

Niels gik frem og tilbage i butikken, da hun stod med den åbne æske og talte pengene under lampen.

Næste morgen red Dina op over fjeldet. Med snesko både til

313

sig selv og hesten hængende på begge sider af hesten hen over rejsetaskerne.

Niels kom gående fra kramboden, da hun passerede smedjen.

Synet af den store kvinde til hest, der var på vej over fjeldet, ramte ham, så det sortnede for hans øjne. Han vidste, hvor hun skulle hen.

Hans indvolde havde nægtet at samarbejde fra det øjeblik, han hørte hende rumstere på kontoret. Begge veje var det kommet, så pludseligt, at han kun lige nåede ud på dasset på kramboden i tide. Havde måttet bøje sig over det ene hul for at kaste op, mens han sad og tømte sig over det andet.

Om aftenen havde han flere gange været på vej op til soveværelset for at bede om nåde. Men han kunne ikke.

Natten var som et helvede med drømme om dødninge og forlis.

Han stod op om morgenen, puttede sæbeskum på sine grå skægstubbe og høvlede dem af, som om det var det vigtigste i verden.

Han spekulerede stadigvæk på at gå op i hovedbygningen og bede for sig hos den stenhårde Dina Grønelv.

Men han kunne ikke beslutte sig. Udsatte det minut for minut. Selv da han så, at hun red fra gården, kunne han have gjort det. Kunne have løbet efter hende og standset hesten.

Han havde før følt hendes styrke. Vidste, at hun ikke ville vise ham nåde, så længe han ikke krøb.

Men han kunne ikke.

Han skulle være rejst, mens det endnu var tid! Skulle ikke have ventet til over julen, bare fordi der kom en mand til gården, som man kunne tale med som et menneske.

Og kortet! Hvorfor havde han i al sin barnagtighed bildt sig selv ind, at betingelsen for at rejse til Amerika var, at man havde et kort? Nu havde han hverken kort eller penge.

Han gjorde sig et ærinde i køkkenet for at høre Oline sige, at Dina var redet til Fagernæsset.

– Hun har mærkeligt nok noget, hun ikke har fået talt med lensmanden om, sagde Oline med en tør latter.

Det var, som om en sort hætte blev strammet rundt om

314

hovedet på ham. Han kunne ikke se klart. Hørte allerede dommerens stemme dundre over sig.

Han sagde nej til den kaffe, som Oline satte frem.

Det var lyst og alt for varmt i køkkenet. Han havde problemer med vejrtrækningen hele vejen over til aftægtshuset.

Senere på dagen, da en af pigerne kom for at se til ham, fordi han ikke viste sig, klagede han over, at han var syg og lod ikke nogen slippe ind på sit kammer. Bakken med maden stod urørt, da pigen kom for at hente fadene uden for døren.

Pigen trak på skuldrene. Niels havde før sagt, at han var syg. Han var som et barn, hvad det angik.

Dina red over fjeldet med en anseelig mængde kontanter til banken.

Noget af vejen måtte både hun og hesten gå med snesko. Hesten bestemte farten, mens de gik på den islagte, delvist tilføgne vej.

Hun standsede på toppen, hvor elven store dele af året væltede sig ud over kløften og endte i dybet med en voldsom buldren. I dag var vandstrålen sparsom. Grønne istapper hang i et sindrigt mønster ud over kanten.

Hun blev stående og så ud over den bratte skrænt, hvor slæden engang var væltet ned.

Jeg er Dina. Jacob er ikke i dybet. Han er hos mig. Han er ikke særligt tung. Bare besværlig. Han ånder altid på mig. Hjertrud er ikke i hindbærkrattet på tomten på Fagernæsset. Skriget er. Det falder til jorden, når jeg maser bærrene i hånden. Og Hjertruds ansigt bliver helt igen. Som Lorchs cello. Jeg tæller og vælger for dem alle sammen. De har brug for mig.

Hun kastede sig op på ryggen af hesten uden at forberede den, sådan som hun plejede. Det gav et sæt i hesten, og den vrinskede. Den kunne ikke lide at være ved kløften. Havde minder derfra, som den ikke kunne slippe af med. Hun lo støjende og klappede den på halsen.

315

– Hyp! råbte hun og strammede tøjlerne.

Det blev en slem tur. Hun var ikke fremme før sent på eftermiddagen. Nogle steder måtte hun vade foran hesten, fordi den sank så dybt ned i den delvist smeltede sne.

Da hun nåede de første gårde, kom folk ud og gloede, sådan som de sædvanligvis gjorde på de kanter.

Dina fra Reinsnæs blev hurtigt genkendt på den sorte hest uden saddel. En madamme med bukser som en mand. Kvinderne både misundte og misbilligede synet. Men først og fremmest var de syge efter at få at vide, hvad der foregik, eftersom hun kom ridende til sin fars gård midt på den sorte vinter.

De sendte børn og karle afsted i hendes retning i ærinder, der skulle virke tilforladelige. Men de blev ikke klogere. Dina var omhyggelig med at hilse, og så red hun forbi.

Et sted lige i nærheden af lensmandsgården standsede hun og så til en rype, som hun vidste holdt til der.

Den fløj ikke op, da hun kom derhen med den prustende Sorte. Lagde sig blot ned med blinkende øjne og troede sig usynlig.

Hun slog et vend derind, indtil hun fik den til at flakse et stykke op over sneen. Så lo hun overgivent som et barn og traskede efter. Til sidst fik hun den til at kurre og hvæse, fordi hun kom så tæt på.

Denne leg havde Tomas og hun leget på det sted om vinteren. De havde også sat fælder op.

Om vinteren var ryperne tamme som høns i krattet rundt om Fagernæsset. De blev ikke bange, når man forfulgte dem.

Noget andet var det om foråret og sommeren, når de havde unger. Så trykkede de den lille krop ned i lyngen eller fløj lavt hen over hovedet på folk for at lokke dem til sig, så ungerne kunne slippe væk.

Hele tiden med deres hæse skrig. »Ke-beu-ke-beu!« At et så lille kræ kunne være så modigt!

Hun vidste, at der var en bjørn på Landtangen. Så hun red med Tomas' finneriffel under låret for en sikkerheds skyld. Men det skulle være noget særligt, hvis bamsen kom ud af sit hi på denne tid af året.

Lensmanden blev forskrækket. Han kiggede med nærsynede øjne ud gennem kontorvinduet, da han hørte hesten. Slap alt, hvad han havde i hænderne, og løb ud på trappen med åbne arme.

Modtagelsen var voldsom, og han skændte. – Hun havde ikke sendt bud! Hun red uden saddel på en lang tur i dårligt føre! Og hun var mor og enke, og var endnu ikke fornuftig nok til at klæde sig som andre kvindfolk!

Han nævnte ikke med et ord, at de ikke var skiltes som perlevenner, sidst han rejste fra Reinsnæs.

Men han brugte meget tid på, at hun kom alene midt på den sorte nat og vanærede hele slægten. – Om hun havde mødt nogen på vejen, og hvem det var? Om de havde genkendt hende?

Dina tog pelsen af og lod den falde direkte ned på gulvet ved trappen. Hun besvarede hans spørgsmål som et sindigt hverdagsorakel. Uden de store fagter. Blot for at han kunne få sine store ordstrømme ud.

– Jeg er forfrossen! Har I punch i huset? Den skal være varm som fandens eget stygge sted! råbte hun for at få en ende på det.

Så kom de andre, både Dagny og drengene. Oscar var blevet et langt, ranglet menneske og bar tydeligt præg af at være den ældste, den der fik mest opdragelse og ansvar. Han havde allerede en kuet nakke og så ikke folk i øjnene.

Dina tog ham under hagen og så på ham. Han fik et let flakkende blik og ville væk fra hendes greb. Men hun holdt fast. Så nikkede hun alvorligt og sagde, mens hun rettede blikket mod lensmanden:

– Du herser for meget med drengen. Han stikker af en skønne dag, skal du se. Kom til Reinsnæs, hvis det bliver for hårdt, hviskede hun højt og tydeligt ned over drengens hoved

Så gled hun ned på en stol ved døren.

Egil, den yngste af lensmandens sønner, stak sit hoved ind mellem broderen og Dina som en hund.

– Goddag, herr Egil Holm, hvor gammel er du i dag?

317

– 10 år om ikke så længe, svarede han og strålede.

– Så lad være med at stå der og glo, træk støvlerne af mig, så vi kan se, om der er gået koldbrand i de bundfrosne fødder!

Og Egil trak som en mand. Støvlen slap, og han røg ind i væggen. Han var lige så lille og mørk, som broderen var ranglet og lys. Han forlangte opmærksomhed på en helt anden måde.

Han elskede Dina med en pågående frimodighed, der stillede alt og alle i skyggen. Og som uden undtagelse førte til slagsmål og skænderier med Benjamin, når de mødtes.

Noget Dina aldrig blandede sig i.

Dagny satte ikke voldsomt pris på sønnens kærlighedserklæringer til Dina. Men hun jamrede sig høfligt over, at de ikke havde vidst, at Dina kom, så de kunne have lavet festmiddag.

– Jeg er ikke kommet for at få festmiddag, men på grund af forretninger! sagde Dina.

Dagny kunne mærke en snert af hån, men bed det i sig. Hun havde altid en ubehagelig fornemmelse af, at Dina lo ad hende og regnede hende for at være dum.

Dagny havde hektiske røde pletter på kinderne af ydmygelse, da Dina tog punchen og lensmanden med ind på kontoret.

Bag den lukkede dør fremlagde Dina sit ærinde. At hun ville have ham til at sætte nogle penge i banken.

Lensmanden foldede hænderne og sukkede, da han så det store bundt sedler, som hun talte op foran ham.

– Og hvor kommer så alle disse kontanter fra? spurgte han åndeløst og i et højtideligt lensmandssprog, mens han stirrede. – Og så her uden for alle opgørelser for handelen! Midt i Lofotenfiskeriet – og uden at I har haft en jægt i Bergen? Gemmer lensmandens datter kontanter i kommodeskuffen i disse moderne tider?

Dina lo. Men hun ville ikke ud med, hvor hun havde pengene fra. Blot at de var en reserve, hun ikke havde vidst hvor var før her for nylig...

Hun ville ikke selv vise sig i banken. Det var under hendes

værdighed at komme med en konvolut med sedler. Det arbejde måtte hendes far gøre. Og han måtte tage vare på beviset på indskuddet, indtil han kom til Reinsnæs. En tredjedel skulle sættes ind i Hannas navn, en tredjedel til Benjamin og en tredjedel til hende selv.

Lensmanden havde fået en sag i sin varetægt. Han gik til opgaven med den største alvor. Men først ville han ikke høre tale om, at hun skulle donere så store midler til en finneunge, der var avlet i hor! – Var det ikke nok, at hun havde barnet boende af barmhjertighed og holdt både hende og finnepigen, som burde opføre sig som en mor, med hus og mad og det nødvendigste? Hvis hun så tilmed skulle sætte alle disse penge over styr til ingen nytte.

Dina smilede, men hendes øjne plukkede skægget af ham i raseri.

Denne manøvre fik lensmanden til at forstå, at han lige så godt kunne give sig. Men han plagede som et barn juleaften, for at hun skulle røbe, hvor pengene kom fra.

Mens de sad ved aftensbordet kom det:

– Du har vel ikke solgt en jægt eller noget jord?

– Nej, sagde hun kort og så advarende på ham. De var blevet enige om, at alt skulle blive mellem dem.

– Hvorfor siger du sådan noget? indskød Dagny.

– Nej, ikke for noget... man får bare så mange ideer.

– Jeg prøvede at få ham til at sige, hvor meget han ville vurdere Reinsnæs til, svarede Dina roligt og tørrede sig med håndryggen om munden. Det sidste for at opmuntre drengene og irritere Dagny.

Lensmanden blev helt opstemt over, at Dina var der. Han fortalte vidt og bredt om en sag, han havde gående med stiftsamtmanden i Tromsø. Lensmanden mente, at amtmanden tog for meget hensyn til de lensmænd, som havde en juridisk uddannelse, disse noksagter, der kom sydfra, og som ikke vidste noget om folk og beskæftigelse i Nordland. Mens gamle slidere, der kendte sognet og folkesjælen ikke længere blev regnet for noget.

– Det er vel ikke nogen fejl, at folk er uddannede, sagde

Dina drillende. Vel vidende, at netop det her var lensmandens ømme punkt.

– Nej, men at de ikke kan forstå, at en anden en også har lidt forstand på det i kraft af erfaring og visdom! sagde lensmanden krænket.

– Du taler måske så meget, at sagen forsvinder, sagde Dina og blinkede til Dagny.

– Han har virkelig prøvet en forsoning, sagde Dagny.

– Men hvad drejer det sig om? spurgte Dina.

– En ukristelig dom, hvæsede lensmanden. – En husmandsenke fik en dom på tinget på to måneders tugthus i Trondhjem for at have taget et blomstret tørklæde, tre oste og en sum penge fra en gård, hvor hun havde pligtarbejde! Jeg klagede til sorenskriveren på Ibestad. Både over dommen og vidnerne. Men de havde allieret sig med stiftsamtmanden.

– Vær forsigtig far, de er mægtige fjender at få, lo hun.

Lensmanden så krænket på hende.

– De behandler småfolk som kreaturer! Og ærlige, gamle lensmænd som lus! Det er tiderne, skal jeg sige dig. Der er ingen respekt mere.

– Nej, der er ingen respekt mere, sagde Dina og gabte åbenlyst.

– Og min far har ingen uhæderlige domme på samvittigheden?

– Nej, ved Gud og kongen!

– Ikke andet end dommen over Dina?

– Dommen over Dina?

– Ja.

– Hvilken dom?

– Hjertrud!

Alle holdt op med at tygge. Stuepigen rykkede baglæns ud ad døren til køkkenet. Vægge og lofter holdt på hinanden.

– Dina, Dina..., sagde lensmanden rustent. – Du siger de underligste ting.

– Nej, jeg tier med de underligste ting.

Dagny gennede børnene fra bordet og fulgte selv efter. Lensmanden og Dina fra Reinsnæs sad alene under lysekronen. Dørene blev lukkede, fortiden pirkede som i et betændt sår.

– Man kan ikke laste et barn, sagde lensmanden tungt. Han så ikke på hende.

– Hvorfor lastes hun så?

– Det er der ingen, der gør?

– Du gør!

– Nej, men Dina...

– Du sendte mig bort. Jeg var ikke noget. Indtil du solgte mig til Jacob. Han var heldigvis et menneske. Hvorimod jeg var blevet en ulveunge.

– Det er jo formasteligt, det du siger? Solgte! Hvordan kan du...

– Fordi det er sandt. Jeg var i vejen. Havde ikke nogen opdragelse. Hvis det ikke havde været, fordi provsten formanede dig, så havde jeg malket køer og geder på Helle den dag i dag! Tror du ikke, jeg ved det? Og du synes, det er synd for fremmede, der stjæler blomstrede tørklæder og penge! Ved du, hvad der står i Hjertruds sorte bog om sådan nogle som dig?

– Dina!

Lensmanden rejste sig med hele sin kraft, så bestikket klirrede og glasset væltede.

– Skæld bare ud! Men du ved ikke, hvad der står i Hjertruds bog. Du er lensmand og ved ikke noget! Du samler på småfolk, som ikke kender dig. Så du kan hænge dem på en klokkestreng. Så alle kan se, at lensmand Holm på Fagernæsset er en retfærdig mand.

– Dina...

Lensmanden sank pludselig sammen hen over bordet og blev hvid bag skægget. Så gled han nok så smukt ned over stolen, før han klaskede sammen på gulvet. Benene og kroppen var som en foldekniv med slør der, hvor bladene var sat fast.

Dagny kom krybende ind ad døren. Hun græd og omfavnede manden på gulvet. Dina satte ham på en stol, gav ham vand af sit glas og forlod bordet.

Lensmanden kom sig hurtigt. Det var hjertet, der løb løbsk, forklarede han beskæmmet.

De indtog desserten, fuldtalligt, næsten en time forsinket, i fred og fordragelighed.

Lensmanden havde kaldt Dina ned fra loftet med høj, bedende stemme, mens han støttede sig til stolpen ved trappen og følte sig elendig.

Drengene stirrede på Dina med skrækblandet beundring, da hun kom ned og satte sig ved bordet.

Drenge skulle ikke høre, ikke se. Men i dag havde de endnu engang set Dina tugte faderens raseri. De lærte, at hun ikke døde af det. Tværtimod. Det var lensmanden, der gik i gulvet.

Dagny skiftede ansigtstræk al den tid, Dina var til stede. Når hun så på lensmanden var hun som en tidlig smørblomst i et udtørret bækkeleje. Når hun vendte sig mod Dina, var hun som rådden tang.

Jeg er Dina. Mine fødder gror ned i gulvet, mens jeg står i nattøj og ser månen rulle over Hjertruds himmel. Den har ansigt. Øjne, mund og næse. Den ene kind er faldet lidt sammen. Hjertrud står stadig over min seng og græder, når hun tror, jeg sover. Men jeg sover ikke. Jeg går over himmelen og tæller stjerner, for at hun skal se mig.

Dina morede sig med at flytte ting, når hun var på besøg. Sætte dem på deres gamle plads. Der hvor de var før Dagnys tid.

Dagny bed det i sig. Hun havde kendt Dinas facon i årevis. Ville ikke give hende den triumf, at hun blev irriteret. Ventede bare med sammenbidte tænder, til gæsten var rejst.

Denne gang behøvede hun kun at vente til næste morgen. Så fløj hun hvæsende gennem stuerne og satte alting på plads. Syskrinet fra rygeværelset tilbage til kabinettet. Maleriet af Hjertruds familie fra spisestuen til gangen på loftet.

Dina havde ladet det bytte plads med et porcelænsfad med prins Oscar i blåt og med guldkant.

Og Gud nåde den, der kom Dagny i vejen eller kommenterede det, hun var i gang med.

Senere på dagen, da lensmanden tog sin eftermiddagscigar og anede fred og ingen fare, kunne hun ikke dy sig:

– Der skal sandelig stor kløgt til at være så taktløs og uforskammet som Dina!

– Så, så... Hvad er der nu?

Han var træt af fruentimmernes facon. Han forstod sig ikke på dem. Ville ikke høre om det, ikke tage parti. Alligevel følte han sig presset til at spørge.

– Hun skælder dig ud! Ødelægger middagen! Hun flytter rundt på ting, som om hun stadig bor her. Hun fremhæver Hjertruds familie for at håne mig, sagde Dagny skingert.

– Dina har et vanskeligt sind... Det er vel ikke ondt ment...

– Hvad er det så?

Han sukkede uden at svare.

– Jeg er kisteglad for, at jeg kun har *en* datter, mumlede han.

– Det er jeg også! hvæsede hun.

– Så er det godt, Dagny!

– Ja, indtil næste gang, hun kommer ridende som en staldkarl, overskrævs og uden saddel gennem hele bygden og opfører sig, som om hun ejede hele lensmandsgården! Og oven i købet får dit hjerte til at løbe løbsk!

– Det er nu meget sjældent...

– Ja, gudskelov og tak for det!

Han kløede sig i hovedet og tog piben med ind på kontoret. Han orkede ikke længere at holde husfred. Skammede sig over, at han ikke længere satte sin hustru så eftertrykkeligt på plads, at der kunne blive fred i huset. Følte, at han var ved at blive gammel, og at han tålte mindre. Samtidig måtte han indse, at det havde været et frisk pust, at Dina kom. Han gjorde hende også en tjeneste! Som ingen andre kunne gøre. Hun var trods alt lensmandens datter. Det skulle bare mangle! Desuden var det godt at have et menneske, man kunne skælde ud på og skændes lidt med i ny og næ. For folk var så forbasket sarte!

Han sukkede, gled ned i øreklapstolen, lagde piben fra sig på bordet og greb snusdåsen i stedet.

Lensmanden tænkte så godt med en pris snus. Og lige nu havde han tanker, han ville tænke til ende. Men han vidste ikke, hvor han skulle begynde.

Det var noget med stakkels Hjertrud... Hvad var det, Dina havde sagt? Hvad var det, der stod i hendes bog?

2. kapitel

SE, HAN GÅR FORBI MIG, OG JEG SER HAM IKKE, OG
HAN FARER FREM, OG JEG MÆRKER HAM IKKE;
SE, HAN GRIBER, HVO KAN FÅ HAM TIL AT GIVE IGEN?
HVO VIL SIGE TIL HAM: HVAD GJØR DU?
(Jobs Bog, kap. 9, v. 11 og 12)

Stilheden var som en mur, da Dina red ind på gården.

Lyset blafrede uroligt i aftægtshuset. Et hvidt skær ud over
den blålige sne. Der hang et lagen for vinduerne. Døden var
kommet til Reinsnæs. En skygge bag vinduet med rimfrost.
Tomas havde skåret ham ned. En stump tov blev tilbage.
Længe dinglede den taktfast.

Niels havde fundet en sprække mellem loftsbjælkerne og lof-
tet. Måtte have lirket og slidt for at få rebet igennem, for
sprækken var meget lille.

Så havde han hængt sig.

Han havde ikke gjort sig det besvær at forlade det varme
aftægtshus, sådan som folk plejede, når de havde den slags
for. At hænge sig på loftet i bådehuset. Der hvor det var let at
finde en bjælke, hvor der var plads nok.

I sin sidste time havde han valgt at være tæt på ovnvarmen.
Der var for ensomt og for højt til loftet i pakhusene. Rigelig
plads under loftet med god plads til så mange kroppe, det
skulle være.

Men Niels hængte sig i nærheden af ovnen. I et stueloft,
som var så lavt over gulvet, at en voksen kun lige kunne
dingle frit.

Han havde ikke været noget skræmmende syn, som han
hang der på trods af omstændighederne. Havde hverken
vrænget øjnene eller tungen ud. Men hans farve var ikke rar.

Det var tydeligt, at hovedet ikke havde nogen særlig kon-
takt med resten af manden. Hagen pegede mod gulvet. Han

324

svajede fra side til side. Måtte have svajet længe.

Tomas var væltet ind ad døren med et hjerte som en damp-maskine.

Det gamle hus begyndte at røre på sig, og Niels måtte svin-ge med. Hans mørke pandehår hang ned i panden på ham. Som om han havde fået for meget punch. Øjnene var lukkede. Armene hang lidt klodset lige ned.

Først nu gav hán udtryk for, hvem han var. En meget en-som krambodsbestyrer med mange usynlige drømme. Men som nu endelig havde taget en beslutning.

Niels lå udstrakt på en lem hen over spisebordet, indtil de fik ordnet det med en standsmæssig kiste.

Anders var i Lofoten. Men de havde allerede sendt bud.

Johan havde taget ligvagten sammen med Stine. Passede stearinlysene hele natten.

Stine tog tæppet af og på Niels' krop hele tiden. Ænsede ikke nogen af dem, der kom ind i værelset. Ikke engang da Mor Karen kom hinkende og lagde sin magre hånd på hendes skulder og græd. Eller når Johan med jævne mellemrum kom og læste stykker højt fra bibelen.

Stine havde vendt sine mørke edderfugleøjne mod havet. Kinderne var ikke så gyldne, som de plejede. Hun delte ikke sine tanker med nogen. De få ord, hun havde sagt den dag, hvor de skar Hannas far ned, var til Johan:

– Du og jeg er vel de nærmeste til at vaske ham.

Dina betragtede Niels' ansigt eftertænksomt, da hun kom ind i værelset, næsten som man vurderer et dyr, man netop har opgivet at købe. Men blikket var ikke uvilligt.

Folk på gården var samlede. Ansigterne afspejlede vantro og afmagt, blandet med ærlig forfærdelse og en knivspids dårlig samvittighed.

Dina nikkede stumt til Niels' sidste tanker, der for hjælpe-løst gennem værelset. I det nik lå der endelig en anerkendelse.

Johan måtte bruge al sin kløgt for at overbevise Mor Karen om, at han nok skulle få Niels i indviet jord. Til trods for den synd han havde gjort over for Gud og mennesker.

– Hvis de ikke vil tage imod Niels på kirkegården, så lægger vi ham i haven, sagde Dina kort.

Johan gøs ved den slags snak, og Mor Karen græd stille og inderligt.

Når Niels kom i indviet jord, havde det flere grunde. For det første tog det seks uger, før man kunne tænke på begravelsen, uanset om jorden tilhørte Gud eller mennesker. For det satte i med den værste frost i mands minde. Hver en jordklump var som granit at grave i.

For det andet hed det sig, at Niels bare døde. Provsten og Johans samtaler med hinanden og med Gud var meget nyttige for den sag.

Og så tog det tilmed det så lang tid, før man kunne grave, så den værste snak mellem folk havde lagt sig. Niels fik sin tiltrængte plads bag kirken. I stilhed.

Alle vidste, at han havde hængt sig i en lille, snæver sprække i aftægtshuset på Reinsnæs. I det splinternye hampetov som Anders havde fået fra Rusland eller Trondhjem, eller hvor det nu var. Men de vidste også, at folk fra Reinsnæs havde magt og midler.

Stine begyndte at sige til Hanna: »Det var tre uger, før din far døde...«, eller »det var vinteren, efter at din far døde.«

Hun, som aldrig nævnte Niels' faderskab, mens han var i live, fandt nu enhver anledning til at slå fast, hvem der var Hannas rigtige far. Det havde en forbløffende virkning.

Der gik ikke lang tid, før alle accepterede, at Hannas far desværre var død, og at Stine var en kvinde med et faderløst barn.

Niels gav hende i døden den oprejsning, han ikke var i stand til at give hende, mens han var i live.

326

Dina lod et par ord falde. Folkene på gården hørte dem og satte ordene sammen til sandhed:

Niels havde besindet sig på det sidste. Han havde bedt Dina sætte en opsparet sum i banken som livrente for Hanna. Dette rygte spredtes hurtigere end en steppebrand i maj. Efter Lofotenfiskeriet var der ikke en sjæl, der ikke var orienteret.

Folk begyndte at forstå, at Niels slet ikke var så slem. Og at han godt kunne have sin plads hos Vor Herre til trods for, at han tog skæbnen i egen hånd.

En dag kom jægten hjem fra Lofotenfiskeriet med god fortjeneste. Men Anders var grå og medtaget.

Han kom lige ind i soveværelset til Dina og ville høre, hvordan det hele var gået til.

– Han kunne ikke bare gøre sådan noget, Dina!

– Det kunne han godt, sagde Dina.

– Men hvorfor? Hvad kunne jeg have gjort for ham?

Han tog om Dina og skjulte sit ansigt hos hende. Længe stod de sådan. Det var aldrig sket før.

– Jeg tror, han blev nødt til at gøre det, sagde Dina mørkt.

– Ingen bliver nødt til at gøre sådan noget!

Det var, som om han lavede et udtørret bækkeleje mellem deres ansigter.

– Nogen må! sagde Dina.

Hun greb ham om hovedet. Så ham længe ind i øjnene.

– Jeg skulle have..., begyndte han.

– Hysch! *Han* skulle! Alle må tage ansvaret for deres eget liv!

– Du er hård, Dina.

– Nogle må hænge sig, og nogle må være hårde, svarede hun og trak sig væk.

327

3. kapitel

EN SJÆL, SOM VELSIGNER, SKAL BLIVE RIG; OG DEN,
SOM VEDERKVÆGER, SKAL SELV BLIVE VEDERKVÆGET.
(Salomo' Ordsprog, kap. 11, v. 25)

Mor Karen havde en speciel bog i sit bogskab. Skrevet af en vis
byfoged i Drammen, Gustav Peter Blom, med en så ærefuld titel
som »Hovedmatriculeringskommissar«. Han havde skrevet den
på sin rejse gennem Nordland. Der stod lærerige ting om nord-
lændingene i almindelighed og i særdeleshed om lapperne.

»Lapperne kender ej lidelse og kender ej savn«, og »nord-
lændingene er overtroiske, formodentlig på grund af deres
afhængighed af naturkræfterne«, hævdede herr Blom.

Mor Karen forstod ikke, hvad der var overtro hos et folk,
der lagde sin skæbne i Guds hænder, og som mere stolede på
naturen end på folks falske løfter. Men hun havde ikke lejlig-
hed til at diskutere sagen, så hun tog det for det, det var.

Han regnede ikke mange for oplyste eller kulturelle her
oppe ved nordpolen. Han var meget utilfreds med lappernes
udseende.

Han havde ikke set Stine på Reinsnæs, tænkte Mor Karen.
Men hun sagde ikke noget højt. Satte bare bogen på den an-
den led bag ved de andre. I tilfælde af, at det engang var
Stine, der tørrede støv af.

For Mor Karen havde engang været ude i verden med sin
mand. Ved Middelhavet og i Paris og Bremen. Hun vidste, at
mennesket står nøgent over for sin gud med sine nye synder,
hvilken slægt de end kommer fra.

Mor Karen havde personligt sørget for, at Stine lærte at læse
og skrive, da det kom for en dag, at hun ikke kunne.

Hun lærte hurtigt. Det var, som om hun satte et glas for
munden og drak kundskaben. Mor Karen havde også taget
krigen op med Oline. Og fik hende efter en lang belejring til at

forstå, at Stine var et naturtalent, når det drejede sig om at bestyre et stort hus.

Lidt efter lidt fik Stine i lighed med Oline og Tomas sin uundværlige plads, som hun blev respekteret for.

Men uden for gården var hun lappepigen, som Dina havde taget sig af. At Dina havde ladet hende stå på kirkegulvet, da Benjamin blev døbt, kunne ikke ændre folks mening om lappepiger.

Nu hed det sig, at Niels blev forhekset til at gå i døden. Og mens dyr og skillinger trivedes på Reinsnæs, så døde den madmor, som havde jaget hende fra Tjeldsund. Det var finnetyendet, der betalte tilbage, hvad hun havde fået.

Stine rejste sjældent langt væk fra Reinsnæs. Hun bevægede sin senede krop fra værelse til værelse med lydløs energi.

Det var, som om hun var så fuld af sorg, at hun hele tiden måtte holde sin krop i arbejde, så den ikke skulle få lejlighed til at bukke under.

Forfædrenes arv havde sat sig i musklerne. Hendes rolige, glidende bevægelser smittede af på de piger, hun lærte op.

Hun viste sjældent, hvad hun tænkte. Ansigtet og øjnene havde en udstråling, der sagde: Jeg tåler at være i samme værelse som dig, men jeg har ikke noget at sige dig.

De høje kindben og det syngende sprog røbede herkomsten. Havde viddernes og elvenes rytme.

Hun gik ikke længere i lærredskofte om sommeren og skindkofte om vinteren. Men kniv og saks i en skede af garvet læder og et nåleetui af messing med dinglende messingringe hang stadig i bæltet, som det havde gjort den dag, hun kom til Reinsnæs for at amme Benjamin.

En gang havde Dina spurgt hende, hvor hun kom fra. Hun havde fortalt sin knappe historie. At hun var ud af en svensk finneslægt, der havde mistet alle deres rener i et sneskred, før hun blev født. Længe strejfede de om på svensk side. Samlede vilde rener, gik på jagt og fiskeri.

Men så havde faderen og bedstefaderen fået det rygte, at de stjal fra andres hjord.

Hele familien havde måttet flygte over grænsen.

Omsider slog de sig ned i en hytte i Skånland, anskaffede sig både og begyndte at drive fiskeri. Men lapper uden rener, der drev en smule fiskeri, havde ingen selvrespekt.

De var bare fattige »markefinner« for nordmændene og var ikke engang med i mandtallet.

Stine måtte ud at tjene til sit eget brød, fra hun var tolv. Hun passede stalden på en gård sydpå i Tjeldsund. Da hun fødte et dødt barn en dag, var det slut. De kunne ikke beskylde hende for barnedrab. Der blev bare talt om en syndig handling i sengen.

Husbonden gik i forbøn for hende. Men husfruen ville ikke se lappetyendet for sine øjne. Hun måtte fra gården. Med bryster, der var sprængfærdige af mælk og blodpletter mellem lårene.

– Kvindfolk river ofte folk i meget små stykker, som de spreder for vinden. Bagefter går de i kirke! kommenterede Dina historien.

– Hvor har du det fra? spurgte Stine tøvende.

– Fra lensmanden.

– Ingen på Reinsnæs er sådan, sagde Stine.

– Nej, men her er mandfolkene heller ikke lensmænd! fastslog Dina.

– Var Dinas mor sådan?

– Nej, sagde Dina og gik hurtigt ud af værelset.

Hver årstid havde sit faste ritual for Stine. Vidjebinding, brikvævning, indsamling af urter til medicin og garnfarvning. Hendes kammer lugtede af rødder og uld og af børns friske kropslugt.

Hun havde sine egne hylder i spisekammeret. Hvor der stod urteafkog til afkøling. Eller for at bundfaldet skulle lægge sig, før hun hældte det på flasker. Til sygdomstilfælde.

Efter at Niels var blevet skåret ned fra loftet i aftægtshuset, var hun kun to arbejdshænder. Længe.

En aften sendte Dina bud efter hende. Sent, efter at de andre var gået til ro, bankede Stine på hos Dina og rakte hende et kort over Amerika.

– Jeg skulle have afleveret hans kort over Amerika til dig for længe siden, men det er ikke blevet til noget, sagde hun.

Dina foldede det ud på sengen, bøjede sig ned over det og så grundigt på det.

– Jeg vidste nu ellers ikke, at det var dig, der havde Niels' kort. Det var nu ikke det, jeg ville tale med dig om... Skulle du rejse med?

– Nej, sagde Stine hårdt.

– Hvorfor har du så kortet?

– Jeg tog det. Han kunne ikke rejse uden kort!

Dina rettede sig op og fangede Stines blik.

– Du ville ikke have, at han skulle rejse?

– Nej.

– Hvorfor ville du have ham her?

– På grund af Hanna..., hviskede hun.

– Men hvis han havde spurgt dig, var du så rejst med til Amerika?

Der blev stille i værelset. Lydene fra resten af huset lagde sig over dem som et låg, der lå løst på en blikspand. Spærret inde med hinanden. Og sig selv.

Stine begyndte at ane, at dette her forhør var andet end spørgsmål.

– Nej, svarede hun endelig.

– Hvorfor ikke?

– Fordi jeg vil være på Reinsnæs.

– Men I kunne have fået et godt liv.

– Nej.

– Tror du, at det var derfor, at det gik, som det gik? spurgte Dina.

– Nej...

– Hvorfor tror du, at han gjorde det? Hængte sig?

– Jeg ved det ikke... Det er derfor, jeg kommer med kortet til dig.

– Jeg ved, hvorfor han gjorde det, Stine. Og det havde ikke noget med dig at gøre!

– Folk siger, jeg forheksede ham til at gå i døden.

– Folk snakker med røven, snerrede Dina.

– Det er muligt... at folk har ret...

– Nej!

– Hvordan kan du vide det så sikkert?

– Der var en anden grund, som kun jeg kender noget til. Han kunne ikke være her.

– Var det, fordi han ville have Dina? spurgte Stine pludselig.

– Han ville have Reinsnæs. Det var det eneste, vi havde til fælles, Stine.

Deres øjne mødtes. Dina nikkede.

– Kan du hekse, Stine?

– Jeg ved det ikke..., svarede hun næppe hørligt.

– Så er vi måske flere, sagde Dina. – Men det må folk selv tage sig i agt for, ikke også?

Stine stirrede.

– Mener Dina det?

– Ja!

– Forstår du..., at der kan være kræfter...?

– Der er kræfter! Hvordan skulle vi ellers have klaret os?

– Jeg er bange for det.

– Bange... Hvorfor det?

– Fordi det er... djævelen...

– Djævelen bekymrer sig ikke om småting. Spørg bare Mor Karen.

– Det er ikke småting, at Niels hængte sig.

– Bekymrer du dig om Niels? spurgte Dina.

– Jeg ved ikke, hvad jeg gjorde.

– Det går ikke over, at man bekymrer sig om folk, selvom de hænger sig.

– Nej, det gør det vel ikke.

– Jeg tror, det kan redde Niels fra alt og fra sig selv, hvis du bekymrer dig. Så var det ikke forgæves, at han hængte sig.

– Tror Dina virkelig det?

– Ja. Og Niels gjorde i hvert fald en ting. Det er derfor, jeg har sendt bud efter dig. Han satte en lille livrente i banken til Hanna. Du er hendes værge. Det er omtrent nok til at rejse til Amerika.

– Herregud, mumlede Stine og studerede ternerne i sit forklæde. – Jeg hørte, at de talte om det, men jeg troede, at det var løgn ligesom alt det, de siger om mig.

– Hvad skal jeg gøre med pengene? hviskede hun videre.

– I behøver ikke at tigge om noget, hvis fanden flytter ind på Reinsnæs, svarede Dina med eftertryk.

– Fanden har aldrig været på Reinsnæs, sagde Stine alvorligt.

Så lukkede hun sig inde igen. Rejste sig roligt for at gå.

– Han må have tænkt på Hanna, før han gjorde det...

– Han tænkte nok også på dig.

– Han skulle ikke have gjort det! sagde Stine med uventet styrke.

– Givet dig pengene?

– Nej, hængt sig.

– Det var måske den eneste måde at få givet jer noget på, svarede Dina tørt.

Den anden trak vejret dybt. Så lyste hun op. Den store dør med de ærværdige rokokofyldinger og den tunge messingklinke lukkede sig varsomt imellem dem.

Mor Karen havde noget, hun kaldte »forårsunderet«.

Det var kommet fra det første forår, efter at Stines bryst var blevet goldt. Og det begyndte med, at Stine iagttog den hærskare af edderfugle, der holdt til på øer og skær ude i Sundet. Og at hun hørte, at det før i tiden gav en god ekstra indtjening at samle edderdun.

Stine arrangerede sig med naturen. Med sine egne hænder byggede hun et lætag for edderfuglene. Hun bandt enekviste sammen i ruller, så de blev til et naturligt telt. Hun madede dem og talte med dem.

Frem for alt passede hun på, at der ikke var nogen, der forstyrrede dem eller røvede deres æg.

Fuglene kom til strandene ved Reinsnæs og til husene i hundredevis det ene forår efter det andet. De nappede dun ud af brystet og forede deres reder.

Det rygtedes i hele sognet, hvordan lappepigen på Reinsnæs passede på edderfuglene. Og de summer, som hun tjente ved at samle dun fra de forladte reder, efter at æggene var klækkede, antog umådelige dimensioner.

Nu var det blevet til så meget, at lappepigen havde sat

penge i banken. Og hun skulle vist rejse til Amerika for at slå sig ned der.

Det var ikke frit for, at en og anden kone, der havde anledning til det, prøvede at gøre som Stine. Men det lykkedes ikke. For finnetyendet forheksede alle edderfuglene i hele sognet, så de kom til Reinsnæs! Hun kunne nok sit fag, mente de, der havde begreb om det.

På alle tænkelige og utænkelige steder stak der et edderfuglehoved op i rugetiden. Et år kom der en edderfuglemor ind i bryggerset gennem den åbne dør og lavede sig en rede i den store bageovn.

Det udviklede sig til tovtrækkeri mellem Oline og Stine om, hvad der var vigtigst i de uger, fuglene rugede, at bruge bageovnen eller lade edderfuglemoderen have fred.

Oline tabte kampen uden at bruge mund.

Da hun sendte drengen ned til bryggerset for at flytte reden og fyre i ovnen, kom Stine farende som et lyn. Hun tog drengen hårdt i armen og sagde nogle ord på lappisk, mens hendes øjne skød lyn.

Det var nok. Drengen kom bleg og hovedrystende ind i køkkenet.

– Trolddom er der ikke nogen, der skal kaste over mig! forkyndte han.

Der blev sagen stående.

Og døren til bryggerset og stegeovnen blev stående, så edderfuglemoderen kunne flyve til og fra for at skaffe føde.

Der var liv bag hver en tue og under hvert et lille tag.

Stine sankede dun, så snart fuglen var færdig med at lægge æg og begyndte at ruge. Hendes skørter fejede mellem rederne.

Hun tog ikke alle dunene på en gang. Tog bare lidt her og der.

Nu og da mødtes to mørke blikke. Hendes mørkebrune og det sorte, runde edderfugleøje. Fuglen blev roligt liggende, mens hun tog nogle dun fra redekanten.

Når hun gik, rystede fuglen sig lidt, strakte vingerne lidt og samlede æggene under sig igen. Så nappede den hurtigt og tilvant nogle dun fra brystet for at bøde på det, Stine havde taget.

Hun havde i hundredevis af husdyr i sin varetægt i disse uger i april og maj. År efter år kom de igen. De, der blev klækket på Reinsnæs, kom igen. På den måde blev forårsunderet større og større.

Så snart æggene var klækkede, bar Stine de små, sammenfiltrede garnnøgler til havet i sit lærredsforklæde. For at hjælpe edderfuglene med at skærme dem for kragerne.

Edderfuglene fandt sig roligt i eskorten. De vuggede afsted i hælene på Stine og snadrede højlydt. Som om de spurgte hende til råds om opdragelsen.

Hun blev siddende på de glatte klipper og passede på den lille familie, indtil de var genforenede og vel ude på vandet. Hannerne var allerede fløjet afsted. Til havet og friheden. Hunnerne var alene tilbage. Stine tog hunnernes ensomhed på sig.

Og de små dunkugler fik fjer og andre farver og lærte at finde mad. Om efteråret var de væk.

Men dunkurvene blev tømt og dunene renset og syet ind i dunlærred, så de kunne blive fragtet til Bergen.

Edderdun var en eftertragtet vare. Særligt hvis man kunne få kontakt med forhandlerne i Hamburg og København.

Anders tog det ikke så nøje med sine procenter, når det gjaldt Stine. Sandt at sige tog han ikke noget for fragten og formidling af kontakter.

Stines øjne blev mere og mere ligesom den forladte edderfuglemors runde, fugtige blik, når hannen flyver ud mod det store hav igen.

Hun var bange for, at kragerne skulle komme strygende og gøre det af med de små liv, som hun havde ansvaret for.

Stine vidste ikke, der stod i Mor Karens bog, at »lappen føler en lidelse og fornemmer et savn.«

4. kapitel

THI SE, VINTEREN ER FORBI, REGNEN ER GÅET OVER
OG DRAGEN BORT.
BLOMSTERNE ERE KOMNE TIL SYNE I LANDET, SAN-
GENS TID ER KOMMEN, OG TURTELDUENS RØST ER
HØRT I VORT LAND;
(Salomo' Højsang, kap. 2, v. 11 og 12)

Dina havde ladet det løse gulvbræt i kontoret sømme til. Og
for en sikkerheds skyld formanede hun pigen om at trække
servanten frem hver onsdag, når hun gjorde rent.

Niels plagede hende kun en sjælden gang. Mest når hun
var i vildrede med, om varelisterne var fuldstændige, eller om
hun havde glemt noget væsentligt. Eller når hun så Hanna gå
over gården på bare ben med Benjamin i hælene.

Niels kunne pludselig stå foran hende og nægte at flytte
sig. Så måtte hun gennemgå listerne igen. Indtil hun var helt
sikker på, at detaljerne og talrækkerne var rigtige.

Nogle gange fik han hende til at tage den faderløse pige på
skødet for sig.

Niels havde været til nytte, mens han sad i drejestolen på
kontoret. Men han var ikke uundværlig.

Dina satte sig ind i bestillingslisterne og det daglige regn-
skab. Hun ryddede op i alt det gamle skidt, der havde samlet
sig i årenes løb. Fik orden på reolerne, i skabene. Klarhed over
udestående summer.

Hun sendte bud til dem, hun vidste kunne betale og advar-
sel til dem, der skammede sig så meget over gammel gæld, at
de undlod af komme til Reinsnæs for at skaffe sig udrustning
til markarbejdet eller fiskeriet. Og hellere rejste til Tjeldsund
eller andre steder.

Advarslen var ikke til at misforstå. Så længe hun så dem på
Reinsnæs, når de havde noget, skulle hun nok sørge for, at de

kunne leve, når de ikke havde noget. Men så snart de var blevet set med skind fra vildt og fisk et andet sted, startede inddrivelsen.

Det virkede hurtigt.

Der var mange mennesker i hovedgården. Det puslede, og der var liv og bevægelse bag hver en væg og i hver en seng.

Uanset på hvilken tid af døgnet Dina bevægede sig rundt, så mødte hun en, der havde ærinde på det lille hus, i køkkenet, eller hvor det nu kunne være.

Det værste var alle disse kvinder. De flimrede rundt på alle tider af døgnet. Disse geskæftige, strikkende, snakkende, roterende kvinder bragte alt i uorden. Samtidig var de uundværlige.

Det gjorde Dina gnaven.

Hun ville sætte aftægtshuset i stand og flytte derind.

– Så kan Johan flytte ind i soveværelset med alle bøgerne, sagde Dina til Anders.

Han var den første, der fik noget at vide om planerne. Og en vigtig støtte.

Anders rejste til Namsos for at hente materialer til den kahyt, han skulle bygge på den store båd.

Til alles forfærdelse kom han hjem med en hel flåde af materialer på slæb. Han havde forbindelser, så priserne var lave og træværket tiptop.

Først var det kun ham, der var indviet i planerne, derfor kom det som et chok for hele gården, at Dina ville sætte den ulyksalige stue, hvor Niels havde hængt sig, i stand.

Oline gav sig til at græde. Det havde været hendes mening, at aftægtshuset skulle rives ned og glemmes. Hun havde bare ikke kunnet få sig selv til at sige det. Før nu.

– Er det meningen, at nogen levende skal flytte ind i det ulyksalige hus? Mor Karen skal ikke derind! Der er jo så mange værelser i hovedbygningen! skændte hun.

Dina og Anders forklarede og viste tegninger frem. Startede

337

med at fortælle om den glasveranda, de ville have sat op ud til vandsiden. Så man kunne sidde i ro og mag og se på strandskaden, når den kom spankulerende over markerne for at jage regnorm en tidlig forårsmorgen. De fortalte om skorstenspiben, der skulle mures op igen. Om vinduerne, der skulle skiftes ud mod sydvest.

Ikke mindst blev det gjort klart, at det var Dina, der skulle flytte ind.

Men Oline var ikke beroliget. Hun græd for Dina. Og for den lille Benjamin, der skulle bo sammen med sin mor i dødens hus.

– Gid lynet ville slå ned i sådan et hus! Og at det ikke fandtes mere! sagde hun inderligt.

Da tog Mor Karen affære. Ingen fik lov til at komme med sådan nogle besværgelser. Og Oline måtte kalde sine ukristelige ønsker tilbage og love bod og bedring for sin grimme tunge. Hvis Dina mente, hun kunne bo i aftægtshuset, så var der vel en mening med det. Unge mennesker kunne godt have brug for lidt tid og rum til sig selv. Dina havde jo meget ansvar og mange vanskelige tanker. Med hensyn til driften af gården, handelen og tallene.

Mor Karen havde mange undskyldninger.

Oline mukkede stadigvæk. Mente, at Dina kunne tænke på sine tal og sit ansvar nede på kontoret i kramboden. Basta!

Dina mistede efterhånden tålmodigheden og sagde lige ud, at hun ikke havde tænkt sig at rådføre sig med tjenestefolkene, hvad husbyggeri angik. Den sad som en giftpil i Olines bryst. Hun bøjede øjeblikkeligt hovedet, men glemte det aldrig!

Dina havde for længe siden bestilt kulørte glasruder til verandaen fra Trondhjem og en hvid kakkelovn fra Hamburg.

Hun brugte af Niels' opsparede penge, som hun fik lensmanden til at hente i banken, efterhånden som hun fik brug for dem.

På den måde satte hun også aftægtshuset i stand for ham. Så havde han ikke noget at klage over.

Sprækken mellem loftsplankerne og bjælken lod Dina tætne. På Mor Karens udtrykkelige befaling. Hun tålte ikke at blive mindet om stakkels Niels' sidste gerning, hver gang hun kom til aftægtshuset.

Arbejderne og markarbejderne skulle have pleje og mad. Det gav Oline drøje arbejdsopgaver.

Og det tog sin tid med det hele. Hun forhastede sig ikke. Folk måtte hellere være sultne i en halv time og vente på god mad end at lade sig spise af med rester og skidt, mente hun.

Det førte til, at det var Oline, der bestemte, at der skulle serveres meget tidlig morgenmad klokken fem.

Og den, der ikke var på plads, når klokken ringede tre korte gange, fik ikke ekstra forplejning.

– Er fadet væk fra bordet, er maden væk fra bordet! messede hun og så strengt på den stakkel, der måtte gå til arbejdet på fastende hjerte.

Hverken Mor Karen eller Dina mente, at de skulle blande sig i Olines jernhårde disciplin. For den førte til, at det meste af det, der skulle gøres, blev gjort i god tid før aftenen.

Det skete, at de fik arbejdere, der ikke var vant til så hårdt et system, og som betakkede sig og forsvandt.

Så sagde Oline tørt:

– Råddent hø er det kun godt, at vinden tager med sig!

»Prinds Gustav« kom glidende en dag, hvor Dina stod på flaghøjen og talte fjeldtoppe sammen med Hanna og Benjamin. Den nye krambodsbestyrer var roet ud for at få posten og varer i land.

Det var ham! Klædt som en sømand. Med køjesæk og rejsetaske. Hans ansigt var som et drømmesyn.

Den lille båd gled mod grunden, mens damperen fløjtede – og sejlede nordpå.

Dina trak Benjamin i håret og talte toppene mod nord, så det gjaldede. Hun nævnte dem alle ved navn. Rivende hurtigt, mens hun halede børnene med sig ned ad den stenede sti mod husene. Så lod hun dem gå med en mine, som om hun aldrig havde set dem før.

Det lykkedes hende at komme op i soveværelset. Hun kunne ikke finde sit tøj. Sin hårbørste. Sit ansigt. Snublede i tæppet.

Og aftægtshuset var ikke klar til at tage imod gæster, hun ville have for sig selv!

Imens var han kommet helt ind i Olines blåmalede køkken. Hans stemme kom op ad trappen og gennem de åbne døre. Lagde sig i øregangene. Som myrra fra Hjertruds bog.

Hun hilste på ham som på en husven i alles påhør. Men Oline og pigerne vidste bedre. Der var ikke mange, Dina omfavnede til velkomst. De vendte sig væk og fandt på noget at beskæftige sig med, mens de hele tiden sørgede for at være i nærheden.

Stine hilste på gæsten og startede forberedelserne til et stort måltid. Johan og Anders kom ind i gangen med Leos køjesæk imellem sig. De lod den falde ned ved trappen og kom ind i stuen.

Anders stak hovedet ind til Oline og spekulerede på, om der skulle serveres noget til velkomst.

Johan råbte fra gangen. Spurgte om, hvordan vejret havde været på rejsen og om helbredet, mens han hængte overtøjet fra sig.

Børnene, som genkendte den fremmede, kom ind. To små mus, der løb rundt om deres hul, hele tiden opmærksomme på, at katten kunne komme og gå på jagt efter dem.

Snakken gik livligt rundt om bordet.

– Hvor er straffefangen? spurgte Dina pludselig.

To grønne og to isblanke øjne mødtes.

– Benådningen blev trukket tilbage, sagde han, og så forskende på hende. Som om han var forbavset over, at hun kunne huske det med straffefangen.

Han sad tæt på hende og lugtede af tjære og salte vinde.

– Hvorfor det? spurgte hun.

– Fordi han skabte sig som en vild og gik løs på en vogter med en brændeknude.

– Ramte han vogteren?

340

– Ja, men kun lige, svarede han og blinkede til Benjamin, der sad og lyttede med åben mund.

– Hvad for en straffefange? sagde Benjamin ligefremt og sneg sig hen til Leos knæ.

– Hysch! sagde Dina mildt.

– Det var en, jeg skulle have med mig til Vardøhus, når jeg alligevel rejste nordpå igen, svarede Leo.

– Hvad havde han gjort?

– Frygtelige ting, sagde Leo.

– Hvad for noget? Benjamin gav sig ikke. Til trods for Dinas blik, som føltes, som når man uforvarende kom for tæt på ovnen.

– Han havde slået sin kone ihjel med en økse.

– Med en økse?

– Med en økse.

– For pokker! sagde Benjamin. – Hvorfor det?

– Han var vel vred. Eller hun stod i vejen for ham. Hvem ved? Leo vidste ikke rigtigt, hvordan han skulle gribe den unge nysgerrighed an.

– Ville du have haft ham med til os, hvis han ikke havde slået vogteren med brændestykket? spurgte Benjamin.

– Nej, sagde Leo alvorligt. – Man tager ikke sådan nogle gæster med sig hertil. Så ville jeg nok have været nødt til at rejse forbi.

– Så var det jo ikke så slemt, at han slog?

– Nej, ikke for mig. Men for ham var det slemt.

– Ser han ud ligesom andre folk? ville drengen vide.

– Ja, når han vasker og barberer sig, så gør han.

– Hvad gjorde han, før han slog hende ihjel?

– Det ved jeg ikke.

– Hvad sker der med ham nu? ville Benjamin vide.

– Han skal blive der, hvor han er, i lang tid.

– Er der værre der, end på Vardøhus?

– Det siger de, sagde Leo.

– Tror du, at han gør det igen? Slår nogen ihjel?

– Nej, sagde Leo, stadig i dyb alvor.

– Niels har hængt sig! sagde Benjamin pludselig og så den store mand op i ansigtet.

341

Hans ar lyste blåligt på den gråbrune hud.

– Men Tomas siger, at det snart er ti år siden, nogen sidst døde på Reinsnæs, fortsatte Benjamin. – Da var det Jacob, tilføjede han sagkyndigt.

Drengen stod midt på gulvet og så på de voksne en efter en. Som om han ledte efter forklaringer. Stilheden blev som en ørefigen.

Dinas øjne var ikke gode. Det raslede faretruende i hendes skørt, og hun kom hen imod ham som en jægt i god fart.

– Du skal tage Hanna med dig ud at lege! sagde Dina med uhyggelig, mild stemme.

Benjamin greb Hannas hånd. Og væk var de.

- Nej, Niels er ikke mere, sagde Mor Karen, hun var kommet ubemærket ud af sit kammer. Hun knugede sølvhåndtaget på sin stok, mens hun forsigtigt skubbede døren til bag sig. Så vendte hun sig om igen, gik møjsommeligt over gulvet og greb Leos hånd.

Han var som en søvngænger, der rejste sig og bød hende sin stol.

– Men vi andre må leve videre. Han skal være velkommen tilbage på Reinsnæs!

Historien kom frem. Der blev sat enkle ord på. Men den lagde sig som et støvlag på deres ansigtstræk.

Det var Mor Karen, der påtog sig opgaven. En gang hørtes et suk mellem sætningerne. En anden gang: »Min Gud...!«

– Men hvorfor..., spurgte Leo vantro. Han så direkte på Dina.

Stine gik stille ind og ud af stuen. Anders hævede sine to brune, barkede hænder op foran ansigtet som en båd med bunden i vejret. Johan sad med sammenpresset mund og hjemløse øjne. Mor Karen lyste velsignelsen over stakkels Niels.

– Hvorfor gjorde han det? gentog Leo.

– Herrens veje er uransagelige, sagde Mor Karen.

– Det var ikke Herren, Mor Karen. Det var Niels' frie vilje. Det må vi ikke glemme, sagde Johan stille.

– Men Herren lader ikke en fugl falde til jorden, uden at han ved det, sagde Mor Karen stædigt.

342

– Det har du ret i, kære Mor Karen, sagde Johan medgørligt.

– Men hvorfor gjorde han det? Hvad var der galt med manden? Hvorfor ville han ikke leve længere? gentog Leo.

– Måske manglede han noget at leve for, sagde Anders. Hans stemme var rusten.

– Man har vel det, som man magter at se, og noget må vel have spærret for Niels' syn, sagde Johan.

Leo så fra den ene til den anden. Og han bekymrede sig ikke om at skjule, at han var bevæget. Pludselig rejste han sig op og greb fat i bordkanten, rensede stemmen, som om han ville holde tale. Så begyndte han at synge.

En molstemt, fremmed melodi. Sorgen løb ud af ham som af et barn. Han kastede hovedet bagover og sugede den til sig igen, men fortsatte med at synge. Længe. Et omkvæd gik igen:

Погасло дневное светило,
Nu slukkes dagen
на море синее вечерный пал туман.
på havet falder blå aftentåge.

Шуми, шуми, послушное ветрило,
Sus, sus, du lydige sejl,
волнуйся подо мной, угрюмый океан.
vug under mig, du mørke ocean.

De havde aldrig set eller hørt noget lignende. Han var blevet sendt for at hjælpe dem igennem det, de havde gemt for hinanden i ugevis. Forbandede, ensomme spørgsmål: »Har jeg skyld?«

Efter måltidet red Dina og Leo ud med Tomas' fortabte blik i ryggen.

Forårslyset var som en nysleben kniv over dem til langt ud på aftenen.

– I rider sammen, du og Tomas? spurgte Leo.

– Ja, når det falder sig.

Sneen lå endnu tilbage her og der.

Hun førte an over fjeldet.

– Han har været her længe, Tomas?

– Ja, hvorfor det?

– Han har øjne som en hund.

– Jaså, sagde hun og lo. – De er bare lidt specielle – et blåt og et brunt... Han er dygtig. Til at stole på.

– Det tror jeg gerne. Men han har samme øjne som Niels, når han ser på Dina...

– Ti stille med Niels! stønnede hun og satte hesten i galop op ad en stejl bakke.

– Du driver mænd langt! råbte han efter hende.

Hun vendte sig ikke om. Svarede ikke.

Han indhentede hende igen og tog fat i hendes tømme. Sorte blev skræmt og stejlede med en rasende vrinsken.

– Slip! Hesten kan ikke lide det! sagde hun. Hendes stemmen lød, som om den havde været lukket inde i timevis.

– Du ved, hvad der drev Niels i døden? spurgte han indtrængende.

– Ja, han hængte sig! snerrede hun og rev sig løs.

– Du er hård!

– Hvad vil du have, jeg skal sige? At jeg drev ham i døden, fordi jeg ikke ville have ham? Tror du virkelig, at det var grunden, Leo Zjukovskij?

Han svarede ikke.

De tav og gemte sig.

Jeg er Dina. Hvorfor tager jeg Hjertruds sendebud hertil? Er det, for at han skal se tid og sted? Se slæden i dybet? Og når han har set det, bliver han så stum?

Da de var kommet helt op til den kløft, hvor Jacob og slæden faldt ned, holdt Dina hesten an og sagde:

– Har du været i Trondhjem hele tiden?

– Nej.

– Hvor har du så været? Du sendte ikke et ord.

Hun sprang af hesten og lod den gå, som den ville. Leo fulgte hendes eksempel, før han svarede.

344

– Jeg troede, jeg ville komme nordpå meget før.

– Hvorfra?

– Bergen.

– Hvad lavede du der, Leo? Har du også en enke der?

– Nej, ingen enker i Bergen. Ingen enker i Trondhjem. Ingen enker i Arkangelsk, kun på Reinsnæs...

Hun svarede ikke.

Sorte vrinskede uroligt, søgte ind til Dina. Stak mulen ned i håret på hende.

– Hvorfor er den så urolig? spurgte Leo.

– Han kan ikke lide at være her.

– Åh? Hvorfor ikke det? Er den bange for larmen fra strømmen?

– Jacob faldt ned her. Hesten og jeg blev stående tilbage på kanten.

Leo vendte sig om og så forskende på hende.

– Og det er næsten ti år siden, som Benjamin sagde?

– Ja, hesten er blevet gammel. Jeg må snart have mig en ny.

– Det må have været – forfærdeligt...

– Det var ikke nogen lykke, sagde hun kort og bøjede sig ud over skrænten.

– Du holdt af Jacob? spurgte han efter et stykke tid.

– Holdt af?

– Ja, jeg har forstået, at han var meget ældre end du.

– Ældre end min far.

Han betragtede hende med et udtryk af nysgerrighed og forbavselse, lige indtil hun spurgte:

– Hvem af dem, man møder, holder man af? Det ved vel du, der rejser så meget?

– Det er vel kun nogle få...

– Du, som er så frimodig og spørger mig, om jeg holdt af Jacob, kan vel svare mig på, hvem du har holdt af af dem, du har mødt.

– Jeg holdt af min mor. Men hun er ikke mere. Hun fandt sig aldrig til rette i Rusland. Længtes altid tilbage til Bergen. Til havet, tror jeg... Desuden havde jeg en kone fra jeg var tyve, til jeg var treogtyve. Hun døde også fra mig.

– Ser du hende nogensinde nu?

– Hvis du mener, om jeg tænker på hende... Ja, af og til. Sådan som nu... Siden du nu spørger. Men jeg holdt ikke af hende, som jeg skulle. Vores familier syntes, vi var et passende parti for hinanden. Jeg var bare en uansvarlig medicinstuderende, som hellere ville være radikal og indynde mig hos kunstnerne og de rige charlataner ved zarens hof. Jeg læste og drak vin... Holdt politiske taler, og...

– Hvor gammel er du?

– 39, sagde han smilende. – Synes du, det er gammelt?

– Det er ikke alderen, det kommer an på.

Han lo højt.

– Er du ud af stormandsslægt? Havde du adgang til hoffet? spurgte hun.

– Jeg prøvede.

– Hvorfor lykkedes det ikke?

– Fordi Pusjkin døde.

– Ham med digtene?

– Ja.

– Hvordan døde han?

– I en duel. På grund af jalousi, hed det sig. Men han blev egentlig offer for en politisk intrige. Rusland rådner op indefra. Det rammer os alle. Pusjkin var en stor kunstner, som havde små mennesker rundt om sig.

– Det lyder nu, som om han også var lille, fastslog hun.

– Alle er små, når det gælder kærlighed.

Hun så hurtigt på ham og sagde:

– Kunne du tænke dig at skyde nogen på grund af jalousi?

– Det ved jeg ikke. Måske...

– Hvor blev han ramt?

– I underlivet...

– Et dårligt sted, sagde hun tørt.

– Du viser ikke din medfølelse så let, Dina? sagde han, pludselig irriteret.

– Hvordan det?

– Af en kvinde at være, tåler du meget godt at høre om lidelse og død. Når du taler om din døde mand... Om Niels... Og nu Pusjkin. Det er usædvanligt.

– Jeg kender ikke denne Pusjkin.

– Nej, men de andre...

– Hvad venter du dig?

– Lidt medfølelse i en kvindes stemme.

– Det er jo kvinder, der gør de døde i stand. Mænd lægger sig jo bare til at dø. Man kan ikke græde over et tosset sår i underlivet efter en duel. Mænd kommer forresten ikke af dage på den måde her hos os. De drukner.

– Eller hænger sig. Og kvinderne i Nordland græder også.

– Det vedkommer ikke mig.

Det var ikke kun ordene, der var afvisende.

– Din mor er også død? En voldsom død? fortsatte han, som om han ikke havde hørt det sidste, hun sagde.

Dina bøjede sig ned og tog en ordentlig stor sten op. Lagde armen bagover og slyngede den med stor kraft ud over afgrunden.

– Hun fik flere liter kogende lud ud over sig, fastslog hun uden at se på ham. – Det er derfor, lensmanden har revet vaskehuset på Fagernæsset ned og helst ser, at jeg er på Reinsnæs al min tid.

Så fløjtede hun efter hesten med to fingre mellem tænderne.

Leo stod med armene hængende ned. Et sted i hans grønne øjne fødtes pludselig en grænseløs ømhed.

– Jeg kunne forstå, at der var noget... Den scene med din far i julen. Du er ikke så gode venner med din far, Dina?

– Det er ham, der ikke er ven med Dina!

– Det er barnagtigt af dig at sige det på den måde.

– Det er nu alligevel sandt.

– Fortæl din historie.

– Du skal fortælle din først, sagde hun tvært. Men lidt efter kom det:

– Hvad ville du have gjort, hvis dit barn havde været den, der havde taget fat i det håndtag, der fik luden til at flyde ud over hende? Og hvad ville du have gjort, hvis din kone forsvandt fra dig, før du fik vist hende lidt kærlighed, efter at du havde plaget hende i årevis?

Leo gik hen til hende. Tog om hende. Knugede hende ind til sig. Og kyssede hende blidt og hårdt.

Fossen var som et kirkeorgel. Himmelen skjulte hesten. Jacob var kun en engel. For Hjertruds nye sendebud var der.

– Du sætter streger i dine bøger, det ser ikke pænt ud, sagde hun pludselig, da de red ned over fjeldet.

Han skjulte lynhurtigt sin forbavselse og svarede:

– Du udspionerer folk. Du undersøger rejsetasker og bøger.

– Ja, når de ikke selv vil fortælle, hvem de er.

– Jeg har fortalt...

– Om denne Pusjkin, som du beundrer som en gud. Du lovede mig en oversættelse.

– Det skal du få.

– Det skal være den bog, jeg fik af dig.

– Det var ikke den, du fik. Du tog den! Det var den anden, du fik.

– Du havde to ens bøger. En med streger i og en uden. Jeg kunne bedst lide dem med streger i.

– Hun er godt informeret, sagde han, som om han talte til sig selv.

Hun vendte sig om på hesteryggen og så drillende på ham.

– Du må passe bedre på!

– Ja, herefterdags. Den bog var faktisk vigtig..., sagde han, men standsede brat op.

– Hvem giver du bøger på russisk her til lands?

– Dig for eksempel.

– Jeg måtte selv tage den bog, jeg skulle have.

– Du generer dig ikke, sagde han tørt.

– Nej.

– Hvorfor tog du den bog, der var streget i?

– Fordi den betød mest for dig!

Han sagde ikke mere. Hun havde udmattet ham.

– Har du den anden bog med dig nordpå?

– Nej.

– Hvor har du den så?

– Der var en enke, der stjal den.

– I Bergen?

– I Bergen.

– Du er vred.

– Ja, jeg er vred.

– Kommer du ind i soveværelset i aften og oversætter det, som du bedst kan lide i Pusjkins bog?

– Vil det være passende?

Da lo hun, mens hendes krop hoppede op og ned på hesteryggen ned ad den stejle vej. Hun sad overskrævs. Hendes lår klemte bestemt og blidt om hestens flanker, og hendes hofter duvede i samme takt som det arbejdende dyr.

Manden ønskede sig sommer. Væk med kulden. Så ville han have bundet hesten til et træ.

Den tredje dag rejste han. Dina begyndte at gå om natten. Og foråret havde travlt med sit.

5. kapitel

Du skal ikke blotte din stedmoders blusel; det
er din faders blusel.
(Den tredie Mose Bog, kap. 18, v. 8)

Kvinderne på Reinsnæs var som jægterne på Reinsnæs. Trukket
op på samme strand. Men med forskellig bestemmelse, så snart
det gik til havs. Forskellig last. Forskellige sejlegenskaber.

Men mens jægterne havde en skipper, drev kvinderne selv
sejlet op mod vinden. Tilsyneladende egenrådige og med stor
individuel magt.

Nogle troede, at Stine kunne mane vinden frem. Andre
mente, at Dina stod i ledtog med den onde. Hvorfor skulle
hun ellers sidde i ulveskindspels i de månelyse vinternætter i
et tilsneet lysthus og drikke vin.

Atter andre mente, at der var en balance mellem de onde
og de gode magter på Reinsnæs. Men det ville være en kata-
strofe den dag, Mor Karen var væk.

Den gamle hang ved livet. Hun var som lysende, blød birke-
bark at se på. Hvid med mørke pletter. Håret blev grundigt
friseret af Stine hver dag. Efter det ugentlige bad i enebæraf-
kog havde det altid en gylden tone. Og det blev blødt som
silke at rede ud.

Den markerede, krumme næse holdt monoklen på plads.
Hun læste sine tre timer hver dag. Aviser, bøger, gamle og nye
breve. Det var vigtigt i alderdommen, mente hun, ikke at lade
ånden forsvinde.

Hun sov sin middagssøvn i øreklapstolen med det kartede
tæppe over skødet. Hun lagde sig sammen med arbejderne og
stod op med hønsene. Det, at hun var så dårlig til bens, var en
plage. Men hun gjorde ikke noget væsen ud af det, nu hvor
hun havde fået kammeret bag ved spisestuen og slap for trap-
pen.

Mor Karen havde været imod Dinas byggeri og reparation af aftægtshuset. Men eftersom Dina ikke gav sig, og håndværkerne kom til gården, skiftede hun mening.

Der blev ordnet og gjort ved på aftægtshuset, så det til sidst var som et nypudset smykke.

Den dag, arbejdet var færdigt, og Dinas ting var flyttet ind, kom Mor Karen over gårdspladsen for at tage det hele i øjesyn.

Hun havde bestemt, at huset skulle males okkergult med hvide vinduesrammer og ornamenter.

Dina var enig med hende. Aftægtshuset skulle males okkergult! Det var nok med et stort, hvidt hus på gården. Og samtidig måtte aftægtshuset ikke se ud som et rødt udhus.

Det bedste ved huset var den nye glasveranda til vandsiden. Med dragespir og kulørte vinduer. Fløjdøre og en bred trappe. Der kunne man sidde, eller gå ind og ud, uden at blive iagttaget fra de andre huse.

– En glasveranda med fløjdøre mod sydvest! Der må fyres meget, og det vil trække meget! fastslog Oline. – Og piedestalerne med bregner og rosentræer vil ikke overleve en vinterdag!

– Et anfald af storhedsvanvid, sagde lensmanden, da han kom. – En glasveranda passer ikke til det tørvedækkede tag, mente han. Men han smilede.

Anders holdt med Dina. Mente, det var et pænt hus.

– En glasveranda er under alle omstændigheder bedre at sidde i om vinteren end et lysthus, sagde han og blinkede til Dina. På den måde satte han dristigt navn på Dinas laster.

Mor Karen forærede sine mest levedygtige aflæggere fra en geranium til de nye stuevinduer.

På indflytningsdagen sad hun i gyngestolen og betragtede smilende alle herlighederne. Hun nævnte aldrig, at Niels var død i aftægtshuset.

– Det her skulle Jacob have set, Dina! Du store! udbrød hun og slog hænderne sammen.

– Jacob ser det, han ser, sagde Dina og skænkede sherry i to små glas.

Mændene var gået efter endt arbejde og havde ladet dem være alene. Annette havde fyret op. Røgen lagde sig mildt over hustaget og svævede fint ud over Sundet. Som en lille tot rensdyrlav på den vældige himmelflade.

– Nej, nu må vi hente Oline og Stine! sagde den gamle.

Dina åbnede det nye vindue og råbte over gårdspladsen. Snart var de der. Fire kvinder under bjælkerne i aftægtshuset.

Oline skævede op til loftet, hvor Niels var blevet skåret ned.

– Der er en anden lugt i huset end før? sagde hun og drejede det lille glas mellem sine stærke fingre.

– Der lugter af nyt træværk og en lille smule besk fra den nye ovn, mente Stine.

– Den er nu et mirakel! En hvid ovn! Der er vist ingen andre i hele sognet, der har en hvid ovn! sagde Oline stolt.

Dina havde været omhyggelig med ikke at tømme soveværelset for indbo. Havde betakket sig for himmelsengen. Den skulle Johan få lov at have. Men det ovale bord og stolene, som Mor Karen havde bragt til gården, fik hæderspladsen i stuen. Det stod godt til det lyse lærredstapet og de høje, løvgrønne paneler. Det samme gjorde spejlet med hylden og sølvkandelabren.

I stedet for ville hun bestille nogle nye møbler fra Bergen til sommer.

Til Hanna og Benjamin havde Dina fortalt, at hun ville købe et chatol med et hemmeligt rum til guld og sølv og ædelstene.

Med sig selv bestemte hun, at hun ville anskaffe sig en bred, god enkeseng.

Køkkenet var blevet udstyret med det nødvendigste. Ingen troede på, at Dina ville arbejde i det værelse, men de sagde det ikke.

Celloerne var kommet på plads i stuen. Begge to. Hun havde egenhændigt og med en bister mine båret dem over gårdspladsen på den solrige dag.

Da glasset var tømt, lukkede hun døren til verandaen op og satte sig med Lorchs cello mellem lårene.

Med ryggen til de andre og med ansigtet ud mod havet spillede hun polonæser. Bag de kulørte vinduer i den nye glasveranda. Mens havet lå blodrødt eller gyldent, lyseblåt eller grønligt, alt efter hvilken rude hun så igennem. Verden skiftede hele tiden farve.

I stuen indenfor sad kvinderne på Reinsnæs på stole med foldede hænder og lyttede. Det var første gang, de holdt fri alle sammen på en gang for at være sammen om noget.

Jeg er Dina. Han går gennem mine nymalede værelser. Han bøjer hovedet over bordet og lytter til Lorchs cello. Hans hår har en hvirvel i venstre side, så kraftig, at det ser ud, som om alle hårene på hovedet af ham bliver sprøjtet ud fra et eneste punkt for derefter at falde som brune vandfald ud over hele hovedet. Hans hår er som vand fra en bræ, der er blevet til silketråde på vej til havet. Det sprøjter ud i ansigtet på mig.

Leo!

Han er som de gamle tanker, der altid dukker op. Som at stå uden for stalden på Helle og varme de bare fødder i nylagte kokasser sent på efteråret. Når han går gennem værelset, undrer jeg mig over, at jeg kan bevæge mig, udstøde lyde, føle vind i håret. Eller sætte det ene ben foran det andet. Hvor kommer kraften fra? Hvor kommer al saften fra, al fugtigheden? Alt det, der begynder med at være frisk, men som forvandler sig til ækle, klæbrige, stinkende skjolder. Og stenen? Hvem har givet stenen en så ubændig styrke? Til altid at ligge der! Og gentagelserne. Hvem har bestemt alle disse gentagelser? Toner, der stadig gentager sig i et mønster. Tallenes endeløse og lovformelige rækker. Og nordlysets flugt over himmelen! Altid i baner, jeg ikke forstår. Men der er et system. Som er en gåde. Denne undren kommer til mig og bliver lettere at bære, når han med sin store hårhvirvel går gennem mine stuer. Han jager dem alle sammen væk. For han så dybet. Han hørte om Hjertrud. Og alligevel talte han.

Kommer han igen?

Hvem er jeg? Der tænker disse tanker? Er jeg Dina? Der gør, som jeg vil?

De hørte Lorchs cello fra aftægtshuset om natten. Dina begyndte at skrumpe ind som en vinterkartoffel, som frosten havde fået fat i.

Oline så det først med sit falkeblik. Og hun sagde det lige ud: At det var den forbandelse, der ramte hende, fordi hun boede i dødens hus. Ingen kunne ustraffet begive sig ind under den slags bjælker. Man kunne ikke bare putte lærred, tapet og maling oven på en så skændig synd. Den ville sidde der i al evighed. Amen.

Men alle kunne se, at forbandelsen også havde en anden virkning på Dina. Hendes arbejdsdage var som en markarbejders. Hun stod op i det tidlige morgengry. Og langt over midnat kunne man se skygger bag vinduerne og høre musik fra glasverandaen.

Tomas var som tømret fast til hverdagen på Reinsnæs. Han mærkede duften af Dina tværs igennem sildetønder, tranbrænding og lugten af Olines brød. Han velsignede den dag, russeren rejste, og Dina begyndte at arbejde som et dyr.

Tomas kunne lugte hende, han så hendes hofter, undrede sig over, at hendes håndled var blevet smallere. At håret var begyndt at miste sin spændstighed.

Hun ville ikke engang have ham med, når hun red. Var holdt op med at lege. Hendes blik var skarpt som hos formanden for fiskerlauget. Og man hørte sjældent hendes stemme, men når man gjorde, var den uundgåelig som et tordenbrag.

Da hun flyttede over i aftægtshuset, ventede han, at hun ville sende bud efter ham.

Hendes verandadør kunne kun ses fra vandsiden.

En dag kom der et brev med laksegl. Til Johan.

Det var en forårsdag fuld af mågeskrig og spektakel, fordi de folk, der skulle sætte jægten i vandet til Bergensturen, var kommet.

Midt i postyret blev Johan stående i kramboden med brevet i hånden. Der var ingen der på det tidspunkt. Så han åbnede brevet. Det fastslog, at han endelig havde fået et præstekald. På et lille sted på Helgelandskysten.

Han gik ud mellem pakhusene. Så ud over kajerne, udhusene, hovedbygningen, aftægtshuset, som folk var begyndt at kalde Dinahuset. Hørte det mylder, der var på stranden, hvor folk var i gang med at sætte jægten i havet. Husmandsfolk, børn og tilfældige forbirejsende. Som tilskuere og hjælpere. Anders og styrmanden førte an. Med myndige stemmer.

Markerne var blevet grønne så langt, man kunne se op mod skovene og fjeldet. Den blågrønne Vig og fjeldene lå bag en mælkehvid dis i det gode vejr.

Skulle han forlade alt dette?

Idet han vendte sig om mod hovedbygningen, hvor vinduerne i soveværelset stod som blinkende øjne lige over for ham, kom Dina imod ham ned ad alleen i et blodrødt kjoleliv og med håret flagrende i vinden.

Øjnene løb pludselig fulde, og han måtte vende sig om for at skjule sig.

Det brev, som han næsten havde opgivet at få, føltes pludselig som en dom.

– Står du og hænger med hovedet? spurgte hun og kom helt hen til ham.

– Jeg har fået et præstekald, svarede han tonløst og prøvede at møde hendes øjne.

– Hvor?

Han nævnte stedet og rakte hende brevet. Hun læste det langsomt igennem, så foldede hun det sammen og så på ham.

– Du er ikke nødt til at tage imod det, sagde hun bare og rakte ham brevet.

Hun havde gennemskuet ham. Set alle de tegn, han sendte hende. Tegn, han knapt vidste, at han rådede over.

– Men jeg kan vel ikke gå her?

– Vi har brug for dig, sagde hun kort.

Deres øjne mødtes. Hendes: Krævende. Hans: Søgende. Fulde af spørgsmål, som hun ikke svarede på.

– Knægten har brug for en lærer, fortsatte hun.

– Men det var ikke det, mor ville...

– Din mor kunne ikke se ind i fremtiden. Hun vidste ikke,

hvem der ville få brug for dig. Hun kunne kun se, at du skulle blive til noget.

– Tror du ikke, at hun ville have græmmet sig?

– Nej.

– Men så du, Dina? En præst uden et kald?

– En præst er god at have, sagde hun med en tør latter. – Desuden er det kald, du har fået, så lille, at det er en fornærmelse, tilføjede hun.

Senere på dagen kontrollerede Dina listerne over udrustningen til Bergensturen. Hun gik rundt på kajerne og så ud over det, der endnu ikke var parat.

Da kom Jacob frem fra væggen uden tøj. Han havde sit store lem stående frem for sig som et spyd.

Hun lo ad ham, fordi han bød sig til. Men han blev trodsigt stående og fristede hende.

– Havde hun glemt, hvordan han var, gamle Jacob? Kunne hun ikke huske, at han kunne glide så dybt og smukt ind i hende? At han kunne få hende til at bide i lagenet, fordi al luft og lyd blev presset ud af hende på grund af den store lyst? Huskede hun ikke, hvordan han kælede med hende? Hvad var vel en enkelt, pjattet russer, som rejste til og fra som et synk uden snøre, over for Jacobs oprejste lem? Kunne hun fortælle ham det? Kunne hun bevise, at denne russer havde et udstyr, der var bedre? Eller mere kraft i næverne end Jacob?

Hendes krop var i splid med sig selv.

– Hvem er du, der går og venter på en skifting, der ikke ved, om han skulle til Arkangelsk eller til Bergen? sagde Jacob hånligt.

Lemmet var blevet så stort, at det voksede ind over listerne med varer. Papirerne rystede i hånden på hende.

Jeg er Dina. Johan går ud i havet med mig. Vi driver. Men han ved det ikke. Jeg flyder. For Hjertrud holder mig. Sådan tugter vi Jacob. Tugter Barabbas.

Det var samme aften, at hun hentede en flaske vin og inviterede Johan til glasverandaen i midnatssolen med den undskyldning, at hun ville diskutere Reinsnæs og Johans fremtid.

Hun ville vise ham rundt, så han kunne se, hvordan hun havde indrettet sig.

Kammeret ud mod havet, hvor hun sov, måtte han endelig se.

Han fulgte hende. Først vidste han ikke, hvordan han skulle afvise hende uden at såre hende. For det var jo ikke sikkert, at hun tænkte ligesom han... Dina var så ligetil. Hun gjorde de mest usømmelige ting i fuldt dagslys. Som at vise sin stedsøn sit sovekammer. Alene. Som at komme så tæt på ham, at han var ude af sig selv. Undervejs glemte han, hvordan han skulle udtale de mest enkle ord.

Hun fangede ham, som en kat fanger en fugl, den har bidt halvt bevidstløs for at have noget at lege med. Holdt ham nogle minutter med kløerne. Tumlede rundt med ham mellem blondegardinerne og sengen. Så kom hun hele tiden nærmere. Til sidst greb hun ud efter ham.

– Dina! Nej, Dina! sagde han fast.

Hun svarede ikke. Lyttede bare et øjeblik ud mod gårdspladsen. Så lukkede hun hans mund med stor grådighed.

Jacob kom frem fra væggen og prøvede at redde sin søn. Men det var for sent.

Han havde arvet Jacobs redskab. Selvom han var mindre af bygning og spinklere.

Lemmet rejste sig med en forbavsende styrke og størrelse. Fint formet med kraftige blå årer. Som et net, der skulle holde sammen på alt det, der arbejdede derinde.

Hun førte ham.

Han havde ikke så meget at give hende. Andet end et stort lem. Allerede da hun klædte ham af, havde han et stort hul i sjælen. Som han prøvede at skjule for dem begge to. Med generthed. Men han var lærenem. Det var ikke kun Jacob, han var i slægt med, men med hele den gamle Adam. Da han først lod sig tage.

Bagefter lå han i det flimrende lys bag hvide gardiner, der var trukket for, og hev efter vejret og vidste, at han havde forrådt sin Gud, sit kald og sin far! Og han følte sig vægtløst flydende som en ørn højt over havet.

Først havde han ladet sig overvælde af skam, fordi han havde blottet sig så eftertrykkeligt. Han havde ikke bare tømt sig i hende og ud over hende, han var også halvnøgen og i en ynkelig forfatning. Og han vidste ikke, hvordan han skulle få vejret igen.

Han kunne se på hende, at det her var en synd, som han måtte tage på sig og bære alene. Og endelig forstod han sin grænseløse hjemve i de år, hvor han gik som en fremmed i København og ikke turde rejse hjem.

Hun sad i undertøj med nøgne lår og røg en stor cigar, mens hun smilende betragtede ham. Så begyndte hun roligt at fortælle om dengang, hun lå med Jacob første gang.

Johan fik først kvalme og følte sig elendig. Det blev så uvirkeligt for ham. De ord, hun brugte. At det var faderen, hun talte om. Lidt efter lidt pirrede historien ham. Gjorde ham til en lurer ved faderens nøglehul.

– Det er spild af tid for dig at blive præst, sagde hun og lænede sig bagover i sengen.

Rasende greb han efter hende. Hev hende i håret. Kradsede i hendes undertøj. Rev hende på armen.

Da trak hun ham ind til sig og gemte hans ansigt mellem sine bryster og vuggede ham frem og tilbage. Hun sagde ikke mere. Han var hjemme. Det kunne alligevel ikke blive værre.

Det værste var sket – og kunne ikke gøres om.

Han gik ikke ad bagdøren, da han endelig gik. Til trods for, at folk var vågne og kunne se ham. Dina var bestemt.

– Den, der går ad bagdøren, skjuler sig. Du har ikke noget at skjule. Indprent dig det. Du har ret til at komme og gå, når det passer mig. Vi ejer Reinsnæs og alt, hvad der er her.

Han var en nøgen skibbruden, der havde reddet sig i land på skarpe sten.

Solen havde allerede badet i havet. Nu kom den løbende hen over markerne.

Johan forstod sig ikke på børn. Han havde aldrig kendt nogen.

Det, at han ikke havde nogen erfaring, var, hvad det var. Men han fik ikke øje på dem tids nok til at kunne få kontakt med dem.

De var altid på farten. Før man vidste et ord af det, havde de flyttet sig både med krop og tanke. Og var ikke til at nå.

Johan syntes ikke, der kom så megen lærdom ud af skoletimerne.

Benjamin fandt hurtigt metoder til at aflede læreren eller få Hanna til at blive urolig. Eller få hende til at le.

De sad ved bordet i den store stue, og fik meget lidt boglig kundskab, men lærte meget om intriger og hemmelige tegn.

Det blev en ghetto af øjekast, frækheder og hidsen hinanden op.

De havde kæmpet med katekismen og budene.

– »Du skal ikke begære din næstes hus! Og du skal ikke begære din næstes hustru, eller hans svend eller hans pige eller hans okse eller hans asen eller noget, som hører din næste til!« messede Hanna med lys stemme, mens pegefingeren gled hen over bogstavrækken.

– Hvorfor har du ikke hustru eller hus, Johan? spurgte Benjamin i samme øjeblik, Hanna trak vejret.

– Jeg har ikke nogen hustru, men jeg har jo hus, svarede han kort.

– Hvor er dit hus, Johan?

– Jeg ejer Reinsnæs, sagde Johan fraværende og nikkede til ham, at han skulle læse videre.

– Nej, Reinsnæs er Dinas, kom det som et hug fra drengen.

– Ja, Reinsnæs er Dinas og mit, rettede Johan ham kort.

– I er ikke gift!

– Nej, hun var gift med Jacob, som var min far og din far.

– Men hun er ikke din mor, Dina?

– Nej, men vi styrer og ejer Reinsnæs sammen.

– Jeg har nu aldrig set, at du har styret noget på Reinsnæs, sagde drengen lakonisk og lukkede katekismen med et smæld.

Johan havde givet drengen en lussing, før han fik tænkt tanken. En rød stribe brød frem på Benjamins kind. Drengens øjne blev som sorte knapper.

– Det skal du få betalt, hvæsede han og for ud af døren. Hanna gled ned af stolen og for efter ham som en skygge.

Johan blev stående ved stolen med højre hånd halvt åben og følte slaget svie.

Johan indså, at dette ikke kunne fortsætte. Han tog brevet med det kongelige segl frem og tænkte på sin livssituation med græmmelse.

De havde sendt ham øjekast og spurgt ham, om der endnu ikke var et kald til ham, eller om han kunne få dagene til at gå derude på Reinsnæs. Han med sin præsteeksamen og sit lyse hoved.

Lensmanden havde sagt rent ud, at det ikke var noget for en voksen mand af god familie at slå sig ned som huslærer for sin stedmor. Og Johan havde krympet sig uden at tage til genmæle. Ingeborgs og Jacobs søn havde aldrig lært at forsvare sig.

Johan skrev et ja til præstekaldet. Han sørgede for ikke at have ærinde på kontoret eller være alene med Dina.

De sidste dage og på aftenen for afskeden var Dina og Johan fremmede for hinanden. Han kom til døren og mumlede ud i luften, at afskeden kunne vente til morgenen efter. Anders og Mor Karen sad rådvilde. Beslutningen om at tage kaldet var kommet så alt for pludseligt. Luften var tæt.

Stine rejste sig og gik ud til den sortklædte, blege mand, greb hans hånd med begge sine og nejede dybt.

Johan vendte sig bevæget væk og gik.

Dina rejste sig hurtigt og gik uden at sige godnat til nogen. Hun indhentede ham halvvejs oppe ad trapperne. Var efter ham som et lyn og holdt ham i tøjet.

– Johan!

– Ja.

– Jeg tror, der er noget, vi ikke har fået talt om.

– Det kan godt være.

– Kom! Gå med mig...

– Nej, hviskede han og kiggede sig omkring, som om væggene kunne høre og se.

– Johan..., kaldte hun.

– Dina, det var så stor en synd...

Han satte den ene fod foran den anden. Op ad trappen. Helt oppe vendte han sig om og så på hende. Han var drivende våd. Men frelst.

Siden da blev hun en hellig skøge for ham. En udsending for hans lyster. Hun skulle sidde på Reinsnæs og bestyre det hele, mens han drog ud for at tjene Herren, sådan som hans mor havde ønsket. Synden måtte han tage med sig og bøde for. Men fordi hun var så grov i sin sanselighed, så liderlig og ikke tænkte på, at hun var ham i mors sted, så tilgav han sig selv. Måske forstod Den Almægtige, at der måtte være grænser for, hvad en mand kunne modstå.

De så ham komme godt afsted med damperen næste dag. Dina fulgte ham også ned til stranden. Noget som var en undtagelse. På en eller anden måde fik hun det til at se ud, som om han var en tilrejsende gæst.

Johan steg i båden og løftede på hatten til farvel. Så stødte Peter fra kramboden fra.

Benjamin skulle banke på, når han skulle besøge Dina. Det havde Stine sagt. De første aftener, efter at Dina var flyttet ned i Dinahuset med alt sit indbo, græd han og ville ikke sove. Så gik det over i en listig form for strategi. Han brugte alle sine kneb og al sin charme på at udnytte de kvinder, der var tilbage på gården en efter en. Begyndte med Stine, der gennemskuede ham og med rolige øjne tugtede ham til at være lydig.

Så hængte han sig ved Mor Karens magre skød. Hun var hans farmor. Ikke også? Hun var kun hans farmor! Ikke Hannas! Kun hans. På den måde fik han også Hanna til at græde, fordi Mor Karen kun var hans ejendom. Med sølvknop på stokken, knude i håret, blondekrave og broche og det hele. Og Hanna forstod endnu engang, at hendes status i huset var afhængig af, om de andre havde det godt og ikke spekulerede på, hvem hun var, og hvilke rettigheder hun havde.

Mor Karen irettesatte Benjamin, men hun måtte give ham ret i, at hun ikke var Hannas rigtige farmor.

Så var der kun Oline. Hun lod sig ikke manipulere af de faktiske oplysninger om slægtskab eller status, men hun lod sig charmere, så hun glemte sine forsætter. Og det gav sig udslag i, at man kunne sidde i køkkenet og drikke honningte, selvom man for længst skulle have været i seng. Hvis man gik stille nok på bare ben og lyttede uden for døren og forvissede sig om, at Oline var alene om at rydde op, så kunne man slå til når som helst.

Tomas var også en mulighed. Men det skulle være, når han fodrede dyrene. For Tomas gik sine egne veje og var ikke så let at få fat i. Han kunne se på Tomas med store alvorlige øjne og bede ham pænt om at få lov til at sidde på hesten, mens han trak den ind i båsen eller ud på marken. Hvis det ikke var nok, kunne han stikke sin hånd i Tomas' store næve og bare være der.

Benjamin fik den vane at klatre op på en stol og åbne det vindue i kammeret, der vendte ud mod aftægtshuset. Gik helt op i vindueskarmen og stod ganske stille bag vinduesposten og så ned på Dinas vinduer.

Men det førte bare til, at Stine kom, fik ham ned på gulvet og lukkede vinduet. Uden et ord.

– Jeg ville bare snakke med Dina, sagde han ynkeligt og ville op igen.

– Dina taler ikke med børn så sent på aftenen, sagde Stine og fik ham i seng.

Og pludselig følte han sig for træt til at hente raseriet frem. Han snøftede bare lidt og blev liggende helt stille, til hun havde bedt aftenbøn og havde lagt dynen over ham.

Så var natten en rede af lys og støj af måger. Og han var alene med de underjordiske. Han måtte selv søge ind i søvnen for at få en ende på det.

362

6. kapitel

PÅ MIT LEJE OM NATTEN SØGTE JEG DEN, SOM MIN
SJÆL ELSKER; JEG SØGTE EFTER HAM, MEN FANDT HAM
IKKE.
JEG VIL DOG STÅ OP OG GÅ OMKRING I STADEN, PÅ
STRÆDERNE OG PÅ GADERNE, JEG VIL SØGE EFTER
DEN, SOM MIN SJÆL ELSKER; JEG SØGTE EFTER HAM,
OG FANDT HAM IKKE.
(Salomo' Højsang, kap. 3, v. 1 og 2)

Lyset plagede Dina mere end normalt dette år. De hørte, at
hun gik rundt ude og inde. Som et dyr.

Det begyndte, efter at Leo tog afsted. Havde sat sig fast
med en tildragelse, der gjorde det klart, at Leo ikke kom tilba-
ge den sommer. For en russisk lodje var uventet ankret op i
Sundet. Og kaptajnen og styrmanden blev sat i land for at
komme af med nogle varer. De havde kasser og tønder med
sig, og alle troede i starten, at det var noget, der skulle byttes
eller sælges. Men det var gaver fra en navnløs ven.

Dina var ikke i tvivl om, hvem afsenderen var, og at han
sendte gaver, fordi han ikke kom.

Der var det fineste tovværk til Anders og en solid trækasse
med bøger på tysk til Mor Karen. Oline fik en blondekrave
med fornemme franske kniplinger. I en skindrulle med Dinas
navn lå der noder for cello og klaver. Russiske folkeviser og
Beethoven.

Dina lukkede sig inde og overlod de russiske sømænd til
Mor Karen og Anders.

Men russerne kunne godt lide at være der og slog sig ned.
Styrmanden talte en art norsk og underholdt med historier og
spørgsmål.

Han vidste god besked med, hvad der foregik i politik og
handel nordpå og østpå i verden. Der var uro mellem Rus-
land og England. Om Tyrkiet vist? Der havde forresten længe

363

været uroligheder med disse tyrkere. Men han kunne ikke gøre rede for, hvori de bestod.

Anders havde hørt, at den russiske zar var egenrådig, hvad Tyrkiet angik.

– Man kan ikke bare komme og tage sig selv til rette, selvom man er zar, mente han.

Den anden aften spiste Dina sammen med dem. Hun spillede på klaveret efter et par af de nye noder. Russerne sang, så det gjaldede mellem bjælkerne. Og punchen blev hurtigt afsat.

Styrmanden havde et skægget, kraftigt ansigt med livlige øjne. Han var ovre sin første ungdom, men holdt sig godt. Hans ører var usædvanligt store og strittede ud af hår- og skægpragten med en forbløffende stædighed. Hans hænder tog på glas og bestik, som om det var et dukkestel.

Selskabet blev efterhånden livligt. Cigarrøgen lå tykt i stuen længe efter, at Mor Karen var gået til ro.

Mågerne skreg ind til dem gennem de åbne vinduer. Og lyset satte sig fjerlet i det grove vadmelstøj. Afslørede en brun, barket sømandshud, legede med Stines gyldne kind og mørke øjne. Sprang hen over Dinas hænder, når de løb hen over tangenterne. Og kælede med Jacobs guldfingerring, som Dina bar på venstre langfinger.

Stines edderfugle lagde hovedet på skrå og lyttede med glitrende øjne og sitrende brystdun til stemmerne og til klirren af glas derinde fra. Det havde været maj, og himmelen i syd var som nyfødt.

Dina prøvede at fritte russerne ud om, hvor de havde fået gaverne fra Leo om bord. Men det kunne ingen af dem rigtigt forstå. Hun prøvede gang på gang.

Til sidst sagde styrmanden, at gaverne blev lastet i Hammerfest. Fra en anden lodje, der var på vej østpå. Afsenderen var der ingen af dem, der rigtigt kunne gøre rede for. Men de havde fået nøjagtig besked på, hvor varerne skulle losses. Og der var besked med om, at de ville blive herskabeligt og gæstfrit modtaget!

Den nye krambodsbestyrer på Reinsnæs nikkede ivrigt.

364

Han var en mager, tyndhåret mand på tredive år. Med en ludende ryg og blikket rettet mod to steder på en gang. Han bar monokel og urkæde uden ur. Nu efter en bedre middag med tre glas punch viste denne knægt sider, som de ikke havde set før. Han lo!

Og før de vidste et ord af det, begyndte han at fortælle en historie om en handelsmand fra Bremen, som havde set, at russerne havde store forsyninger af krucifikser med, lavet af bejdset træ af den simpleste sort og billeder af drevet, forgyldt messing. De havde det med sig, når de kom i deres lodjer.

Det følgende år havde han kramkisten fyldt med lignende krucifikser og billeder i den hensigt at gøre store forretninger. Men russerne ville ikke have dem. Da han spurgte hvorfor, fik han at vide, at Kristus hældede hovedet til venstre side og var skægløs som et barn! Russerne frabad sig denne bespottelige, tyske Kristus! De troede ikke, han kunne være til megen hjælp for en russisk sømand. Købmanden var imidlertid ikke rådvild. Han henvendte sig straks til nordlændingene, der troede, de havde gjort en kæmpehandel, da de fik krucifikset for halv pris. De var så gode lutheranere, at de ikke havde brug for en Kristus med skæg. Og Kristusbilledet var snart i alle huse langs kysten.

Alle lo hjerteligt. Og Anders mente, at han havde set et og andet der, hvor han havde været. Så historien var nok sand.

Den russiske kaptajn havde andre erfaringer, når det gjaldt nordlændinge og forretninger. Skæg eller ikke skæg.

Der blev skålet på handelsfællesskab og gæstfrihed. Bagefter skålede de for byggen fra Kola, der havde en usædvanlig god beskaffenhed og blev hurtigere moden end byg fra andre steder.

Efterhånden bevægede selskabet sig ud for at se på nattesolen. Den havde lige ramt det fjeld, hvor Jacob forsvandt.

Dina prøvede endnu engang at fritte styrmanden, der talte lidt norsk, om Leo.

Men manden rystede beklagende på hovedet.

Hun sparkede til en sten i forbifarten, glattede på sit skørt med en irriteret bevægelse og bad ham hilse Leo og sige, at de ventede ham før jul. Hvis han ikke kom, kunne det være det samme med gaverne.

Styrmanden standsede op og tog hendes hånd. – Tålmod. Dina på Reinsnæs. Tålmod!

Dina sagde godnat lige efter. Hun gik ind i stalden og løste Sorte. Den var gnaven.

Hun fandt en tovende, som hun bandt sine skørter op med, svingede sig op og lod Sorte lunte op mod birkelunden. Hun brugte sin støvlespids ind mod hesten et øjeblik. Sorte strakte hals og vrinskede. Så fik forårsvinden fat i manen på den. De fløj.

På de nøgne klipper ved bådpladsen stod de russiske sømænd og gloede efter fruen på Reinsnæs. Hun var mere russisk end deres egne kvinder, mente styrmanden og strøg sig over skægget. – Hun er lidt for mandhaftig, mente kaptajnen. – Hun ryger cigar og sidder som en mand!

– Men hun har nydelige, rosa negle, sagde den anden styrmand og ræbede højlydt.

Så gik de i båden og roede ud mod den tunge, russiske båd. Den lå og kroede sig i det stille vejr.

Den flerstemmige sang fyldte luften og bar langt ud over havet. Taktfast, klagende og fremmed. Næsten ømt. Som om de sang for et barn.

Samme nat i maj blev det besluttet. Hun skulle med jægten til Bergen. Med den beslutning blev natten værd at sove i.

Hun vendte hesten og red hjem.

Moserne forberedte sig på blomstring. Birkene stod med nyudsprungne blade langs elvlejet.

Der steg en tynd røg op fra den ende af hovedbygningen, hvor køkkenet var. Så var Oline i gang og fyrede for at lave morgenmad til markarbejderne.

Jacob kom, mens hun trak støvlerne af. Huskede den tur, de havde haft sammen til Bergen. Deres ridt i gæstesengen på Helgeland, da de var nordpå.

Men Jacob var tydeligt bange for, at hun skulle rejse. For der var mænd i Bergen. Mænd langs hele kysten. Mænd og atter mænd.

Da udrustningen af jægten til Bergensturen næsten var fær-
dig, erklærede Dina, at hun ville med.

Mor Karen udtrykte forfærdelse over denne nyhed kun tre
dage før den planlagte afrejse.

– Det er uansvarligt at rejse sådan over hals og hoved, kære
Dina! Krambodsbestyreren er ikke rutineret nok til at have
ansvaret for bogholderiet og varerne. Hvem skal have opsy-
net med høhøsten og stalden, når Tomas skal med?

– En mand, der kan gå over fjeldet for at besøge sin far en
gang hver lørdag og tilbage hver søndag i al slags vejr og føre,
er vel også i stand til at tage sig af de døde ting på hylder og i
skabe. Og Tomas... skal ikke med.

– Men Dina, han har ikke talt om andet i den sidste tid.

– Det bliver, som jeg har sagt. Skal jeg rejse, så er der så
meget mere brug for Tomas. Han bliver hjemme!

– Men hvorfor har du sådan et hastværk med at komme til
Bergen? Hvorfor har du ikke sagt det før?

– Jeg bliver kvalt af det hele! sagde Dina vredt og ville gå.

Dina var kaldt ind på Mor Karens kammer. Den gamle sad i
det blide aftenlys ved vinduet. Men det bar hun ikke just præg af.

– Du har haft for meget at se til. Du har brug for at slappe
lidt mere af. Det kan jeg godt forstå... Men at rejse til Bergen
er ikke afslapning. Det ved du godt.

– Jeg kan ikke sidde her på Reinsnæs og rådne op! År efter
år! Jeg må se noget andet!

Ordene kom som små, stødvise råb. Som om hun først nu
blev klar over, hvordan det var fat.

– Jeg har kunnet se på dig, at der var noget galt... men at
det var så galt... Det vidste jeg ikke.

Dina tøvede med at gå ud ad døren. Stod som på nåle.

– Du rejste meget i din ungdom, Mor Karen?

– Ja.

– Kan det være rigtigt, at jeg skal være dømt til at være et
sted hele livet? Jeg må gøre, som jeg vil, ellers bliver jeg farlig.
Kan du forstå det?

– Jeg kan forstå, at du synes, du får for lidt ud af livet. Måske skulle du finde dig en mand? Tage lidt mere på besøg på Strandstedet? Hos lensmanden? Hos bekendte i Tjeldsund?

– Der er ikke noget at komme der efter. Mandfolk, der er godt i vej, og som man kan tage med sig hjem, hænger ikke på træerne rundt omkring i Tjeldsundet eller Kvæfjorden! sagde Dina tørt. – Mor Karen har været enke, lige siden hun kom hertil.

– Ja, men jeg sad ikke med en gård, gæstgiverbevilling og jægtebrug. Havde ikke ansvar for folk, dyr og forretninger.

– Jeg vil ikke rejse land og rige rundt for at finde en, der kan skændes med mig om, hvordan det hele skal være her, sålænge her er folk nok. Så vil jeg hellere rejse for morskabs skyld...

– Men hvorfor har du bestemt dig så pludseligt, Dina?

– Man må gøre det, man skal, før man begynder at tvivle, sagde hun.

Så var hun væk.

Tomas havde pakket sin kiste. Han havde aldrig nogensinde været uden for sognet. Forventningerne sad i hele kroppen. Det var som at ligge i et enebærkrat.

Han havde fortalt om rejsen til folk, der kom i kramboden. Han havde været hjemme på Helle og havde fået forældrenes velsignelse og søstrenes udrustning. Oline og Stine havde hver på sin måde sørget for, at hans rejsekiste var fuld af herligheder. Han stod og striglede hestene, mens han pålagde stalddrengen alle de daglige gøremål.

Da kom Dina ind i stalden.

Hun stod et øjeblik og så på ham, så sagde hun venligt:

– Du kan komme ind på glasverandaen og få hindbærsaft, når du er færdig, Tomas.

– Ja tak! sagde Tomas og lod striglen falde ned. Stalddrengen så vurderende på ham. Fuld af ærefrygt over, at det kunne lade sig gøre at blive inviteret ind på Dinas glasveranda.

Tomas gik ind til noget, som han troede var en anerkendelse. Et møde. Som ikke blev andet end nogle nøgterne bemærkninger om, at han alligevel ikke kunne rejse med, fordi der var brug for ham derhjemme.

– Men Dina! Hvordan kan det være, når jeg nu har planlagt det og givet folk opgaver og hyret en ny stalddreng, som er vant til arbejdet? Og min far kommer og hjælper til i høhøsten, og Karl Olsa kommer fra husmandsstedet på Næsset og tager begge sine sønner med, og de arbejder langt mere end pligtarbejdet. Jeg forstår dig ikke!

– Der er ikke noget at forstå! sagde hun kort. – Jeg skal selv rejse. Og så kan du ikke gøre det!

Tomas sad på en stol ved de åbne døre på glasverandaen med et halvt drukket glas hindbærsaft foran sig på bordet.

Solen bagte ham i ansigtet. Han følte sveden bryde frem inde under den grove skjorte.

Da rejste han sig. Greb sin hue og skubbede glasset midt ind på bordet.

– Jaså, Dina skal ud at rejse! Og så kan Tomas ikke? Hvornår har Tomas været uundværlig? Om jeg må spørge?

– Tomas er langt fra uundværlig, sagde Dina lavt. Hun rejste sig også. Ragede et halvt hoved op over ham.

– Hvad mener du? Hvorfor skal jeg så...?

– Det er kun folk, der gør det, de skal, der er uundværlige! fastslog hun.

Tomas vendte sig væk fra hende. Han gik. Ud ad døren. Ned ad verandatrappen. Holdt i det hvidmalede gelænder med det okkergule stakit. Som om det var en fjende, han forsøgte at klemme livet ud af. Så gik han direkte ned i folkestuen, satte sig på sin køje og spekulerede over situationen. Han tænkte på at tage sin køjesæk og kisten og hele redeligheden og rejse til Strandstedet for at finde arbejde. Men hvem ville have en dreng, der var rømmet fra Reinsnæs uden nogen som helst grund?

Han gik en hurtig tur op i køkkenet til Oline. Hun var allerede informeret. Kom ikke med spørgsmål. Lavede bare en god kaffepunch ved højlys dag. Manden med et brunt og et blåt øje så ikke ud til at have det godt.

Da han havde siddet den tid, det tager at lægge en hvedemelsdej, uden at han havde sagt et ord, så kom det fra Oline:

– Af en rødhåret at være, må jeg sige, du er et langmodigt og klogt menneske.

Han så op på hende. I den yderste nød. Alligevel lo han ondskabsfuldt. En besk latter, der startede helt nede mellem lårene og åd sig vej ud.

– Dina har pludselig fundet det for godt at rejse til Bergen, og så kan jeg ikke være med! Har Oline hørt det?

– Ja, Oline hører alt muligt for tiden...

– Kan du fortælle mig, hvad der foregår? sagde han tungt.

– Dina er begyndt at plage Tomas nu, hvor Niels ikke er mere.

Tomas blev pludselig bleg. Køkkenet var ikke et sted at være. Han takkede og gik. Men ikke til Strandstedet.

Tomas var i skoven den dag, jægten sejlede sydpå.

7. kapitel

JEG LUKKEDE OP FOR MIN ELSKEDE, MEN MIN ELSKEDE
HAVDE VENDT SIG BORT, HAN VAR GÅET FORBI; JEG
VAR GÅET UD AF MIG SELV, DA HAN TALEDE; JEG LED-
TE EFTER HAM, MEN FANDT HAM IKKE; JEG KALDTE AD
HAM, MEN HAN SVAREDE MIG IKKE.
(Salomo' Højsang, kap. 5, v. 6)

Folk talte om krigen. Den krøb pludselig op i dejtruget. Hvi-
dehavet var blokeret den sommer, og de russiske lodjer kunne
ikke komme ud med melet. Der havde længe gået rygter om,
at situationen var så tilpas alvorlig, at købmændene i Tromsø
overvejede at sejle østpå efter mel. Folk kunne ikke med deres
bedste vilje forstå, at en krig på Krim behøvede at ramme folk
i Nordland.

Imens var jægten »Mor Karen« af Reinsnæs parat til at sejle
sydpå til Bergen. Den havde kostet Jacob hele 3000 specieda-
ler. Han havde købt den det samme år, han så Dina spille cello
på Fagernæsset.

Kølen var 24 alen lang, og den bar sine 4000 våger fisk.

Jacob havde syntes, at han gjorde et godt køb med en jægt
til saltvandsfiskeri, og han havde været meget tilfreds.

Mandskabet var som oftest på ti.

Årene var gået. Den var blevet mere brunbarket i kuløren,
men kunne stadigvæk ligge fuldt lastet og drægtig og vente
på de sidste madtejner, kister og folk. Den var velbygget og
god til at kunne klare sin last i al slags vejr. Bredbuget med
klinkbyggede spanter og solide jernnagler.

Den butte agterstavn havde hvidmalet kahyt med runde vin-
duer. Jacob havde fået en bekendt fra Rana til at sætte rokokoor-
namenter og forsiringer efter et gammelt mønster. For Jacob
kunne ikke lide den nymodens skik med firkantede vinduer.
Kvadrater hørte ikke hjemme på en båd, fastslog han. Det var
imod genganger- og gudetroen.

Anders havde ikke noget at indvende. Han var mest interesseret i, hvordan sejlene blev ført, i roret og i kapaciteten. Sådan var det stadig. Inde i kahytten var der to køjer og et bord. Køjerne havde forhæng og var brede nok til to, hvis det kneb.

Her skulle Dina og Anders husere. Med kort varsel måtte styrmanden flytte til det trange mandskabslugar i stævnen. Styrmand Anton tog det pænt.

Over kahytten og lugaret var det faste dæk med en lille skanse. I øvrigt var jægten åben, bygget til at bære last mere end til at være komfortabel.

Nu lå den grundigt lastet af mænd, der havde gjort den slags arbejde før.

De tunge trantønder og skindstykker nederst i lastrummet. Tørfisken var stuvet langt op ad masten. Den nåede op over rælingen og måtte beskyttes mod væde og skumsprøjt.

En kraftig range langs den øverste planke på rælingen mellem kahytten og lugaret beskyttede lasten mod havet og vejret.

Masten havde været Jacobs stolthed. En eneste træstamme ragede højt op over rælingen. Han havde selv været i Namsos for at vælge den ud. Den var støttet af seks vanter foruden barduner og stage. Masten stod helt nede i kølsvinet gjort fast til en mægtig træblok.

Råsejlet var 12 meter bredt og 16 meter højt. Hvis der blev behov for at mindske sejlet, blev bonetterne taget ned efterhånden, som det var nødvendigt. I rigtigt uvejr måtte man ofte fire hele sejlet.

Men hvis der var behov for det, så kunne man også hejse topsejl. Så måtte hele mandskabet i sving med at trække i taljen.

Flagstangen i agterenden bar stadig det gamle dannebrogsflag med den norske løve. Det var til ære for Mor Karen. Hun lærte aldrig at forsone sig med den svenske Oscar. Han var for let, mente hun, uden at hun gik nærmere ind på det. Anders og hun havde flere diskussioner om det spørgsmål. Men dannebrog blev hængende på jægten »Mor Karen«, selvom der blev smilet meget ad det langs hele kysten ned til Bergen. Det blev respekteret, at hun ville have det flag, for det kunne bringe ulykke at rage uklar med gudmoderen.

Styrmanden hed Anton Dons. En tæt, lavstammet mand, med en sund fornuft og endnu mere humør. Alligevel var der ingen, der turde løbe den risiko at tirre ham. For hans gemyt var dobbelt. Og et årligt raseriudbrud kom som oftest på turen til Bergen. Særligt hvis en af mændene snød og bedrog.

Brændevin til havs var en dødssynd. Han pryglede selv synderen, hvis det var nødvendigt. Ventede aldrig, til staklen var blevet ædru nok til at sætte sig til modværge. På den måde blev en blå mandag ombord på »Mor Karen« under Anton Dons' kommando lige så slem som syv blå mandage i land hos hesten og konen.

Gode styrmænd hang ikke på træerne, så det betalte sig at passe på Anton Dons. Han kendte kyststrækningen lige så godt, som provsten kendte bibelen, sagde man.

Han var tavs og rolig nok i kuling, men i storm var han i ledtog med både onde og gode magter.

Det blev sagt, at han engang i sin ungdom havde sejlet så eftertrykkeligt på et skær, at han blev siddende i tre døgn, indtil nogen fandt ham. Så den oplevelse holdt resten af livet.

Den store jægt med sin klodsede facon og takkelagen var en kunst at manøvrere. Særlig når vinden blev hård og pressede på sejlet. Så gjaldt det ikke bare om at kovende i Jesu navn, hvis man ikke havde en garvet styrmand. En der kendte noget til rev og skær og havde forstand nok til at tolke vindretningen.

Det blev fortalt, at Anton engang havde ført en jægt fra Bergen til Tromsø på seks døgn. Så skulle man have mere end medbør, gnæggede Anders.

Benjamin stod i vinduet i aftægtshuset og så på den ståhej, der var omkring »Mor Karen«. Han var rasende og utrøstelig.

Dinas rejsekiste var allerede roet ud og sat ind i kahytten. Hun skulle rejse over havet til Bergen! Det var ikke til at holde ud.

Dina skulle være på Reinsnæs. Ellers kom der uorden i det hele.

Han havde udsat hende for allehånde angreb. Gråd og forbandelser. Hele hans lille drengekrop løb løbsk, fra han fik at vide, at hun skulle rejse.

Hun lo ikke ad hans raseri. Tog ham bare hårdt om nakken

med højre hånd og trykkede til uden at sige noget.

Han vidste først ikke, hvad det betød. Men så gik det op for ham, at det skulle være en slags trøst.

Hun sagde ikke, at hun ville købe ting og sager med hjem til ham, sagde ikke, at hun snart kom hjem. Sagde ikke, at det var nødvendigt, at hun rejste.

Og når han smækkede i hovedet på hende, at der ikke var nogen koner, der rejste til Bergen, så sagde hun bare:

– Nej, Benjamin, der er ingen koner, der rejser til Bergen.

– Men hvorfor skal Dina så rejse?

– Fordi hun har bestemt det, Benjamin. – Du kan bo i mit hus og passe på celloerne og det hele, mens jeg er væk.

– Nej, der er genfærd i Dinahuset.

– Hvem siger det?

– Oline.

– Du kan hilse Oline og sige, at der ikke er flere genfærd, end at hun kan få dem ned i sit fingerbøl.

– Niels hængte sig i bjælken i stuen!

– Ja.

– Så er der vel et genfærd.

– Nej, de skar ham ned og lagde ham i en kiste og førte ham til kirkegården.

– Er det helt sikkert?

– Ja, du kan godt huske det.

– Hvordan ved Dina, at genfærdet ikke kommer igen?

– Hun bor i huset og ser bjælken både dag og nat.

– Men du siger, at Jacob er her, altid, selvom han er død...

– Det er noget andet.

– Hvordan det?

– Jacob er din far, min dreng. Han kan ikke stole på, at englen kan klare at passe på dig alene, så vilter som du er.

– Jeg vil ikke have Jacob her! Han er også et genfærd! Sig, at han skal rejse med dig til Bergen!

– Det kan blive besværligt for mig. Men jeg vil gøre det – for din skyld. Jeg tager ham med!

Drengen tørrede snot og tårer i det renvaskede skjorteærme uden at huske, at det ikke var Dina, der blev irriteret over den slags. Det var Stine, der blev vred over sådan noget.

– Men Dina kan ombestemme sig og blive hjemme! brølede han, da han opdagede, at samtalen havde taget en vending, som han ikke havde regnet med.

– Nej.

– Så rejser jeg over til lensmanden og siger, at du rejser, udslyngede han.

– Lensmanden er ligeglad med den slags. Smøg ærmerne op og hjælp mig med at bære den her hatteæske, Benjamin.

– Jeg smider den i havet!

– Det kan ikke betale sig.

– Jeg gør det!

– Jeg kan godt høre, hvad du siger.

Han greb hatteæsken med begge hænder og begyndte at slæbe den over gulvet og ud ad døren med indædt raseri.

– Jeg er her ikke, når du kommer hjem, sagde han triumferende.

– Hvor er du så henne?

– Det siger jeg ikke!

– Så bliver det svært for mig at finde dig.

– Det kan være, at jeg er død og borte!

– Det bliver et kort liv.

– Det giver jeg pokker i.

– Der er ingen, der giver pokker i deres liv.

– Jo, jeg! Jeg vil gå igen! Bare at du ved det.

– Ja, det vil jeg håbe, så du ikke forsvinder for mig.

Han snøftede op efter gråden, mens de gik ned mod stranden og kajerne.

Da de var kommet næsten helt ned til den klynge af mennesker, der stod og ventede på at vinke farvel, sagde han ynkeligt: – Hvornår kommer du hjem igen, Dina?

Hun bøjede sig ned over ham og tog ham hårdt om nakken igen, mens hun ruskede ham i håret med den frie hånd.

– Før august er gået, hvis du beder om god vind for os, sagde hun varmt.

– Jeg vil ikke vinke farvel til Dina!

– Nej, det er for meget forlangt, sagde Dina og vendte hans ansigt imod sig. – Du kan gå op og sparke til sten, det hjælper.

På den måde skiltes de. Han omfavnede hende ikke, løb bare

op over markerne. Skjorten flagrede som vinger efter ham.

Han ville ikke se Hanna den dag.

Om aftenen var han umulig og forsvandt, så de måtte lede. Han fik megen skænd og stor opmærksomhed. Til sidst lod han sig trøste på Stines skød.

– Hun er en skid, Dina! Jeg bryder mig ikke den mindste smule om hende! buldrede han, lige indtil han faldt i søvn.

»Mor Karen« fra Reinsnæs havde været på havet allerede tidligt på året. Anders havde været ved Lofoten for at følge fiskeriet. Der havde han udrustet fiskerne fra Helgeland og Salten.

Han havde leveret til tyve bådelag og havde fået en stor last af fisk, rogn og lever med hjem. Han havde også lejet fiskeredskaber ud til et par af bådelagene og dermed fået andel i udbyttet.

Dina havde skubbet ham tilfreds i siden, da han kom hjem. De forstod hinandens signaler.

Anders var omhyggelig med, at befragterne fik en ordentlig kontrakt for det, de sendte med jægten. Var omhyggelig med, at han, hvis der ikke var ordentlig plads, så han kunne garantere, at varen kom godt frem, fik en anden jægteskipper til at tage fragten.

Med Dinas hjælp blev der holdt orden med, at befragterne for deres vedkommende holdt sig til aftalen, og ikke gik til andre med deres varer.

Engang havde Dina inddrevet en bod til erstatning for en lovet last, som hun var blevet snydt for. En befragter fra Strandstedet havde narret Anders og var gået til en skipper fra Kvæfjord med sin tørfisk. Der blev snakket i krogene om, at den slags inddrivning var lettere for lensmandens datter end for andre.

De kom med i et jægtlag på fire fartøjer, der stævnede mod syd til Bergen. To kom længere nordfra og indhentede dem, fordi de havde sat farten op. Tre sluttede sig til flokken i Vestfjorden. Vejret var tåleligt, med vind fra nordøst.

Stemningen var god. Alle havde deres opgaver, og alle hav-de deres del af lasten, som de ville bjærge. Lyset gjorde, at de ikke var afhængige af kun at sejle om dagen. Mandskabet tog deres tørn på skift hele døgnet rundt.

Afgrøderne fra Reinsnæs lå tungt mellem spanterne. 10 tøn-der fjer og dun. Renset, pakket og bragt i orden af Stine. 5 ankre multebærgrød, samlet af folkene, kogt og smagt til med sukker af Oline. Passet og kigget efter, mens det stod i kælde-ren vinteren over. Så der ikke skulle være mug eller andet utøj, der forringede varen. 50 rensdyrskind og 2 ankre rens-dyrstege byttet og købt af de finner, der sejlede forbi og ville have madvarer. Tomas sendte ryper og ræveskind med. Der var 75 tønder tran og 2000 våger tørfisk.

Dina stod ofte på dækket og lod fjelde og holme glide forbi. Hun havde skiftet ham. Vinden lo til hende, og alt det, der havde gjort hende irriteret og rasende på Reinsnæs, var som druknede katte i kølvandet.

– Man skulle leve som du, Anders! Det er et liv, man får humør af! råbte hun fra kahytsdøren, idet Vestfjorden udvide-de sig og blev til et hav på et øjeblik.

Anders vendte sig om og missede med øjnene mod hende i det stærke sollys. Den store, stædige hage var skudt frem. Så fortsatte han med det, han var i gang med.

Han og Dina delte kahyt og bord, og de tømte nu og da et krus sammen. Der var en forpligtende afslappethed i luften mellem dem. Han var underligt fri for at være genert over at have et kvindfolk i kahytten. Gjorde ikke nogen ståhej ud af det. Men han havde sans for fruentimmere. Han bankede al-tid på døren og ventede, til han fik svar. Og han var omhyggelig med at hænge arbejdstøjet og olietøjet under kahyttens tag.

Første gang, Dina sejlede med Anders, var han henvist til mandskabskahytten. Jacob og hun rullede hen over havet. I den tilstand havde de ikke engang mærket, at det blæste mere end frisk på Vestfjorden. Denne gang måtte Jacob holde til på dækket. Mens Dina med en tæveulvs skarpe sanser iagttog Anders' stædige underbid og bløde mund.

8. kapitel

Tågen lå som fåreskindshuer over de syv fjeldtoppe. Styrmanden vidste, hvilken brygge de skulle lægge sig i nærheden af. Lugte og synsindtryk slog dem imøde, gammelkendte og forlokkende. De havde været nødt til at skubbe det fra sig i nogle måneder indtil nu. Nu pressede det sig på. En stormflod af gamle forventninger og tak for sidst.

Mændene passede arbejdet, mens de nød synet af det forjættede land. Kajerne! Byen! Jægterne og skibene lå tæt. Lystige kommandoråb bar ud over Vågen og hen over larmen af vognhjul mod brolægningen.

Af og til larmede det højtideligt i taljerne over de åbne pakhusdøre. De lå side om side. Majestætisk og selvfølgeligt som et ældgammelt landskab lænede de sig mod hinanden langs hele Vågen. Den grå Bergenhus fæstning var som en jætte, der havde lagt sig ned for resten af sin levetid. Midt i ansigtet på høj og lav. En ubevægelig slægtning af fjeldet selv.

Allerede før de fandt en kajplads, kom småbåde drivende ind langs siden af jægten.

Arbejdsomme og muntre bergenskoner kom for at falbyde deres kringler. De blev hjulpet op på dækket under latter og tilråb.

De holdt fast på kurvene. Og det så næsten ud, som om de hellere ville kaste sig i havet end at give slip på en eneste kringle uden betaling. Men når handelen var afsluttet, blev der smilet bredt under tørklæder og kyser. Og der vankede rigeligt med oven-i-handelen-kage og anstændigt kurmageri.

En ganske ung bergensjomfru skrævede over rælingen. I skinnende blå silkekyse, prydet med purpurfarvede halsfjer fra en hane og med en lysegrøn bombasinkjole. Hun gjorde alle elegante bergenserinder til skamme.

Dina gøs ved synet. Og Anders og hun udvekslede blikke, da Anton gjorde sine hoser grønne hos jomfruen og hendes kringler.

Solskinnet var som en nyslået mønt i en skinnende pung. Mændene havde skiftet til hvide skjorter. De stod med vandkæmmet hår og uden hue til anledningen.

Det var en højtid at være kommet frem.

Dina havde bredskygget hat og en grøn rejsedragt. For en gangs skyld havde hun sat håret op. Det faldt tungt og lidt tilfældigt frem under hatteskyggen.

Anders drillede hende med stadstøjet og frisuren. – Nu er du en rigtig skipperenke! sagde han anerkendende, da hun kom op på dækket.

– Du vil kunne forhøje prisen på vores fisk voldsomt, tilføjede han.

Hun så direkte på ham og gik i land over den bom, der var lagt over til nabojægten. Men da de spadserede langs kajerne, havde hun sin hånd godt inde under hans arm.

Uvante lugte strøg forbi næsen på dem. Om det så var havlugten, så var den anderledes her. Blandet med lugt af råddenskab og stinkende rendestene, tjæremættede skibe og fisk. Boderne langs havnen bugnede af allehånde varer. Og det hele emmede af den vilde, sammensatte stank af by.

Uden for et værksted, der tydeligvis solgte og reparerede vogne, stod en ulasteligt klædt herre midt i solskinnet.

Han støttede sig til en sammenslået paraply, mens han skældte vognmageren ud. Pegede rasende på hesten, der stod med vognen spændt fra og åd af en mulepose. Han beskyldte vognmageren for at have leveret råddent seletræ.

Dina trak Anders i armen og standsede op, mens hun lyttede til skænderiet. Vognmageren begyndte at forsvare sig. Men han var ikke så dreven som den anden.

Pludselig gik Dina hen til dem.

– I skulle bruge seletræ af vidjepil, afbrød hun.

Mændene løftede hovedet som på kommando og stirrede

på hende. Herren blev så forfjamsket, at han glemte, hvor han var kommet til i sin lange talestrøm.

Vognmageren derimod kremtede, bukkede og sagde høfligt, at det skulle man vel...

– Den er sej. Vidjepilen, fortsatte Dina og gik helt hen til vognstængerne og undersøgte seletræet.

Mændene gloede. Men kunne ikke finde på noget at sige. Mundhuggeriet var fordampet i solen.

– Træet er knækket ved en kvast, sagde hun. Plukkede stumperne ud og gav dem fra sig.

Vognmageren tog imod dem med tjæreindsmurte næver. Dina nikkede og gik hen til Anders uden at vende sig om.

Stilheden blev tilbage efter hende.

Ølstuerne lå tæt. Det samme gjorde hoteller og logier.

En vægter gik rundt og råbte, at han vidste, hvor det var bedst at bo. Han sagde et par navne med store gestus og en dyb, bydende stemme. Det var tydeligt, at han fik god betaling for den slags arbejde.

Fisketorvet var som en myretue. Her var lugten tungere end foran gødningskælderen, når dørene blev slået op for forårssolen. Fiskehandlerskerne råbte deres priser ud. Skingre stemmer fra rødmossede ansigter. Store barme med uldsjaler på kryds henover til trods for heden.

Her var standsforskellen større, end man så den i kirken derhjemme. Torvekonernes og de letlevende pigers farvestrålende dragter slog alt og alle. Her og der svævede en hvid blondekjole under en bredskygget stråhat. Med sløjfer, rosetter og krimskrams. Små nette silke- eller skindsko blandede sig med klapren af træsko og sluben af støvleskafter mod sten.

En stemme gentog i det uendelige, at man skulle have røget laks og tunge til aftensmad.

Længere oppe i byen kom de til alleerne og de herskabelige villaer. De brede indkørsler og de tætklippede hække.

Dina udstrålede en slags foragt for et eller andet, mens de gik der. Anders kunne ikke helt finde ud af, hvad det var. Men han blev forlegen, når de mødte nogen.

Pludselig begyndte hun leende at fortælle om, da Jacob og

380

hun havde indlogeret sig på et hotel, der skulle være førsteklasses.

Der havde de moret sig med at besvære sig over porcelæns-vaskefadet, der ikke var større end en kartoffelskål! Og over at fløden blev øst op i kaffen med en ske og ikke fra en kande.

Æggebægre havde værten ikke engang hørt om.

På baggrund af alle deres høflige, men overlegne klager var det rygtedes i køkkenet, at de var engelske.

Men det ville Jacob ikke under nogle omstændigheder have siddende på sig, så han troppede op hos den kolde jomfru og forklarede sig.

Hotelpersonalet blev straks mere omgængeligt. Og den sidste morgen fik de mælken til kaffen i en kande på bordet.

Midt i denne historie standsede en kusk sin vogn og tilbød dem befordring mod betaling. Hun rystede på hovedet, og Anders sagde nej tak.

De gik op ad de stejle gader, der efterhånden blev smallere. Dinas sko var stive og varme, så da de fandt en bænk inde under et træ, satte de sig. De havde udsigt ud over byen. Anders forklarede og pegede. Bergenshus med kongsgården og tårnet. Vågen med alle jægterne med vippebomme imellem. Et utal af fartøjer lå for anker langt fra land. Et par dampere bevægede sig afsted med hjul og sort røg mod den lyse himmel. En jægt kom glidende ind med firet sejl og gled lydløst på plads i rækken.

Langsomt begyndte de at gå nedad, fandt en vogn og hyrede den for at blive befordret til bryggene. De måtte holde øje med tiden. De skulle til købmandens bagbutik og beværtes. Det var en gestus, der ikke måtte forsømmes.

– Det gælder om at holde sig til etiketten, sagde Anders.

Da de kom ned til kajerne igen udpegede Anders jægterne fra Kjerringø, Husby og Grøttø.

Lige bag ved pakhusene lå en kirke med takket profil mod himmelen og to tårne.

– Det er Mariakirken, sagde han.

Deres blikke mødtes. Som om de aldrig havde set hinanden før.

– Jeg har aldrig rejst med nogen før! udbrød han forfjamsket.

– Du mener, at du ikke har rejst med et kvindfolk?

– Ja. Det er anderledes.

– Hvordan?

– Du ser ting, som jeg ikke var klar over betød noget. Du spørger om ting, som jeg ikke vidste, jeg kunne svare på.

– Du er en underlig mand! fastslog hun. – Niels var heldig at have dig til bror.

Handelsmændene og gæstgiverne blev mellemmænd mellem bergenskøbmændene og befragterne.

Selvom priserne i Bergen sjældent havde dramatiske fald eller opsving, så blev det altid fulgt med en vis spænding, med hvilke tidender de rejste hjem. For befragterne var det en fordel at slippe for ansvaret med priserne og med at prutte om priserne.

Det var nok sket mere end en gang, at fiskerne blev grundigt snydt, både hvad angik priser og mængder.

Købmændene og jægteejerne derimod lærte sig knebene. De havde tid og erfaring nok til at vente på de gunstigste tilbud. Og vidste, hvilken bergensborger det betalte sig at handle med i længden.

De, der transporterede varerne, blev beværtet i Bagbutikken. Grød med sirup. De blev budt en kridtpibe, og snakken gik lystigt om løst og fast.

Købmanden var trind og havde en ekstra hals udenpå den, som Vor Herre havde udstyret ham med. Den væltede frem og tilbage over kalvekrøset, når han gestikulerede eller lo.

Dina kunne huske ham fra turen med Jacob. Hans navn blev ofte nævnt på Reinsnæs. Herr Rasch! Hun havde bogført hans tal i årevis.

Sidst Dina så ham, havde han haft en myndig og storbarmet madamme ved sin side.

Hun var død af en mystisk sygdom, som ingen kunne finde ud af, fortalte han. Var bare skrumpet ind som et glemt sommeræble. Nogle sagde, at der var nerver og sindssygdom i familien. Men købmanden kendte ikke noget til den slags, og talte gerne om, at det var bagvaskelse og sladder, der gjorde, at folk drog den slags slutninger... Han for sin del troede, at det var noget med galden... I hvert fald var han blevet enkemand og sad i sin enkemandsstand på fjerde år. Madammen havde haft velhavende slægtninge i Hardanger, som hun havde en betydelig arv efter. Men købmanden bedyrede, at arven var overdrevet.

Dina, Anton og Anders havde aldrig hørt om arven, men var lutter øre over for al den sladder, som kunne ramme en stakkels bergensborger nu om dage.

Det var, som om der ikke var respekt for noget i denne verden længere. Man talte om folks sorg og elendighed, som om det var møg! Det var en uskik!

Købmanden blev lyserød i ansigtet under sin lange enetale. Den ekstra hals bredte sig sørgmodigt ud over kalvekrøset. Snart hid snart did.

Dina stirrede hæmningsløst. Men det så ud, som om hun havde bestemt sig til at kunne lide ham.

Han på sin side kunne godt huske unge fru Dina Grønelv. – Det var vel ikke så mærkeligt! kurrede han og så koket på hende.

Efterhånden blev Anders, Anton og Dina skilt ud fra resten af folkene og blev inviteret hjem i »privaten«, som herr Rasch kaldte det.

Præcis som Anders havde spået, kom punchen straks på bordet. Købmanden bestilte madeira til fruen, men Dina afslog. Hun ville have en lille punch og en pibe.

Købmanden var rådvild, men tog det pænt. Han stoppede selv piben for hende, mens han fortalte om en dansk adelsdame, han havde kendt i sin pure ungdom. Hun havde røget pibe og havde gået med herrehatte.

– Uden sammenligning i øvrigt, tilføjede han godmodigt og nikkede til Dina.

– Den der har hun ikke anskaffet sig der oppe i det høje nord? spurgte han.

– Nej, den er købt efter en grundig tegning via et sendebud fra Bremen. Vi køber hatte og kakkelovne i Bremen og bøger og noder i Hamburg. Og malerier i Paris. Efter Mor Karens smag! tilføjede hun og smilede.

Anders blev urolig og sendte hende et blik. Men hun gik hen til købmanden og stak fortroligt armen ind under hans.

Efter et øjeblik smilede han usikkert og tændte piben for hende. Så bad han dem om at tage plads i salonen, så de kunne diskutere »timelige spørgsmål«, som han kaldte det.

Dina fulgte opmærksomt med, da Anders akkorderede om priser og mål. Han præsenterede kvantum og kvalitet af fisk og rogn, huder og dun.

Men hun blandede sig ikke i snakken.

Anders' blik var så ærligt, at det måtte gøre enhver købmand mistænksom. Men det var tydeligt, at de to havde handlet før.

Anders' ansigt var klart som dagen, når han antydede en pris. Han var lige så beklagende ærlig, når han rystede på hovedet, fordi prisen blev for dårlig. Ærbødig, som om han talte til præsten. Fast, som om han gav livsnødvendige ordrer til mandskabet.

Købmanden sukkede sigende og mente, at de måtte se..., når fællespriserne var fastlagt. Det var det samme ritual. År efter år. Sådan havde det altid været. Købmanden slog Anders på skulderen, bukkede for Dina og sagde godmodigt:

– Måske er Dina Grønelv den rigeste af os to, hvis det hele skal gøres op.

– Vi taler vel ikke om rigdom, men om handel, mindede Dina ham om.

Anders vred sig uroligt endnu engang.

– Rigdom er en mangfoldig størrelse. Der findes oven i købet dem, der får kærlighed for ingenting, sagde hun og så købmanden dybt i øjnene.

Hans blik veg. Manden vidste absolut ikke, hvordan han skulle håndtere situationen. Han var ikke vant til, at fruentimmere deltog i forretninger. Men det havde et aspekt, som han ikke kunne sige sig fri for at kunne lide. Klog på denne gæstgiverenke fra Nordland blev han ikke. Han havde en ubehagelig svedig fornemmelse af, at hun holdt ham for nar. Uden at han på nogen måde kunne afsløre det. Men det blev en god handel. Særligt med hensyn til tørfisken. Præcis som Anders havde spået.

Stines symaskine blev via handelsmandens bekendtskaber ordnet med en anselig rabat.

Til gengæld blev der trillet en hel tønde multebærgrød i land til privat fortæring for handelsmanden. »Kvit og frit«, som Anders sagde.

Dina vandrede på egen hånd rundt i byen, mens hun ventede på, at losningen og lastningen skulle overstås.

Hun ville se spedalskhedshospitalet, som Mor Karen flere gange havde talt om.

Tre gange gik hun frem og tilbage foran indgangen. Som for at overvinde sig selv. For at hun kunne fortælle Mor Karen, at hun havde gjort, som hun havde lovet og havde sendt bønner for de syge op til Gudfader!

Det var blevet så som så med bønnerne.

Jeg er Dina. I Hjertruds bog står der, at Job undrer sig over, at Gud kan være så streng mod mennesker, der har så kort og uroligt et liv. Job har så mange lidelser. Han forstår ikke, at Gud straffer de retfærdige og lader være med at straffe de ugudelige. Job bruger megen tid og mange kræfter på at undre sig over sin egen skæbne. Her går de rundt med deres sår. Ikke alle gør så meget væsen af sig som Job.

Der stod en tønde vand foran indgangen til alle huse i Bergen. Til sidst spurgte Dina en butiksjomfru, hvad det var for en skik.

Det skyldes branden samme forår, var svaret. Alle var bange for brand.

– Hun er nok ikke fra Bergen? tilføjede jomfruen.

Dina trak på smilebåndet. Nej, det var hun nok ikke.

– Men Herregud hvor barnagtigt at tro, at et par dråber vand i en tønde kan redde jer, hvis der udbryder brand.

Kvinden spidsede munden, men sagde ikke noget.

Dina fik bændlerne, blonderne og knapperne og det, der ellers stod på den liste, som Stine havde sendt med hende.

Dina lejede en vogn og kørte forbi brandtomterne. 30. maj

var 120 huse gået op i flammer. Det var en raseret, men spændende verden.

Med den raske by pulserende til alle sider lå brandtomterne der som sårene på en spedalsk. Tiggere drev rundt og gravede efter skatte. De var laset klædt, bøjede sig ned og rodede et øjeblik i noget med en pind. Af og til rettede de ryggen og puttede noget ned i et knytte.

– Her er vist umådeligt mange fattigfolk og stakler! Foruden de spedalske! sagde Dina til Anders, da de mødtes i kahytten om aftenen.

– Og horer! tilføjede hun. – De er der, hvor mandfolk går i land eller går ombord.

– Det må være en besværlig gesjæft. Ikke noget, man bliver fed af, ser det ud til, sagde Anders.

– Job slap i hvert fald for at være hore! sagde Dina.

Anders så underligt på hende.

– Hvor har du været i dag? spurgte han.

Hun fortalte om bønnerne foran spedalskhedshospitalet og om brandtomterne.

– Du skulle ikke gå rundt i brandtomterne. Det kan være farligt, sagde han.

– Farligt for hvem?

– For enlige fruentimmere, svarede han.

– Ikke for mænd?

– Også for mænd, sagde han varmt.

– Hvem er de? begyndte hun.

– Hvem?

– Dem, der går til horer?

Anders strakte halsen undseeligt.

– Det er mænd, som på en eller anden måde ikke får det, de har brug for, svarede han langsomt. Som om han ikke havde tænkt over det før nu.

– Du mener, at det er lettere for den, der ikke har nogen, at have mange?

– Ja, sagde han forlegent.

– Og hvad ellers? Hvad er mandfolk ude efter?

Han gned sig i nakken og rev sig i håret.

– Det er vel forskelligt, sagde han endelig.

– Hvad er du ude efter?

Han så på hende. På samme måde, som han så på bergens-købmanden. Åbent.

– Jeg er ikke ude efter noget! sagde han roligt.

– Aldrig?

Han blev langsomt rød under hendes blik.

– Hvad vil du?

– Jeg ved det ikke, Anders. Jeg tror, jeg vil vide, hvad mænd er lavet af... Hvad de tænker...

Han svarede ikke. Betragtede hende bare.

– Går du til horer? spurgte hun.

Spørgsmålet sved i ansigtet på ham. Men han tog imod det.

– Det er vel sket... sagde han endelig.

– Hvordan var det?

– Ikke noget at skrive hjem om, sagde han lavt. – Jeg er vist ikke sådan, sagde han endnu lavere.

Anton bankede på døren til kahytten og ville tale et par ord med Anders. Småregnen hvislede på taget. Dina sad med endnu et spørgsmål i favnen.

Lastningen var gået fint, og priserne på tørfisk var bedre, end de havde været i flere år. Størstedelen var solgt som første sortering, prima varer.

Mændene var tilfredse og snakken gik livligt, da de kom ombord. Den sidste nat sov Dina, Anders og Anton også i jægten. De havde ellers lejet sig ind på et logi i de dage, de havde været i byen. Bare for at forkæle sig selv ved at bo i byen, som Anders sagde.

Larmen fra byen var anderledes i jægten. Med smaskende småbølger og knirken fra de sovende både oven i alt det andet. Man fik det i blodet. Havde det som en murrende feber, indtil næste gang man stævnede ind i Vågen.

9. kapitel

JEG OPLØFTER MINE ØJNE TIL BJERGENE; HVORFRA
SKAL MIN HJÆLP KOMME?
(Salmernes Bog, salme 121, v. 1)

De havde god vind nordpå. Alt havde åndet fred og fordrage-
lighed.

Jægtens stolthed og pynt, »Rorgængeren«, stod for enden af
rorstammen med dusk i hjelmen og fuld udrustning og »stir-
rede« dybsindigt frem for sig. Og flagstangen bar det gamle
dannebrogsflag, der stod som en nystrøget dug lige mod
nordvest.

Lige efter, at de havde rundet Stadtlandet, lod Dina bomben
springe. At hun havde tænkt sig en hurtig tur til Trondhjem.
Anton og Anders stod under taget ved kahytten, da hun
fremkom med sit ærinde.

– Trondhjem! råbte Anton og stirrede vantro på hende. – Og
hvad har vi så i Trondhjem at bestille?!

Hun havde noget, hun skulle ordne, mente Dina. Desuden
ville hun se domkirken. Havde så småt tænkt sig en tur dertil,
ja.

Anton og Anders talte i munden på hinanden. Anton højere
og højere. Anders dybt og indtrængende. Om hun vidste,
hvad hun udsatte dem for? Krydse ind i den forbandet lange
Trondhjemsfjord, mens alle de andre jægter rejste hjem med
god vind? Ligge og bakse i idvande inde i fjorden og ikke
have den mindste smule at gøre godt med hverken med sejl
eller vind? Om hun havde tænkt på, at det kunne tage ti
ekstra dage mindst?

– Og vi er allerede i slutningen af august! sagde Anders.

– Nej, jeg har ikke talt dagene. Men vi har ikke noget hast-
værk. Vi skal nok komme hjem!

Anton glemte, at han var en gemytlig karl. Han begyndte at

388

skumme. Vinden tog fat i hans stive skæg og truede med at rive både skind og hud af.

Anders tog det mere roligt. Han havde set Dina knække sejere grene end Anton.

– Vi sejler til Trondhjem! sagde Dina bare. Samlede skørterne om sig og gik ind i kahytten igen.

Hele natten stod Anton ved roret i vildt raseri. Han var så olm, at det var lige før, han ikke ville krybe til køjs, da Anders kom for at afløse ham på hundevagten.

– Vi behøver vel ikke alle sammen at gå fra sans og samling! sagde Anders tørt.

– Det var for fanden dig, der ville have kvindfolket med! brølede Anton mod vinden.

Han stod barhovedet i en mørkeblå vadmelspjækkert, han havde anskaffet i Bergen. Messingknapperne blinkede i øjnene på dem, da morgensolen stod op. Kraven var slået op og skuldrene polstrede og brede som ladeporte.

– Dina ejer både jægten og os, sagde Anders kort og greb roret.

Ederne hvæsede ud af Anton som vand på en varm ambolt. Men han gik til køjs og snorkede hele morgenen, så mandskabskahytten knagede og vred sig i smerte og gru.

Det første, der mødte dem, da de kom til Trondhjem, var nyhederne om, at den russiske marinebase Bomarsund på Åland var blevet overfaldet af engelske og franske orlogsfartøjer. Skibslagre og trælastlagre på Finskekysten var blevet brændt.

Finnerne var loyale over for russerne, hed det sig. De forsvarede både deres egne og russernes interesser som rasende dyr. Nu mente de, der havde forstand på det, at kongen ville have Sverige-Norge ind i krudtslammet.

Anders var optaget af finnerne. For han havde finner i sin slægt. Han mente, at det ikke kom så meget af, at finnerne virkeligt sympatiserede med russerne. Men at de blev vrede, fordi vestmagternes flåde raserede finsk jord og beslaglagde finske fartøjer.

– Hvem vil ikke forsvare sig, hvis en tåbe sætter ild til trappen derhjemme? sagde han forbitret.

Dina kunne ikke begribe, hvad englændere og franskmænd skulle i Østersøen med deres krudt.

Anton havde sundet sig, og de var igen på talefod. Men han engagerede sig ikke særligt meget i sagen. Ville kun tale om ting, han kunne forstå, sagde han. Sømænd og fruentimmere skulle ikke diskutere verdenspolitik. De måtte bare blive færdige og se at komme hjem.

– Leo sagde noget, sagde Dina eftertænksomt uden at ænse Anton. – Han sagde, at franskmændene og englænderne tog parti for tyrkerne i den endeløse tyrkisk-russiske krig, og at det var farligt for hele verden... Han sagde, at finnerne aldrig ville stå på samme side som Sverige ligegyldigt hvad. At kongen var dum, at han ikke kunne forstå det. Han sagde, at zar Nikolai heller ikke havde opfundet krudtet. At krigen begyndte med et tåbeligt skænderi mellem to munke. Den ene græsk ortodoks og den anden katolik.

– Hvad skændtes de om? spurgte Anders.

– De skændtes om, hvem der ejede de hellige steder i Jødeland, lo Dina.

– Men hvad har det med krig at gøre? sagde Anton irriteret.

– Hellighed har altid noget med en eller anden krig at gøre, sagde Dina roligt. – Bibelen, Kristus, Jomfru Maria, helligdommene i Jødeland...

Pludselig krummede hun sig sammen, som om en eller anden havde givet hende et slag i maven.

– Er du dårlig? spurgte Anders.

– Nej, sagde hun kort. – Men at de kan få kongen og zaren med på sådan noget? fortsatte hun og rettede sig op.

– Der er altid nogen, der sidder på den grønne gren og bliver rige, eller skiller sig af med skidtet, når der er krig, sagde Anton.

– Hvor havde Leo det fra, det med, hvem der startede krigen, tror du? spurgte Dina. Hun henvendte sig til Anders.

– Han rejser jo så meget. Han hører vel både det ene og det andet.

Dina fløå bort for dem. Og krigen var kommet nærmere, end nogen brød sig om.

Mellem Kongens gade og Erling Skakkes gade var der et helt område, der var blevet skænket af kongen i en fjern fortid. For at man på et sted kunne samle alle dem, der ellers føjtede rundt i gyder og baggårde.

Det var de spedalske, de fattige, de forrykte, de gamle eller forældreløse. Det var vist nok gode borgere fra Trondhjem by, der havde testamenteret deres gaver, for at man kunne få orden på al elendigheden.

Et betryggende kompleks af mure og træ. Mange bygninger fulde af menneskeligt skarn og ulykke. Det så meget ordentligt ud. Udefra.

Dina fandt »Skansevagten« med facaden mod Voldgade. Med en åben arkade og en imponerende pudset mur. Der var rigeligt plads mellem »Skansevagten« og »Slaveanstalten«. Men stakitterne var høje og indgangsporten bevogtet.

Hun blev lukket ind, da hun sagde sit ærinde. Her var en verden helt for sig. Skjult for almuen. Skjult for dem, der ikke på en eller anden måde skulle dertil.

Tømmerhuse i to etager. Hist og her en muret bygning inde imellem dem. De røde tegltage pressede husene sammen i en slags udvendig, fælles skæbne.

»Kriminalasylet« eller »Slaveanstalten« var et stort toetages hus med empirerammer om vinduer og døre.

Dina kom ind i en oval sal i stueetagen. Mærkelig støj hørtes fra de tilstødende værelser. Hun trak vejret hurtigt, som om der lå en forventning eller en katastrofe i luften.

Det første menneske, hun så foruden vogteren, var en kæmpestor, mandslignende skabning, der fumlede rundt med nogle klude i en kasse. Han pegede hele tiden på noget inde i væggen og diskuterede med sig selv, om det var nødvendigt at tage til byen eller ikke. Han spurgte og svarede med to forskellige stemmer. Som om han gik ind i to forskellige roller. Den ene var harmdirrende og grov, den anden blid og slæbende. Af og til slog han ud med hånden med en voldsom kraft og sagde: »Tju! Tju!«, som om han illustrerede, at han fik ram på noget, som han prøvede at ramme med knytnæven.

Han var kronraget, som om han lige havde været genstand for en brutal aflusning. Men på de grå, indfaldne kinder voksede der to-tre dage gamle skægstubbe.

Dina blev stående. En slags munter uhygge bredte sig. Hun spændte i kroppen, som om hun forberedte sig på hvad, der kunne ske, når manden fik øje på hende. Men der skete ingenting.

Vagten kom tilbage og sagde, at bestyreren var ved at gå, men at han kunne tale med hende her. Han ville komme om et øjeblik. Det var en tydelig afvisning. Han vidste ikke, hvem Dina Grønelv var. Og han havde antageligt ikke forstået, at hun havde sagt, at hun ville høre, hvornår de ventede Leo Zjukovskij.

Hun forhørte sig om slaveanstalten, mens hun ventede. Vagten fortalte villigt. Der var værelser til at arbejde i, værelser til at spise i og et andagtsværelse i underste etage. »De der!« eller »Lemmerne« var placeret i arresten på første sal. Nogle celler var helt mørke, fik hun at vide.

»Kulleren« er sort som graven, sagde vogteren med et smil, der blottede en sparsom tandrække, men som i øvrigt var glat og uden ondskab. De, der var på loftet, var der ikke meget at stille op med! sagde han. – Men de har hver sin kakkelovn. Det har ingen nød, hvad det angår!

Lydene kom ramlende ned over hovedet på dem. Skraben, dunken og en høj rasende stemme.

– Det er ikke godt, alt det, der kommer ovenfra, grinede vogteren.

Staklen med kludene fortsatte med sit uden at ænse dem. Vagten fulgte hendes blik og sagde:

– Bendik er helt tosset i dag. Men han er ikke farlig, hvad enten han er god eller tosset.

– Hvad laver han her? spurgte hun.

– Han er gal! Men han er ikke farlig. De siger, han havde en ubehagelig historie med en dame, der brændte sig ihjel. Det var dengang, det begyndte. Han har ikke gjort så meget som en kat fortræd her hos os. Han passer sit eget. Nej, så er det noget andet, med dem, der sidder oppe på »Kulleren«. Dem vil jeg ikke se i øjnene, uden at der er noget imellem!

Dina ledte efter noget i sin taske. Den var som en mose. Sort og dyb og bundløs.

– Hun må have et vigtigt ærinde, når hun kommer sådan et sted. Og så helt fra Nordland!

Dina rettede sig op. Og fortalte, så det lød tilforladeligt, at hun var på tur til Bergen med sin jægt. Så var det ingen sag at sejle et ærinde til Trondhjem.

– Ejer fruen en jægt? stønnede han henrykt og så med respekt på hende. Ja, han for sin del kendte en frue, der ejede en hel hjuldamper. Han sendte hende et skråt, spørgende blik.

Da Dina ikke kommenterede det sidste, tilføjede han:

– Men hun er også den rigeste enke i byen!

Dina så sig omkring og tilkendegav, at hun ikke havde til hensigt at diskutere rige enker og deres dampere. I stedet for spurgte hun tørt:

– Hvad er så hans gerning her?

– At sørge for, at krapylet ikke slipper ud! svarede han rapt.

– Og hvad har de så gjort? Dem, der er her?

– Drab og ildebrand, galskab og tyveri, sagde han som om han sagde et salmevers udenad.

– Hvor kommer de fra?

– Mest fra områderne rundt om byen. Men ellers: Alle steder fra!

Lige i det øjeblik kom staklen farende hen mod dem med sine klude på slæb.

Det skete så hurtigt. Før vogteren kunne forhindre det, havde han grebet Dina i armen, mens han stirrede på hende. Vogteren rykkede ham væk. Kæmpen stod med udstrakte hænder. I hans øjne var det, som om der drev grå tågebanker forbi. Og dybt derinde var Dinas spejlbillede.

Hun så ud, som om hun fik en pludselig indskydelse. Løftede sin handskeklædte hånd og lagde den på mandens skulder.

Han blinkede, som om han kom i tanke om noget vigtigt. Ansigtet lyste op, og han sendte hende et tandløst smil. Hans store ryg var bøjet som af en usynlig byrde, som han troligt havde båret med sig i årevis.

– Hun – hun kom endelig..., mumlede han og greb efter hende igen. Hurtig som lynet.

Vogteren trak i staklen og sagde noget med hård stemme.

Dina blev stående. Det arbejdede i hendes kæbe, og hendes ansigt blev langsomt hvidt. Hun gjorde sig langsomt fri af mandens greb, men kunne ikke komme fri af hans blik.

Vogteren slæbte galningen med sig ud i gården igen.

Jeg er Dina. Der er en bryggersovn med et kogende kar over! Jeg er i dampen. Derfor sveder jeg. Min hud skrabes af hele tiden. Jeg bliver vasket til ingenting. Mens Hjertrud skriger uafbrudt.

Bestyreren dukkede pludseligt op af ingenting. Som om han opstod her og nu. Skridtede værdigt hen over gulvet og rakte hende hånden.

En høj, tynd mand, der havde sit skæg i et velklippet, strengt mønster. Det så ud, som om han havde limet det på.

Der var ingen antydning af venlighed eller smil. Hans håndtryk var tørt og korrekt som resten af fremtoningen.

Et stort, sort hår lå vandkæmmet hen over hele hans kugle-runde hoved. I det hele taget var han en mand, der levede for sine hår.

Han nikkede galant og skiftede stokken over i højre hånd igen, efter at han havde sluppet hendes hånd. Med hvad kun-ne han være hende til tjeneste? Hans blik tog alle rester af vanddamp med sig, mens han så på hende. Hans stemme var mørk og rolig. Som spåner i en ovn, før man tænder op.

Dina tømte glimt af uvilje imod ham gennem to vandgrå øjne. Han havde ikke gjort hende noget. Bortset fra, at han havde frelst hende fra vanddampen.

Hun fremkom med sit ærinde. Havde Pusjkins bog og brevet til Leo i en forseglet pakke. Men tøvede lidt med at tage den frem.

Bestyreren var lidt for hurtig med at blive forbavset. Han var ikke bekendt med, at der var en, der hed Leo Zjukovskij, der i deres tjeneste transporterede fanger. Slet ikke. Det var kun sket et par gange i hans tid, at der var foregået en sådan transport. Og en russer? Nej!

Dina overhørte svaret og spurgte, hvor længe han havde været bestyrer for »dette sted«.

– Tre måneder, svarede han uanfægtet.

– Det er ikke just noget langt liv...

Manden hostede, som om han var blevet grebet i at snyde.

– Det kan ikke ses på Leo Zjukovskij, at han er russer, sagde hun. – Han taler norsk!

Hendes stemme blev liggende som frost i værelset.

Jeg er Dina. Det suser alt for meget i de store birketræer udenfor. De klamrer deres grene omkring hovedet på mig, så jeg ikke kan tænke. Det dundrer i kirkeklokker. Tæt på. Jeg tæller alle de døre, der går ud fra dette værelse. Men tallet forsvinder i alle lydene og stemmerne oppe fra cellerne. En galehusbestyrer, er han et menneske? Hvorfor vil han ikke kendes ved Leo?

Bestyreren mente, at hun måtte forhøre sig i fængslet eller hos tugthusets bestyrer. Han kunne personligt føre hende dertil, hvis hun ville have det. Det var lige her henne. Men det var bedst, at han fulgte hende over gården og gennem porten.

Dina gik med manden. En ørkesløs vandring ind ad de tunge porte og gennem de dystre døre. Forbi vogtere med tomme øjne. Det bragte hende ikke nærmere Leo. Ingen kendte en russer, der hed Leo Zjukovskij, talte norsk og fulgte fanger til eller fra Vardøhus.

Da de igen stod i det ovale værelse, tog hun pakken op. Pressede den ind i bestyrerens slappe hånd så længe, at han blev nødt til at tage imod den.

Hun så på ham, som om han var en af knægtene på Reinsnæs. Bestemt gav hun sin ordre. Som om han ikke kunne afslå den uden at være særdeles uhøflig mod en dame.

– Når herr Leo Zjukovskij kommer, kan han give ham pakken. Den er forseglet med lak, som han kan se...

Bestyreren rystede på hovedet, men klemte med fingrene om den, for at den ikke skulle falde på gulvet.

Hun rettede på hatten, løftede pompadouren op på armen. Trak i sin højre handske og takkede. Så sagde hun farvel og gik hurtigt mod udgangen.

Et stykke oppe ad gaden passerede vognen et korsformet hus med store vinduer og tungt teglstenstag. Portalen over indgangen var herskabelig. Og selve fløjen med indgangen havde tre etager med et stort, halvmåneformet vindue øverst.

Dina bøjede sig frem og spurgte kusken, hvad det var for et hus.

– »Tronka«. Sindssygehospital, svarede han sløvt.

– Hvorfor hedder det »Tronka«?

– De siger, at det har noget med at gøre, at der engang stod en almissebøsse foran indgangen. På fransk hedder en almissebøsse »tronc«, siger de.

Kusken livede op, mens han fortalte.

– Hvorfor havde hospitalet en fransk almissebøsse?

– Folk slår jo om sig med fine ord. Bøssen var sikkert trøndsk? Og indenfor er der kun tossede og rakkerpak, selvom ordene er nok så franske!

Han smældede hen over hestene, der var begyndt at lunte. Det susede intenst et sted. Kusken vendte sig om et par gange. For kvinden sagde ikke mere. Hun sad sammenkrøbet og rokkede frem og tilbage.

Lidt efter standsede han vognen og spurgte, om hun var dårlig.

Hun svarede med to glasklare, tomme øjne. Men hun betalte rigeligt, da hun steg af.

Er jeg Dina? Er mareridt virkelige? Bendik smed? Hvorfor finder jeg alt muligt andet, men ikke Leo? Er jeg Dina? Som skærer en del af mit hjerte ud og lægger det i hænderne på en galehusbestyrer? Hvorfor er jeg her, når jeg har et sår, der ikke vil bløde? Hvor er Hjertrud nu?

Dina holdt sig i kahytten resten af dagen.

396

Om natten vågnede Anders flere gange ved, at Dina støn-
nede bag ved forhænget. Han talte til hende.

Men hun svarede ikke.

Næste morgen var hun grå og tillukket.

Men de lejede en vogn og kørte til Fabrikken ved Nidelven
for at købe en ny madklokke til fadeburet.

Den gamle havde længe været revnet. Under markarbejdet
i foråret var den ene halvdel faldet ned og havde lavet en stor
skade i taget.

De fandt en, der var tilpas stor med årstal og en god klang.

Ejeren af fabrikken havde været en gammel ven af Jacob i
sin tid.

Dina havde meldt sin ankomst på forhånd. Behandlingen
var derfor upåklagelig, med traktement og rundvisning. Huit-
feldt beklagede, at hans kompagnon, herr ingeniøren, var på
en kort tur til England og derfor ikke kunne gøre hende sin
opvartning.

Manden overså Anders. Det var tydeligt, at der ikke gjaldt
samme regler for takt blandt borgerskabet i Trondhjem som
for handelsmænd i Bergen.

Anders tog det med fatning. Han havde før mødt folk, der
ikke kunne forstå, at man ikke kunne tage bådene med op på
land for at vise, hvad man havde.

Fabriksejeren gik grundigt til værks og fortalte om bedrif-
tens eventyrlige fremgang, hvad ovne, klokker og maskindele
angik.

Den nye tid havde været med ham, lo han. Og som om det
ikke var nok, så havde han fået den ansvarsfulde og kræven-
de opgave at støbe det maskinelle udstyr til hjuldamperen
»Nidelven«.

Anders og Dina udvekslede blikke, da de sad i vognen igen.

– Jeg ved ikke, om der er så meget at tale om. Men trøndere
er på mange måder et løjerligt folkefærd.

– Bortset fra, at ikke alle trøndere er trøndere, sagde Dina
tørt.

De lo lidt.

Dina sparkede ham pludselig over benet med en spids sko-snude.

– Hvorfor lader du dig imponere af så meget storhedsvan-vid?

– Tjah, gad vide... Det kan vel betale sig. I det lange løb.

– Du er egentlig købmand, Anders?

– Måske... I så fald uden kapital.

– Ville du ønske, at du havde det? Kapital?

– Nej, du kan se, hvordan de bliver. Dem med kapital.

– Er jeg også sådan? spurgte hun pludselig.

– Nej, men du har dine nykker, sagde han ærligt. – Når du nu spørger.

– Hvad er det for nogle nykker? Gerrighed?

– Nej. Men påholdenhed. Og stædighed. Se nu bare denne afstikker til Trondhjem!

Hun svarede ikke.

Hjulene hamrede mod brostenene. Byen larmede rundt om dem.

– Du tog afsted på egen hånd i går... Er det tilladt at spørge hvorhen?

– Jeg var en lille tur på »Slaveanstalten«.

Anders vendte sig om mod hende, ikke kun ansigtet, men hele kroppen.

– Du gør grin med mig! Hvad skulle du der?

– Jeg afleverede en pakke til Leo. En bog, han havde glemt... Han har det med at glemme bøger...

– Men var han der?

– Nej, men han kommer nok.

– Hvordan ved du det?

– Fordi de sagde, at han ikke kom... sagde hun eftertænk-somt.

– De sagde, at han ikke kom... Og derfor tror du, at han skal dertil? Hvad mener du Dina?

– Der er noget, der ikke passer. Bestyreren kunne ikke lide, at jeg kom. At jeg vidste, han skulle dertil.

– Du er blevet underlig på denne her tur.

– Kan du huske, at Leo sagde, at han skulle følge en straffe-fange nordpå til Vardøhus?

– Ja... nu, når du spørger... Men det var bare noget, han sagde.

– Ligegyldigt hvad, så kommer han på »Slaveanstalten« her i Trondhjem.

– Hvordan kan du vide det?

– Jeg ved det! sagde hun fast.

De sad uden at sige noget, mens kusken akkorderede med et helt optog, der ikke ville flytte sig fra vejen.

Anders så et øjeblik indgående på alt, hvad der foregik rundt om dem. Så sagde han:

– Har Dina bestemt sig for russeren?

– Du pakker ikke just dine spørgsmål ind, min kære Anders.

– Nej. Hvad svarer du?

– At min beslutning ikke skal udstilles for alle og enhver.

– Men du vil have ham. Det har jeg set.

– Det, du har set, behøver du ikke at spørge om, svarede hun.

Hun lagde armene over kors over brystet og sagde ikke mere.

– Vi begyndte med at tale om kapital..., sagde hun lidt efter.

– Ja, sagde Anders villigt.

– Ved du, hvad han gjorde, din bror?

– Niels? Mener du, hvordan han kom... af dage?

Han så overrumplet på hende.

– Både du og jeg ved, hvordan han kom af dage, svarede hun fast. – Det er noget andet, jeg mener.

– Hvad?

– Han begik underslæb i årevis, din bror!

Hun så lige frem for sig.

– Hvad... hvad siger du!? Hans spærrede øjnene op mod hende.

Hun svarede ikke.

Efter et kort stykke tid greb han hendes hænder. Blodåren på halsen arbejdede, men ansigtet var blegt.

– Hvorfor siger du sådan noget, Dina?

– Fordi det er sandt, sagde hun kort og fortalte Anders om rummet under gulvbrædderne.

Anders' hænder greb om hendes og trykkede til.

– Hvor meget var det? spurgte han hæst.

– Nok til en Amerikarejse.

– Og hvor er de nu? Pengene?

– I banken.

– Hvorfor i hede hule gjorde han...?

– Han ville have kapital.

Anders gloede.

– Det er ufatteligt!

– Han havde vel en slags ret, fortsatte hun. Ordene faldt bare ud.

– Ret!?

– Han var jo vanæret. Over det med Hanna.

– Men Herregud!

– Han måtte vel væk. Langt væk. Kunne ikke holde ud at rejse som en kæltring. Leo sagde jo, at han skulle til Amerika. Stine fandt et kort... Det var nok sådan ja. I tugthuset kunne han ikke være. Hjertrud ville ikke have tilladt det...

– Hjertrud? Kære Dina... Men hvorfor rejste han ikke? Hvorfor...

– Han hængte sig, fordi han vidste, at jeg vidste det.

– At du vidste det?

– Jeg gav ham en frist til at komme med pengene.

– Mener du, at han tog sit liv, fordi...

– På grund af skammen.

– Troede han, at du ville melde ham?

– Han havde ikke grund til andet.

– Dina! Drev du ham til det?!

Han gik i stå. Hans hænder klemte hårdere og hårdere. Neglene skar sig ind i hendes hud.

Hun lænede sig mod ryglænet. Som om hun overgav sig.

– Jeg ved det ikke, sagde hun vredt og lukkede øjnene hårdt i.

Da lagde han begge arme rundt om hende og klemte hende ind til sig.

– Tilgiv mig! tryglede han. – Det var selvfølgelig ikke din skyld! Folk, som gør noget, der er skammeligt, må vel selv tage ansvaret, skulle jeg mene. Men at Niels... at han kunne gøre det! Uden et ord til mig...

Han sukkede, men slap hende ikke.
To børn sammen om en gammel ulykke.
Længe var de kun tanker.

– Gaderne i Trondhjem er bredere end i Bergen, sagde Dina ud i luften.

– Så er losningen så meget mere tung, og det er en straf at skulle ind og ud af fjorden!

Anders var taknemmelig for afbrydelsen.

– Havnen er ikke dyb nok! tilføjede han med eftertryk.

De stirrede begge to på den fede røgsky, der stod op fra damperen, der sejlede ind.

De kørte i en smal sidegade mellem miserable, små huse. En matros ravede hen over gyden lige foran hestene, og et hysterisk kvindfolk råbte til en tyk herre med en for snæver jakke, at han skulle skynde sig, fordi damperen allerede var ved at sejle. Han stønnede som en blæsebælg og tabte en hatteæske lige pludselig. De sprang ud foran hestene, som om de selv bad om at blive kørt over.

Vognen standsede, og kusken fik, hvad han skulle have. De spadserede det sidste stykke.

Nede på kajen dukkede det kævlende par op igen. Kvinden truede en færgemand til at fragte dem ud til båden. De snublede over tofterne. Et øjeblik så det ud, som om de ville vælte hele den spinkle båd. Hele tiden skændtes de og råbte til hinanden.

Den 30 meter lange landgangsbrygge med ekspeditionslokaler var sort af folk. Efterhånden var der flere end det ene par, der tiggede færgemænd om at sejle dem ud, før damperen gik. Båden kunne ikke lægge til kaj på grund af brandfaren, hed det.

Anders var glad for at have noget at lade sin fortvivlelse gå ud over.

– Det er kun en underkop af en havn, dette her, skældte han, uden at nogen havde spurgt ham.

Dina iagttog ham fra siden uden at sige noget.

En mand med en løftet slagterkniv sprang barbenet henover kajens planker efter en ung mand, der holdt fast på en flaske rom. Politiet kom til og tog hånd om dem begge to under skrig og spektakel. Folk trak ud til siderne for ikke at blive blandet ind i det. Nogle var lige ved at blive presset ud over kajplankerne.

Anders bar sorg. Dinas sår ville ikke bløde. Himmelen havde dybe rifter, men ikke nogen sol. Tanker faldt ned som regn.

De sejlede næste morgen.

Vinden bar godt ud. Alligevel var Anton ikke i vigør.

– Jeg har et uvejr siddende i hoften, sagde han. Han var som en dårligt slagtet okse, der stod til rors.

De lod ham surmule uden at ofre ham for meget opmærksomhed.

Anders og Dina havde andre vanskeligheder. En spænding på godt og ondt lå imellem dem. Ny og uprøvet. Samtalen i vognen var ikke blevet ført til ende. Havde givet optakten til noget, der var svært at håndtere, når de skulle bo i samme kahyt.

Anders' øjne var som en bibeltekst under et forstørrelsesglas. Den sagde: Vi er bror og søster! Noget har forstyrret vores roller. Vi burde vide, hvor vi havde hinanden.

Han indrømmede ting for sig selv. At han i årevis havde længtes efter, at Dina skulle betro ham noget. Spørge ham til råds.

Nu havde hun betroet ham, at Niels havde været en kæltring. Det forvirrede ham og gjorde ham skamfuld, at han var mere glad for Dinas betroelser og tænkte mere på dem, end han tænkte på Niels' sidste dage.

Dina var som en ugle, der sad i sit træ og ikke kunne lide dagslyset.

10. kapitel

Derefter svarede Herren Job ud af stormen og sagde:
Hvo er den, som formørker Guds råd med tale uden forstand?
Hvor var du, der jeg grundfæstede jorden? Forkynd det, hvis du har indsigt?
Hvo har sat dens mål? Du ved det vel? Eller hvo udstrakte snoren over den?
Hvorpå ere dens piller nedsænkede? Eller hvo har lagt dens hjørnesten?
Der morgenstjerner sang tilhobe, og alle Guds børn råbte af glæde.
Og hvo lukkede for havet med døre, der det brød frem, gik ud af moders liv,
der jeg gjorde sky til dets klædning og mørke til dets svøb,
der jeg afstak for det min grændse, og satte stang og døre for det,
og sagde: Hertil skal du komme og ikke længere; og her skal være sat grændse for dine stolte bølger?
Har du i dine dage givet befaling til morgenen? Har du vist morgenrøden dens sted...
(Jobs Bog, kap. 38, v. 1, 2 og 4 til 13)

De rundede Trondhjemsfjorden og satte kursen nordpå. Anders kunne se, at regn og uvejr samlede sig foran dem. Det var næsten en lettelse.

Da de hverken kunne se det flade Ørland til højre eller Agdenes til venstre og var overladt til sig selv og de højere magter, var der stadig let tåge og hård vind.

Og den ville ikke give sig. Kom som en blygrå havtrold med nordvestenvind og regn.

»Mor Karen« fik skyllet sin høje stavn. Og den store krop blev kastet ned i bølgedalene, som var den en hankeløs kop i drift.

Den dyrebare last blev surret fast en ekstra gang og dækket til så godt, det lod sig gøre.

En dreng fra et af husmandsstederne ved Reinsnæs lå allerede i sin køje. Staklen havde kastet op i sengetøjet. Til stort spektakel og megen skænd fra ham, der lå ved siden af. Men ingen tog parti. Alle havde nok i deres eget.

Det knagede og rumsterede i bugen på den solide båd. Græd og peb i sejl og ræer.

Timerne gik mere under end over vandet. Alligevel ville Anton ikke søge havn. Han pressede båden ind i Foldhavet, som om det var en personlig styrkeprøve.

Da brød det løs.

I kahytten sad Dina alene og klamrede sig til bordkanten.

Væggene skiftede hele tiden retning.

Hun pressede et pudebetræk ind mellem lårene, da hun så blodet dryppe ned på dørken. Så faldt hun ned mod bordkanten et øjeblik.

En blodpøl skræmt fra vid og sans ændrede hele tiden kurs på de urolige gulvplanker. Løb mod øst og vest, nord og syd alt efter bådens krængninger. Efterhånden blev den til en sej, brunlig flod mellem revnerne i dæksplankerne.

Er jeg Dina? Som i går aftes var et orgel? Med mangfoldige koraller på vej ud af kroppen! Fordi jeg ville det! I dag skærer knive den ene revne efter den anden. Jeg er en elv, der ikke ved, hvor den er på vej hen. Der lyder ikke engang et skrig. Jeg flyder så frygteligt stille. Hvor er Hjertrud nu?

Mor Karens portræt skåret ud som en statelig, højbarmet frue med et stort hår samlet i en løs knude forsvandt ned i de rasende kæmpebølger.

Men hun rejste sig stolt igen. Rystede de frådende styrtsøer af sig. Gang på gang. Øjnene var skåret ud med en skarp kniv af en lokal kunstner i Vefsn. De stirrede tomt skiftevis ned i dybet og op i himmelen.

Det her var Foldhavet i sit rigtigt ondskabsfulde lune. Mindst to måneder for tidligt på året.

Anton gav ordre til at tage bonetterne ned og fire sejlråen. Anders vogtede over kastevinden som en høg igennem skumsprøjtet.

Vejret var ikke nådigt. Der var ingen mening i at sejle ind til land. Hvor der var brodsøer og skær overalt.

Anton lagde an til havsejlads. Der var ikke andet at gøre.

Vinden var ujævn og lunefuld, men måtte give op, fordi Anders og Anton i årevis havde kunnet afsløre, hvordan den kunne te sig.

For hver gang de fik lettet båden og Anders følte, at de havde kontrol over den, føltes det, som om der var noget, der bed ham i nakken. Dina! Bed ham i nakken.

Gang på gang fyldte kampen mod stormbygerne ham med lyst. I timevis følte han det. De tugtede bølgerne, tugtede vinden. Båden og sejlet.

Han havde aldrig oplevet en lignende bidevindssejlads. Han skød underlæben frem. Brynene var buskede af det salte skumsprøjt. Udvendig var han som en vante i snor i kølvandet. Indvendig var han som en jernstolpe. For selvom alt andet skulle gå galt! Sejle kunne han!

Dina lå bag forhænget og kunne ikke se noget ud gennem de oversprøjtede vinduer.

Alt det løse dansede sin egen dans. Hun havde fået anbragt en oliejakke under sig i køjen og holdt sig fast med begge hænder mellem anfaldene.

Aleksander Pusjkin kom ind ad vinduet til hende og talte om døden. Om at den kunne ramme en stakkel i underlivet! Han havde sin digtsamling med. Som en gave fra Leo. Han lo, så det gungrede i skibets skrog. Så skubbede han med stor kraft bogen ind i maven på hende. Gik ud og ind gennem det runde kahytsvindue og havde hele tiden en ny bog med. De blev tungere og tungere og havde skarpere og skarpere hjørner.

Til sidst var hendes skød ikke andet end en blodig masse, der hang ud over kanten af køjen i tynde hudtrevler.

Hun prøvede at holde dem sammen, men det hjalp ikke. Han var så hidsig, den mørke mand med de skarpe bøger.

Han råbte sit had til kvinder ud med høj, desperat stemme eller kaldte hende »Bronzerytterens hore« og »min kære Natasja« med sammenbidte tænder.

Han havde Leos stemme, og kom direkte ud af stormbygerne med stor kraft. Som om han brugte råber. Sprængte hendes hoved i tusind stykker.

Han var et havets genfærd! Med smedens hænder og Leos ar hen over ansigtet. Til sidst tog han Tomas' finnebøsse frem fra sin kappe og sigtede på hende. Bang!

Men det var Hjertrud, han ramte! Hjertrud stod i hjørnet og havde et ansigt som et stort hul! Hvordan kunne det være sket?

Der løb noget varmt ud mellem Dinas lår. Varmen blev efterhånden til piskesnert af is.

Det havde løjet lidt af.

Dina fik rejst sig så meget op, at hun fik samlet lagenet sammen, så hun kunne holde det mellem benene. Så vaklede hun hen til kahytsdøren og råbte på Anders. Lungerne sprang op i halsen på hende. Råbene var som hekse på vej til Bloksbjerg. Skar gennem snefog og vind.

Det var ikke til at tage fejl af. Der var noget galt.

Anders var iskold, træt og havde ondt i øjnene. Men han fik en anden til at afløse sig. Og slæbte sig op i kahytten, hvorfra Dina havde råbt hans navn med et rasende brøl.

Inden for døren blev han stående og hev efter vejret. Det dryppede taktfast fra hans skindtøj.

Sydvesten var blæst i havet i den værste storm for flere timer siden. Der løb floder ned over ansigtet og halsen fra hans lyse, saltvandsmættede hår. Det klistrede sig til hans isse og fik ham til at ligne en tirret sæl. Hagen var skudt mere frem end normalt.

Han gloede på kvinden i køjen. Troede først ikke sine egne øjne.

Dagslyset trodsede sig vej ind gennem saltvandet på ruderne og afslørede Dinas nøgne lår. Det hvide lagen gennemblødt af blod. Hendes stønnen var som løse bomme i voldsomt uvejr. Hun rakte armene ud mod ham. Hun bad for sig med øjnene.

– Herregud!! Han gled ned på knæ foran hende.

– Hjælp mig, Anders!

Hun prøvede ikke at dække sig for hans blik. Han greb sanseløst efter hende, mens han udstødte fortvivlede lyde.

– Jeg er sønderrevet. Det er revet i stykker her inde... hviskede hun, og hendes øjne gled i igen.

Anders kom på benene og ville løbe ud på dækket efter hjælp. For det her var mere, end han kunne klare alene.

Da åbnede hun øjnene og så hvast på ham, mens hun hvæsede ud mellem tænderne:

– Ti! Ti stille! Ikke et ord! Hjælp mig!

Han vendte sig om og stirrede rådvildt på hende. Så gik ordren op for ham. En og anden historie dæmrede. Om kvinder. Kvinders plager. Kvinders skæbne. Kvinders skam.

Det gjorde ham målløs et langt øjeblik. Så nikkede han blegt. Åbnede kahytsdøren og rensede halsen for seks timers stormbyger på Foldhavet og brølede en ordre ned til Anton.

– Dina er syg! Tollef tager min plads! Bed drengen om at varme vand!

Anton var olm der nede i blæsten. Forbandet være kvindfolk på havet! Søsyge og skrøbelige var de, og rejse til Trondhjem ville de! Uvejr og djævelskab! Elendighed og straf!

Den søsyge dreng kom med dampende varmt vand i en træpøs, men havde mistet halvdelen på vejen op. Anders mødte ham i døren. Begge rystede og var blege. Af forskellige grunde.

Drengen fik ikke lov at komme ind, og Anders havde trukket sengeforhænget for Dinas køje. Han havde taget skindtøjet af og stod i bar overkrop og tog imod spanden. Gav en kort ordre om mere vand.

Drengen var træt. Utilpas oven på søsygen, bange og ked af det. Hans ansigt var som en nøgen knytnæve, der arbejdede med jern i stærk frost.

– Skynd dig, din hund! smældede Anders. Så ulig sig selv, at drengen fløj direkte ud igen.

Hun var blevet helt stille nu. Lod ham bare rulle sig rundt, så han kunne få det blodige sengetøj væk. Det var gået igennem alt, troede han.

Det lugtede sødt og kvalmende fra det hele. Et øjeblik følte han sig syg. Så tog han sig sammen.

– Hvem fanden havde plantet det her i Dina! Hvem havde gjort det? Russeren?

Tankerne tumlede rundt i hovedet på Anders, mens han vaskede og ordnede hende. Han havde aldrig været så tæt på en kvinde. Ikke på den måde... Var kejtet, genert og rasende.

Han lagde en gammel skindfrakke under det rene lagen, som han fandt i Dinas kiste og fik væltet hende op på det. Hun var tung og virkede efterhånden livløs. Åbnede ikke øjnene, trak bare vejret tungt og klemte ham om håndleddene. Han måtte gøre sig fri for at hjælpe hende.

Der var ikke længere styrtblødninger. Men blodet løb jævnt. Han skubbede det snavsede sengetøj hen i en krog med støvlen.

Pludselig så han noget blåligt, hindeagtigt midt i alt det røde. Han gøs. Hvem fanden kunne de takke for det her?! Han bed tænderne sammen for ikke at skrige.

Hun var allerede nået ud over grænsen. Måtte have blødt længe. Bare hun ikke... Han tænkte ikke tanken til ende. Skubbede bare underlæben frem og pressede en grov busseronne ind mellem benene på hende. Ulden sugede både det ene og det andet til sig. Han pressede den mod hendes underliv. Med alle de bønner, han kendte.

Hun kom til sig selv ind imellem og så direkte på ham med et glasagtigt blik. Uhyggen krøb ind over gulvet og op i sengen til dem.

Da gav han stille lyd til bønnerne.

Vinden løjede af, og jægten gled drillende rundt i den stride strøm.

408

Anders kunne mærke, at de kunne klare sejlene uden ham. Det lettede trykket en lille smule. For hun blødte stadigvæk.

De kom og ville ind. Den ene efter den anden af mandskabet. Men han stod i kahytsdøren. Gav bare ordre om varm suppe og varmt vand.

Til sidst brølede Anton, at han måtte se at få fruen på Reinsnæs ud på dækket, så hun kunne kaste op i havet som andre folk.

Anders rykkede døren op og svingede knytnæven lige forbi Antons kæbe. Så klaskede han døren i, så styrmandens store næse et øjeblik var faretruende nær ved at komme i klemme.

Der blev stille derude. Jægten pløjede gennem bølgerne. Suppen kom op. Vandet også. Mændene klarede braserne. De havde vel efterhånden forstået, at det var alvorligere end søsyge. De gled ind i rutinen igen.

Timer blev til døgn. Solen kom på himmelen, og vinden for i god fart sydpå.

Inde i kahytten døsede Dina hele tiden. Blødningerne var endelig standsede.

Anders, der havde opgivet at holde hende ren efterhånden, kunne omsider løfte hende til side og gøre rent på den gamle skindfrakke. Hun holdt ham om halsen, mens han løftede hende. Hvert øjeblik så han efter, om hun var begyndt at bløde igen.

Hun prøvede ikke at skjule sig. Efter flere timer i den samme blodpøl var det ikke nødvendigt.

Dinas værdighed så ikke ud til at være afhængig af den slags. Hun lagde alt i hænderne på manden. Af og til besvimede hun. For så igen at komme til sig selv og kalde lavt på ham. En gang mumlede hun noget, han ikke kunne høre. Det lød, som om hun påkaldte røveren fra Bibelen. Det gjorde hun. Barabbas!

Han fik lidt suppe i hende. Vand drak hun i store grådige slurke. Det løb ned fra hendes mundvige og lavede våde pletter på sengelinnedet. Hendes hår var svedigt og klistret. Men han vidste ikke, hvordan han skulle ordne det, så han lod det være.

Af og til rystede han hende varsomt for at sikre sig, at der ikke var overhængende livsfare. Og da han så, at lyset generede hende, trak han for vinduerne. I halvmørket kunne han alligevel se, at hun havde en gul og gusten kulør. Hun havde mørke skygger under øjnene og langt ned ad kinderne. Næsen stak frem. Urokkelig og hvid om næseborene.

Anders kunne ikke mane folk raske. Han var heller ikke særlig god til at bede. Men den søndag formiddag sad han i en lugt af gammelt blod og bad for Dinas liv.

Imens rettede karlene lasten op, og jægten »Mor Karen« passerede Vega på vej hjem.

Om det var bønnen eller noget andet, så blev hendes åndedræt regelmæssigt. De lange, hvide fingre lå på tæppet. Han kunne se blodårene forgrene sig ned over hånden helt ned til de rosa negle.

Han rørte forsigtigt ved hendes øjenbryn for at se, om øjenlåget bevægede sig. Da slog hun øjnene op og så på ham. Tæt, tæt på. Som om hun var dukket frem af tågen.

Han troede, at hun ville begynde at græde. Men hun trak bare vejret voldsomt hivende og lukkede øjnene.

Han spekulerede på, om hun nogensinde græd, når hun ikke gjorde det nu.

Der var en vis uhygge over denne indvielse i kvinders liv. Men han var på sin vis taknemmelig over, at hun ikke græd.

– Hvad var det for en helvedes sot, der var deroppe i kahytten? ville Anton vide. Han var faldet til ro i takt med vinden. Nu ville han høre, hvordan det stod til.

Anders lukkede døren og gik med ham op på dækket.

– Hun er syg. Alvorligt. Kaster op og bløder alt for meget. Det er maven. Nogen har sat ondt i hendes... mave. Hun er helt afkræftet. Stakkelen...

Anton kremtede og undskyldte sig med, at han ikke havde

410

vidst, at det var så alvorligt. Men han havde sagt det hele tiden: At have kvindfolk med i en båd...

– Hun kunne have kreperet! sagde Anders og sparkede til en tønde, der lå og rullede.

– Se at få drengen til at fortøje det hele, så det ikke ryger i havet. Æd galden i dig! Det er ikke dig, der er syg!

– Jeg vidste ikke, at det var så slemt... At det var så...

– Men nu ved du det!

Anders gik op i kahytten igen. Som om det ikke mere var meningen, at han skulle arbejde på dækket.

Anders havde i al hemmelighed kastet det værste af sengetøjet over bord. Havde ventet så længe, at uvejret var løjet så tilpas meget af til, at alle ikke var på dækket for at sørge for, at det hele gik godt. Så sit snit til det et øjeblik, hvor ingen kunne se, hvad han havde for.

Mellemværk, broderier. Han smed det hele væk. Den blålige klump var skjult for altid.

De havde ikke omtalt den. Ikke med et ord. Men de havde begge to set den.

Hun rettede to vandfarvede øjne mod ham. Han satte sig hos hende. Køjekanten var høj. Han sad dårligt. Rigningen jamrede over hovedet på dem.

Han havde åbnet det ene af de to vinduer for at lade lidt frisk havluft slippe ind til hende.

Sveden piblede frem under hendes mørke hår og rundt om halsen. Hun havde brunlige ringe om øjnene, og pupillerne flimrede rundt.

Højt oppe på begge de gule kinder havde hun en hidsigt rød plet. Det så ikke godt ud.

Anders havde set lidt af hvert. Skørbug, kopper og spedalskhed. Han vidste, at sådan nogle kinder var tegn på feber. Men han sagde ikke noget. Vred bare en klud op i vand og vaskede hende i ansigtet og på halsen.

Et udtryk, som kunne være taknemmelighed, dirrede et øjeblik i hendes øjne. Men han var ikke sikker. Med Dina kunne man aldrig være sikker. Alligevel dristede han sig til at tage hendes hånd.

– Du spørger ikke om noget? hviskede hun.

– Nej. Det er ikke just tid for den slags, mente han og så væk.

– Men du er vel ikke dummere, end at du forstår det?

– Nej, jeg er ikke dummere...

· – Hvad vil du gøre med det, du ved nok, når vi kommer i land?

– Fragte Dina i land og sørge for, at der bliver taget hånd om godset og båden.

Han gjorde sin stemme tryg.

– Og så?

– Hvad så?

– Når de spørger, hvad Dina fejler?

– Så siger jeg, at hun fik noget skidt med maven og kastede meget blod op. At der kom blod begge veje. Men at det er overstået nu, og at jeg er sikker på, at det ikke smitter!

Han hostede efter en så lang talestrøm og tog også hendes anden hånd.

Der gik en skælven gennem hele køjen. Som også forplantede sig til ham. Stor og varm. Det så ud, som om hun græd. Mere med kroppen end med øjnene. Som et dyr. Tavst.

Anders følte det, som om han var til nadver. Som om nogen havde givet ham en gave.

I årevis havde han boet i samme hus, som et menneske, der aldrig havde vist andet end vrede og egenrådighed. Aldrig havde givet varme følelser til kende. Det forekom ham, at de var blevet så vant til det, at de ikke engang syntes, at det var underligt, at de kendte hende så dårligt.

Han holdt om hende og genkendte sig selv. Det gjorde ham stærk.

Han kunne sejle over et hvilket som helst hav i hvad vejr, det end måtte behage Vor Herre. For han havde set noget, som det var værd at have fundet ud af.

Han fik lyst til at græde over sine døde forældre. Over Niels. Over sin egen stædighed. Der havde gjort ham til skipper på Reinsnæsjægten. Til trods for, at han hadede det forbandede hav. Som havde slugt forældrene og givet ham livslange mareridt om stormfloder, der til sidst tog dem alle sam-

412

men. Han fik lyst til at græde over Gud! Som sad på enhver kæntret båd og reddede sig selv.

Men han holdt om hende, til hendes skælven standsede. Lydene fra dækket nåede dem kun som fjerne ekkoer uden mening. Mågerne var spage under den store, lave augustsol, der omsider bagte på kahytstaget.

– Du har reddet mig fra canossagang til kirken og fra at skulle forklare, hvem jeg har ligget med, sagde hun besk.

– Åh, du har vel selv kæmpet dig igennem det.

– Stine slap kun lige for vand og brød. Fordi det var anden gang.

– Hvem er det, der tæller gangene? Vil du fortælle mig, hvem i Herrens navn der er ren nok til at tælle gange? sagde Anders.

– Niels nægtede det. Så de fik ikke noget på ham.

– Niels er død, Dina.

– Stine lever med skammen!

– Der er ingen, der husker det nu. Tænk ikke på det. Alt det er overstået.

– Der er også nogle, der kommer i tugthuset, fortsatte hun.

– Ikke mere.

– Jo. Kirsten Nielsdatter Gram fik tre års tugthus i Trondhjem for at have klippet 19 får, der tilhørte naboen og for at have gået ind i fadeburet og forsynet sig med saltet kød og mel... Niels havde gemt en formue... Og lod Stine sidde med skammen...

Anders forstod, at hun ikke var helt klar.

– Niels var den eneste, jeg havde..., mumlede han, mest for sig selv.

Da var hun pludselig til stede.

– Du har mig, sagde hun og klemte ham om hånden med overraskende styrke.

– Du skal ikke angre... noget, Anders!

De udvekslede blikke. Beseglede en pagt.

Da de stod ind i Tjeldsund, var der endnu ingen, der havde

413

dristet sig til at genere dem. Han havde fået dem til at forstå, at døden havde gæstet dem et øjeblik. Men havde vendt i døren.

Og kokken, der var den eneste, der måtte bringe spanden med suppe og vand, bekræftede beredvilligt, at Dina var så syg og sløj, at hun ikke talte med folk.

Karlene listede, når de var i nærheden af kahytten. Den rå snak og glæden ved at gense de hjemlige egne var dæmpet betragteligt. De lagde planer om, hvordan de skulle få husfruen i land.

Anders havde hjulpet hende op at sidde i køjen, så hun kunne se en flig af verden.

Landskabet var svangert af sensommer. Dina var tom for grøde.

Et pakhus balancerede pludselig på stolper ude i havet et sted.

– Det er handelsmand Christensens krambod og pakhus. Han har sendt en pakke vinterbyg på verdensudstilling i Paris. Han er noget for sig selv, den karl! »Vinterbyg fra 68½ grader nord«, stod der på en mærkeseddel, fortalte Anders.

Dina smilede mat.

Da de gled op mod Sandtorv, ville Anders i land for at hente lægen. Men Dina hvæsede.

– Han har andet at gøre end at lade snakken gå om, hvad jeg fejler, sagde hun.

– Men hvis du omkommer, Dina? Hvis du får en ny blodstyrtning?

– Så er det bestemt på den måde, sagde hun.

– Hvad er det dog, du siger?! Han har vel ikke lov til at snakke, ham der er doktor, så vidt jeg ved?

– Folk snakker så meget, hvad enten de har lov eller ikke.

– Du er hård, Dina! Er du ikke bange for dit helbred? Er du ikke bange for havets genfærd?

– Det er et tåbeligt spørgsmål nu, Anders...

Han stod midt i kahytten og så på hende et stykke tid. I tilfælde af, at hun skulle skifte mening. Men hun åbnede ikke engang øjnene. Omsider gik han ud og lukkede døren efter sig.

414

Hun blev mere kvik ind gennem Vågsfjorden. Ville hele tiden sidde op. Men feberpletterne forsvandt ikke. Og øjnene var som upudset glas.

Bakkedragene med birketræerne var omkranset af hvide, solsvedne strande. Holmene og tinderne svømmede sorgløst forbi. Småbølger smøg sig behændigt om skibsfjælene.

Et par gange døsede hun. Men Hjertruds hoved med det store, mørke skrig stod over hende, og dampen lå tæt og kvalm rundt om køjen, da hun kom til sig selv. Så hun prøvede at holde sig vågen.

Jeg er Dina, som ser nerverne i et nyfødt birkeblad. Men det er efterår. Oline laver saft af mit blod og hælder det på flasker. Hun lukker åbningerne grundigt med lak og siger, at de skal bæres ned i kælderen for vinteren. De grønne flasker er tunge og mættede. Pigerne kan ikke klare mere end en flaske ad gangen.

Mændene var i godt humør. Det var godt vejr at sejle hjem i. Alle tænkte på deres. Havet lå med små krusninger, og himmelen var stænket som med tyk fløde. Fløden drev hvid og god rundt om fjeldene og hindrede ikke solstrålerne i at komme igennem. Langs vigene og odderne stod skoven. Glitrende grøn efter regnen. Strandstedet ved Larsnæsset rørte dovent på sig, og kirken var en tryg, hvid jætte i alt det grønne og blå.

Flaget vajede værdigt, da de rundede odden og kunne se Reinsnæs. Nogen havde holdt udkig og set dem komme ind i Sundet.

Anders havde hjulpet Dina med at rede håret ud. Men måtte opgive. De puttede det ind under hatten.

Karlene ville have hende op på en fiskepalle. Så de kunne bære hende i land. Men hun nægtede.

Da de så hende komme vaklende ud af kahytten med armen tungt om halsen på Anders, forstod de, at det havde været alvor. For ingen havde set Dina sådan før.

Hun lignede en havfugl, der havde revet sig løs efter at

415

have været fanget længe i et fiskegarn. Hatten var kommet til
at sidde på skrå. Alt for stor og elegant til at tåle ydmygelsen,
da ejerinden nærmest skulle bæres ned i den lille båd og sæt-
tes i land som en død ting.

Det var tydeligt, at hun prøvede at stable alt, hvad hun
magtede af værdighed på benene. Men det endte i afmagt.
Karlene vendte sig bort for at gøre det lettere for hende.

Anders hjalp hende over de tangdækkede, glatte sten. Hun
standsede et øjeblik midt imellem de stirrende, tavse menne-
sker. Stædig som en ged, der havde set tre grønne græsstrå
længere oppe i fjeldet. Så gik hun videre.

Mor Karen vinkede fra en bænk i haven. Stine stod med
ansigtet mod solen. Benjamins brune næver fandt frem til Di-
nas skørter. Anders hjalp.

Men Tomas holdt sig i stalden.

Mændene, der havde sejlet, gik i land. Velkomstråbene gjalde-
de hen over rælingen. Men der var lagt en dæmper på det
hele. Alles øjne hang ved Dina.

– Hvad var der i vejen?

Anders kom med forklaringer. Trygt. Som om han havde
øvet sig hver eneste meter ind i Vigen. Hans armmuskler dir-
rede rundt om Dina.

Da rakte de armene ud og greb hende. Stine. Pigerne. Det
var, som om det gjorde hende svagere. Benene ville ikke bære
hende. Små suk gik gennem blæretangen, der dækkede stene-
ne, da hun faldt.

Hun var kommet hjem.

Dina blev lagt til sengs under Stines opsyn. Endelig kunne
mandfolkene give los.

Anders kunne mærke, at byrden forsvandt fra hans skul-
dre. Den havde været tung. Han havde oplevet storm, og han
havde reddet andre fra drukning og død. Men mage til denne
sejlads havde han ikke haft.

Anders fortalte aldrig om sine egne bedrifter, så det kostede ham ikke så meget at tie om denne. Han arrangerede sig i stedet for og trakterede som handelsmand og jægteskipper på Dinas vegne. Hun lå jo i aftægtshuset og kunne ikke gøre noget.

Han fik bragt kostelige gaver op fra stranden. Velbjergede gennem uvejret. Fra Bergen og Trondhjem. Pakker og kister.

Stines symaskine blev beundret. Snirkelt støbejern, mærket Willcox & Gibbs med en bordplade af det fineste nøddetræ. Sådan en havde hun set i en avisannonce til en pris af 14 speciedaler.

Stine var ude af sig selv. Gik fra stue til stue og slog hænderne sammen. Ansigtet blussede, og hun var fire gange inde hos Dina for at takke og sige, at det var alt for meget.

Stuerne på Reinsnæs summede af glad velkomst. Der lød klirren af blinkende glas. Raslen af silkepapir, smækken af låse og susen af fint kjolestof.

Det brune sukker og kaffen blev behørigt prøvesmagt. Tørklæder og sjaler med lange frynser og røde roser blev prøvet, beundret og kælet for. Ringe og brocher blev hæftet fast, taget af, og hæftet fast et andet sted.

Drengen, der havde været på sin første tur, måtte undgælde for, at han skinbarligt havde fået skæg på hagen, mens han var i Bergen. Han rødmede og ville stikke af, men pigerne holdt på ham og ville vende hans lommer ud for at finde bergenskringler.

Hanna knugede en dukke med et sørgmodigt, hvidt ansigt ind til sig. Den havde en rød fløjlskjole, cape og kyse. Hovedet og lemmerne var bevægelige og lavet af træ. De dinglede muntert inde under dukketøjet, når Hanna bevægede sig.

Benjamins gave var en dampmaskine på en træplade. Den spyede røg og damp ud i stuen under Anders' kyndige vejledning. Men Benjamin brød sig ikke om en dampmaskine, som Dina ikke fyrede op i.

Dåsen med bergenskringler blev budt rundt, til den var tom. Ude på gårdspladsen blev den nye madklokke pakket ud af kassen med træspåner og hængt op over akslen til slibestenen, så man kunne prøve lyden.

Benjamin slog, så det sang. Gang på gang. Folkene stod

rundt om og smilede. Mor Karen lignede en kniplingsdug i vinduet til stuen. Hun blussede ved det hele.

– Den er vel skarp i mælet, mente Oline og var skeptisk over for klokken.

Anders mente, at lyden ville forandre sig, når den kom på plads på taget af fadeburet. Den ville klinge bedre, når den hang i en træbjælke, sagde han.

Han skottede i det samme hen til Dinas kammer. Vinduet stod åbent, og vinden trak dvælende i et hvidt blondegardin. Det satte sig fast i de grove planker på ydersiden af huset og sled vist for at komme fri.

En underlig tanke slog ned i ham, at det ville være synd for gardinet, hvis vinden rev det i stykker...

I dag var Tomas usynlig. Han havde forberedt sig i ugevis. Så det sved ikke længere. Det havde egentlig altid været sådan for ham, når jægten kom hjem fra langfart.

En stor gård måtte have karle hjemme til markarbejde, når jægtefarerne drog afsted. Til Bergen og Trondhjem. De var nogle vældige karle, når de kom hjem!

Tomas gjorde sig et vigtigt ærinde i stalden og laden. Han sagde ikke noget om, hvordan det stod til på gården, før han blev spurgt. Og det tog lang tid med det.

Han havde set hende, da hun gik ind til sig selv. Så helt fremmed. Uden ansigt eller øjne. En sammensunket bylt af et menneske. Jernkløer og skarpe fiskekroge greb fat i ham.

Al den tid, velkomsten stod på, gjorde Tomas sig ærinder der, hvor han så, at Stine var. For at spørge, hvordan det gik. Om det var sandt, at hun havde kastet op af søsyge og slidt sin mave i stykker i stormen på Foldhavet.

Og Stine nikkede. Sådan var det vel. Det værste var overstået. Hun ville give Dina et afkog af de rødder, hun lige havde plukket. Det ville vel hele... efterhånden.

Sorte og fugtige stirrede hendes øjne direkte igennem ham og så ham ikke. Gemte alt det, hun tænkte, bag syv sejl og flere have.

11. kapitel

SE, DEN RETFÆRDIGE FÅR BETALING PÅ JORDEN, HVOR
MEGET MERE DEN UGUDELIGE OG SYNDEREN?
(Salomo' Ordsprog, kap. 11, v. 31)

De fik travle dage med at bringe varer i land, fordele til de
rette modtagere, lægge væk eller sætte på plads.

Anton blev nogle dage for at hjælpe til. Han skulle desuden
være med til at trække båden i land. Jægten skulle ikke bru-
ges mere, før de skulle på fiskeri ved Lofoten. Den kunne lige
så godt blive trukket op på land, mens der var rigeligt med
mandfolk til at hjælpe. At lade jægten ligge i vandet var en
uskik. Der kom så hurtigt orm i en jægt, der havde trukket
vand. Desuden så vejret ikke nådigt til jægter, der lå til spot
og spe uden nogens omsorg.

Det tog to dage det efterår at få jægten i land. De blev godt
hjulpet af karle og brændevin. At jægteskipperen skulle have
mere brændevin end de andre ved så vigtigt et arbejde, det
var bestemt ved salig amtmand Knagenhielms udsagn så tid-
ligt som i 1778. Men Anders delte broderligt ud af gaverne.

De fik ikke nogen springflod til hjælp, men det gik allige-
vel. Med lirken, eder og velsignelser. Ja, og så sådanne prakti-
ske indretninger som taljer, tove og spil. Tag for tag.

Det øvrige traktement sørgede Oline for. Hun lod dem ikke
vansmægte med beskøjter eller efterhånden ret tørre bergens-
kringler. Hun satte gryderne over til det saltede kød og fyrede
op i vaskehuset, så der kunne bages brød, og de kunne blive
vasket.

At det saltede kød gjorde karlene tørstige, vidste hun. Men
det var ikke noget problem. Hun var rundhåndet med sirup-
pen og kaffen.

De kom roende, ridende og gående. Alle dem, der havde fået
sendt varer til Bergen eller på anden måde fornemmede, at det

419

kunne være nyttigt at have udført et dagsværk på Reinsnæs.

Det kunne godt betale sig at komme. Og det straffede sig før eller siden, hvis man udeblev uden grund. Sådan var det. Ældgamle, simple regler.

Men det havde ingen nød. Der var også fest. Dansen gik i Andreashuset, når det hele var overstået.

Og så var der de overdådige måltider! Latteren. Lebenet.

Tjenestepigerne på Reinsnæs var noget for sig. De var mere sømmelige end andre piger. Men myge og blide som smør i solen. Blev der sagt.

Anders gik til og fra og var den, der styrede det. Dina lå i den nyindkøbte enkeseng.

Der bredte sig en underlig stemning, da det stod klart, at hun ikke kunne være til stede. Ikke spille, ikke kommandere, når der skulle trækkes i taljer, ikke rynke brynene som en gammel skomager, når der var noget, der gik galt.

Det var ellers noget enestående, som man kunne fortælle, når man traf folk fra andre egne. At den store kvinde stod med hænderne i siden og var med. Det var anderledes end på andre gårde.

Dinas sygdom tog hårdt på Mor Karen. Hun stavrede over gården og sad hos hende, læste højt og konverserede et par timer hver dag.

Dina fandt sig i det med en slags munterhed i øjnene. Hun klagede til Mor Karen og Stine over, at hun ikke kunne tåle at drikke vin. Hun blev dårlig af det.

Stine mente, at det var et tegn på, at hun var raskere, at hun tænkte på det. Men Mor Karen sagde, at det var gudsbespottelse at klage over den slags, så syg som hun havde været.

Oline fodrede hende med dyrelever, fløde og nyplukkede blåbær. Det skulle holde feberen væk og give hende mere blod i kroppen.

Mor Karen ville have læge, men Dina lo det ud. Hun var jo ovre det værste. Det var kun et spørgsmål om at tage tiden til hjælp.

Stine hjalp hende med at børste håret to gange hver dag, sådan som hun altid hjalp Mor Karen. Hun forstod mere af Dinas sygdom, end hun gav udtryk for. Det var, som om der var en straf i at lade ordene komme frem. Værelset og alle tingene havde ører.

Stine vidste, hvem hun kunne takke for, at hun var på Reinsnæs. Hun sendte Dina små blikke under sine tætte, mørke øjenvipper. Blikke som fuldmodne multebær i fjeldmyren i september. Ravgyldne. Bløde.

Når Dina bad hende hente alle de sæbestykker, som hun havde fået fra Jacobs rejser til byen, så hentede Stine papæsken og tog låget af.

Sæbelugten bredte sig i værelset som blomstermarker og fyldte hele tilværelsen, og Stine glattede puderne og hentede blåbærsaft i den gamle krystalkande.

Hun fik Oline til at pynte bakken med sukkerglaserede vilde hindbær. Og hun sendte Hanna ned i hestehaven efter vilde jordbær. Som blev trukket på strå og bragt ind til hende på en asiet med guldkant, med en hvid tøjserviet og et glas madeira til.

Dina havde engang fundet en pige på markedet og taget hende med hjem, fordi hun havde sådan en storartet sangstemme. Hun var blevet der for at gå Dina til hånde i aftægtshuset.

Nu blev pigen sat under Olines hustugt. Intuitivt forstod Stine, at et frisk, fermt kvindfolk, der strøg gennem værelserne blev for meget for Dina. Pigens lugte og bevægelser og tunge kvindelighed fik hele værelset til at holde vejret. Netop det skulle Dina skånes for, når hun lå på den måde. Stine luftede ud efter duften af pigen og det, hun førte med sig.

Så var det kun Jacobs sæber og Stines trygge lugte, der fyldte værelset. Stine duftede af lyng og lufttørrede lagener, grøn sæbe og allehånde tørrede urter. Lugte af den slags, som man først mærker den dag, de er væk.

Efter nogle dage sendte Dina bud efter Anders. Han kom på strømpesokker ind i hendes kammer og var som en fuldstændig fremmed. Det var, som om han aldrig havde set hende i en anden forfatning end nu i den store seng med et forhæng af tysk blondestof og ditto sengetæppe. Som om han aldrig havde befriet hende fra en eneste blodklump eller havde prøvet at gøre hende ren efter syndfloden under hjemrejsen over Foldhavet.

Han stod barhovedet med hænderne på ryggen og følte sig ikke helt godt tilpas.

– Det begynder at gå fremad med helbredet? spurgte han.

– Det går godt, sagde hun og vinkede ham over til sengen. – Sæt dig ned, Anders! Jeg må tale forretninger og den slags med dig.

Han lod lettet skuldrene falde ned, og han greb begærligt en stol og satte sig i behørig afstand af sengen. Så sukkede han og smilede bredt.

– Jeg har ikke kunnet følge med i tallene fra kramboden siden før bergensturen.

Han nikkede energisk og forstod.

– Kan du hjælpe mig med at komme i gang? Jeg kan så lidt endnu, forstår du.

Han nikkede igen. Lignede den arme mand i Mor Karens vejrhus, som sprang ud og nikkede med hele overkroppen, når det blev dårligt vejr.

– Jeg er snart på benene og kan overtage det selv. Men der må bestilles til vinteren, og der skal sendes varsel ud om, hvem der skal betale, før de kan få mere til udrustning. Det drejer sig ikke om så mange. Men du ved vel...

Hun lænede sig tilbage mod puden og så ham forskende ind i øjnene.

– Du kan lade husmændene slippe eller betale med arbejde i juletravlheden...

Hendes mund blev blød, og øjnene flakkede et øjeblik. Hun strakte hånden frem.

Han blev siddende uvirksomt, som om situationen ikke var helt virkelig. Så flyttede han stolen tættere på sengen og greb hendes hånd.

– Anders? hviskede hun pludselig.

– Ja, hviskede han tilbage.

– Jeg har brug for dig, Anders!

Han slugte en klump og så til den anden side. Var en lille dreng med en trodsig hage, underbid og alvorlige, blå øjne. Som for første gang fik lov til at komme hen til alteret for at se alle de store vokslys tændt.

– Jeg er her, sagde han og klemte hendes hånd mellem begge sine.

– Du må sende bud til lensmanden. Jeg vil oprette et testamente.

– Men, Dina hvad tænker du på? Du tænker vel ikke på, at ... Du skal være rask nu, det ved du godt.

– Havets dødning har aldrig høstet efter alder og værdighed på disse kanter, sagde hun.

– Sig dog ikke sådan noget.

– Tag det roligt. Jeg vil bare have skrevet ned, hvordan det skal være efter min vilje med det, der er mit.

– Ja, ja...

– Du skal have jægten »Mor Karen«, Anders. Jægten er din! Hun overlever både dig og mig.

Han trak vejret dybt flere gange.

– Mener du det? fik han presset frem efter lang tid.

– Det er klart, at jeg mener det, når jeg siger det.

Lyset ramte vaskefadet, og kastede genskær i den malede rosenbort langs kanten. Det kravlede ind i Anders' stride, blonde hår. Og afslørede nogle hvide hår ved tindingerne.

Han var ikke længere uvejrsmanden i Mor Karens vejrhus. Han var keruben med faklen på Mor Karens bogmærke!

– Du har ikke hørt noget? spurgte hun efter en lang pause.

– Hørt hvad for noget?

– Er der nogen, der undrer sig? sagde hun hårdt, – undrer sig over, hvad Dina fejler.

Han krusede underlæben.

– Nej. Ingen! Jeg har sagt, hvordan det gik til. Hvordan det udartede sig. Og hvor lang tid det stod på.

– Og hvis der alligevel bliver en sag ud af det, hviskede hun og lagde sig tungt i hans blik.

– Så vil Anders vidne under ed, sagde han fast.

Hun satte sig pludselig op med stor energi. Så bøjede hun sig frem og tog fat om hans hoved med begge hænder. Holdt ham hårdt ind til sig. Som i en skruestik, mens hun stirrede ham ind i øjnene.

I et vildt øjeblik dirrede det mellem dem. For anden gang beseglede de en pagt. Forstod hinanden.

Så var det væk.

Han tog sine overtræksstøvler på ude i gangen og gik ud i skumringen.

Hans underlæbe var blød i dag. Han havde raget skægget af, som han altid gjorde det, når han havde lagt en langfart bag sig. Og han blussede let i den del af ansigtet, der ikke var så solbrændt som den anden.

Hans skuldre var usædvanligt ranke, da han gik over gården.

12. kapitel

Da oktober var gået, var der ikke så meget som den mindste
smule løv på træerne. Sneen blæste hen over havet, før den
fik lagt sig, og frosten lagde sig til rette i det store vandkar
foran vaskehuset. Der blev fyret i ovnene fra tidligt om mor-
genen, til folk gik til ro. Jagtsæsonen var ødelagt, og tyttebær-
rene frøs mellem lyngen.

Men Dina kom omsider på benene igen.

Mor Karen fik brev fra Johan. Et ynkeligt brev. Johan vantrive-
des på Helgeland. Præstegården var i dårlig stand. Taget var
sprunget læk, og han manglede alle tænkelige livsfornøden-
heder. Tjenestepiger var ikke til at opdrive, hvis man ikke
betalte med guld. Og sognebørnene var gerrige og kun til
ringe hjælp. Hvis Mor Karen kunne afse en sum, stor eller
lille, oven i den livrente, han årligt fik fra sin mødrende arv, så
kunne han købe sig en ny messehagel og noget sengetøj.

Mor Karen gik ind til Dina og læste brevet højt med et
begrædeligt udtryk. Hun vred sine hænder og satte sig ind til
den hvide kakkelovn med sjalet på.

– Mor Karen er ved at tabe sin knold, sagde Dina roligt og
satte sig også.

Forvirret prøvede Mor Karen at pynte på håret.

Ilden slikkede inden for de åbne kakkelovnsdøre. På evig
jagt efter noget at fortære.

– Han har været uheldig med det kald, sagde Mor Karen
sørgmodigt og så bedende på Dina.

– Det er der ingen tvivl om, sagde Dina. – Og nu vil han
have lidt af Mor Karens livrenter? tilføjede hun og skævede
ned til den gamle.

425

– Jeg har ikke så meget at give, sagde hun beskæmmet, – han fik det meste, da han skulle være præst. Der var så dyrt i København. Så overvældende dyrt...

Hun vuggede frem og tilbage og sukkede.

– Lærdom er let at bære, men den er en dyrekøbt ven, tilføjede hun.

– Måske vil Johan have noget mere af sin arv, sagde Dina godmodigt.

– Ja, det er nok det bedste, sagde Mor Karen, lettet over at Dina kom så hurtigt til sagen og skånede hende for at tigge på Johans vegne.

– Jeg skal tale med lensmanden og bede ham om at udfærdige et skøde sammen med nogle troværdige vidner.

– Er det nødvendigt at gøre det så omstændeligt?

– Ja, når det drejer sig om arvespørgsmål, så er der ikke noget, der er omstændeligt nok, Mor Karen. Der er flere arvinger til Reinsnæs.

Mor Karen så hurtigt på hende og sagde usikkert:

– Jeg troede, det var muligt at give ham en lille håndsrækning... uden at der skulle regnes på det.

Dina huggede med øjnene og trængte den gamle op i en krog.

– Er det sådan, at Mor Karen vil have, at Benjamin skal give sin voksne, præsteuddannede halvbror af sin arv? sagde hun lavt, men meget tydeligt.

Mor Karen dukkede sig. Hendes hvide knold pegede blødt op i luften. Sølvhvide lokker dirrede ved ørerne.

Hun fingererede ved det kors, som hun altid bar om halsen.

– Nej, det var ikke sådan ment, sagde hun og sukkede.

– Det var nok det, jeg tænkte, vi misforstod bare hinanden, sagde Dina let. – Så vil jeg lade lensmanden ordne det med vidner og underskrifter, så han kan få et forskud på sin arv oven i det, han allerede har fået.

– Det bliver ikke let for ham at få den fædrenejord og arv stykket ud på den måde, sagde den gamle sørgmodigt.

– Det har aldrig været let at leve over evne. I hvert fald ikke bagefter, sagde Dina kort.

– Men kære Dina, Johan har vel ikke...

– Jo, såmænd har han så! skar Dina hende af. – Han har haft en fast rente, mens han læste til præst, plus at du har foræret ham hele din livrente!

Der blev stille. Den gamle sad, som om hun var blevet slået. Hun løftede hænderne mod Dina. Ville beskytte sig. Så lod hun dem synke ned i skødet. De skælvede, da hun foldede dem hårdt.

– Kære, kære Dina, sagde hun hæst.

– Kære, kære Mor Karen! svarede Dina. – Johan må se at lave lidt arbejde, før han dør. Det vil jeg sige lige ud, om jeg så synes nok så godt om ham.

– Men han har jo sin præstegerning...

– Og jeg havde ansvaret for Reinsnæs, mens han gik her og tog vare på sjælelivet og madlysten! Og ikke løftede en finger!

– Du er blevet hård, Dina. Jeg kan næsten ikke kende dig igen.

– Fra hvornår?

– Fra dengang du var nygift og helst ville sove hele formiddagen uden at lave dagens gerning.

– Det er flere liv siden!

Mor Karen rejste sig pludselig fra lænestolen og tog et par usikre skridt hen til Dinas stol. Bøjede sig ned over hende og strøg den store kvinde over håret.

– Du har for meget at tænke på, Dina. For meget ansvar. Det er så sandt, så sandt. Jeg er vel den nærmeste til at forstå det, jeg der kendte dig dengang... Du skulle gifte dig igen. Det er ikke godt at gå alene, sådan som du gør. Du er stadig ung...

Dina lo hårdt, men trak sig ikke væk.

– Kender du måske en ordentlig mand? sagde hun og så til siden.

– Den rejsende russer ville have passet godt, sagde den gamle.

Dina rødmede tydeligt.

– Hvorfor siger Mor Karen det?

– Fordi jeg har set, at du løber op på flaghøjen og ser ud over havet og Sundet, som om du venter nogen. Og fordi jeg så, at russeren fik Dinas øjne til at stråle om kap med et ny-tændt juletræ sidste jul. Fordi jeg så, at du blev bidsk, hvis jeg må sige det rent ud, straks russeren rejste sin vej i foråret.

Dina begyndte at skælve.

– Ja, ja... Ja, ja, mumlede Mor Karen, mens hun uafbrudt strøg hende over håret. – Kærlighed er den rene galskab. Det har den altid været. Det går ikke over. Det går ikke engang over, når den bliver prøvet i hverdag og uvejr. Den gør ondt. Til tider...

Det var, som om hun talte til sig selv eller til kakkelovnen. Hun flyttede sit blik i ryk rundt i hele værelset, mens hun flyttede vægten over på den ene fod og forsøgte at hvile den anden.

Til sidst gled hun ned på armlænet.

Dina slog pludselig armene rundt om hende og trak hende ned på sit skød, mens hun vuggede hende frem og tilbage.

Den gamle blev siddende som en lille pige på det store skød.

De vuggede hinanden. Mens deres skygger dansede på væggen, og ilden langsomt blev mindre.

Mor Karen følte det, som om hun var ung igen og sad i den lille båd og blev bragt over i galeasen på sin første tur til Tyskland sammen med sin kære mand. Hun kunne fornemme lugten af hav og skumsprøjt, mens hun igen rejste ud af Trondhjemsfjorden i kyse og rejsedragt.

– Han havde sådan en følsom mund, min mand, sagde hun drømmende og lod sig vugge.

Hun havde lukkede øjne og dinglede svagt med benene.

– Han havde sådan nogle lyse krøller, tilføjede hun og smilede mod blodårene på indersiden af øjenlågene. De gav drømmene et rødligt skær.

– Den første gang, jeg var med i Hamburg, var jeg frugtsommelig i anden måned. Men jeg sagde ikke noget til nogen af frygt for ikke at måtte rejse med. De troede, jeg var søsyg, sagde hun og boblede af minder og latter.

Dina lænede sig ind til Mor Karens hals. Vippede hende bedre på plads på skødet og vuggede hende taktfast i sine stærke arme.

– Fortæl, Mor Karen! Fortæl! sagde hun.

En voldsom vind jog om hushjørnet. Vinteren var der allerede. Skyggerne fra de to skikkelser i lænestolen var langsomt blevet til et på den mørke væg. Jacob sad tålmodigt hos dem, men han lavede ikke ufred.

Imens gik kærligheden evigt søgende på de russiske landeveje, i de russiske skove og storbyer.

– Men jeg kan jo ikke fri, Mor Karen! sagde hun pludseligt desperat midt i historien om, hvordan de var kommet til Hamburg, og graviditeten var kommet for en dag, og Jacobs far havde svinget hende op i luftet som en sæk hø og havde grebet hende, som om hun var et stykke skørt glas.

Mor Karen var helt opslugt af sit eget og blinkede flere gange.

– Fri?

– Ja, hvis Leo kom tilbage!

– Vist kan Jacobs enke fri til den, hun vil dele sit liv med. Det skulle da bare mangle! Vist kan hun fri!

Jacob blev urolig over den gamles udbrud og trak sig ind i væggen.

– Men hvis han siger nej?

– Han siger ikke nej!

– Men hvis han gør?

– Så har den mand gode grunde, som jeg ikke kan se, sagde hun.

Dina bøjede hovedet ind mod den gamle.

– Du mener, jeg skal finde ham?

– Ja, man kan ikke lade kærligheden gå ud af sit liv uden at løfte en finger.

– Men jeg har ledt efter ham.

– Hvor? Jeg troede, du ventede på livstegn fra ham. At det var derfor, du var som et dyr i bur.

– Jeg så efter ham både i Bergen og Trondhjem..., sagde Dina ynkeligt.

– Det ville have været lidt af et lykketræf, hvis du havde set ham.

– Ja...

– Ved du, hvor han kan være?

– Måske på Vardøhus eller længere østpå.

– Hvad laver han der?

– Det ved jeg ikke.

Der blev stille et øjeblik. Så sagde Mor Karen med fast stemme:

– Russeren med den store sangstemme og det ødelagte ansigt kommer nok tilbage! Hvor mon han har det ar fra?

Johan fik et større beløb tilsendt. Som forskud på arven. Omhyggeligt skrevet ned i vidners nærvær.

Mor Karen skrev brev. I dybeste hemmelighed. For om muligt at finde Leo Zjukovskij. Men han kunne ikke opspores nogen steder.

Denne form for detektivarbejde for Dinas og Reinsnæs' skyld fik hende til at føle sig rask og betydningsfuld. Hun påtog sig tilmed at undervise Benjamin og Hanna i skrivning og læsning, og fik Dina til at følge op med tal og regning.

På den måde gik vinteren med snedriver og tændte lys, juleforberedelser og arbejde med at ordne udrustningen til de folk, der skulle til Lofoten.

Dina gik i stalden en dag. Hun passede Tomas op.

– Du kan tage fri og rejse til Lofoten med Anders i år, sagde hun uventet.

Rimen sad på vinduerne. På stalddøren var der isblomster på indersiden. Det blæste rundt om hushjørnerne.

Men Tomas ville ingen steder. Han borede et blåt og et brunt øje i Dina og fodrede hestene.

– Tomas! sagde hun mildt, som om hun var Mor Karen, – du kan ikke bare gå her på Reinsnæs og spilde dit liv!

– Synes Dina, jeg spilder mit liv?

– Du kommer ingen steder. Ser ikke noget...

– Jeg skulle til Bergen i sommer. Det blev ikke til noget...

– Og derfor vil du ikke til Lofoten?

– Jeg er ikke Lofotfisker.

– Hvem siger det?

– Jeg!

430

– Hvor længe vil du gå og være vred over, at du ikke kom til Bergen?

– Jeg er ikke vred. Jeg vil bare ikke sendes afsted, når du synes, det bliver for besværligt at have mig her! sagde han næppe hørligt.

Hun gik ud af stalden med rynket pande.

Dina blev rastløs, da Anders rejste til Lofoten det år. Uroligt gik hun rundt i aftægtshuset og havde ikke nogen at dele sin karaffel vin og cigarstunden med.

Hun begyndte at stå op før solopgang og arbejde. Eller hun satte sig under lampen med Hjertruds bog. Hun læste den rykvis og i små bidder. Ligesom man jager et får foran sig ned fra fjeldet eller går op over bratte skrænter udelukkende for at få det overstået.

Hjertrud kom sjældent. Og når hun kom, var det med det store skrig. Det blæste igennem kammeret. Gardinerne stod ud i værelset, og glassene skælvede. Da klædte Dina sig på og gik ned til Andreashuset for at trøste og blive trøstet.

Hun tog den lille perlemorsskinnende muslingeskal med. Lod den glide stille mellem fingrene, mens lygten indfangede Hjertrud i hjørnet mod øst. Sildegarnene hang tæt ved siden af hinanden ned fra loftet. Ubevægelige som sorg. Bølgerne slikkede kraftigt og taktfast op mellem gulvbrædderne.

Af og til sad hun på glasverandaen og drak vin. Indtil det blev fuldmåne, og hun tumlede omkuld.

Da lyset kom tilbage, kom Johan også. Han ville hellere undervise børn på Reinsnæs end fryse ihjel blandt fremmede, der var uden dannelse og gudstro, som han sagde. Men hans mund skælvede, og han strejfede Dina med øjnene.

Mor Karen var forfærdet over, at han uden videre havde forladt Herrens kald.

Johan mente, at han havde fået lovligt forfald. Han var syg. Havde hostet i flere måneder og kunne ikke bo i præstegården, hvor der var så meget træk. Han havde kun en ovn, der kunne bruges, og den stod i køkkenet. Kunne det være meningen, at han skulle sidde i køkkenet med tjenestepigen og skrive sin prædiken og ordne sin embedskorrespondance?

Og Mor Karen forstod. Hun skrev et brev til biskoppen om sagen, og Johan signerede det.

Benjamin fjernede sig fra de voksne. Havde anlagt sig et bistert udtryk. En mut alvidenhed, der irriterede Johan ud over alle grænser. Men han var lærenem og opvakt, når han ville. Hans glæde var der kun tre mennesker, der fik del i. Stine, Oline og Hanna. Han havde dem i tre generationer, så de meget bredt kunne dække forskellige behov.

En dag opdagede Stine, at han undersøgte Hannas nedre kropsdele med stakåndet intensitet, mens Hanna for sin del lå stille med lukkede øjne på deres fælles seng.

Det blev øjeblikkeligt bestemt, at Benjamin skulle sove i sit eget kammer. Han græd bittert over adskillelsen, mere end over den skam, de ville prakke ham på.

Stine forklarede sig ikke med ord. Men hun holdt på sit. Benjamin skulle sove for sig selv.

Dina hørte tilsyneladende ikke postyret og lod Stines ord være lov.

Sent samme aften kom Dina ind fra kontoret. I måneskinnet så hun drengen stå nøgen bag vinduesposten på første sal.

Vinduet stod åbent, og gardinerne slog om ham som faner. Hun gik op til ham, stillede sig bag ved ham og sagde hans navn. Han ville ikke i seng. Ville ikke trøstes. Ikke tales til rette. Og til en forandring græd han ikke af raseri, sådan som han plejede.

Han havde revet sålerne af sine bedste sko og havde klippet figurerne fra hinanden i det hæklede sengetæppe med rosenblade og stjerner.

– Hvorfor er du så vred, Benjamin?

– Jeg vil sove hos Hanna. Det har jeg altid gjort.

– Men du har noget for med Hanna?

– Har hvad for noget for?

– Du klæder hende af.

– Jeg bliver nødt til at klæde hende af, når hun skal i seng, det har jeg altid gjort. Hun er så lille!

– Men hun er for stor til det nu.

– Nej!

– Benjamin, du er blevet for stor til at sove hos Hanna. Mænd sover ikke med kvindfolk.

– Johan sov med Dina!

Dina for sammen.

– Hvad siger du? sagde hun hæst.

– Jeg ved det godt. Han kan heller ikke lide at være alene.

– Nu sludrer du! sagde hun strengt. Og tog ham i de yderste og mest sårbare nakkehår, indtil hun fik ham ned fra vinduet.

– Nej! Jeg så det selv!

– Ti stille! Og gå så i seng, før jeg rusker dig.

Da han hørte klangen i hendes stemme, blev han stående skrækslagen midt på gulvet og stirrede på hende. Lynhurtigt havde han løftet begge hænder op over hovedet, som om han ventede på et slag.

Hun slap ham og gik hurtigt ud af værelset.

Hele aftenen stod han ubevægeligt bag vinduesposten og stirrede ned mod aftægtshuset.

Til sidst gik hun derop igen. Halede hans rystende krop ned fra vinduet og fik ham i seng. Så samlede hun skørterne om sig og lagde sig roligt ned ved siden af ham.

Sengen var beregnet til to, hvis der var brug for det. Den måtte se frygtelig stor ud for en, der var vant til at sove ved siden af Hannas varme krop.

Det var første gang i årevis, at Dina havde set Benjamin falde i søvn. Hun strøg ham over den fugtige pande og listede sig ned ad trapperne, over gårdspladsen og ind til sig selv.

Hjertrud havde brug for hende om natten, så hun blev ved med at gå uroligt over gulvet, indtil morgenen stod som et gråt sejl på vinduet.

433

13. kapitel

SLÅR KUN NED, I FOLKEFÆRD! I SKULLE DOG SØNDER-
KNUSES; MÆRKER MED EDERS ØREN, ALLE I, SOM ERE I
LANGT FRALIGGENDE LANDE! OMGJORDER EDER, I
SKULLE DOG BLIVE SØNDERKNUSTE...
(Profeten Esajas, kap. 8, v. 9)

Krimkrigen havde skabt højkonjunktur for skibsfart, handel
og fiskeri. Men den førte til et brud på den normale handel
med russerne. Hvidehavet havde været blokeret det meste af
forrige sommer. Og det så ud, som om det ville gentage sig
også det år. Russernes både blev ikke sluppet igennem.

Forrige efterår havde skuderne fra Tromsø måttet sejle helt
til Arkangelsk for at hente korn.

Anders skulle egentlig have været med en skude østpå det
efterår, han og Dina kom fra Bergen. Men det endte med, at
han tog sig af udrustningen til fiskeriet ved Lofoten, og i
øvrigt gjorde det »han var skæftet til«, som han sagde.

Dina fulgte med i aviserne hele foråret, om krigen igen ville
gøre det nødvendigt at sende skuder fra Tromsø efter korn.
Hun prøvede at få forbindelse til skippere i Tromsø, der var
villige til at skaffe forsyninger. Men det var som at flå levende
ål.

– Jeg skulle selv have været der for at slutte overenskomst!
sagde hun en dag, hvor Tomas og hun diskuterede spørgs-
målet med Mor Karen.

Selvom forrige kornhøst gav 20-25 fold flere steder i sognet,
hvad der var rekordår, så forslog det kun lidt.

På Reinsnæs dyrkede de ikke korn. Havde kun et beske-
dent, lille stykke ager, fordi Mor Karen mente, at det hørte
med. Tomas syntes, at der var mere besvær end udkomme
ved den bedrift. Han skændtes hvert år i enrum på grund af
Mor Karens kornmark.

Men da den gode kornhøst kom, gav det Mor Karen mod til at overbevise de andre om, at kornmarken burde udvides. Særligt da blokaden var et truende faktum.

Den dag læste hun triumferende højt fra avisen for Dina og Tomas, at stiftsamtmand Motzfeld skrev, at krigen havde givet folk en gavnlig vækkelse og en påmindelse om usikkerheden ved at have sin ager på havet. Han manede til dåd, når det drejede sig om at overleve uden de russiske melsække, og mindede om nødvendigheden af at være sparsommelig med brødet, og i større omfang hente korn fra egen jord og spise det i sit ansigts sved.

– Jeg har hele tiden sagt, at vi skulle have en større kornmark, sagde Mor Karen.

– Det er nu ikke så godt at dyrke korn på Reinsnæs, mente Tomas spagt.

– Men man skal kunne forsyne sig selv så langt, det er muligt. Det siger stiftsamtmanden.

Oline var kommet til og stod i døren. Hun missede med øjnene mod avisen og sagde tørt:

– Motzfeld sveder nok ikke så meget for maden, som vi gør på Reinsnæs!

– Der er nu ikke nogen af os, der er vant til at dyrke korn, sagde Dina, men vi kunne vel få gode råd fra Landbrugsselskabet, hvis Mor Karen mener, at vi absolut skal have en større mark. Vi gør, som vi vil med det. Men så må husmændene have mere pligtarbejde. Synes Mor Karen, at det er rimeligt?

– Vi kan vel leje folk? svarede Mor Karen, som ikke havde tænkt så meget på den praktiske side af sagen.

– Vi må tænke på, hvad der kan betale sig. Vi kan ikke høste foder til det samme antal dyr og samtidig dyrke korn. Vi ved, at det kun er sjældent, der er et år, hvor kornhøsten er god her nordpå. Men en noget større kornmark kunne vi godt have. Vi kunne bryde noget mere jord op nede på den sydlige ager, selvom den ligger lovligt udsat for havvinden.

– Det er et stort arbejde at få jorden til at kunne give noget ved birkekrattet, sagde Tomas pessimistisk.

– Reinsnæs er et handelshus. Alle tallene viser, at det er det, der giver fortjenesten, sagde Dina. – Mor Karen mener det godt, men hun er ikke kornbonde, selvom hun har truffet stiftsamtmanden og synes om ham.

– Stiftsamtmanden forstår ikke, at vi ikke kan stole på, at nattefrosten kommer sent! sagde Oline.

Mor Karen blev hende svar skyldig uden at blive vred.

Da Anders kom fra Lofoten med mandskabet og fangsten på såvel den ene som den anden båd, havde Dina et ærinde nordpå til Tromsø.

Det så ud, som om denne krig ville vare ved, så man måtte belave sig på at hente melet i Arkangelsk, forkyndte hun.

Det skulle ikke ende som året før, hvor man måtte betale blodpenge for at komme til at købe det russiske mel, som tromsøkøbmændene hentede. I år ville hun opsøge bjørnen, lokke den ud af hiet og se, om hun kunne få sin del af skindet.

Hun ville undgå endnu en vinter at måtte betale 4-6 speciedaler for rug og 3-6 speciedaler for byg. Anders gav hende medhold.

Så gennemgik de resultaterne af forretningerne i Bergen og beregnede fortjenesten ved lofotenfangsten. Til sidst lavede de et overslag over, hvor meget mel fra Arkangelsk, der skulle skaffes. Lagerplads havde de nok af.

Dina havde planer om at købe mere mel, end de havde brug for til udrustningen og til salget i kramboden. Hun ville sørge for at have noget i reserve, når der kom dårlige tider hen på foråret. Det var ikke sikkert, at de fik det så godt hverken på Strandstedet eller langs Tjeldsundet.

Anders mente, at hvis hun stillede med kapital, når tromsøkøbmændene havde brug for den til udrustning, så ville det gå lettere at forhandle om prisen på melet.

Der var flere, der hentede korn i Arkangelsk og gjorde det godt. Man kunne med fordel begynde med de gamle forretningsforbindelser. Det var bare et spørgsmål om at komme på talefod med dem.

Han var sikker på, at Dina var bedre til det end han. Hun måtte bare passe på sin skarpe tunge. Tromsøkøbmændene drog hurtigere slutninger ud fra hendes sprog end folk fra Bergen. Det måtte hun huske.

Opgaven kom belejligt. At hun ville nordpå til Vardøhus, talte hun ikke om. Det var kun Mor Karen, der vidste det. Hvordan hun skulle komme fra Hammerfest til Vardøhus, havde hun ingen anelse om. Men der gik altid et skib mod øst.

Det, at Dina gav Anders procenter af lasten til Bergen og også lod ham drive sin egen handel med tømmer, som han transporterede med sig fra Namsos, var genstand for mange spekulationer og megen misundelse.

Kunne der være noget mellem dem, som ingen kendte noget til? Og som ikke tålte dagens lys?

Rygterne spredtes. Særligt efter at Anders var blevet snydt af en tømmerhandler i Namsos, og Dina trådte hjælpende til. Han havde betalt for noget tømmer, som han havde haft med foråret før uden at vide, at tømmerhandleren var gået konkurs og havde solgt noget tømmer, han ikke ejede. Anders blev også af den nye ejer krævet for tømmeret. Eftersom han ikke havde vidner til handelen, var der ikke andet at gøre end at betale en gang til.

Historien var som en varm kokasse om foråret. Fluerne summede omkring den. Folk lagde alt, hvad de havde af fantasi, i den.

Det måtte være noget ekstra, eftersom Dina Grønelv, der var så påholdende i forretningsanliggender, delte tabet med sin skipper. Og ikke nok med det, men også oprettede et testamente for at forære sin bedste jægt væk.

Ufine rygter kom Mor Karen for øre. Den gamle sendte bud efter Dina, vred sine hænder og spurgte, hvad rygterne betød.

– Hvis det forholdt sig sådan? At der var noget særligt. Hvem har så forstand og magt til at blande sig i det?

Men Mor Karen var ikke tilfreds.

– Er det sådan, at Dina overvejer at gifte sig med Anders?

Dina stejlede, så det kunne ses.

– Vil Mor Karen have, at jeg skal gifte mig med to mænd? Du har jo givet mig din velsignelse til at rejse ud og finde Leo?

– Du må kunne forstå, at det ikke er godt, at folk snakker, derfor spørger jeg.

– Folk må vel snakke, hvis de ikke har andet at tage sig til.

Men der var kommet ord på en tanke. Tanken om Anders som husbond på Reinsnæs.

Dina gik frem og tilbage under den bjælke, hvor Niels havde dinglet og manede ham frem.

Han var spagfærdig og fuld af forklaringer. Men hun accepterede dem ikke. Hængte ham bare på plads i rebet og puffede til ham, så han dinglede som et pendul uden ur.

Mindede ham om, at han ikke kunne føle tryg, selvom han ikke mere fik sin kost på Reinsnæs. For hun havde hans eftermæle i sin hule hånd. Hun gjorde det klart for ham, før hun gik i seng, at hvis han ikke standsede alle den slags rygter, så ville hun tage ham på ordet. Gifte sig med Anders. I al offentlighed og under stor festivitas.

Og Niels blev slap og fraværende og forsvandt helt.

Selvom rygterne var kommet Anders for øre, så passede han sit, og hans ansigt var åbent og ærligt.

Han gav hende råd om, hvem hun skulle opsøge for at købe mel, og oplyste hende om, hvem hun under ingen omstændigheder måtte gøre forretning med. Bøjede sig ned over tallene og listerne over varer sammen med hende. Strejfede hendes hånd uden at lade sig mærke med det.

De diskuterede, hvor høje priser de kunne betale for det russiske mel uden at være nødt til at tage blodpriser i kramboden for ikke at få tab. Eller hvor store mængder det kunne betale sig at tage på lager med henblik på en mangelsituation i foråret.

Hænderne for igennem det tykke, mørkblonde hår, og han nikkede energisk af og til for at forstærke det, han sagde. Hans øjne var blanke og stod vidt åbne. Han så ud, som om han lige havde været til nadver og havde fået syndsforladelse.

438

Da de var færdige, og hun hentede en lille smule rom til dem hver, spurgte Dina ham lige ud, om han havde hørt de rygter, der gik.

Han smilede bredt.

– Det er kommet mig for øre, at folk på Strandstedet og i husmandsstederne forsøger at gifte ungkarlen på Reinsnæs væk. Men det er ikke noget nyt.

– Og hvad siger du til det?

– Jeg er omhyggelig med ikke at være nødt til at sige noget.

– Du lader det bare hænge i luften, mens det står på? fortsatte hun.

Han så forbavset på hende. Så lukkede han protokollen uden at sige noget.

– Synes du, det er rart med den slags rygter? spurgte hun efter et stykke tid.

– Nej, sagde han omsider. – Men det er heller ikke just trist.

Han så drillende på hende. Da overgav hun sig. De lo. Klinkede i rommen og lo. Men det blev svært at gøre samtalen ugjort igen.

– »Prinds Gustav« ligner et kvindfolk, erklærede Benjamin indædt og knyttede næverne om bukseselerne, sådan som han havde set Anders gøre det.

– Det er nu kun en galionsfigur og ikke den rigtige prins Gustav, erklærede Hanna og strakte hals, nysgerrig som en hermelin for ikke at gå glip af noget af det, der foregik.

Hun ville holde om Benjamin, men han rev sig løs og løb hen til Dina, der stod rejseklædt på stranden.

– »Prinds Gustav« er et kvindfolk! Skal du rejse med et kvindfolk?! råbte han rasende til Dina og sparkede til en sten, så den fløj lige forbi Stines hoved.

Dina sagde ikke noget.

Han gav sig ikke til trods for, at der var mange, der ville se hende komme godt af gårde.

– Kommer du hjem som en vingeskudt fugl også denne gang! råbte han bidsk efter hende.

– Ti nu stille, sagde hun lavt og faretruende venligt.

– Sidst lå du i sengen i flere uger, efter at du var kommet hjem.

Han græd åbenlyst nu.

– Det gør jeg ikke denne gang.

– Hvordan ved du det?

– Det gør jeg!

Han kastede sig ind til hende og jamrede vildt.

– Benjamin laver meget larm! fastslog hun og tog ham om nakken.

– Hvorfor skal du derop? rasede han. – Mor Karen siger, det er vinter hele året. Og der er ikke andet end mågemøg og spektakel, fastslog han triumferende.

– Fordi jeg bliver nødt til det. Og vil!

– Jeg vil ikke have det!

– Det kan jeg høre.

Han rev og sled i hende, græd og bandede, indtil hun gik i båden, og Tomas satte åren i grunden og stødte fra.

– Den dreng er ikke bange for at vise, hvad han føler, sagde hun til Tomas.

– Han vil have sin mor hjemme, sagde Tomas og så væk.

– Det vil han vel.

Dina holdt på sin hat, mens han roede mod vinden og nærmede sig damperen med lange, stærke åretag.

– Du passer på det hele? spurgte hun venligt. Som om han var en fjern bekendt, hun blev nødt til at bede om en tjeneste.

– Det gør jeg vel. Men det er hårdt, når Anders er i Bergen, og du også er væk. Der er mange mennesker, der skal holdes styr på... i markerne og...

– Du har før klaret det, fastslog hun.

– Ja, sagde han kort.

– Jeg stoler på dig. Pas godt på hesten, tilføjede hun pludselig. – Rid på ham af og til.

– Den karl lader sig ikke ride af andre end Dina.

Hun svarede ikke.

– Er det ikke Mor Karen, der sidder deroppe i soveværelsesvinduet? spurgte hun og vinkede op mod gården.

Den rumlende, osende båd havde fået sit navn »Prinds Gustav« efter kronprins Oscars yngste søn. Derfor smykkede den rundkindede galionsfigur forstavnen. Ikke særligt prangende, men meget synligt. Prinsens navn var malet på skovlhjulene. Sirligt udformet med en krone henover.

Hjulene blev sat i gang. På land fløj huer og lommetørklæder i vejret som ved et tegn. Der var en summen af stemmer alle vegne. Dina løftede en hånd med en hvid handske.

Den store hæg i haven gyngede fra side til side til trods for, at der næsten ikke var en vind, der rørte sig.

Benjamin sad der oppe og hylede. Hylede og rystede træet. Mishandlede det og rykkede i det. Rev kviste og grene af. For at hun skulle se det og græmme sig.

Dina stod og smilede. En svag syndenvind kælede med de små krusninger på havet. Damperen var på vej nordpå. Mor Karen havde givet hende sin velsignelse. Ville det hjælpe?

Hun hilste på kaptajnen, lige før de kom til Havnvigen. Ventede at træffe manden med det store, gråsprængte kindskæg, som blev kaldt kaptajn Lous.

I stedet for traf hun en høj mand, der mindede hende om en arbejdshest både i bevægelserne og udseendet. Næsen ragede heltemodigt frem i det store, langstrakte ansigt. Læberne var som en mule. Store og altid i bevægelse med en mørk kløft imellem som gamle kvindebryster. To runde, godmodige øjne lå gemt bag de buskede bryn.

Han optrådte dannet og beklagede, da hun spurgte efter den gamle kaptajn. Slog hælene sammen og gav hende en hånd, der ikke på nogen måde kunne leve op til resten af manden. Smal og fint formet.

– David Christian Lysholm, sagde han og lod sit blå blik glide hen over hende fra top til tå.

Han viste hende rundt på skibet med en mine, som om han ejede det. Han roste landsdelen, som om den var hendes ejendom, hvor han var gæst.

Alt var endnu ved det gamle heroppe. De velstillede kunne

441

rejse efter deres stand i Nordland. Det kunne man sandelig ikke på de elendige landeveje sydpå, mente han.

Han strøg hen over de blankpudsede messinggelændere og nikkede, mens han talte. Spurgte, om han måtte være så fri at tage en pibe tobak i fruens nærvær.

Dina sagde, at han sagtens kunne gøre det. Hun kunne selv tage en. Han så ud, som om han var faldet ned fra månen og gik i stå. Dina lod være med at hente den pibe, hun havde i sin kahyt. Det var ikke værd at gøre så meget væsen af sig.

De holdt sig stadigvæk inden for messinggelænderet, der var grænsen mellem første klasse og »de andre rejsende«.

Man fik plads efter sin stand ikke efter sin tegnebog, sagde han. Og førte hende ved armen med den største selvfølgelighed.

I Havnvigen blev de mødt af flere småbåde fulde af unge mennesker.

Kaptajnen blev rank i ryggen og hilste på den eneste passager, der skulle om bord. Fogeden. Han kom over rælingen med svinelædermappe og voldsom pondus.

Mændene hilste på hinanden som gamle kendinge, og Dina blev præsenteret.

Postmesteren stod ved lejderen og forhandlede med den stedlige handelsmand om to breve, der ikke var forskriftsmæssigt frankeret. Fire skilling porto insisterede han på.

Det ringede for tredje gang, og skovlene gik i gang. De gled gennem det salte hav. Menneskene var som myrer og skrabsammen på land, og fjeldene flød forbi.

De rejsende gloede på hinanden, når de troede, at det ikke blev opdaget. Nogle med lukkede ansigter, andre nysgerrigt eller søgende. Alle havde en eller anden grund til at være på rejse.

– Hvad bringer så fogeden nordpå? ville kaptajnen vide.

Det kom for en dag, at russerne var trængt ind over grænsen mellem Norge og russisk Lapland to-tre steder. Der var kommet klager fra bønderne nordpå over, at de fremmede tog sig til rette på norsk territorium. Ja, at de påstod, at landet var russisk. Nu var de kommet helt til Tana. Og lokale henstillinger om, at de skulle forsvinde, havde ikke ført til noget. Derfor var fogeden på vej nordpå.

– Er de voldelige eller fredelige? spurgte Dina.

– De sidder i hvert fald fast som tæger, hvad de så end er! sagde fogeden.

Postmesteren var kommet til og suttede sig eftertænksomt i skægget og skubbede huen op i panden. Han havde skinbarligt hørt, at russerne opførte sig, som om landet tilhørte zaren, og at der var mange i Finmark, der helst så, at det forholdt sig sådan. For de styrende magter i Christiania gjorde ikke nogen god figur i det spørgsmål. De drevne russiske diplomater blandede sig i det hele. Og regeringen gad ikke løfte en finger. De vidste heller ikke noget. Havde aldrig været deroppe og se.

Postmesteren bukkede tre gange for fogeden, mens han talte. Som om han kom i tanke om, at han ikke helt vidste, hvilken side fogeden var på, regeringens eller finmarkbeboernes. Man kunne lige så godt optræde høfligt, selvom man sagde, hvad man mente.

Kaptajnen blev forlegen. Men det gjorde fogeden ikke. Han så venligt på postmesteren og sagde:

– Det er langt, der her land. Det er vanskeligt at holde opsyn med det hele. Hålogalandene, særligt Finmark, er afhængig af et godt forhold til Rusland. Korn og tovværk er vigtige varer derfra. Men naturligvis: Alt med måde. Man kan ikke lade sig invadere.

Fogeden vendte sig om mod Dina og spurgte, hvordan det stod til på hendes egn. Og hvordan hendes far, lensmanden, havde det med helbredet.

Dina svarede kort.

– Lensmanden har aldrig været syg en eneste dag bortset fra, at han har et hjerte, der af og til kommer ud af takt. Foråret har været et mareridt af dårligdom og uvejr. Men det er overstået nu.

Fogeden så ud, som om han morede sig. Rynkerne trak sig klædeligt opad, og han bad hende hilse, hvis hun så lensmanden før han.

– Hvordan går det med de sørøvere, der hærgede i Raftsundet for et stykke tid siden? spurgte Dina.

– Sagen skal op i tinget til efteråret. Men de er allerede lagt i lænker i Trondhjem.

– Er det sandt, at der også var to kvindfolk med? ville hun vide.

– Ja, der var to kvinder med. Vistnok sigøjnere.

– Hvordan får I ført sådan nogle farlige fanger til Trondhjem?

– Der skal kraftige mænd og jern til at forestå sådan en fragt, sagde han og så forbavset på hende.

Hun sagde ikke mere, og mændene begyndte på deres sædvanlige snak om vejret.

Bortset fra serveringsjomfruerne og to unge søstre, der rejste på tredje klasse, var Dina den eneste kvinde om bord.

Hun trak sig tilbage til damekahytten på første klasse, som hun var heldig at have alene. Åbnede sin rejsetaske og valgte omhyggeligt tøj og smykker. Hun satte oven i købet håret op og snørede sig ind. Men hatten tog hun ikke på. Hun drejede rundt og nikkede.

– Det skulle nok lade sig gøre at få transportlejlighed med fogeden østpå! Hun ville tilbringe aftenen med et parti skak!

Der var to lodser om bord. Men det var kun den ene, der var helt ædru. Det var også tilstrækkeligt, mente kaptajnen godmodigt. Den anden var blevet tørlagt under dæk. Med en lods på broen og en under dæk skulle færden nok gå.

Sproget var forvirrende. Der blev talt tysk, engelsk og dansk oven i det norske.

På tredje klasse havde passagererne samlet sig rundt om den sorte skorsten. Der sad de på kasser og kister. Nogle blundede i det gode vejr. Andre havde taget madkassen imellem sig og spiste sindigt af den medbragte mad.

Osen fra skorstenen drev ned over dem, men de tog ikke noget videre notits af det. En af de tørklædeklædte piger sad og strikkede dydigt på et brunt stykke tøj. Hun havde rødt, filtret hår, der stak frem over panden på hende.

Søsteren sad og passede på en kasse med potteplanter, som hun havde fået firet om bord under megen hvinen og stor ståhej. Busknellike og geranium. Blomsterne så forbavsende livskraftige ud, som de hang der ud over kanten af kassen. Giftiggrønne med røde blomsterklaser. Det fik tredje klasse til at ligne en gemt vindueskarm.

Dina stod på broen og kiggede et stykke tid. Så gik hun ned i spisesalonen til det dækkede bord. Der blev serveret fisk til aftensmad. Små retter af laks og sild. Skinke, ost, brød og smør. Kaffe, te og øl.

En stor flaske kornbrændevin stod midt på bordet. De brugte ikke den slags på Reinsnæs. Dina havde fået sådan noget serveret i Bergen. Det var for sødt efter hendes smag.

To tjenere og en tjenestepige gik til og fra og fyldte fade op eller skiftede tomme flasker ud med fulde.

Dina tøvede i døren, præcis længe nok. Kaptajnen rejste sig og bød hende til bords.

Hun lod sig føre. Et halvt hoved højere end de fleste af mændene. De rejste sig og blev stående i retstilling, indtil hun havde sat sig.

Hun tog sig god tid. Jacob var der og hviskede hende i øret, hvordan hun skulle opføre sig. Hun gav dem hånden en efter en og så dem i øjnene.

En dansker med alt for meget hud i ansigtet præsenterede sig som greve og ville ikke slippe hendes hånd. Han havde tydeligvis allerede taget for sig af flaskerne på bordet.

Hans pels lå henslængt på stolen ved siden af, og han havde tjener med.

Dina bemærkede, at det måtte være varmt med så omfangsrigt et udstyr på denne tid af året.

Men danskeren mente, at bådrejser så langt nordpå kunne give alskens vejr. På imponerende kort tid fik han fortalt, at han var dr. phil. og medlem af »Københavns Litterære Selskab«. Han syntes, at folk i Nordland var venlige og ikke så vulgære, som han havde frygtet. Men der var kun få, man kunne tale engelsk med.

Han gestikulerede villigt, så de kunne se alle hans ringe.

Dinas pande lignede en nypløjet kartoffelmark, uden at

manden, der blev ved at holde hendes hånd, lod sig påvirke.

Til sidst slap hun fri, fordi en ældre mand med en ansigts-
farve som en dreng, der har leget ude i frostvejr hele dagen,
rakte hende hånden og bukkede.

Han var lavstammet og tæt og talte tysk. Han præsenterede
sig som kammerherre og kunstner og nikkede over mod en
skitseblok, der lå på stolen ved siden af. Resten af aftenen
havde han et øje på Dina, ligegyldigt hvem han talte med. Det
fik ham til at ligne en skeløjet handelsmand fra Hamburg. Det
skulle vise sig, at han havde adskilligt at rejse med på både
den ene og den anden måde.

En engelsk laksefisker sad også til bords. Egentlig var han
ejendomsmægler. Men han fortalte, at han rejste meget.

Dina sagde, at hun havde forstået det på den måde, at det
var almindeligt i England at rejse meget. For det skete ofte, at
man traf englændere langs kysten.

Kaptajnen var tolk. Englænderen gnæggede og nikkede.
Han havde siddet med et skævt smil, mens de andre herrer
kurtiserede Dina efter alle kunstens regler.

Så kunne måltidet begynde.

*Jeg er Dina. Jeg føler folderne i mit tøj. Alle sømmene. Alle hulrum i
kroppen. Føler styrken i skelettet og spændstigheden i huden. Jeg
føler længden af hvert enkelt hår på mit hoved. Det er så længe
siden, jeg har kunnet flyde væk fra Reinsnæs! Jeg trækker havet ind
til mig. Jeg bærer Hjertrud med mig gennem vind og kulos!*

Alle mændenes opmærksomhed var rettet mod hende store
dele af måltidet. Samtalen var broget. Men alle gjorde deres
bedste for at følge med.

Danskeren med alle adelstitlerne faldt hurtigt fra. Simpelt-
hen fordi han blundede. Fogeden spurgte Dina, om han skulle
få manden fjernet fra selskabet.

– Mandfolk, der sover, gør sjældent nogen skade, mente Di-
na.

Herrerne var tydeligt lettede over, at damen havde et så frit
syn på den slags. Så snakken gik utvungent videre.

Kaptajnen begyndte at fortælle om Tromsø by. Den var livlig, der var noget for enhver smag. Den bedste på hele kysten, mente han. – Herr Holst, den britiske vicekonsul er virkelig en visit værd! Denne Holst er ikke ubemidlet, tilføjede han henkastet. – Han ejer dalen på den anden side af sundet...

Alle lyttede opmærksomt til, hvem det kunne være værd at aflægge en visit, når man kom til Tromsø.

– Nogle købmænd holder engelske aviser, fortsatte han henvendt til den engelske mægler. – Og Ludwigsens hotel er ikke ukomfortabelt, slet ikke. Der er billardværelse! tilføjede han og nikkede mod de andre, der ikke kunne regne med at komme ind i den britiske vicekonsuls hjem.

– Ludwigsen er også kaptajn og taler engelsk, fortalte han og favoriserede igen englænderen.

De andre tog det pænt, men begyndte at tale lavt indbyrdes.

Danskeren blev vækket med et lille puf på armen. Han så sig beskæmmet om og undskyldte sig med, at han havde været så tidligt på dækket om morgenen. Fordi midnatssolen havde vækket ham.

Dina mente, at det måske havde været den tidlige morgensol. Men danskeren hævdede alvorligt, at det havde været den smukkeste midnatssol. Og klokken havde kun været fire om morgenen, og verden havde været helt utrolig med det skinnende, rolige hav og øer, der spejlede sig i vandet. Skål!

Alle hævede deres glas og nikkede.

Jeg er Dina. I nat har jeg dem i sengen. Alle sammen samtidig. Leo nærmest. Men Tomas sniger sig ind under min arm og vil skubbe de andre væk. Jeg ligger med adskilte lår og armene lige ud fra kroppen. Jeg tager ikke på dem. De er gjort af spindelvæv og aske.

Jacob er så fugtig, at jeg begynder at fryse. Anders ligger som en bylt og varmer sig i mit hår. Han ligger helt stille. Alligevel kan jeg mærke presset fra hans hårde hofter mod mit øre.

Johan har vendt mig ryggen, men glider stadig tættere på. Til sidst har vi fælles hud og arme. Han gemmer sit hoved hos Leo og vil ikke se på mig.

Mens de andre ligger med mig, er Anders en fugl, der har rede i mit hår. Hans åndedræt er en svag susen.

Leo er så urolig. Han vil vel rømme igen. Jeg tager efter ham. Et godt tag i hårene på hans bryst.

Da vælter han de andre væk og lægger sig over mig som et låg. Rytmen fra hans krop spreder sig i mine blodårer. Gennem sengen. Så voldsomt, at Anders falder ud af håret, og de andre visner som rosenblade i en skål. De falder lydløst ned på dørken.

Musik strømmer ud fra Leo som fra et orgel. Stiger og falder. Hans stemme slår sig ned i min hud som en svag vind. Glider gennem porerne og ind i skelettet. Jeg kan ikke forsvare mig.

Provsten står foran alteret, og alle træfigurerne og malerierne lukker mig inde – med Leo. I orgelet. Malmklokkerne dundrer.

Da stiger solen op af havet. Frosttåge driver hen over det. Og vi er blæretang rundt omkring på strandene. Som vokser op over fjeldene og hen over kirkemuren. Vælter ind gennem de høje vinduer og ind gennem alle sprækkerne.

Endnu svæver vi – og er i live. Til sidst er vi kun en farve. Brunrød. Jord og jern.

Da er vi i Hjertruds skød.

14. kapitel

MANGE VANDE KUNNE IKKE SLUKKE KJÆRLIGHEDEN,
EJ HELLER STRØMME OVERSKYLLE DEN; OM NOGEN
VILLE GIVE ALT SIT HUSES GODS FOR KJÆRLIGHED,
MAN VILLE DOG FORAGTE HAM.
(Salomo' Højsang, kap. 8, v. 7)

Dina satte hatten godt fast med to hattenåle, for det blæste
frisk ind i Tromsøsundet. Hun havde ikke snøret sig mere ind,
end at hun let kunne trække vejret, men hun havde skubbet
brysterne godt op, så de kunne aflede vanskelige diskussioner, hvis det kneb.

Hun stod et øjeblik foran det lille spejl i kahytten.

Så gik hun op på dækket og tog afsked med dem, der havde gjort hende selskab på rejsen og med damperens officerer.

En matros fulgte hende i land med de store rejsetasker. Et
par gange vendte hun sig om, som om hun ville hjælpe den
spinkle matros med læsset.

Nu drejede det sig om tal, manipulering og takt. Talfornemmelse hos en kvinde kunne sætte den, der ikke forstod sig på
det, skakmat.

Dagene i Bergen og Trondhjem havde ikke været spildte.
Knebene boblede op til overfladen som sprælske noder. Det
var blot et spørgsmål om at sortere dem og sætte dem i system.

– I forretningsspørgsmål skal man ikke sige mere, end det,
der er absolut nødvendigt. Hvis man ikke har noget at sige, så
lader man bare modparten få ordet. Før eller siden taler han
over sig.

Det var Anders' afskedsord til Dina.

Tromsø viste sig at være flere klynger hvide huse. Praktisk
anbragt med et utal af rislende bække ned over grønne skrå-

ninger som en naturlig grænse mellem dem. Længst oppe stod bøgeskoven grøn og frodig. Som om den var klippet direkte ud af Paradiset selv.

Men paradiset varede heller ikke her længere end til det tidspunkt, hvor menneskene tog over.

Dina lejede en vogn for at orientere sig i solskinnet. Syd for bygrænsen ved strandskellet lå Tromsøstranden med to-tre rækker små huse.

Hun spurgte, og den unge kusk, der havde sin røde, strikkede hue helt ned over ørerne, forklarede.

Vejen gik langs med havet over Provstnæsset, rundt om hjørnet ved præstegården og hen til Havgade. Byens længste gade hed Strandgade. Parallelt med den gik Grønnegade. Men ved Torvalmindingen standsede vejen ved rådhuset, der lå mellem apoteket og Holstgården.

Gennem kvarteret syd for torvet løb en bæk fra Vandsletten forbi L. J. Pettersens gård og lige ud i havet. Den havde fået det prangende navn »Pettersens elv«.

Neden for apoteket var der en bedrøvelig grøft. Kusken fortalte, at når Pettersens havde bal, så måtte kavalererne have langskaftede støvler på for at bære damerne over grøften. Alligevel, eller måske netop derfor, var det noget særligt at blive inviteret hos Pettersens.

Godt vejr og vind havde udtørret grøften i løbet af sommeren, så man kunne færdes i den.

Dina tog ind på Ludwigsens hotel du Nord eller Hotel de Bellevue. Det var tydeligvis for de velstillede.

J. H. Ludwigsen bar høj silkehat og brugte en langskaftet paraply som stok. Han var altid til tjeneste, sagde han og bukkede. Han havde et bredt, tillidsvækkende ansigt og tyndt kindskæg. Håret var børstet op i en korrekt, høj bølge fra en uklanderlig skilning i venstre side.

Flere gange gjorde han opmærksom på, at hvis der var noget, fru Dina Grønelv ønskede, så skulle hun bare give besked!

Dina sendte en hilsen med bud om, at hun udbad sig et møde

med to af handelsmændene. Den fremgangsmåde havde Anders anbefalet.

Næste morgen modtog hun besked på et visitkort om, at hun var ventet på Pettersens kontor. Og et kort brev fortalte, at hun var ventet hos herr Müller.

Herr Pettersen tog imod. Det viste sig, at han var i godt humør. Han var lige blevet vicekonsul i Mecklenburg og skulle rejse afsted for at varetage sit embede. Han skulle have sin hustru med, men han havde også tænkt sig at gøre forretninger. Han ejede et skib sammen med sine brødre.

Dina kom med allehånde gratulationer og spurgte ham ud om det nye embede.

Manden var tydeligvis en dreven forretningsmand bag den joviale facade.

Omsider kom hun ind på sit ærinde. Stillede spørgsmål om kapital og udrustning. Mandskab. Andel. Procenter til rederen. Hvad han regnede med, at melpriserne kom til at stå i? Hvad han havde kapacitet til at fragte tørt og uskadt under dæk?

Herr Pettersen sendte bud efter madeira. Dina lod det ske, men gjorde en afværgende bevægelse med hånden, da pigen ville skænke op til hende. Hun skulle ikke have noget så tidligt på dagen.

Pettersen tog selv et glas og bestilte te til Dina. Han var tydeligt interesseret. Men for hurtig. Som om han forsøgte at berolige hende, før hun havde bedt om det. Desuden kunne han ikke garantere en fast pris på mel.

Hun sendte ham et blik og bemærkede, at det var underligt, at han ikke vidste mere om priserne, han som var vicekonsul.

Han overhørte undertonen, og ville vide, hvor lang tid hun havde i byen. For han kunne sagtens få bedre besked om nogle dage. De ventede en russisk båd når som helst.

Hendes balancegang over for hans gæstfrihed var hårfin, da han inviterede hende til at bo hos dem. Sagde, at hun allerede havde tag over hovedet, som hun ikke kunne forsmå. Tak! Han skulle høre fra hende, om hun kunne acceptere tilbudet om at købe og fragte mel fra Arkangelsk uden en fast pris.

Hans Peter Müller stod som det andet navn på listen.

Dina kom til det herskabelige hus i Skippergade næste dag. Det bugnede af velstand og vellevned. Mahognimøbler og porcelæn.

En ung, svagelig hustru, der talte trøndsk, kom ind i kontoret for at hilse på. Hendes øjne var lige så sørgmodige som øjnene hos barnegenfærdet på Helgeland. Hun svævede gennem værelserne. Som om en eller anden havde monteret hende på en sokkel med hjul og trak hende rundt med usynlige tråde.

Jægten »Haabet«, der lå på Müllers strand, skulle til Murmansk med produkter fra hans eget tranbrænderi. Müller gav Dina en fast maksimumspris, som han garanterede. Men lagde ikke skjul på, at han selv kunne opnå en mere gunstig pris.

Dina gav ham et fast håndtryk. Det, at han overhovedet fortalte hende om sine beregninger, var et tegn på, at hun forhandlede med en, der accepterede hende som partner. Hun behøvede ikke at spille på, at hun havde hejst brysterne op til anledningen. En mand, der allerede har en engel i huset, kan man snakke forretninger med. Dina drak en dram på forretningen.

Luften i huset var god at indånde. Hun tog imod den gæstfrihed, de viste hende, ved at blive på et af deres gæsteværelser nogle dage.

Det viste sig, at denne Müller også ejede en sort ridehest. Den skinnede lige så meget som mahognimøblerne i stuerne. Den tog imod Dinas hofter og lår, som om hun og hesten var skåret ud af samme stykke træ.

Den unge frue, Julie fra Stjørdal, kom hun godt ud af det med. Hun plaprede ikke i tide og utide og så direkte på folk. Men hun sagde ikke noget om, hvorfor hun havde så triste øjne.

Dina blev i flere dage, end hun havde planlagt.

Fogeden var for længst rejst videre, så hun måtte se sig om efter en anden befordring. Müller mente, at han kunne skaffe hende transportlejlighed østpå om en uges tid.

Den første dag, Dina var hos Müllers, sad værten og hun i stuen og røg, mens fru Julie hvilede sig.

Han fortalte om den vanskelige vinter. Om isen, der havde lagt sig i Gisundet og havde forhindret »Prinds Gustav« i at komme ind. Den 10. maj havde de savet en rende på en længde af 60 alen, så damperen kunne komme igennem. Men til alt held havde isen ingen indvirkning på skudesejladsen.

Müller havde lige fået to fartøjer velbjerget hjem fra ishavet. Han havde også et skib i et sydligere farvand, sagde han i forbifarten. Som om han næsten havde glemt det.

Problemet forrige år var at få fat i et kort, der kunne bruges til sejladsen til Arkangelsk. Og ordentlige folk, der var stedkendte, hang ikke på træerne...

Dina fortalte, hvor heldig hun var med at have Anders og Anton til sejlads med jægterne. Men de problemer, man kunne have, når man sejlede sydpå til Bergen, var jo for intet at regne. Sammenlignet med dem, man havde, ved at sejle til Arkangelsk.

Værten tøede op. Fortalte, at damperen var kommet sydfra den 17. maj med alle skovlene undtagen en ødelagt. Den måtte repareres på skibsværftet. Det havde sat flere i arbejde og var en velsignelse oven i ulykkerne.

Selv havde han mistet galeasen »Tordenskiold« med 12 mand og fuld fangst på østsiden af Moffen. Alligevel havde han haft en bruttofortjeneste på fangsten i Ishavet på 14 500 speciedaler på få år!

Dina nikkede sindigt og blæste en række kunstfærdige røgringe, som lagde sig rundt om hovedet på hende.

Senere begyndte han at tale om, at alt havde vendt sig til det bedste, efter at zar Nikolai havde udåndet. Handelen havde svinget sig op, langt mere end man havde drømt om.

Dina mente, at det havde mere med krigen end med zaren at gøre.

Müller erklærede lunt, at det ene hang sammen med det andet.

Dina mente, at det netop måtte have været det unormale i situationen, krig og blokade, der skabte de gode tider for handelen.

Manden nikkede sindigt og var på ingen måde uenig. Men han holdt på sit, hvad zaren angik.

Imens gik værtens bedste cigarer op i røg.

Dina gled ind i husets rytme som en kat, der pludselig har fundet sig en solvarm sten. Mærkeligt viste fru Julie ikke nogle tegn på jalousi mod denne skabning, der invaderede huset med sin facon og lagde beslag på mandens gunst. Tværtimod sagde hun lige ud, at det ikke kunne være nødvendigt for Dina at rejse østpå så hurtigt. Når det kun var for at se sig om.

Dina holdt sig orienteret om, hvilke både der kom både sydfra og østfra.

Herr Müller spurgte, om hun endnu ikke havde bestemt sig for, om hun ville rejse til Vardøhus, eftersom hun forhørte sig om transport både nordpå og sydpå.

Men fru Julie vidste besked. – Dina venter på nogen, sagde hun.

Dina stirrede på hende. Deres blikke mødtes i en slags forståelse.

Jeg er Dina. Julie er tryg. Døden bor i hendes øjne. Hun begynder hele tiden på et spørgsmål, hun ikke fuldfører. Så ser hun på mig, for at jeg skal svare. Hun vil have, at jeg skal vise hende Hjertrud. Men det er ikke tid for det. Endnu.

Dina red ud af byen på den sorte hest. I herr Müllers læderbukser.

Julie fandt først en elegant ridedragt med et sort skørt af kashmir, en hvid bluse og pantalons af hvidt stof med en strop under foden. Men den passede ikke.

Dina fandt sig i at låne et skørt til at tage over herrelæderbukserne. Det havde stor vidde og var åbent for og bag. Bare til at skjule lidt, som Julie sagde.

Da Dina kom tilbage, ventede hun med et glas god madeira, før de klædte sig om til middag. Selv drak hun te.

Fru Julie fortalte på sin underfundige måde om, hvordan

alt var i Tromsø. Hun så det klart og udefra, fordi hun selv var tilflytter.

Dina behøvede ikke at være bange for, at hun skulle fornærme hende, hvis hun undrede sig eller lo ad folk og skikke.

Dina spurgte, hvem denne Ludwigsen var.

– Han er formuende og ser ud, som om han er klippet ud af et blad, sagde Julie, ikke uden varme og interesse.

Så fnisede de sammen som to små piger. Blandt mange smukke, døde ting i en alt for højtidelig stue.

I de fugtige fyrrere, da drikkemoralen i Tromsø havde været på sit værste, havde bystyret indskrænket antallet af udskænkningssteder, sådan at man nu kun havde en høker og en brændevinshandler. De to gjorde store forretninger.

– De ordentlige folk tager ind til Ludwigsen. Folk går dertil i fuld åbenhed for at vise sig frem, fortalte Julie.

Hun lignede en engel, hvem hun så end var. Altid klædt i lys satin af bomuld eller silke. Englekrøllerne ved ørerne var trods alt en kontrast til de ironiske mundvige og de alvorlige øjne.

Oftest fortalte hun om baller og middage hos borgerskabet og embedsstanden. Om pudsige episoder, når folk med forskellig baggrund spiste middage sammen. Hun havde nok at tage af, for Müllers var velsete overalt.

Dina indsnusede alt det nye, som om det var et ukendt krydderi fra et fjernt himmelstrøg.

– Pas på, at du ikke bliver for hurtigt kendt med folk! sagde Julie, – så har du dem efter dig som hunde. Det kan ikke nytte at trække sig tilbage eller tro, at du kan lade, som om du ikke har gjort bekendtskabet, hvis du først har gjort det. Mennesker, der ikke har andet til fælles, end at de er glade for god mad og drikke, slipper du aldrig af med.

Allerede den anden dag, Dina var i huset, kom den nye sygehuslæge på visit. Han bestyrede sygehuset med det midlertidige asyl. »Tosseburet« eller Tronkaen, som folk kaldte det.

Dina viste interesse både for arbejdet og huset. Det opildnede manden. Han fortalte om »plejerne«, som han kaldte dem.

Om nye forbedringer for de stakkels lemmer, der var helt uden for det hele.

Han fortalte om en religiøs fanatiker, de havde i forvaring. Han havde mistet forstanden, da Hætta og Somby blev henrettet i 52. Gyset fra henrettelserne, fra loven og kirken og fra fanatiske læstadianister hang stadig over dem. Folk trak sig tilbage i skræk og rædsel. Samfundet var for lille til to dødsdomme.

– Nogle meldte sig oven i købet ud af statskirken, sagde Julie.

– Nu har vi fået en ny biskop til at rydde op blandt de frafaldne. Bispinden er også from og god, sagde doktoren.

Rynkerne ved Julies mundvige var dybe og gik opad. Det var tydeligt, at hun og doktoren havde diskuteret sagen med hinanden før. De supplerede hinanden.

Müller forholdt sig tavs.

– Er han farlig? spurgte Dina pludselig.

– Hvem?

Doktoren var forvirret.

– Den religiøse galning.

– Ah, ham... Han er farlig for sig selv. Han dunker hovedet ind i væggen, indtil han besvimer. Man ved ikke, hvad der plager ham. Voldsom vil jeg kalde ham. Påkalder Gud og den onde uden at skelne imellem dem.

– Men hvorfor er han lukket inde?

– Han optræder truende over for familien og...

– Må jeg se dit asyl? sagde hun.

Overrasket over sådan et ønske, sagde manden ja. Det blev en aftale.

Fire celler på hver side af en gang. De samme lyde som i Trondhjem, men ikke så øredøvende.

Både sindssyge og almindelige fanger var spærret inde her. Det var ikke noget for damer at tale med dem, mente lægen. En eller anden kaldte på ham, som om han var i nød. Han undskyldte sig over for Dina. Så raslede han med nøgler, låste op og forsvandt.

Plejeren kaldte på et menneske, der hed Jentoft, igennem en luge i en dør.

Et groft og snavset skjorteærme af lærred og et glatraget hoved kom til syne i åbningen. Manden missede med øjnene mod lyset. Men hans øjne var mere levende, end man ventede hos en, der var spærret inde.

Han greb i luften efter Dina, fordi han ikke kunne få hånden gennem tremmerne.

Da plejeren fortalte, at Dina Grønelv ville tale med ham til trods for, at han var gal, velsignede han hende og gjorde korsets tegn.

– Gud er god! skreg han, så plejeren tyssede på ham.

– Kender du Gud! sagde Dina hurtigt og kiggede hen mod plejeren, der udnyttede tiden med at rydde op på hylderne langs væggene i korridoren.

– Ja! Og alle de hellige!

– Kender du Hjertrud? spurgte Dina indtrængende.

– Kender Hjertrud! Gud er god! Ligner hun dig? Kommer hun hertil?

– Hun er alle steder. Nogle gange ligner hun mig. Andre gange er vi helt forskellige. Sådan som folk er...

– Alle er lige for Gud!

– Tror du det?

– Bibelen! Det står i Bibelen! sagde manden larmende.

– Ja. Det er Hjertruds bog.

– Det er alles bog! Halleluja! Vi skal drive dem alle sammen frem foran perleporten. Vi skal tvinge dem ud af denne jammer og synd! Alle, der modsætter sig det! Alle skal falde for sværdet, hvis de ikke omvender sig!

Plejeren skulede hen til Dina og spurgte, om de ikke skulle afslutte visitten.

– Denne frue er kommet for at tale med dig, Jentoft, sagde han og kom hen til dem.

– Keruberne skal storme frem og kløve dem i to. Fra isse til fod! Alle som en! Øksen ligger allerede for foden af træet... Gud er god! messede manden.

Plejeren så på Dina fuld af undskyldninger. Som om manden var hans personlige ejendom, der var kommet i vejen for hende.

– Jentoft skal tage den med ro! sagde han afgjort og lukkede lugen for ansigtet af den ophidsede mand.

– Den, der bliver lukket inde, behøver ikke altid at være lukket inde med sig selv, sagde Dina alvorligt.

Plejeren så forbavset på hende.

– Skal hun ikke vente på doktoren? spurgte han.

– Nej, hils og sig tak!

Müllers holdt selskab for Dina.

Hun blev præsenteret for boghandler Urdal. Det var synd at sige, at han var selskabsløve. Men han havde været tjenestedreng hos Henrik Wergeland og havde drevet boghandel i Lillehammer, så han blev på alle måder regnet med til det gode selskab.

Han trykte gamle, sørgelige viser. Tog fiskerne ind i sit baglokale og lærte dem melodierne. På den måde blev Urdals viser kendt viden om. Dina kendte dem også.

Mens de ventede på middagen, spillede Dina på det taffelformede klaver, mens boghandleren sang.

Bispen og bispinden var også inviterede.

Når folk så ind i bispindens store, grå øjne, var det, som om der var noget, der faldt på plads. Fru Henriette havde en usædvanlig bred næserod og en stor, stærk næse. Munden var som en bue, der ikke var spændt. Kløften mellem næsen og munden var fuld af vemod. Det mørke hår havde en ulastelig midterskilning under det hvide hovedtørklæde. Blondekraven var den eneste pynt hun havde, når man så bort fra vielsesringen.

Hos hende havde alle kvinder et fristed, uanset hvilken familie eller rang de havde, fortalte Julie.

Bispinden strejfede alle med blikket efter tur. Det virkede, som om man fik en sval hånd på en feberhed pande. Intet i denne kvindes væsen viste tegn på bispindetitlen. Alligevel var hendes tilstedeværelse ved bordet fuld af værdighed.

– Dina Grønelv har været enke i mange år, så ung hun er? spurgte bispinden mildt og skænkede selv kaffe i Dinas kop, som om hun var tjener for dem alle sammen.

– Ja.

– Og hun har gæstgiveri og jægtebrug og mange folk i sit brød?

– Ja, hviskede Dina. Det var stemmen. Øjnene!

– Det må være tungt!

– Ja...

– Har hun ikke nogen at støtte sig til?

– Jo.

– En bror? En far?

– Nej. Folkene på Reinsnæs.

– Men ingen, der står hende nær?

– Nej. Det vil sige... Mor Karen...

– Er det Dinas mor?

– Nej, svigermor.

– Det er vel ikke det samme?

– Nej.

– Men Dina har Gud, det kan jeg tydeligt se!

Fru Julie henvendte sig til bispinden om en kvinde i nabolaget, der havde lyst til at besøge bispegården, men som ikke turde komme uopfordret.

Den gamle vendte sig langsomt mod Julie, idet hun – som om det var tilfældigt – lagde hånden over Dinas. Lette, svale fingre.

Dagen var en gave.

Biskoppens store, brede ansigt blev blødt, og øjnene blev næsten fugtige, når han så på sin hustru. Lette tråde opstod mellem de to og lagde sig til rette over resten af selskabet.

Dina sløjfede cigaren efter middagen og provokerede ikke nogen.

Der var heller ikke trods i hende næste dag. Men hun kunne have gået til Vardøhus! I stedet for skamred hun værtens hest. Op på øen. Rundt om en sø. Dundrede gennem krat og skov. Det lugtede af sommer, så det sved i alle hendes sanser.

15. kapitel

VÆGTERNE, SOM GÅ OMKRING I STADEN, FANDT MIG;
TIL DEM SAGDE JEG: HAVE I SET DEN, SOM MIN SJÆL
ELSKER?
NÆPPE VAR JEG KOMMEN FORBI DEM, FØREND JEG
FANDT DEN, SOM MIN SJÆL ELSKER; JEG GREB HAM OG
VIL IKKE LADE HAM FARE, FØREND JEG FÅR BRAGT
HAM TIL MIN MODERS HUS OG TIL HENDES KAMMER,
SOM UNDFANGEDE MIG.
(Salomo' Højsang, kap. 3, v. 3 og 4)

Den dag, Müller havde sørget for transport for Dina til Vardø-hus, satte det i med en sørgelig kuling fra sydvest. Vigen kogte.

Både, der ikke havde tænkt sig at sejle ind til Tromsø, søgte nødhavn. Den ene efter den anden. Der var så mange master i havnen, at man kunne hoppe tørskoet langt ud. Hvis det ikke havde været for regnen!

Ombord på en af de russiske både, der skulle sydpå, helt til Trondhjem, var der en, der gerne ville være sluppet for at gå i land i Tromsø. Han havde ærinde andre steder.

Han tog ind på Ludwigsens hotel for at slippe for at bo så trangt sammen med sømændene. Han havde sin bredskygge-de filthat og skindbukser på. Efter at have installeret sig på værelset og givet besked om, at han ikke ville dele det med nogen, gik han på apoteket for at få noget til en bullen finger, som han havde pådraget sig under sejladsen fra Vardø.

Han stod ved disken og ventede på at blive ekspederet, da dørklokken varslede en ny kunde. Uden at vende sig om registrerede han, at det var et menneske i skørt.

Der var ophold i regnen, men vinden stod ind gennem den åbne dør og fejede hatten af hovedet på ham.

Det var den 13. juli 1855, tre dage efter, at Dina havde sid-det ved Müllers spisebord og set kærligheden.

Måske var det sådan, at det tog tre dage at fuldbyrde bisp-indens velsignelse? Hun samlede i hvert fald Leos hat op og vejede den i hånden, mens hun så på den med sammenbidt interesse.

Apotekeren ilede til og lukkede døren efter hende med et smæld. Dørklokken var ude af sig selv af raseri og sendte uregelmæssige klemt ud i luften.

Leos øjne gik i siksak hen over Dinas kappe og krop. Som om han ikke turde se på hendes ansigt med det samme.

De trak vejret dybt samtidig og stak et øjeblik øjnene ud på hinanden. Så blev de stående to skridt fra hinanden.

Hun med hans hat som en advarsel. Han med et udtryk, som så han en hest flyve i luften. Først da apotekeren sagde »Værså-god!« kom der en lyd fra Dina. Hun lo. Perlende og befriet.

– Her er hatten! Velbekomme!

Arret var som en bleg måne i tiltagende på en brun himmel. Han rakte hende hånden. Så var de uden for alt andet. Hans fingre var kolde. Men hun strøg pegefingeren hen over hans håndled.

De gik ud i blæsten uden at købe dråber til Mor Karen eller bind og jod til Leos finger. Den venlige apoteker stod bag disken og hørte, at dørklokken kimede dem ud ad døren.

De vandrede ad nogle opgravede gyder fulde af mudder. Vej-arbejderne var ved at lægge fortov i den nedre del af gaden.

Først blev der ikke sagt noget. Han tog hendes arm og lag-de den godt ind under sin. Så begyndte han endelig at tale. Med den dybe, underlige stemme, der bar så godt ud. Som havde så tydelige ord. Men som altid holdt noget tilbage.

Et sted gled hun i mudderet. Han måtte bruge kræfter for at forhindre hende i at falde. Trak hende tæt ind til sig. Hen-des skørter fejede i skidtet, fordi hun holdt på hatten i stedet for at holde op i skørterne.

Han bemærkede det ikke. Så bare fraværende, at skidtet satte sig fast i skørtekanten, mere og mere grådigt for hvert skridt, hun tog.

De gik op ad bakkerne. Indtil byen og skidtet slap taget i dem, og engene og birkeskovene tog over. Gik og holdt på

461

hver sin hat. Indtil Dina lod sin flyve med vinden. Han løb efter. Men måtte give op. De så den flyve nordpå med flagrende bånd. Det var et voldsomt syn.

Han plantede sin store, sorte hat på hovedet af hende og trak den ned over hendes øjne.

Byen lå dernede, men hun så den ikke. For Leos mund var rødlig med en brun, øm streg omkring. Solen havde mishandlet den.

Hun standsede og lagde hånden over hans mund. Lod fingrene glide langsomt hen over det ømme sted.

Han lukkede øjnene, mens han stadig holdt hatten på hovedet af hende med begge hænder.

– Han skal have så mange tak for den sending, som den russiske båd kom med forrige år! sagde hun.

– Noderne? Faldt de i smag? sagde han, stadig med lukkede øjne.

– Ja. Mange tak! Men du sendte ingen hilsner.

Da åbnede han øjnene.

– Nej, det var svært...

– Hvor sendte du det fra?

– Tromsø.

– Du var i Tromsø, og kom ikke sydpå til Reinsnæs?

– Det var umuligt. Jeg rejste ind over landet til Finland.

– Hvad skulle du der?

– Eventyrlyst.

– Eventyrlysten driver dig ikke mere til Reinsnæs?

Han lo lavt, men svarede ikke. Han havde stadig begge arme om skuldrene på hende. Tilsyneladende for at holde på den sorte hat.

Nært og tungt. Han bøjede sig ind mod hende lidt efter lidt.

– Havde du tænkt dig at rejse til Reinsnæs et stykke tid?

– Ja.

– Har du så stadigvæk planer om at rejse dertil?

Han så granskende på hende. Så lagde han armene tættere om både hende og hatten.

– Ville jeg stadig være velkommen?

– Det går jeg ud fra.

– Du er ikke sikker?

– Jo!

– Hvorfor er du så hård, Dina? hviskede han og bøjede sig tættere ind til hende. Som om han var bange for, at vinden skulle bære svaret væk.

– Jeg er ikke mere hård, end jeg er nødt til. Det er dig, der er hård. Lover og lyver. Kommer ikke, når du siger, du vil komme. Lader folk vente i uvished.

– Jeg sendte gaver.

– Uden så meget som en lap papir med, hvem der havde sendt dem!

– Det var umuligt netop på det tidspunkt.

– Ja, måske, men hårdt!

– Tilgiv mig!

Han lagde hånden med den bulne finger ind under hagen på hende. Blev genert over, at hånden var ulækker og lod den falde ned igen.

– Jeg har været i tugthuset i Trondhjem for at spørge efter dig. De har et brev til dig der.

– Hvornår var du der? spurgte han mod vinden.

– For et år siden. Jeg var også i Bergen... Du var der ikke?

– Nej, jeg lå fast ved den finske kyst, hvor jeg så englænderne lege med dynamit.

– Skulle du også lave noget?

– Ja, svarede han ærligt.

– Tænker du nogensinde?

– Jeg gør ikke andet.

– Hvad tænker du på?

– For eksempel på Dina.

– Men du kom ikke?

– Nej.

– Der var noget, der var vigtigere end det?

– Ja.

Hun kneb ham rasende i kinden, slap ham og sparkede til en sten, så den fløj ind på hans skinneben. Han fortrak ikke en mine. Flyttede bare sin fod lidt. Og tog hatten af hendes hoved og satte den på sit eget.

– Jeg tror, du beskæftiger dig med lyssky affærer!

Hun snerrede som en mand på tinget, der mødte obsterna-

463

sighed hos en, der skulle dømmes. Han så længe på hende. Forskende. Men med et stort smil.

– Og hvad vil Dina så gøre ved det?

– Finde ud af, hvad det er! smældede hun.

Da begyndte han uden videre at fremsige et digt, som han havde oversat til hende den sidste nat, han var på Reinsnæs:

> Hun raser og hyler som vilddyr jeg så,
> når mading hun øjner bag jernklædte stænger.
> Sig kaster mod barden på håbets vinger
> og slikker sultent hvert bjerg.
> Men aldrig hun stiller sin tærende længsel
> De tavse bjerge er truende fængsel.

Dina stirrede rasende på ham.

– Det er en beskrivelse af en flod, husker du det? sagde han.

– Pusjkin fulgte en russisk afdeling under felttoget mod Tyrkiet. Kan du huske, at jeg har fortalt det?

Hun skulede til ham. Men nikkede.

– Du ligner en vild flod, Dina!

– Du håner mig, sagde hun tvært.

– Nej... Jeg prøver at komme i kontakt med dig.

Jeg er Dina. Pusjkins digt er sæbebobler, der kommer ud af munden på Leo. Hans stemme holder dem svævende i luften. Længe. Jeg tæller langsomt til enogtyve. Så brister de og falder til jorden. Imens må jeg tænke alle tanker på ny.

Først da de var på vej ned, spurgte hun, hvor han nu skulle sejle hen.

– Sydpå til Trondhjem, svarede han.

– Uden at standse undervejs?

– Uden at standse undervejs.

– Så kan du hente bogen med understregningerne på slaveanstalten, sagde hun triumferende. – For den har noget med de lyssky affærer, du ikke kan fortælle om, at gøre. At du ikke kan sende hilsner eller sætte navn på, når du sender gaver. At ingen ved, hvem du er, når jeg spørger.

464

– Hvem har du spurgt... eller talt med... om mig?

– Russiske sømænd. Købmænd i Bergen. Dem, der bestyrer slaveanstalten og tugthuset i Trondhjem.

Han stirrede på hende.

– Hvorfor det? hviskede han.

– Fordi jeg havde en bog, som jeg gerne ville aflevere til dig igen.

– Og derfor gjorde du dig så mange anstrengelser fra Bergen til Trondhjem?

– Ja. Og derfor kan du selv hente bogen!

– Det kan jeg sagtens, sagde han, dirrende roligt. – Hvem afleverede du den til?

– Bestyreren.

Han rynkede brynene et øjeblik.

– Hvorfor?

– Fordi jeg ikke bryder mig om at have den længere.

– Men hvorfor gav du den til bestyreren?

– Hvem ellers? Men pakken er forseglet med et laksegl, sagde hun hånligt smilende.

– Jeg sagde jo, at du kunne beholde den.

– Jeg vil ikke have den. Desuden var du så bange for netop den bog...

– Hvad får dig til at tro det?

– At du lader så ligeglad.

Der blev en pause.

Han standsede op og stirrede et øjeblik på hende.

– Du skulle ikke have gjort det, sagde han alvorligt.

– Hvorfor ikke?

– Det kan jeg ikke fortælle dig, Dina.

– Du er ikke gode venner med den bestyrer?

– Jeg stoler ikke på, at han er den rette til at modtage Pusjkin...

– Kender du ham?

– Nej. Vil du holde op med at spørge mig ud nu, Dina?

Da vendte hun sig lynhurtigt om, gik helt hen til ham og gav ham en ørefigen, så det sang.

Han blev stående. Hun havde naglet ham fast til grusvejen.

– Dina skulle ikke slå. Hverken mennesker eller dyr, skal slåes.

Sagte begyndte han at gå ned ad bakkerne. Med højre hånd på hatten. Den venstre hang som et dødt pendul ned langs siden på ham.

Hun blev stående. Han hørte stilheden. Vendte sig om og sagde hendes navn.

– Du er så hemmelighedsfuld med alt, skreg hun ned over bakkerne til ham.

Halsen var stiv som en gås, der modsætter sig at blive slagtet. Den store næse stak ud i luften som en næb. Solen havde sønderrevet skyerne. Vinden tog til.

– Du rejser land og rige rundt og får folk til at knytte sig til dig. Så forsvinder du og giver ikke livstegn fra dig! Hvad er du for et menneske? Hvad? Hvad er det, du er i gang med? Kan du sige mig det?

– Kom nu herhen, Dina! Stå ikke der og råb!

– Det gør jeg, som jeg vil! Kom du herhen!

Og han kom. Som om han føjede et barn, der var ved at græde.

De gik ned over bakkerne. Tæt sammen.

– Du græder ikke så ofte, Dina?

– Det angår ikke dig!

– Hvornår græd du sidst?

– Da jeg var søsyg på Foldhavet sidste sommer! snerrede hun.

Han smilede så småt.

– Skal vi ikke stoppe krigen nu?

– Ikke før, jeg har fået at vide, hvem du er, og hvor du skal hen.

– Du ser mig her, Dina.

– Det er ikke nok!

Han klemte hendes arm og sagde så enkelt, som om det var vejret, han kommenterede:

– Jeg elsker dig, Dina Grønelv.

Nogen havde for flere tiår siden placeret en sten lige der, hvor de befandt sig. Ellers havde hun sat sig direkte ned i mudderet.

Dina på stenen. Rev og sled i sine fingre, som om hun ikke ville have dem.

– Hvad betyder det? Hvad betyder det? Hvad betyder det? råbte hun.

Han tog tilsyneladende hendes hysteri roligt.

– Er det heller ikke nok, Dina?

– Hvorfor siger du sådan nogle ord? Hvorfor kommer du ikke hellere lidt oftere til Reinsnæs?

– Vejen er lang, sagde han bare. Han stod rådvild foran hende.

– Så fortæl mig om det!

– En mand kan have sine grunde til at tie?

– Mere end kvindfolk har?

– Det ved jeg ikke. Jeg tigger ikke dig om at fortælle.

Noget havde trukket for længe ud mellem dem.

– Tror du, at du kan komme og gå på Reinsnæs, som om intet...

– Jeg kommer og går, som jeg vil. Du skal absolut holde op med at spørge efter mig på dine rejser. Jeg er INGEN. Husk det!

Han var vred.

Hun rejste sig fra stenen og greb fat i hans arm. Så gik de ned ad vejene igen. Endnu var der kun mark og skov. Ingen huse. Ingen mennesker.

– Hvad laver du egentlig? spurgte hun og lænede sig fortroligt ind til ham.

Hendes teknik blev øjeblikkeligt gennemskuet. Alligevel svarede han efter et stykke tid:

– Politik, sagde han opgivende.

Hun plukkede hans ansigt i småstykker med sit blik. Stykke for stykke. Blev til sidst hængende ved hans øjne.

– Nogen er efter dig. Og andre prøver at dække over dig.

– Du er efter mig, sagde han og smilede.

– Hvad galt har du gjort?

– Ikke noget, svarede han. Alvorlig nu.

– Ikke i dine egne øjne, men...

– Heller ikke i dine.

– Lad mig selv afgøre det. Lad mig høre.

Han slog opgivende ud med hånden og tog endelig hatten af og stak den under armen. Vinden overfaldt ham.

Så satte han fra og sagde hårdt:

– Verden er værre, end du kan forestille dig. Blod. Galger. Fattigdom, svig og fornedrelse.

– Er det farligt? spurgte hun.

– Ikke farligere, end man kunne forvente. Men mere grusomt, end man kan forestille sig. Og det får mig til at være en person, der ikke eksisterer!

– Der ikke eksisterer?

– Ja. Der kommer bedre tider engang.

– Hvor lang tid tager det?

– Det ved jeg ikke.

– Kommer du så til Reinsnæs?

– Ja! sagde han fast. – Vil du have mig, selvom jeg rejser forbi og er en person, der ikke findes?

– Jeg kan ikke gifte mig med en person, der ikke findes.

– Har du til hensigt at gifte dig med mig?

– Ja.

– Har du spurgt mig?

– Vi har fået velsignelse. Det må være nok.

– Hvad skulle jeg lave på Reinsnæs?

– Du skulle leve sammen med mig og give en hånd med, når der var brug for det.

– Tror du, det er nok for en mand?

– Det var nok for Jacob. Det er nok for mig!

– Men jeg er hverken dig eller Jacob.

De stirrede på hinanden som to handyr, der afmærkede revir. Der var ikke den mindste smule koketteri i deres blikke.

Hun gav sig til sidst. Så ned og sagde spagt:

– Du kunne være skipper på en af jægterne og rejse viden om, hvis du ville.

– Jeg duer ikke til at være skipper, sagde han høfligt. Han havde stadigvæk hatten sørgeligt klemt fast under armen.

– Jeg kan da ikke være gift med en mand, der rejser rundt i Rusland og alle vegne! råbte hun.

– Du skal ikke være gift, Dina. Jeg tror ikke, du duer til at være gift.

– Men hvem skal jeg have?

– Du skal have mig!

– Du er der jo ikke!

– Jeg er der altid. Forstår du ikke det? Jeg er hos dig. Men mine veje kan ikke spærres af. Du kan ikke være det hegn. Der kommer ikke andet end had ud af den slags.

– Had?

– Ja! Man skal ikke spærre folk inde. Så bliver de farlige. Det er det, de har gjort med det russiske folk. Derfor eksploderer det hele snart!

Millioner af strå lå fladt ned over engen. Nogle forskræmte blåklokker dinglede frem og tilbage.

– Man kan ikke spærre folk inde bag et hegn... Så bliver de farlige..., hviskede hun. – Så bliver de farlige!

Hun sagde det ud i luften, som om det var en sandhed, hun havde overset indtil dette øjeblik.

De behøvede ikke at gribe fat i hinanden. Trådene imellem dem var stærke som den ene skudes fortøjning til den anden.

Næste dag kom der et bud med en pakke til Müllers gård. Til Dina.

Det var hendes hat. Den så ud, som om den havde ligget ude hele vinteren. Men inde i pullen lå der et kort i en lukket kuvert.

»Uanset hvor håbløst det ser ud, så kommer jeg altid tilbage.«

Det var alt.

Hun tog den første damper sydpå. Han havde to døgns forspring. Der var ingen glæde i kølvandet. Men roen var med som en slags følgesvend.

Bispinden havde vist, at kærlighed findes. Og Dina var blevet forskånet for sejlturen til Vardøhus. Det var da også et gudsforladt og forblæst sted med et fangehul og en fæstning inden for en stjerneformet mur, havde hun hørt.

– Man kan ikke lukke folk inde bag et hegn. Så bliver de farlige! mumlede Dina for sig selv og havde ikke andet at tage sig til end at tælle fjeldtoppe og fjordmundinger.

Menneskene ombord regnede hun ikke.

16. kapitel

HERRE! VÆR MIG NÅDIG, THI JEG ER ANGEST; HENTÆ-
RET AF SORG ER MIT ØJE, MIN SJÆL OG MIN KROP.
(Salmernes Bog, salme 31, v. 10)

Da Dina var på vej hjem, segnede Mor Karen om ved øreklap-
stolen og mistede talens brug.

Tomas blev sendt til hest over fjeldet efter doktoren. Og
Anders fik sendt bud ad søvejen til Johan, som var på besøg
hos præsten i Vigen.

Doktoren var ikke hjemme, og hvis han var kommet, havde
han nok ikke kunnet gøre så meget.

Johan pakkede sin rejsetaske og begav sig på vej til sin
farmors dødsleje. Som alle andre havde han taget det som en
selvfølge, at Mor Karen var udødelig.

Oline var ude af sig selv. Uroen satte sig i maden. Gjorde
alt, hvad hun havde med at gøre, smagløst og uspiseligt. Hen-
des ansigt var lyserødt og nøgent som bagdelen på en abekat.

Stine sad hos den gamle. Kogte urtete og gav hende det
med en ske. Hun tørrede det væk, der udsondredes fra den
gamles porer og åbninger. Vaskede hende og strøede hende
med kartoffelmel. Hun fyldte lærredsposer med tørrede urter
og rosenblade, for at luften skulle føles bedre i sygeværelset.

Af og til troede Mor Karen, at hun var kommet til Edens
Have, og at hun kunne glemme den lange vej, hun havde at
gå, før hun nåede dertil.

Stine varmede uldne klude og lagde dem om hendes slappe
lemmer, rystede puder og dyner og lod vinduet stå på klem.
Kun en anelse, så der hele tiden kunne komme lidt frisk luft ind.

Imens blev augustsolen hed, blåbærrene blev modne, og
det sidste hø blev kørt i hus.

Benjamin og Hanna var usynlige og lydløse på Olines opfordring. De gik oftest langs stranden og så efter alle de både, der kunne bringe Dina og de gaver, hun skulle have med, hjem.

Benjamin forstod godt, at farmoderen var syg. Men at hun skulle dø, opfattede han som en af Olines mange overdrivelser. Hanna, derimod, havde arvet Stines sans for det uundgåelige. Så hun stod barbenet i strandkanten en dag, spiddede en væltet krabbe på en pind og sagde:

– Mor Karen dør nok, før det bliver søndag!

– Hvad? Hvorfor siger du det?

– Fordi mor ser sådan ud. Ja, Mor Karen ser også sådan ud! Gamle mennesker skal dø!

Benjamin blev rasende.

– Mor Karen er ikke gammel! – Det er bare noget, folk tror..., tilføjede han spagt.

– Hun er meget gammel!

– Næ! Dit fjols!

– Hvorfor siger du nej til det? Hun må vel have lov at dø, uden at du bliver rasende!

– Ja, men hun skal ikke dø! Hører du!

Han tog fat i hendes fletninger og vred dem rundt helt oppe. Ude af sig selv af raseri og smerte satte hun sig ned på den våde strand og græd heftigt. Kjolen og bukserne var våde langt op ad ryggen. Hun blev siddende med skrævende ben og bagdelen under vand. Hulkene kom i stød ud af den vidt åbne mund.

Benjamin glemte, at han var vred på hende. Desuden var han klar over, at hvis han ikke skulle risikere, at Stine skulle komme rendende for at høre, hvad der var galt, så måtte han gøre noget. Det endte med, at han stod et lille stykke tid og stirrede opgivende på pigen, så rakte han hende begge hænder og hjalp hende op, mens han talte beroligende til hende.

De tog det våde tøj af hende, vred det og lagde det til tørre på de varme klipper. Og mens de alligevel sad sådan og ikke rigtigt vidste, om de var venner eller uvenner, så gav han sig til at undersøge hende, sådan som han plejede af og til, når der ikke var nogen, der kunne se dem. Hun lagde sig fornærmet ned på klippen, viftede en forvildet myre væk fra sit lår og lod ham allernådigst gøre det, mens hun snøftede snot og tårer op og lod ham trøste på den måde.

471

De havde begge to glemt, at Mor Karen skulle dø før søndag.

Dagen efter kom Dina med damperen. Hun tog børnene med ind på Mor Karens kammer. De stod ved sengen med stive arme og nedslåede blikke.

Benjamin skælvede inde på det varme værelse. Han rystede på hovedet, da Stine bad ham tage bedstemoderens hånd.

Da bøjede Dina sig over Mor Karen og tog om hendes hænder, den ene efter den anden, med begge sine. Så nikkede hun til Benjamin.

Drengen stak sin hånd ind i Dinas, som trak den hen til den gamle. Så holdt hun om begges hænder.

Et hurtigt lys kom frem i Mor Karens øjne. Hendes ansigt var delvist lammet. Men hun trak den venstre mundvig op i et ubehjælpsomt smil. Og hendes øjne fyldtes langsomt med vand.

Stines urteposer dinglede svagt over sengen. Det hvide gardin gled hen over vindueskarmen.

Da knugede Benjamin Mor Karen hårdt om halsen, uden at nogen havde sagt, at han skulle.

Oline, Anders og folkene stod inden for døren. De havde været henne ved sengen efter tur.

Mor Karen sagde aldrig mere noget til dem. Men hun lod dem stryge sig over de magre hænder. Store blå årer snoede sig som nøgne efterårstræer hen over håndryggen. Hendes øjne fulgte dem, når hun havde dem åbne. De kunne se, at hun hørte og forstod alt.

En stor ro forplantede sig gennem værelset. Menneskene smeltede sammen. Stumt. Som lyngtuer efter at sneen er forsvundet, rettede de sig op og gled over i hinanden.

Johan nåede ikke at se Mor Karen i live.

Ligbåden blev pyntet med lav og slangetunge. Blomsterkranse og buketter blev stukket ind imellem. Kisten blev helt gemt inde under det alt sammen.

Oline havde ansvaret for, at begravelsesgæsterne fik velsmagende mad, så de ikke rejste hjem og talte om, hvor dårligt det gik i køkkenet på Reinsnæs. Det eftermæle skulle Mor Karens Reinsnæs ikke have!

Hun tryllede med mad og drikke, nat og dag. Intet skulle mangle til begravelsen. Og hele tiden sukkede og græd hun.

Benjamin troede aldrig, det ville få ende. Han måtte gå hende til hånde og tørre hende under næsen, så tårerne ikke skulle komme ned i de bløde fladbrød, postejerne eller brødene.

Johan var lukket inde i sin sorg. Det, der var foregået mellem Dina og ham, havde sat sig som rådne pletter. Og han havde aldrig fået syndsforladelse for det. Det, at Mor Karen var død, blev et frygteligt varsel for ham. Men Dina var til! Hun kunne krænke og kue ham blot ved at gå igennem det værelse, han var i. Han havde ikke kunnet tale med Mor Karen om sin store synd, og nu var hun død! Og han kunne aldrig tænke på faderen, uden at angsten greb ham.

Gud var det længe siden, han havde haft kontakt med. Han havde gået rundt på det forblæste skær mellem sine sognebørn og forsøgt at gøre bod. Uanset, om han ikke fik løn, men lod det hele gå til de fattige i sognet, så hjalp det ikke.

Han hadede sig selv så intenst, at han ikke kunne udstå at se sin egen nøgenhed. Ja, selvom han sov, så kunne han ikke tømme sig ud, uden at han syntes, han var ved at drukne i Dinas hår. Hendes hvide lår var åbningen til helvede. Han så ildtunger slikke mod sig, når han vågnede, og han tvang sig selv til at huske alle de bønner, han havde lært.

Men det var tydeligt, at Vor Herre mente, at det ikke var nok. At han skulle fortælle om sin synd til biskoppen i Nidaros eller Tromsø.

Efter begravelsen rejste han til Helgeland igen. Han havde undgået Dina, som man undgår is med en åben våge.

Dina gav besked om, at der skulle gøres rent i stalden. Gulvene i kramboden og bådehusene skulle skures.

Ingen forstod, hvad denne renselse skulle betyde. Men de forstod, at det var en ordre. Hun sad på kontoret i de lange efterårsaftener og brugte dyrebar olie på at gå dyrebare tal efter.

Hun flyttede ikke ind i hovedbygningen, og hun spillede ikke cello. Det sidste gjorde dem alle sammen urolige.

Benjamin var den, der bedst fornemmede, hvor farlig denne Dina var. Han prøvede at nå hende med samme kneb, som hun selv brugte, når der var noget, hun ville.

Men Dina svarede med at ansætte en huslærer. Han drev børnene frem med tugt og visdom, som om de var to tærskeværker, man blot skulle køre til den yderste grænse.

Anders rejste til og fra. Han blev også usynlig, når han var der, fordi de vidste, at han snart skulle afsted.

Mor Karen lå i sin grav uden ansvar for tingenes tilstand. Alligevel var hun mere ukrænkelig end nogensinde.

Og hendes eftermæle blomstrede lige så hvidt som isblomsterne på Dinas vindue. Mor Karen holdt hende udenfor. Hun kom ikke til hende fra krogene eller fra de tunge tågebanker over Sundet. Hun blandede sig ikke i, hvad Dina gjorde eller ikke gjorde. Krævede ikke noget.

Det var ligefrem, som om hun kunne lide at være død og ikke havde behov for nogen som helst kontakt.

Da det rygtedes, at nogen igen havde set bjørn på Landtangen, ville Dina have Tomas med på jagt. Men han vægrede sig, havde altid noget, der skulle gøres.

På den måde gik efteråret.

Vinteren kom pludseligt med snefog og kulde allerede i oktober.

Dina begyndte at spille igen. Hun delte sin tid mellem regnskaberne og celloen.

Tonerne. Sorte tegn på strenge linjer. Tavse, indtil hun gjorde noget og gav dem lyd. Nogle gange kom tonerne ud af noden, ud af Lorchs cello, uden at hun spillede. Hænderne kunne hvile på instrumentet, og alligevel kom melodien ud.

Tallene. Mørkeblå og sirlige i rækker. Tavse, men tydelige nok. For den indviede. De stod for det samme, altid. Havde deres årsrytme og deres skjulte skatte. Eller deres oplagte tab.

17. kapitel

Og hun sagde til ham: ikke så, min broder!
Krænk mig ikke, thi man bør ikke således gjøre i
Israel; gjør ikke denne dårlighed!
Men han ville ikke høre på hendes røst, og var
stærkere end hun, og han krænkede hende, og
lå hos hende.
Siden hadede Amnon hende med et såre stort
had; thi det had, som han hadede hende med,
var større end kjærligheden, med hvilken han
havde elsket hende; og Amnon sagde til hende:
stå op, gak bort!
(Den anden Samuels Bog, kap. 13, v. 12, 14 og 15)

Tomas var begyndt at passe Dina op, så snart hun befandt sig
i udhuset eller i stalden.

Hun bevægede sig uroligt, når han var i nærheden. Som om
hun skulle undgå et insekt. Det skete, at hun så forskende på
ham. Mest når han var på god afstand.

En eftermiddag kom han tæt hen til hende, da hun skulle til
at gå ind i aftægtshuset.

– Hvorfor er Tomas altid der, hvor jeg er? sagde hun vredt.

Hans brune og blå øje blinkede flere gange. Så blev de bis-
tre derinde.

– Hvis jeg skal arbejde her på gården, så må jeg vel gå frem
og tilbage.

– Og hvilket arbejde har du at gøre her på min trappe?

– Jeg skovler sne rundt om trappen. Hvis hun ikke har no-
get at indvende?

– Så kunne du vel bruge en skovl?

Han vendte sig om og gik ind i skuret efter en spade. I
timevis hvinede hans spadetag rundt om aftægtshuset.

Næste dag kaldte Dina Stine ind til sig.

– Hvad med, om du og Tomas giftede jer? sagde hun uden indledning.

Stine sank ned på den nærmeste stol, men sprang straks op igen.

– Hvordan kan Dina sige sådan noget? udbrød hun.

– Det er en god løsning.

– På hvad?

– På det hele.

– Det kan du ikke mene, sagde hun sky og så fortvivlet på Dina.

– I kan bo her i aftægtshuset som ægtefolk. Jeg flytter over i hovedbygningen, sagde Dina blidt.

Stine lagde hænderne ind under forklædet og så ned uden at svare.

– Og hvad siger du?

– Han vil ikke, sagde hun roligt.

– Hvorfor skulle han ikke ville det?

– Det ved Dina vel.

– Og hvad skulle det så være?

– Han går rundt og vil have en anden.

– Og hvem skulle det så være?

Stine vred sig. Hovedet sank længere ned mod brystet.

– Dina må være den eneste, der ikke ved det. Det er hårdt at få folk til at ændre deres hjertes bestemmelse. Det er sjældent, det bliver til velsignelse...

– Stine kan velsigne hvad som helst! afbrød Dina hende.

Stine gik langsomt, da hun forlod Dinahuset. Hendes øjne var næsten sorte og så målbevidst lige frem for sig. Hun havde glemt sjalet på stolen. Men gik ikke ind efter det, selvom hun frøs.

Længe stod hun uden for køkkentrappen og betragtede de istapper, der hang under tagmønningen. Oline arbejdede derinde med ryggen til vinduet.

Dina sendte bud efter Tomas og fortalte om hans fremtid.

Han stivnede, som om nogen havde sømmet ham fast til gulvet. Ansigtet var helt nøgent.

– Det kan du ikke mene! hviskede han.

476

– Hvorfor ikke? Det er en god ordning. I kan bo her i af-tægtshuset, og have det som grever og baroner!

– Dina! Hans blik famlede efter hende. Helt i blinde.

– Der kommer velsignelse over alt, hvad Stine griber fat i, sagde hun.

– Nej!

– Hvorfor ikke?

– Det ved hun godt. Jeg kan ikke gifte mig!

– Skal du gå her på gården som et fjog hele dit liv?

Han for sammen, som om hun havde slået ham. Men han tav.

– Du drømmer for meget, Tomas! Jeg tilbyder dig en ordning. Til alles bedste.

– Det generer dig, at jeg ser til din side, sagde han hårdt.

– Der er ikke nogen fremtid i at se til min side.

– Men jeg var god nok... før!

– Der er ingen, der taler om *før*! smældede hun.

– Du er ikke god!

– Siger du, at den, der kommer med et tilbud som det her, ikke er god?

– Ja, sagde han hæst, tog huen på og ville gå.

– Det er svært for dig at være på Reinsnæs uden at være gift, kan du ikke forstå det?

– Hvornår er det begyndt at være sådan?

– Da jeg forstod, at du luskede rundt efter mig alle steder, hvæsede hun lavt.

Han gik, uden at hun havde sagt, han skulle.

Dina gik op og ned ad gulvet hele eftermiddagen til trods for, at hun havde arbejde, der ventede på hende.

Pigen kom ind for at fyre op i soveværelset. Men Dina brø-lede hende ud af huset.

Der blev stille og mørkt i aftægtshuset.

Tomas sad i køkkenet hos Oline og spiste sin aftensgrød, da Stine kom ind for at hente noget.

Hun så et øjeblik på ham og blev rød. Så gled hun ud.

Gulvet brændte under Tomas. Han stirrede, som om han aldrig før havde set en dør lukke sig bag nogen.

Tomas' skuldre hang, og han tyggede grøden omstændeligt.

– Nå? sagde Oline. – Var grøden kold?

– Nej, bevares, tak og pris, sagde Tomas forlegent.

– Du hænger med hovedet?

– Gør jeg det?

– Og Stine hænger også med hovedet? Hvad er der i vejen?

– Dina vil have os gift! Det for ud af ham, før han fik sundet sig.

Oline lukkede munden hårdt. Som om hun skruede spjældet i for natten.

– Med hinanden eller hver for sig? hostede hun, som om det hele var nyt for hende.

– Med hinanden.

– Har du været i lag med hende...?

– Nej! sagde han rasende.

– Jaså...

– Man kan da ikke bare gifte folk, hviskede han.

Oline tav og begyndte at skramle med kopperne på bordet. Så kom det:

– Hun ligner lensmanden mere og mere.

– Ja! sagde Tomas bare. Så faldt han i staver igen.

– Vil hun ikke have dig? Stine?

– Det kan jeg ikke tænke mig, sagde han forvirret.

– Ville det være så galt?

– Galt?

– Ja, det kunne vel godt være en god ordning, forstår du nok.

Han skubbede kaffekoppen fra sig, greb huen og for ud.

– Jeg vil give pokker i de gode ordninger her på Reinsnæs, snerrede han fra bislaget.

Morgenen efter var Tomas væk. Ingen vidste, hvor han var taget hen.

Den tredje dag kom han gående ned fra fjeldet med tøjet revet i stykker og en stank af drukkenskab omkring sig.

Han tog mad og drikke i køkkenet, derefter gik han i seng og sov i et døgn.

478

Han vågnede ved, at Dina stod og ruskede i ham. Først troede han, at han drømte. Så stod hans øjne på stilke, og han halede sig op i siddende stilling.

I retstilling for Dina Grønelv, tænkte han besk, da han forstod, hvem det var. I årevis havde han ydmygt samlet på et blik, en bevægelse, et ord fra den side.

– Tomas går på druk og spektakel! Og det lige før jul, hvor alt skal ordnes! sagde hun roligt.

Det buldrede lige ind i hans forsvirede hoved.

– Han er ikke bange for at blive smidt på porten?

– Nej, sagde han fast.

Hun blinkede lidt ved det kontante svar, men tog sig hurtigt sammen.

– Se så at komme i arbejde!

– Hvad befaler fruen på Reinsnæs? Skal jeg tage hende forfra eller bagfra?

Udenfor kastede vinden rundt med en blikspand.

Hun slog. Hårdt. Der gik nogle sekunder, før næseblodet begyndte at løbe. Han sad i sengen og så på hende. Blodet løb hurtigt. Lavede en rød, varm flod ned over hans læber og hage. Dryppede vedvarende ned på hans åbentstående skjortebryst efter først af have farvet de gyldne hår på hans bryst røde.

Han tørrede sig ikke. Sad bare stille med et væmmeligt grin og lod det løbe.

Hun rømmede sig. Alligevel kom ordene som et stenskred.

– Tør dig og gå i gang med at arbejde!

– Tør du mig! sagde han hæst og rejste sig.

Der var noget truende over ham. Noget fuldstændigt fremmed. Hun ejede ikke længere hans tanker.

– Og hvorfor skulle jeg tørre dig?

– Fordi det var dig, der fik mig til at bløde!

– Sandt nok, sagde hun uventet blidt og så sig om i værelset. Fik øje på et håndklæde, hentede det og rakte ham det med et skævt smil.

Han tog ikke imod det. Da gik hun hen til ham og tørrede ham varsomt. Det hjalp kun lidt. Der kom stadig nyt, frisk blod.

Da bredte den sig pludselig mellem dem! Lyste som morild i det halvmørke, spartanske værelse. En rå, skarp lyst! Søster til had og hævn.

Han lugtede af druk og stald. Hun lugtede af blæk og rosenvand og frisk sved.

Dina trak hånden til sig, som om hun havde brændt sig. Så for hun ud ad døren med vidt åbne næsebor.

– Det var dig, der fik det til at bløde! råbte han rasende efter hende.

Første søndag efter nytår blev der lyst for Stine og Tomas.

– Drømme, hvad skal man med dem? spurgte Oline mere end en gang. – De holder enten kort og ender trist, eller du trækker dem med dig hele livet.

Dina bar celloen op i soveværelset igen. Intermezzoet i aftægtshuset var forbi.

Jeg er Dina. Menneskene er til. Jeg møder dem. Før eller senere skilles vejene. Det er det, jeg ved.

Engang så jeg noget, jeg ikke havde set før. Mellem to halvgamle mennesker, en bisp og en bispinde. Kærligheden er vist en bølge, der kun eksisterer for den strand, den støder imod. Jeg er ikke nogen strand. Jeg er Dina. Jeg betragter den slags bølger. Jeg kan ikke lade mig oversvømme.

Benjamin var blevet vant til, at han altid boede i det hus, som Dina ikke var i. Han bestemte selv, at han skulle flytte med over i aftægtshuset. Kunne ikke holde ud ikke at komme Dina i forkøbet.

Han var vokset det sidste år. Men stor ville han aldrig blive. Tavs og iagttagende gik han rundt. Spurgte og svarede som et orakel. Med få, fyndige ord. Han hang ikke længere efter Dina. Noget var forandret, efter at Dina rejste til Tromsø. Eller var det efter Mor Karens død?

De kunne ikke just se, at han sørgede over hende eller savnede hende. Men han sneg sig ofte ind i Mor Karens kammer uden Hanna.

Der stod det hele som før. Sengen var redt. Hendes pynte-puder var rystede og stillet op mod sengens hovedgærde. Som ubevægelige vinger fra en bortfløjet engel.

Bogskabet stod der med nøglen i. Derind gik Benjamin og glemte tid og sted, indtil nogen kaldte på ham. Holdt op med at komme i hovedbygningen, undtagen når han sad på gulvet med krydsede ben og læste ved Mor Karens bogskab.

Han havde let ved at lære, men smuttede alligevel udenom, hvis han kunne. Når han en sjælden gang var i hovedbygnin-gen, var det for at hente bøger. Selvom Johan havde fået de filosofiske og religiøse værker med sig, så var romanerne tilbage.

Benjamin læste højt for Hanna. De sad i timevis ved den hvi-de kakkelovn i aftægtshuset med Mor Karens bøger.

Stine var ikke den, der hundsede med dem, hvis de ellers var rolige. Nu og da sagde hun:

– Der er ikke så meget brænde tilbage. Eller: – Vandspan-den er tom.

Og Benjamin vidste, at det var hans job at være tjenestedreng, når der ikke var andre i nærheden. Det skete, at han blev overra-sket, når han kom fra kramboden eller stranden og så det store, hvide hus ligge der. Så flyttede han hurtigt blikket over på due-slaget midt på gårdspladsen og tænkte på noget andet.

Nu og da følte han tydeligt en smerte et sted – han ikke kendte til.

Benjamin havde mærket sig mange ting, uden at han rigtigt havde tænkt over det. Som at Tomas altid havde været Dinas. Præcis som Sorte og celloen. Lige indtil Stine og Tomas gifte-de sig og flyttede ind i aftægtshuset.

De havde ikke siddet mange vinteraftener rundt om kak-kelovnen med hver sit arbejde, før Benjamin forstod, at Tomas ikke længere tilhørte Dina. At Tomas heller ikke tilhørte Stine, selvom han sov hos hende. Tomas tilhørte sig selv.

Men det, at man skulle tilhøre sig selv, når man boede i aftægtshuset, var en af de ting, der skræmte Benjamin. Dina og celloen var fjerne lyde fra soveværelset.

Benjamin var i aftægtshuset, fordi han skulle lære at eje sig selv.

18. kapitel

HVO DER HAR FUNDET EN HUSTRU, HAR FUNDET EN
GOD TING, OG BEKOMMER EN VELBEHAGELIGHED AF
HERREN.
(Salomo' Ordsprog, kap. 18, v. 22)

Anders sejlede til Lofoten i januar for at opkøbe fisk. Han var
dårligt nok kommet hjem, før han begyndte at udruste til
bergensturen. Hans liv var en eneste lang sørejse. Og hvis han
var på land nogle uger og begyndte at føle sig rastløs, så
generede han ikke nogen med det.

Det skete, at rejsende kom med damperen og ville have
logi. Men det var ikke så ofte, som det havde været de sidste
år.

I kramboden derimod var der hele tiden mennesker. Dinas
bestilling på mel fra Arkangelsk viste sig at være mere end en
lys idé. Hun tjente store summer på at holde igen på melet,
indtil forårets mangeltid kom. Det rygtedes, at man kunne få
mel på Reinsnæs, udrustning til fiskeri og det mest nødvendi-
ge i bytte for tørfisken. Dermed fik Anders nogle solide aftaler
om at levere fisk til Bergen.

Stine spiste ikke længere i hovedbygningen. Hun lavede sin
egen mad til mand og børn. Men gjorde det samme arbejde,
som hun altid havde gjort. De glidende, seje bevægelser gjor-
de, at man ikke kunne mærke, at hun arbejdede fra tidlig
morgen til sen aften.

Hun forandrede sig umærkeligt over lang tid. Det begyndte
den dag, hun flyttede sine få, beskedne ting over i aftægtshu-
set. Hun smilede, mens hun bar de gryder, som hun brugte til
at koge salve i. Hun nynnede noget på det underlige sprog,
som hun sjældent brugte, mens hun bar urterne fra kælderen i
hovedbygningen over i kælderen i aftægtshuset.

Først havde hun skuret og gjort rent der. Fejet og tørret af.

Havde fået Hanna og Benjamin til at hjælpe sig med at klippe kunstfærdigt hyldepapir af kulørt papir. Havde luftet sengetøjet. Havde lagt alt, hvad Dina havde givet hende af udstyr, på plads i skabe og kommoder.

Stines dør stod åben, hun tog imod alle, der ville komme. Hvad enten de kom af nysgerrighed eller for at søge råd for sår eller sygdom.

På mange måder tog hun noget fra Oline. Det endte med, at flere havde ærinde til Stine, når de var i kramboden end i det blå køkken i hovedbygningen. Først og fremmest kom de for at få urtedrikke og salver. Men også af grunde, der ikke blev talt højt om.

Stines hænder var villige og varme. Øjnene kunne glimte i mørk glæde. Dette forår havde hun flere edderfugle end nogensinde. Hun madede dem og plukkede dun. Byggede plader og kasser op, så regnen og blæsten ikke skulle genere dem, mens de skulle ligge og ruge. Hun samlede kyllingerne i sit grove lærredsforklæde, når den tid kom og bar dem til havet.

Tomas var som en stud, der var slået halvt bevidstløs i flere uger efter brylluppet. Så kunne han ikke stå imod længere. Hans ansigt blev langsomt glat, og rynkerne forsvandt. Som om Stine havde vasket ham i urteafkog og rosenvand både morgen og aften. Eller havde brugt nogle evner, som ingen fik at se.

Da hendes mave blev tydeligt rund under forklædet, begyndte Tomas at smile. Først forsigtigt. Så strålede han om kap med solen og de bronzebrune arme, når han gik og pløjede.

Tomas troede først, at det var trolddom. For eftersom dage og nætter gik, var det umuligt for ham at forblive upåvirket. Der strømmede varme fra hende.

Først gjorde hun ikke mine til at række ud efter ham. Hun ordnede hans tøj, satte maden foran ham. Sørgede for, at han fik hvile. Kom ud på marken med syrnet mælk i en spand. Satte det bare fra sig med en blid hilsen og gik igen.

Hun havde vist aldrig fået noget uden at betale for det. På

bryllupsnatten havde han taget hende hurtigt og vredt, mens han tænkte på, at hun havde båret to uægte børn.

Lige før han tømte sig, lå han mellem Dinas frodige lår. Bagefter havde Stine lagt dynen over ham og ønsket ham godnat. Men Tomas havde ikke kunnet sove. Blev ved med at ligge og se på hendes ansigtstræk i det sparsomme lys.

Det havde været frostvejr og bidende koldt. Pludselig så han, at hun fik kuldegysninger. Da var han stået op og var begyndt at fyre i ovnen. For at glæde hende. Fordi det pludselig gik op for ham, at hun var et menneske. Og at hun ikke havde bedt om at få ham i sengen.

Der gik ikke lang tid, før han fandt ud af, at hvis det var trolddom, hun havde kastet på ham, så var det en trolddom, han ikke ville være foruden.

Med genert glæde søgte han oftere og oftere ind til hende. Oplevede underet: Aldrig at blive afvist.

Han lærte hurtigt, at hun var mere varm og villig, jo varsommere han var over for hende. Og selvom hendes fremmedartede øjne havde deres eget liv, så var hun hos ham. Dag og nat.

Imens voksede barnet i hende. Et ægte barn med en far både til gavns og på papiret. Hvis det ikke var netop den mand, hun oprindeligt havde længtes efter, så lod hun aldrig nogen høre det. Hvis hun var klar over, at hun havde arvet ham fra sin herskerinde, ligesom hun havde arvet undertøj og kjoler og nogle velduftende stykker sæbe, så holdt hun det for sig selv.

Den dag, Stine fortalte, at hun var med barn, lænede Tomas sig ind til hende og hviskede umandige ord. Uden at han syntes, at han behøvede at skamme sig. Han vidste ikke så meget om kærlighed. Ikke andet end, at den bestod i at vente på et ord fra Dina, et nik, en ridetur, Dinas humør, Dinas altædende lyst. Den kærlighed havde kuet ham og fået ham til at skjule sig hele sin ungdom. Pludselig var han løst fra det.

Der kunne gå dage, hvor han ikke tænkte på, hvem der ejede Reinsnæs. Dage ude på marken. I stalden. I skoven. For han arbejdede for Stine og barnet.

19. kapitel

KALDER IKKE SAMMENSVÆRGELSE, HVAD DETTE FOLK
KALDER SAMMENSVÆRGELSE, OG FRYGTER IKKE, HVAD
DET FRYGTER, OG FORFÆRDES IKKE!
(Profeten Esajas, kap. 8, v. 12)

En dag kom lensmandens kahytsbåd uanmeldt drivende ind
til stranden. Han var alvorlig og grå og ville tale med Dina
under fire øjne.
– Og hvad drejer det sig om? sagde hun.
– De har anholdt en russer i Trondhjem, sagde han.
Dina stejlede.
– Hvilken russer?
– Denne Leo Zjukovskij, som har været gæst på Reinsnæs et
par gange!
– Hvad har de anholdt ham for?
– Rigsspionage! Og majestætsfornærmelse!
– Rigsspionage?
– Fogeden mente, at de har haft ham under opsyn længe.
Han havde oven i købet arrangeret det så bekvemt for dem, at
de kunne arrestere ham på tugthusets område. Efter at han
havde været et ærinde på slaveanstalten for at hente en pak-
ke. Fængselsdirektøren havde vidst, at han ville komme før
eller senere. Sorenskriveren mener, at det egentlig var den
forrige direktør, der var kurer for politiske opviglere. Denne
Leo Zjukovskij gik lige i fælden. Pakken havde ligget der læn-
ge... Den indeholdt vist koder.
Lensmanden havde talt med lav, truende stemme. Nu gik
den over i en lav snerren:
– Og tugthusdirektøren mente, at det var Dina Grønelv fra
Reinsnæs, der havde leveret pakken!
– Men hvad drejer det her sig om?
– Om at min datter kan blive sigtet for at være blandet ind i
en skændig rigsspionage! At hun har været fortrolig med en

485

spion! Og denne mand har tilmed spist og drukket sammen med lensmanden!

Dinas ansigt var som en flig af et gammelt sejl. Hun kneb øjnene sammen med hurtige bevægelser. Fra vinduet til lensmanden og tilbage igen.

– Men bogen, kære lensmand. Den bog, jeg afleverede, er bare Pusjkins digte! Leo og jeg havde fornøjelse af at læse dem sammen. Men han var naturligvis nødt til at oversætte dem, fordi jeg ikke kunne russisk.

– Hvad er det for noget snak!

– Det er sandt!

– Du må sige, at du ikke har afleveret den bog!

– Men jeg har jo afleveret den!

Lensmanden sukkede og tog sig til hjertet.

– Hvorfor gør du sådan nogle tossede ting, om jeg må spørge? råbte han.

– De understregninger, der er i bogen, er ikke spionagekoder. Det er simpelthen bare ord, som jeg har prøvet at lære.

– Det må være nogle andre streger. Koden må have været der i forvejen.

Lensmanden tålte ikke, hverken på grund af sit hjerte eller sig selv, at hans datter var blandet ind i sådan en sag. Først ville han simpelthen ikke have stående i rapporten, at hun havde afleveret bogen i Trondhjem. Han stirrede på Dina med øjne som en isbræ med hvide, buskede bryn over. Iskoldt. Som om hun havde fornærmet ham personligt ved at bekræfte, at det var hende, der havde plantet den ulyksalige pakke i slaveanstalten. Han ville ikke have sit navn indblandet i en skandale!

– Jeg må minde lensmanden om, at jeg har Jacobs navn! Og jeg har pligt til ikke at tilbageholde faktiske oplysninger. Det ved du vel?!

Han faldt pludselig sammen, som om der var en, der havde slået ham i nakken med en kødhammer. Det var næsten, som om man kunne høre dunket, før hovedet faldt ned mod brystet. Han tog om begge ender af sit overskæg og klemte dem sammen over munden med et ydmygt udtryk i ansigtet.

Det endte med, at han vendte helt rundt og bestemte sig for

at tage imod hele sagen som en gave. Den ville gøre ham, som far og lensmand, meget betydelig i fogedens øjne. Ja, i hele det norske retsvæsens øjne!

Det skulle være ham en sand fornøjelse at ruske op i det hele og påvise, at det hele var en latterlig fejltagelse. At manden blot var en harmløs, arbejdssky vagabond. Spion! Puh. Krig og dårligdom havde gjort folk så mistænksomme over for alt, hvad der kom østfra. Men englændere og franskmænd gik fri, selvom det egentlig mest var derfra balladen kom. Han skældte for en sikkerheds skyld også tyskerne ud. Russerne derimod havde aldrig gjort andet galt heroppe end at drikke sig fulde, synge flerstemmigt og fragte korn!

Lensmanden skrev sin fyndige rapport. Dina skrev sine udsagn under.

Men Krimkrigen fortsatte tydeligvis i hovedet på Dina. Cellotonerne den aften udtrykte, at hun prøvede at ride helt til Trondhjem.

Lensmanden mente, at hendes vidneudsagn ville hjælpe med til at frikende manden. Det skulle bare mangle. Han havde jo oven i købet været med til at slukke en uhyggelig staldbrand på Reinsnæs. Takket være hans kløgt og mod.

Dina blev indkaldt til Ibestad for at forklare sig for sorenskriveren. Vedrørende Pusjkins ulyksalige digtsamling og alle stregerne, som man mente var en kode.

Sorenskriveren tog høfligt imod Dina og lensmanden. Han havde både en skriver og to vidner, da de kom. Så læste han som indledning op fra sine dokumenter, efter at Dina havde sagt sit navn, og formaliteterne var overstået.

En oversættelse af de ord, der var streget under, havde vist, at Leo Zjukovskij beskyldte Oscar den Første og den agtværdige borger og teaterdirektør, Knut Bonde, for at stå i ledtog med Napoleon den Tredje! Videre, at han prøvede at få ikke navngivne personer til at støtte et komplot mod den svenske konge!

Dina lo overgivent. Sorenskriveren måtte undskylde. Men

hendes respekt for den svenske konge var baseret på Mor Karens eftermæle. Og hun havde jo altid ladet Reinsnæsjægten sejle under dannebrog!

Lensmanden skammede sig. Men som far var han part i sagen og kunne heldigvis ikke udtale sig. Langt mindre få Dina til at holde op med at le.

– Hendes forklaring bliver skrevet ordret ned og sendt til Trondhjem, advarede sorenskriveren.

– Lensmandens datter ved selv den slags.

Roligt begyndte han at udspørge hende. Hun svarede kort og tydeligt. Men afsluttede næsten hvert eneste svar med et spørgsmål.

Sorenskriveren trak sig i skægget og trommede på bordet med fingrene.

– Mener hun, at det hele drejer sig om en slags privat, selskabelig majestætsfornærmelse?

– Så ubetinget!

– Men russeren har ikke forklaret det på den måde. Han har ikke nævnt Dina Grønelvs navn, hvad koderne angik. Indrømmer bare, at hun sandsynligvis har bragt bogen af egen fri vilje uden hans vidende.

– Nej, han vil vel bare holde mig udenfor, kan jeg forestille mig.

– Kender hun denne mand godt?

– Så godt, som jeg kender de fleste, der gæster os en nat eller to. Der er mange, der går i land på Reinsnæs.

– Men hun garanterer, at denne mand satte sine streger i den nævnte bog under en såkaldt selskabsleg?

– Ja.

– Var der vidner?

– Nej, desværre.

– Hvor fandt dette sted?

– På Reinsnæs.

– Men hvorfor afleverede hun bogen på slaveanstalten?

– Fordi jeg var rejst med min jægt til Trondhjem. Han havde glemt bogen, og jeg vidste, at han skulle dertil.

– Hvordan kunne hun vide det?

– Jeg mener, at han sagde noget om det.

488

– Hvad skulle han der?

– Det talte vi ikke om.

– Men det er jo et uhyggeligt sted for en kvinde at aflevere en bog?

– Det sted er heller ikke særligt hyggeligt for mænd!

– Men har hun nogen forklaring på, hvordan en bog kunne være af så stor betydning for denne mand?

– Det er hans yndlingsbog. Sorenskriveren ved vel lige så godt som jeg, at folk, der holder af bøger, ofte tager dem med sig. Mor Karen havde to store bogskabe med sig til Reinsnæs i sin tid. Leo Zjukovskij kendte Pusjkin. Han har altid hans bøger med på sine rejser. Det har han sikkert også selv forklaret.

Sorenskriveren hostede og kiggede i sine papirer. Så nikkede han.

– Hvem er denne Pusjkin?

– Ham der har skrevet digtene, sorenskriver. Bogen!

– Ja, selvfølgelig! Leo Zjukovskij kunne ikke på en troværdig måde gøre rede for, hvor han kom fra, eller hvor han skulle hen. Har Dina Grønelv nogen mening om det?

Hun tænkte sig om. Så rystede hun på hovedet.

– Var den mistænkte på Reinsnæs lige før, han kom til Trondhjem?

– Nej. I foråret 1854 gæstede han Reinsnæs sidst.

– Denne... denne digtsamling har den ligget på slaveanstalten al den tid.

– Det må sorenskriveren spørge slaveanstaltens bestyrer om... En ting er i hvert fald sikkert, og det er, at der er nogen, der har brudt Dina Grønelvs laksegl på en privat pakke op.

– Hm...m...

– Er det ikke forkert, herr sorenskriver?

– Det kommer an på...

– Men sorenskriver! Før de brød mit laksegl, vidste de ikke, hvad der var i pakken. Og så er det vel imod loven at bryde ind på andre menneskers ejendom?

– Det kan jeg ikke svare på i dette tilfælde.

– Og brevet? Hvor er det?

– Brevet? spurgte sorenskriveren interesseret.

– Der var et brev i pakken. Til Leo Zjukovskij. Fra mig.

– Det er sorenskriveren, der skal spørge. Dina Grønelv skal svare.

– Javel, herr sorenskriver.

– Jeg har ikke hørt noget om et brev. Jeg skal nok efterlyse det. Hvad stod der i det?

– Det var privat.

– Men det her er et... et forhør.

– Der stod: »Når Muhammed ikke kommer til bjerget, så må bjerget komme til Muhammed« – og: »Barabbas må komme til Reinsnæs, hvis han skal slippe for korset igen.«

– Hvad skulle det betyde? Er det en kode?

– I så fald har den meget lidt med den svenske konge at gøre.

– Hun skal huske, at det er Norges og Sveriges konge, hun taler om!

– Selvfølgelig.

– Hvad betød så disse ord?

– De skulle være en påmindelse om, at vi stadig er lige gæstfri på Reinsnæs.

– Var det alt, hvad der stod.

– Ja, og så signaturen.

– Havde denne Leo Zjukovskij og Dina Grønelv noget... noget venskab udover den normale gæstfrihed?

Dina så på sorenskriveren.

– Kan han forklare nærmere, hvad han mener?

– Jeg mener, var det almindeligt med brevveksling og koder dem imellem?

– Nej.

– Jeg har ladet mig fortælle, at Dina Grønelv har rejst en del de to sidste somre... Både nordpå og sydpå. Har hun mødt Leo Zjukovskij på sine rejser?

Dina svarede ikke med det samme. Lensmanden strakte hals i sit hjørne. Han følte sig ikke godt tilpas.

– Nej! sagde hun fast.

– Mener Dina Grønelv, at denne mand er uskyldig i de forhold, han er blevet arresteret for?

– Jeg ved ikke, hvad han er arresteret for.

– For at være i besiddelse af en bog på russisk, som på

grund af mistanken er blevet gransket af kyndige og afsløret. Koder viser en fjendtlig holdning til kongen og agtværdige borgere og insinuerer, at de to skal have dannet et komplot for at få de nordiske lande ind i Krimkrigen.

– På hvilken side?

– Det vedkommer ikke sagen, sagde sorenskriveren forvirret. – Men Napoleon den Tredje er jo allieret. Vil hun ellers behage at svare, ikke spørge?

– Her nordpå har vi længe været blandet ind i krigen. De koder, som Leo Zjukovskij er arresteret for, kan han også arrestere Dina Grønelv for.

– Hvad mener hun med at være blandet ind i?

– Vi har selv sejlet til Arkangelsk for at hente korn for ikke at sulte ihjel. Jeg har ikke hørt, at kongen har bekymret sig om, hvordan vi har det. Og nu vil han have os med i en krig, som i følge dens navn skulle foregå et andet sted end den finske kyst, hvor russerne nu bliver bombarderet.

– Vil hun holde sig til sagen?

– Ja, herr sorenskriver, så sandt jeg forstår, hvad der er sagen.

– Jeg forstår det på den måde, at Dina Grønelv hævder, at hun har været med til at lave koderne.

– Det er en fornøjelig måde at lære russiske ord på.

– Hvad står der i disse... disse koder?

– Sorenskriveren læste det op til at begynde med, men jeg kan ikke huske det ordret. Vi har talt om meget, siden sorenskriveren sagde det. Og der er løbet meget vand i stranden, siden Leo Zjukovskij var på Reinsnæs og lærte mig russisk.

– Hun er ikke særligt samarbejdsvillig.

– Jeg synes, det er tosset at arrestere en mand, fordi han har gjort grin med den svenske konge, mens man ikke løfter en finger for at irettesætte dem, der har brudt Dina Grønelvs segl op! Og Krimkrigen er der ingen, der vinder! Bortset fra dem, der tjener penge på den.

Sorenskriveren gjorde omsider op med sig selv, at han var færdig med forhøret. Protokollen blev læst op. Hun accepterede den. Og det hele var overstået.

– Er jeg tiltalt? spurgte hun.

491

– Nej, svarede sorenskriveren. Han var tydeligvis træt.

– Hvordan vil dette forhør indvirke på Leo Zjukovskijs tiltale?

– Det er vanskeligt at sige. Men denne forklaring får kodebeviset til at vakle, det kan jeg da se.

– Godt!

– Hun har sympati for denne russer?

– Jeg kan ikke lide, at mine gæster bliver arresterede, fordi de i al venskabelighed prøver at lære mig russiske ord. Det er der ingen grund til, at jeg skal lægge skjul på.

Sorenskriveren, lensmanden og Dina skiltes i bedste forståelse.

Lensmanden var tilfreds. Han følte det, som om han personligt havde ordnet det hele! Bearbejdet både den ene og den anden. Kommet med førstehånds oplysninger både til fogeden og til Dina. Så opklaringen kunne ske hurtigt og i sømmelighed.

I dag var Dina hans eneste datter.

Regnbuen stod spændt over Reinsnæs, da Dina kom fra Ibestad. Efterhånden som båden kom nærmere, forsvandt den ene bygning efter den anden og blev liggende i en dis.

Til sidst stod regnbuen med den ene ende i taget på aftægtshuset og den anden skjult i Sundet.

Hun missede med øjnene ind mod land. Hun sejlede alene i dag.

Dina stod ved vinduet i soveværelset og så Stine og Tomas gå over gården. Tæt sammen. Det var den sidste dag i april.

Ingen gik sådan, når folk så på dem. Ingen!

De standsede ved dueslaget. Vendte ansigterne mod hinanden og smilede. Stine sagde noget, som Dina ikke kunne høre fra vinduet. Da lagde Tomas hovedet bag over og lo.

Var der nogensinde nogen, der havde hørt Tomas le?

Tomas lagde armen om livet på Stine. Så gik de langsomt over gården og ind i aftægtshuset.

Kvinden bag gardinet lod luften slippe ind mellem tænderne. Det hvæsede.

Så vendte hun sig om. Travede hen over gulvet. Til ovnen, til celloen, tilbage til vinduet.

Det blev stadigt mørkere i værelset.

Aviserne skrev om fredsaftalen i Paris. Rusland slikkede sine sår uden nogen særlig ære. England slikkede sine sår uden nogen særlig gevinst. Og Sverige-Norge slap for at frelse finnerne. Napoleon den Tredje var vist den eneste, der triumferede.

En dag læste Dina i avisen, at Julie Müller var død. Hun sendte et kondolencebrev til herr Müller. Og fik et langt, sørgmodigt brev, hvor han fortalte, at han ville sælge alt, hvad han ejede, også hesten, og rejse til Amerika.

Dina gik op på flaghøjen. Imens gik sommeren som en velsignelse over Nordland.

20. kapitel

DA SKAL DU BLIVE FORNEDRET, DU SKAL TALE FRA
JORDEN AF, OG DIN TALE SKAL MUMLE FRA STØVET AF,
OG DIN RØST SKAL VÆRE LIGESOM GJENFÆRDETS AF
JORDEN, OG DIN TALE SKAL HVISKE FRA STØVET AF.
(Profeten Esajas, kap. 29, v. 4)

Sorte havde under bugen pådraget sig et sår, der ikke ville
hele. Ingen kunne sige, hvordan det var gået til. Det så ud,
som om den stod i stalden og gned sig selv i stykker.

Alt, hvad Tomas gjorde for at forhindre den i at rive såret
op med sine stædige, gule tænder, hjalp ikke.

Ingen andre end Dina kunne nærme sig det sårede dyr. Det
var tydeligt, at den havde smerter, for der var kommet betæn-
delse i såret. Hun satte en kurv hen over mulen på den. Og
hver gang, den skulle drikke eller spise, stod hun hos den for
at sørge for, at den ikke rev såret op.

De kunne høre den vilde, rasende vrinsken dag og nat. Og
lyden af trampende hestehove fra stalden skræmte både dyr
og mennesker.

Stine kogte salve til at lægge på såret. Og Oline kom med
sine grødomslag.

Men efter en uge havde hesten lagt sig ned på gulvet i
stalden og ville ikke rejse sig op. Den fnyste, så der stod slim
ud over Dina, når hun nærmede sig og den viste tænder over
for alt og alle.

Det ben, der var nærmest såret, lå strakt ud under den.
Dens øjne var blodskudte.

Hanna og Benjamin havde forbud mod at gå i stalden.

*Jeg er Dina. Mennesker er så sørgeligt kejtede. Naturen er ligeglad. Sløser
med livet. Tager aldrig ansvar. Lader bare alt lægge sig som fordærv på*

overfladen. Hvordan kan nyt liv holde ud at opstå af fordærv? For-
dærv avler fordærv i det uendelige, uden at der sker eller opstår
noget af betydning. Hvis der bare var et eneste menneske, der havde
rejst sig og havde gjort noget med sit liv! Et eneste...

Tallene og tonerne er ikke underlagt fordærv. Er ikke afhængige
af, om mennesker ved noget. Tallenes love eksisterer, selvom der ikke
er nogen, der skriver dem ned. Tonerne vil altid være der. Uafhæn-
gigt af, om vi hører dem.

Men naturen er fordærv. Rønnebærtræet. Hesten. Menneskene.
Opstået af fordærv. Skal blive til fordærv igen. Har deres tid. Så
drukner de i fordærv.

Jeg er Dina, der er alene med en jernhammer og en kniv. Og
hesten. Ved jeg, hvor jeg skal ramme? Ja! Fordi jeg er nødt til det.
Jeg er Dina, der taler til Sorte. Jeg er Dina, der holder den rundt om
halsen. Som ser den ind i de vilde øjne. Længe. Jeg er Dina, der slår.
Og hugger! Dybt.

Det er mig, der sidder midt i alt det varme, røde og tager
imod hesten. Mig! Der ser, at øjnene langsomt bliver til glas og
tåge.

Tomas kom ind i stalden for at se til hesten, fordi der var
blevet så stille.

I halvmørke, og på afstand så det ud, som om Dina havde
friske, regnvåde rosenblade strøet ud over ansigtet og tøjet.
Hun sad på gulvet og holdt om hestens hoved. Den store,
sorte dyrekrop lå fredeligt, med sine slanke, stærke ben sam-
let to og to på gulvet.

Blodet var pumpet ud over det hele i store stød. Langt op
ad væggen og over på det gyldne hø på gulvet.

– Herregud! stønnede Tomas. Så rev han huen af og satte
sig ned hos hende.

Det så ikke ud, som om hun ænsede, at han var der. Allige-
vel blev han siddende. Til de sidste piblende dråber stivnede i
det dybe knivstik.

Da gjorde hun sig langsomt fri, lagde hestens hoved ned på
gulvet og lod hænderne glide hen over øjnene på dyret. Så

rejste hun sig op og strøg sig over panden. Som en søvngænger, der vågner, mens hun går.

Tomas rejste sig også.

Dina gjorde en afværgende bevægelse med hånden. Så gik hun hen over gulvet og ud uden at lukke døren bag sig. Lyden af jernet på hendes hæle mod det halmstrøede gulv gav bløde ekkoer i hele stalden.

Så kom stilheden.

Den store hammer og kniven kom på plads. Stalden blev gjort ren. Blodigt arbejdstøj lagt i elven under solide sten. Den førte alt det løse til havs.

Dina gik ind i vaskehuset og fyrede op under den store gryde. Satte sig på en taburet, indtil komfuret med vandet var tilpas varmt, og dampen begyndte at stige op mod loftet.

Så rejste hun sig og gik hen over gulvet og slog slåen for. Hentede den store blikbalje, som hang på væggen og fyldte vand i den. Så klædte hun sig langsomt af. Med bevægelser som var det et ritual, hun udførte.

Vendte de blodige pletter indad på hvert eneste stykke tøj. Som om hun ville fjerne dem ved at slippe fri for at se på dem. Til sidst gik hun nøgen op i det dampende vand.

Hylene begyndte et sted uden for hende. Forberedtes i svælget. Brød løs og slog alt omkring hende i stykker. Indtil Hjertrud kom frem og samlede stykkerne sammen.

21. kapitel

JEG ER KOMMEN, MIN SØSTER, O BRUD! I MIN HAVE,
JEG HAR PLUKKET MIN MYRRHA TILLIGEMED MIN DUF-
TENDE URT, JEG HAR ÆDET MIN HONNINGKAGE TILLI-
GEMED MIN HONNING, JEG HAR DRUKKET MIN VIN TIL-
LIGEMED MIN MÆLK; ÆDER, I VENNER! DRIKKER OG
BLIVER DRUKNE, I ELSKELIGE!
(Salomo' Højsang, kap. 5, v. 1)

Den dag, Dina var i Kvæfjord for at se på en hest, hun havde
fået lovning på, havde Leo Zjukovskij fået transportmulighed
fra Strandstedet. Han havde ikke meget at bære på, kun køje-
sækken og en rejsetaske. Peter fra kramboden mødte den
fremmede på stranden, for han havde lige lukket for aftenen.

Da han opdagede, at det ikke var en kunde, der kom for
sent, men en gæst, der skulle overnatte, slog han ud med
hånden og bad ham om at gå op i hovedbygningen.

Leo blev stående og betragtede rønnetræsalleen. Den stod
svanger med hele skødet fuldt af blodrøde bær. Bladene hav-
de blæsten allerede taget.

Så gik han op ad den. Det sang svagt i de nøgne kroner.
Han standsede ved hovedtrappen. Så var det, som om han
ombestemte sig. Vendte om og gik rundt om huset og om til
bislagsdøren. Efter at have smidt køjesækken og rejsetasken
fra sig på trappen bankede han på. Snart var han inde i det
blå køkken.

Oline genkendte manden med arret. I begyndelsen var hun
genert og formel, som om hun aldrig nogensinde havde taget
imod gæster på Reinsnæs. Hun inviterede ham ind i stuen,
men han afslog. Hvis han ikke forstyrrede, så ville han sidde
hos hende.

Et øjeblik stod hun og gemte hænderne i forklædet, så ma-
sede hun sig frem mod ham og slog ham på brystet.

497

– Mange tak for pakken! Jeg har ikke fået sådan en gave, siden jeg var ung. Velsignet være du...

Hun blev så rørt, at hun måtte slå endnu hårdere.

Bevægelsen var ikke ventet, men han lo og gav hende et kys på begge kinder.

Forlegent snurrede hun rundt om sig selv og begyndte at fyre op i ovnen.

– At han kunne komme i tanke om at give mig noget så fint som en krave! sagde hun, mens kvaset gnistrede om hendes ansigt, da hun bøjede sig ned over ovnen.

– Har Oline haft brug for kraven? spurgte han og så direkte på hende.

– Åh, ja... det har ingen nød. Men jeg har nu ikke så tit lejlighed til det. Og her i køkkenet passer det sig ikke at være så pyntet.

– Men hun kan vel pynte sig engang imellem?

– Ja, sagde hun åndeløst. For at få en ende på det.

– Hvornår brugte Oline kraven sidst?

– Juleaften.

– Det er længe siden.

– Ja, men det er godt at have noget liggende, der ikke er ødelagt og slidt, forstår du nok.

Han sendte et lunt blik hen mod hendes ryg. Så begyndte han at spørge, hvordan det stod til på Reinsnæs.

Pigerne stak efter tur hovedet ind ad døren til anretterværelset. Leo løftede hånden til hilsen. Oline gav ordre til, at det største gæsteværelse skulle gøres klart. Korte ordrer. I stikordsform. Som viste, at de vidste, hvad der skulle gøres. Men at det hele egentlig drejede sig om at få dem ud af køkkenet.

Så serverede hun kaffen ved køkkenbordet. Han gik ud på trappen efter sin rejsetaske. Og nødede hende til at tage noget rom. Oline sad og blomstrede. Lige indtil han igen spurgte, hvordan det stod til på Reinsnæs.

– Mor Karen er ikke mere..., sagde Oline og tog hånden op til øjet.

– Hvornår skete det?

– Sidste efterår. Da Dina kom fra Tromsø. Ja, hun var i

Tromsø for at forhandle om mel fra Arkangelsk... Men det ved herr Leo jo ikke noget om.

Oline fortalte om Mor Karens død. Om at Stine og Tomas var blevet gift og boede i aftægtshuset og ventede småfolk.

– Det er vist sådan, at jeg altid kommer efter et dødsfald, mumlede han. Men at Stine og Tomas... det var jo glædeligt. Underligt, at jeg ikke så det, da jeg var her sidst. At der var noget i gære.

Oline så forlegen ud. Men så kom det:

– De vidste nu heller ikke så meget om det selv. Det var Dina, der syntes, at det var en god løsning. Og så blev det sådan. Og det ser ud til, at det er til velsignelse for hele gården. Men det er ikke alle kvindfolk, der er velsignede på Reinsnæs...

– Hvad mener hun med det?

– Fruen. Ja, jeg skulle ikke sige noget. Hun er for hård. Også med sig selv. Hun har en jernknude et sted... Hun har ikke megen lykke! Og det kan man mærke... Men jeg skulle ikke have sagt det...

– Det gør ikke noget. Jeg tror, jeg forstår det.

– Hun slagtede selv hesten!

– Hvorfor?

– Han var syg. Et sår under bugen, som der gik betændelse i. Gammel var han naturligvis også. Men at hun selv kunne...

– Hun var glad for den hest?

– Ja, bestemt. Men at tænke sig, at hun selv slagtede ham...

– Skød hun den?

– Nej, hun stak den ned! Uha, uha!

– Men en hest kan ikke stikkes ned!

– Dinas hest kan.

Olines ansigt var pludselig som en tømret væg uden døre og vinduer. Hun gik hen til komfuret efter kaffekedlen og skænkede op til dem begge to.

Så begyndte hun at tale om, at han var blevet tyndere og mere bleg.

Han smilede bredt og spurgte efter børnene.

– Benjamin er med sin mor for en gangs skyld. Hun har vel mere brug for ham nu, hvor hesten er død.

– For en gangs skyld?

– Ja, det barn er ikke meget væk fra Reinsnæs... Ja, her kommer jo naturligvis så mange mennesker. Men en dreng, der skal tage hånd om så meget, som han skal engang, han skulle have set noget mere af verden!

– Han er så ung endnu, smilede Leo.

– Ja, ja... Og Stine skal have småfolk i november? Så bliver der tre børn i aftægtshuset. Men ingen i hovedbygningen. Det er ikke rigtigt, at Benjamin ikke bliver opdraget efter sin stand. Mor Karen ville ikke have kunnet lide det. Hun ville have hentet ham over i hovedbygningen igen.

– Bor Benjamin ikke sammen med sin mor? spurgte Leo.

– Nej, det vil han vist ikke.

Leo betragtede kvinden med forklædet.

– Hvad rejser de med, Benjamin og Dina?

– Åh, de rejser i en af de små både. Hun er så stædig med det, hun har besluttet. Hvis Mor Karen havde levet, havde hun ikke fået lov til at tage drengen med på havet alene uden en mand til at hjælpe sig.

– Og ville Dina have respekteret det?

– Respekteret og respekteret. Det ved jeg ikke helt. Men hun ville vel ikke have gjort det.

Oline blev pludselig klar over, at hun talte til den fremmede om ting, som hun ikke kunne sætte ord på. Hun blinkede flere gange og ville ud af det.

Det var vel på grund af den blondekrave, han havde givet hende? Eller det, at han spurgte så meget? Eller hans øjne? Hun undskyldte sig selv og fik travlt med at fylde kagefadet og børste krummer af den broderede dug.

– Og Johan? Hvordan har han det? spurgte han.

– Han sidder med sit lille kald på Helgeland. Jeg ved ikke rigtigt, hvordan han har det. Han skriver ikke nu, hvor Mor Karen ikke er mere. Han er blevet helt fremmed. Også for mig. Men helbredet er bedre, tror jeg... Han var syg et stykke tid.

– Oline bekymrer sig?

– Åh, ja, jeg har jo ikke andet at bestille.

– Oline arbejder hårdt?

– Nej, jeg har god hjælp...

Der blev stille.

– Dina? Hvornår venter I hende hjem? spurgte han.

– Det bliver nok ikke før i morgen, sagde hun og betragtede manden ud gennem øjenkrogen. – Men Anders kommer fra Strandstedet i aften. Han bliver nok glad for, at herr Leo er kommet! Anders er i gang med udrustningen både til jægten og en af de andre både til fiskeriet ved Lofoten. Han taler om at sende begge jægterne til Bergen til foråret. Han er driftig, hvis jeg selv skal sige det. Efter at han har bygget hus på den ene af bådene, så ligger han som grever og baroner og fisker selv. Ind imellem. I fjor havde han udrustning og levnedsmidler med, som han solgte til fiskerne i Lofoten. Og han kom hjem med fisk, lever og rogn. Både det, han havde købt og det, han havde fanget. Lastet til bristepunktet!

Det var sjældent, Dina sejlede alene. Denne gang var det endt på den måde. Hun havde sendt et blik, der var så hårdt, at ingen havde lyst til at bede om at komme med, når hun ikke spurgte. Hun havde kun Benjamin som selskab.

Han havde siddet på flaghøjen, da hun kom op for at se efter damperen. Havde hilst på hende på samme måde, som han hilste på folk, der overnattede der, eller kom fra kramboden for at få kaffe hos Stine.

Hans blå øjne hvilede på hende. Missede mod hende, som om hun var støv i luften. Ansigtet var for alvor begyndt at formes. Kinderne og hagen var kantet. Håret var blevet mørkere det sidste år. Og lemmerne var kejtede og var i vejen. Han havde en uvane, han strammede munden til en smal streg.

– Du ser også efter båden? havde hun spurgt.

– Ja.

– Tror du, der kommer rejsende hertil i dag?

– Nej.

– Hvorfor ser du så efter den?

– Den er så grim.

– Ser Benjamin efter damperen, fordi den er grim?

– Ja.

Dina satte sig på den flade sten ved flagstangen. Drengen flyttede sig høfligt til side.

– Her er plads til os begge to, Benjamin.

Hun lagde pludselig armen om ryggen på ham, men han vred sig løs. Umærkeligt, som om han ikke ville irritere hende.

– Vil du med til Kvæfjord og se på en ny hest? spurgte hun, idet damperen fløjtede.

Han svarede ikke, før der var blevet stille.

– Det kunne være sjovt, sagde han med en tilstræbt hverdagsagtig stemme. Som om han var bange for, at Dina skulle ombestemme sig, hvis han viste glæde.

– Så er det en aftale. Vi sejler i morgen.

De sad et stykke tid og så på, at mændene roede ud til damperen.

– Hvorfor stak du Sorte ned? spurgte han pludselig.

– Han var syg.

– Kunne han ikke blive rask?

– Jo. Men han kunne aldrig blive den samme igen.

– Gjorde det noget?

– Ja.

– Hvorfor? Du kunne have fået en anden hest at ride på.

– Nej, jeg kan ikke have en hest, der bare står i stalden, mens jeg rider på en anden.

– Men hvorfor gjorde du det selv?

– Fordi det var alvorligt.

– Han kunne have sparket dig ihjel?

– Ja.

– Hvorfor gør Dina sådan noget?

– Jeg gør det, jeg må gøre, sagde hun og rejste sig.

Dina havde taget ham med på råd, hvad køb af hesten angik. De blev enige efter hendes anvisning. Hesten tegnede ikke helt godt. Den havde lumske øjne og et smalt bryst. Det hjalp ikke, at den var meget medgørlig, da Dina satte sig op på den. Der kom ikke nogen handel ud af det.

502

– Så skulle jeg have haft en til at sejle hjem med dig, sagde Dina let. – Det var nok meningen, at vi skulle sejle hjem sammen, du og jeg.

De havde overnattet på lensmandsgården. I fred og fordragelighed.

Lensmanden havde fået besked gennem sorenskriveren om, at Leo Zjukovskij var løsladt for kort tid siden.

Dina tog imod nyheden med halvt lukkede øjne. Så begyndte hun at tale med Dagny om, at hun gerne ville have de billeder af Hjertrud, som Dagny og hun havde sloges om i alle årene, med til Reinsnæs.

Dagny flyttede uroligt på sig. Men var enig med hende. Det var en god løsning.

– Og Hjertruds broche. Den, du bruger, når du skal være fin. Den vil jeg også gerne tage vare på, fortsatte hun.

Drengene og lensmanden sad som på nåle. Men Benjamin så ikke ud til at bekymre sig om, at de sad på en bombe. Han betragtede dem en efter en. Som om han havde opdaget noget interessant i en billedbog.

Faren drev over. Som ved et pludseligt, voldsomt vindstød, der ændrede retning.

Dina rejste med både brochen og billederne.

Det var et fint efterårsvejr. Med god vind.

Drengen var stolt som en hane. Han havde siddet ved roret på store dele af turen. Han havde ikke snakket meget. Alligevel virkede han tilfreds. Næsten glad. De talte om mangt og meget på hjemturen.

Dina så ham! Havde hørt på, hvad han havde at sige. Hele tiden havde hun besvaret hans spørgsmål med stor alvor. Om Mor Karen. Om hesten. Om at læse til noget stort, når han blev gammel nok. Om hvem der bestemte på Reinsnæs. Om hvorfor Anders skulle have jægten, hvis Dina døde. Alle de ting, som Benjamin havde opsnappet, når de voksne ikke tænkte på, at han havde ører ligesom andre mennesker. Og som de undveg at svare på, når han spurgte.

Dina svarede. Nogle gange var han ikke klogere, når hun var færdig. Men det gjorde ikke noget. For hun svarede.

En sjælden gang sagde hun, at hun ikke vidste det. Det var, da han spurgte, om han kunne komme med, næste gang hun skulle ud at sejle. Eller: Da han spurgte, om Johan kom til Reinsnæs igen.

– Jeg er ligeglad med, om Johan kommer hjem, sagde han.

– Hvorfor det?

– Det ved jeg ikke.

Hun lod det ligge og spurgte ikke mere.

De sejlede næsten helt ind til stranden.

– Du er lige så god ved roret som Anders, sagde Dina, da båden ramte de første sten.

Benjamin strålede et øjeblik. Så sprang han mandigt i land og bugserede båden ind til en stor sten, så Dina kunne hoppe tørskoet i land.

– Dina er også pokkers god til at sejle, sagde han og vendte sig om mod hende for at tage imod de rejsetasker, hun rakte ham fra stavnen.

Hans smil var en sjælden gave. Men hun tog ikke længere imod Benjamins gaver. Hendes øjne var oppe på bakken et sted.

Der kom en mand ned ad alleen med en bredskygget filthat. Han løftede hånden til hilsen.

Hun lod rejsetaskerne falde ned i tangen. Så begyndte hun langsomt og målbevidst at vandre op mellem stenene. Over stranden. Mellem pakhusene. Hen over gruset. Ind under trækronerne, hvor alleens træer stod som vagtposter langs vejen op til husene.

Det sidste stykke løb hun. Blev stående på et skridts afstand. Da bredte han armene ud. Så var hun der.

Drengen på stranden bøjede hovedet og trak båden op.

Den var tung.

De var kommet til desserten. Efterårsmørket gemte sig i krogene. For der blev ikke sparet på lyset den aften.

Læreren og Peter fra kramboden holdt sig uden for samtalen.

Det var mest Anders og Leo, der talte. Dinas øjne flammede.

Stine sad ikke til bords. Det var hun holdt op med efter giftermålet med Tomas. Frivilligt havde hun givet afkald på den form for status. For Tomas blev aldrig inviteret til taffel i spisestuen på gården.

Nu gik hun til og fra. Sørgede for, at der ikke manglede noget. Til trods for den store mave, bevægede hun sig hurtigt og spændstigt som et dyr.

Leo havde hilst hjerteligt på hende som et medlem af familien. Men hun var høfligt afmålt. Som om hun ville værge sig mod spørgsmål.

Ingen berørte emnet tugthus og spionvirksomhed. Men krigen dukkede op i samtalen. Som en nødvendighed.

– Er de tilfredse med den nye zar i Rusland? spurgte Anders.

– Det er der nok delte meninger om. Men det er længe siden, jeg har hørt nyt fra St. Petersborg. Ellers fik han vel det bedste ud af en tabt sag. Og han er ikke ensidigt oplært til militæret sådan som faderen. Tværtimod var en af hans lærere under hele hans opvækst digteren Vasilij Zjukovskij.

– En af Leos slægt? spurgte Dina hurtigt.

– Det er det nok, smilede han.

– Leo mener, at det er vigtigt, hvilke lærere man har? sagde Dina og sendte kandidat Angell et blik.

– Det er det vel.

– Jeg har Lorch, sagde Dina eftertænksomt.

– Ham, der lærte dig at spille cello og klaver? spurgte kandidaten.

– Ja.

– Hvor er han nu?

– Lidt her og der.

Stine var inde for at arrangere kaffen efter middagen. Hun rettede sig op et øjeblik, da Dina svarede. Så gik hun roligt ud af stuen. Anders så åbenlyst forbavset ud. Men sagde ikke noget.

– Man forstår, at man tillægges betydning, sagde kandidaten.

– Utvivlsomt, sagde Leo.

505

– Mener han, at Krimkrigen var tabt på forhånd, fordi der ikke var nogen, der havde lært soldaterne at slås? spurgte læreren interesseret.

– En krig, der ikke har nogen mening for dem, der slås, er altid på forhånd tabt. Krig er den yderste konsekvens af, at folk er så bange, at de holder op med at tale.

– Det er den etiske side af det, sagde kandidaten.

– Den etiske side kan man ikke komme udenom, mente Leo.

– Fredsaftalen blev vel en afhængighedsaftale for russerne? mente Anders.

– En tænkende russer er det mest uafhængige i verden, sagde Leo varmt. – Men Rusland taler ikke blot med en stemme. Det er et kor! tilføjede han.

Anders var glad for dessert, men han lagde skeen fra sig et øjeblik.

Dina forsvandt fra dem. Hun stirrede lige frem og tog ikke imod de blikke, de sendte hende. Til sidst greb hun servietten og tørrede sig om munden.

– Ja, men der må være en nøgle i døren et sted, sagde hun frem for sig. – Jeg er bare ikke i stand til at se den...

– Hvad mener Leo om skandinavisternes forslag om at samle de nordiske lande under et flag? spurgte kandidaten.

– Det kommer an på, hvad man mener med de nordiske lande, svarede Leo undvigende.

– Der er nok humbug med kortet, som det er nu. Man kan ikke smelte guld og aske sammen. Det ville skille, så snart det blev koldt, sagde Anders tørt.

– Jeg ved ikke helt, om du har ret. Nationer må se ud over sig selv. Mennesker, der ikke kan se andet end sig selv, er fortabte, sagde Leo langsomt og så ned i tallerkenen.

Dina så forbavset på ham, så lo hun. De andre så forlegent ned i bordet.

– Vil fru Dina gøre en gammel, slagen russer en sidste tjeneste? spurgte han varmt.

– Det kommer an på, hvad det er?

– Spil nogle af de noder, jeg sendte!

– Ja, hvis du går med ud og ser efter den bjørn, der dræbte to får neden for kløften i forrige uge, sagde hun kvikt.

– Det er en aftale! Har du våben?

– Ja, Tomas har!

Dina rejste sig og samlede de mørkeblå skørter over korsettet og satte sig til instrumentet.

Leo fulgte med hende, mens de andre satte sig inden for de åbne døre i rygeværelset. Deres hænder var som gløder og torne, når de strejfede hinanden.

– Ikke alle noderne var lige lette at spille, sagde hun.

– Men du har haft god tid til at øve dig...

– Ja, det kan jeg ikke klage over, sagde hun hårdt.

– Må jeg ønske?

– Ja.

– Så vil jeg høre noget for en månesyg. Måneskinssonaten af Beethoven.

– Den har du glemt at sende.

– Nej, du fik den. Det er Sonate Nr. 14.

– Nej, du husker forkert! Det er ikke navnet på Sonate nr. 14. Den kaldes »Sonata quasi una fantasia«, sagde hun overbærende.

Han stillede sig mellem mændene i rygesalonen og hende, så han havde hendes øjne for sig selv. Hans ar var helt blegt i aften. Eller var det, fordi hele manden var blevet bleg.

– Vi har begge to ret. Oprindeligt havde sonaten det navn, der står på noden. Men en forfatter døbte den om til »Måneskinssonaten«. Det navn kan jeg godt lide... For det er musik for månesyge.

– Muligvis, men jeg kan bedre lide Sonate Nr. 23, »Appassionata«.

– Men spil for *mig* først, sagde han lavt.

Hun svarede ikke. Fandt bare noden og satte sig ved klaveret. De første anslag var som en skurrende protest. Så flød tonerne ud i stuen som kærtegn.

Som sædvanligt blev dørene til køkkenet og anretterværelset åbnet, og al rumsteren rundt derude stilnede af. Oline og pigerne for som skygger forbi døråbningerne.

Dinas ansigt var lukket. Men fingrene smøg sig over tangenterne som en hermelin i vinterdragt. De fløj ud af de rystende batistærmer med stor energi.

507

Anders havde sat sig sådan, at han kunne se Dinas profil. Russeren stod bag hendes stol. Skamløst havde han lagt sine grønne øjne i hendes hår og hænderne på ryglænet. Alligevel løftede Anders en rolig hånd og tændte cigaren uden en lyd. Hans ansigt lyste stærkt mod væggens mørke. Rynken mellem brynene gjorde ham uindtagelig. Alligevel så han venlig ud.

Et øjeblik mødte han Leos blik. Vidt åbent. Så nikkede han til manden. Som om de foran sig havde et parti skak, som Anders i al fordragelighed havde tabt.

Anders havde altid været iagttager. Både til sit eget og andres liv. Han regnede i hovedet ud, hvor mange måneder der var fra Leo sidst var på Reinsnæs til sejladsen over Foldhavet. Så bøjede han hovedet og lod tankerne stige med cigarrøgen op mod loftsbjælkerne.

EPILOG

SER IKKE PÅ MIG, AT JEG ER SORT, THI SOLEN HAR
BRÆNDT MIG; MIN MODERS SØNNER ERE BLEVNE VRE-
DE PÅ MIG, DE HAVE SAT MIG TIL VINGÅRDENES VOG-
TERINDE; MIN VINGÅRD, SOM JEG HAVDE, HAR JEG IK-
KE BEVOGTET.
GIV MIG TILKJENDE, DU, HVEM MIN SJÆL ELSKER!
HVOR DU VOGTER, HVOR DU LADER HJORDEN LIGGE
OM MIDDAGEN, AT JEG IKKE SKAL VÆRE SOM EN KVIN-
DE, DER GÅR TILHYLLET VED DINE MEDBRØDRES HJOR-
DE.
(Salomo' Højsang, kap. 1, v. 6 og 7)

Lysene blev slukket i husene på gården. Et efter et. To stearin-
lys blafrede svagt i de to solide smedejernsstager i gangen.

Dina og Leo gik sig en sen spadseretur, efter at alle var gået
hver til sit. De to store aspetræer ved havegærdet stod helt
nøgne mod den violette himmel. Strandsandet rundt om Mor
Karens hjertebed var som et hav af bittesmå knogler i måne-
skinnet. Det lugtede kraftigt af efterår.

De tog retning mod lysthuset, som om det var en aftale.
Den rå luft slog imod dem, da de åbnede den spinkle dør.
Glasruderne lynede i skæret fra Dinas lygte. Hun havde stof-
kåbe og sjal på. Han var ikke så varmt klædt på. Men varmt
nok indtil videre.

Så snart hun havde placeret lygten på bordet, slog han to
sultne arme omkring hende.

– Tak! sagde han.

– Hvad takker du for?

– At du vidnede falsk!

Deres kroppe var som træer i stormvejr. Dømt til at stå tæt.
Tære på hinanden, mere og mere for hvert vindstød uden at
kunne indrømme smerten.

– Var det det, der gjorde, at de slap dig ud?

– Det gjorde sit til det. Og så det, at koden kun var en
ufarlig kode.

– Der betød noget helt andet?

– Den skulle læses af folk, der forstod dobbeltheden i det russiske sprog.

Han kyssede hende, mens han holdt hendes hoved mellem hænderne.

Taget på lysthuset revnede, og himmelen kom ned over dem som en sort, spraglet due. Et rødt lyn slog ned i de kulørte glasruder. Og lygten gik ud af sig selv. En måge sejlede som et spændstigt, rødt spøgelse gennem vinduet, og den grønne måne drev forbi. Kuglerund og fuld.

– Du kom! sagde hun, da hun fik vejret igen.

– Du fik hatten?

– Ja.

– Og du tvivlede?

– Ja.

– Jeg har længtes..., hviskede han og gemte sin mund mod hendes hals. – Siddet i et bur og længtes.

– Hvordan var der der?

– Det taler vi ikke om nu?

– Var det første gang?

– Nej.

– Hvornår var det sidst?

– I Rusland.

– For hvad?

– Dina skal du hele tiden kysses for at holde mund?

– Ja! Hvorfor kommer du hertil, Leo?

– Fordi jeg stadigvæk elsker en skipperenke ved navn Dina Grønelv.

Hun sukkede højt. Som en gammel høstarbejder, der endelig er nået til fyraften efter en lang dag på marken. Så bed hun ham i kinden.

– Hvad betyder det, når Leo Zjukovskij siger elsker?

– At jeg vil lære din sjæl at kende. Og at jeg vil gentage velsignelsen fra kirkeloftet med orgelet i al evighed.

Som om det var et stikord, rejste hun sig og fik ham med sig.

En død lygte stod tilbage på bordet.

Så gik de direkte ind til velsignelsen.

Klokken tre om natten spillede Lorchs cello i soveværelset.

Anders vendte sig i sengen. Månen kastede et ensomt vindueskors ned over ham. Han bestemte sig for at rejse til Namsos en tur efter tømmer før vinteren. Men han faldt ikke i søvn før ud på morgenen.

Benjamin hørte også Lorchs cello. Tonerne flød ud over gårdspladsen og ind på aftægtshusets loft.

Han havde set middagsselskabet gennem vinduerne i stuen. Den store, mørke mand med det grimme ar havde set på Dina. Som om han ejede hende.

Stine havde kaldt ham ind i god tid, for at han skulle skifte tøj og være med derinde.

Men Benjamin Grønelv havde sejlet båden hjem fra Fagernæsset den dag. Og var blevet forladt i strandkanten.

Dina skulle selv hente ham ind til bordet!

Han vidste, at hun ikke ville gøre det.

Leo havde fulgt hende ind i soveværelset. Som en hærfører, der endelig træder op i triumfvognen efter at have indtaget den største by i landet. Han havde allerede taget stofkåben og skoene af hende nede i gangen.

Det durede svagt i den sorte etageovn. Annette havde fyret op allerede tidligt på aftenen.

Dina tændte kandelabren på bordet ved spejlet og slukkede lampen.

Han blev stående og så på hende, mens hun klædte sig af. Da hun havde fået kjolelivet af, sukkede han, mens han førte sine hænder i en cirkel hen over hendes bare skuldre.

Hun tog særken af, så brysterne faldt ud. Frigivne fanger i hans hænder. Skinnende med hver sin mørke, voksende forhøjning under fingrene på ham. Han bøjede sig ned og drak af dem.

Hun fumlede med linningen på kjoleskørtet. Så raslede det blødt i stof. En hel evighed af stof. Til sidst stod hun i de bare bukser.

Han flyttede hænderne ned over hendes hofter og sukkede igen. Han fandt alle de former, han ledte efter. Varm hud igennem det fineste østindiske bomuldsstof. Det gjorde ham vild. Og endnu stod de på hver sine to ben.

Hun gjorde sig fri og tog vesten af ham, mens hun så ham ind i øjnene. Løsnede halstørklædet og trak det af. Skjorten.

Han stod med halvt lukkede øjne og nydelsen malet i ansigtet. Det brede læderbælte med messingspændet. Skindbukserne. Hun bøjede sig ind over ham og rundt om ham. Hendes fingre var rolige og varme. Til sidst stod han nøgen foran hende.

Da gled hun ned på knæ og gemte sit ansigt mod hans lem. Hun ejede ham og tog ham i besiddelse. Med mund og hænder.

Han løftede den store kvinde op på sine hofter. Hans arme dirrede af anstrengelse. Først bevægede han kun hofterne svagt.

En kurrende, nydende bevægelse. En urfugl, der trykker sig før parringen. Så trængte han langsomt ind i hende. Trak hende ned over sig som et mægtigt skjold mod alt, hvad der var truende.

Hun svarede ham ved at slå armene og lårene om ham. Og holde ham fast. Indtil han blev rolig. Så løftede hun sit bryst op til hans mund og klamrede sig til ham med sine stærke arme.

Han var en cylinder i et mægtigt maskineri. Glidende. Tungt. Dybt.

Ridtet gik i gang. Tørst og sult.

Lyst!

Til sidst lagde han hende ned på gulvet. Ventede og havde hele sin opmærksomhed rettet mod hende.

Han havde så hårde hofter! Så æggende et åndedræt! Så grundigt et spyd! Han red hende op mod et hjørne, lokkede og tvang alle tonerne til crescendo.

Da hun kastede hovedet bagover og faldt i det uendelige, tog han fat om hendes hofter og red ind til hende.

Hun tog imod ham.

Så var de et med hinandens skælvende flanker. Bar hinandens tyngde i en gordisk knude foran den sorte ovn med de røde, slikkende flammer.

GRIBER OS RÆVENE, DE SMÅ RÆVE, SOM FORDÆRVE
VINGÅRDENE; VORE VINGÅRDE STÅ I BLOMSTER.
MIN ELSKEDE ER MIN, OG JEG ER HANS, SOM VOGTER
HJORDEN IBLANDT LILJERNE.
(Salomo' Højsang, kap. 2, v. 15 og 16)

Da Annette kom for at fyre op, fandt hun en låset dør. Trisse-
de ind i gæsteværelset og fandt en seng, der ikke havde ligget
nogen i. Hun gik ned i køkkenet til Oline og stod forlegent
med hænderne bag ved lærredsforklædet.
– Hvorfor står du sådan? sagde Oline. – Skal du ikke være
færdig med at fyre op?
– Der er låst til soveværelset!
– Jamen så fyr op i gæsteværelset og se at blive færdig!
Anders er allerede oppe og ude, så du behøver ikke...
– Der er ikke nogen i gæsteværelset!
Oline vendte sig om og rettede blikket mod pigen. Det ar-
bejdede og lynede bag de kuglerunde øjeæbler.
– Du kan vel godt fyre, selvom der ikke er nogen! Er du
bange for spøgelser midt om morgenen?
– Nej, men...
– Ikke noget men! hvæsede Oline og gav kedlen et puf ind
på komfuret, så grumset stod ud af tuden.
– Hvad skal jeg gøre med ovnen i soveværelset?
– Hvad skal jeg gøre, og hvad skal jeg gøre? efterabede Oline.
– Har du hørt om nogen, der kunne fyre gennem låsede døre?
– Nej.
– Nej, vel! Kan du så se til, at du bliver færdig med at stå
der og glo! Og du siger ikke et ord! Oline gik lige hen foran
ansigtet på pigen og hvæsede:
– Ikke et ord til nogen om den tomme seng! Har du forstå-
et?
– Ja...

Benjamin passede Dina op, da hun kom ud på gårdspladsen.
– Skal vi sejle nogen steder hen?

515

– Nej, ikke i dag, Benjamin.

– Skal du sejle med russeren?

– Nej.

– Hvad skal du så?

– Jeg skal på jagt sammen med russeren.

– Kvindfolk går ikke på jagt.

– Dina gør.

– Må jeg komme med?

– Nej.

– Hvorfor ikke?

– Man kan ikke have et barn rendende rundt, når man skal skyde bjørne.

– Jeg er ikke et barn!

– Hvad er du så?

– Jeg er Benjamin fra Reinsnæs.

Dina smilede og tog ham om nakken.

– Det er sandt, så skal jeg nok snart lære dig at skyde med finnebøssen.

– I dag?

– Nej, ikke i dag.

Han vendte sig rask og løb fra hende ned til bådehusene.

Dina gik ind i stalden til Tomas og spurgte, om hans bøsse var til låns.

Han så langt efter hende, smilede besk og nikkede uden et ord. Så fandt han krudthornet og tasken frem, hentede bøssen ned fra væggen.

– Russeren kan ikke ramme noget med den her, han, der ikke er vant til andet end en pistol.

– Tomas ved god besked om, hvilke våben herr Leo er fortrolig med?

– Nej, men han er næppe fortrolig med en finnebøsse!

– Men det er Tomas?

– Jeg kender finnebøssen her på gården ud og ind. De er gode at sigte med. Og en mand får ikke noget, man rammer bedre med...

Dina vred sig som en orm.

– Det er ikke sikkert, det er så nødvendigt med det der skyderi? sagde hun let.

– Nej, jagten er god nok i sig selv, sagde han.

– Hvad mener du?

Hun gik helt hen til ham. De var alene i stalden.

– Jeg mener ikke noget. Kun at Dina heller ikke tager det så nøje med, at hun rammer det, hun skal, når hun er på jagt. – Harejagt, tilføjede han og så hende direkte ind i øjnene.

Hun greb våbenet og udstyret og gik.

De gik op ad stien til elleskoven. Hun foran. Vendte sig hvert øjeblik og smilede som en ung pige. I et vadmelsskørt, der nåede hende til anklerne og en kort jakke. Håret var samlet i nakken med et bånd. Finnebøssen bar hun let, som om det var en fjer, hun havde i hånden.

Han betragtede hende bagfra. Hun glitrede i solskinnet.

Den første nattefrost havde sat sine spor. Tyttebærtuerne havde fået et skær af jern. De røde bær lå tunge af saft imellem de olieagtige blade.

Ingen af dem så efter bjørnen. De så heller ikke drengen, der trissede afsted i deres spor. Godt skjult af enebærbuske og krat. De gik her for at være alene.

Hun lagde geværet fra sig og ventede på ham bag en stor sten. Sprang på ham som en los.

Han kom hende i møde. Hans favntag var som beg over åben ild. Han tog herredømmet herude. Tæmmede hende under sig i lyngen, indtil hun klynkede og bed ham i halsen. Så gravede han sig ind til hende og gjorde sig tung som en jætte. Bredte de vide skørter til side og fandt hende.

– Jeg elsker dig, Dina! mumlede han fra dybet. Hvor vandliljerne flød mellem sivene. Kraftig, frisk jordlugt stod op fra det mudrede vand. Et sted i vandkanten stønnede et stort dyr.

– Du klemmer mig fordærvet! hikstede hun mæt.

– Jeg tager bare imod det, du har sat i gang, sagde han hæst.

– Fik du ikke nok i nat?

– Nej.

– Får du nogensinde nok?

517

– Nej.

– Hvad skal vi gøre ved det?

– Jeg må komme igen. Og igen... igen...

Hun stivnede under ham.

– Skal du rejse?

– Ikke i dag.

Hun kastede ham af i blindt raseri. Satte sig op. En stor kat, der havde lagt vægten på forpoterne og så byttet ind i øjnene.

– Hvornår?

– Med den næste damper.

– Og det siger du nu?

– Ja.

– Hvorfor sagde du det ikke i går? skreg hun.

– I går? Hvordan det?

– Og det spørger du om?

– Dina..., kaldte han lavt og ville tage om hende.

Hun skubbede ham væk og rejste sig op på knæ i lyngen.

– Du vidste, at jeg skulle rejse, sagde han bedende.

– Nej!

– Jeg sagde det allerede i Tromsø.

– Du skrev, at du ville komme, hvor galt det end gik. Du er kommet til Reinsnæs for at blive!

– Nej, Dina, det kan jeg ikke.

– Hvorfor er du her så?

– For at se dig.

– Tror du, det er nok for Dina på Reinsnæs, at der er nogen, der kommer og ser på hende?

Hendes stemme var en sulten ulv i høj sne.

– Tror du, at du kan komme her og forsyne dig og så rejse igen? Er du så dum? fortsatte hun.

Han stirrede på hende.

– Har jeg lovet dig noget, Dina? Vi talte om giftermål, kan du huske det? Lovede jeg noget?

– Det er ikke altid ordene, man skal holde sig til! bed hun ham af.

– Jeg troede, vi forstod hinanden?

Hun svarede ikke. Rejste sig og børstede skørtet af med

518

kradsende kløer. Ansigtet var hvidt. Hendes læber var dækket af rim. Øjnene bundfrosne.

Han rejste sig også. Sagde hendes navn flere gange, som om han bad for sig.

– Tror du, at folk kan rejse fra Reinsnæs, uden at jeg vil have det? Tror du, at de bare kan komme til Reinsnæs og så deres frø og så rejse igen? Tror du, det er så let?

Han svarede ikke. Vendte sig bare halvt om og satte sig ned i lyngen igen. Som om han ville dæmpe hende ned ved at lade hende rage op over sig.

– Jeg må til Rusland igen... Du ved, at jeg er i gang med noget, der må gøres færdigt.

– Jacob ville være her, sagde hun ud i luften. – Men han måtte rejse... Jeg har ham her. Altid!

– Jeg har ikke tænkt mig at dø, selvom din mand døde. Hvis der kommer et barn, så vil jeg...

Hun lo hårdt, greb finnebøssen og begyndte målbevidst at gå ind i skoven.

Han rejste sig og gik efter. Efter et stykke tid forstod han, at hun havde påbegyndt jagten. Hun var anspændt og på vagt. Som om hun lagde sit raseri i den dybe koncentration, som jagten krævede. Lydløst sneg hun sig frem mellem træerne.

Han smilede.

Benjamin havde vogtet på dem fra sit udkigssted. Den store asp på fjeldet. Et stykke tid sad han helt stille og betragtede de to menneskers favntag bag stenen. Han havde dybe rynker i panden og åben mund. Nu og da rykkede det lidt i den ene mundvig.

Han kunne ikke høre, hvad der blev sagt dernede. Og da de havde gjort sig færdige og begyndte at gå, tabte han dem af syne et stykke tid.

Men han sneg sig efter. Benjamin ville se det hele uden at blive opdaget.

Leo gik roligt bag ved Dina og betragtede hendes krop.

Den sugede den lave efterårssol til sig og søgte hans skygge mod træstammer og lyngtuer.

Hun vendte sig om og standsede op, da de kom til kanten af en lysning.

– Jacob forsvandt ud over skrænten, for han vidste ikke, hvem jeg var.

– Hvad mener du? spurgte han. Lettet over, at hun talte til ham.

– Han måtte forsvinde. Fordi jeg ville det.

– Hvordan? hviskede han.

Hun gik nogle skridt baglæns. Langsomt. Med armene hængende ned.

– Jeg lod slæden glide ud.

Han trak vejret dybt og ville gå efter hende.

– Bliv stående! sagde hun bydende.

Han stod som en støtte i lyngen.

– Niels forstod det heller ikke. Men han gjorde det selv.

– Dina!

– Det foster, jeg blødte ud på Foldhavet, det var også mere trygt hos Hjertrud... For du kom ikke!

– Dina kom herhen! Forklar mig, hvad du taler om. Vær nu sød!

Hun vendte ryggen til ham igen og begyndte langsomt at gå over lavningen.

– Nå, du skal rejse til Rusland? råbte hun, mens hun gik.

– Jeg kommer igen. Hvad er det for noget med et foster, der...

– Og hvad, hvis du ikke kommer igen?

– Så har du været i mine sidste tanker. Fortæl mig, hvad der skete på Foldhavet, Dina!

– Jacob og de andre, de blev hos mig. De har brug for mig.

– Men de er døde. Du kan ikke tage skylden for...

– Hvad ved du om skyld?

– En del. Jeg har dræbt flere...

Hun vendte sig lynhurtigt. Blev stående og stirrede på ham.

– Det er noget, du siger, sagde hun rasende.

– Nej, Dina. De var forrædere, der kunne føre andre i døden. Alligevel... føler jeg skyld.

– Forrædere! Ved du, hvordan de ser ud?

– De har mange ansigter. De kan se ud som Dina Grønelv!

Der vil tvinge en mand til at gå i skørterne på hende.

Jeg er Dina, der ser Leo komme ud af skyggerne! Han er skægget og snavset og klædt i pjalter. Han holder Pusjkins duelpistol foran sig, for at jeg skal tro, at det er en digtsamling. Han vil mig noget. Men jeg holder ham på et skridts afstand. Jeg har ladet finnebøssen for at gå på jagt. Leo kender ikke sit eget bedste. Han vil fortælle et eller andet om den nye zar, Alexander II. Men jeg er træt. Jeg har gået langt. Jeg mangler en hest.

Jeg er Dina, der siger til røveren: »I dag skal du møde Hjertrud. Hun befrier dig fra alle bange tanker, så du kan blive fri for at flygte som en forræder.«

Jeg peger på Kain og mærker hans hoved. Så jeg kan genkende ham. For han skal være udvalgt og beskyttet. I al evighed.

Jeg lægger ham ned i lyngen, for at han altid skal kunne være tryg i Hjertruds skød. Jeg ser på ham. Det sitrer stadig i de grønne øjne. Han taler til mig. En smuk stribe løber fra hans mund ned på min arm. Jeg tager ham om hovedet, så han ikke skal ligge alene i mørket. Han har set Hjertrud.

Hører du mig Barabbas? Lorch skal spille cello for dig. Nej, klaver! Spille Sonata quasi una Fantasia. Kan du se, hvem jeg er? Kan du kende mig?

Skal jeg altid være dømt til dette?

Pludselig stod drengen oppe på skrænten. Hans skrig skar hul i himmelen. Sekunder sloges i solflimmer.

Jeg er Dina, der ser Benjamin komme ud af bjerget. Født af spindel-væv og jern. Hans ansigt er revnet i smerte.

Jeg er Hjertruds øje, der ser barnet, som ser mig selv. Jeg er Dina – som ser!

I samme serie:

HERBJØRG WASSMO
Huset med den blinde glasveranda

Herbjørg Wassmo debuterede som lyriker, mens »Huset med den blinde glasveranda« er hendes romandebut, og for den modtog hun den norske kritikerpris og indstilledes til Nordisk Råds Litteraturpris, som hun dog først modtog i 1987 for romanen »Hudløs himmel«.

»Bogen foregår i et udsted i Nord-Norge nogle år efter 2. verdenskrig. Hovedpersonen, Tora, er resultatet af en af krigens ulykkelige forbindelser mellem en norsk kvinde og en tysk soldat. Man oplever menneskene i det lille samfund, set med Toras øjne, især beskrives Tusind-hjemmet (huset med den blinde glasveranda) og alle dets beboere, ene fattige mennesker. Moderen lever sammen med en delvis krøbling, Henrik, som misbruger Tora seksuelt ... Tonen er lavmælt og indtrængende, og det er en varm og medfølende bog.«

– Birgit Lind-Petersen, IBC

»'Huset med den blinde glasveranda' er virkelig en *menneskeroman*. Det er en bog, der klarer det kunstens gamle kunststykke at skildre angsten, hadet, skylden og skammen i et knuget og afstumpende miljø, så læseren løftes af ukueligheden.«

– Ejgil Søholm, Information

I samme serie:

HERBJØRG WASSMO
Det stumme rum

»,,Det stumme rum" er en fortsættelse af ,,Huset med den blinde glasveranda" ... Det var en stærk og besk fortælling fra en lille, nordnorsk ø om pigen Toras kvalfulde opvækst som ugleset tyskerbarn med en stedfar, der misbruger hende seksuelt. I ,,Det stumme rum" har Tora og hendes mor indledningsvis nogle gode år, mens stedfaderen er i fængsel.«

– Marie-Louise Paludan, Weekendavisen

»Det er en utrolig flot roman, der på én gang fastholder det individuelle, det psykologiske og det sociale rums prægning af individerne ... Vi brydes ud af den onde sammenhæng ved slutningen af andet bind af denne romanserie, som må blive stående som et mesterværk i moderne digtekunst.«

– Johannes Nørregaard Frandsen, Fyns Stiftstidende

»Herbjørg Wassmos romaner har overbevisende ligheder med Andersen Nexø og Knuth Beckers forfatterskab. Wassmo formår i sine skildringer at give liv og nærvær til en social virkelighed, der er menneskers hverdag. Wassmo tænker ikke i systemer eller ideologier. Hun viser den unge pige, der bryder ud af miljøet. Nok er Tora kuet, men ukuelig.«

– Grethe Rostbøll, Jyllands-Posten

I samme serie:

HERBJØRG WASSMO
Hudløs himmel

»'Hudløs himmel' starter lige på og hårdt, da Tora er på vej tilbage fra fjeldet, hvor hun har begravet sit ufuldbårne barn ... I lang tid ruger hun over sin sorg og skam, indtil hendes elskede tante rusker op i hende ... Historien er grum og barsk og ulækker, men fortalt med en skønhed og poesi, og en enestående psykologisk indsigt, der gør læsningen til en nydelse, samtidig med, at man rystes.«
— Mogens Lyhne, Aktuelt

»Bedre kan en karakteristik af 50erne da vist ikke gøres. Stærkere og smukkere er det i hvert fald sjældent set i nyere nordisk litteratur.«
— Kurt Dahl, Land og Folk

»Det kan bekræftes, at det er et storværk ... ikke sentimentalt, men sådan at hverdagens og naturens kendte fænomener drages ind i en finmasket symbolik. Varsomt og skridtvis fuldføres denne barske saga om misbrug og sjælelig ynk, men også om sjælens utrolige evne til at overleve og finde støtte.«
— Mogens Brøndsted, Fyens Stiftstidende

I samme serie:

ANNE KARIN ELSTAD
Maria, Maria...

»'Maria, Maria...' er en stor roman. Den griber fat i et ak-
tuelt emne og leverer en skarp kritik af den udbredte
østrogenbehandling for kvinders besvær med overgangsal-
deren. Men først og fremmest er den en sjælden smuk be-
skrivelse af det subtile mønster af lidelse og glæde, som
skaber et menneskeliv.«
— Vibeke Blaksteen, Kristeligt Dagblad

»Det er stærk læsning. En smuk bog om en kvindes skæb-
ne, der kunne være endt som en tragedie, men som søger
ny identitet da hun har overvundet krisen.«
— Holger Ruppert, B.T.

»De personlige erfaringer kommer fint til udtryk i roma-
nen om Maria. Romanen virker hel og ægte. Trods dens
følsomme nærhed til Elstads egne oplevelser bliver den al-
men og nærgående for enhver kvinde nær de halvtreds ...
'Maria, Maria...' er en stærk roman, fordi den rummer en
sandhed hinsides det hverdagsliv, de fleste kan overskue.«
— Grethe Rostbøll, Jyllands-Posten

I samme serie:

MARY WESLEY
Sensommer-udflugt

»'Sensommer-udflugt' hører til de romaner, man ikke kan lægge fra sig ... en psykologisk spændings- og kærligheds-roman, velskrevet og også troværdig.«
— Vibeke Blaksteen, Kristeligt Dagblad

»70-årig debutant forarger og begejstrer ... Læs selv. Læs i det hele taget denne underholdende og vittigt-sørgmo-dige roman ... Mary Wesley er ikke kun for kvindelige læ-sere, hun er heller ikke kun for dem, der har levet et halvt eller helt liv. Hun er sin egen og hun er for alle.«
— Annelise Schønnemann, Berlingske Tidende

»Kan virke som en vellykket blanding af Anna Ladegaard og Fay Weldon. Hun er morsom og overrumplende, iro-nisk og afslørende og ikke bange for at bringe grufulde kendsgerninger om sindets dybder op til overfladen.«
— Annelise Vestergaard, Jyllands-Posten

»Hun skriver vittigt og bittersødt, underholdende og lige-frem ... En viis bog ... Denne gode bog om livsløgne og ge-nerationsforskelle.«
— Holger Ruppert, B.T.